5

5

鳳宇 權泰勳 遺稿全集 ― 鄭在乘 譯註

봉우 권태훈 유고전집 ― 정재승 역주

책미래

봉우일기 5

1판 1쇄 발행 | 2023년 5월 15일

지은이 | 권태훈
주   간 | 정재승
교   정 | 홍영숙
디자인 | 디노디자인
펴낸이 | 배규호
펴낸곳 | 책미래

출판등록 | 제2010-000289호
주   소 | 서울시 마포구 공덕동 463 현대하이엘 1728호
전   화 | 02-3471-8080
팩   스 | 02-6008-1965
이메일 | liveblue@hanmail.net
ISBN 979-11-85134-68-0 03810

봉우(鳳宇) 권태훈(權泰勳) 선생님(91세)

봉우 권태훈 선생님(1960년대로 추정)

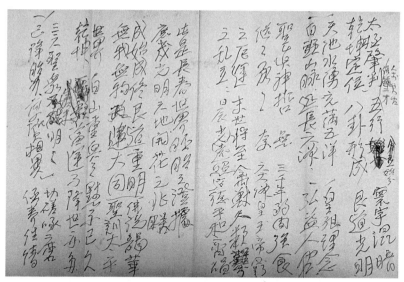

1950년대 원고로 추정되는 봉우 선생님 유고

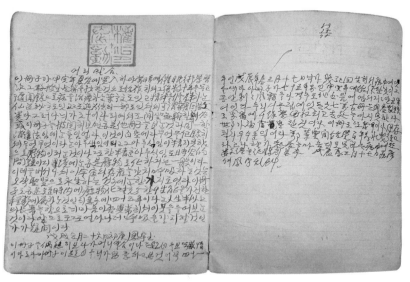

1914년 처음 기록을 시작한 공책에 1958년 〈머리말씀〉 1988년 추기를 써넣음

일러두기

- 이 책은 '봉우 권태훈 선생 유고전집' 발간계획에 따라 1998년 《봉우일기 1, 2권》, 2021년 《봉우일기 3권》, 2022년 《봉우일기 4권》에 이어 2023년 《봉우일기 5권》으로 출간되었다.
- 이 책에는 1954년, 1955년, 1964년, 1966년, 1974년, 1975년, 1976년, 1978년, 1979년, 1980년, 1982년, 1983년, 1986년까지 쓰인 봉우 선생님의 미발표 유고들이 역주되어 실려 있다.
- 유고 원문에 식별 불가능한 글자는 ○, ○○ 등으로 표시하였다.
- 이 책의 글들 중 제목에 〈수필〉이라 쓰여진 것은 따로 제목이 없고, 〈수필〉이란 표시만 있었던 것인데, 역주자가 글 내용의 이해를 돕기 위해 〈수필〉 옆에 새로이 제목을 달았다.

서문:《봉우일기(鳳宇日記) 5권》을 펴내며

《봉우일기》는 봉우(鳳宇) 권태훈(權泰勳: 1900~1994) 선생님의 유고 전집(遺稿全集)입니다. 1998년 1권과 2권이 간행되었고, 2021년에 제3 권, 2022년에 제4권이 계속 나왔으며, 이번에 전집의 마지막으로 제5 권을 펴내게 되었습니다. 봉우 권태훈 선생님은 지난 세기 한국의 민족운동가이시자 독립운동가이셨으며, 단군사상가(檀君思想家), 종교인 (대종교大倧敎 총전교總典敎, 유도회장儒道會長), 교육자, 의료인(한의 사)으로서도 활발한 생애를 보내셨으므로 많은 방면에 걸쳐 다양한 내용의 글들을 남기셨습니다. 특히 1만 년 전 넘어서부터 전해 내려온 우리 겨레의 정신수련법을 오롯이 닦으시어 대황조(大皇祖) 한배검의 고대(古代)문화의 정수(精髓)를 이어 받으시고 나라 망한 대한(大韓)의 현실에 온몸을 던져 민족운동에 평생을 바치신 것이야말로 봉우 선생님의 가장 두드러진 모습이라고 하겠습니다.

이번 《봉우일기 5권》은 유고전집의 마지막 권으로서, 1908년, 1923년, 1954년, 1955년, 1958년, 1964년, 1966년, 1974년, 1975년, 1976년, 1978년, 1979년, 1980년, 1982년, 1983년, 1986년에 쓰여진 봉우 선생님의 글들을 현대문으로 역주하였고, 이로써 1986년 역주자가 봉우 선생님께 유고를 전해받은지 37년만에 유고의 거의 모두를 역주한 전집이 완성되었습니다. 감개무량한 일입니다. 유고전집의 발간을 그간 물심양면으로 도와주신 봉우 선생님께 감사드립니다. 이번에 완간(完刊)된 《봉우일기》 5권 전집은 기존의 《선도공부》, 《봉우 선생의 仙 이야기》 4권, 《민족비전 정신수련법》, 《백두산족에게 고함》, 《천부경의 비밀과 백두산족문화》 등을 합하여 《봉우선도학전집》으로 자리매김하여 민족정신의 보고(寶庫)로 후세에 전해질 것입니다. 말미(末尾)에 〈봉우 선생님 연보(年譜)〉를 새로이 수록하였습니다. 연보의 작성은 전적으로 《봉우일기》를 통독(通讀), 심독(心讀)함에 기인(起因)하였으니, 연보를 다시 읽어 보시면 봉우 선생님의 정신적 궤적이 얼마나 깊고 광대무변(廣大無邊)한 것인지 짐작하실 수 있을 것입니다.

이번 《봉우일기 5권》을 통해서도 봉우 선생님의 나라사랑, 겨레사랑, 세계사랑, 인류사랑을 더욱더 깨닫게 됩니다. 이 위대한 홍익인간(弘益人間) 사랑의 메시지가 많은 분들에게 퍼져 나가고 봉우 선생님의 남기신 글들도 더욱 빛을 발하길 기원합니다. 끝으로 《봉우일기 5권》을 펴내어 봉우 선생님 유고전집을 완간(完刊)함에 수많은 연정원 학인동지들의 도움과 헌신이 있었습니다. 여러분들께 깊은 감사를 올립니다. 이 책의 모든 것을 겨레얼의 근원이자 인류의 스승이신 대황조 한배검님께 바칩니다.

단기(檀紀) 4356년(2023년) 5월
동산학인(東山學人) 정재승(鄭在乘) 근서(謹書)

1955년(乙未)

1958년(戊戌)

1964년(甲辰)

1966년(丙午)

1979년(己未)

1980년(庚申)

1982년(壬戌)

1983년(癸亥)

1954년(甲午)

자지(自知: 자기를 앎)

세상에서 가장 알기 용이한 것은 자기가 자기를 아는 것보다 더 용이한 일은 없을 것이다. 자기가 자기를 알지 못하고 타인이나 타사(他事: 남의 일)를 안다면 이보다 더 곤란한 것은 없을 것 같다. 자기의 과거, 현재의 경력이나 또 실력이나 또는 업적을 누구보다도 자기가 자기의 일을 잘 알 것은 자연스런 일이다. 자기의 학력도 알 수가 있고, 자기의 지식도 알 수가 있고, 자기의 역량도 알 수가 있고, 또 자기의 포부(抱負)도 알 수가 있다. 그렇다면 자기의 성질이나 자기의 모사력(謀事力: 일을 꾀하는 능력)이 얼마만큼 되는 것도 자기가 자기를 아는 외에 누가 자기를 알 것인가? 그러니 냉정히 자기의 고사(考查: 시험)를 자기가 해보아서 자기 역량에 알맞은 일을 하면 실패 없이 성공의 길을 밟을 것 아닌가?

제일 알기 용이한 자기를 백방으로 조사해서 일분도 허위(虛僞: 꾸며낸 거짓)됨이 없이 고사해서 평을 하라는 것이다. 자기의 평을 정당히 내리면 타인의 평도 역시 정당히 내릴 수 있는 것이다. 고인이 말하기를 지피지기(知彼知己: 남을 알고 자신을 앎)하면 백전백승(百戰百勝)이라 했다. 곧 무슨 일이든지 실패 없이 성공한다는 말이다. 그러나 지나간 일을 보면 남을 잘 아는 사람도 자기를 몰라서 일에 실패하는 예가 얼마든지 있다. 공사(公事)나 사사(私事: 사삿일)를 물론하고 실패할 줄 알면 착수할 리가 없으나, 무슨 일이고 착수해서 성공하는 일이 누구든지 백불이삼(百不二三: 백에 둘, 셋도 안 됨)이 되는 것 같다. 혹 성공을 하는 사람도 초년이나 중년에 실패를 경험 삼아서 장년기나 노년기에 성공하는 일이 많고 착수하며 성공하는 일은 거의 귀한 것 같다. 이것이 자지(自知)를 못 하는 연고라고 본다. 비록 자기가 자기를 보더라도 왜곡한 평을 가해서는 안 된다. 용서 없이 정평(正評)을 해야 하는 것이다.

일에 임해서 지피(知彼: 남을 앎)도 난사(難事)지만 지기(知己)가 용이 하면서도 역시 더 크게 어려운 일이라고 본다. 어떤 부분쯤은 자지(自知)하기 용이하나 전체적으로 사회적 입장에서 내가 어느 지위의 인물인가 하는데 과대평가나 과소평가나 다 정해(正解)가 못 되는 것이라 일에 임해서 실패하기 용이한 것이다. 세상에서는 자기 평가를 해보고 일하는 것보다 맹목적으로 하는 사람이 더 많은 것 같다. 이 맹목파가 제일 다수를 점령한 것이다. 맹목파도 성공도 있고 실패도 있어서 자지(自知)가 필요 없을 것 같으나, 세상을 상대로 나가는 사람은 자지(自知)를 못하면 백사(百事)에 실패가 많은 것이다. 여러 가지로 자지(自知)의 도(道)를 연구해보고 임사(臨事)하면 맹목적으로 세상을 행보(行步)할 때보다 모든 일이 안정(安定)하리라고 말하고 싶다.

갑오(甲午: 1954년) 6월 회일(晦日: 그믐날)
봉우서우유신초당(鳳宇書于有莘草堂: 봉우는 유신초당에서 쓰다)

수필: 김유신 장군과 천관(天官) 일화

　신라의 성장(聖將: 성스러운 장군)이라는 김유신 장군이 청년 시에 총
희(寵姬: 사랑하는 기생) 천관(天官)의 집에 자주 왕래하였다. 그러다 그
모부인(母夫人: 어머니)에게 대지(大志)에 손상된다고 대책(大責: 큰 꾸지
람)을 듣자, 천관에게 절적(絶迹: 자취를 끊음)할 것을 흔쾌히 맹세하였
다. 그러다가 하루는 술에 취해서 귀가하는 중에 장군의 탄 말이 길에
익숙한 천관의 집으로 갔다. 천관이 반가이 맞고자 하니 장군이 정신
을 차려 이것은 내 본의가 아니라고 패검(佩劍: 차고 있던 칼)으로 자신
의 백마를 참(斬: 베다)하고 귀가한 일이 있었다. 그래서 마침내 삼국통
일의 거업(巨業)을 이루었다. 그런데 장군은 청년시대라 혹 천관과 정
을 통할 수도 있는 시절이다. 나는 취중(醉中)도 아니요, 또 노쇠시대
다. 상대 천관도 아닌데 간혹 족적이 왕래되니 김 장군은 백마의 머리
를 참하였으나, 나는 심중의 말을 참하는 밖에 타도가 없다고 본다. 내
비록 노쇠하나, 이직도 천관을 사모하는 마음이 남은 것 같다. 이 붓으
로 절적(絶迹: 자취를 끊음)할 것을 맹세하리라. 말의 머리를 벤 김 장군
은 심국통일이 있었고, 내 의마(意馬: 마음속의 말)의 머리를 참함으로
일심단결(一心團結)이 있으리라.

갑오(甲午: 1954년) 6월 회일(晦日: 그믐날)
봉우자경(鳳宇自警: 봉우는 스스로 경계함)

하동인 군의 내신(來信: 온 편지)

　하 군이 내게 다녀간 지 몇 달이 되었다. 오늘 그의 서신을 받았다. 하 군은 변함없이 전진하는 중이다. 그의 내신을 내가 그 원문대로 적으리라.

[원문]　오늘은 7월 14일 일성(一醒) 이준(李儁)[1] 선생님의 48주년 기념일이올시다.

　기울어 가는 국운을 만회하려고 갖은 애를 다 쓰시던 고종 황제께옵서 가장 다사다난(多事多難)하셨고 쓴 일만 있던 정미년(丁未年: 1907년) 이 해 구한국의 군대는 해산의 운명에 있었지요.

　해아(海牙: 네덜란드 헤이그) 만국평화회의 석상(席上)에서 선생님을 괴롭히던 불구대천(不俱戴天: 같이 하늘을 일 수 없음)의 적은 일찍 미국에서 교육받고 노일전쟁 강화 때 미국의 포츠머쓰[2]에서 외교상의 고배를 마신, 명치(明治) 일대에서는 꽤 억

---

1) 이준(李儁, 1859년 음력 12월 18일 함경도 북청 출생 ~ 1907년 7월 14일 네덜란드 헤이그에서 별세), 구한말의 검사이자 외교관. 1907년 만국평화회의가 개최된 헤이그에 특사로 파견되어 을사조약 체결이 일본의 강제에 의한 것이었음을 폭로하려 했으나 영일동맹으로 일본과 외교관계를 맺고 있던 영국의 방해로 뜻대로 진행되지 않자 순국하였다. 자는 순칠(舜七), 아호는 일성(一醒), 해사(海士)이다.
2) 포츠머스 조약. 1905년 9월 5일 미국 뉴햄프셔 주에 있는 군항 도시 포츠머스

센 외교가로 치던 소촌수태랑(小村壽太郎)3) 그 자 아니었습니까?

그도 동양인의 한 사람을 벗어나지 못하여 구미의 치외법권(治外法權)의 굴레를 벗어나려고 30여 년을 버티었지마는 오늘 이 글에는 일성(一醒) 선생님보다 우리의 적을 관찰하고 말았습니다.

그것이 오늘날의 동인이에게는 일성 선생님을 사모하는 진정(眞情)의 발로인가 합니다.

배달 성손(聖孫)이 간직한 대한의 넋은 과연 잠자고 있겠습니까? [이상 원문]

하동인 군이 항상 민족사상이나 역사상 유명한 구절을 보면 반가이 내게 보내 주며, 군의 감상대로 가림 없이 기록하고 간간 연정(硏精)에 대한 질문도 있고 자수(自修: 자기수련)도 하는 중이다. 현임 대위로 장

(Portsmouth)에서 러·일 간에 맺은 강화 조약. 러일전쟁을 종식하기 위해 당시 미국 대통령인 시어도어 루스벨트의 중재하에 당시 러시아 제국 각료평의회 의장이던 세르게이 비테와 일본 전권 외상 고무라 주타로 사이에 맺어진 조약이었다. 이 조약으로 미국은 일본제국의 대한제국 지배를 묵인했고, 러시아제국은 대한제국에 대한 영향력을 완전히 상실하였다. 대한제국을 일본의 식민지로 묵인하는 이 조약을 중재한 일로 루스벨트 대통령은 노벨평화상을 수상한다.

3) 고무라 주타로(小村壽太郎, 1855년 10월 26일~1911년 11월 26일), 일본제국(메이지 시대)의 외무관료. 일본은 포츠머스 강화조약으로 러시아의 동의를 받아 냄으로써 한국을 보호국으로 만드는 데 국제적인 보장을 확보하게 되었는데 이 회의에서 일본 전권으로서 참석하여 러시아 측 전권대사인 세르게이 비테와 교섭하여 조약을 조인한 공으로 백작으로 승작한다. 고무라 주타로는 한민족에겐 불구대천의 원수다. 일찍부터 조선출병을 주장하였고, 안중근을 재판 중이던 뤼순 관동도독부 지방법원에 전문을 보내 사형을 지시한 것도 이 자이다. 당시 재판은 사법부가 진행한 것이 아니라 외무성이 지휘하는 기형적 사법체계였다.

래를 촉망받는 청년이다. 내 미력이나마 배양(培養: 북돋아 기름)에 힘을 쓰는 인물이다. 그래서 그 장래를 보기 위해서 그의 왕래서신의 공적 (公的)인 것은 내가 기록해 두는 것이다. 금번도 일성 이준 선생 기념일 에 내게 군의 소감을 그대로 보낸 것이다. 현상은 국가대권이 고종의 정미년보다 더욱 쇠약하고 국제무대는 헤이그 평화회담만 못지않은 이때에 일성 선생을 더욱 사모하지 않을 수 없다. 현 외교상 인물들은 일본의 소촌(小村) 이상의 강적이 많고 우리 외교사절이라고는 너무나 미약하여 풍전등화(風前燈火: 바람 앞의 등불)격의 느낌이 없지 않다. 아 무리 생각해도 감개무량하다.

갑오(甲午: 1954년) 6월 회일(晦日: 그믐날) 봉우기(鳳宇記)

추기(追記)

하동인 군이 군대에 입대하여 통신장교로 학교 교관이 되어 있으며, 시간만 있으면 명산대찰의 고적(古蹟)을 예방하며 역사의 연구와 고인 (古人)들의 전해 오는 야담을 박채(博採: 널리 찾아 모음)하고 또 내가 동 년(童年: 아이)시대에 자라나던 능주(綾州: 전남 화순)에 가서 내 아동시 대의 생애와 내 선친의 정치 실적을 알고자 하였고, 또 순절(殉節)하신 의사(義士)님들의 명단 등을 채집해서 내게 보내는 등 또 철학연구에 필요한 것 등을 많이 수집하였다. 그리고 하 군의 정신수련 경과도 간 간이 보고가 온다. 가아(家兒) 영조에게도 아주 친형제와 동일하게 교 훈을 해준다. 감사한 청년이다(갑오 7월 1일 봉우 추기).

수필: 만사도시명(萬事都是命)이요, 반점불유인(半點不由人)이로구나

우연히 심신(心神: 마음과 정신)이 산란해서 10여 일 간을 패사(稗史)4)로 소견법(消遣法: 잡념을 씻어 보내는 방법)의 도구로 삼아서 송음(松陰: 소나무 그늘)이나 천류(川流: 시내)로 피서하며, 날 가는 줄을 알지 못하고 지내다가 공주 교육구 예건(例件: 사례건)으로 모모 교육위원들의 맹공격을 받고 다시 회사(回思)한 바가 있었다. 물론 내 과사(過史: 과거사)도 있는 것이요, 또 모모 위원의 중상(中傷: 근거 없는 말로 남을 헐뜯음)도 있는 것은 사실이다. 제백사(除百事: 모든 일을 제함)하고 내가 부채만 청산했으면 아무 관계없는 것이요, 아무 중상도 소용없는 것이나 내가 과오가 있는 관계로 유구무언(有口無言: 입이 있어도 말을 못함)하고 이 야속배(野俗輩: 거칠고 저속한 무리)들의 공격을 감수(甘受)한 것이다.

다만 기한 내에 여의(如意)할 것인가가 의문이라 우려되는 것이다. 하루라도 속히 청산되면 무루(無累: 묶임이 없음)의 몸으로 산야한인(山野閑人)이 되었으면 하는 내 소원이다. 그리고 책자관계는 이 정도로 해결하는 편이 도리어 나을지도 모른다. 만약 학무과장이 서무과장의 청(請)에 응한다면 학부형 간에 불평이 있을 것도 사실이다. 여럿에게

---

4) 패관(稗官: 임금이 항간의 풍설과 소문을 알기 위해 그것의 수집, 기록을 명한 관리)이 이야기 형식으로 쓴 역사.

말을 듣는 것보다 책 주인 일인과 상대하는 것이 도리어 유리한 해결이라고 생각된다. 그렇다면 막대한 금전을 단시일에 청산한다는 것도 그리 용이한 일이 아니다. 최대한 주선해서 이 루(累: 묶임)를 제거하고 속히 한인(閑人: 한가한 사람)생활을 다시 해볼 결심이다.

과거에 부주의도 있거니와 만사도시명(萬事都是命: 만사가 모두 운명임)이요, 반점불유인(半點不由人: 반점도 사람에서 말미암은 게 없네)이로구나.

작년 동계(冬季)로부터 백사불성(百事不成)으로 아주 곤경에 입(入)한 것이 작년 하간(夏間)의 부주의에서 배태된 것이요, 의외의 실수가 아니라고 본다. 금후에도 임사소홀(臨事疏忽: 일함에 정성이 부족함)함이 없이 근신(謹愼)해야 후일에 또 후회가 없을 것이라고 생각된다. 득의처부재왕(得意處不再往: 뜻을 이룬 곳은 다시 가지 않음)[5]이라는 것인데, 내가 작년 초하(初夏)에 부산에서 약간의 득의(得意)를 한 곳이다. 그때 수입으로 1년간을 절약했으면 큰 부족은 없을 것인데, 좀 수지불계(收支不計: 수지를 따지지 않음)하고 남(濫: 넘침) 지출을 한 관계로 속히 부족감이 생한 것이라. 그래서 제2차 부산행을 한 것이 원인이 되어 염전관계로 6,000~7,000원 손실하고 또 그 관계로 정읍을 간 것이 원인이 되어 교육구 맥류(麥類) 매매에 간련(干連: 남의 범죄에 관련됨)하게 된 것이요, 또 이 관계로 《일본에 여함》이라는 책자를 내가 받게 된

---

5) 明나라 때의 柏廬(백려) 朱用純(주용순 1620~1690)이 朱子(주자)의 居家格言을 가지고 만든 《朱子家訓》에 '凡事當留餘地(범사당류여지)得意不宜再往(득의불의재왕)'이라는 비슷한 구절이 나온다. 모든 일에는 여지를 남겨야 하며 만족하지 않고 욕심과 오만으로 끊임없이 추구하다가 결국 실패로 이어짐을 경계하는 말이다. 주식투자자나 갬블러들이 이익을 봤을 때 흔히 범하는 잘못이다. 주백려는 일개 생원에 불과했지만 그의 격언 모음집 내용이 간결하고 교훈적이어서 병풍용으로 많이 제작됐다.

것이다.

도시(都是: 전부) 내가 득의지지(得意之地: 뜻을 이룬 곳)에 부재왕(不再往) 다시 가지 않았으면 이런 과오가 없었을 것이다. 그리고 지족(知足)하고 허욕(虛慾: 헛된 욕심)이 없었다면 금광관계를 하지 않았을 것이요, 이 금광관계가 실신(失信: 신용을 잃음)하고 2만여 원의 손실을 보게 되고 책자관계가 5만여 원의 본금으로 8만 5,000원의 손실을 보게 되어 이것의 원인이 부지족(不知足: 분수와 만족을 모름)에서 나오는 인과(因果)라고 본다. 그리고 모사불밀(謀事不密: 일을 꾀함이 치밀하지 못함)이라고 평하고 싶다. 이 부채를 청산하고는 이런 오산(誤算)을 다시 말기를 자서(自誓: 스스로 맹세함)하는 것이다.

갑오(甲午: 1954년) 7월 15일

봉우서우유신초당(鳳宇書于有莘草堂)

수필: 복선화음론(福善禍陰論)

무슨 일이든지 일한 사람이 공(功)이든지 벌(罰)이든지 받는 것이 당연한 것이다. 일하지 않은 사람으로 남의 공이든지 벌을 대신 받는다면 이는 불평(不平: 공평치 않음)한 일이다. 그러나 세상에서는 가장 공정하다고 보는 법률도 이 불평을 범하지 않을 수 없다는 것이다. 어떤 특수 관계 인물의 성공을 위해서 기계화한 불법행동을 하고 심하면 벌을 공공연하게 받는다. 말하자면 범법자로는 하등 이득이 없는 행위에서 단지 보상이라는 것이 벌이라면 이것은 법적이요, 도덕적은 아니라고 본다. 외현(外現)되는 증거문제로 아무 소득 없는 말초(末梢: 사물의 끝부분)에서 처벌된다는 것은 얼마나 불평한 일인가? 그러나 이 처벌된 사람은 자기의 처벌된 행위가 누구를 위해서 한 일인지조차 모른다. 그리고 여러 사람의 처벌문제를 내고도 이익은 독향(獨享: 혼자 누림)하며 안연부지(安然不知: 편안하니 모른 척)하는 사람들이 얼마든지 있다. 여기서 개오(改悟: 잘못을 깨닫고 뉘우침)를 하지 않는 인물들은 필경 악적(惡積: 악이 쌓임)이 되어서 법에서 용서할지라도 천주(天誅: 천벌)나 신주(神誅: 신벌)를 먼저 받고 그다음 인주(人誅: 사람이 벌줌)를 받는 것이다.

그러나 이것은 사람, 사람이 다 아는 것이 아니요, 역사가 증명할 뿐이다. 그래서 세상에서 상언(常言: 늘상 말함)이 선(善)한 사람이 복(福)을 받지 못하고, 악(惡)한 사람이 복을 받는다는 예를 많이 든다. 이것이 창선감의(彰善感義: 선을 표창하고 의를 느낌)에 배치되는 일이다. 비록 시기의 조만(早晚: 이름과 늦음)은 있으나, 선한 사람이 복보(福報)를 받고 악한 사람이 화보(禍報: 재앙의 갚음)를 받는 것이 조물주의 대공식이다. 말하자면 최종의 답이 본수(本數)보다 가(加)함이 나올지라도 중간 공식에서 가감승제를 하자면 식이 소괄호, 중괄호, 대괄호, 대대괄호에 겸해서 연고표(然故標)를 다 지난 후에야 비로소 답이 본수보다 가(加)함을 보는 것이다. 그런 고로 가(加)할 사람에게 식(式)치는 중에 소괄호 안이나, 중괄호 안이나, 대괄호 안이나, 대대괄호 안에 가감승제를 보고 일시일시(一時一時: 한때 한때, 순간)의 운주(運籌: 주판을 놓음)를 그 사람의 답으로 알아서는 큰 오해라는 것을 말하고자 하는 것이다. 그저 양심에 앙불괴천(仰不愧天: 우러러 하늘에 부끄럽지 않음)이요, 부불작인(俯不作人: 구부려 보아도 사람에 부끄럽지 않음)하게 행사만 하면 공식(公式) 중의 가감승제는 말할 필요 없다고 본다. 그러나 세인들은 사람, 사람들의 일시일시적(一時一時的) 화복(禍福)으로 그 사람의 선불선(善不善)을 판단코자 함은 조단(早斷: 이른 판단)이라고 본다.

그리고 당하는 사람도 백변(百變: 수없이 변함)하는 세사(世事)의 조류(潮流)에 같이 흐르지 말고 불변하는 공정한 마음으로 복선화음(福善禍淫)6)을 생각지 말고 천도(天道) 원칙대로 대아(大我)를 위해서 걸어 나가면 자기가 자기비판을 해보더라도 사람으로의 할 일을 다 했다고 하면 만점이요, 혹 사사건건(事事件件) 다 잘못했다 하더라도 대공식을 쳐보고 총운산(總運算: 총계산)을 해보면 정확한 답이 나올 것이요, 그 답으로 만족하지 말고 일보 전진해서 이 세상에 있는 동안 또는 이 세

---

6) 하늘은 착한 사람에게 복을 주고, 악한 사람에게는 재앙을 내린다(天道福善禍淫). 출전: 《서경(書經)》.

상을 간 뒤라도 영구불망(永久不忘)할 선과(善果: 착한 결과)를 심으라는 것이요, 혹 현재의 답이 감편(減便)이거든 이층(二層) 개과천선(改過遷善: 지난 허물을 고치고 착하게 됨)해서 그다음 괄호 내 운산으로 답이 아주 변해지게 노력할 것이다. 그래서 평소에 가(加)라는 답을 가진 사람보다도 열 배, 백 배 노력을 하면 비록 현재의 답이 감(減)일지라도 최종의 답은 아주 변해질 것은 명료한 일이다. 이것이 성현군자들이 후생을 권하심이며 또 각 종교에서 복선화음론(福善禍淫論)을 제창함이라고 본다.

그래서 나는 세인들이 일시일시적 현상을 보고 그것이 그 사람의 최종답안으로 오인하는 것을 시정하기 위해서 이 붓을 드는 것이요, 또 나 자신도 비판해서 불휴(不休)의 노력과 성의로 초지(初志)를 관철하라는 자경(自警)에서 이 수필을 쓰게 되는 것이다. 우주의 대공전(大公轉)은 휴식함이 없고 우리의 심신(心身)도 이 공전을 따라서 구르고 구른다. 일음일양(一陰一陽)의 도(道)는 변함없이 우리는 그 가운데에 이 생로병사(生老病死)의 궤도를 걷는다. 이 우주는 멸(滅: 없어짐)함이 없고 우리의 인류도 그와 같으리라.

갑오(甲午: 1954년) 7월 15일
봉우서우신야정사(鳳宇書于莘野精舍)

추기(追記)

우주도 흐르고 우리 인류도 역시 변함없이 흐르도다. 오면 가고, 가면 오고, 천년 만년 가리로다. 우주와 같이 걷는 우리의 걸음 자취, 알아 무삼 몰라 무삼[7] - 봉우소기(鳳宇笑記)

[이 〈추기〉는 1998년 간행된《봉우일기 1권》457페이지 〈낙수(落穗)〉장에 수록되어 있고, 본문은 〈착한 일을 하면 복을 받고 악한 일을 하면 화를 받는다〉란 제목으로 1989년 출간된《백두산족에게 고함》55페이지에 실려 있는 것을 이번에 다시 역주해 실었습니다. -역주자]

---

7) 알아 무엇하며 몰라 무엇하리. 무삼은 무슨, 무엇의 옛말(예: 일러 무삼하리오, 즉 굳이 이야기해 봐야 무엇하겠는가).

8.15 광복절을 맞이해서

　우리가 이 광복절이 없었던들 당시 왜적의 시강시악(恃强恃惡: 강함을 믿고 악함을 믿음)으로 우리의 청장년이 거의 남지 않고 전쟁에 나가게 되었을 것이요, 우리가 전쟁에서 희생된 데야 아무 가치가 없는 개죽음이었다. 천행(天幸: 하늘이 준 큰 행운)으로 망국(亡國)한 지 36년만인 을유(乙酉: 1945년) 8.15에 영미(英美) 연합군의 승리로 우리나라는 왜적의 반(伴: 짝)에서 벗어나서 광복(光復: 해방)을 한 것이다. 물론 연합군의 승리가 원인이 되나 실인(實因: 실제 원인)은 국내, 국외에서 정치, 외교, 군사로 왜적과 투쟁하며 독립사상으로 국내, 국외에 선전해서 세상에서 우리나라가 억울하게 (일본에) 병합당했다는 것을 이해하게 되었던 관계다. 그리고 국내, 국외에서 유명, 무명의 (민족) 운동자가 얼마든지 있었다. 그러나 그 역량이 미미하였고, 그 효과는 막대하였다.

　일부 인민층에서 또 일부 특권층에서 소위 '일선융화책(日鮮融和策)'이라는 운동이 전개되어 우리 민족을 아주 역사상에서 소멸시키려는 일본의 야심에 응종(應從: 응하여 따름)하는 도배(徒輩: 나쁜 패거리)가 얼마든지 있었다. 그러던 것을 이에 불평을 가진 의사(義士)들이 국내, 국외에서 정치, 외교, 군사 선전시위로 파문을 주어서 세계에서는 우리가 5,000년 역사국이요, 3,000만 동일민족으로 일시적인 굴욕적으로 병합이 된 것이라는 것을 인식하게 되었고, 일방(一方) 임정(臨政) 일파와 군정(軍政) 일파들이 합류해서 일본과 대전(對戰: 맞서 싸움)하고 있던 것이 사실이 되어, 일본의 패망을 계기로 전승국 간의 협정에서 우리나라를 독립시킬 조약이 성립되었으나, 소위 미소 양군의 군사적 점령이라는 명목하에 우리 강토는 38선이라는 국경 아닌 국경을 두고 양단(兩斷)되었다. 일본 일국에게 압제를 당하던 우리 민족은 미소 양국의 상전(上典)을 분사(分事: 나누어 섬김)하지 않으면 안 될 신세가 되었다.

소위 미소 군정 3년이라는 것은 우리나라 독립을 준비한 것이 아니고 완전한 분열을 시키고 만 것이다. 그중에서 우국지사(憂國志士: 나라를 걱정하는 뜻있는 선비)들이야 남북통일을 두고 많은 고심을 해왔으나, 미소의 음계(陰計: 음모)는 그 통일을 불허(不許: 허락하지 않음)한 것이다. 더구나 미소 양국의 주구배(走狗輩: 사냥개무리)들은 우리나라야 독립이 되든지 말든지 각자의 이익과 명예나 취해서 소위 가능한 지역에서 선거한다는 명목하에 아주 남북을 분열해서 대한민국이 탄생한 것이다. 이 죄과(罪過: 죄가 될 만한 허물)는 물론 미소 양국이 분담해야 정당한 일이요, 그다음은 남북한의 미소 주구들이 목전의 명예욕에 만년대계(萬年大計)를 잘못한 것이다. 이 당시 당연히 국민 전체가 완전통일 되도록 정신일치를 지도자들이 시킬 책임이 있는 것인데, 통일이야 되든지, 분열이야 되든지 미소에게 아부해서 일시적 성공을 할 야심으로 각자 위지대장(謂之大將: 대장이라 함)으로 완전통일에는 생각조차 없고, 장래에 필연적으로 올 대난(大難: 큰 재난)도 생각할 여지가 없고 각자의 영귀(榮貴: 부귀영화)에 취몽중(醉夢中: 술 취해 꾸는 꿈속)이었다. 이것이 무자(戊子: 1948년) 8.15 건국이었다.

이래서 대한민국 3년인 경인년(庚寅: 1950년)에 6.25의 남침으로 역사적 대오점을 남기고 현재 완전한 평화는 안 되었으나, 일시적 휴전으로 고식책(姑息策: 고식지계. 임시방편으로 잠시 쉬기 위한 계략)이 성립되었다. 6.25 사변의 책임도 미소가 분담해야 옳고 그다음은 남북한의 미소의 주구들이 분담해야 옳은 것이다. 현 남한으로 보아도 현 정부 요인이라는 사람들은 소위 거물급이라는 인물은 거의 다 국가와 민족을 생각하는 이보다 각자의 사리사욕에 다른 정신을 차리지 못하는 도배(徒輩)들이다. 북한 실정은 알 수 없으나, 역시 동일하다고 본다. 6.25 사변으로 우리 전토(全土: 전 국토)의 손실은 세계 제2차 대전의 전 손실보다도 많다고 한다. 그러고도 아직도 평화는 언제 될지 알 수 없는 이때에 정부요인들은 여전히 아전인수(我田引水)들만 한다. 그리고 자권수립(自權樹立: 자기 권력을 세움)에 급급(汲汲: 분주함)해서 민족이니, 국가이니를 염두에 둘 새가 없다.

이것이 도탄(塗炭: 몹시 곤궁하고 고통스러움)이 아니고 무엇인가? 그러니 이 8.15 광복절을 당해서 언제 완전한 남북통일 광복이 되어 우리 삼천만 민족, 삼천리 강토, 오천년 역사를 다시 다 같이 축하할 날이 올 것인가? 이 8.15 광복절도 을유 8.15로부터 벌써 10년이 되었어도 아직 묘연(杳然: 아득히 멀다)하니, 명년(明年: 내년) 8.15 광복절에나 남북통일이 되어 다 같이 경축할 것인가? 한심(寒心)을 금치 못하며 미미한 일루(一縷: 한 가닥)의 희망을 가지고 이 붓을 드노라.

갑오(甲午: 1954년) 8.15 광복절(음력 7월 17일) 봉우서(鳳宇書)

책인즉명(責人則明) 서기즉혼(恕己則昏)[8]

　　누구든지 타인의 시시비비(是是非非: 잘잘못)를 분변(分辨: 분별) 못하는 사람이 없으나, 자기의 시시비비를 공정하게 말하는 사람은 극히 귀하다. 그것도 일이 지난 뒤에는 혹 자기 비판을 해서 이 일은 잘못되고 저 일은 잘못되지 않았다고 할 수 있으나, 무슨 일을 해나가며 하는 일의 장래 시시비비를 미리 예측하는 사람이 귀하다는 말이다. 자기가 자기의 일을 하며 타인이 일하는 것을 비판하듯 공정한 양심적 비판을 가해 보는 사람이 몇 사람인가 각자가 생각하라는 것이다.

　　자기를 타인과 동일하게 취급하면 타인이건 자기건 시(是)는 시(是)요, 비(非)는 비(非)라고 용서 없이 확평을 내리라는 것이다. 이렇게 하지 못하고 타인을 책(責: 꾸짖음)하기는 가장 명명(明明)하게 하고, 자기를 용서하는 데는 아주 우물쭈물해서 혼혼(昏昏: 어두운 모양)한 것이 이 세인의 상사(常事: 보통일)이다. 이것이 책인즉명(責人則明)하고 서기즉혼(恕己則昏)이라는 것이다. 그런 고로 그 과오를 청산하고 책인지심(責人之心: 남을 탓하는 마음)으로 책기(責己: 자신을 꾸짖음)하고 서기지

---

8) 남을 꾸짖는 데는 밝고, 자신을 용서하는 데는 어둡다는 뜻으로 〈송명신언행록(宋名臣言行錄)〉에서 나온 말로서 《명심보감(明心寶鑑)》에 실려 있다. [원문 번역] – 범충선공(范忠宣公)이 자식을 가르쳤다. "사람이 어리석더라도 남을 꾸짖는 데는 밝고, 총명하더라도 자기를 용서하는 데는 어둡다. 너희들이 항상 남을 꾸짖는 마음으로 자신을 꾸짖고, 자기를 용서하는 마음으로 남을 용서한다면 성현의 경지에 이르지 못함을 근심하지 않을 것이다."

심(恕己之心: 자신을 용서하는 마음)으로 서인(恕人: 남을 용서함) 즉, 섭세지술(涉世之術: 세상을 건너는 방법)에 가장 안전하다고 본다. 대국자미(對局者迷: 어떤 국면에 처한 사람은 혼미함)라고 자기가 자기 일에는 아무래도 용서해 가며 타산(打算: 헤아림)하는 관계로 일해 나가는 데 오산(誤算)이 많고 실수가 많아서 성공을 못하는 것이다. 이 오산만 없다면 누구든지 개과천선(改過遷善)하고 성공의 길을 밟기 용이(容易)하리라고 본다.

갑오(甲午: 1954년) 7월 20일
봉우서우유신초당(鳳宇書于有莘草堂)

[이 글은 1989년 출간된 봉우 선생님의 수필집《백두산족에게 고함》48페이지에 〈자기를 비판하면 밝아지고 용서하면 어두워진다〉라는 제목으로 실린 것을 이번에 다시 역주하여 올립니다. 1954년 원문의 제목은 〈책인즉명(責人則明: 남을 꾸짖는 데는 밝음) 서기즉혼(恕己則昏: 자신을 용서하는 데는 어두움)〉이었으며, 1989년도《고함》에 실린 한글 제목은 뜻풀이가 잘못된 것입니다. -역주자]

옹산(甕算)⁹⁾을 말고 실지(實地)에 옮기라

　무슨 일이든지 설계가 없이 무조건하고 나가면 그 종말에는 혹 성공도 하고 실패도 한다. 그래서 세인(世人)이 말하기를 성공한 자를 운이 좋다 하고 실패한 자는 운이 불행하다 한다. 그러나 법칙상으로 보아서는 그렇지 않다. 성공한 사람은 성공할 궤도에서 예산(豫算: 미리 생각함)대로 갔고, 실패한 사람은 실패할 궤도를 벗어나지 못하고 갔다는 것을 너무나 명확하게 증명하는 것이라고 본다. 환언하면 성공자도 자기의 역량을 그대로 발휘함이요, 실패자도 역시 자기의 역량대로 발휘한 것이지 무슨 운(運)의 힘이나, 신(神)의 힘으로 실패당할 일을 성공시키고 성공될 일을 실패하게 한 것이 아니라는 말이다. 다시 환언하면 성공자는 성공의 법이 있고, 실패자는 역시 실패의 원인이 있다고 말하고 싶다. 그러니 남의 성공을 부러워할 것 없고, 자기 실패를 비관하지 말고 정정세세(精精細細: 정밀하고 세밀함)한 예산 설계가 확립되거든 지나치는 옹산(甕算)이 없이 곧 일의 실지면(實地面)에 착수하라는 것이다.

　주산(做算: 예산을 만듦) 설계라는 것은 그 일을 해나갈 사람의 역량과 실력 여하가 그 일의 성공과 실패를 확실히 좌우하는 것이다. 100

---

9) 독장수셈. 실현 가능성이 없는 허황된 계산을 하거나 헛수고로 애만 씀을 이르는 말. 옛날에 옹기장수가 길에서 독을 쓰고 자다가, 꿈에 큰 부자가 되어 좋아서 뛰는 바람에 꿈을 깨고 보니 독이 깨졌더라는 이야기에서 유래한다.

이라는 역량을 가진 사람이 150의 일을 착수하면 50이라는 부족으로 필연적 실패를 초래할 것이요, 100이라는 역량이 있는 사람에게 80이라는 일을 착수케 하면 자기 역량권 내에 있는 일이라 절대적 성공을 볼 것도 역시 자연스런 일이라고 본다. 절대로 무슨 미신적 행사가 아니라는 것을 말하는 것이다. 그러나 자기가 자기의 역량심사를 가장 정확하게 해야 할 것이라고 본다. 타인의 역량을 심사하자면 가장 상세하게 하는 사람이 자기 심사에는 그래도 과대평가하는 예가 많다고 본다. 그러니 일을 착수하기 전에 세밀한 조사를 해보고 조금도 유루(遺漏: 빠짐)함이 없는 기본설계를 작성해서 자기 역량과 그 일의 대조표가 완성되거든 더 이상 주저할 것 없이, 더 이상 옹산(甕算)을 말고 곧 실지로 착수에 옮기라는 말이다.

옹산(甕算)이라는 것은 자기의 실제 역량 범위를 생각하지 못하고 일이 추진되어 갈 공산(空算: 빈 계산)만 하고 혹은 광대하게도 생각해 보고 혹은 축소해서도 생각해 보아서 자기가 말초 기조(機糟: 기관?)의 일리원(一吏員: 한 관리)도 못 될 실력을 가지고도 세기의 위인(偉人)되었으면 하는 공산(空算)인 몽상도 해보고, 경제적으로 조불려석(朝不慮夕: 아침에 저녁일을 헤아리지 못함)을 하는 입장으로도 세계의 부자가 되었으면 하는 공산(空算)인 몽상도 해보고, 자기의 노쇠를 생각지 못하고 권황(拳皇: 무력의 황제) 한무(漢武)[10]의 권력도 없으면서도 장생불사(長生不死)를 공상(空想)하는 일도 있다. 이것이 옹산이라는 것이다.

제목이 '옹산을 말고 실지에 옮기라'고 하였으니, 무슨 일이든지 예산 설계를 말고 무조건하고 실지에 옮기라는 것이 아니다. 완전한 설

---

10) 유철(劉徹: 기원전 141~기원전 87), 전한(前漢)의 제7대 황제. 군사력을 강화시켜 흉노를 토벌하고 중앙집권화와 영토의 확장을 이루었다.

계가 되거든 곧 더 이상 주저 말고 실지에 옮겨서 착수하라는 것이다. 그러나 그 설계는 항상 자기 역량권 내에서 시작하라는 것이다. 고인의 말씀에 입지불고즉(立志不高則: 뜻을 세움이 높지 않은 즉) 기학(其學: 그 배움)이 개상인지사(皆常人之事: 모두 보통사람의 일)라고 한 말씀이 있으나, 이것은 입지를 될 수 있으면 고상(高尚)하게 하고, 그 입지를 성공하게 노력해서 자기 실력을 양성하라는 말이요, 무슨 일을 착수할 때에 자기 역량을 생각지 않고 될 수 있는 대로 고원난행지사(高遠難行之事: 높고 멀고 행하기 어려운 일)를 착수해 보라는 것은 절대로 아니다. 세인들은 무슨 일을 당하면 너무 옹산을 하다가 자기 역량을 정평(正評)을 못 하고 아무 데나 착수하다가 실패하는 일이 많은 고로, 내가 이것을 경계하기 위해서 이 붓을 드는 것이다.

갑오(甲午: 1954년) 7월 21일
봉우서우유신초당(鳳宇書于有莘草堂)

수필: 곧 소리는 나리라. 곧 동천의 빛은 오르리라

　　모군(某君)의 내방(來訪)이 있자 적기시(適其時: 그때에 맞춰) 동지 수인(數人)이 와서 한담(閑談)하고 있었다. 모군은 현재 관계(官界)에서 있는 분이다. 동지들이 모군에게 "관계에서 정신이 어느 정도 단결되어 있는가?" 하고 질문하였다. (다음은) 모군의 대답이다.

　　"단결이라는 것은 무엇을 의미하는 것인가? 북진통일을 의미하는 것인가? 민족정신 고취를 의미하는 것인가 알 수 없으나, 내가 본 피상(皮相)으로는 현 관계 인물들의 주의(主義)와 사상은 이 이상 더 부패할 수 없을 만큼 최고도에 달해서 우리는 말초기구에 있는 인물이라 말할 상대도 되지 않으나, 좀 연한이 높은 국과장의 주석(酒席: 술자리)이나 한담시(閑談時: 한가한 얘기할 때)에서도 언왕언래(言往言來: 말이 오고감)하는 것을 보면 우리 정부의 장래를 낙관하는 자가 극소(極少)하고 금일(今日: 오늘)에 행금일지사(行今日之事: 오늘의 일을 행함)하고, 명일(明日: 내일)에 행명일지사(行明日之事: 내일의 일을 함)라고 일이 되어가는 대로 하지 무슨 희망이나 예산을 가지고 하는 것이 아니라는 말이다. 국과장급의 인물들이 독립국가 관계인물의 기백(氣魄)이 없고 일이 되어가는 대로 해보겠다는 것이다. 그래서 지사나 국장이나, 과장이나가 다 동일(同一)을 취하고 그저 자기 임기 내에나 별일이나 없으면 좋을 듯하다는 주장이 제일 많고, 관권(官權)을 이용해서 사복(私腹: 개인의 이익이나 욕심)이나 채우고도 배탈 안 난 사람을 영웅같이 생각하고 탈이 난 사람을 평하는 것을 보면 '상납을 덜 한 것인가 보다'라고 할 정도지 조금도 의분심(義奮心)을 가지고 말하는 것을 못 보았고, 도지사고 국과장들도 상부 명령이나 유령시종(維令是從: 오직 명령만 따름)하면 그만이지 무슨 국민의 복리를 위해서 신규로 일을 할 생각이 없는 것 같고, 그저 국가를 위해서 통일이니, 평화니를 희망하는 것이 아니라 혹 자기 지위에 이동이 생길까 염려해서 별 큰 변동 없기를 바라는 정도의 언사(言辭)들 뿐이다. 그리고 통일 문제는 될 수 있으면 언어를 피하려고 하고, 무슨 상부에서 신규 발령이 있다면 이것이 국가적이나 민족적으로 복리가 될 것인가 그렇지 않은 것인가는 별문제요, 하부의 반향이야 어쨌든 시행함으로 자기 지위 보장이 되는 유일한 묘책으로 알고 있는 것 같다. 그리고 통일이 자력으로는 절대 불가능한 일이요, 미국에서나 소련에서의 협력이 없이는 안 될 것이나, 대체로 미국의 처분만 기다리는 것 같고, 관계에서 중앙청 평(評)을 하는 것을 보면 장관들이 국무회의에서 이 대통령이 임석(臨席: 자리에 참석함)하면 대통령의 명령에 일호백락(一號百諾: 한 번 호령에 백 사람이 따름)할 뿐이지, 일호반점(一毫半點: 아주 조금)을 언론(言論: 자기 생각을 발표함)하는 인물이 없고 그저 지당(至當: 예스)장관, 함구(緘口: 입을 봉함)장관, 애원(哀願: 애처롭게 사정함)장관의 3종류로 분별되고 대통령 단독 행정지휘요, 타 장관은 유유(維維: 唯唯: 시키는 대로 따름)할 뿐이라고 전하고, 임기 내에 한 자본(資本: 밑천) 먹지 못한 인물은 병신으로 취급된다고 한다. 다른 도는 어떤지 알 수 없으나, 우리 도의 실정이 그런 것 같다."

이것이 한심한 일이 아니고 무엇인가? 그리고 학생들이 학교에 수업하고 와서 자기들 간에 말하는 것을 보면 역시 우리나라의 자주성을 말하는 학생이 별로 없다고 한다. 이것은 교수 진영이 민족사상 고취의 책임을 알지 못하고 있는 관계요, 더구나 역사 선생들이 죽은 역사를 가르치는 관계라고 본다. 국가에서 문교 행정이야말로 한심하다. 한글 간소화한다고 우리나라의 고유 문화를 말살시키는 행동을 감행한다. 이것이 문화의 소중함을 알지 못하는 이 박사님의 과실이라기보다도 문교부 장관 이선근이라는 위인(爲人)이 갱일층(更一層: 다시 한층) 악질이라고 본다. 문교장관 자리가 탐이 나서 천추(千秋: 썩 오랜 세월)의 죄명(罪名)을 생각하지 않으니 가석(可惜: 아까움)한 인물이다. 또 모군(某君)의 말로 들으니, 관청에서 일체 공문서는 한글로 한다고 한다. 물론 좋은 일이다. 그러나 시기가 조속(早速: 너무 빠름)하다는 것이다. 이것은 한글 간소화를 관계에서부터 사용하려고 하는 심산일 것이다. 그러니 이 행정이 그리 급한 것이 아니다. 역시 이 박사님의 한문 폐지론을 실시코자 한 전제(專制) 정치일 것이다. 이 박사부터 아마 자기 소양이 한문에서 많은 소득이 있을 것이다. 그러니 혹 후생이 또 자기 같은 인물이 나서 한문에서 현 과학 이외의 무엇을 얻으면 지기 목전에 불리할까 하는 망상인지도 알 수 없다.

대체로 이 박사님이 일언일동(一言一動)이 아무리 보아도 동양 도의상(道義上)으로 보아서는 대폭적 탈선이다. 이것은 이 박사 개인의 불행이 아니요, 우리 전 국민과 국가의 불행을 초래하는 고로 위지장탄(爲之長歎: 길게 한숨을 쉬다)하는 것이다. 그래서 모군의 의사는 우리가 을유 8.15 즉시로 계몽 운동을 전개하고자 하던 주의(主義)와 주장이 누구의 무엇보다도 정확하였으나, 다만 역량이 부족해서 또 단결이 되지 못해서 발족을 못한 것인데, 될 수만 있다면 다시 우리의 동지회(연정원으로 추정)의 주의, 주장을 문언화(文言化)해서 비록 단행본이라도 한 가지씩, 두 가지씩 발표해서 우리의 동지를 규합하며, 국민 사상도 고취시키는 것이 방금지시(方今之時: 금방)하여 무엇보다도 긴급한 일이 아닌가 한다고 진언(進言)한다. 말만은 좋은 일이다. 거세개탁(擧世皆濁: 온 세상 모두 탁함)한 중에 아독청(我獨淸: 나 홀로 맑음)이라고 중류지석격(中流砥石格)11)으로 만난(萬難)을 배제(排除: 물리쳐 제외함)하고 지도(指導)를 자임하고 나가는 것도 비록 겸손한 일은 아니나, 또 하지 못할 일도 아니다. 그러나 만선구비(萬船具備: 모든 배가 다 갖춰짐)하고 지결동남풍(只缺東南風: 단지 동남풍이 빠짐)이라고 비록 단행본일망정 그리 용이한 일이 아니라는 것도 생각해야 하고 또 발족한다면 일시적으로 해서는 아무 효과가 없고, 계속적으로 비록 질풍뇌우(疾風雷雨: 거센 바람과 천둥치며 내리는 비)가 있더라도, 인내하면 유시유종(有始有終)의 미(美)를 자신하고 나가지 않으면 안 될 일이라. 십절백굴(十折百屈: 열 번 꺾이고 백 번 굽힘)할 용기가 있는가 없는가가 선결문제요, 또 고장(孤掌: 한 손바닥)이 난명(難鳴: 소리 나기 힘듦)이라고 단결의 공이 아니고는 발족할 용기가 나지 않는다.

여기서 모군(某君)의 진언만은 납득하였으나, 실행에 옮기기까지는 상당 시일을 요할 것이요, 또 내가 항상 말하고자 하는 연정원 발족이 동일 출발을 요하며, 이 출발을 보고자 한다면 선결문제가 중단(中段) 이상자(以上者)의 양성에 있는 것이다. 지금이라도 중단 이상자가 수삼 인 있다면 무엇도 불필요하고 연정원 발족을 천하에 공포하고 의심을 풀어 주며, 마음 놓고 순풍괘범(順風掛帆: 순한 바람에 돛을 닮)식으로 진

---

11) 지석중류라고도 함. 강 중류의 숫돌. 고대에 중국 황하 중류의 석산이 마치 돌기둥처럼 생겨서 혼탁한 물 가운데 있으면서도 흔들리지 않는 것을 의미하는 것으로, 고려 왕조에 절의(節義)를 지킨 길재(吉再: 1353~1419)를 은유한다. 이 글귀와 짝을 이루는 글 귀가 백세청풍(百世淸風)이다.

행하겠으나, 현상은 주조중탄(舟阻重灘: 배가 험한 겹여울을 만나)하여 상부득하부득(上不得下不得: 위로도 아래도 닿지 못함)하고, 고인의 말과 같이 촉번지양(觸蕃之羊: 울타리에 뿔이 걸린 양)이라 진퇴유곡 격이다. 그러나 국민 사조(思潮)는 일일(一日)이라도 속히 효종(曉鐘: 새벽종)이 명(鳴: 울림)하기를 고대하는 것 같다. 유예미결(猶豫未決: 망설이며 결정하지 못함)하다가는 일점계명성(一點啓明星: 샛별, 금성)이 동천(東天)에 상승하면 너도 나도 효종을 칠 준비를 할 것이요, 계명성을 보고 치는 종소리는 민족이 그리 시원하게 여기지 않을 것이다. 그러니 계삼창(鷄三唱: 닭이 세 번 울음) 누장진(漏將盡: 날이 다 샘)하고, 동천서색(東天曙色: 동녘 새벽빛)이 고미광(姑未光: 아직 밝지 않음)한 이때에 만성(萬姓: 뭇사람)의 숙몽(宿夢: 깊은 꿈)을 경성(警醒: 타일러 깨우침)시키는 거종(巨鐘)을 울리는 것이 제일 효과적이라고 본다. 그렇다면 시기는 거의 당도하였다.

모군(某君)의 말도 암중소식(暗中消息)이나 동천(東天: 동쪽 하늘)을 바라는 미미일망(微微一望: 미미한 한 가닥 희망)일 것이요, 또 종성(鐘聲: 종소리)을 듣고서 장야몽(長夜夢: 긴 밤의 꿈)을 선각(先覺: 먼저 깨달음)한 사람이로다. 곧 소리는 나리라. 곧 동천의 빛은 오르리라. 이매망량(魑魅魍魎: 도깨비, 두억시니)은 계명(啓明: 날 밝음) 되기 전에 네 마음껏 발동하라. 네 본적(本跡: 본래의 자취)이 노출하면 홍로점설(紅爐點雪: 붉은 화로에 한 점 눈)이 되리라. 목전(目前: 눈앞)에 종지부(終止符: 마침표)가 온다는 것을 각오(覺悟: 도를 깨침)하라. 내 이 붓을 들다가 또 언지장(言之長: 말이 길어짐)함을 불각(不覺)하였도다.

갑오(甲午: 1954년) 7월 25일 봉우서우유신초당(鳳宇書于有莘草堂)

추기(追記)

모군(某君)의 전언(傳言: 말을 전함)을 듣고 또 대전에서 온 모씨의 말
도 들었다. 동일하다. 무엇인가 대전에서 국군 150만 명 증강궐기대회
가 있었다. 이 대회는 아주 성황이었다고 한다. 그런데 그 궐기대회 내
용을 들으면 각 동회에서 동원 책임을 지고 이 대회에 불참하는 사람
은 경찰서에서 성명을 적어 오라는 암시를 말하자면 위협을 하고 나오
라니, 누가 감히 나오지 않을 것인가? 환언하면 불응하는 자는 적색도
배(赤色徒輩: 공산당들)로 취급한다는 것이었다. 관청에서도 특명(特命)
이라고 한 과(課) 일인(一人) 외에는 더 있을 수 없이 다 출근한 것이라
고 한다. 민주주의 국가에서 보기 어려운 기현상이다. 이것이 변영태
총리의 행정을 말하는 것이다.

또 금번 이 대통령 귀국을 계기로 국회에서 야간 긴급 소집이 있어
서 대혼란을 성(成)한 일단(一端: 한 끝)이 있었다. 소집 내용이 미군 철
퇴(撤退: 철수)를 중지해 달라는 의제(議題)를 결의하자고 의장이 소집
한 것이다. 아마 자유당 의사일 것이다. 그런데 야당 측에서 대논전(大
論戰: 큰 논쟁)이 있었던 것 같다. 상세는 알 수 없으나, 조병옥, 장택상
등을 위시(爲始: 비롯함)한 대질문전(大質問戰)이 있었고, 이런 일이라면
명일(明日: 내일)이라도 얼마든지 소집할 수 있고 또 대통령 각하께서
방미 중 제사(諸事: 제반사)는 다 잘 되었다고 담화(談話)가 발표되었는
데, 대통령 각하의 본의가 발의되지 않았는가 하고, 또 장택상 군 같은
이는 의장이 아해(兒孩: 아이)들과 동일한 행동을 한다고 논박(論駁: 상
대의 주장을 조리 있게 공격함)하고 세계 어느 나라에서도 보지 못하는
행동이라고 공박(攻駁: 남의 잘못을 따지고 공격함)했다고 한다. 그러나

서울에서도 궐기대회에 철시(撤市)까지 했다고 한다. 역시 대전식 관권 만능이 아니었든가 하는 감이 있다.

미군 철퇴는 이 박사님이 미국에서 발언하신 것이요, 공군, 해군 양 군의 응원만으로 충분하다고 하시고, 국군 150만 완성을 보고 있으니, 무기만 주면 북진통일 자신이 있다 하신 것을 국회에서 미군 철퇴 중 지를 결의하면 대통령 의사에 배치함이 아닌가 알 수 없다. 자유당에 서는 정략도 정략이려니와, 최고 간부 진영들은 군략(軍略: 군사 전략) 까지도 전문가적인 것 같다. 기개인(幾個人: 여러 개인)의 권리행사로 일 국(一國)의 흥망을 불관(不關: 관여치 않음)하고 마음대로 조종하나, 이 조종을 받은 국민으로서는 유구무언이리니 그 신세 참으로 가련하도 다. 서투른 운전사가 자동차를 층암절벽(層巖絶壁)에서 만취(滿醉)해 가지고 조종하니, 승객이 내리지도 못하고 안 내리지도 못하고, 평탄한 곳까지 가기 전에는 생명을 운전사 손에 맡기고 있으니 오로지 천운 (天運)이나 바랄 뿐 별 도리가 없도다. 가련한 신세요, 불행한 몸이로 다. 만약 무사히 평탄한 곳까지 가더라도 위험천만(危險千萬)해서 십년 감수(十年減壽)는 틀림없다고 본다. 이 악몽(惡夢: 나쁜 꿈)을 속히 깨었 으면 우리는 바라는 것이 이것이다.

(봉우추기(鳳宇追記) 7월 25일)

전통 약방문(藥方文) 1: 백일해(百日咳)[12]

백일해

맥문동(麥門冬)[13]	中 7개
미각(麋角)[14]	小 2개
소엽(蘇葉)[15]	5푼(五分)
황백(黃柏)[16]	2푼(二分)
행인(杏仁)[17]	7개
반하(半夏)[18]	小 특(不種 不備)

---

12) 경련성의 기침을 일으키는 어린아이의 급성 전염병.

13) 기침과 가래를 멎게 하거나 폐장의 기능을 돕고 기력을 돋우는 데 효과가 있다. 강장 · 거담 · 진해 · 강심제 등에 사용한다.

14) 고라니 뿔. 성질이 따뜻하고 정을 더해 주고 골수를 도와주며 혈맥을 좋아지게 한다.

15) 차조기의 잎으로 만든 약재. 감기로 인하여 땀이 나지 않고 오한과 열이 있으면서 기침과 천식을 일으키는 증상에 활용된다.

16) 황벽나무의 껍질. 여러 가지 열성 질환과 황달, 대하(帶下), 각기(脚氣) 따위에 쓴다. 핵심 성분은 요즘 항암효과로 많이 알려진 베르베린(berberine)이다.

17) 살구씨. 해열 · 진해 · 거담 · 소종 등의 효능이 있다.

18) 기침, 급성위염, 두통, 어지러움에 효과가 있다.

수필: 타산지석(他山之石)의 천상(天象)

　근일(近日) 건상(乾象)은 변함이 없고, 다만 남천(南天: 남쪽 하늘)에 일성(一星)이 방광(放光: 빛을 내쏨)할 뿐, 아마 분야(分野)는 미성(尾星: 28수宿의 여섯 번째 별)인가 하나, 남북이 방위가 다르고 경도(經度)만 동일할 뿐 의심컨대 비국(比國: 필리핀)에 응(應)함이 아닌가 한다. 비국(比國)은 대통령19)이 취임해서 그 관계(官界)의 친미(親美) 일색으로 우리나라만큼이나 부패되었던 정계를 신대통령의 대영단(大英斷)으로 숙청(肅淸)하고 현관(現官: 현직 관리)으로 조금이라도 청백(淸白)하지 못한 평이 있는 자이면 무조건 파면하며 민간인사에서 가장 신망(信望)있는 인사를 등용한다고 전한다. 말하자면 친현인원소인(親賢人遠小人: 현인을 가까이 하고 소인을 멀리함)한다고 보며, 임현사능(任賢使能: 나랏일을 어진 이에게 맡기고 유능한 이를 씀)한다고 본다. 그래서 단시일 내에 관계는 관계대로 숙청되고 국민은 국민대로 안정된 가능성이 보인다고 전한다.

　나는 비국 사정에 대해서 1건도 직접 아는 것은 없고 지나는 길에 도청도설(道聽塗說: 길거리의 뜬소문)이나, 이 비국 대통령이 유종(有終)의 미(美)만 있다면 현주(賢主: 현명한 군주)임에 틀림없다고 본다. 그래서 비국(比國) 전정부가 일신(一新)해졌다고 본다. 이와 같이 치란(治亂: 평

---

19) 라몬 막사이사이, 1907~1957.

화기와 혼란기)이 유수(有數: 정해진 운수가 있음)함을 보고, 송무백열(松茂栢悅: 소나무가 무성하니 비슷한 잣나무도 기뻐함)하지 않을 수 없다. 그런데 이런 인국지정(隣國之政: 이웃나라의 정치)을 보고도 소무동념자(少無動念者: 조금도 생각에 움직임이 없는 자)는 억하심재(抑何心哉: 대체 어떤 마음인가)아? 송경어유전웅지이(誦經於柳展雄之耳: 유전웅 귀에 불경 외우기)20)가 아닌가 한다. 비록 금수(禽獸)시대라고 하나, 왜 이 금수에 자감(自甘: 스스로 만족)하는가? 지과불개(知過不改: 잘못을 알고도 고치지 않음)하는가? 과이부지(過而不知: 잘못하고도 모름)하는가? 이 철면피(鐵面皮)들이여! 인국(隣國)의 행정을 보라! 임현사능(任賢使能)하며 친현인원소인(親賢人遠小人)하는 덕(德)을 구비하였거늘 어찌해서 정반대로 임불초이사우매(任不肖而使愚昧: 못난이를 앉히고 어리석은 이를 씀)하고 친소인원현인(親小人遠賢人: 소인을 가까이 하고 현인을 멀리함)하는가? 이것을 후세인의 정평(正評)이야 물론 있을 것이나, 자기비판을 왜 하지 못하는가?

가탄(可歎: 가히 탄식함)이라기보다 가증(可憎: 미워함)하며, 가책(呵責: 꾸짖어 책망함)할지로다. 일일(一日)이라도 속히 개과(改過)하라. 불연(不然: 그렇지 않음)하거든 일일이라도 속히 거위(去位: 자리에서 물러남)하라. 이것도 저것도 다 마음이 없으면 그 자리에 있다가 천주(天誅: 하

---

20) 柳展雄(유전웅)은 盜跖(도척)의 다른 이름이다. 성은 展(전), 이름은 跖(척). 노나라 孝公(효공)의 아들인 公子(공자) 展(전)의 후손. 노나라의 현인인 유하혜(柳下惠)의 동생이다. 중국 춘추전국시대에 있었다고 하는 전설적인 악명 높은 盜賊(도적)으로 9,000명이나 되는 부하를 거느리고 천하를 돌아다니며 제후를 공격하고 마을을 약탈하고 부녀자들을 겁탈하는 것은 물론이고 사람을 잡아 생간을 꺼내 먹는 등 온갖 악행을 저질렀다. 토벌당했다는 기록도 없어서 사마천은 《사기》〈백이열전〉에서 인육 먹는 도척 같은 놈은 천수를 누리다 편안히 죽었는데 백이숙제 같은 선인은 굶어죽고 안자는 극빈하게 살다 요절했다며 불공정해 보이는 현실을 비판했다.

늘이 죽임), 신주(神誅: 신이 죽임), 인주(人誅: 사람이 죽임)를 겸수(兼受: 함께 받음)하고 사후(死後)에 유후만년(遺臭萬年: 영원히 나쁜 냄새를 남김) 감수(甘受: 달게 받음)하라. 다만 바라는 바는 타산지석(他山之石)은 가이공옥(可以攻玉)[21]이라고 찰인국지정(察隣國之政: 이웃나라의 정치를 잘 살핌)하고 통개전비(痛改前非: 과거의 잘못을 아프게 뉘우침)하기를 그래도 백성된 죄로 혹이나 하고 교수이망(翹首而望: 머리를 쳐들고 바라봄)할 뿐이다. 두기성전(斗箕星纏: 28수의 두성斗星과 기성箕星 분야, 우리나라는 두성 분야에 속함)에는 하시(何時)에 경성(景星: 상서로운 별)이 방광(放光: 빛을 내쏨)할 것인가? 그저 야야북천(夜夜北天: 밤마다 북녘 하늘)에 망안(望眼: 바라보는 눈)이 욕착(欲窄: 좁아지려 함)이로다.

갑오(甲午: 1954년) 7월 25일
봉우서우유신초당(鳳宇書于有莘草堂)

추기(追記)

태을시입조(太乙始入照)하니,　태을성(太乙星: 五福星) 비로소 들어와
비추이니

청마운시회(靑馬運始回)라.　　청마대운 바야흐로 돌아오는구나.

막원야불서(莫怨夜不曙)하소　밤이 걷히지 않는다 원망하지 마소.

---

21) 다른 산에 있는 돌이라도 자신이 잘 갈면 빛나는 옥이 될 수 있다. 출전:《시경(詩經)》
〈소아편(小雅篇)〉.

오경누이진(五更漏已盡)을.　　아침이 이미 다 된 것을.

매화수보뢰(梅花雖菩蕾)하나　매화꽃이 비록 봉오리를 틔었다 하나

설청풍상한(雪晴風尙寒)을.　　눈 개인 후 바람은 아직 차가운 것을.

기도풍랑진(幾渡風浪津)하고　몇 번이나 풍랑 속에 나루를 건넜으며,

기월기구령(幾越崎嶇嶺)가.　　몇 번이나 험한 고개를 넘었는가?

묵묵심하거(默默尋下去)하면　묵묵히 아래로 찾아가 보면

전도시평탄(前途是平坦)하리.　앞길은 평탄하리라.

상로사십리(上路四十里)를　　윗길로는 40리를

하행(下行)하면 이십리(二十里)라.아래로 가면 20리라.

(봉우소기(鳳宇笑記): 봉우는 웃으며 쓰노라)

[이 글은 1989년에 나온 《천부경의 비밀과 백두산족문화》 292~
293페이지에 실린 봉우 선생님의 천문관측 기록으로서 이번에 원
문을 다시 역주하였다. -역주자]

수필 : 스스로 그릇되었음을 이르다

촌거자미(村居滋味: 시골에 사는 재미)가 남경여직(男耕女織: 남자는 농사짓고 여자는 베를 짬)이래야 서면계옥(庶免桂玉: 여러 땔감과 먹을 것을 장만함)이어늘, 여즉불농불상(余則不農不商: 나는 농사도, 장사도 안 함)하고 우비업유(又非業儒: 또한 선비를 업으로 하지 않음)하니, 난면파락호(難免破落戶: 파락호를 면키 어려움)로다. 자비어하가호(自比於何可乎: 스스로 견주기를 어디에 맞다 할 것인가?)아. 괴무가비(愧無可比: 견줄 수 없이 부끄럽도다)로다.

욕비어농인(欲比於農人: 농사짓는 사람에 견주어 봄)하면 초불습농(初不習農: 애초에 농사를 익히지 않음)하니, 농인(農人: 농민)이 불허비지(不許比之: 견줌을 불허함)하고,

욕비어상인(欲比於商人: 장사하는 사람에 견줌)하면 이해득실(利害得失)을 맹연부지(盲然不知: 장님처럼 깜깜함)하고, 상로경위(商路經緯: 장사하는 과정)를 일무소지(一無所知: 하나도 아는 바가 없음)하니, 상인(商人)이 역불허비(亦不許比: 또한 견주기를 불허함)하고,

욕비지어유자(欲比之於儒者: 선비에게 견줌)하면 유이독서(幼而讀書: 어려서 독서함)하고, 장이습례(壯而習禮: 장성해서 예를 익힘)하며 노이덕행(老而德行: 늙어서 덕 있는 행실)이 저우향리(著于鄕里: 고향 마을에 분명함)라야 가위유자(可謂儒者: 가히 선비라 이름)어늘,

여즉소불습육예(余則少不習六藝: 나는 어릴 적에 육예를 익히지 않음)하

고 장불수사훈(壯不受師訓: 커서는 스승의 가르침을 받지 못함)하야, 언불충신(言不忠信: 말은 충성스럽고 믿음직하지 않음)하고, 행불독경(行不篤敬: 행실은 도타웁고 공경하지 않음)하니

수로(雖老: 비록 늙었음)나, 무가표우향리주려(無可表于鄉里州閭: 고향 마을과 고을에 드러남이 없음)요, 수사(雖死: 비록 죽어도)나 무가손익어인세(無可損益於人世: 사람 세상에 어떤 손해나 이익도 없음)니, 유자역불허비(儒者亦不許比: 선비 또한 견줌을 불허함)하리니,

연즉천지중일기물야(然則天地中一棄物也: 그런즉 천지 속의 한 버려진 물건이라)라. 무처가비(無處可比: 어느 곳도 견줄 곳이 없네)로다.

유자적자(維自適者: 무릇 유유자적자)는 부앙건곤(俯仰乾坤: 하늘을 우러러보고 땅을 내려다봄)에 무대죄과(無大罪過: 큰 죄나 과오가 없음)하고, 처지어부귀지간(處之於富貴之間: 부와 귀함의 사이에 처함)에 여불탈소지(余不奪素志: 나는 원래의 뜻을 빼앗지 않음)하고 혹위무임지(或威武臨之: 혹시 위력과 무력으로 군림함)에 여불수기굴(余不受其屈: 나는 그 굽힘을 받지 않음)하고,

호산명수(好山名水: 산 좋고 물 좋음)에 임의소요(任意逍遙: 뜻대로 노님)하며 호흡육청(呼吸育淸: 호흡으로 맑음을 기름)하야, 능양현진(能養玄眞: 능히 신비한 참됨을 기름)하되,

무사무도(無師無徒: 스승도, 무리도 없음)하고 불수권박(不受圈縛: 어떤 권역의 속박도 받지 않음)하고 자유왕래(自由往來)에 불관상승하승지별(不關上乘下乘之別: 위아래로 타고 헤어짐에 관여치 않음)하니 여수무가비처(余雖無可比處: 내 비록 견줄 만한 곳이 없음)나,

여불원천(余不怨天: 나는 하늘을 원망 않음)하며, 우불원인(又不怨人: 또한 사람을 원망안함)하고, 홍안백발(紅顏白髮)로 부지광지장지(不知光之

將至: 장차 광명이 이름을 알지 못함)하고, 기생야무기(其生也無羈: 그 삶은 굴레가 없음)요, 기사야역무유(其死也亦無由: 그 죽음 또한 말미암음이 없음)리라.

　여부운(如浮雲: 뜬구름처럼)이 출수(出岫: 산굴에서 나옴)에 무심이기(無心而起: 무심히 일어남)하고, 무심이서(無心而逝: 무심히 사라짐)리라. 고(故)로 이차자오운이(以此自誤云耳: 이로써 스스로 그릇되었음을 이를 뿐임)라.

갑오(甲午: 1954년) 7월 25일
봉우소기(鳳宇笑記: 봉우는 웃으며 쓰다)

미군이 한국 전선에서 철수한다

　을유 8.15 후로 꾸준히 한국에 주둔하고 있던 미군, 더구나 6.25 사변으로 대증강(大增强)을 보았던 미군이 물론 기정(旣定) 방책일 것이다. 그러나 휴전 후에도 1년이나 부동(不動)하던 것을 이 대통령의 방미 시(訪美時) 미 국회에서 강연한 후에, 그 말씀과 같이 미 해병사단만 잔류시키고 전부 철수한다고 결정되었다. 이것이 이 대통령의 성공일 것이요, 혹 비상사태가 있다면 우리 국군이 담당하는 외에 타도가 없을 것이다. 그래서 미군에서도 철수 제반 사태에 대처리타협차(對處理打協次)로 모모 장성이 내한(來韓)한다 전한다. 나도 미군의 장시일 주둔을 불호(不好)하는 사람의 일인이나, 미군의 철수 방식이 우리 국군에게 별 영향이나 있지 않을까 염려되는 것이다. 그리고 유엔군이 있는 관계로 국군 장병들의 의뢰심(依賴心: 남에게 의지하는 마음)이 양성되어서 자주성이 부족했던 것은 가리지 못할 일이요, 유엔군의 후원으로 비록만 도움도 되었으나. 국군 단독으로 유엔에서 병기나 응원하였다면 서부 전선이 한강 하구(河口)까지 진출을 불허(不許)하였을 것은 명약관화(明若觀火)한 일이다. 또 유엔군 군사고문들이 국군의 진출을 방지(防止: 못 하게 막음)한 것도 사실이 증명하는 것이다.

　미군이 육군도 1개 사단은 잔류시킨다고 하나, 만약 유사시에는 해륙(海陸) 각 1개 사단으로는 문제가 되지 않는다. 차라리 전군을 철수하고 유엔에서 중공군의 총퇴각을 강요하는 것이 당연하다고 본다. 이 대통령 말씀과 같이 남북이 공히 외국군은 철퇴하고 단독으로 승부를 결하든지, 평화를 하든지를 택하였으면 도리어 국민으로는 행복일 것 같다. 미군이 철수함으로써 미군의 무기는 국군에게 인수시키는 것인가? 일부는 불용품(不用品)이나 잔류시킬 것인가가 제일 의문된다. 전쟁하던 군대가 철수함으로써 평화를 의미하는 것인가? 한국을 유엔에서 기권(棄權)시키는 것인가? 두 가지 중 한 가지일 것이다. 그러면 한국에서도 이 대통령이 금번 방미행각이 성공인가, 실패인가도 금후(今後: 지금부터 뒤) 미군 철수 후 행동에 달렸다고 본다. 더구나 중공에서는 대만 해방을 방언(放言: 거리낌 없이 말을 함)하고 있는 차시(此時: 이때)에 남북한 문제도 완전한 해결을 보지 못하고, 유엔군만 철수하도록 하는 이 대통령의 조처야 아무리 생각하여도 그 이면(裏面: 속 모습)을 규지(窺知: 엿보아 앎)할 수 없다는 것이다.

이 대통령은 미국민에게 식언(食言)을 하지 않고 전쟁에서 휴전시키고 군대를 본국으로 철수하는 것은 당연한 처사라고 보나, 우리나라 실정이 아무리 생각해도 불안심된다는 말이다. 국군의 무비(武備: 軍備)도 무비이려니와 장성들의 병략(兵略: 군략軍略, 전략)이 몇 분을 제하고는 자신이 나지 않는 것 같다. 그리고 사기(士氣)도 그리 왕성하다고는 못 하겠다. 무기를 자작자급(自作自給: 스스로 만들어 공급함)해도 전쟁 시에는 유위부족(猶爲不足: 오히려 부족함)인데 전부를 타국의 원조로 만 가지 전쟁을 하려는 것이 비록 부득이한 사정이나 기현상(奇現象: 기이한 현상)이라고 본다. 6.25 사변 발발 당시에 북한군은 공군, 전차대, 중포진(重砲陳)을 가지고 내침(來侵)하는데 우리 국군은 어떠하였는가? 소총과 포(砲)하고는 극소구경(極少口徑)을 가진 기구(幾口: 몇 구경)를 가지고 북한군과 상대하니, 호토(虎兔: 호랑이와 토끼)가 상대하는 것과 동일하였다. 이후 한국군의 증강이라고 인명수(人名數)만 150만 하더라도, 적군은 완전무장을 하고 우리는 인해전(人海戰)으로 적을 대한다면 다만 희생이 날 뿐이다.

이런 관계로 미군 철수 후 선후책(善後策: 좋은 대책)이 무엇인가 확실치 못하면 이 박사님의 방미 행각이 실패가 아닌가 하고 의심한다. 경궁지조(驚弓之鳥: 화살에 놀란 새)22)가 되어서 이 박사님은 불고(不顧: 돌아보지 않음)하시고 호전(好戰)하시는 것 같고 그 부하에는 명참모가 있는 것 같지 않고, 그렇다면 외교 진영이라도 강했으면 하겠는데 아주 유치하고 조정에는 충언지사(忠言之士)가 없고 되어 가는 대로 해보라는 격에 불과하니, 백성된 사람으로 어찌 걱정이 안 될 것인가? 예언가들은 명년에 남북한에 외국군이 완전 철수하리라고 했으나, 무슨 방식으로 된다는 말은 없다. 그리고 이것은 추수(推數)이니 어찌 확신하리요? 참고로 해보는 것이다. 비록 미군의 철수가 평화가 아니면 전쟁의 기로(岐路)를 말하는 것이나, 우리로서 불안해서 이 붓을 들어 보는

---

22) 화살에 한 번 맞아 혼이 난 새처럼 항상 공포를 느끼며 경계하고 있는 것을 일컫는 말. 전한 때 유향(劉向)이 편찬한《전국책戰國策》초책(楚策)에 나오는 이야기에서 유래했다고 한다. 전국시대의 초(楚)·조(趙)·연(燕)·제(齊)·한(韓)·위(魏) 여섯 나라는 합종책으로 최강국인 진(秦)나라에 대항하려고 동맹을 맺었다. 조나라에서는 위가를 초나라에 보내 초나라의 승상 춘신군과 군사동맹에 대하여 논의하게 하였다. 위가는 협상 중에 초나라의 군대를 지휘할 장군에 임무군을 임명하였다는 춘신군의 말을 듣고 합당하지 않다고 여겼다. 진나라와의 싸움에서 번번이 패한 적이 있는 임무군은 늘 진나라를 두려워한다고 들었기 때문이다. 위가는 춘신군에게 "위나라에 활을 잘 쏘는 사람이 왕과 함께 산책을 하며 길을 걷고 있을 때 날아가는 기러기들을 보고 화살을 매기지 않고 시위만 당겼는데 맨 뒤에 날아가던 기러기가 놀라서 땅에 떨어졌습니다. 왕이 그 까닭을 물었더니 명궁은 '이 기러기는 지난날 제가 쏜 화살에 맞아 다친 적이 있는 기러기입니다. 활의 시위만 당겼는데 그 소리에 놀라 높이 날아가려고 하다가 땅에 떨어졌습니다'라고 대답했습니다. 그래서 진나라와 싸워서 졌던 임무군을 장군으로 임명하는 것은 타당하지 않습니다"라고 말했다. 위가의 말을 들은 춘신군이 초왕에게 그대로 고하니 초왕은 임무군에 대한 임명을 거두었다고 한다.

것이요, 별 변동 없이 안연(安然: 편안함)했으면 하는 바람이 있을 뿐이
다.

갑오(甲午: 1954년) 7월 26일
봉우서우유신초당(鳳宇書于有莘草堂)

유치흥(兪致興)²³⁾씨 내방(來訪)에 제(際: 사이)하여

유 씨는 금천(金川) 이토암(李土庵)²⁴⁾ 선생의 가정교사로 있으며 토암의 영윤(令胤: 자식)인 성직(成稙)의 한문(漢文) 교수(教授: 가르쳐 줌)를 책임지고 있던 한학자이다. 그런데 그 후에 이문목격(耳聞目擊: 귀로 듣고 눈으로 봄)이 금강도(金剛道)²⁵⁾ 외에는 타사(他事)가 없었고, 씨의

---

23) 유치흥(兪致興), 1905년 출생. 한학자 김소정에게 수학후 제자를 가르치다 상해 임정으로 가서 활동 중 친우의 권유로 이토암을 만나 설법을 듣고 제자가 되었다. 금강도에서 강사를 하고 교리서에 발문을 쓰는 등의 일을 하였다.

24) 이토암(李土庵, 1874년 5월 19일 ~ 1934년 11월) 강원도 통천(通川) 출생. 목은(牧隱) 이색(李穡)의 18세손. 33세 되던 1906년 종교적 체험을 통한 후 금강도를 창시. 1910년 제자들과 계룡산 백암동에서 포교를 시작했다. 이후 초기 10여 년 동안 계룡산을 중심으로 비밀리에 포교 활동을 했다. 백암동, 공주군 반포면 남산소, 석봉리 등으로 옮겨 살다가 이후 신도안과 연기군 금천리로 갔다. 1934년 5월 12일 민족의식 선양을 목적으로 충남도청 앞 광장에서 수천 명이 모여(금강도, 예수교, 천도교, 보천교, 시천교, 수운교의 연합집회) 태극기와 각 종파의 깃발을 들고 집회를 하다가 제자들과 보안법 위반으로 옥고를 치르고 그해 11월 61세를 일기로 사망한다.

25) 1874년에 창시된 신흥종교. 1대 교주 토암(土庵) 이승여(李承如, 1874~1934)와 자암(慈庵) 서의복(徐宜福, 1884~1927)이고, 제2대 교주는 청학(靑鶴) 이성직(李成稙, 1913~1957)과 보단(寶丹) 민영인(閔永仁, 1913~1959)이다. 창시 이후 현재까지 100여 년 동안 줄곧 충청도를 중심으로 종교 활동을 해온 충청도를 대표하는 한국의 자생 신종교이다. 1934년 조선총독부의 조사에 의하면 당시 신도수가 13,000여 명으로 전국적으로 천도교, 보천교에 이어 세 번째의 교세로 파악되고 있는데, 그 교세의 90% 이상이 충청도에 집중되고 있어서 적어도 충청지역에서는 제1의 교세를 보여 주고 있다. 일제 강점기에 민족정신과 수행정신을 고취하여 요시찰 대상으로 탄압을 받았다. 특히 1941년 일제는 금강도의 말살을 계획하고, 금천리 법당에 난입하여 도주 이하 50여 명을 검거, 당시의 '조선어학회 사건'에 연루되었다는 죄목을 씌워 투옥하고 고문하였다. 이때 옥중 순교자가 10여 명에 달하였고, 본원 내의 성전과 부속 건물이

의지식지(衣之食之: 입고 먹는 것)가 다 금강도에서 제공된 관계로 이토 암이 서거하기 전에 벌써 곧 신자(信者)가 되었다. 선번(先番: 먼젓번) 왜정 시 금강도 사건에도 영어(囹圄: 감옥)생활을 하였고, 을유 8.15를 계기로 종교도 해방이 되어 다시 우후죽순 격으로 간판이 붙을 때에 금강도도 재발족을 하고 이성직 군이 내부(乃父: 그이의 아버지)의 유업(遺業: 선대의 사업)을 계승해서 금강도 제2세 교주로 출세하자, 토암 선생 당시 선화사(宣化師)였던 김동식 옹이 서거하고 유 씨가 그 후임으로 교주의 제일 신임을 받고 있는 것은 사실이다.

시대의 사조에 따라 교리가 분명치 못한 것은 세인의 주목을 끄는 관계로 금강도에도 우리 연정원 동지의 일인(一人)인 춘산미호(春山媚狐: 봄산의 아름다운 여우)26)가 가담해서 총관정(總觀長)이라는 직에 있으며. 교(敎)의 외면 목표를 대황조(大皇祖) 숭봉(崇奉)으로 개환(改換: 다시 바꿈)하고, 내용은 여전히 불변하였다. 그래서 선전하기를 왜정시대부터 민족정신 앙양(昂揚)차 토암 선생이 단군을 숭봉하던 것이라고 외장(外裝: 밖으로 장식함)해서 중앙 요인들도 대황조 봉안전(奉安殿)에 참배자가 종종 있고, 대전에서도 최승천27) 동지의 주선으로 도지사, 문교, 사회국장, 검찰청장, 법원장 등 기관장들의 참배 행각이 있었고, 예사(禮辭: 경의를 표하는 말)가 있었다. 이것은 (춘산미호) 임(지수)군의 주선력인 것이다. 그래서 금강도가 외관상 체면을 보중(保重: 잘 유지함)하

파괴되는 비운을 겪기도 했다. 해방 이후에는 서구 문화의 물결과 물질 만능주의 풍조에 맞서 도성덕립(道成德立)의 목표로 충청도를 중심으로 표교 중이다.

26) 임지수. 봉우일기3권 451쪽 〈연정원 동지들 약평이나 해보자〉 4-84에 인물평이 나온다.

27) 4-84에 인물평이 나온다. 계룡산특별당부 부위원장, 해군특무대 대장, 국제연합 한국협회 충남지부 대표이사 등을 역임했다.

였고, 선전도 되어서 각지에 지부가 있고 교인수가 상당히 도달하였다. 그러나 임지수라는 인물이 종교에 장구히 ○복(○伏)할 인물이 아니요, 전(箋?)이나 장계취계(將計就計)28) 해볼까 하고 한 일일 것이다.

종교라는 곳은 다 무엇을 맹신(盲信)하는 폐(弊: 폐단)가 있는 것인데 임씨가 그 맹신을 타파하려는 것이 좀 부족했던 것이다. 교중(教中)에서 임씨를 경이원지(敬而遠之: 공경하되 가까이 하지는 않음)하니, 임군은 실패하고 귀가하였으나, 그 여적(餘蹟: 남은 자취)이 금강도로서는 상당하다고 본다. 대황조를 봉안한다니, 중앙 대종교에서도 간부 진영이 왕래하고, 각계각층에 전날 임씨가 연락했던 곳은 다 왕래가 된다. 그래서 현 교인이 수만 명에 도달하고 프로 종교답게 체면을 유지하는 것이다.

유 씨가 금번 내방한 것은 내 선친께서 토암 생존 시에 삼성제군(三聖帝君)29) 숭봉을 한다는 말씀을 김동식 옹에게 들으시고 내 선친께서도 수십 년을 일일(一日)같이 삼성제군을 숭봉하시는 관계로 동호자(同好者)라고 금천30)을 방문하신 것이 인연이 되었던 것이다. 그래서 당시에도 내게 금천 심방(尋訪)을 수차 권하였으나, 내 생각에 현시(現時: 현재)의 종교라는 곳은 다 무슨 이면(裏面) 공작이 있는 것은 가리지 못할 일이요, 또 내가 추측하는 것보다도 여실(如實)한 증거를 보게 되어서 불응했던 것이다. 그래서 교주의 영윤(令胤)인 성직 군을 명선(命選:

---

28) 상대방의 계략을 미리 알아내고 반대로 그것을 이용하는 계략.
29) 도교의 신격화된 세 신선. 중국 삼국시대의 명장 관우(關羽)를 신격화한 관성(關聖)제군, 북두칠성 중 문창성(文昌星)을 신격화한 문창제군, 도인 여동빈(呂洞賓)을 신격화한 부우(孚佑)제군을 말한다.
30) 현 세종시 금남면 금천리에 있는 금강도 총본원.

명령으로 뽑음)해서 세배를 시키고 나더러 회사(回謝: 사례하는 뜻을 표함)를 하지 않는가 하는 권고를 역시 불응해 왔다. 그 후 서신으로는 경조(慶弔: 경사와 궂은 일) 상문(相問: 서로 문안함)은 있을 정도였다. 그래서 금번 유 씨가 내방해서 일숙(一宿: 하루 묵음)하며, 언왕언래(言往言來: 말이 오고감) 중에 대황조 이념만은 나도 찬의(贊意)를 표한 것이다.

유 씨는 단도직입(單刀直入: 단칼로 바로 들어감)적으로 또 나의 금천 내방을 극력 권고한다. 교인이 수만 명이나 되니, 숭조(崇祖: 조상을 숭봉함) 이념을 확실무의(確實無疑)하게 정신계몽을 시키는 것도 좋지 않은가 하는 권고다. 그래서 내 대답하기를 숭조 이념만은 좋으나, 내가 금천 가서의 입장이 불편해서 못가겠다고 불응하였다. (내가) 교인도 아니요, 또 심방객도 아닌 이상 교주와 상대하기 불편하다고 단순하게 거절했으나 기회만 있다면 수만 명이나 되는 집단이니, 완전한 숭조 이념을 선전해 봄도 무방하다고 생각한다. 그러나 나는 금강도와 이토암과는 하등 관련성을 가진 것이 아니라는 것도 확실히 표명하고, 또 내 선전을 하려다가 금강도에게 포로가 되지 않을 것을 자경(自警)하는 것이다. 유 씨 개인적이나 이성직 개인적으로는 친의(親誼: 친하게 사귀어 온 정)가 있다는 것을 자인(自認)한다.

갑오(甲午: 1954년) 7월 27일

봉우서(鳳宇書)

추기(追記)

유 씨가 언왕언래지간(言往言來之間: 말이 오가는 사이)에 건상(乾象)

에 대하여 무슨 자신이 있는 것같이 말하더니, 근일(近日) 형혹(熒惑: 형혹성)31)이 남두(南斗: 南斗六星)의 제삼성(第三星)을 범(犯)하였다고 하고, 점점 기성(箕星: 28수의 일곱째 별)으로 돌아온다 한다. 〈천문대성(天文大成)〉32) 해설 같으면 형혹임처(熒惑臨處: 형혹이 임하는 곳)에 기국(其國: 그 나라)이 대란(大亂)이라 하였다. 유 씨의 의사는 근일 남천(南天)애서 방광(放光)하는 성숙(星宿)을 형혹으로 인정하고 남두에서 기성(箕星)으로 오는 곳을 우리 한국으로 알아서 무슨 대란이 있을 것인가 하는 것 같다. 또 내두에 길운(吉運)이 있다 하더라도 인구(人口)는 현 금수(禽獸: 짐승)세계를 그대로 두고 호운(好運)이 올 리가 없으니, 고인(古人)의 전하는 천조일손(千祖一孫)33)이 되지 않을까 한다는 말을 한다. 내가 말하기를

"자고로 전쟁이 많았으나, 사상률이 그렇게 많지 않았고 백기(白起)34), 항우(項羽)35)의 참살(慘殺: 참혹한 살인)이 있을 뿐이나, 우리가

---

31) 화성을 재난의 징조를 보여 주는 별이라 하여 이르는 말.

32) 청나라 때의 천문서《천문대성 · 관규집요(天文大成 · 管窺輯要)》를 말씀하시는 것으로 보인다. 현재 규장각에 소장되어 있는《천문대성 · 관규집요(天文大成 · 管窺輯要)》에는 앞부분에 별도로《천문대성 · 보천가요결》이 붙어 있다. 이《천문대성 · 관규집요》는 1709년(숙종 35년)에 관상감관원인 허원(許遠)에 의해《신제영대의상지》와 함께 북경(北京)에서 조선으로 수입되었다.

33) 천 명의 조상이 있으나 자손은 한 명밖에 남기지 못함. 조선시대의 남사고(南師古)가 지었다는 예언서《격암유록(格庵遺錄)》에 나온다.

34) 공손기(公孫起), 중국 전국시대 말기 진(秦)나라 미현(郿縣)사람, 용병술에 뛰어난 재능을 보였다. 진소왕(秦昭王)에게 등용되어 13년 좌서장(左庶長)으로 군대를 이끌고 한(韓)나라를 공격했다. 다음해 좌경(左更)이 되어 한나라와 위(魏)나라의 연합군을 이궐(伊闕)에서 격파하고 24만여 명을 죽인 다음, 국위(國尉)로 승진했다. 29년 장평(長平) 전투에서 조나라 군대에게 대승을 거둔 다음 항복한 조나라 군사 40만여 명을 하룻밤 사이에 구덩이에 묻어 죽여 천하를 경악시켰다.

35) 항우는 이세 2년(기원전 208년) 음력 4월 양성의 군인과 거주민을 모조리 파묻어 죽

본 근고(近古) 전쟁에서는 사망률이 상당히 증가해서 구주(歐洲: 유럽) 제1차 대전이나 제2차 대전에도 상당수가 손실되었는데 금번 우리나라 6.25사변에도 남북한 군민(軍民)의 합한 사망률이 전 인구의 삼분지 일 정도로 보이니, 이 정도의 손실을 보고도 또 무슨 인구의 대변화 있기를 바란다면 우주사를 살려볼 줄 모르거나 혹은 오산(誤算)이라고 본다"고 했다.

그래도 유 씨는 자기의 주장하는 것이 그래도 무슨 자신이 있는 것 같은 안색이 보인다. 하필 유 씨뿐이리요? 근일 각 종교에서는 이런 말을 해서 인민들의 공포심을 내게 하고, 자기의 교리를 선전하기를 우리 교를 숭봉(崇奉)하면 이 대란(大亂)을 무사히 통과한다는 것이 유사 종교의 선전통칙(通則: 통하는 법칙)이었다. 대황조의 자손으로 상잔(相殘: 서로 싸우고 해침)에서 천만(千萬) 내외의 인구를 손실하였으니, 한심한 일이며 종교뿐만 아니라 인민들의 정신도 우리나 무사하면 모르되, 타인의 생사야 관계할 필요를 느끼지 않는다는 의사가 많다고 본다. 이것이 불기살인자능일지(不嗜殺人者能一之: 사람 죽이는 것을 좋아하지 않는 사람이 능히 천하를 통일함)[36]라는 본의가 아닐 것이요, 금수시(禽獸時: 짐승시대)에 비록 당연한 일이나 이 정도로 붓을 그친다.

갑오(甲午: 1954년) 7월 27일

봉우서우유초(鳳宇書于有草: 봉우는 유신초당에서 씀)

였으며, 7월에는 성양에서 또 학살을 저질렀고, 이후에도 자주 학살을 저질렀다. 이세 3년(기원전 209년) 음력 11월 신안지역에 진군해 진나라 주둔지를 습격, 장한, 사마흔, 동예를 제외한 진나라 군사 20만 명을 신안성 남쪽에 생매장 해버린다(신안 대학살).

36)《맹자(孟子)》〈양혜왕(梁惠王)〉 상편에 보인다.

북진통일이 실현될 것인가

이 박사님이 방미행각(訪美行脚)에서 국군을 증강해서 자력으로 북진통일하겠다고 육군은 국군만으로 충분하니, 유엔군은 철수해도 무방하다고 하시었다. 과연 미군은 철수한다는 확보(確報: 확실한 보도)가 있다. 그러면 우리 한국군만 가지고 또 전쟁이 나서 승리, 북진통일이 실현될 것인가를 검토해 보자. 국군이 편성된 지는 국방경비대37) 당시부터 여수·순천 사건38)과 지리산 작전39)과 한라산 작전40)과 옹진 작전41)이 거듭되고, 6.25 사변이 만 4년이라는 긴 세월을 경과하였으니

---

37) 남조선국방경비대(南朝鮮國防警備隊). 대한민국 국군의 전신으로서 1946년 1월 15일에 미군정이 1개 연대 병력으로 창설하였다. 이 날은 대한민국 육군의 창설 기념일이기도 하다. 1948년 8월 15일 대한민국 정부 수립과 함께 육군으로 개편되었다.

38) 여수·순천 사건(麗水順天事件) 또는 여순 사건(麗順事件)은 1948년 10월 19일부터 10월 27일까지 전라남도 여수·순천 지역에서 국군 제14연대 소속이자 남로당 소속의 김지회·지창수가 주동하여 일어난 군사 반란과 여기에 호응한 좌익 계열 시민들이 가담한 사건이다. 국군, 해군, 경찰에 의해 반란군 2,000여 명이 전멸하였고, 이 과정에서 전라남도 동부 지역의 무고한 민간인들이 다수 희생되었다. 이 사건을 계기로 이승만 정부는 1948년 12월 1일 국가보안법을 제정하고 반공주의 기치를 강화하였다.

39) 지리산 공비 토벌전(智異山共匪討伐戰). 1950년 10월 4일부터 1953년 5월 1일까지 한국전쟁 기간에 만 31개월에 걸쳐 전쟁 중 후방 교란을 차단하기 위해 이루어진 빨치산 소탕 작전이다.

40) 제주 4.3 사건 당시 한라산으로 도피한 빨치산을 토벌하기 위한 작전. 4.3 사건은 1954년 9월 21일 완전 종료되기까지의 무력 충돌과 진압 과정에서 수많은 인명이 희생되었는데 한국 현대사에서 한국전쟁 다음으로 인명 피해가 컸던 비극적인 사건이다.

41) 당시 섬처럼 고립된 옹진반도는 6.25 발발 전부터 소규모 전투가 수차례 벌어졌다. 1949년 10월 14일 새벽을 기해 북한 인민군 소대 병력이 녹달산과 그곳에 인접한 은

참모 진영에서 상당한 경험이 있었을 것이요, 적국에 대한 상식도 많이 알 것이요, 우리 국군의 장처(長處: 장점)와 우리 국군의 부족점도 잘 알 것이다. 그다음 적국과 비교해서 어느 점이 우리의 승점이요, 어느 점이 우리의 부족점이라는 것을 정밀무루(精密無漏: 빠짐없이 정확히 챙김)하게 채산(採算: 계산)해 보아서 만약 재차 전쟁이 시작된다면 승리가 누구에게 간다는 것을 명약관화(明若觀火)하게 알 것이다. 우리는 군대가 아닌 관계로 또 국군이나 적군 내 실정을 아지(알지) 못하므로 판단을 내리지 못하나, 우리 국군의 참모총장이면 소여지장(昭如指掌: 손가락으로 손바닥을 가리킴처럼 분명함)할 것이다. 이 대통령님이 북진통일, 북진통일 하시니, 이 대통령은 군대가 아니라 우리가 신심(信心)이 나지 않는다. 다만 이 단독 북진통일의 가부(可否) 실정은 그래도 참모총장에게 밖에 물을 곳이 없다고 생각한다.

과연 어떠한가? 자신이 있는가, 없는가? 실현성이 있는가, 공담(空談: 빈말)인가? 그렇지 않으면 이것도 이 대통령의 명령이니 무조건하고 복종할 것인가? 전쟁은 해보아야 알 것이니 숙승수부(孰勝誰負: 누가 이기고 누가 짐)를 알 수 없으니, 전쟁이나 해보자는 것인가? 그렇지 않으면 채산상(採算上) 충분한 승점(勝點)이 우리 국군에 있는가? 또 우리 국군의 약점이 확실하게 있는가가 선결문제요 혹은 전쟁은 발단이나 하고 유엔에서 급급(急急)하면 구군(救軍: 구원군)이 오려니 하는 희망을 가지고 하는 것인가 도무지 알 수가 없다고 본다. 내가 개인이라 참모총장에 문답할 수도 없고, 군사비밀이라 문답할 도리가 있다 하더라

파산을 공격하여 전투가 벌어졌고(1949년 10월 14일 ~ 11월 15일) 이후 6.25 개전과 동시에 본격적인 옹진지구전투가 6월 26일까지 이틀 동안 벌어졌다. 북한군의 기습에 악전고투하던 국군은 지연작전을 펼치며 인천과 군산으로 후퇴하였다.

도 책임상 할 수 없는 일이다. 미국 대통령인 아이젠하워 원수와 같이 원수가 군인이라면 전쟁의 여부를 좌우할 수 있으나, 우리나라 이 대통령님은 군사(전문)가가 아닌 것은 사실이라 이 대통령님이 단독 북진통일을 주장하시는 것을 우리가 믿을 수 없다고 본다.

작년 휴전 전에도 대통령께서 휴전회담에 불응하시다가 수십 일이라는 단시일에 4년간 희생보다도 좀 더 큰 손해를 보고 휴전한 일이 회상된다. 그렇다면 당시도 참모본부 의사대로 하지 못한 것은 사실일 것이다. 그래서 금번에 북진통일이라는 제목도 이 대통령께서 단독으로 하시는 것인가, 참모본부가 채산상 확실히 보이는 승산이 있어서 이 대통령께 진언해서 하는 일인가? 국민인 우리로서는 의심하지 않을 수 없다. 이것은 군사적 문제일 것이나 국제문제에 휴전 후 정치회담이나 수부(壽府: 제네바)회담에서 비록 조건은 있으나, 전쟁을 피하고 평화적으로 통일하자는 안(案: 방안)이 있었음에도 불구하고 국가의 사절단이 자국에 유리한 안으로 성립시키지 못하고 충분한 발언조차 못한 외교관이 후안(厚顔: 낯 두꺼움)하게 귀국해서 성공했다고 국무총리로 지명하는데, 일언반사(一言半辭)의 양보가 없이 인준을 받는 철면피의 재상이 있는 관계로 외교는 실패되고, 북진통일이라는 전쟁 책임을 우리 한국에서 지게 할 것이 아닌가 해서 군사는 군사요, 정치, 외교적으로 유엔에서 고립화되지 않을까 해서 내가 국민의 일인으로 염려하는 관계로 이 붓을 드는 것이다.

금번에 북한이 중공과 합세해서 유엔에서나 수부회담에서나 내용은 여하튼지 외면으로는 평화책에 응하는 것 같은 행동을 해서 세계여론이 북한은 무혈통일을 주장하는데, 남한의 이 대통령이 전쟁으로 통일하고자 한다는 선전이 되게 외교를 한 책임은 변영태[42)가 지지 않을 수 없다는 것이다. 외교에서 무슨 전술로 하든지 그 책임이 적국에게로 가게 하고, 자국의 인기(人氣)와 응원이 자연 집중하게 못한 것이 외교사절단 일동의 책임이며, 더구나 외상(外相)으로 참석한 변 씨의 총책임이라고 안 할 수 없다고 본다. 이것이 외교로 패한 것을 군사로 복구할까 해서 단독 북진통일 문제를 또 들고 나오는 것이 아닌가 한다. 비록 이 지시가 대통령 일인에게서 나왔다 하더라도 변 씨는 국무총리로서 행정부 수반(首班: 반열 가운데 으뜸)에 있는 자로 대통령을 보좌해서 국여국간(國與國間: 나라와 나라 사이)이나, 정부와 국민 간에라도 서로 믿고 의지할 수 있게 하는 것이 당연한 일인데, 만약 실책(失策)이 있다면 대통령의 명령이니, 특령(特令)이니 하고 자기는 책임을 회피하려고 하니 이런 도배(徒輩: 나쁜 패거리)들은 한(韓)나라의 좀(두충蠹: 좀벌레)[43]이 아닌가 한다.

금번 이 대통령의 방미 행각이 아이젠하워 원수가 미국이 세계 여론에서 유엔총회에서 고립되려던 책임을 이 대통령에게 전가시키고, 미국은 다시 선명한 입장에 서게 된 것이다. 금번도 국가외교로는 이 대통령의 실패라고 본다. 이런 행각에 변 총리는 일언반사의 충고가 없었다. 이것이 시위소찬(尸位素餐)[44]이 아니고 무엇인가? 그래서 정치, 외교, 군사를 대통령 단독전제(單獨專制: 혼자 모든 걸 결정함)로 하시는

---

42) 변영태(卞榮泰, 1892년 12월 15일 ~ 1969년 3월 10일), 대한민국 영문학자, 교육자, 정치인이며, 고려대학교 교수, 제3대 외무부 장관, 제5대 국무총리. 동생이 시인 변영로(卞榮魯)다. 당시 외무장관은 변영태였지만 실상은 변영태는 뒷전에서 성명 발표나 할 뿐 휴전회담과 대미외교의 전부를 이승만이 직접 지휘했다.

43) 중국 법가사상의 대표서《한비자(韓非子)》17장에 나오는 나라를 갉아먹는 다섯 종류의 좀벌레(오두五蠹)로서, 학자, 외교가, 사조직, 측근의 신하, 상인과 기술자들(商工之民) 등이다.

44) 높은 지위에서 직책을 다하지 못하고 녹만 받아먹는 것.

관계로 비록 이 박사가 영민(英敏)하다 할지라도 만능할 수는 없는 일이요, 비록 애국자였으나 그가 외교, 정치, 군사가가 아닌 것도 사실이다. 또 아무리 건강하다 하더라도 금년이 80세라는 고령이시다. 정신이 아무래도 노혼(老昏: 늙어 정신이 흐림)하지 않을 수 없는 것이다. 그럼에도 불구하고 보좌하는 책임을 가진 자들이 전부 밀아자(蜜啞者: 꿀벙어리)가 되었다. 이 대통령을 직책적으로 보좌해야 옳은 함(咸) 부통령45)은 도리어 80 이상 노쇠체(老衰體: 노쇠한 몸)에 정신이 없는 인물이라 말할 필요를 불감(不感)하고 그다음에 있는 중요 인물이라는 자들은 누구누구 할 것 없이 국가, 민족이라는 것은 염두에도 없고 어쩌면 자신의 영리나 될까 하는 정상모리배가 만조정(滿朝庭: 조정에 그득함)한 이때라 만사불계(萬事不計: 모든 일을 따지지 않음)하고 승패이둔(勝敗利鈍: 승패와 날카로움과 무딤)을 생각지 않고 국가의 만년대계(萬年大計: 영원한 미래대책)가 어떠한가도 불계하고 현 자유당 간부 진영들의 망동(妄動)으로 이 대통령님도 이에 (부화)뇌동(雷動)해서 이것이 북진통일을 주장하는 것 같다.

이것이 실현된다면 어찌 될 것인가 하는 최후의 답안은 없는 것은 아니나, 이것은 후일로 미루고 선차(先次: 차례에서 먼저) 문제는 실현이 되느냐, 않느냐 이 기로(岐路)에서 이 붓을 든 것이요, 만약 실현코자 전쟁을 발단한다면 그다음에 귀착점은 다시 쓰기로 하자. 대체로 전쟁으로 통일 문제가 날 것인가, 정치, 외교로 될 것인가를 정부에서 선택

---

45) 함태영(咸台永, 1872년 10월 22일 ~ 1964년 10월 24일), 대한제국의 법관이자, 일제 강점기의 독립운동가, 종교인, 대한민국의 정치인. 3 · 1 운동 당시 민족대표 48인의 한 사람이기도 하다. 1952년 8월 15일부터 1956년 8월 14일까지 대한민국의 제3대 부통령을 역임하였다.

할 것이요, 그 선택하는 방식은 가장 최선의 노력을 다해야 할 것이다. 다만 바라는 바는 전쟁으로 통일을 운위(云謂)하느니보다는 정치, 외교로 되기를 바라며 이 붓을 드노라.

갑오(甲午: 1954년) 7월 27일

봉우서우유신초당(鳳宇書于有莘草堂)

하동인 군의 미국 유학을 보고

하동인 군이 가정환경의 불행을 물리고 고학(苦學)으로 경북중학을 졸업하고 그 후 진학코자 하였으나, 사정이 불허(不許)하여 자천보통학교에서 교편을 잡고 있으며, 고향 아동교육에 전력하는 일방(一方: 한 편) 독학으로 각과(各科)를 열심히 하였다. 그러자 을유 8.15 광복을 보고 잠시 휴직하였다가 경북중학에 가서 다시 교편을 잡고 있었고 다시 경주여자중학교에서 교편을 잡고 있다가 6.25 사변을 당해서 결연히 군문(軍門: 군대)에 투신하여 이등병으로 복무하며 몰공(沒共: 공산당을 없앰) 성전(聖戰)에 참가하였던 것이다. 그 후 백전임위(百戰臨危: 수많은 전쟁에서 위험을 겪음)하고 통신장교로 일선에 있다가, 수년 전에 광주통신학교에서 유선과 교관으로 있으며 후배를 양성하고 일방 군이 독학에 불휴의 노력으로 정신철학도 독학하고, 역사와 구고학(究考學: 고고학?)을 많이 연구하던 것이다. 그러며 후배 사병들의 정신교양을 주로 민족정신의 정기(正氣)를 주입하던 차에, 금번에 미국에 유학시험에 우수한 성적으로 입격하여 9월 중에 출발한다고 총총 무가(無暇: 겨를이 없음)함을 무릅쓰고, 고별차로 온 것이다.

내가 부탁하는 것은 다른 것이 아니라 다만 재미 한교(韓僑: 한국교포)들을 만나거든 국내 실정과 현 정부의 시책이야 어떠하건 유지(有志)들은 대기 중이라는 것을 소개하고, 또 미국 국민성의 우월감이 어디서 나오는가와 미국의 물질문명 수준이 현상까지 온 원인이 나변(那

邊: 어느 곳)에 있는가를 알고 오면 족한 것이요, 6개월간 학과야 책임 껏 하면 될 것이니, 더 부탁 않는다는 정도로 작별사를 하였다. 하 군은 내 자식의 우조(友助: 도움 되는 친구)가 되며 겸해서 사조(師助: 스승의 도움)가 되는 사람이라 반년 이상이나 원별(遠別: 멀리 헤어짐)하는데 창 연지회(悵然之懷: 슬픈 회포)는 있으나, 군의 장래 성공을 위하여 학업이 일취(日就: 날로 나아감)해야 할 관계로 그의 왕래무사(往來無事)함을 축 (祝: 빔)하고 또 학업의 성공하기를 겸축(兼祝: 함께 빔)하는 바이요 다 른 작별사는 다 제외한다.

갑오(甲午: 1954년) 7월 28일

봉우서(鳳宇書)

박영호(朴榮濠) 군의 서신(書信)을 답(答)하며

박 군은 실인(室人: 아내)의 친정(親庭: 시집간 여자의 본집) 장질(長姪: 큰조카)이요, 연정원 동지인 박종원(朴鍾元) 군의 조카이다. 농가에 출생하여 소학교를 졸업하고 당시 왜정(倭政: 일정)시대에 소위 대동아전쟁 때라 강제지원병으로 입대해서 약 2년이라는 기간을 병대(兵隊: 군대)생활을 하고, 을유 8.15(해방) 당시에 나남사단(羅南師團)46)에 있다가 만주에서 해방을 당해서 천신만고(千辛萬苦: 갖은 고생)를 다하고 귀가하였다. 내가 국방경비대 초기 모집 때에 박 군더러(에게) 응모하기를 수차나 권한 일이 있었다. 비록 강제라고 하나, 일본군으로도 출정(出征: 전쟁터에 나감)에 참가했던 사람이 광복 후에 우리나라 군병(軍兵: 군사)모집에 참가 않을 도리가 있는가 하고 권해 보았으나, 가족들

---

46) 한반도 북부 라남에 주둔하여 나남사단으로도 알려진 일본군 제19단. 일본은 러일전쟁 이후 한반도에 대한 군사적 침략을 본격화했다. 특히 러시아에 대한 견제를 위해 청진, 나남, 회령 지역을 군용지로 침탈하여 군사시설을 집중 배치하였다. 이 가운데 특히 나남을 주목하였다. 이곳은 러시아와 국경을 접하고 있는 두만강 하구로부터 약 100km 정도의 거리에 위치하고 있으며 일본 본토로부터 해상으로 접근이 용이한 청진항을 배후지로 가지고 있어 군수물자와 병력의 이동에 매우 유리하였다. 그리고 나남은 사방이 구릉으로 둘러싸여 있어 천혜의 군사적 요충지이기도 하였다. 이러한 사실에 주목한 일본은 나남에 군기지를 건설하였다. 1910년 나남에 보병 제25여단사령부가 배치되었다가 이후 제2차 기지 건설공사가 시행된 후에는 제19사단이 주둔하였다. 제19사단이 주둔하면서 군기지로서 더욱 공고하게 되어 일본 육군의 최대거점이 되었다. 제19사단의 활동을 살펴보면 대소방위에 주안점을 두고 동만주 지역의 독립군을 탄압하였으며, 나아가 대륙침략을 위해 동만주 지역에 파견되었다(출처: 일제하 나남(羅南)의 군기지 건설과 군사도시화/김홍희).

의 관념과 또 일본군 시대에 만주에서 귀국하느라고 고생한 것이 염두에 불소(不消: 가시지 않음)해서 상시(常時: 항시) 불긍(不肯: 들어 주지 않음)하였다.

그래서 군과 동기인 일본군 출신들이 입대해서 하사관으로 또는 장교로 있는 것을 보고는 후회도 있는 것 같으나, 그 수차의 모병에도 번번이 권해 보다가 불긍하고 혹 경찰도 지원해 보고, 혹은 다른 취직도 지원해 보았으나 역시 번번이 실패하였고, 한독당 청년부에서 훈련을 맡고 있다가 건국실천원양성소(建國實踐員養成所)47)를 최명기48) 다음에 수업하고 또 이 박사계 청년양성소도 수업했으나, 곧 귀향(歸鄕)한 관계로 취직을 못하고 가정에서 우차원(牛車員: 소달구지 끄는 사람)으로 농업에 종사하고 있었다. 박 군의 두 가지 결점이 있다. 한 가지는 가정의 처자에 애착심이 있어서 곧 어디로 나가지 못하는 것과, 또 한 가지는 우마차원으로 금전의 수입이 좀 있어서 내부(乃父: 그이의 아버지)와 동일한 수전벽(受錢癖: 돈 받는 버릇)이 있는 관계로 어디 취직해 보아도 첫술에 배가 부르지 못한 관계로 취직운동을 하지 않는 결점이 있었다. 그래서 내가 항상 말하기를 우리나라가 건국 중 군대 양성이 아직도 부족하니 자원해서 하사관 시험이라도 응해 보라고 여러 번 권해도 군대는 생각이 없는 것 같았다.

그래서 작년에 동리 구장(區長)으로 취직했던 것인데 금번 징병연령

---

47) 건국실천원양성소(建國實踐員養成所)는 백범 김구가 국가재건의 인재양성을 위해 1947년 3월 20일 설립한 단체이다. 설립 당시의 명예소장은 이승만, 소장은 김구, 이사장은 장형이었다. 당시 본부는 서울특별시 용산구 원효로의 원효사였으며, 김구 암살 후인 1949년 8월 23일 건국실천원양성소는 해체되었다.

48) 연구소 홈페이지 봉우사상을 찾아서(88, 102, 109) -《민족비전정신수련법》대담에 등장한다.

연장으로 소집되어 훈련병으로 논산에서 훈련 중에 서신을 내게 보낸 것이다. 박 군이 내 권고를 당초에 들었다면 현금(現今: 오늘날)쯤은 중령(中領)이나 대령(大領)은 별문제 없을 것이었다. 박 군이 신언서판(身言書判)49)이 그리 남에게 불급(不及: 미치지 못함)하지 않는다. 지금이라도 1~2년만 인고(忍苦)한다면 위관(尉官: 소위, 중위, 대위)쯤은 학력이나 무엇이 다 문제없을 것이다. 박 군의 가정 처자와 애전벽(愛錢癖: 돈을 사랑하는 버릇)이 군의 출세를 지연시킨 것이다. 그 가정에서는 대불행으로 생각하나 나는 군의 출세가 지금부터라도 늦지 않다고 보는 관계로 축하하는 것이다. 금년 31세이니 10년만 근로하면 영관(領官: 소령, 중령, 대령) 계급은 될 것이다. 그러나 군이 가정에서 10년 있었대야 우마차원을 면치 못할 것이요, 동내(洞內) 이장 정도에서 왕래하며 농가에서 근근이 호구(糊口: 입에 풀칠함)에 불과할 것이라고 본다. 그런데 내가 염려되는 것은 박 군이 비록 늦었더라도 인내하고 진취(進就: 일을 차차 이루어감)의 희망을 보고 있었으면 하겠는데 그렇지 않고 무슨 주선이라도 해서 제대 준비를 할 것이 아닌가 한다. 그렇다면 그간에 가서 고생한 것만 무의미하고 만약 금전을 소비한다면 그것만 손실이 아닌가 한다. 내 생각에는 박 군의 가정에서 후자를 택하기가 용이하다고 본다. 장래의 성불취보다도 속담에 우선 먹기는 고염50)이 달다는 격이 될 것 같다. 만약 이렇다면 박 군을 위해서 애석(哀惜: 슬프고 아까움)해 하는 바이다. 박 군의 장래 성공 있기를 바라고, 이 정도로 붓을 그치노라.

---

49) 인물을 선택하는 데 표준으로 삼는 네 가지 조건. 곧 신수·말씨·글씨·판단력.
50) 고욤나무의 열매. 감보다 작고 맛이 달면서 좀 떫다.

갑오(甲午: 1954년) 7월 회일(晦日: 그믐날, 29일)

봉우서우유신초당(鳳宇書于有莘草堂)

수필: 치세(治世: 평화시대)가 시작되었다

　세상은 이 이상 더 혼란할 도리가 없다. 국가는 자상달하(自上達下: 위에서 아래까지 모두)로 사리사욕(私利私慾: 사사로운 이익과 욕심)에 타념(他念: 다른 생각)이 없고 민간(民間)에는 행정부의 처사가 마음이 맞지 않아서 무슨 짓이라도 해서 행정부를 속이려고 관민(官民)간에 서로 기만(欺瞞: 남을 속여 넘김) 수단을 자기 재주껏 하고, 윤상(倫常: 사람의 떳떳하고 변하지 않는 도리)이라고는 눈을 백 번이나 식(拭: 닦음)하고 보아도 볼 도리가 없다. 이것이 사람으로 삼강오륜(三綱五倫)[51]이 없다면 금수(禽獸: 날짐승과 길짐승, 모든 짐승)와 거리가 머지않다는 것이다. 그러니 치즉난(治則亂: 다스려지면 어지러워짐)이요, 난즉치(亂則治: 어지러우면 다스려짐)라고 혼란함이 그 이상 더 갈 도리가 없이 되었으니, 이것을 극란(極亂: 극도의 어지러움)인가, 난극(亂極: 어지러움의 극치)인가라고 판정하고 싶다.

　물극즉변(物極則變: 사물이 극에 이르면 변함)이요, 난극즉치(亂極則治: 어지러움이 극에 달하면 다스려짐)가 되는 법이라 계세윤상(季世倫常: 말

---

51) 유교(儒敎) 도덕(道德)의 바탕이 되는 세 가지 강령(綱領)과 다섯 가지의 인륜(人倫). 삼강(三綱)은 유교(儒敎) 도덕(道德)이 되는 세 가지 뼈대가 되는 줄거리로서 임금과 신하(君爲臣綱), 남편(男便)과 아내(夫爲婦綱), 부모(父母)와 아들(父爲子綱)이 지켜야 할 떳떳한 도리(道理)를 말하며, 오륜(五倫)은 유교(儒敎) 실천(實踐) 도덕(道德)에 있어서 기본(基本)이 되는 다섯 가지의 인륜(人倫)(君臣有義, 父子有親, 夫婦有別, 長幼有序, 朋友有信)을 말한다.

세의 인륜도덕)이 타지구의(墮地久矣: 땅에 떨어진 지 오래됨)라. 서기유치천하자출의(庶幾有治天下者出矣: 천하를 다스릴 사람이 세상에 나올 것이라는 여러 조짐이 있음)리라고 이 난극(亂極) 중에 장래 희망을 가지고 자위(自慰)하는 것이다. 그러나 만약 이 혼란이 아직 극에까지 미달하였다면 불행이 이에서 더한 것이 없다고 생각한다. 그렇지만 우리나라뿐만 아니라, 세계만방이 어느 곳이 그렇지 않는 곳이 없는 것을 보면 이것이 난극(亂極)이 아니고 무엇일 것인가? 다만 시간적 문제요 경계선은 벌써 도달한 것이라 확언하노라.

그런데 이 난(亂)이니 치(治)니 하는 선(線)이 주야(晝夜: 낮과 밤)의 선 같은 것이 아니라, 오전, 오후의 선과 상등(相等: 서로 같음)하다고 본다. 치(治)도 극(極)이라는 것이 정오(正午)와 같고, 난(亂)도 그 극이라는 것이 정자(正子)와 같다. 치(治)가 극해서 난(亂)이 되어도 치극(治極)에서 거리가 그리 멀지 않으나, 세인이 다 알게 되는 것이 일몰후(日沒後)에 확실히 난(亂)임을 알게 되고 초경(初更), 이경(二更) 해서 정자(正子)까지 오도록 혼란이 그 극에 달하는 것이요, 난극선(亂極線)을 월(越: 넘음)해서 치(治)가 시(始: 비롯함)하나, 역시 난극(亂極)과 거리가 불원(不遠: 멀지 않음)하여 그 치(治)가 시(始)한 줄 모르다가 조일(朝日)이 상승한 후에라야 세인이 비로소 이것이 치(治)이니 한다. 그러니 현상도 난극선(亂極線)을 월(越)했는가, 치(治)가 시(始)했는가 하는 분변(分辨: 분별)에 있어서 각자 주장이 구구(區區)할 것이라고 본다. 다만 난극(亂極)이 된 지는 오래니 치(治)가 시(始)되지 않았나 나는 의심한다는 것이다.

서두(書頭: 글을 시작하는 첫머리)에 혼란상을 말하고 또 치(治)가 시(始)하지 않았나 의심된다는 것은 무엇인가 하면 치(治)가 시(始)해도 여전히 난(亂)은 그중에 있을 것이다. 치(治)의 력(力)이 약한 관계일 것이다. 그 관계로 내가 그 혼란의 극(極)함을 말하고 또 치(治)가 시(始)한 것이 아닌가 의심한다고 양면설(兩面舌: 양면성, 부정적 의미)인 듯한 기록을 하였으나, 사실에 있어서는 치(治)는 시(始)한 것이라고 확언(確言: 확실히 말함)하며, 그 역(力)이 미미하다는 것도 부언(附言: 덧붙여 말함)하노라. 치(治)가 시(始)한 증거는 무엇인가? 민관(民官)이 국가의 행정부에서는 아직 혼란이 여전하나, 세계 조류는 전쟁으로 쟁탈하는 것을 피해서 전쟁 없는 평화의 세계를 건설하려고 하고, 약육강식(弱肉强食)하는 것이 금세기 초엽까지도 상사(常事: 보통일)였었는데 현금(現今: 이제)은 유엔헌장이 비록 약소국가라도 무리하게 강자(强者)의 침공을 불허한다. 현금도 구태(舊態)가 상존(尙存: 그대로 있음)하여 약육강식코자 하는 강국도 있으나, 아직 치(治)의 역(力)이 미미한 관계로 강자의 구태상존(舊態尙存)을 벌하지 못한다. 하지만 세계 조류가 여론으로 이를 불허하는 것이 치(治)의 시(始)가 얼마 되지 않아서 역(力)이 미미할 뿐이요, 치(治: 치세, 평화시대)는 치(治)라고 본다. 그리고 정의(情誼: 서로 사귀어 친해진 정)가 부족한 친족 간에도 빈국(貧國)을 구호 못하는데 현 유엔 기구에서는 세계의 하국(何國: 어떤 나라)을 물론하고, 이재국(罹災國: 병이나 재난을 당한 나라)이 있으면 비록 충분치는 못하나, 상호 원호(援護: 돕고 보살펴 줌)하는 것이 미풍양속(美風良俗)이라고 본다.

이런 것이 치(治)의 시(始)가 아니고 무엇인가? 비록 현상도 혼란이 여전하나 오전 0시(零時)는 지난 것 같다고 나는 말하고 싶다. 거의 계초명시후(鷄初鳴時候: 닭이 처음 울 때)가 아닌가 한다. 이 계단으로 나가면 금계삼창(金鷄三唱: 금닭이 세 번 울음)하고 소언(少焉: 잠시 있다)에 동천서색(東天曙色: 동녘의 새벽빛)이 천하에 치(治: 평화시대의 도래)를 보(報: 알림)할 날이 올 것도 별 이상히 여길 것 없다고 본다. 대체로 물극즉변(物極則變)이라는 원리 그대로일 것이다. 난극(亂極)을 지낸 우리 인류도 다음 오는 것이 치(治)가 아니고 무엇일 것인가? 세인은 금계삼창(金鷄三唱)을 기다려서 동천욱일(東天旭日: 동녘의 아침 해)을 맞이하소.

치(治)가 시(始)한 줄 아지(알지) 못하고 난극시(亂極時: 어지러움이 극에 달했을 때)에 하던 행위를 변함없이 하다가는 습여성성(習與性成: 습관이 배여 성질을 변화시킴)[52]하여 그 악행(惡行)이 변해지지 않고 동천조일이 상승하면 누가 능히 그 형(形: 모습)을 가릴 것인가? 차소위(此所謂: 이를 일러) 주출망량격(晝出魍魎格: 낮에 나온 도깨비 꼴)이 될 것이니, 소행(所行: 저지른 일)을 회고(回顧: 돌아봄)하고 개과천선(改過遷善: 과오를 고치고 착하게 삶)하라. 인수무과(人誰無過: 사람이 누가 허물이 없으리요)리요? 개지위선(改之爲善: 허물을 고쳐 착하게 됨)이니라. 여기서 붓을 그치고 금계삼창(金鷄三唱)을 기다릴 뿐.

갑오(甲午: 1954년) 7월 회일(晦日: 그믐날)

봉우서우유신초당(鳳宇書于有莘草堂)

---

52) 《서경(書經)》에 나옴.

수필: 우리나라의 직업 고찰
– 사농공상(士農工商)에 대하여

천생만민(天生萬民: 하늘이 만백성을 내심)에 필수기업(必授其業: 반드시 생업을 줌)이라는 고어(古語)가 있었다. 이 말씀은 만민이 다 업(業)의 분별은 있으나, 업이 없는 사람은 없다는 말씀이다. 그래서《맹자(孟子)》에 유항산유항심(有恒産有恒心: 일정한 생업이 있으면 일정한 마음이 있음), 무항산무항심(無恒産無恒心: 일정한 생업이 없으면 일정한 마음이 없음), 구무항심(苟無恒心: 진실로 항심이 없으면), 방벽사치(放辟邪侈: 방탕함, 편벽함, 간사함, 사치함), 무불위이(無不爲已: 못하는 짓이 없음)라 하시고53) 무항산이유항심자(無恒産而有恒心者: 일정한 생업이 없는데도 항심을 가질 수 있는 사람), 유사위능(唯士爲能: 오직 선비만이 가능함)54)이라 하시었다. 이 말씀이 다 동일한 말씀이다. 사람으로서는 누구든지 업(業)이 있어야 한다는 말씀이다. 또 인지유도야(人之有道也: 인간에게는 도리가 있음)에 포식난의(飽食煖衣: 배불리 먹고 따뜻하게 옷을 입음)하여, 일거이무교(逸居而無教: 편안히 거처하더라도 교육이 없으면)면 즉근어금수(則近於禽獸: 곧 짐승에 가까워짐)일새55)라고 하시었다. 수천 년 전에 하신 말씀이나 현세의 실정을 그대로 말씀하신 것이다.

---

53)《맹자》〈등문공(滕文公) 상(上)〉에 나옴.
54)《맹자》〈양혜왕(梁惠王) 상(上)〉 출전.
55)《맹자》〈등문공 상〉 제4장 출전.

업(業)이 없는 자는 실업자가 된다. 실업자가 많은 나라는 반드시 망하고 쇠해지는 법이다. 무엇보다도 사실이 확증하는 것이다. 그렇다면 (직)업의 귀천이 있을 리 없고 업을 구하는 자의 남녀노소에 구별이 있을 리가 없는 것이다. 그러나 세인(世人)이 업을 구하는 것을 보면 세인의 말씀과 같이 사농공상(士農工商)의 4종으로 업을 구별해서 사(士: 선비)라는 것은 육체노동력보다 정신노동을 주로 하는 부문을 말함이요, 농(農)이라는 것은 육체노동을 주로 인생의 식생활품을 생산하고 각종 원료품을 생산하는 부문이요, 공(工)이라는 것은 일용사물의 필요, 필수품을 생산하는 부문을 말씀한 것이요, 상(商)이라는 것은 원료품을 공업자의 제작품을 일반 소비자에게 교환시키는 부문을 말한 것이다. 이것이 다 없을 수 없는 것이다. 현 세계에서 업(業)이라고 명칭을 가진 것이 상당수에 달하나, 고인의 말씀과 대동소이(大同小異)한 것이다. 업을 구함에는 가장 자기의 최안최적자(最安最適者: 가장 안정되고 적합한 것)를 택해서 불휴의 노력으로 나가면 성공 못 하는 법이 없는 것은 금고(今古: 지금과 옛날)가 일반이다. 그러나 업을 택하는 데 동가홍상(同價紅裳)이면 업을 택하는 사람도 성공하기 속하고 그 업으로 몽리(蒙利: 이익을 얻음)되는 사람도 더 많은 것을 구하라는 것이다.

예를 들어 보자. 공업을 다 같으나, 일인(一人)은 방패(防牌)를 만들고 일인은 창(槍)을 만든다면 방패는 살기 위함이요, 창은 살생(殺生)을 목적하는 것이요, 또 일인은 약을 제작하고 일인은 관재(棺材: 시신을 넣는 관의 재료)를 제작한다면 약을 제작하는 사람은 사람의 병을 치유할 목적이요, 관재(棺材)를 만드는 사람은 사람이 죽어야 수입이 있는 것이다. 비록 이 관을 제작하는 것도 직업의 귀천은 없으나, 목적이 좀 다르다는 것이었다.

고인들도 다 이 의미에서 될 수 있거든 업을 택하라고 하시었다. 그러나 관을 제작하거나 창을 제작하는 것이 못할 업이니 (하지) 말라고는 한 일이 없다. 그 시작에 업을 택하기를 가장 자기에게 마땅한 것을 택하라고 하였다. 업이라는 것이 우리의 일용사물에 필수, 필요가 되는 것을 말한 것이다. 그러나 현세인들의 업을 구하는 것을 보면 업에 귀천이 없다고 파렴치(破廉恥)한 일을 업인 줄 아는 인간들이 많다는 것을 말하고자 한다. 사농공상이 다 그러하다는 것을 지적하고자 한다.

사(士)에 속한 부문은 신체노동을 못하는 반대급부로 자기의 직장에서 책임진 업을 수행함으로써 비로소 그 업을 가질 자격이 있는 것인데, 고인의 말과 같이 녹족이대기경(錄足以代其耕)[56]이라고 그만한 노력을 했으니, 그만한 보수를 준다는 것이다.

예를 들어 보자. 우리 한국 실정이 어떠한가? 물론 다 그러리라고는 나도 생각하지 않으나 다대수가 범하는 관계로 일률(一率)로 말하고자 한다. 관계(官界) 인물들은 자기들이 공복(公僕)이라는 것을 생각하면 그 직장에서 최선의 노력으로 책임을 완수해야 옳은 것인데, 자기 책임이야 하건 못하건 그 직권(職權)을 남용해서 자기의 사리(私利), 사복(私腹)이나 채우고 세월이나 보내서 보수나 받을 정도의 인물이 많다는 것을 세인의 안목에 누구나 다 볼 수 있는 일이요, 내가 일인(一人)의 왜곡된 평을 가하자고 하는 것이 아니다. 고시대(古時代)의 관리라면 비록 우대했으나 그 직에서 나오고 여자(餘資: 쓰고 남은 자금)가 예

---

56) 《맹자(孟子)》 〈만장장구(萬章章句)〉 하 2장에 나옴. "큰 나라로 땅이 사방 백리가 되면 그 임금은 경의 봉록의 10배, 경의 녹은 대부의 4배, 대부는 상사의 배, 상사는 중사의 배, 중사는 하사의 배, 하사는 서민으로서 관직에 있는 자와 그 녹이 같고 그 녹은 그가 농사짓는 것을 대신하기에 충분하다."(大國地方百里 君十卿祿 卿祿三大夫 大夫倍上士 上士倍中士 中士倍下士 下士與庶人在官者同祿 祿足以其代耕也).

를 벗어나면 탐장(貪贓)[57]으로 취급되어 그 자손이 청환(淸宦)[58]을 못하게 되는 것이다. 그렇다면 현 우리나라 관리들로 탐장을 면할 사람이 몇 사람이 있는가? 양심적으로 비판해 보라. 내가 말하는 것이 부당하다고 생각하거든 이의를 얼마든지 해보라. 나라에서 주는 녹(祿: 녹봉, 월급)만 받고 자기 직장에서 자기가 책임진 사무와 의무를 완수하고 그 외에 부수입이 절대로 없었다는 것을 증명해 보라. 이것은 관계(官界: 관가)에 한한 것이 아니요, 일반사회에서도 정신노동을 하는 부류가 다 이 사(士)에 속하는 관계로 동일 취급을 받는 것이다. 자기가 맡은 책임은 완수 못하고 보수만 받는 것도 몰염치한 일인데, 그 이상 그 직권을 남용해서 의외요, 예외인 수입을 본다면 이것이 도의적으로 평을 가한다면 강도나 조금도 다르지 않다고 본다.

사(士)에 대한 예가 얼마든지 있으나, 일괄적으로 이 정도로 하고 그 다음 농(農)에 속한 부문에 대해서 약간 평을 가하고자 한다. 농(農)의 결점이라는 것이 사(士)에 비해서는 좀 적은 것은 사실이나, 그래도 업을 농(農)으로 정한 바에는 그 업의 최선의 노력을 다해야 하는 것인데, 보라. 우리의 농가(農家)들이 그 책임을 완수하는가, 못하는가를 공정하게 평가해 보자. 농업이라면 우리나라에서는 주로 전답(田畓: 밭과 논)에 곡물과 산악의 삼림과 축산과 비료를 운위할 것이다. 제일, 전답이라면 수리(水利)와 종자(種子: 씨)와 비료와 정지(整地: 땅바닥을 고르게 함)에 최선을 다해야 할 것이요, 또 개량으로 유한한 지면에서 무한히 증가하는 인구의 식량을 책임지지 않으면 안 될 것이다. 말하자면

---

57) 관리가 나쁜 짓을 하여 재물을 탐함.
58) 조선시대에 학식과 문벌이 높은 사람에게 시키던 규장각, 홍문관 등의 벼슬.

자기의 책임 수량을 확보하고 일보 전진해서 증식해야 당연한 일이다. 그러나 내가 보기에 우리나라에서도 혹 어느 지방은 좀 개량된 점도 있으나, 농가 전체로 보아서 조금도 개량을 보지 못하겠다. 10년 전이나 20년 전이나 30년 전이나 40년 전이나 현금(現今: 바로 지금)이나 별 변함없는 단순한 작농(作農: 농사를 지음)을 그대로 계속하고, 혹 행정부에서 지도가 있더라도 용이하게 그치지 않는 것이 사실이다. 농부에게 물으면 우리는 경험이 있고 관에서는 이론뿐이라고, 아무리 양방(良方: 좋은 방책)을 교시하여도 개량할 줄 모르고 인습적으로 하는 것이 우리 농가의 공통된 결점이다.

우리가 보건대, 물론 토지의 본질이 비○(비옥한 정도)이 다르고 위치의 호불호(好不好)가 없는 것은 아니나, 그 토지에 해당한 개량을 보면 동일 토지로서도 20할 증산은 보통이 되고, 혹 성적이 양호한 곳은 40할이 되는 것을 간간이 보았다. 개량하는 자의 이익이요, 수구(守舊: 옛날 방식을 고수함)하는 자의 손해라고 확정적 평을 가(加)하는 것인데 그래도 현 우리 농가가 개량 증산이 자기 일인의 이해(利害)가 아니요, 거족적 관계인 줄 알지 못하고, 개량하자면 제반(諸般: 여러 가지)의 곤란을 인내해야 할 일인데 제일(第一)이 인내가 어려운 것이요, 또 농사를 지도하는 방침이 농가에서 누구든지 알게 지극 간이(簡易)하게 하지 못하고 형식적으로 자기 직무상 어쩔 수 없고 보○ 바랄 정도의 노력하는 관계로 지방 농촌에서는 그 개량이 지극히 둔진(鈍進: 조금씩 나아감)하는 것이다. 농(農)을 업(業)하는 자신들이 자각해서 개량식을 부락마다 대표를 선(選: 가림)해서 습득하게 하고, 귀동(歸洞: 동네로 돌아감)해서 실지로 개량식으로 농업을 해서 20할 이상의 증수(增收: 수입이 늚)를 본다면 견이이추(見利而趨: 이익을 보며 달려 나감)하는 것은 우리 농촌이라 누구나 다 개량할 것이다.

그러니 내가 말하고자 하는 것은 전국 농업가를 지도할 인물이 아직 없는 관계로 소위 '농회(農會)'가 중앙으로부터 각 말초(末梢: 사물의 끝부분)까지 있으나, 이것은 각자의 권력 부식(扶植: 도와서 심음)에 있고 진정한 농업 개량에 있다고 볼 수 없다. 이것이 우리 농가의 유일한 결점이다. 그래서 수리(水利: 수자원 관리)나 임업(林業)이나 축산이 다 동일한 궤도에서 정돈 상태가 되어 있는 중이다. 농업도 업자들이 그 책임을 완수 못하는 것이라고 본다. 이 책임은 제일(第一) 자신들의 무성의(無誠意)요, 제이(第二)가 지도층의 왜곡된 지도 방식이라고 본다.

이 농업 중에 임산(林産: 임업 생산)은 더 한층 중대성을 가지고 있는 것인데 현재는 농민은 농민대로, 관(官)은 관대로 다 임산에 대하여 과오(過誤) 책임을 져야 당연하다고 본다. 비료 정책도 외국을 중심한 금비(金肥: 돈을 주고 사서 쓰는 비료) 외에는 자작(自作: 스스로 만듦)을 생각도 하지 않고 있으나, 이것은 관민(官民) 공동의 과오라고 본다. 이런 면으로 보아서 농업국인 우리나라가 현 농업으로는 세계 최하위에서 배회(徘徊)할 것이라고 본다. 정말(丁抹: 덴마크)도 우리나라와 유사하던 나라가 지도층의 노력과 국민의 각오로 세계의 대표적 농업국이 (되어) 국민이 안락(安樂) 생활을 한다고 전한다. 우리나라는 천부(天賦: 하늘이 부여함)된 기후의 혜택과 산야의 굴곡으로 수리(水利)의 자유가 해륙(海陸)을 겸하고 광물이 많은 관계로 비료의 생산 등의 우수성을 겸하고 있으나, 다만 부족한 것은 우리를 지도하는 인물과 우리들의 목적 달성하는 노력일 것이라고 말하고자 한다. 우리나라도 완전한 농업국이 된다면 다른 것은 그만두고라도 국부민강(國富民强: 나라는 부유하고 국민은 강함)할 수 있는 것이다. 여기서 장래 농촌 개량이 국가의 근본 방침이 될 것이라고 재삼 말하고자 하는 것이다.

우리나라는 산(山)의 나라요, 또 해(海)의 나라요, 또 야(野)의 나라라 농산어업(農山漁業)이 다 농업과 합류해서 우리 민족의 부유(富裕)를 모(謀: 꾀)할 호자재료(好資材料)가 되는 것을 현상은 누구이 말한 것과 동일한 개량이 되지 못한 순수한 고대(古代) 농업자들을 개량적으로 완전한 지도는 못하고, 착취는 양과 같이 순하다고 마음껏 하니, 이것은 민족과 국가를 생각하지 않는 지도층이라고 확평(確評)하고 싶다. 일일(一日)이라도 속히 정말(丁抹)과 같은 지도자가 나와서 우리 농산어업에 획기적 개량을 보았으면 하는 마음 농민들을 대표해서 주소(晝宵: 밤낮)로 바라는 바이다.

그다음 공업(工業)이라는 부문을 말해 보자. 물론 우리나라 고대 문명을 추억해 보면 예술이니 공업이 당시 누구에게도 양보함이 없었으나, 점점 쇠퇴함을 따라 국민 생활은 아주 공업에서 제외되고 전래하는 상고식(上古式) 공업의 기종(幾種: 몇 종류)이 아직 문을 닫지 않을 정도였는데, 이조 말엽으로부터 을유 8.15 이전까지는 아주 식민지 착취 정책이라 우리에게 무슨 공업 상식을 주었을 리가 없고 형식상이나마 고공(高工)이라는 교육이 있었으나, 우리니라 사람으로 고공을 졸업하고 공업을 자영(自營)한 사람이 있는가, 없는가가 의문시된다. 다만 일본인 공장이나 회사에 용인(傭人: 고용된 사람) 생활 정도의 고공 졸업자 현상이었다. 그래서 공업품이라고는 전부가 외래품을 소모할 외에 타도(他道: 다른 도리)가 없었던 것이었다. 그렇다면 을유 8.15 이후라도 다시 우리나라 사람의 손으로 공업을 재건할 수 있지 않았나 하는 바람이었으나, 중공업은 말할 필요도 없고 경공업도 일제 강점기 잔재(殘滓: 찌꺼기)로 혹 경영하는 사람이 있었으나 외래품에게 압도적으로 구축(驅逐: 몰아 쫓아냄)되어 거두(擧頭 : 머리를 들음)를 못하는 제(際: 사이)에 또 6.25 사변으로 아주 말살되었다.

그리고 공업에 가장 중대한 전력(電力)을 우리의 손으로 일처(一處: 한 곳)도 경영 못하고 관민이 다 속수(束手: 손을 묶음)하고 있었으니, 무엇으로 공업 시설을 할 것인가. 이것은 국가에서나 민족이거나 공업의 중대성을 생각 못한 연고라고 생각된다. 행정부 최고 인물들은 아직 설비도 되지 않은 우리나라 공업보다는 미국에서 오는 공업품으로 사용하면 족족하다는 왜곡된 사상에서 을유년(1945년)부터 갑오년(1954년)까지 국내에 전력 발원지 한 곳이 없고, 또 설계조차 없다. 그렇다고 민간 자벌(資筏: 재벌)들도 공업 시설에 착수하는 인물이 보이지 않는다.

그렇다면 현 전쟁 중이니 전쟁으로 말해 보자. 일시반각(一時半刻)도 불가궐(不可闕: 빠져선 안 됨)할 무기가 우리의 손으로 되는 것이 몇 가지나 되는가? 그렇다면 전쟁 중에 무기 일체의 공급을 미국에서 중지한다면 비록 우리나라 국군이 150만이라고 하나, 부득이 전쟁을 중지하거나 백기를 들 외에는 타도가 없다. 우리의 생사를 가지고 있는 것이 미국이라고 본다. 그렇다면 가장 현명해야 할 행정부 최고책임자들이 국민의 생사권을 타국인의 수중에 아무도 조금도 각성함이 없이 여전히 공업 시설을 치중하지 않고 또 무기 일체를 우리의 손으로 제작해볼 생각도 못하고 있으니, 그 이유가 나변(那邊: 그곳)에 있는가? 타국을 의뢰함인가, 자국을 자포자기함인가 알 수 없도다.

행정부 예산을 보건대 그리 중요치 않은 것도 상당한 자리를 잡고 있으나, 국가 공업 시설에 너무나 무관심한 것과 일일(一日)이 급한 공업 지식을 문교 행정은 외국만 믿는 것 같다. 고중학(高中學) 10교(校)

를 신설한다면 소불하(少不下: 적어도) 공고(工高)가 세 학교는 되어야 하겠는데 의외에도 공업학교는 외국 재벌의 힘으로 전국에서 수삼처(數三處: 서너 곳)에 그치고 만다. 이것이 문교부 시책의 왜곡이요, 또 행정부 최고기관의 정신적 부족이라 보여 민족적으로도 자각할 필요가 있다고 본다. 우리나라는 8할 이상이 농업국이나, 내가 《내이념》이라는 책에서도 말한 바와 같이 농업에서 인구의 3할 정도를 감(減)하여도 충분히 경영할 수 있고, 그 3할 내지 4할이 국가 공업으로 전업(轉業)해야 우리나라는 자립할 수 있고 자강(自强)할 수 있어서 공업이 증강함으로 우리나라도 부강할 수 있다는 것이다.

우리나라 현 공업실정은 공업이라기보다도 유치원에 견습하는 정도라고 본다. 이것이 정부 지도 인물들이 공업의 중대성을 망각하고 지상공문(紙上空文: 종이 위의 쓸데없는 글)으로 외국의존이 자립보다 속(速)하다는 어불성설(語不成說: 말이 이치에 안 맞음)의 행정을 하는 관계라 국내 공업경영자들에게 무엇을 책할 수 없고 그나마라도 우리 사람으로 공업이라고 하고 있는 것만 감사하다고 한다. 민관(民官)은 민관대로, 정부는 정부대로 각기 전력(全力: 온 힘)을 경주하고 또 합력해서 이 공업이 우리의 농업보다도 발전성을 가진 국가적 업이라는 것을 강조하고 싶다. 이 공업을 증강하자면 제일 기술자 양성과 발명기금을 두어 연구하게 하고, 중상(重賞: 상을 후히 줌)으로 전문가를 양성해야 하고, 그다음 수력 발전소를 가장 적당한 곳을 택해서 일일(一日)이라도 속히 해야 할 것이라는 것을 나는 주장하는 것이다.

그다음 상업(商業)이라는 부문을 말해 보자. 상(商)이라는 것은 교역이 목적이며 국가적으로 보아서는 내 나라 없는 물건을 가져오고, 우리나라에서 남는 물건을 보내 주는 것이 본의(本意)다. 국여국(國與國:

나라와 나라), 족여족(族與族: 민족과 민족), 인여인간(人與人間: 사람과 사람 사이)이 다 동일한 것이었는데 현상으로 보면 우리나라 상업은 교역이 목적이 아니라 국가와 민족에 공통된 이해(利害)가 목적이 아니라 업자 일인의 이해를 목적으로 하는 상업 행위가 아주 우리나라에서 유행하고 있다. 이 물건이 외국에서 이입(移入)해서 국가와 민족에 필요, 필수하며 이익이 되는가 안 되는가를 막론하고 업자 개인의 이익만 있다면 이것이 자유경제요, 자유상업이라 마음대로 한다. 그래서 을유해방 이후로 상업자들의 손으로 우리나라는 아주 이 혼란을 초래한 것이다. 상(上)으로 정상배(政商輩)59)에서 하(下)로 모리배(謀利輩)60)들이 부동(附同: 같이 붙음)해서 하는 일이 국가와 민족을 좀먹는 일만 가려가며 한다.

상업이라고 우리나라에서 가장 긴절(緊切: 가장 절실함)한 물품을 외국에서 가져와야 하겠는데, 보라! 일건도 우리 일상생활에 필요중대한 물건이 왔나 희사(回思: 회상)해 보라. 우리나라는 공업 시설이 없는 나라이니 공업 시설을 가져왔는가? 우리 손으로 무기를 제작하지 못하니 무기 만들 원료를 가져왔는가? 우리나라는 전력이 없으니 발전 기계를 가져왔는가? 다만 기제품(旣製品: 기성품)으로 소비하기에 가장 용이하고, 우리가 다시는 제작할 수 없는 물품이 주로 외래품이라고 들어왔다. 그리고 사치품이 제1위를 점령한다. 이것이 우리의 화폐 가치가 바닥을 알지 못하고 저락(低落: 낙하)하는 현상을 이루는 원인으로 도시(都是: 모두) 정상(政商)들과 모리배의 손에서 된 것이다. 이것도 국가무

---

59) 정치가와 결탁하여 사사로운 이익을 꾀하는 무리.
60) 온갖 수단과 방법으로 자신의 이익을 꾀하는 무리.

역이라는 궤도가 아니라 고위층 인물들의 사복(私腹)을 충(充: 채움)하는 데서 이런 참변을 당하는 것이다. 우리 상업가들도 국가와 민족을 위해서 교역 본의(本意)의 상업으로 외래품을 정정방방(正正方方: 조리가 발라서 조금도 어지럽지 않음)한 상업도덕으로 했다면 우리의 쓰지 않으면 안 될 물품 외에는 우리나라에 외래품이 올 리가 만무하다. 그러하면 우리나라 물자가 외국 유출되지도 않았을 것은 자명한 일이다. 비록 우리나라에서 제조를 못하나 사치품 일체가 우리에게 대가를 달라고 할 리가 없는 것이 아닌가? 우리는 자립하지 않으면 자멸을 초래할 생사기로(生死岐路)에서 상업자들이 국가와 민족을 사로(死路)로 인거(引去: 당겨 감)하며 각자 이 사리사복(私利私腹)만 충(充)한다면 이것은 국가와 민족의 죄인이 아니고 무엇인가? 외국무역을 주로 하는 상업가들과 그들과 뇌동부화(雷同附和: 부화뇌동)해서 민족과 국가를 좀먹는 정상(政商)들과 또 그 부종(附從: 붙어 따름) 상업가들은 숙청되어야 할 것이요, 경제 혼란의 총책임을 이 도배(徒輩: 함께 어울려 나쁜 짓을 하는 떨거지)들이 당연히 져야 할 일이라고 나는 정정당당히 평하는 것이다.

그러니 이런 상업을 하는 자에게 업이 있으니, 항심(恒心)이 있으리라고 해서는 극한 오해라고 본다. 정평하자면 국적(國賊: 나라를 어지럽히거나 나라에 해를 끼치는 역적)들이요, 민족의 도적이라고 할 인물들이다. 이 인물들이 그 부류들을 양성해서 자기들의 우익(羽翼: 새날개, 보좌하는 사람)을 만드는 것이다. 또 이런 인물들을 전위(前衛)로 두고 정계에서 음모를 자행(恣行: 방자하게 행함)하는 부류가 얼마든지 있다. 이것은 말할 것도 없이 역적이라 보는 외에 타도가 없다. 회고해 보라. 우리가 소년시대에 일미(日米: 쌀) 소일두(小一斗: 작은 한 말)에 25전 하던 것이 우리가 보기에 현 6만 5,000원까지 갔고, 광목(廣木: 무명실로 넓게 짠 베) 한 필에 6원 정도 하던 것이 현 50만 원이요, 석양(石陽: 성냥) 한 갑(匣)에 5전 하던 것이 현 한 갑에 200원이요, 계란 10개에 5전 하던 것이 현 2만 원이 된다. 그리고 미화 1불에 우리 화폐로 2원 하던 것이 현 6만 원 이상을 하니, 이렇게 되도록 한 것이 그 누구의 죄인가 하면 이것이 도시 정계 요인들과 모리배들의 소위(所爲: 하는 일, 所行)라고 하지 않을 수 없다. 그러하니 비록 업을 택할지라도 정당한 업을 택해서 내 생활이 연명은 해야 할 일이요, 내가 하는 업이 국가나 민족에 좀먹는 일이 아니라야 하는 것이다.

현상으로 보면 이 모리배의 악질적 행위는 구두필단(口頭筆端: 말과 붓끝)으로 말 못할 악행(惡行)이 많은 것을 상(上)으로 행정부의 수뇌(首腦)들이나 하(下)로 말초기관인 면리원(面吏員: 면의 관리), 경찰관들과 민간인들도 예사로 보통 있을 만한 일을 하는 줄로 묵과하니 이상 더 가혹한 도탄상(塗炭狀)이 어디 있겠는가? 고성(古聖)의 말씀에 무항산(無恒産)이면 무항심(無恒心)이라고 하시고 구무항심(苟無恒心: 진실로 항심이 없으면)이면 방벽사치(放辟邪侈: 방종과 편벽됨, 사악함, 사치)를 무불위이(無不爲已: 못하는 짓이 없음)라 하시었다. 현상 직업을 가진 인물이라는 이가 도리어 무항심이 되어 파렴치 행동은 더 잘한다고 본다. 무항산이유항심(無恒産而有恒心: 항산이 없으매 항심을 가짐)은 유사자능지(唯士者能之: 오직 선비만이 그럴 수 있음)라 하시었으나, 사(士)로도 그 이름을 욕되지 않을 사람이 몇 사람이나 되는가? 그러니 현상이 아마 금수(禽獸)시대에서 인문개벽(人文開闢)시대로 과도(過渡: 넘어감)하는 시대가 아닌가 하고 만사(萬事)가 예(例)를 돌파(突破)하는 일이 많아서 이런 시대일수록 정신을 경일층(更一層: 더 한 층) 가다듬지 않으면 안 되리라고 자경(自警)하며 이 붓을 드는 것이다.

갑오(甲午: 1954년) 8월 초사일(初四日)

봉우서우유신초당(鳳宇書于有莘草堂)하노라.

추기(追記)

우리나라 현상은 노임(勞賃: 품삯)이 농촌에서 아주 산촌(山村)은 일일(一日)에 남자가 100원, 여자가 50원이요, 좀 평야부(平野部)라면 남자가 일일 150원, 여자가 일일 70~80원이요, 도시나 또는 노동력이 부족한 곳은 남자가 일일에 200원이요, 여자가 100원이라는 것이 기술 없는 노동자를 표준한 것이요, 만약 기술노동자라면 그 기술여하로 노임이 결정된다. 우리가 본 바에 의하면 좀 도시라면 목수가 일일 500~600원이요 토수(土手)가 역시 500~600원이요 철공(鐵工)도 일일 500원 이상이요 또 그 기술 여하로 노임이 결정되는 것이요 요리옥(料理屋: 요릿집)에 접대부 같은 것도 최상이 일일 1,000원 정도요 최하가 300원 정도인 것 같다. 차외(此外: 이 밖, 이외以外) 공장(工場) 여직공들도 월 3,000원 정도에서 6,000~7,000원까지는 보통 숙련공이 되면 얻을 수 있다. 그래서 기술이나 특별 예외로 하는 수입은 정가(定價: 값을 정함)를 못한다. 그런 예를 말할 필요가 없으나 현대 용어로 양공주들의 월수입이 보통 5만~6만 원 한다. 좀 고급이면 월 10만 원 이상이요 또 매춘부들은 월 1만 원 내외의 수입이 있는 것 같다. 그리고 요리수(料理手: 요리사)로 월(갑종甲種) 2만 원 정도요 을종(乙種)은 1만 원 이상이다.

이것이 우리나라의 상중하를 통한 수입이다. 그래서 관계(官界)에 월 2만 원 수입이라면 지사(知事)나 국장급으로도 용이하지 않고 부수입이 있다면 예외다. 그렇다면 인건비가 그리 심하지 않으니 가공료도 얼마 되지 않는 것이 당연한 일인데 사실은 이와 반대로 원료 100원 가치를 가지고 가공만 해놓으면 300~400원은 별문제 없이 받는다. 이것은 중간 착취에서 나오는 실적일 것이다. 미국 같은 곳에서는 원료품으로는 저가(低價)였으나 일단 가공을 해놓으면 5~6배나 고가(高價)라고 한다. 이것이 우리나라가 농업으로 생산해서 가공한대야 그 차가 얼마 되지 않는다. 음식물도 요리업이 아닌 음식점이라면 비교적 저가로 된다고 한다. 이것이 우리나라와 미국의 차가 말하는 것이다. 그러니 우리들이 각자가 이 경제에 관한 실정이 큰 소비를 낸 관계로 화폐의 가치가 점점 없어지고 반비례로 외국 물가가 점점 등귀(騰貴: 물건 값이 뛰어 오름)해진 것이다. 이것을 시정하자면 지금이라도 국민 전체가 각오하고 국가 생산에 전심전력을 경주하고 외화를 될 수 있는 한 덜 소비하고, 국산이라도 사치품은 국력이 충실하기 전까지는 절대 생산을 중지하고 실질적으로 사용될 필수품에 한해서 국산을 장려한다면 우리의 일상생활이 비록 저열(低劣)해지나, 외래품의 소비가 아주 감축되는 관계로 우리의 광물이나 해산품이나 또 다른 외국으로 나가는 물품의 대가(代價)가 수지(收支)가 점점 %가 달라져서 불구(不久)한 장래에 국민생활이 안정되고 국가 화폐가 가치가 회복되어 현재 고물가이던 것이 저물가로 변해지고 미화 1불에 600원대로 인상되던 것이 일대일(一對一)로 될 수 있는 것이다.

일대일(一對一)이라고 해도 구화(舊貨)로면 일대백(一對百)이 되는 것이니 국민의 단결과 사치품금지와 국산 증산으로 신용과 실력이 복구 됨을 수반해서 경제도 평상화(平常化: 정상화)된다면 구일(舊日: 옛날) 미화 1불(一弗) 대 2원 비례가 다시 나올 수도 있다는 것이다. 이 경제를 혼란시키고 국가를 패망시킨 책임은 정상모리배(政商謀利輩)들이 80%는 져야 하고 국민 각자도 반성 못한 책임으로 20%는 져야 할 것이라고 본다. 이것을 시정하자면 위대한 지도자가 있어야 국민이 신용하고 실행할 것이라 생각하며, 농업의 개량과 공업의 발전과 상업의 정상화로 사(士)에 속한 정신노동자들도 개과천선(改過遷善)하고 일심(一心)으로 단결이 되면 이 경제 혼란이 안정으로 변해지는 기간이 극단시일에 될 수 있다고 확언하는 것이며, 외국으로 수출되는 광물과 해산품은 대증산(大增産)을 보아야 이 변환을 속히 할 수 있다고 한다. 이 국난(國難)을 타개하자면 농산어촌의 중견부(中堅部: 사회나 단체에서 중심이 되는 인물들)에서부터 자각하고 나가면 안 될 일이 아니나, 행정부에서 이런 실정을 생각지 않고 자기네의 사리사복(私利私腹)만 충(充: 채움) 하는 것이 패가지국(敗家之國: 집안이 망하는 나라)의 본(本)이 된다는 것을 중언부언(重言復言: 거듭거듭 말함)하노라. 우연히 경제 실정을 쓰다가 언지장(言之長: 말이 길어짐)함을 불각(不覺: 깨닫지 못함)하였도다. 이 것을 속히 실천에 옮기기를 바라고 이 붓을 여기서 그치노라.

갑오(甲午: 1954년) 8월 초사일(初四日)
야심(夜深: 밤이 깊음) 봉우추기(鳳宇追記)

수필: 〈우리나라의 직업 고찰〉
속전추기(續前追記: 앞에 쓴 추기를 이어 씀)

내가 농촌에서 근일(近日: 요사이) 보는 실정을 순서 없이 예를 들기로 하자. 전(田: 밭) 100평을 경작하면 보통으로 상(上)이나, 중(中)이나, 하(下)의 구분을 제(除)하고 중간층의 수확(收穫)으로 보자. 맥작(麥作: 보리농사)이 십두(十斗: 열 말)와 두태(豆太: 콩과 팥) 이두(二斗: 두말) 오승(오승: 닷 되)이면 누구나 평균작으로 본다. 1,000평을 경작해야 맥(麥: 보리)이 오석(五石: 닷 섬, 다섯 가마니)이요, 두태(豆太)가 25두(斗)가 된다. 이 이상이면 잘 수확했다고 하고 이 이하면 성적이 불량하다고 할 정도다. 그러면 이것을 중심하고 금전으로 환산하면 금년 시세로는 맥가(麥價: 보리 가격)가 정맥(精麥: 깨끗이 쓿은 보리쌀)이 소일두(小一斗)에 160원으로 보면 1,000평 수입이 8,000원이요, 두태(豆太)가 소일두(小一斗) 300원으로 환산하면 7,500원이다. 합계 1만 5,500원이다. 여기서 수득세(收得稅: 소득세)와 비료대와 인부임(人夫賃: 일꾼품삯)을 제하면 순수입이 7,000원은 될 것이다. 평당 7원(수입)이다. 이것이 보통 농가의 수확상(태)이다.

이것을 개량식으로 동일한 맥작(麥作)이라 심경(深耕: 땅을 깊이 갊), 답아(踏芽: 싹을 밟음), 입토(入土: 흙을 넣어 줌), 시비(施肥: 거름주기)를 해보면 수확이 맥(麥)이 1,000평에 중간을 잡고 십석(十石: 열 섬)은 될 것이요, 또 동일한 두태(豆太)라도 소시(疎蒔: 모종 트임), 심경(深耕), 운자(耘耔: 김매고 북돋움)를 개량식으로 하자면 50두(斗)를 생산하는 것이 역시 보통이다. 총수입 3만 1,000원에서 동일한 수득세와 비료대와 인부임(금)이 약간 증가할 정도로 제한다면 순수입이 2만 원은 된다. 평당 20원의 수입이다. 이것이 우리가 보통 보는 예요, 또 맥작은 그대로 하고 두태를 갈지 않고 감저(甘藷: 고구마)를 경작한다면 이것도 개량식을 맥경(麥畊: 보리밭)에 조종(早種: 일찍 파종)하고 시비(施肥), 운자(耘耔)를 개량식대로 한다면 1,000평에서 2,000관(貫)은 용이하게 생산된다. 환산하면 관당(貫當) 20원, 합계 4만 원이다. 여기서 인부임과 비료대를 제하면 2만 5,000원이 수입이 되는 것이니, 맥(麥: 보리)수입과 합계한다면 3만 5,000원은 된다. 평당 35원이다. 이것은 별 기술을 요하는 것이 아니다.

그다음 산(蒜: 마늘)을 경작한다면 1,000평에 1,000접은 된다. 역시 별 기술을 불요(不要)하는 것이다. 다만 종자대(種子代)가 들고 비료대가 드나, 인부는 맥작(麥作: 보리농사)만큼만 (이면) 충분하리라고 본다. 금전으로 환산한다면 예산 초과가 수입으로 된다. 저가(低價)라도 (수입이) 15만 원에 종자대, 비료대, 수득세, 인부임은 다 제해도 3만 원 이내일 것이다. 순수입이 12만 원이 된다. 평당 120원이요 감저생산 수입은 그대로 된다면 145원으로 보아야 된다. 누구든지 다 이렇게 하라는 것은 아니나, 총 경작 면적을 유리하게 사용할 수 있다는 것을 말하자는 것이다. 재래식으로 평당 수입이 7원 내외라는 숫자에서 145원이라는 차가 나오니, 개량식으로 해볼 필요가 있다고 본다.

유한한 경지 면적에서 소호(小毫: 작은 터럭)라도 증산한다면 이것은 경작자의 이익이요, 국가생산에 막대한 향응(饗應: 융숭한 대접)이 있다고 본다. 또 전작(田作: 밭농사)으로 감남(감나무)이나, 백채(白菜: 배추)

나, 대총(大葱: 큰 파)이나의 경작은 잘 되었다면 평당 300~400원 내지 500~600원까지 될 수 있는 것이 전작(田作)에서 약초 재배를 부업적으로 한다면 원예보다도 일층 더 수입이 있는 것이나, 이것은 기술이 필요한 것이 보통 농부로는 마음대로 안 된다. 그러나 기술자를 초빙해서 집단적으로 경작한다면 내가 본 경험으로는 평당 1,000원 정도 되는 것도 있고, 400~500원을 수입하는 것은 보통이다. 전작 면적이 많은 곳은 부업적으로 해볼 만한 것이다. 평당 10원 내외의 수입을 최하로 100원으로 환산하여도 집단 경작 면적 1만 평이라면 90만 원의 차가 생한다. 약 10배의 수입이다. 이런 실례를 종종 보나 농가에서 선전이 못 되어 실지 착수를 못하는 것이 그만한 손해가 되는 것이다. 그리고 농촌부업으로 개인적으로는 자금 조달에 난관이 있으나 부락 단위로든지 면단위하고 중소 직물공장을 설립해서 농촌에 부녀자들의 실직을 방지하면 이것도 상당한 수입을 보게 되는 것이다,

실례를 들 공주에서도 유구(維鳩), 신풍(新豐)의 현상을 각 면(面)의 원들이 충분히 견학하고 공적으로 자기 면을 위해서 노력할 일이다. 유구면에서 직물 관계 수입이 월평균 수백만 원이 되는 것은 가리지 못할 사실이 아닌가? 이 발족이 어느 자벌(資筏)의 거금을 도입한 것이 아니요, 개인적으로 이북 (피)난민들이 시작한 것이 유리함을 보고 누구나 다 발족해 본 것이라고 본다. 이런 실례를 가지고도 각 면장이나 의장들이 숙면 상태로 있는 것은 너무나 무관심한 일이다. 반포면에서도 수실(樹實) 원거인(元居人)61) 일인(一人)이 대덕군 유천면에 가서 작농중(作農中: 농사 짓던 중) 대총(大葱: 대파) 경작으로 얼마 되지 않는

---

61) 대대로 그 땅에서 오래도록 살아왔던 사람.

면적에서 수십만 원을 생산했다고 보고 온 사람들이 다 말하나, 그 경작법을 배워서 반포에서 일인도 착수하는 것을 못 보았다. 너무나 수구적(守舊的)이요, 발전성이 없다고 본다.

민족이 가급인족(家給人足: 집집마다 생활이 풍족함)하면 국가가 부유해지는 것이요 그리고 축산(畜産)에도 일방(一方)에서 상당한 부업적으로 수입을 보고 있는 실례를 보면서 역시 선전도 하지 않고 착수해 볼 생각도 없는 것은 경제 관념이 부족하고 지도 인물들이 없어서 되어가는 대로 하지 신규 사업을 착수할 의도가 없는 것 같다. 비록 전시(戰時) 중이라 하나 후방 생산이 역시 국민된 의무요, 책임이라는 것이요 자기의 책임을 완수함으로 자기의 생활 수준도 향상해진다는 것을 알지 못하는 관계라고 본다. 국민의 증산(增産)이 국가의 원천이 되어 10,000을 더 생산하면 10,000만한 숫자가 타국에서 더 이입(移入)되지 않고, 1,000만을 더 생산하면 역시 외국 물자 1,000만의 입국을 불허하는 것이다. 그래서 경제가 자연 안정으로 복구될 것인데 지도층에서 몽중(夢中: 꿈속)에 신음하고 있지 목전에 과업(課業)을 폐치(廢置: 폐한 채 내버려둠)하고 있으니, 가련한 일이다. 우리 보기에 의류도 국산으로 충분하고, 곡류도 국산으로 충분하고 약품도 좀 정화(精化)하면 국산으로 외래품보다 우월할 수 있다. 다만 무기가 우리의 손으로 제작이 못 되는 것을 최고속도로 기술원을 양성해서 우리가 자작자급(自作自給)해야 당연한 일이다. 이 문제가 아직도 상정(上程)이 되지 않으니 우리는 의외라고 본다.

일정하(日政下) 각 공장에서도 우리 민족의 손으로 무기를 제작하고 있던 것을 내가 알고 있으며, 우리 민족으로도 일정하 조병창(造兵廠: 무기 제조공장)의 기사(技師)로 있던 사람도 많이 있었다. 당연히 우리 군부의 무기도 외국을 전부 믿지 말고 일건, 일건씩 습득해서 기술자 양성과 기술원 특대(特待: 특별대우)로 자립해야 우리의 생명이 우리의 손에 있는 것이지 외국무기가 아니면 군부의 활동이 정지된다면 우리 국군은 생명이 없다고 해도 과언이 아니다.

비록 우리의 공업이 유치하나 그래도 기술자가 아주 없는 것이 아니니, 민간 기술자 조사와 양성에 노력하라는 말이다.

환언하면 사농공상(士農工商)이 다 국가와 민족을 위함을 목표로 하고 그다음 각자의 책임과 의무를 완수함으로써 우리의 파괴는 재건(再建)되고 전쟁은 평화가 되고 도탄(塗炭: 몹시 곤궁하거나 고통스러운 지경)은 안락(安樂)해질 것이다. 이래서 우리의 손으로 우리의 수준을 향상시켜서 세계 수준에 도달하고 그다음 일보(一步)를 전진해서 그 수준을 돌파함으로써 우리가 대황조(大皇祖)의 혈통을 받았다는 확증이 될 것이다. 나는 사농공상의 부문에 한 가지도 참례 못하는 사람이나, 마음만은 항상 이 정신이 변치 않고 백발이 성성(星星)해진 것이다. 구체안에 있어서는 시간만 있으면 다시 쓰기로 하고 이 정도로 붓을 그친다.

갑오(甲午: 1954년) 8월 초오일(初五日)

봉우서우유신초당(鳳宇書于有莘草堂)

수필: 내가 사는 이 동리(洞里)의 어제와 오늘을 회고함

우리가 거주하고 있는 이 동리(洞里: 마을)의 금석상(今昔狀: 어제와 오늘의 상황)을 회고해 보자. 내가 이 동리로 반이(搬移: 옮김)한 것이 내 선친께서 화갑(花甲: 61세)되시던 병진(丙辰: 1916년) 11월 20일이었다. 그 당시에 이 동리는 면내(面內)의 부유한 동리였다. 당시 납세 3원(円. 圓) 이상 하는 자를 유권자(有權者)로 칭하던 때인데, 우리 동리에서 유권자가 10여 인이 되었다. 그 성명을 내가 다 기억이 안 되나 생각건대 보덕○으로부터 임익호, 임원재, 이재봉, 최인기, 배운심, 최정우, 석병호, 이예, 임헌장, 임덕문의 양부(養父), 고인보, 배경빈, 이재학, 박인수 이상인 것 같다. 그리고 우리도 유권자의 일인이었다. 그 후 얼마 되지 않아서 궁장(宮庄: 각 궁에 딸렸던 밭, 궁전宮田)이 매도(賣渡: 물건을 팔아 넘김) 후에 동리가 패동(敗洞)62)이 되고 당시 유권자가 지위를 바꾸게 되었다.

경신년(庚申年: 1920년) 물가폭락 당시의 변동을 보면 실권자(失權者)가 임익호, 임원실, 석병우, 석병시, 박인수, 임덕문 양부 이상이요, 신참 유권자는 최지희 1인뿐이요, 이재봉 1인만 재산이 배진(賠進: 배로 나아감)하고 우리가 외장(外庄: 먼 곳에 있는 자기 땅)은 매진(賣盡: 남김없

---

62) 힘이나 세력 따위가 쇠하여 없어진 동네.

이 다 팔림)하고 동리 경작답(畓: 논)만 여존(餘存: 남아 있음)되었었다. 그 후 갑자년(甲子年: 1924년)에는 실권자가 우리와 임헌장, 고인보 3인이요, 신참 유권자는 없었다. 무진년(戊辰年: 1928년)에는 최정우가 사거(死去)하고 최무현, 최수현 2인이 신참하고 최수경 일인이 또 신참 유권자가 되고 다시 자라나는 사람이 고인보, 고순보, 전중화, 박대규 4인이 있었다. 그 후 갑술년(甲戌年: 1934년)에는 변동이 없었고 무인년(戊寅年: 1938년)에 고인보, 고순보, 천중화, 박대규가 신참 유권자가 되었다. 그리고 최지희가 사거(死去)하고 최귀갑이 상속 유권자가 되었다. 그리고 배운심, 배경빈이 실권하였었다. 계미년(癸未年: 1943년)에는 배도업과 내가 신참하였었다.

그러자 을유 8.15 해방을 당해서 만민평등이 되어 유권(有權), 무권(無權)의 구분이 없게 되었다. 나는 또 무산자(無産者)로 되었고 동리는 점점 그르게 토지 소유자로 화하여 식생활만은 해결하는 것 같고, 부호(富豪)인 이규용 1인만 전(前)만 못하고 그다음은 다 생활 정도가 그리 부유하지는 못하나, 면내(面內: 반포면내)에서 어느 동리에게도 빠지지 않을 것 같다. 그래서 상신리에 소학교 분교장(分敎場)도 되고 해서 타동(리)에 모범이 되려고 하는 현상이었다. 그러나 경제적으로 좀 타동보다 나은 것은 산판(山坂: 멧갓, 나무를 찍어 내는 일판)이 있어서 임산물(林産物)을 이용하는 관계로 노동자는 근검절약으로 다 생활이 족족하고 유한층(有閑層)은 여전히 곤란을 받는 것이었다. 그러나 관계하는 층의 생활은 점진적이나 순농가로는 대부분 후퇴하는 것이 사실이다. 선번(先番: 먼젓번)에도 말한 바와 같이 본동(本洞: 이 동네)은 산전(山田: 산에 있는 밭)이 많은 곳이니, 산전을 이용하면 얼마든지 유리하겠는데 황전(荒田: 황폐해진 논밭)이 많이 되고, 역농(力農: 힘써 농사를 지음)을 않는다. 이것은 노동력이 있는 사람은 농업을 하는 노동력으로 임산물을 취급하면 그 수입이 배(倍: 곱) 이상으로 되는 관계상 농업이 쇠하는 것이라고 본다.

그래서 산판에 입목(立木: 서 있는 나무)이 장양(長養: 오래 키움)될 새가 없이 무허가 벌채로 각자가 분식(分食: 나눠 먹음)하는 것이 이 동리의 불소(不少: 적지 않음)한 폐해(弊害)가 되는 것이다. 그래서 공수입(空收入: 헛수입)이 많아서 용전(用錢)을 무도(無度: 법도가 없음)하는 것이 본동이 장족진보(長足進步) 못하는 원인이 되고, 식생활이 초족(稍足: 좀 풍족해짐)하니 각자 위지대장(謂之大將: 자신이 대장이라 함)으로 영(令: 명령)이 서지 않는 것이 이 동리의 불행한 일이다. 단합만 되면 산판이 근사백정보(近四百町步: 400정보 가까움)요 산전이 수만 평이 되고 산전을 다시 개간(開墾)하려면 현상보다 몇 배 할 수 있으니, 약초 재배 같은 것을 경영한다면 극히 유리하겠고 산판도 조림(造林)을 연도별로 10년만 확정하면 동리의 확정된 재산이 되겠는데, 근일 청년들은 건설적이 아니요, 파괴적이라고 한다. 그래서 동회당(洞會堂)도 기다(幾多)한 노력으로 건축되었던 것을 이해철 구장(區長) 당시에 기인(幾人: 몇 사람)의 동중 노인들과 협력해서 매식(買食: 음식을 사서 먹음)하였다. 이런 것이 파괴적이라고 본다. 이 상신분교도 이해철 구장 당시에 폐교를 시킬 동작으로 당시 선생이던 박왕배 군과 교장 박완배 군이 합력해서 운동하는 것을 이흥서 선생을 신영(新迎: 새로 맞이함)해서 다시 발족하고, 이 군의 구장도 개임(改任: 다시 임명)시킨 것이다.

현상은 임산(林産: 임업 생산)이 부족해서 동리의 경제가 좀 원활치 않은 것 같다. 그러나 이 동중(洞中: 동네)이라도 누가 책임지고 지도했으면 모범 부락으로 나갈 수 있을 것 같다. 이 동리 금석상(今昔狀)을 보고 감개무량(感慨無量: 마음속에서 배어 나오는 감동이나 느낌이 끝이 없음)해서 이 붓을 드는 것이다. 일일(一日)이라도 속히 지도 인물이 나오기를 바라고 이 정도로 붓을 그치는 것이다.

갑오(甲午: 1954년) 8월 5일

봉우서우유신초당(鳳宇書于有莘草堂)

추기(追記)

이 동리가 개동(開洞: 마을이 시작함)된 지가 300년 이내요, 250년 이상인 것 같다. 그 이전은 대사찰(大寺刹)의 유지(遺址)가 곳곳이 있고 지명도 아직 사찰시대에 부르던 이름이 많다. 삼국시대의 거찰(巨刹)인 것 같다. 어느 시대에 폐사(廢寺: 절이 없어짐)가 되었는지는 알 수가 없고, 또 누가 시입동자(始入洞者: 처음 동리에 들어온 사람)인 지도 조사할 도리가 없고, 다만 신주촌(申舟村)63)의 자사(子舍: 자제子弟, 남의 아들을 높이는 말)인 둔암(屯庵)64)의 거주하던 유허(遺墟: 옛터)가 있고, 석상(石上)에 각자(刻字: 새긴 글자)가 있으며, 백운거사(白雲居士) 오경감(吳景鑑)이 처처(處處: 곳곳)에 새긴 각자(刻字)가 있고, 그 각자 중에 태극암

---

63) 신주촌(申舟村, 1620~1669), 조선 중기의 학자, 영의정 신흠의 증손이자 송시열의 문인. 빈민들이 쉽게 구할 수 있는 약재로 급한 병을 치료할 수 있는 《주촌신방(舟村新方)》이란 의서(醫書)를 편찬하여 보급하였다. 시호는 효의(孝義)이다.

64) 신방(申昉, 1686~1736), 숙종~영조대의 문신. 본관은 평산, 호는 둔암.

(太極巖)이니 탄금대(彈琴臺)니, 명월유수보감개(明月流水寶鑑開: 밝은 달 흐르는 물 보배스런 거울이 열리네)나, 백록담파영방사해(白鹿潭波盈放 四海: 백록담 물결 차고 넘쳐 사해로 흐르네)하고 자양산월공조만천(紫陽 山月共照萬川: 자양산의 달이 모든 시내를 함께 비추네)이라고 한 곳도 있고, 동구(洞口: 동네 입구) 거석(巨石)에는 개학동문(開學洞門: 배움이 열리는 동네 문)이라고 하고, 교하(橋下: 다리 아래)에는 진덕교(進德橋: 덕으로 나아가는 다리)요, 또 이락(二樂)이라고 하였다. 그 의미로 보아서 도학자(道學者)가 거주하던 것은 사실인 것 같다.

그러나 내가 추상하는 정도요, 증거는 알 수 없고 분묘(墳墓)로 보아서 배씨가 10대(代) 이상이 되는 것 같고, 자기들 말은 12대가 되었다 하나, 12대에 근근부절(僅僅不絶: 겨우 끊어지지 않음)할 2가(二家: 두 집) 밖에 안 되고 그다음이 최씨들이다. 대략 9대 되는 것 같다. 그 자손이 20호는 된다. 그다음이 이씨들인데 8대가 되고 자손이 10호는 되고, 그다음 박씨들인 것 같은데 6대가 되었다고 하고, 자손이 8, 9가(家)가 되고, 또 그다음 고(高)씨도 5대가 될 것 같고, 자손이 6~7호요 동시에 이씨도 5대가 되어 자손이 2호(戶)요, 석(昔)씨도 동시인 것 같다. 5대에 자손이 8~9호가 된다. 그리고는 다 원거인(元居人: 원주민)이 아니요, 임씨도 4~5대 되는 것 같은데 자손이 3~4호가 된다. 그리고 그다음은 고조(高祖)가 입동(入洞)하였느니, 증조(曾祖)가 입동하였느니, 조부가 입동하였느니 하는 정도의 오래된 사람이 3~4대요, 혹은 2~3대의 당대 이거(移居: 이주)한 분이 많고 자고명묘(自古名墓)[65]라는 것은 유(兪)씨의 6대조묘가 있을 뿐이다.

---

65) 옛부터 자손이 잘되어 터가 좋다고 널리 알려진 무덤.

그리고 하신(下莘) 김 씨의 묘가 상신 구역에 여러 장이 있는 것을 보면 하신 김씨도 동일한 상신입동자가 아닌가 의심한다. 그러나 개동(開洞) 후로 간간이 사환가(仕宦家: 벼슬을 한 집)에서 피난차로 이거(移居)하자는 아주 타문이(터를 잡은 자취)도 없이 사라지고 만 것이 사실인 것 같다. 이조시대에는 공주 이족(吏族: 벼슬아치족)들의 퇴거장(退去場)으로 간간이 퇴촌(退村: 촌으로 물러나 삶)하는 사람도 있는 것 같다. 그래도 수백 년을 두고 동리 사람으로 출입하나 그대로 할 사람이 없었고, 동네 토지는 거의 갑사(甲寺), 신원사(新元寺), 동학사(東鶴寺)의 불양답(佛糧畓: 절 소유의 논밭)이었고, 원거인(元居人)들의 조상은 십거칠팔(十居七八: 열에 칠팔)은 퇴속승(退俗僧: 환속한 중)이 많았던 것도 사실이다. 내 생각에는 개동(開洞)부터 절의 유허(遺墟)요, 구시대 왕래가 불편하고 심산궁곡(深山窮谷: 깊은 산골짜기) 무인지경(無人之境)이라 사승(寺僧: 절의 중)들이 슬그머니 퇴속해서 피거(避居: 피해 삶)하며, 황지(荒地: 황무지)를 개척한 것이 아닌가 하고 신둔암(申芚庵)이 입동(入洞)하고 유 씨가 입묘(入墓)한 후부터 아주 동리(洞里) 행세를 한 것 같다.

　현재도 석봉구(石峯區)의 동월리(東越里)나 동일하던 곳이 아닌가 한다. 차동(此洞) 출생인으로는 수백년간에 일초시(一初試: 한 사람의 초시 합격자)도 없었고, 이식위천(以食爲天: 먹는 걸로 하늘을 삼음)하는 양민(良民)이었었다. 우리가 시이차동(始移此洞: 비로소 이 동네로 이사함)할 당시에는 운현궁(雲峴宮) 토지의 '마름'66)으로 이호협 태(台)가 와서 있었고, 전 '마름'으로 김기헌 전 직산(稷山)군수가 왔었고, 또 서오순(徐午淳) 참서(參書)와 그 자사(子舍: 자제)인 시종(侍從) 서상○이 있었

66) 지주로부터 소작지의 관리와 감독을 위임받은 사람.

고, 공주읍인(公州邑人: 공주읍 사람)인 이판관(李判官) 헌용(憲容)과 주사(主事) 이헌설(李憲卨)이 있었다. 그리고 구일(舊日: 옛날) 무예청(武藝廳)의 자(子)인 이재봉도 있어서 당시가 전성시대였다. 관장(官庄: 관의 농토)이 이매(移賣: 옮겨 팔림)되고 점점 패동(敗洞: 동네가 망함)이 되어 고리대금하는 이 씨의 수중에 이 동리 고혈(膏血: 사람의 기름과 피)은 다 들어가 말아서 아주 패동이 되었다.

나도 입추지토지(立錐之土地: 송곳 세울 땅)가 없었고, 가옥도 이 씨의 소유가 되었으니 현상을 좌시할 수 없어서 동민(洞民) 계몽으로 미력이나마 경주(傾注)해 보았다. 그래서 별별 지장을 이 씨 편에서 다 하는 것을 상신 상애단(相愛團)이니, 청년단이니, 연방사(聯芳社)니, 동지회니 또 한독당(韓獨黨)이니 하며 계속적으로 계몽운동을 하고, 또 이 산간벽지(山間僻地: 산속 외딴 곳)에 소학(小學)을 기성(期成: 어떤 일을 꼭 할 것을 기약함)해서 허가를 득(得)하고, 창립공사에 기다한 방해를 받아가며 성공시켰다. 현상도 여전히 이 씨 편과는 합동이 덜 되나, 부지불식간의 사조(思潮)라고는 하나 향학열이 생겨서 중고등학교와 대학에 학적을 두고 학창생활을 하는 한편 장정들은 국군으로 위국진충(爲國盡忠: 나라를 위해 충성을 다함)해서 군인이 수삼십 인이 되어 현역, 예비역, 상이군인, 명예전몰 등의 별(別: 구별)로 있고 혹은 공직으로도 있고 교원생활도 한다. 그래서 수백년래 파천황(破天荒: 이전에 아무도 하지 못한 일을 해냄)이 된 것이다. 그리고 경제적으로 풍족한 사람은 없으나, 조반석죽(朝飯夕粥: 아침밥 저녁죽)은 다하고 무엇하면 자식들 교육시킬 생각들은 하고 있을 정도다.

이 동리 금석관(今昔觀)을 보고 감개무량하구나! 이곳을 온 지 벌써 39년이요 내 선친(先親: 돌아가신 아버지), 선비(先妣: 돌아가신 어머니) 산소가 이 동산(洞山)에 계시고 내가 자식 5남매를 이 산에 묻었고, 외숙 (外叔: 외숙부) 산소가 두 분이요, 내 외사촌 묘가 여기 있다. 그러니 내 일생의 반은 이 동리에서 보낸 것이니 병주고향(並州故鄉)[67]이 아닌 가? 또 구묘지향(丘墓之鄉: 선산이 있는 고향)이로다. 내가 백발이 성성 (星星)한 인간이 의식주 3건사(三件事)를 1건도 해결 못하고 여전히 기 생충적 존재로 이 세상을 지내니, 비록 생로병사(生老病死)는 부귀빈천 (富貴貧賤: 부자나 가난뱅이)이 동일하다 하나, 자위신모(自爲身謀: 스스로 자신을 위한 꾀를 냄)를 너무 못하는 것이다. 내가 이 동리에서 거주하며 반생(半生)의 역사를 쓰게 되었으니 내가 비록 타향으로 간다 하여 이 곳을 잊을 수 없다는 것이다. 내 태생지는 서울이나 고향이라고 서울 로 갈 수 없고 어느 곳이고 위자손계(爲子孫計: 자손을 위한 계책)해서 정기(定基: 터를 잡음)하는 외에 타도가 없고 비록 동리가 구묘지향이 나, 양자손(養子孫: 자손을 기름)은 못할 곳이라는 것은 확정해진 것이라 이 동리 금석관(今昔觀)을 쓰다가 이 붓을 드는 것이요, 이 동리의 결점 만 말하고자 해서 하는 것은 아니라는 말이다.

갑오(甲午: 1954년) 8월 초육일(初六日)
봉우서우유신초당(鳳宇書于有莘草堂)

---

67) 오래 살아서 정들었던 곳을 고향에 견주어 이르는 말, 당나라 시인 가도(賈島)가 병주 (並州)에 오래 살다 떠나며 한 말에서 유래함.

전통 약방문 2

토복령(土茯苓)		12근(斤)
운모(雲母)		6근
부자(附子)68)		5근
숙지황(熟地黃)	구증구폭(九蒸九曝: 아홉 번 찌고 아홉 번 햇볕에 말림)	
		4근
녹각상(鹿角霜)		3근
맥문동(麥門冬)	거심(去心: 줄기나 뿌리의 심을 발라 버림)	
		반근(半斤)
구기자(枸杞子)	주세(酒洗)	반근
토사자(免絲子)		반근
복분자(卜分子)		반근
결명자(決明子)		반근
오미자(五味子)		반근
현지초(玄之草)		반근
산사육(山査肉)		반근
여정실(女貞實)		반근
석창포(石菖蒲)	주세(酒洗)	반근

---

68) 바꽃의 알뿌리. 열이 많으며 맛은 맵고 독성이 많음.

우슬(牛膝)	주세(酒洗)	반근
반하(半夏)	강제(干製: 생강법제)	반근
사인(砂仁)		반근
파고지(破古紙)	반근	
두충(杜沖)	거사(去絲)	반근
사상자(蛇床子)	반근	
파극(巴戟)	주세(酒洗)	반근
당귀(當歸)	주세(酒洗)	반근
당목향(唐木香)	반근	
초오(草烏)	5냥	

초오와 부자는 푹 끓여서(湯泡) 진짜 황토 속에 며칠을 묻어 둔 후 사용한다.

사상자와 결명자는 현지초 끓인 물에 밥을 만들어 쓴다(作飯用).

[봉우 선생님 수필 4-336 원고 여백에 기록해 놓으신 약방문으로 누가 만들었는지 출처(出處)와 어디에 쓰는지 용도(用途)가 전혀 나와 있지 않습니다. 그저 참고용으로만 이런 게 있구나 하는 자료입니다. -역주자]

라디오를 듣다가

라디오에서 기록뉴스를 듣다가 내가 감상된 바 있어서 이 붓을 든 것이다. 합동경제위원회라는 명칭으로 우리나라에서는 백두진 군이 우리나라를 대표하는 위원이었었다는 것은 내가 신문지상으로 본 일이 있었다. 금번 이 대통령의 도미(渡美: 미국으로 건너감) 당시에 백두진이도 수행원격으로 도미하였었다. 우리의 바라는 바는 전재(戰災: 전쟁으로 말미암은 재화)로 파괴된 것이나 부흥될 원조계획이었나 하는 정도로 바라고 있었다. 그런데 금번 갈(葛) 공보처장[69]의 발표에 의하면 정부에서도 동일한 희망으로 미국에서 원조가 잘 될 줄로 믿고 있었던 것은 사실이다. 그런데 CAC[70]에서 우리 한국에 각종 조사방식을 다해서 막대한 금전소비를 하며 일한다는 것이 체계를 알 수 없는 현상이라 어디서 명령이 내리는지 또는 어디가 명령을 시행하는 데인지 알 수가 없고 우리 한국정부에서 희망하고 갔던 일은 화성돈(華盛頓: 위싱

---

69) 갈홍기(葛弘基, 1906년 4월 14일 ~ 1989년 8월 25일), 일제 강점기, 대한민국의 감리교 목사 겸 정치인, 외교관. 친일파 출신으로 이승만 정부에서 고위 관료로 발탁되어 주일대표부 참사관과 한일회담 대표를 시작으로 외무부 차관을 지냈다. 특히 1953년부터 3년간 공보처장으로 활동하며 이승만 대통령의 이념적 대변인이라는 평을 들었다.

70) 한국민사원조사령부(Korean Civil Assistance Command). 한국전쟁 중 발생한 전재민을 구호하기 위해 성립된 국제연합민사원조사령부(UNCAC)의 임무가 휴전 후 CAC로 이관되었다. 국제연합한국재건단(UNKRA)이 전쟁으로 폐허가 된 한국의 복구와 재건에서 주로 거시적이고 장기적인 계획들을 추진하였다면, 국제연합민사원조사령부는 상대적으로 단기적이고 응급적인 구호정책을 추진하였다.

턴 D.C.)에서 있는 재외원조위원회가 비록 재한 FOA[71]나 CAC에서 우리 한국재건계획을 수립해가지고 청구하더라도 그 위원회의 거부권 행사를 하면 우리 한국에서는 발언할 권리가 없다고 해서 우리의 부흥 재건계획에 전면적 혼란을 초래할 우려가 있다고 한다.

다만 운크라(UNKRA)[72] 단장(團長)인 모 미국 장군이 전력을 다해서 허비만 되는 기관은 아주 폐(廢)하고 또 축소해서 비용을 절약하고 각 지로 기부행위로 우리나라 부흥에 전력을 다한다고 감사의 뜻을 표하며, 우리 한국 실정을 왜곡된 보고로 중상(中傷: 근거 없는 말로 남을 헐뜯어 명예나 지위를 손상시킴)해서 재외원조위원회의 의심을 나게 했다고 한 그 이유는 우리 서울에다 지하철도(鐵道)를 두고 이곳저곳에다 훌륭한 호텔을 두어서 현대식 호화도시계획으로 막대한 원조를 청구한다고 중상하였다고 한다. 그래서 재한(在韓) 외국인들은 그 중상의 부정(不正)함을 비웃으나, 우리나라에서 이런 생각도 해보지 않은 것을 멀리 있는 재외원조위원회나 타국 인사들이야 알 것이냐고 말하고 전재(戰災)로 파괴된 것은 반(半)이라도 부흥하였으면 하는 우리 정부의 바람이라는 발표를 들었고, 중상(中傷)하는 자들은 자기의 죄악을 가리기 위해서 그런 것이라고 한다. 내가 이 발표를 듣고 다시 묻고자 하는 것은 미국 화성돈에 있는 재외원조위원회에서 한국에 대해서 거부권

---

71) 미국의 대외원조 계획을 관할하던 행정기관. 1953년에 상호안전보장본부의 후신으로 발족하였으나, 1955년에 폐지되고 사무는 국무부에 인계되었다.

72) 1950년 12월 국제연합총회의 결의로 한국의 경제부흥과 재건을 돕기 위해 창설된 원조기구. 그 목적은 공산군의 침략으로 파괴된 우리나라 경제의 재건과 복구 사업에 있었으며, 미국의 퇴역장군 콜터 중장이 단장이었다. 지금은 유엔 가맹 여러 나라가 갹출하고, 우리나라 정부와 긴밀한 협조 아래서 사업을 추진하였다. 1958년 6월 말에 사업 종료로 해체되었다.

을 행사하였는가? 거부권을 행사할 우려가 있는가? 또는 위원회의 권한이 거부권을 행사할 수 있으니 위험하다는 말인가? 알 수 없다는 말이다. 또 그 위원회나 미국 인사에게 중상한 것이 다만 서울을 지하철도나 호텔 건축계획만 부당하다고 중상한 것인가? 다른 일은 없는가? 일건도 빼놓지 말고 발표해서 그 중상의 이유가 어디에 있다는 것을 공정하게 국민에게 발표하라. 국민으로서는 불안감을 가지고 있게 할 뿐이다.

정부에서는 그 책임이 누구에게 있다고 하는가? 우리나라를 대표한 백두진 군은 양심이 어떠한가? 이런 난관을 봉착한 원인이 금일이 아니요, 벌써 근거가 있을 것이니 당시 외상(外相: 외무장관)으로 있던 변영태 군은 이 국가난관을 봉착하게 한 책임감이 있는가 없는가? 원조물자를 중심으로 별별 수완을 다 부리던 백두진 군과 외교에는 아주 영점(零點)인 변군이 이런 난관을 봉착하고도 안연(安然: 편안함)히 그 자리에서 있는가? 내가 선차(先次: 앞서) 말한 것과 같이 화성돈(華盛頓: 워싱턴 D.C.)에 있는 재외원조위원회가 우리나라에서 계획한 것이 다 옳다 하고 혹 사실로 지하철도나 호텔 건축계획이 삽입되었다 하더라도 그 부정하다고 인정되는 것만 삭제할 것이요, 아무 사실이 없는 허위중상(모략)으로 불계(不計: 따지지 않음)하고 청구(請求)를 거부할 이유가 없을 것이라고 나는 생각된다. 그 위원회에서도 합법적으로 부당하다는 이유가 있어 거부권을 행사할 것은 자연한 일이라고 나만 아니라 국민은 다 생각하리라. 미국 화성돈에 있는 재외원조위원회가 우리 한국의 부흥계획 청구를 거부한 것인지, 거부코자 하는 것인지, 거부할 우려가 있다고 보는 것인지는 알 수가 없으나, 그 이유가 다 있을 것이라고 보니 그 이유의 소재를 명확하게 하라는 말이다. 이 대통령 도미

(渡美)가 성공이라고 하던 것이 아직 이변(耳邊: 귓가)에서 소리가 사라지기도 전에 이런 국민의 대난관이 오게 되고 미군의 한국 주둔도 역시 철수하게 되고, 국내정세는 일비(日非: 날로 어그러짐)해 가고 난신적자(亂臣賊子: 나라를 어지럽히는 신하와 부모를 해치는 자식)들은 여전히 등장하니, 국민이 하죄(何罪: 무슨 죄)인가? 내가 보는 부흥계획에 참가한 피몽리자(被蒙利者: 이익을 보는 사람)들은 CAC 관계나 운크라의 관계를 막론하고 특권계급이 80~90프로(%)를 차지하고 진정한 전재(戰災)와 파괴를 당한 자는 그 몽리에서 대부분이 제외되고 부흥과 건설을 위하는 자금이 대중을 위하는 공익사업으로 가지 않고 소위 모모 계통의 특권층이 독점하고 동일한 구호물자라도 보내는 인사들은 전재민(戰災民: 전재를 입은 국민)을 구하고자 보내는 것일 것이다.

그러나 호화생활을 하며 수천, 수억의 거금을 가지고 있는 자들과 지방에서도 누구, 누구 할 것 없이 특권층들이 대부분을 점령하는 것을 누구나 다 아는 것이요, 또 수리(水利)니, 염전(鹽田)이니 하는 신규 사업은 운크라단이나 CAC의 본의도 어떤 개인을 위하는 것이 아니요, 반드시 우리 한국 전체에 유리할 공익에 쓰라는 것일 것이다. 그런데 내가 보기에는 어느 특권급에서 이 원조를 받아서 그 사업을 하는 것이 아니라, 형식만 취하고 대부분을 사리사복(私利私腹)을 충(充: 채움)하는 것이 보통으로 아는 것 같다. 내가 알지 못하는 부문도 이러한 종류가 얼마든지 있으리라고 믿는다. 그리고 우리나라의 미국 계통들은 다 거부(巨富)가 되어 있다는 것을 미국에서도 모를 리가 없다. 실상 피구호자들은 강박(糠粕: 쌀겨, 지게미)을 맛볼 정도요, 정부 요인들이나 그 계통 인물들은 진미를 다 먹어 버린다는 것을 세인이 다 아는 바가 아닌가?

그러니 이 죄악의 결정(結晶)은 죄진 자가 받지 않고 무죄한 이재민 (罹災民: 병이나 재해를 입은 사람)들이 받게 되니, 억울한 일이다. 그렇거든 백두진이나 변영태나 대표책임을 지고 자백해야 옳은 것이다. 그래도 이 양인(兩人)은 철면피가 되어 도리어 중상 운운하고 자기들의 죄과를 자백하지 않으니, 불구(不久: 머지않음)한 장래의 하늘의 심판을 받을 것이다. 더구나 갈(葛) 공보처장은 FOA에서 수월 내(數月內: 몇 달 안)에 적당한 조처가 없다면 우리 한국은 민주진영의 진열장이 되느냐, 공산진영의 무기고가 되느냐의 기로에 있다고 도리어 미국을 원망하는 것 같다. 자과(自過: 자기의 과오)들은 부지(不知)하는 격이다. 한심한 일이다. 내가 말한 바는 이 대통령 도미행각이 실패라는 것이요, 이다음에 올 난관을 무엇으로 타개하느냐가 급선무라는 말이다. 부지중(不知中) 언지장(言之長: 말이 길어짐)함을 불각(不覺: 깨닫지 못함)하였도다. 여기서 붓을 그치노라.

갑오(甲午: 1954년) 8월 초육일(初六日)
봉우서우유신초당(鳳宇書于有莘草堂)

추기(追記)

내가 의심했던 FAO에서 거부하는 것인가라는 문제는 라디오를 다시 들으니, 확실히 미국 화성돈에 있는 재외원조위원회의 거부라고 명백하게 말하고 운크라 단장인 모 장군이 미국 각지와 동경에서 기부행위로 CAC나 운크라의 기관을 일부 폐쇄하며, 일부 감축해서 소입(所

ㅈ: 무슨 일에 쓰인 돈이나 재물) 등으로 운크라 사업을 계속한다 한다. 그러니 미국에서의 대규모 원조는 중지되고 한 단체의 기부행위로 사업을 한다면 그 얼마나 곤란할 것인가 추측할 수 있는 것이다. 아무렇든지 한심한 일이다. 추기를 그치고 국민의 각오를 바라고 이 붓을 그치노라.

갑오(甲午: 1954년) 8월 초육일(初六日) 야(夜)

봉우서우유신초당(鳳宇書于有莘草堂)

공암교(孔巖橋) 파괴가
수축(修築: 고쳐 지음) 안 됨을 보고

6.25 당시에 미군이 후퇴할 때에 무모하게도 교량마다 파괴하였던 것이다. 그 후 수복(收復: 다시 되찾음)된 지도 벌써 5년이나 되었다. 그런데 복구공사가 된 곳도 있고 아주 묘연한 곳도 있다. 대전-공주 간 도로는 작년에 준공하기로 도에서 결정하였었다고 한다. 무슨 사정이 있는지 아직 착수를 보지 못하였다. 금추(今秋: 올 가을)에서야 마암교(馬巖橋) 파괴를 착수하는 것 같다. 이 중에 내가 말하고자 하는 바는 공암교(孔巖橋) 복구공사가 안 됨을 말하고자 하는 것이다. 공암은 반포면 소재지이고 또 초등학교 소재지인 관계로 왕래가 빈번(頻煩)하다. 그래서 강우(降雨: 비 내림)만 좀 되면 계류(溪流: 시냇물)가 증수(增水: 물이 불어남)되어 공암 왕래에 극곤란을 받는 것은 사실이다. 자동차 왕래도 불편한 것이다. 6.25 사변 후로 공암교가 도로를 수시 수축하는 인부가 우리가 보기에 1차에 200인씩만 치더라도 무려 수십 차니 총연(總延: 모두 합함) 인부가 수삼천 명은 될 것이로되 여전히 통행은 곤란하다. 내가 말하고자 하는 것은 사변 후 임산남벌(林産濫伐: 나무를 마구 벌목함)이 많아서, 낙엽송도 다수히 도벌한 것을 지서(支署: 작은 경찰서)에서 압수했다가 매각한 것이 사실이다. 비록 임시라도 공암교 파괴 부분만 수축(修築: 고쳐 지음)해서 통행인의 편리를 도우면 공암리 외관(外觀)도 좋고 통행의 불편도 없을 것인데, 면이나 지서나 또는 지방 유

지나 다 미국 원조로 속히 복구되려니 하고 의존심으로 이런 일에 관점(觀點)이 아주 다르다는 것이다.

비록 일시적 인부 부역쯤은 문제없으나, 이런 교량 파괴를 고치자면 상당한 곤란이 있으려니 하고 발기를 불긍(不肯: 요구를 안 들어 줌)하는 것이다. 임시조치로 면 자체에서 수축했다 하더라도 도(道)에서 일반적으로 복구공사에 착수할 때는 공암교는 임시통행 된다고 제외될 리가 만무하다는 것이다. 교통은 교통대로 불편하고 연래부역인부수(年來負役人夫數: 1년간 일하는 인부숫자)는 1,000명의 허비를 본다면 누가 결정적으로 사변 수복 당시에 곧 착수할 것인가? 내가 공암교 임시 보축(補築)을 논의한 일이 있으나, 유지들이 미국에서 복구해 줄 것이라고 우리가 할 필요가 없다고 반대한다. 당시도 그 연고로 착수 못 한 것이다. 우리 한국 일이 하필 공암교 복구공사뿐이리요? 무슨 일이든지 전부 보존성과 유예미결성(猶豫未決性: 미루고 결정을 안 하는 습성)으로 착수를 못하는 것이다.

《맹자(孟子)》에 칠년지병(七年之病)에 구삼년지예(求三年之艾)라고 하신 말씀73)이 절대로 세상에서는 많은 일이라고 본다. 면민들도 지금까지 수축 안 될 줄 알았으면 혹 착수하였을지도 모른다는 것이다. 내일 할 일은 내일하고 금일(今日: 오늘) 할 일은 금일 하라고 하신 말씀대로 당장에 곤란한 교통을 타국민이 해주려니 하고 치지도외(置之度外: 내버려두고 문제 삼지 않음)한다는 것이 근본문제가 틀렸다고 생각한

---

73) 《맹자》이루장구(離婁章句) 상(上) 제9장에 나옴. [원문해석] 지금에 왕업을 이루려 하는 것은 마치 7년된 병을 치료하기 위해 3년 묵은 약쑥을 구하는 것과 같으니, 만일 지금이라도 약쑥을 뜯어 저축해 두지 않으면 종신토록 근심하고 치욕을 당하여 죽거나 망하는 지경에 이르게 될 것이다.

다. 공사가 거대해서 착수 곤란이라면 이것도 별문제이나, 우리의 힘으로 얼마든지 될 수 있는 것을 교통관념이 없어서 오불관(吾不關: 나는 관여 안 함)이라는 의사요, 또는 의존심으로 하는 일이라 그 의존심을 일일(一日)이라도 속히 내버리고 자주자립을 강력하게 주장하여, 실행하라고 이 붓을 드는 것이다. 금번이 마암교(馬巖橋)가 복구공사를 시작하니, 이다음은 멀지 않아서 공암교도 복구공사가 될 줄 아나, 5년이나 6년이나 관(官)의 힘이 아니면 될 수 없다면 모르되 우리의 힘으로 될 것을 치지도외하는 것은 면민 전체와 면에서 실책(失策)이라 보아서 내가 이 말을 하는 것이다. 하필 공암교 일건(一件)뿐이리요? 면(面) 일이나 군(郡)일이나 도(道)에 이런 일이 얼마든지 있는 것이다. 그래서 내가 불평(不平)을 가지고 제목을 공암교라 하고 말하나, 기실은 전군(全郡), 전도(全道), 전국을 통해서 다 의존성을 버리고 각자가 자립을 각오한다면 백미반(白米飯: 흰쌀밥)을 순맥반(純麥飯: 순보리밥)으로 또는 잡곡식으로, 가류의복(假類衣服: 가짜옷?)을 순포목(純布木: 진짜 베와 무명)으로 또 그만 못한 것으로 절약하고라도 우리가 당연히 할 일을 의존 없이 착착 준공한다면 무엇이 무서울 것이 있다는 말인가?

산업은 증산하고 일상생활 필수품은 절대성을 가지고 절약하고 국사(國事)는 일치단결해서 서로 미룸 없이 하고, 정부는 청렴개결지사(淸廉介潔之士: 성품이 맑고 굳고 깨끗한 선비)로 임직(任職: 직무를 맡김)해서 인정(仁政: 어진 정치)을 시(施: 베품)하면 북적(北賊: 북쪽의 도적)을 하외(何畏: 어찌 두려워함)며, 공산(당)을 기구(豈懼: 어찌 두려워함)리요, 다 내가 선실기도(先失其도: 먼저 그 도를 잃음)해서 그런 것이라고 생각한다. 내가 공암교 파괴가 지지(遲遲)하게 복구 안 됨을 보고 여러 가지 감상이 있어서 이 제목으로 내 소회(所懷: 마음에 품은 바, 회포)를 쓰는 것이다.

갑오(甲午: 1954년) 8월 초칠일(초七日)

봉우서우유신초당(鳳宇書于有莘草堂)

수필: 자강불식(自强不息: 스스로 강해져서 쉬지 않음) 해야 한다

6.25 사변을 지낸 우리 사회에서는 지식층이야 그럴 리가 없으나, 보통적으로는 완전한 평화가 되기 전에는 조불려석(朝不慮夕)[74]이라고 무슨 일이든지 장구성(長久性) 있는 일을 착수코자 하지 않고, 임시사업으로 하는 영향이 많은 것 같다. 물론 1년, 2년 전도(前道)라도 추측할 인사들이야 그럴 리 없고 또 지식수준이 좀이라도 보통을 지낸 인사들도 이런 일은 하지 않으나, 우리 사회가 그런 인사보다는 상식이 부족한 사람이 더 많은 관계로 걸핏하면 전쟁시대에 무슨 일을 착수하겠는가 하고 목전의 이익만 도모하는 것이 아주 풍속화하고 말아서, 신규사업에는 착수하지 않으려는 것 같다. 비록 전쟁시대라도 일선에서 전쟁을 할 것이나, 후방에서는 여전히 휴식함이 없이 산업증진을 해야 이 전쟁을 승리할 수 있는 것이다. 후방 물자가 부족해서 보급이 부족하면 전사의 용기가 감(減)해지는 것이다.

승리는 강자에게 오고, 평화는 단결해야 오는 것이다. 국민이 단결이 못 되고 각자가 분산행위를 하면 점점 약해져서, 이적행위(利敵行爲)가 되는 것이다. 비록 휴전 중이라도 여전히 전쟁기분으로 일심 단결해서 해결책을 정부나 국민이 다 같이 구하면 거기서 남북통일도 오고, 승

---

74) 형세가 급하고 당황하여 아침에 저녁 일을 헤아리지 못한다. 당장을 걱정할 뿐 앞일을 헤아릴 겨를이 없음을 이르는 말. 조불모석(朝不謀夕).

리도 오고, 평화도 와서 우리 5,000년 역사를 다시 살리고 자손만대에 기초를 공고하게 이 땅위에 세울 수 있다고 생각한다. 현금(現今: 바로 지금)과 같이 단결이 덜 되고 각자가 분산행위를 한다면 그 결과가 좀 좋지 못한 것을 초래할 염려가 있어서 비록 휴전이 되었다고 너무 안심 말고 전시 기분과 동일하게 단결심을 가지고 상하가 서로 원망함이 없이 국난(國難) 타합(打合: 타협)의 진군(進軍)을 하면 평화도 여기서 오고 승리도 여기서 온다는 것을 다시 말하고 싶다. 근일 다수(多數)한 소집을 보나, 이것은 전쟁을 하든지 안 하든지 간에 국민으로 당연한 일이요 국민개병제가 어느 나라고 다 되어 있는 것이다. 평시는 알 수 없으니, 전시는 국민 누가 군대 아님이 없다. 혹 일선에 참전치 못하더라도 후방보급을 맡는 것도 역시 능력은 일반이라고 생각한다.

내가 항상 말하는 것은 약자가 평화를 구하는 것은 애걸(哀乞)이다. 강하고도 평화를 구하는 것이 진정한 평화라고 주장한다. 이 강(强)이 북방지강(北方之强)이니 남방지강(南方之强)이니를 구분하나 나는 자강불식지강(自强不息之强)을 말하는 것이다. 전필승(戰必勝: 싸우면 반드시 이김) 공필취(攻必取: 치면 반드시 취함)할 만한 훈련이 다 되고도 겸양(謙讓: 사양)해서 힘으로 직접 행동을 하지 않고 평화를 구한다면 상대가 감히 반대하지 못할 것이다. 여기서 약자로 평화를 구하면 상대가 응할 리가 없다. 혹 중간에서 소개로 평화에 응한다 하여도 하시(何時: 언제)든지 재발되어 약육강식하는 실제를 보게 될 것이다. 구주(歐洲: 유럽)의 제1차 세계대전 후에 약자로 무수한 새나라가 나왔으나, 제2차 세계대전 시에 거의 다 피정복되고 말았다. 이것이 자력으로 수립된 것이 아니라, 타력에 의존했던 관계다. 자강(自强: 스스로 강해짐)이 아닌 연고라고 본다. 그러니 자력을 양력(養力: 힘을 기름)하고 충분히 자립할 만한 조건이 구비된 후에 비로소 자립하라는 것이다. 남이야 무어라 하든지 나만은 자강불식(自强不息)해야 한다는 것이다. 여기서 의존성을 아주 내버리라는 것이다. 이 의존성이 심중에 소호(小毫)라도 잔존한다면 절대로 자립하지 못할 것이라고 생각해서 내가 이 붓을 든 것이다.

갑오(甲午: 1954년) 8월 초칠일(初七日)

봉우서우유신초당(鳳宇書于有莘草堂)

남주희(南胄熙) 군을 추억하며

– 선제(先題: 앞서 쓴 글)가 있었음. 재기(再記)임[75]

　내가 10세 시대인 기유년(己酉年: 1909년)에서 서울 합동(蛤洞) 남 참판 댁으로 글을 배우러 다녔을 당시 선생님은 황감세(黃敢世) 휘(諱)는 박연(博淵) 씨였다. 우리 동접(同接: 같이 배우는 사람)이 주인 자제인 남주희 군과 그 족인(族人: 친척)인 남충현 군과 또 김구경 군과 송(宋: 名字가 기억나지 않는다) 동(童)과 나와 합하여 5인이었다. 감세 선생의 교수(敎授) 방식이 순한문이 아니라 순한문과 일어(日語), 산술(算術), 지리, 역사, 윤리, 습자, 작문의 별로 가르치고, 월(月) 수차례의 시험을 본다. 그래서 최연장자인 송(宋)은 재둔(才鈍: 재주가 둔함)해서 항상 성적이 불량하고 그다음 남충현 군도 역시 둔한 편이요, 주인 남주희 군과 나와 막상막하고 김구경 군은 나와 동갑이나, 아주 잔약(屠弱: 나약함)해서 후배로 대우한 것이다. 그러니 부지중 남주희 군과 학력은 경쟁하나, 친교는 제일 나았었다. 남군의 대인(大人: 남의 아버지를 높여 부르는 말)은 효자로 명성이 있는 이요, 남군은 나와 같이 독신(獨身: 외아들)이다. 남 참판장에게 남군과 동일한 귀애(貴愛)함을 받고 내외를 통해서 마음대로 다닌 것이다. 그래서 남 참판장(丈: 어른)이 때때로 교훈하시는 과외 교수를 많이 받았다.

---

75) 봉우사상을 찾아서(365) – 고우(故友: 세상 떠난 벗) 남주희(南胄熙) 군을 추억하며
〈봉우일기4권〉 223페이지 〈4-191〉

약 1년간을 일일같이 지내다가 그해에 남 군과 내가 다 당시 혼란(婚亂: 결혼의 혼란)의 일인이 되어 소위 성취(成娶)라고 하고, 남 군 가정에 무슨 일이 있어서 그 익년(翌年: 이듬해)은 동창을 못하고 각분(各分: 각자 헤어짐)했었다. 그 후 소식은 간간 들었으나 상봉은 못하였었다. 남 군은 경술년(庚戌年: 1910)에 당시 배재학당에 입학하고 나는 가정형편으로 가정에서 있다가 (충북) 영동으로 하향(下鄕)해서 병진년(丙辰年: 1916)에 공주로 왔다가 그 익년에 내간(內艱: 어머니의 상사喪事)을 당하고 남 군은 동년(同年)에 외간(外艱: 아버지가 돌아가심)을 당한 것이다. 그해 8월에 내가 상경하여 문상도 하고 상봉도 하였었다. 남군은 내부지풍(乃父之風: 아버지 풍모)이 있어서 아주 집상(執喪: 상제 노릇을 함)을 잘하는 것이었다. 그 후로는 종종 왕래하였다.

남군은 배재중학을 졸업하고 일심으로 한국산업계발을 목적하고 동대문 외(外: 밖)에 제사(製絲)회사를 두고, 또 각종 방적(紡績)회사와 산업에 관한 회사라 대주주로 선발기(先發起)를 해서 김년수(金年洙)[76]보다도 아주 선배였다.[77] 당시 조선인들은 그저 지주로 소작들이나 착

---

76) 김연수(金秊洙, 1896년 10월 1일~1979년 12월 4일), 대한민국의 기업인. 김성수의 동생으로 삼양사의 설립인이다. 1921년 교토제국대학을 졸업하고 귀국한 뒤, 경성직뉴와 경성방직의 간부로 근무했다. 경성직뉴는 일제 초에 한국인이 설립한 제조업체 중에서 가장 큰 회사이며 직조 분야에서 한국인이 세운 최초의 주식회사이기도 하다. 1924년 현 삼양사의 전신인 삼수사를 설립했다. 1925년 경부터는 학교 경영 및 언론사 운영 등으로 사회 활동에 나선 김성수를 대신하여 경성직뉴와 경성방직의 경영을 주도하였다. 1929년 형인 김성수와 재단법인 중앙학원을 설립하고 1939년 우리나라 최초의 민간 육영재단인 양영회를 설립해 인재양성 활동에 힘썼다. 1939년에는 만주 지역에 남만방적을 설립해 한국기업 최초로 해외에 진출하기도 했다.

77) 당시 남주희 씨 언론 기사:
동아일보 1923년 11월 7일 – 견직회사 창립. 민영휘, 유전 씨 등의 발기로 견직물의 제조판매 급 기타부대사업을 목적으로 하는 자본금 이십만 원의 조선견직회사를 계화 중이든바 거오일 오후 일시부터 숭인동 조선제사회 내에서 창립총회를 개하고 제일회

취하는 것이 상사(常事: 보통일)였으니, 군은 자기 일신은 아주 절약, 검소해 가며 모범인물로 자타가 공인하던 것이다. 내가 내대로 국내, 국외로 분주해서 종종 상종을 못하고 있다가 다만 서신왕래 정도로 있었으나, 군의 민족정신은 일루(一縷: 한 가닥 실) 상통점이 있었고 그 후 김구경 군과 같이 수차 심방한 일도 있었다. 김 군의 일본 유학이 거의 남 군의 협력이라고 한다. 남 군이 동지뿐만 아니라 유위청년(有爲靑年: 능력 있는 청년)이라면 많이 학자금을 지급한 것 같다. 내가 외간(外艱: 아버지 돌아가심)을 당하고 남 군의 조상(弔喪: 조문)을 받은 것이 아마 최후인 것 같다. 그 후로는 다시 소식이 없었고, 그 후 얼마 되어 내가 안양을 지나다가 남 군의 소식을 물으니 이작고인(已作故人: 이미 고인이 됨)되었다고 한다. 그 후손들이 어떠한지 계승을 하는지, 못하는지도 알 수 없는 일이다. 계세윤상(季世倫常: 말세의 도덕윤리)이 타지(墮地: 땅에 떨어짐)한 이때에 남 군은 부자분(父子分)이 다 효성이 갸륵한 분이라 가정에서 효로 어버이네 섬기고, 사회에서 신의로 대중을 대한 인물이다.

불입 오만 원으로 영업을 개시하기로 결정하고 중역은 취체역에 민규식, 유전, 민형기, 민병수, 감사역에 남정규, 남주희 등 제씨를 선거하였는데 역직기 십 대를 비치하고 삼팔 등 견직을 직제하리라더라.

조선일보 1927년 9월 7일 – 남주희 씨 남미 시찰 귀국. 남미 브라질을 시찰하러 갔던 조준호, 김춘기, 남주희. 조준호 김가 일행 중 남주희 씨는 지난 오일 오후 아홉시 삼십 분에 경부선 열차를 나리어 안양 자택으로 무사히 돌아갔으며 그 동행인 김 조 양씨는 오는 십월에 귀국하리라더라.

조선일보 1930년 9월 5일 – 조선월샤 석유회사 창립. 일즉 실업계에 유의하던 조준호, 남주희 양씨는 근자에 조선월샤석유회사를 조직하고 그 사무소를 시내 종로 삼정목 육십이 번지에 두었다는데 이 회사는 미국 로산첼르스에 있는 월샤석유회사의 총 대리점으로 그 회사와 일수판매권에 대한 특약을 체결하고 그 회사에서 생산하는 각종 석유를 조선 내에서 널리 판매하리라는데 이러한 사업을 조선사람이 직접으로 경영하기는 이번이 처음으로 장래가 유망하다 한다.

내 홀로 이 세상에 남아서 고인을 추억하며 내(가) 저력지재(樗櫟之材: 가죽나무와 참나무 재목, 아무 쓸모없는 사람)라 용처(用處)가 없어서 아직 이 세상에다 보류시키는 것 같으나, 고인(故人)들은 미리 가서 저 세상의 지반(地盤)을 닦아서 다음 세기의 인물들을 많이 내보내기를 바라는 바이다. 남 군을 추억하는 바는 남 군의 이효전효(以孝傳孝: 효로서 효를 전함)하는 천성(天性)과 근검절약(勤儉節約)하며 근신겸공(謹愼謙恭: 삼가고 겸손하고 남을 높임)하는 행실(行實)과 임사용단(臨事勇斷: 일에 임해서는 용기 있게 결단을 내림)하고 유시유종지미(有始有終之美: 시작이 있으면 끝이 있는 아름다움)를 거두는 그의 겸비(兼備)한 인격을 내 소년 동창이라 친우로 추억하느니보다 우리나라 산업계 중진(重鎭) 일인(一人)을 실(失: 잃음)한 감이 있어서 내가 추억하는 것이다. 선번(先番)도 내가 남군의 추억을 쓴 일이 있으나, 이는 친우를 억(憶)함이요, 우리의 산업보국(産業報國: 산업으로 나라에 보답함)하는 인물을 추억함이 아니었다. 이렇든 저렇든 이 붓을 들자니 감루(感淚: 느끼는 눈물)를 금치 못하겠도다.

갑오(甲午: 1954년) 8월 초칠일(初七日)
봉우서우유신초당(鳳宇書于有莘草堂)

추기(追記)

남군이 무술생(戊戌生: 1898)이요, 환원한 지가 근 20년이니 남군이 40내외에 요(夭)를 한 것이 그 원인이 어디 있었나 알지 못하겠다. 군은 주색(酒色)을 다 조심하는 인물이요, 다만 수렵(狩獵)을 좋아해서 종질(從姪: 사촌형제의 아들, 오촌) ○달이와도 종종 엽우(獵友: 사냥 친구)로 동행을 한다고 전언(傳言)을 들을 뿐이었다. 사람의 수요장단(壽夭長短: 오래 삶과 일찍 죽음, 길고 짧음)은 알 수 없는 일이다. - 봉우추기.

사적(私的)으로 본 나의 금년

금년 원단(元旦: 설날)을 맞이하며 내 희망하던 바가 공적으로도 바람이 있었고, 사적으로도 동일하게 바람이 있었다. 정월 한 달은 신년(新年)을 맞이하는 기분으로 별 심적 고통이 없이 지내었고 또 내 생조(生朝: 생일)에 자식도 왔다 가고 주배(酒杯: 술잔)나 분음(分飮: 나눠 마심)해서 이리저리 경과했으며, 교육구 부채 건도 책자로 해결될 희망이 좀 보여서 안심하고 있었다. 그러자 선거문제로 좀 기분이 불평했으나, 중상모략이라 불관심(不關心)했던 것이다.

2월에는 서울서 와서 있으라는 청구가 있었고, 나도 가서 볼까 한 것인데 박 군에게 교육감 파면문제 해결책 관계로 수차나 왕래하느라고 서울 가서 있을 것도 중지하고, 또 횡성, 금산건을 가지고 모모인이 착수할 것 같이 해서 내가 호당(湖堂)에게 반승락을 한 관계로 그 관계인인 남 씨의 식채(食債: 외상음식 빚)문제를 내가 부담한 것이 내두(來頭: 장래)의 수만여 원의 손실의 장본(張本: 일의 발단이 되는 근원)이 되었고, 교육감 문제로 초래하던 것이 서울 가서 있을 건(件)의 실패가 되었다. 그리고 책자대금의 독촉으로 곤란을 당했다. 대체로 2월은 내게 그리 호운(好運)이 못 된다는 것이다.

3월은 선거에 관해서 엄 군과 박 군의 부득이한 청으로 서울행을 중지하고 있었다. 그러다 박 군은 내두(來頭: 장래)에 기권했고 엄 군은 사실 역부족했는지 또는 불신(不信)했는지 유명무실(有名無實)해서 나는 다 단념했던 것이다. 교육구 책자도 교육감 난립관계로 아주 실패했다. 이것이 3월도 나로서는 다시 회복하지 못할 치명상이었다.

4월 와서는 선거문제로 내 마음이 불편해서 서울이고 아무 곳이고 다 중지하고 내 집에 가만히 있기로 했다. 박 군은 기권하고 엄 군은 실패하고, 정 군은 차점으로 역시 실패하고, 성태경, 임지수는 공도(共倒: 함께 넘어짐)하고, 공주에서 엄 군, 김 군이 당선되고, 논산에서 육완국 군이 당선되고, 보령에서 김영선 군이 절대 다점(多點: 다수표)으로 당선되고, 예산에서 성원경 씨가 당선되고, 완도에서 김선태 동지가 당선되고, 동산(東山), 유석(維石: 조병옥), 해공(海公: 신익희)이 다 당선되고 죽산(竹山: 조봉암)은 입후보도 못하게 했다. 이 정도의 소식을 듣고 신야(莘野: 상신리)에서 한담(閑談)이나 하고 있었다. 심신(心神)은 바야흐로 산란하고 부채 건은 사면초가(四面楚歌)였었다. 아무리 생각해야 선후책(善後策: 좋은 대책)이 나오지 않았다. 그러는 중에 숙자의 혼담이 있었고, 영조의 혼담도 있었다. 양처(兩處: 두 곳)를 다 가 본 결과가 숙자는 완정(完定: 완전 결정)되고 영조는 상대방이 불합(不合)으로 파의(罷意: 하려던 뜻을 버림)하였다.

5월에는 계부주상(季父主祥: 막내아버지 제사)에 참례해서 또 서울 갈 약조를 했었는데, 귀향 후 내가 신체가 의외로 불건강해서 수월(數月)이 되도록 백사(百事: 모든 일)가 다 무관심하다. 이 달에 충청남도 교육위원도 직을 사(辭: 사임)하고 군(郡)교육구에서도 사임코자 하고 부채 관계로 부득이 유임하고 있었다. 경제적으로 대난관을 봉착하고 있었다. 책가(冊價: 책값) 독촉은 심하고 부채 건도 해결이 안 되고, 백사가 불성(不成) 중에 신병(身病: 몸에 생긴 병)은 여전해서 출입도 하지 않고 있었다.

6월은 장림(長霖: 오랜 장마) 중 출입을 하지 않고 있었고 정읍 왕반(往返: 왕복)이 있었으나 내 본의가 아니요, 종제(從弟: 사촌아우)의 호의만은 감사했다. 자식이 와서 가옥수리를 부탁해서 장림 중에 착수했었고 완성은 못했다.

　7월은 공주교육위원회의 총공격을 받았다. 내가 부채해결을 못한 것이라 감수했다. 그러나 인심(人心)은 조석(朝夕)(으로) 변하는 것이다. 소인지심(小人之心)을 누가 촌탁(忖度: 다른 사람의 마음을 미루어 헤아림)할 것인가? 내가 부득이 9월 말일(末日)의 기한을 말했으나, 7월이 경과하고 8월이 되었다. 일자는 점근(漸近: 점점 가까워 옴)하고 일사불성(一事不成: 한 가지 일도 이루지 못함)이다. 내 사적(私的) 금년이야 누가 이렇게 대곤란을 받는지 알 것인가? 가족들도 무심상(無心常)하게 생각하고 있고 내 일신만 생사관두(生死關頭: 생사의 중요한 지경)할 정도다. 내가 금년에 군치격(群雉格?)이 되어서 일사불성한 것이다. 앞으로 무슨 비상수단을 해서라도 9월 말일까지의 청산을 볼 심산이다. 내두(來頭: 장래)와 사적으로 별 것이 없고 숙자 혼인이나 잘 경과하고 영조 혼인이나 확정되었으면 하는 정도요, 내 사생활을 관심(있어)하는 것은 아니다. 내가 금년에 좀 탈선행위가 있었던 것이 내 사생활의 곤란을 초래한 원인이 아닌가 한다. 다음은 주의할 필요가 있다. 내 이 탈선행위를 아주 단념할 (것을) 확맹(確盟: 확실히 맹세함)한다. 이것으로 내 지금까지의 사생활을 기록해 보는 것이다.

갑오(甲午: 1954년) 8월 초칠일(初七日)

봉우서우유신초당(鳳宇書于有莘草堂)

대망(待望: 기다리고 바람)의 갑오년(甲午年: 1954)은
무의미하게도 벌써 중추절(仲秋節: 추석)이 가깝다

우리들이 이 갑오년을 무슨 의미로인지 언제부터 기다리고, 기다리고 하였다. 그러던 대망의 갑오년을 맞이하고 내가 〈원단(元旦)을 맞이하며〉라는 제목으로 일루(一縷)의 희망을 가지고 쓴 것이었다. 삼춘(三春: 봄의 석 달)이 다 지나고 또 삼하(三夏: 여름 석 달)가 어느덧 지나가고, 초추(初秋: 초가을)가 되어 겨우 이 대통령의 미국 방문이라는 소리가 나더니, 이 대통령의 방미행각이야말로 행(幸)인지, 불행인지 알 수 없는 일이 결정되는 것 같다. 미군의 철수가 시작되고 국군의 입체적 증강을 운위(云謂)하고 국민의 총동원을 하지 않으면 안 될 지경이요, 또 미국 화성돈(華盛頓: 워싱턴 D.C.)에 있는 재외원조위원회에서는 한국 원조의 거부권을 행사해서 한국 내에 있어서 FOA에 원조를 기대하던 사업을 물론 중지하게 될 것이 명확한 일이요, 운크라 단장인 모 장군의 기부행각으로 근근(僅僅: 겨우) 재한(在韓)부흥사업을 계속한다는 정도요, 중공의 발호(跋扈: 권력을 휘두르며 제멋대로 날뜀)는 일층 심해져서 대만을 해방시킨다고 호언장담(豪言壯談)을 하고 이 대통령은 그와 반대로 단독 북진통일을 한다 역시 장담을 한다.

그런데 금번 태평양방위동맹을 비국(比國: 필리핀)에서 영국, 미국, 프랑스, 호주, 태국, 싱가포르 등 8개국이라고 장개석 정권이 피거(避居: 피난해 삶)하고 있는 대만은 이 태평양의 동남아시아 방위권에서 제외되었다. 이것이 또 6.25 사변에 우리 한국이 태평양방위선에서 제외되어 이것이 결정되자 북한군이 남침한 것이다. 금번도 이런 유도작전이 아닌가 한다. 중공문제에 대만정권이 개재(介在: 사이에 끼여 있음)해서 불편하니, 아주 처분하고자 하는 것이 아닌가 한다. 동아(東亞: 동아시아)의 금후(今後)가 가장 주목되는 바이다. 불입호혈(不入虎穴: 호랑이 굴에 안 들어가면)이면 부득호자(不得虎子: 호랑이 새끼를 못 얻음)라고 동아풍운(東亞風雲)이 일어나야 임후제일(霖後霽日: 장마 뒤에야 개인 해)이 나올 것인가? 산우욕래풍만루(山雨欲來風滿樓: 산에 비가 오려 하니 바람이 누각에 가득하네/일촉즉발의 분위기/폭풍 전야) 격(格)으로[78] 국제 실정은 어수선해서 정신을 차릴 수 없도다.

대망하던 갑오년도 중추(中秋)가 근(近)하고, 9월이 불과 20일이면 되겠다. 금년이 완전 남는 것이 100여 일밖에 없으니, 연내로 우리가 대망하는 기대(企待)를 무엇으로 대답할 것인가? 일일(一日) 이일(二日) 가고 가고 오는 것은 아직 별 의미가 없다. 자던 잠 까이듯(깨듯) 무

---

78) 이 구절은 당(唐) 허혼(許渾)의 〈함양성동루(咸陽城東樓)〉 시(詩)의 두 번째 구절이다. 원문은 다음과 같다.

一上高樓萬里愁(일상고루만리수) 蒹葭楊柳似汀洲(겸가양류사정주)
溪雲初起日沈閣(계운초기일침각) 山雨欲來風滿樓(산우욕래풍만루)
鳥下綠蕪秦苑夕(조하녹무진원석) 蟬鳴黃葉漢宮秋(선명황섭한궁추)
行人莫問當年事(행인막문당년사) 故國東來渭水流(고국동래위수유)
높은 성루에 오르니 한없는 시름이 생기는데
갈대와 버드나무가 물가에 길게 이어져 있네
냇가에 안개 일자 해가 누각으로 뉘엿뉘엿 지는데
산에 비가 오려 하니 바람이 누각에 가득하네
푸른 풀밭에 새 내려앉으니 진원(秦苑)의 저녁이고
누런 잎에 매미 울음 들리니 한궁(漢宮)의 가을일세
행인은 왕년의 흥망성쇠를 묻지 않지만
옛 도성의 동쪽에는 위수가 여전히 흐르고 있네

슨 소식이 있을 것인가? 나도 무엇으로 이 궁금을 깨트릴까 궁금해서 이 붓을 드는 것이다. 금계(金鷄)는 삼창(三唱: 세 번 울음)했건만은 동천 (東天: 동녘 하늘)은 아직 막막(寞寞)하다. 일로 붓을 그치노라.

갑오(甲午: 1954년) 8월 초팔일(初八日)
봉우서우유신초당(鳳宇書于有莘草堂)

수필: 숭조(崇祖)이념을 하루 속히 실천에 옮기자

우리 풍속에 8월이 되면 조선(祖先: 조상)의 분묘(墳墓)에 금초(禁草: 벌초)하러 가는 것이 예(例)가 되었다. 분묘 금초도 금초려니와 대체로 1년 중 농사로 분망(奔忙)해서 농사일이 있기 전인 한식절(寒食節)과 중추절을 이용해서 자손들이 금초를 핑계 삼아 성추(省楸: 성묘) 겸 가족이나 문중 친목도 할 차로 고향을 떠난 사람들도 십중팔구(十中八九)는 귀향하는 것이 예가 되는 것이다. 이것이 아무 모로 보든지 양풍미속(良風美俗)의 하나다. 현 사회가 윤상(倫常: 인륜의 도리)이 타지(墮地)해서 금수시대(禽獸時代)에 가깝다 하나, 그래도 촌간(村間)에서는 풍속(風俗)치 않았고(?) 또 원조(遠祖: 고조 이전의 먼 조상) 산소에는 10월 시사(時祀: 시향)에 동일한 양풍미속이 있다.

그런데 나는 이것이 양풍미속이라고 주장하며 실(實)에 있어서는 내 자신이 이행 못한다. 내가 시사(時祀) 참사(參祀: 제사 참석) 못한 것은 벌써 수삼십 년이 되었고, 산소 금초를 궐(闕: 빠짐)한 것도 제학공(提學公)산소와 선비(先妣: 어머니) 연안김씨(延安金氏) 산소와 선비 달성서씨(達城徐氏) 산소와 망실(亡室: 망처) 벽진이씨(碧珍李氏) 묘를 10여 년간 내 손으로 못하였고, 더구나 제학공산소는 성추를 할 수 없도록 되어 있은 후로 선후책이 강구되지 않아서 고의로 성추를 못하는 것은 내 자신의 양심상으로 결점이 되는 것이요, 그 외 산소는 비록 숙초(宿草: 숙박하며 벌초함)는 안 되나 역시 내가 못하기는 아무래도 일반이다.

이것이 내가 숭조(崇祖: 조상을 숭상함) 이념이 박약(薄弱)해서가 원인이 될 것이요, 거기에 대해서 나로서 변명할 생각이라느니보다도 자인(自認)하는 것이다. 찬정공(贊政公) 산소에도 성추행(省楸行)이 10년이 경과한 것 같다. 참찬공(參贊公) 산소에는 갑술년(甲戌年: 1934년) 성추 이후로는 아주 궐하였다. 승지공 산소는 찬정공 산소 성추 시에 같이 한 후로는 다 못하였다. 직계존속(直系尊屬: 조상부터 직계로 내려와 자기에 이르는 사이의 혈족)인 조증고(祖曾高: 조부, 증조, 고조) 5대조 산소에 이만큼 성의를 표시 못하였으니, 그 이상이야 더 말할 필요도 없다.

내가 명산대천(名山大川: 이름난 산과 큰 내)에 족적이 안 간 데가 없었으나 오로지 내 조상 구적(舊蹟: 옛 유적)을 찾기 위해서 태사묘(太師廟)와 태사묘소와 행주서원(幸州書院)[79]에 전적으로 간 일 외에는 다른 산소나 유적에는 과화숙식(過火熟食)[80]격(格)이었다. 이것이 내가 숭조이념(崇祖理念: 조상을 받드는 생각)이 부족했다는 것이다. 이런 결점을 가지고도 나는 내 자손에게 후일 후세의 숭봉(崇奉)을 받으려니 해서는 물론 오해라고 본다. 지금이라도 내가 숭조이념을 다시 실행으로 옮기고, 성의(誠意)로 전비(前非: 과거의 허물)를 개(改: 고침)해야 죄가 경(輕: 가벼움)해질 정도요, 공(功)이 있을 수는 없다는 말이다. 더구나 전비를 불개(不改: 고치지 않음)하면 직계존속에게 그만한 것을 받을 것이 아닌가 한다. 물론 범행을 한 이유와 원인을 변명하려면 무슨 소리라도 할 수 있으나, 사실이 증명하는 데는 할 수 없는 일이다. 내가 선

---

79) 조선조 헌종 8년(1842)에 왕의 명령으로 지어진 임진왜란 명장 권율 장군의 사당. 경기도 고양시에 있으며 6.25 사변 때 전쟁으로 소실되었으나, 지역 유림과 후손들에 의해 복원되어 현재에 이르고 있음.

80) 지나가는 불에 음식이 익는다. 의도하지 않았는데 남에게 은혜가 되는 것. 또는 힘들이지 않고 남의 덕으로 이익을 얻거나 체면을 세우게 되는 것.

친께는 비록 효(孝)는 못했으나 아주 불효라고 지목할 지경은 아니었다. 비록 유산은 매진(賣盡: 팔아 없앰)했으나 양지(養志: 부모의 뜻을 받들어 효도함)를 하느라고 마음만은 했었다. 힘이 미(微: 적음)해서 표현이 못 되나 고의로 불행한 일을 하고자 하지는 않았었다.

다만 선친께와 제부항(諸父行: 아버지와 같은 항렬)에 한(限)하였고 조부 이상에는 숭조(崇祖) 실적이 한 가지도 없다. 그런 연고로 나도 직접 자식에게는 혹 불효까지는 안 될까 하는 바람이 있으나, 손자, 증손(曾孫), 고손(高孫)에게서는 내가 조상에게 못한 것만큼 당하지 않을까 하는 생각이 자연 흉중(胸中: 가슴속)에서 배회(徘徊: 이리저리 돌아다님)한다. 내가 이런 생각이 날수록 숭조이념을 일일(一日)이라도 속히 실천으로 옮기자는 말이다. 이 붓을 들고 양심상으로 가책(呵責: 자신의 잘못이 후회되어 스스로 뉘우치고 꾸짖음)을 받는 것을 불각(不覺: 깨닫지 못함)하는도다. 소구호자손(所求乎子孫: 자손에게 구하는 바)으로 선상조상(先上祖上: 먼저 조상을 위함)을 불능(不能)한 것이 내가 윤상(倫常)관념이 부족한 관계라고 본다. 내가 저 세상에 고이 잠 드신 조상께 죄송한 심서(心緖: 마음의 실마리)를 가지고 이 붓을 드는 것이다.

갑오(甲午: 1954년) 8월 초십일(初十日)

봉우서우유신초당(鳳宇書于有莘草堂)

추기(追記)

내가 조선(祖先: 조상)에게 뿐만 아니라 붕교 간(朋交間: 친구 사이)에도 자소(自少: 소년 때부터)로 마음만은 있었으나, 실제 면에 있어서 부선적(扶善的: 선행을 돕는)으로 일건(一件)도 표가 나게 한 일이 없고 중년에 비록 거대한 금전을 소비했으나, 그 다대수가 무의중(無意中)에서 소비한 것이요, 일건도 계획을 수립하고 그 수립한 계획대로 실행해 본 일이 없었다. 내가 붕교 간에서 도움을 받은 사람이요 내가 다른 붕교를 도와주지 못했다는 것이다. 비록 금전으로는 시혜(施惠: 은혜를 베풂)한 곳이 있었으나, 이것은 무계획적이요 일시적 감정에서 나온 것이라는 말이다. 친구 간에도 내가 항상 선시(先施: 먼저 베풂)를 못하였으니 심적, 물적이 다 부족했다는 것이다. 내가 붕교 간에 책선(責善: 친구끼리 옳은 일을 하도록 서로 권함)을 받을 만한 교도(交道: 친구와 사귀는 도리)가 별로 없고 대등성(對等性)이나 혹은 좀 미급(未及: 미치지 못함)한 점이 많았다는 것이 나의 교우(交友)하는 데 큰 결점이라고 본다.

내게 교도(交道)에서 양심적 책선을 하는 분은 수십 년간을 그 소재를 부지하나, 아주 유년시대에 나를 가르치던 박창화(朴昌和) 선생이 있었고 또 유년 동지인 이윤직 군이 있었고, 이홍구 군은 보좌역으로 내 부족을 도왔는데 불가무(不可無: 없어서 안 됨)한 양붕(良朋: 좋은 벗)이었고, 청년시대에 와서는 나의 고붕(高朋: 인품과 행동거지가 뛰어난 벗)으로 책선도 하고 내가 그의 행사에 동감한 바도 있었는데, 타인이야 무어라 하든지 내 얻음이 많았던 것은 박산주(朴汕住: 박양래)였고, 또 나의 부진성(不進性: 나아가지 못하는 성미)을 고취하며 용기를 내도록 실행으로 보여 주던 교붕(交朋: 교우)은 문수암(文殊庵: 혹은 수암受庵이라 기록하심)이었고, 무슨 일이고 침착을 가지고 휴식하지 않고 자련(自鍊: 스스로 단련함)하는 것은 내가 차종환(車宗煥) 군의 도움을 많이 얻었고, 임고불변(臨苦不變: 고난을 당해도 변치 않음)하고 더욱 의지를 견고하게 하는 것은 내가 여운삼(呂云三) 군에게서 도움을 받았고, 수불석권(手不釋卷: 손에서 책을 놓지 않음)하고 심불방종(心不放從: 마음이 방종하지 않음)하고 소기(所企: 바라는 바) 목표를 일관(一貫)코자 하는 것은 벽수태(碧樹台: 윤덕영)에게서 도움을 받았고, 수무실력(雖無實力: 비록 실력은 없음)이나 만난위집(萬難蝟集: 모든 어려움이 고슴도치 털처럼 많이 한곳에 모임)을 불의타력(不依他力: 타력에 의지 않음)하고 욕독력배제(欲獨力排除: 혼자 힘으로 물리치고자 함)코자 하는 것은 최승천 군에게서 도움을 받았다. 그리고 효우차근차직(孝友且勤且直: 부모님께 효도하고 형제에 우애 있으며, 부지런하고 또 우직함)한 것은 남주희 군에게 배움이 많았다.

그러나 내가 일건도 그 우인(友人)들에게 수범(垂範: 본보기가 됨)될 일이 없고, 또 그 우인들의 장점이 있으나 내가 효칙(效則: 본받아 법으로 삼음)을 못하고, 공선기행(空羨其行: 공연히 그 행실만 부러워함)만 하니 이것이 선교붕우(善交朋友: 벗을 잘 사귐)를 못한 연고라고 본다. 오우(吾友: 내 친구)에 한상록 군은 백무일능(百無一能: 백에 하나도 능력이 없음)이나 우직(愚直)해서 교언영색(巧言令色: 교묘한 말과 보기 좋게 꾸미는 낯색)에 불감(不感)하고 주심(主心)을 불변하는 것과 이송○ 군도 역시 백무일능이나 붕우지도(朋友之道)의 신용을 고수하는 특점이 있다. 이런 친우들에게 나는 무엇으로 보든 실행성이 부족해서 추급(追及: 뒤좇아 따라붙음)을 못하니 자괴(自愧: 스스로 부끄러워 함)를 불승(不勝: 이기지 못함)하겠도다. 내가 교우한 중에서 익우(益友: 유익한 벗)가 많았으나, 다 기록하지 않고 이 정도로 내가 부족하였다는 것만 기록하고 붓을 그치노라.

갑오(甲午: 1954년) 8월 초십일(初十日)

봉우추기(鳳宇追記)

둔야(遯野) 선생[81]을 조(弔)함

오호(嗚呼)라! 일생일사(一生一死: 한 번 나고 한 번 죽음)는 인지상정(人之常情: 사람이 보통 가질 수 있는 마음)이요, 칠순향수(七旬享壽: 칠십 장수를 누림)도 고래지희(古來之稀: 옛부터 드물다)라. 겸이유자생손(兼以有子生孫: 겸하여 자식을 두어 손자를 낳음)하고, 제당근역광복지후(際當槿域光復之後: 우리나라의 해방을 맞이함)하여 선생이 우화등선(羽化登仙: 날개가 돋쳐 하늘로 올라 신선이 됨)하시니, 생야무감(生也無憾: 삶에 서운함이 없음)이요 사야무한의(死也無恨矣: 죽어도 여한이 없음)리라. 연이유소불연자존언(然而有所不然者存焉: 그러나 그렇지 않은 바가 있는 것)하니 선생은 회포이기(懷抱利器: 쓸모 있는 재능을 품고 있음)하고, 적자토(適玆土: 이 땅에 옴)하여 불능신기웅지(不能伸其雄志: 그 웅지를 능히 펴지 못함)하고 묘묘불락(杳杳不樂: 묘묘하니 즐겁지 않음)하여, 방랑해내(放浪海內: 나라 안을 방랑함)에 욕구동성이차기용이이가득자호(欲求同聲而此豈容易而可得者乎: 한 가지 소리를 원하나 이것이 어찌 쉽게 얻어지는 것인가)아?

허비광음(虛費光陰: 헛되이 세월을 낭비함)하되 선생이 익고계왕개래지학(益固繼往開來之學: 과거의 성인을 계승하고 미래의 배움을 열어 주는 학문을 더욱 공고히 함)하여, 탐구영재역유년의(探求英才亦有年矣: 영재를

---

81) 일중(一中) 최주남(崔周南) 선생을 말한다.《봉우일기》 4권 192쪽, 157, 321쪽에 관련 글들이 실려 있다.

찾음에 또한 여러 세월이 흘렀음)러니, 문하윤모수방불선생지학이왜적(門下尹某雖彷彿先生之學而倭敵: 문하생인 윤모는 비록 선생의 학문에 방불하나 왜적)이 일거후(한 번 사라진 후) 한국선거시(韓國選擧時)에 선생지도윤모역참선량(先生之徒尹某亦參選良: 선생의 무리인 윤모 역시 국회의원 선거에 참여했음)하여 雖欲發揮先生之學而十曝一寒則或可以成先生之志(비록 선생의 학문을 발휘했으나 열흘 덥고 하루 추우면 혹여 선생의 뜻을 이룰 수 있음)나, 일폭십한(一曝十寒: 하루 햇빛 나고 열흘 추움)에 하재(何哉: 어찌할 것인가)야?

윤모(尹某)도 역미면근주지자(亦未免近朱之紫: 또한 붉은색에 가까운 자줏빛을 못 면함)라. 선생익실소망후(先生益失所望後: 선생은 더욱 바라는 바를 잃어버린 후)에 우거금강지빈웅주지역(寓居錦江之濱雄州之域: 금강 물가 웅주지역에 머물러 삶)하여 우연상봉자수인(偶然相逢者數人: 우연히 서로 만난 사람 여러 사람)이 무비청담지사(無非淸淡之士: 청담지사 아닌 분이 없음)라. 일견허심(一見許心: 한 번 봄에 마음을 허락함)하고 백수불변웅지(白首不變雄志: 머리가 하얘져도 웅지는 불변함)하고, 자기래두지완벽의(自期來頭之完璧矣: 스스로 장래의 완벽함을 기약함)러니 선생연래숙병재숭(先生年來宿病再崇: 선생은 요즘 숙환이 재발함)하여 와병어충주이조양(臥病於忠州而調養: 충주에서 병석에 누워 조리)이 불협(不協: 적합하지 않음)하고 심신(心神)이 구피(俱疲: 함께 지침)하여 회포이기(懷抱利器: 속에 품은 재능)를 만불언혹일(萬不言或一: 만에 혹 하나도 얘기 못함)하고 미도장래장춘세계(未睹將來長春世界: 장래의 장춘세계, 평화세계를 보지 못함)하고 영작불귀지객(永作不歸之客: 영원히 돌아오지 못하는 손님이 됨)하니, 선생은 기생야이유한(其生也이 有恨: 그 삶이 한스러움)이요, 기거야(其去也: 그 죽음 또한) 유감(有憾: 한스러움)이로다. 오호통재오호애재

(嗚呼痛哉嗚呼哀哉: 아아 슬프도다)라.

선생이여 영기유지(靈其有知: 영혼이 그 앎이 있으면)어든 기무감야(其無憾也: 그 유감이 없음)하며 기무한야(其無恨也: 그 여한이 없음)하라. 소허지도(巢許之徒: 소부巢父와 허유許由의 무리, 요순시대의 현인들)와 이려지배(伊呂之輩: 이윤伊尹과 여상呂尙의 무리, 도인, 책사의 무리)가 或得時則能成絶代之功(혹 때를 얻은즉 능히 절대적인 공적을 이룸)하고 或不得志則無○而歸者非一非再(혹 뜻을 못 얻은즉 ○없이 돌아가는 사람도 한둘이 아님)이니, 得志與不得志何關於自身之修與不修乎(뜻을 이룸과 못이룸이 자신의 수양 여부와 무슨 상관이 있겠는가)아? 人○○○則足矣(사람이 ○○○즉 충분함)니 有何怨恨(무슨 원한이 있음)이며, 有何憾(무슨 서운함이 있음)이며, 有何恨乎(무슨 한스러움이 있음)아? 先生은 靈人通觀古今之史則可知後生之不誣也(신령스런 분으로 고금의 역사를 꿰뚫어 보았으므로, 뒷사람이 사실을 굽혀 말하지 않음을 아실 것)리라. 先生이 先整靈界迷路則後之參者亦免放浪矣(먼저 영계의 미로를 정돈해 놓았으므로 뒤에 오는 사람은 또한 방랑함을 면할 수 있음)리라. 오호애재(嗚呼哀哉: 아아 슬프다)!

갑오(甲午: 1954년) 8월 12일
봉우(鳳宇) 권태훈(權泰勳) 근조(謹弔: 삼가 조상함)

추기(追記)

先生은 雄才圖略(뛰어난 재략)이 可比何參(그 무엇에도 견줄 수 있음)

이요, 滔滔正論(넘치도록 바른 언론)이 亦參儀拳(?)이라. 文章名筆은 先生之一技能(절륜한 도덕은 선생의 본래면목)이요, 絶倫道德은 先生之眞面目矣리라. 余一見許心(내가 한 번 만나고 마음을 허락함)하고 評其相目神鷹千年(그 두 눈을 평하되, 신령스런 매가)에 예시백금(睨視百禽: 모든 날짐승을 흘겨봄)이라고 하였다. 순수한 鳳者之資(봉황의 바탕)는 아니요, 先生이 得志則鷹揚百世足矣(뜻한 바를 이루니, 매가 백세를 나네)어늘 一籌未展(산대 하나 펼치지 않음)하고 身先泉坮(?)하니 豈無憾恨(어찌 한스러움이 없겠는가)이리요? 余自今以後(내가 오늘 이후)로 難據胸中之第○(마음속 차례를 의거하기 어려움)이로다. 先生이 수로(雖老: 비록 노쇠함)나 余企其子牙百里奚矣(나는 그에게서 강자아(태공망)나 백리해 같음을 기대했다.)러니 天何薄於斯人乎(하늘은 어찌 이 사람에게 이다지도 야박한 것인지)아? 先生其蹇屯之甚而未見舒懷而遽然西歸(선생은 꽉 막힌 것이 심해서 품은 한을 푸는 것을 못 보고 황급하게 서천으로 돌아감)하니, 命侵○○而然乎(명이 ○○을 침노해서 그런 것인가)아? 後生無福祿然乎(뒷사람이 복록이 없어 그런 것인가)아? 余之悲哀莫過斯人之逝(나의 비애는 이 분의 서거보다 더 큰 것이 없다.)로다. 一以爲斯人之不幸(하나는 이 분의 불행이 됨)이요, 一以爲吾曹之無可顧問(하나는 우리게-연정원에서 돌아보고 물어볼 곳이 없어졌음)이로다. 斯人(이 사람)은 於吾曹鏡鑑(우리게에서 거울 같은 존재였다)이로다. 吾曹之凡謀(우리의 모든 모사)가 將出於何人(장차 어떤 이에게서 나올 것인가)가? 天何奪斯人之速歟(하늘은 어찌해서 이 사람을 그리 속히 빼앗아 가는가)아? 낙도(洛圖)도 불여야(不如也: 같지 않음)며 김○동 옹(翁)도 不如也로다. 여이차지고(余以此之故: 나는 이로써)로 익절비애(益切悲哀: 더욱 슬픔)하노라.

개헌안을 제출코자 자유당은 결속되다

  우리 정부와 국회 간에 개헌문제가 수차에 걸쳐서 논전(論戰)이 있던 것인데, 정치파동을 지내고 소위 발췌안이 나와서 가장 신중히 해야 할 이 표결을 기립표결로 압도적으로 가결(可決)을 보았었다. 이 당시에 해공(海公: 신익희)이 민의원의 약점을 보인 것이라고 본다. 퇴일보(退一步: 한걸음 물러섬), 진백보(進百步: 100보를 나아감)라는 이론에 불합(不合: 합치하지 않음)한 행동이 있었다. 물론 해공으로서도 고충이 있었을 것은 불문가지(不問可知: 묻지 않아도 앎)나 이것이 정상배(政商輩)들 생각하기를 민의원쯤은 압력을 가하면 문제가 해결되리라는 오산을 갖게 한 원인이 된다. 그래서 5.20 선거 시(時)에는 선거부터 최대의 압력을 가하여 타당(他黨)의 입후보자들은 선거운동을 못할 정도였다. 그래도 공인 입후보자가 자유당에서 98인의 다수를 당선시키고 그래도 유위부족(猶爲不足: 오히려 부족하다 여김)해서 별별 수단을 다해서 민의원 전원의 삼분지이(三分之二) 이상을 획득하여 136인의 (자유)당의 민의원을 가지고 있어서 만사는 다 해결이라고 시비곡직(是非曲直: 사리事理의 옳고 그름)을 물론하고 마음대로 횡행하는 자유당의 실태(失態: 본래의 면목을 잃음)가 민간인에게 반영된다.

  금번에도 말 많은 개헌안을 국회에 제출하지는 자유당○원들의 날인(捺印: 도장을 찍음) 결의에 자유당원인 김두한(金斗漢)[82] 의원을 제외한 전원과 또 무소속인 윤재욱 의원을 합해서 136인의 날인 결의로 정부에 회부(回附: 돌려보냄)해서 도로 민의원에 제출하게 될 것 같다고 한다. 물론 자유당 공인자들은 이 개헌안에 찬성할 것을 승낙이라기보다 신조(信條)로 공인을 받아서 절대적인 정부의 압력으로 당선된 자들이다. 그러니 자신이 멸망한다 해도 또 국가나 국민에 관계가 있는 것쯤은 별문제로 하고 일기지사(一己之私: 자기 한 몸의 사사로운 욕망)로 이 개헌안에 찬성할 것은 당연한 일이다. 그 외 38인이야말로 금수불여(禽獸不如: 짐승만도 못한)한 인간들이라고 본다. 물론 교환조건이 있을 것도 다 아는 바이나 이 38인이 자유당 공인자들에게 압력을 당하며 자기의 정견을 발표할 시(時)에 민간에게 별별 호소를 다 해가며, 유권자 제위들의 동정을 끈 것은 불문가지(不問可知: 묻지 않아도 알 수 있음)였다. 그러던 인간들이 민의원에 와서 감언이설(甘言利說: 달콤한 말과 이로운 조건을 내세워 꾀는 말)에 사욕(私慾)이 동(動)해서 입당수속에 정신이 없는 자들이 금번 개헌안을 위요(圍繞: 둘러쌈)하고도 "7월에 들어온 머슴이 주인네 속곳 걱정한다"[83]고 본 공인입후보로 당선한 의원들보다도 일층 더 열심인 것 같다.

---

82) 김두한(金斗漢, 1918년 5월 15일 ~ 1972년 11월 21일), 김좌진 장군의 아들. 일제강점기 서울을 중심으로 활동하던 조직폭력배 출신 국회의원. 광복 후 신익희, 유진산, 이승만, 김구, 김규식이 주요 간부를 맡은 대한민주청년동맹에서 감찰부장으로 활동하며 백색테러리스트, 정치깡패로 이름을 알렸다. 6.25 전쟁 이후에는 제3대 민의원 의원 선거 및 제6대 국회의원 보궐선거에서 당선되어 국회의원으로 2선의 임기를 지냈다. 오점도 있지만 한편으로는 대중들의 한을 풀어 주고 통쾌함을 주기도 한 인물이다. 국회의원 재임 중 이승만의 사사오입 개헌에 처음부터 끝까지 흔들리지 않고 반대한 것과 4.19 혁명에 참여한 것과 사카린 밀수 사건에 항의하여 국회 오물 투척 사건을 벌여 내각 해체라는 결과를 이끌어 내는 등 반독재 투쟁을 했으며 사망 직전까지 꼬박꼬박 기부를 행한 선행이 세간에 알려져서 여론의 찬사를 받기도 했다. 박문영 작사 · 작곡의 '한국을 빛낸 100명의 위인들'에 다른 인물과 함께 이름을 올렸다.

83) 칠월은 농번기가 거의 끝나가는 시기로 이때 들어온 신출내기 주제에 자신의 처지는 알지 못하면서 자신과는 별로 관계도 없는 일에 주제넘게 나서서 참견을 하고 걱정을

이 인물들은 사리사욕(私利私慾)이라는 선입감이 심중에 충만해서 다른 생각은 할 여지가 없고 자유당 본의원인 98인도 민족과 국가를 망각하고 자기 자신들만을 생각해서 개헌이니, 무엇이니 한다면 벌써 양심하고는 거리가 먼 인간들이지만 또는 각자의 견해가 다를 것이나, 자기들도 제3자 입장이 되어서 생각해 보거나 민의원이 아닌 국민으로 되어서 자기들의 소행을 심사해 보라는 것이다.

금번에도 이 개헌안을 위요하고 50만 원씩의 교환이 있다는 풍문이 있으니, 이것이 사실이라면 이것은 선량이 아니요, 모리배의 일인임에 불외(不外: 지나지 않음)하다고 본다. 자유당에서도 자타가 공인하는 김두한 의원은 아주 학식이 없고 서울 종로 후가(後街: 뒷거리)의 싸움패라고 비인간적처럼 대우하고 자기들은 그래도 인테리판(版)인 양하는 자들이 금번 개헌안 제출결의를 자유당에서 하는데 김두한 의원만은 농촌과 노동자의 복리가 안 될 것 같고 국제(사회)에서 여론이 어떨까 의심이요, 또는 전문위원들의 발표도 없는 이때에 나로서도 더 연구해 보고야 하겠다고 날인을 거절하였다. 자유당 136의원이 일언반사라도 국가나 민족을 생각한다는 분은 무식한 김두한만 못한 것은 가리지 못할 일이다. 삼권분립의 국제법에 반해서 이 개헌안이라는 것은 민주국가로서는 볼 수 없는 법이라고 하겠고 군주전제국가에서도 이런 헌법은 없을 것이다. 일본 말년에는 군벌(軍閥: 군부를 중심으로 한 정치세력)이 과성(過盛: 지나치게 번성함)해서 전권(全權)을 잡고 그 나라가 망했다.

우리나라는 자유당이 만기(萬機: 정치상의 온갖 중요한 기틀), 만능(萬

한다는 것이다. 자기 분수를 알지 못하고 함부로 나서거나 쓸데없이 남의 걱정을 하는 것을 두고 일컫는 속담.

能)을 다 차지하고 이 대통령을 보좌한다느니보다 이용해서 각자의 사리사욕의 발로를 하는 것이 사실이라면 자기들이 말하는 천하의 공당(公黨)이 아니라 136인의 136당으로 다만 이욕(利慾)의 합동체라고 볼 수밖에 없는 것이다. 이것이 역사가 말하는 것이다. 장래에 어떠한 결과를 초래할 것은 명약관화(明若觀火)한 일이다. 이 당이 하는 일은 이 대통령을 팔아서 자기네 136인의 이익을 충(充: 채움)할 안(案)이 있다면 생사불계(生死不計)하고 할 것이요, 국가나 국민에게 여하한 피해가 있더라도 자기들이 민의원의 표결에서 단연 우세하니, 아무 문제없이 통과시켜서 136당의 이익을 도모한다면 합할 것이요, 136당의 이(利)가 안 된다면 우리의 정부나 민족이나에 어떠한 이익이 있는 양안(良案: 뛰어난 법안)이 나와도 통과 못할 것이 사실이다. 나는 이 견해를 가지고 이 대통령도 만약 136당에 불리한 청구를 한다면 그 안(案)이 절대로 불통과되리라고 본다. 이 대통령의 정치이념을 같이하는 자유당이 아니라 이욕(利慾)이념만은 동일할지 알 수 없으나, 이 대통령을 이용할 목적으로 결합된 사리사욕의 결정체라고 본다. 이런 국가의 암(癌)이 있고 그 나라가 무사한 법은 절대로 없는 것이다.

그래서 금번 개헌안도 물론 이 136당이 모리적(謀利的) 단결이라면 문제없이 통과할 것이요, 이 안이 통과됨으로 삼권분립은 평형을 잃고 대통령 전권제(專權制: 맘대로 권력을 휘두르는 제도)로 되어서 136당이 마음껏 이 대통령을 이용할까 하는 것이다. 그러나 두고 보라! 불구(不久)해서 자승자박(自繩自縛)을 안 당할 리가 없다고 본다. 이 대통령도 이용만하고 이이제이(以夷制夷: 오랑캐로 오랑캐를 물리침) 정책을 일수 잘 쓰는 정객(政客: 정치인)이요, 또 신용할 수 없을 만큼 자기 이욕(利慾)에 장(長: 능함)한 분이다. 만약 136당이 이 대통령의 소호라도 몸에

닿는 일이 있다면 민의원 소환조례를 타당(他黨)에게보다 136당에게 우선적으로 시용(試用: 시험적으로 사용해 봄)할 것이라고 본다. 그 증거를 열거하리라. 이 대통령이 민국당의 절대적 원조로 대통령에 취임한 후로 자상달하(自上達下)로 상부층은 말할 필요도 없이 지방의 군수, 서장급까지 민국당 아니면 하지 못하였던 것이다. 그래서 해공(海公: 신익희)이나 백산(白山: 지청천)이나가 다 자체가 약해서 민국당에 합했던 것이다. 민국당에서 협천자이령제후(挾天子以令諸侯)[84]를 마음대로 해서 당시의 한국독립당은 아주 배격을 받았던 것이다. 백범(白凡: 김구)이 돌아가신 후에 더욱 민국당은 세력이 팽창하여 세인은 생각하기를 이 대통령 생전에는 그 세력이 변하지 않으리라고 하였던 것이다. 이 기세를 본 이 대통령은 철기(鐵驥: 이범석)를 이용해서 자유당을 조직하고 자기가 당수로 철기를 부당수로, 만천하는 자유당 세력권 내가 아니면 면장, 지서장까지도 못할 정도로 환국(換局: 시국이 바뀜)이 되어서 민국당의 세력은 아주 타지(墮地: 땅에 떨어짐)하였었다.

그다음 철기가 점점 자라남을 보고 족청파 축출운동을 시작해서 족청계는 아주 매장되었다. 이 철기야말로 이 대통령의 충신이었었다. 제2차 대통령 당선이 철기가 아니라면 미지수였다는 것을 다 잘 아는 일이다. 그다음 양우정, 진헌식 등의 축출을 보라. 또 장택상, 장면을 축출하는 수단을 보라. 비록 노쇠하였으나 이이제이책을 선용(善用: 잘 씀)하는 간웅(奸雄: 간사한 영웅)이라고 본다. 그렇다면 금번 136당인 합체(合體)로 자유당 인물이 민국당이나 족청파들이나, 미계(米係: 미국계)들같이 조직이 부족한 것은 사실이다. 그러니 자승자박이 멀지 않아

---

84) 천자를 끼고 제후들에게 명령함. 권세에 기대어 권력을 남용함.

서 실현될 것이라고 본다. 지금이라도 요사여신(料事如神: 귀신처럼 일을 요리함)하는 책사(策士: 모사)가 있다면 다음에 나올 또 무슨 당인가 세력들일 것이다. 현 자유당은 국민의 원망의 결정(結晶)이 된 지 벌써 오래다. 그리고 진출방식이 제일 조잡했다. 그 시(始)가 부정(不正: 옳지 못함)하면 그 말(末: 끝)도 부정하리라고 보는 것이 당연하다고 보는 관계이므로 현 자유당의 장래가 종래의 각 실패하던 정당들보다 급한 관계로 패할 것도 속하리라고 추측된다. 그래서 금번 개헌안 같은 것도 다른 종래 정당들은 이와 같이는 전제(專制: 전제정치) 압력을 가하지 않았던 것이다.

금번같이 만사를 다 압력으로만 해서 성공한다면 1차, 2차, 3차로 인내의 인내를 국민들이 하다가 인내 못할 정도의 압력을 가하면 상(上)에서는 되려니 할 것이요, 하(下)에서는 당하기 어려워서 제3세력이 태동해서 이 태동하는 것을 찰지(察知: 살펴 앎)하는 이 대통령은 또 무슨 신안(新案)을 발명할 것이 아닌가 한다. 또 일건은 이 박사까지도 더 기만(欺瞞: 남을 속여 넘김) 안 당하겠다는 무슨 폭발되는 분화구가 있지 않을까 염려가 된다. 부지춘초지장(不知春草之長: 봄풀의 자람은 모름)하며 불각여석지소(不覺礪石之消: 숫돌의 달아 없어짐을 모름)라고 점진적으로 되는 일은 적극적이나 소극적이나를 물론하고 시일을 요하는 것이나 부(斧: 도끼)를 사용하면 할단(割斷: 쪼개고 자름)할 수 있고 거(鋸: 톱)를 사용해도 절단(絶斷: 끊음)이 목전에 현(現: 나타남)하는 것이다. 그러니 현 자유당인 136당의 결합체의 사용하는 방식은 춘초여석(春草礪石: 봄풀과 숫돌)이 아니요, 부거(斧鋸: 도끼와 톱)의 사용과 동일하니 효능도 속할지나, 패망도 역시 속하리라고 본다. 이것이 내가 금번 개헌안 제출의 자유당의 단결을 보고라는 제목으로 그 행동이 부거(斧

鋸) 사용 방식이라고 하평(下評: 낮게 평함)한다. 이 정도로 그친다.

갑오(甲午: 1954년) 8월 12일
봉우서우유신초당(鳳宇書于有莘草堂)

추기(追記)

　　민의원 부의장이요, 자유당의 중진이요, 이 박사님의 총애를 받는 최순주(崔淳周)[85] 군의 개헌안에 대한 해설이 있었다. 먼저 대한민국 헌법의 불비성(不備性)을 말하고 그다음 개헌의 필요성을 설명하였다. 제일 국민투표제를 말하되, 국민유권자가 민의원을 선거할 당시에 1차의 투표권리가 있을 뿐이요, 여하한 중대사가 있어도 민의원이 전부 대행하고 국민은 쳐다보고만 있으니, 국가의 가장 중대하다고 보는 일은 국민투표를 해서 결정할 것이라 허울 좋은 설명이 있은 후에 이것이 남발되면 민의원의 권리가 남발되므로 국가의 가장 귀중한 사건에 한해서 국민투표를 행할 것을 조건부로 한다고 하고 그다음 국무총리제를 폐지한다는 것이다. 헌법이 대통령책임제도 아니요, 내각책임제도

---

85) 최순주(崔淳周, 1902년 10월 17일 ~ 1956년 6월 11일), 미국 뉴욕대학 상학과 졸업 후 경제학 박사. 재무부 장관, 제3대 민의원, 제3대 민의원 부의장, 자유당 선거대책위원회 의원장 등을 역임. 대미 예속에 앞장선 매판 경제 관료이며 물납제 채택으로 전시 세제 변경을 해서 농촌경제를 파탄에 이르게 했다. 재무부 장관을 물러난 이유는 당시 외화대출 한도가 2만 달러였는데 특정인들에게 70만 달러까지 내준 것이 발각되어서였다. 이승만을 등에 업고 국회부의장이 되어 이승만 정권의 영구 집권을 위해 우리 헌정사에 치욕적인 오점으로 남아 있는 사사오입(四捨五入) 개헌이 완성되는 데 있어 국회부의장으로서 의사봉을 쥔 주연 배우이다.

아니라 중간에서 한계가 불분명하다는 이유로 이 안이 나왔다고 말하고 물론 내각책임제가 당연하나, 현하 실정으로 보아서 아직 내각책임제는 시기상조라 대통령책임제로 하고, 아주 국무총리를 없앤다는 해설이었다. 여기서 내가 말하고자 하는 것은 제헌(制憲) 당시에 내각책임제로 된 것을 이 박사가 민의원 의장으로 있으며 대통령될 자신이 만만한데 이런 헌법으로는 대통령이 권리가 없어서 우리는 대통령 하지 않고 농촌에 가서 농사나 짓는다고 반대하므로 할 수 없이 중간헌법을 제정한 것이라고 한다. 물론 책임은 제헌의원들에게 있으나, 이 책임과 범죄의 총책임은 이 대통령이 지는 외에는 타도가 무(無)한 것이요, 또 일국의 헌법보다 일개인의 편불편(便不便: 편하고 불편함), 이불리(利不利: 이롭고 불리함)를 주로 제정한 국민의 범죄자들뿐이라고 보고, 현상 개헌도 역시 국가와 민족보다 이 대통령 1인의 권리증강을 목표로 하는 행동임에 불과하다고 본다. 물론 우리 헌법의 왜곡성은 내가 "서울에서 우리나라 헌법제정을 보고"라는 제하(題下)에 상세한 반대 설명을 했던 사람이다. 그러나 중간에 발췌개헌안이니 무엇이니 하며 항상 국민을 안외(眼外: 눈 밖)에 두고 자기네 행사하는 데 아무 거리낌 없을 만큼 제정하는 최악질적 민의원들이라고 본다.

그다음 대통령과 부통령이 다 위(位: 자리)에 부재할 때는 국무원에 그 권리를 대행하고 8개월 이내에 다시 선정해야 한다는 것도 우리는 반대조건의 한 가지다. 부통령도 없을 때는 지급(至急: 매우 급한) 선출을 보아야 하는 것이라고 생각된다. 반년 이상을 요할 필요성이 어디 있는가 의심된다. 그리고 대통령 종신제를 운위하는데 현상으로 남북 성업(聖業: 남북통일?)을 수행하자면 공산도배들과 전심전력을 다하여 싸우시고 애국자로 정치수완이나 외교 등절(等節)에 다른 인물이 나와서는 안 되겠으니, 대통령 3선이라도 무방하도록 재선 이상을 못한다는 조문(條文)을 삭제하자는 말이다. 외양으로는 혹 그럴지 알 수 없으나, 대체로 보아서 자기들이 이용코자 하는 것과 이용하려면 그 인물이 오래 그 자리에 있어야 성적이 나올 것을 의미한 데 불과하다고 본다. 대체가 국가나 국민을 위하는 설명을 하나, 실상은 자기네의 이익을 보기 용이하도록 제정한 데 지나지 않은 것은 사실이다. 이 안이 상정되어서 갑론을박(甲論乙駁)이 무어라고 민의원에서 나올 지는 알 수 없으나, 136당의 합동체가 전원(全院) 삼분지이(三分之二) 이상의 석(席)을 차지하고 있으니, 아무렇든 통과될 것은 사실이요, 참의원의 2부제는 불방(不妨: 방해 안 함)하다고 본다. 개헌안 전조문(全條文)을 라디오에서 방송하는 것을 들었으나, 기억이 다 되지 않아서 이 정도로 붓을 그치고 하회(下回: 다음 차례)를 보기로 하자.

봉우추기(鳳宇追記) 8월 13일

동남아세아 방어협정은 조인(調印)되다

그간 상당한 시일을 요하며 비율빈(比律賓: 필리핀) 마닐라에서 미국, 영국, 프랑스, 호주, 태국, 필리핀, 뉴질랜드, 파키스탄의 8개국 외상, 혹 외상대리가 회합해서 동남아시아 방어를 토의하였다. 대체로 북태평양동맹과 유사한 방공(防共: 공산주의 세력을 막아냄)협정이었다. 작일(昨日: 어제) 드디어 조인되었는데, 북태동맹은 동맹국 어느 일국이 타국의 침공을 받을 때는 동맹국 전원이 군사적 원조를 한다는 최강력한 조건이요, 동남아세아방어협정은 협정국 간의 일국이 어느 나라의 침공을 받을 때는 협정각국의 의회를 거쳐서 공동방어를 할 수 있다는 좀 북태동맹보다는 약미(弱味: 약한 맛)를 대(帶: 띠다)한 조건이다. 아무렇든 방공단결(防共團結)임에는 틀림없는 일이다. 그 조인된 협정서에 또 협정서가 부(附: 붙음)하였는데 거기 운(云: 이르기를), 중공이나 캄보디아, 인도네시아 등도 이 범위에 찬동시킬 것을 조건으로 한 것 같다. 자주권으로 방위하는 것이 당연한 일이다. 비록 약소국이라도 단결되어서 미연(未然: 아직 그렇게 되지 않은 상태)에 방지하는 것이 가장 유리하다고 생각된다.

현하 중공이 금문도(金門島)를 장거리포로 공격하고 (자유)중국(대만)도 이에 응해서 공습으로 중공 본토에 맹공을 가했다고 한다. 명군장군 격으로 호흡하는 것이다. 중공에서 미국, 영국전투기를 습격하였고 소련이 또 미기(美機: 미국 전투기)를 2대나 추락시켰다. 이것이 다 주고받고 하는 불순한 기압(氣壓)이라고 본다. 중공이나 소련에서 해군력이 부족해서 비국(比國: 필리핀)이나 호주 등에는 별 지장이 없을 듯하나, 대륙을 접한 곳은 얼마든지 불법행동을 할 수 있을 것이다. 이것을 사전에 방어하자는 협정이니 좋은 일이라고 생각한다. 우리가 대승적 견지에서 본다면 한국이나 일본이 36년간에 원한은 있으나, 이것을 다 해소하고 동아평화를 위해서 동북아시아동맹을 체결하고, 방공(防共)에 노력하며 일보(一步)를 진(進: 나아감)하여 소련의 동진(東進)을 저지시키는 것이 당연하다고 본다. 서로 소아성(小我性)을 버리고 민족 장래를 위하고 공영공존(共榮共存)을 하자는 것이다. 동남아세아 방어 협정을 보고 동북아세아에서 자진적으로 대승적 견해를 가지고 발론(發論: 논의를 시작함)해 보라는 것이다. 일일이라도 속히 죽(竹: 대나무)의 장박을 거둬 버리고 자유진영으로 상대하였으면 철의 장막도 축소해지고, 박약(薄弱: 얇고도 약함)해질 것도 사실인데 현상은 동서의 양대 거물이 합해서 세계인구의 몇 분지 일과 토지도 역시 광대한 경계를 가지고, 자유진영을 요란(擾亂: 어지러움)코자 하니 이것이 그리 간단한 문제가 아니라는 말이다.

이래서 이 악질 전염성 병균을 가진 공산병 환자들과 세계 열방(列邦: 여러 나라)이 방위, 방역선이 없이 접촉해서 병이 자유중국으로도 만연되고 구주(歐洲: 유럽)에서도 부지불식간에 병균이 성(盛: 번성함)하는 것 같다. 그리고 인도도 초기 전염성에 걸리지나 않았나 의심된다. 이런 전염병 유사증이 있거든 명의(名醫: 이름난 의사)를 ○해서 아주 독약으로 소독을 해버리고 다시 재발할 우려가 없게 하라는 것이다. 동남아시아 방어협정도 우리가 보기에는 인국(隣國: 이웃나라)에 이 전염병이 왔으니, 교통 차단을 하자는 정도요 일보를 전진해서 초기

유사 전염병 환자를 소독시키고 완전한 자유평등의 무병(無病)으로 될 치병(治病)방식을 보이지 않는다는 말이다. 유엔에서도 이 전염성 중환자의 출입을 금지하든지 그렇지 않으면 다른 나라에 전염되지 않게 중소독(重消毒: 매우 철저한 소독)을 하라는 말이다. 비록 중소독을 한데도 그리 노(怒: 성냄)하지 않을 것이라고 본다.

유엔 기구에서 공산당 중태(重態)환자들을 여전히 평인(平人: 병이 없는 사람) 대우를 하니, 한심한 일이라는 말이다. 이 병자들의 국제 출입을 아주 못하게 하든지 출입을 하거든 소독을 하고 출입시키라고 나는 말하고자 한다. 나병(癩病: 한센병)환자를 평인이 무사한 줄 알고 악수하면 비록 친절은 할지 모르나, 악수한 그 사람도 머지않아서 제1기에 잠복성 나병환자로 되어 중간에 그 병균을 순(純: 순수함) 나병환자보다도 더 일층 전염시킨다고 본다. 그래서 내가 말하는 바는 동남아세아 방공(防共: 공산주의 방지)협정에서 프랑스, 영국 같은 나라는 벌써 나병 초기 잠복성 균을 가지고 다니는 자들로서, 가공(可恐: 공포스러움)할 전염병자라고 보아서 이자들은 무슨 짓으로든지 중간 공장에서 자기의 유리한 지위만 택하려는 자이라고 보는 관계로 그 협정에 영국, 프랑스의 참가가 도리어 불리하지 않을까 하다. 내가 바라는 바는 일일(一日)이라도 속히 명의가 나와서 이 중증환자들을 완치시키고 약소국들이 방위협정을 할 필요가 없을 만큼 되었으면 하는 미미한 바람이 있을 뿐이다.

갑오(甲午: 1954년) 8월 13일
봉우서우유신초당(鳳宇書于有莘草堂)

5-33

장이석(張履奭) 옹(翁)을 만나고

하추오삭(夏秋五朔: 여름, 가을 다섯 달)이나 아주 적조(積阻: 오래 떨어져 소식이 막힘)하였던 옹을 우연히 공주를 갔다가 한상록 동지에게서 그가 공주 와서 있다는 소식을 듣고 백사(百事)를 불계(不計)하고 심방(尋訪: 방문해서 찾아봄)하였었다. 옹의 창해(滄海: 강릉) 행각은 무슨 의미로인지 성공될 가능성이 있다고 하니, 그 성공이 무엇인지를 알 수 없으나 성공이라니 반가울 수밖에 없다. 그러나 내가 옹에게 바라는 바는 옹은 만복경륜(滿腹經綸: 가슴속 가득찬 경륜)을 다 내버리고 도로 방랑생활을 하며 장년(壯年: 30~40대) 이상으로 노인급에 초참(初參: 처음 간여함)하려는 50~60 정도의 지방인사를 상대로 농산어촌(農山漁村)을 불계하고 중견부들과 친교하며, 부지불식중에 우리의 역사적 존재와 민족성의 우수하다는 것과 숭조이념 등을 침투되는 대로 침투해서 죽기 전까지 민족정기를 선양하면 누구보다도 효과적일 것이다. 말하자면 민족계몽을 자임하고 여년(餘年: 남은 생애)을 마쳐 보라는 것이다. 그러면 옹의 노력이 더할수록 계몽의 효과가 일층 더할 것은 사실이요, 이 영역이 확대해 갈수록 옹의 지반도 확대해 갈 것이다.

그런데 옹이 이런 수단을 취하지 않고 항상 자기 선전을 하려는 것이 어느 구석인가 좀 부족이 아닌가 하고 또 무슨 영도욕(領導慾: 지도하려는 욕심)이 있는 것 같다. 비록 현대 학문으로 보아서는 비행기도 있어서 성층권(成層圈)을 뚫고 상승할 수도 있는 것 같으나, 이론을 벗어나는 것은 없다. 인(人)이고 물(物)이고를 물론하고 점진적 계단을 밟지 않고 기초가 없이 건축될 수 없는 것이다. 그런데 옹은 영웅적 심리를 가지고도 이 점진적은 피하여 혜성적 출현이 되려고 노력하는 것 같다. 이야말로 백난(百難), 만난(萬難)을 초래할 것이라고 본다. 도저히 성공하기 곤란하리라는 평을 하고자 하는 바이다. 옹이 생각이 있다면 더구나 내가 말하는 방랑생활로 불사가인생산작업(不事家人生産作業: 식구를 먹여 살릴 생각을 안 함)[86]하고 헌신적으로 민족계몽사업을 해가며, 각 지방인물을 망라함으로써 부지불식중에 옹의 존재가 커지는 것이다. 그런데 옹은 이 민족계몽사업에는 별 생각이 없고 이 난국에 혜성적 출현으로 경천동지(驚天動地: 세상을 몹시 놀라게 함)적 사업을 꿈꾸고 있는 것 같다.

이것이 심호사사난성(心浩事事難成: 마음이 넓으니 일마다 이루기 어렵네)이라는 것이다. 하늘이 불공(不公: 공평치 않음)하지 않다고 본다. 일한 자에게 보수(報酬: 근로의 대가로 주는 돈)를 주지, 안 한 자에게는 보수를 주는 것을 못 보았다. 혹 우리가 보기에 불평하기 무쌍(無雙: 짝이 없음)한 일이 있다. 그래서 그 이면(裏面: 내면)을 정밀히 조사해 보면 반드시 그 이면에 잠재한 원인이 당연히 그 불평을 초래한 것이요, 천(天)이나 신(神)이 공평하지 못해서 그런 불평한 일을 당하는 것이 아니었다. 환언하면 천도(天道)는 지공무사(至公無私: 지극히 공평하고 사사로움이 없음)하여, 일한 자에게 품삯을 주는 것이라는 것을 언제나 나는 말하는 것이다. 그러니 옹도 큰 대상(代償: 보상)을 바라거든 그 대상이 나올 만큼 노력하라는 것이다. 공이 바라는 것은 과대하고 자기의 노

---

86) 《사기(史記)》〈본기(本紀)〉〈고조본기(高祖本紀)〉에 한고조 유방의 성장 기록에 나옴.

력은 과소하다는 것을 말하고자 하는 것이다. 규구준승(規矩準繩: 목수가 쓰는 그림쇠, 자, 먹줄, 수준기. 일상생활에서 지켜야 할 법도)이 맞지 않는 거목(巨木)이라는 말이다. 어느 부문은 혹 후목(朽木: 썩은 나무)이 아닌가 의심된다. 옹은 옹의 거재(巨材: 큰 재목)됨만 자신하나, 도편수(都片手: 목수의 우두머리)의 손을 지나지 않고는 옹의 재목이 어느 부문에 해당할 재목인지 알 수가 없다는 말이다. 양공(良工: 뛰어난 기술자)은 불기척촌지후(不棄尺寸之朽: 재료의 일부가 썩었다고 버리지 않음)라 하였으나, 동일한 재목(材木)에 불후목(不朽木: 썩지 않은 나무)이 있다면 척촌(尺寸: 한자 한치, 얼마 안 되는 적은 부분)의 후(朽: 썩음)라도 우선 사용을 하지 않을 것도 자연 일이라고 본다.

옹이여! 자사(自思: 스스로 생각함)해 보라. 옹의 어느 부분이 생목(生木)이요, 어느 부분이 후목(朽木)이라는 것을 자각하고 목재는 후목을 어찌 할 수 없이 버리게 되나, 인재는 그 후(朽)한 부분만 다시 살리면 완전무결한 거재(巨材: 큰 재목)가 될 것이라고 본다. 옹이여! 너무 노력 없는 대가를 구하지 말고 자신의 후(朽)한 부분을 회생(回生)시키기에 노력하라. 이 노력의 정도가 옹의 평생을 우(右)냐 좌(左)냐라고 아주 정할 것이다. 옹의 자기(自期: 마음속에 스스로 기약함)가 아마 제해주(濟海舟: 바다를 건너는 배)쯤으로 자처하는 것 같다. 진두(津頭: 나루머리)에서 선척(船隻: 배)이 많으면 배도 크고 완전하며 사공(沙工: 뱃사공)도 친절하고 배질도 잘하는 배로 사람이 선등(先登: 맨 먼저 오름)할 것이라는 것은 옹도 잘 알 것이다. 만약 배가 수리가 되지 않고 선창(船艙: 갑판 아래의 짐칸)에 물이 용(湧: 끓어오름)하고 사공이 기술이 있는지 없는지를 알 수가 없고 손님에게 친절미도 없다면 진두에서 옹은 어느 배로 그 진(津: 나루터)을 도(渡: 건넘)하려는가 불문가지(不問可知: 묻지 않아도 앎)일 것이다. 그러니 진두로부터 배가 와서 있어야 할 일이요, 중류(中流)에서 왕래하는 배는 어선인지 도선(渡船: 나룻배)인지를 부지하는 관계요 또는 진두로 오거든 배가 완전해서 손님 싣는데 물을 안 품을 정도라야 하고, 다른 선주보다 나루 건널 손님에게 친절히 하며 배질 솜씨를 진두(津頭)에서 보는 사람들이 다 알게 해야 한다는 것이다. 배는 소선(小船)이건, 거선(巨船)이건 중류에서 배회하여 나루의 손(님)이 그 배에 오르지 않는다는 것은 이론에 불합(不合)하다고 본다.

옹이여, 내가 말하는 바는 옹의 결점을 일일(一日)이라도 속히 개(改: 고침)하라는 것이다. 그 부족점을 자각함으로써 또 고치는 날이 옹의 성공이 올 것이요, 노력한 대로는 대가(代價)가 올 것이라는 것을 내가 옹을 위해서 말하는 것이요, 또 옹의 결점인 후목(朽木)된 부분이라는 것도 옹이 잘 생각해 보면 자각할 수 있고 그 결점도 개(改)할 수 있다는 것이요, 또 규구준승(規矩準繩)을 받지 않은 것이 옹의 결점인데 이것도 양공(良工)의 재단(裁斷: 마름질)을 받으라는 것이다. 이럼으로써 옹의 완전한 성공이 올 날이 있고 옹의 성공이 오므로 동지들도 바람이 있다는 것이다. 옹이여! 고어(古語: 옛말)도 있으나 불이인폐언(不以人廢言: 사람의 처지 때문에 말까지 버리지 않는다)하라는 것이다.[87] 옹의 조직이 없는 꿈을 보고 내 이 붓을 든 것이다. 옹은 거재(巨材)다. 양공(良工)만 만나면 비록 부분적 굴곡과 후목(朽木: 썩은 나무) 부분은 있으나, 재목으로 등장할 것이다. 자포(自飽: 스스로 만족함)하지 말고 양공

---

87)《논어(論語)》〈위령공(衛靈公)〉편에 나옴. [원문] 자왈(子曰), 군자불이언거인(君子不以言擧人), 불이인폐언(不以人廢言) [해석] 공자 가라사대, 참된 인물은 말 잘한다고 사람을 써주지 않고, 사람의 처지 때문에 말까지 버리지는 않는다. 봉우 선생님의 글에는 폐(廢)가 기(棄)로 쓰여 있다.

을 속히 만나기 바라고 이만 그치노라.

갑오(甲午: 1954년) 8월 13일

봉우서우유신초당(鳳宇書于有莘草堂)

추기(追記)

천리마(千里馬)가 복염(服鹽)[88]은 할지언정 노마(駑馬: 느리고 둔한 말)가 양주(良主: 좋은 주인)를 만나도 천리를 갈 수가 없고, 봉황이 계군(鷄群: 닭무리)에 둘지언정 군계(群鷄)가 봉황의 소(巢: 집)에 갈 수가 없는 것이다. 사람도 영재(英才)가 굴(屈: 굽힘)해서 소인들의 용(用: 쓰임)이 될지언정 소인이 득지(得志: 뜻한 바를 이룸)해야 영재를 알 길이 없는 것이다. 그런 고로 천리마가 태항산(太行山)에서 복염(服鹽)하는 것을 원망하지 않고 다만 백락(伯樂: 천리마를 알아보는 안목을 지닌 사람)을 만나지 못함만 원망한다. 영재도 하천(下賤: 하천인下賤人의 준말)에 굴함을 원망할 것이 아니라 양주(良主)를 만나지 못함을 한(恨)할 뿐이다. 그리고 사자(士子)가 득지(得志)하고 못함으로 그 자수(自修: 자기수양)하는 행실을 변해서는 안 된다는 것을 내 거듭 말하고자 하는 것이다.

지란(芝蘭: 지초와 난초)은 심곡(深谷: 깊은 골짜기)에 나서도 아는 사람

---

88) 기복염거(驥服鹽車)라는 고사에서 유래.《전국책(戰國策)》〈초책(楚策)〉 출전. 즉 천리마(驥)인 명마가 소금을 가득 실은 수레를 끌고 험한 태항산을 오르다 만신창이가 되었다는 것이다. 능력이 있어도 활용되지 못함을 비유하는 고사성어이다.

이 없다고 그 향기가 덜한 법이 없다. 사람도 당연히 이 지란의 지조(志操)를 배울 것이다. 그런 연고로 사자(士子: 선비)가 소행(素行: 평소의 행실)이 있는 것은 비록 궁곤(窮困)에 처하나, 변함이 없다는 것이다. 내가 장낙도(張洛圖: 장이석) 옹을 만나고 이 붓을 드는 것은 기수복력(驥雖服櫪: 천리마가 비록 말구유를 실음)이나 상존천리지지(常存千里之志: 늘천리의 뜻을 지님)하고 봉수서계시(鳳雖棲鷄塒: 봉황이 비록 닭의 횃대에 깃듦)나 역유비죽실불탁지조(亦有非竹實不啄之操: 또한 대나무 열매가 아니면 쪼아 먹지 않는 지조가 있음)래야 불실기봉(不失其鳳: 그 봉황임을 잃지 않음)이요, 사자역수처어궁곤(士子亦雖處於窮困: 선비가 또한 비록 궁하고 괴로운 지경에 처함)이나 상존안빈낙도지심(常存安貧樂道之心: 늘 안빈낙도의 마음을 지님)이라야 불실사자지명(不失士子之名: 사자의 이름을 잃지 않음)이니, 차이소위궁시기소불위(此이所謂窮視其所不爲: 이것이 소위 곤궁할 때 그 하지 않은 바를 살펴본다)라는 것이다. 내가 낙도 옹을 만나고 옹이 붕도(鵬圖: 원대한 뜻)를 몽상(夢想)하고 안빈낙도하는 지조에 좀 결점이 있지 않은가 해서 내가 이 붓을 들고 옹의 망구(妄求: 허망하게 구함)하는 것으로 타산지석(他山之石)을 삼아서 내 소행에 도움이 될까 해서 이 경감(鏡鑑: 경계로 삼는 거울)을 쓰는 것이다.

갑오 8월 13일 鳳宇追記于有莘草堂(봉우는 유신초당에서 추기함)

숭례문(崇禮門)의 재단청(再丹靑)

숭례문은 이조 국초(國初)에 건축한 곳으로 550년이라는 긴 세월을 지낸 것이요, 400년 전에 중수(重修: 다시 고침)한 일이 있을 뿐이었다.[89] 경술(庚戌: 1910년) 합병 후에도 고적(古蹟: 옛 물건이나 건물)보존이라는 명목으로 엄연히 서울 남대문으로 변함없이 있었고, 6.25 사변에도 별 파괴 없이 있었으나 연구세심(年久歲深: 세월이 오래됨)하여 단청이 아주 퇴락(頹落)해서 외관에 좀 미관(美觀)이 부족하였었는데 서울시에서 고적보존의 목적으로 국고보조 180만 원을 받아서 재작일(再昨日: 엊그제)부터 단청을 시작하는데 완공일자는 70일이 걸릴 것 같다고, 여기 사용하는 단청은 400년은 불변될 것 같다고 한다. 국가흥망도 400년이면 변할 수 있는 것이라 이 숭례문이 400년 후에도 보존될 지 안 될 지는 문제 외로 하고 서울시에서 이 분망한 전시하(戰時下)에서 그래도 고적보존이라는 명목으로 정신이 거기까지 간 것만 감사하다는 것이다.

---

89) 1395년(태조 4년)에 시공하여 1398년(태조 7년) 평도공 최유경이 준공. 1448년(세종 30년) 좌참찬 정분의 감독하에 개축. 1479년(성종 10년)에 중수. 임진왜란이 일어난 1592년(선조 25년) 가토 기요마사(加藤淸正)가 남대문으로, 고니시 유키나가(小西行長)는 흥인지문으로 서울에 진입하였는데 이 때문에 일제강점기에도 일제가 역사적 가치가 있다며 보존해서 흥인지문과 숭례문은 헐리지 않음. 6 · 25 전쟁 시에도 두 차례나 북한군에게 수도를 빼앗겨 약간의 화재와 포격을 받았지만 굳건히 버텨 내었다. 그러던 중 2008년 토지보상에 불만을 품은 70대 노인 채종기 단 한 사람의 방화로 전소되었다. 2013년 4월 29일 복원.

다른 일도 이와 같이 고적을 잊지 말고 숭조이념(崇祖理念: 조상을 받드는 생각)도 다시 흥기(興起: 흥성하게 일으킴)시켜서 민족정신을 선양(宣揚: 널리 알림)하였으면 한다. 이런 일을 보고 청이불문(聽而不聞: 듣고도 못들은 척함)할 수 없어서 이 붓으로 기록해 보는 것이다.

이것을 추급(推及: 미루어 생각이 미침)해서 다른 것도 고적을 잊지 말으시라!

민족적 5,000년 역사의 고적을 다시 찾으시라!

다시 민족정기(民族正氣)로 이 숭례문을 건축하던 우리 조선(祖先)들의 노력을 다시 생각하여 앞으로 천년만년 변하지 않을 숭례문을 우리 지역에 건축해서 외적을 방어하라!

이것으로 거울(경감鏡鑑)을 삼으라!

갑오(甲午: 1954년) 8월 13일

봉우서우유신초당(鳳宇書于有莘草堂)

경인년(庚寅年: 1950) 8월 14일을 추억하며

(亂中所遭而神祕一事故記: 전쟁 속에서 만난 신비한 일의 기록)

6.25 사변 당시도 8월 14일은 추석 전일(前日)이라 가가(家家)에 분주하였다. 나도 정치보위부의 임시석방으로 나왔으나, 암만해도 불안해서 피신하는 중이었다. 이날 마침 최오록이와 배봉석이가 사소한 사단(事端: 일의 실마리)으로 언쟁이 되어 내가 마침 집에 왔을 때에 우리 집에서 대쟁(大爭: 큰 다툼)을 하였다. 이것이 도화선을 폭발시켰다. 당시 부락 치안대장이 엄홍섭이었다. 내게 와서 말하기를 이 일을 치안대장으로 아무 말도 하지 않으면 한독당 계통의 반동(反動)이라고 하겠으니, 최오록은 피신케 하고 공암 내무서로 통지해야겠다고 고하고 공암으로 갔다. 사실은 배봉석이 부락 책임을 지고 순적색(純赤色: 완전 공산당)으로 한독당계들과는 평시부터 반대하던 차였다. 선차(先次: 먼저 차례) 박종원 건에도 내가 그 피해가 적지 않았다. 그러던 것을 또 최오록이가 하필 우리 집에서 배봉석에게 무수한 욕설을 했던 것이다. 아무래도 불안감이 있어서 주의에, 주의를 하고 있는데 자정(子正: 밤 12시)이 될까 말까 해서 엄홍섭이가 급한 목소리로 공암을 갔더니 "선생님 신변에 불리한 소리가 있습니다."라고 정보를 제공한다. 곧 영조를 데리고 가족도 아지(알지) 못하게 피신하였다. 동리 산제당(山祭堂) 부근 석굴(石窟)이었다. 그 익일(翌日: 이튿날) 오후에 임정재 군의 내방(來訪)으로 14일 자정 후에 공암 내무서에서 나를 체포하려 왔다가 내

가 유성 갔다는 바람에 공행(空行: 헛걸음)한 것이 사실이라고 한다.

임정재 군이 중추절(추석) 사제물(祀祭物: 제사 음식)을 가지고 와서 아주 석양이 산을 넘은 후에 동리로 갔었다. 그날 공주 내무서에서 김홍식이 임정재 군을 체포하러 왔다가 집에 없어서 못했다고 한다. 16일에 이 소식을 듣고 오후에 미군이 공암 경과라는 말도 듣고 17일에는 적색피난민이 많이 왔다. 그래서 나도 하산해서 공암으로 가서 보니, 경인년(庚寅年: 1950) 8월 14일에 반동자(反動者)라고 대전이나 공주에 입감(入監: 수감)되었던 사람은 전수(全數: 모두) 살해되었다고 해서 공암에서도 임○○면장, 서○○, 이○○, 임○○, 이○○, 신○○, 송○○, 남○○ 등이 다 총살되고 시체를 3인은 찾지 못하고 다른 사람은 다 시체를 찾았다. 그래서 대전에서만 만여 명이 학살(虐殺: 사람을 참혹하게 마구 죽임)이 되었다고 한다. 유사(有史: 역사가 시작됨) 이래에 이와 같이 비참한 일이 어디 있을 것인가? 8월 14일에 타지방에도 최후에 발악하는 인민군들의 극악무도(極惡無道)한 폭행이 (있)었다. 나도 이날 생사관두(生死關頭)에서 다행히 그 사(死)를 면하고 지금껏 살아 있으며, 또 8월 14일을 당하니 고인들도 생각나고 내 일신(一身)도 기구(崎嶇: 험함)한 운명을 자탄(自歎)할 뿐이로다. 그러나 지금까지 임시휴전은 되었으나 완전한 평화를 보지 못하고 있으니, 감개무량할 뿐 명년(明年: 내년) 이날을 당하거든 완전한 평화로 이 나라에서 이날 죽은 백골들을 위로할 것인가? 미미한 희망을 가지고 이 붓을 그치노라.

갑오(甲午: 1954년) 8월 14일
봉우서우유신초당(鳳宇書于有莘草堂)

5-36
중추월(仲秋月)

구추하일불중양(九秋何日不中陽: 가을날 어느 날이 중양절 아닌 날이 있으랴?)[90]이냐고 하필 9월 9일만 중양이라고 귀(貴)히 여길 것이 있는가? 좋은 경치에 좋은 친구들과 마음 좋게 술 마시고 글을 지으면 9월 9일이 아니라도 구추(九秋: 가을)가 어느 날이 중양 아님이 없다고 이조 시인(李朝詩人)인 정모(鄭某)는 말하였다. 이 시인이 말하는 조건이 불비(不備: 갖춰지지 않음)한다면 9월 9일 중양(절)을 당한다고 별 흥미가 날 리 없다는 말이다. 나는 중추가절(仲秋佳節: 추석)인 중추월(仲秋月: 음력 8월의 맑고 둥근 달)을 바라보며 구추하일불중양(九秋何日不重陽)을 읊조리던 시인과 동감하는 바가 많다. 중추하일불중추(仲秋何日不仲秋: 중추 어느 날이 중추 아닌 날 있으랴)인가 한다. 때는 요수진이(潦水盡而: 큰 장마 비가 다함) 한담(寒潭: 차가운 물웅덩이)이 청(淸: 맑음)이요, 노염퇴이청운비(老炎退而淸雲飛: 늦더위 물러가니 맑은 구름 나르네)로다. 사야풍등(四野豐登: 사방의 들에 농사가 썩 잘됨)에 민무기색(民無飢色: 백성들

---

90) 조선시대의 선도수련가이자 학자이자 시인 정작(鄭碏: 1533~1603)의 시(詩) 〈중양(重陽)〉의 한 구절이다. 중양절에는 높은 산에 올라 국화주를 마시는 풍속이 있었다. 허균(許筠)은 이 시를 세상에서 매우 아름다운 작품으로 칭송한다고 하였다. 시 전문은 다음과 같다.
  세상 사람들 중양절(음력 9월 9일)을 가장 아끼지만(世人最愛重陽節),
  중양절만 꼭 흥을 돋우는 것은 아니라네(未必重陽引興長).
  노란 국화 마주하고 막걸리 기울인다면(若對黃花傾白酒),
  가을 날 어느 하루도 중양절 아닌 날 없으리(九秋何日不重陽).

은 굶주리는 빛이 없음)하니, 당차중추명절(當此仲秋名節: 이 중추명절을 당하여) 숙불흥기(孰不興起: 누군들 흥이 나지 않으리)아.

남녀노소(男女老少)가 군집우정전(群集于庭前: 뜰 앞에 모임)하여 야담수응(野談酬應: 야담을 청하고 그에 응함)하며, 만항탁료(滿缸濁醪: 항아리 가득 탁한 막걸리)를 포준상속(匏樽相屬: 바가지로 만든 술잔을 서로 이음, 돌림)하니, 옥로금풍(玉露金風: 옥 같은 이슬과 금바람, 가을을 상징)에 정신(精神)이 쇄락(灑落: 상쾌함)이로다. 소언(少焉: 잠시 있다)에 일륜호월(一輪皓月: 수레바퀴처럼 둥근 하얀 달)이 상동천(上東天: 동쪽하늘로 떠오름)하니, 계백창량(桂魄蒼凉: 달의 푸르고 서늘함)이 우배타시(尤倍他時: 다른 때보다 더욱 곱절임)로다. 적유무선방송(適有無線放送: 유무선 방송을 만남)이 윤보근일세계정세(輪報近日世界情勢: 요즘 세계정세를 널리 알림)하고 우이조선팔도민요(又以朝鮮八道民謠: 또한 조선팔도 민요로서)로 위아중추청취자(慰我仲秋聽取者: 우리 추석 청취자들을 위로함)하니, 군중(群衆)이 무언정청(無言靜聽: 말없이 조용히 들음)타가 시기탄상명곡(時起歎賞名曲: 때가 되어 명곡을 감상함)하니,

중추일야명월지하(仲秋一夜明月之下: 중추절 밤 밝은 달 아래)에 혼망전운(渾忘戰雲: 흐릿하니 전쟁의 형세)이 미청(未晴: 개이지 않음)에 가정(苛政: 가혹한 정치)이 요민(擾民: 백성을 괴롭힘)하고, 장삼이사지자손제서응징군문(張三李四之子孫弟婿應徵軍門: 보통사람들의 자손과 형제, 사위들은 응당 군대에 불려감)하여 용전일선(勇戰一線: 치열한 전쟁 제일선)에 혹사혹상(或死或傷: 혹은 죽고 혹은 부상함)하고 노처진지(露處陣地: 한데에서 지내는 부대)에 병침골수자(病侵骨髓者: 병이 골수까지 침노한 사람)가 부지기수(不知其數: 그 수를 알 수 없음)요, 장정거수(壯丁擧數: 장정의 숫자)는 비재어일선즉필재어후방(非在於一線則必在於後方: 일

선에 있지 않고 반드시 후방에 있음)하고, 부재어후방즉필재어훈련소(不
在於後方則必在於訓練所: 후방에 있지 않은즉 반드시 훈련소에 있음)하며,
부재어차자(不在於此者: 이것에 있지 않음)는 도재어노무장(都在於勞務
場: 모두 노동하는 곳에 있음)하여 불능사가인생산작업(不能事生産作業:
집안생계를 위해 생산 작업을 할 수 없음)하고 분주위국진충(奔走爲國盡
忠: 나라를 위하고 충성을 다하는 데 분주함)하니, 성가장야우가상야(誠可
獎也又可賞也: 정성이 칭찬받을 만하고 상 받을 만함)로다.

차당중추명월(此當仲秋明月: 이는 중추명월을 맞음)하여 응징자지회
상(應徵者之懷想: 군대에 불려간 사람들을 가슴에 품고 생각함)은 당하여
재(當何如哉: 당연히 그리해야 함)며, 응징가족지정서(應徵家族之情緖:
징병가족의 정서)는 억하여재(抑何如哉: 그리해야 함을 억누름)아. 중추명
월이 능흥기무한지청흥(能興起無限之淸興: 능히 끝없이 맑은 흥을 일으
킴)하고 우능양성무한지우배(又能釀成無限之憂盃: 또한 능히 무한한 근
심어린 술잔을 빚어 냄)이로다. 연이위정자발정시인(然而爲政者發政施
仁: 그러나 위정자가 정치를 펴서 인을 베풂)하여 수유정벌(雖有征伐: 비록
정벌이 있음)이라도 명정언순즉위민자사무감이상무원(名正言順則爲民
者死無憾而傷無怨: 명분이 바르고 말이 사리에 맞은 즉,-《논어》출전-백성
을 위하는 사람은 죽어도 유감이 없고, 부상을 입어도 원한이 없음)하고, 임진
자용전무겁(臨陣者勇戰無怯: 전쟁터에 나간 사람은 용감히 싸우고 겁이 없
음)하여, 전필승공필취(戰必勝攻必取: 싸우면 반드시 이기고 공격하면 반
드시 얻음)하리니, 차(此: 이것)는 상하화합(上下和合)하고 상하동고지
고야(上下同苦之故也: 위아래가 함께 고생하는 까닭임)어늘,

관부현정계지대군문즉제일전쟁지목적(觀夫現政界之對軍門則第一
戰爭之目的: 현 정계의 군대에 관한 원칙을 보면 첫째 전쟁의 목적)이 동족

상잔(同族相殘: 같은 겨레끼리 서로 싸우고 죽임)하니, 명부정언불순(名不正言不順: 명분은 정의롭지 않고 말은 사리에 맞지 않음)하고 상하상리(上下相離: 상하가 서로 떨어짐)하여 각고기생(各顧其生: 각자 그 삶을 돌아봄)하니, 역불합용불기(力不合勇不起: 힘은 합해지지 않고 용기는 일어나지 않음)하여 전불승정불행(戰不勝政不行: 전쟁은 이기지 못하고 정치는 실행되지 못함)하되, 위상자(爲上者: 상부층을 위하는 자)는 매진청장년아사장전허(埋盡靑壯年於沙場戰墟: 청장년들을 모두 백사장 전쟁터에 묻어 버림)하고, 욕도일기지안일(欲圖一己之安逸: 일신의 안일함을 꾀함)하여, 상하불동고(上下不同苦: 위아래가 동고동락하지 않음)하며, 상하불합심(上下不合心: 위아래가 합심하지 않음)하니, 민무소뢰(民無所賴: 백성은 의뢰할 곳이 없음)하고 상무소시(上無所恃: 위로는 믿을 곳이 없음)어늘 위정자맹연부지기비(爲政者盲然不知其非: 위정자들은 눈먼자들처럼 그 비리를 모름)하고 발정시폭(發政是暴: 정치를 폄이 폭력적임)하고 보좌자(輔佐者: 상관을 보좌하는 사람)가 합당모리(合黨謀利: 당을 합쳐 부당한 이익만 꾀함)하고 불고생민지도탄(不顧生民之塗炭: 살아 있는 백성들이 도탄에 빠짐을 돌아보지 않음)하나, 감노이무감언자(敢怒而無敢言者: 감히 화를 내고도 감히 말을 하지 못하는 것)가 이구(已久: 이미 오래됨)라.

근문우유압력지거(近聞又有壓力之擧: 요즘 들으니 또 힘으로 누르는 일이 있음)하여 필불구가어민생운(必不久加於民生云: 반드시 오래지 않아서 국민들의 삶에도 가해질 것임)하니, 여시불이즉장지하경호(如是不已則將至何境乎: 이처럼 국민을 도탄에 빠지게 하고 폭정의 압력을 가함을 그치지 않으면 장차 어떤 지경에 이를 것인가)아! 대차중추명월(對此仲秋明月: 이 중추명월을 대함)하여 호소어창천(呼訴於蒼天: 푸른 하늘에 부르짖음)하노라. 사민유하죄우지중여(斯民有何罪尤之重歟: 이 백성이 무슨 죄가 있어 더욱 그 죄를 무거이 주십니까?)아. 피창무언(彼蒼無言: 저 창천은 말아 없음)에 명월(明月)이 당공(當空: 하늘을 차지함)하고, 천무일점운(天無一點雲: 하늘엔 한 점 구름도 없음)하고 성광(星光: 별빛)이 조요(照耀: 밝게 빛남)하니, 전운(戰雲: 전쟁의 먹구름)이 장청(將晴: 장차 개임)에 민생지원우장소지조여(民生之怨尤將消之兆歟: 민생의 원한이 장차 더욱 사라져가는 조짐이 아니겠는가)아.

차야명월(此夜明月: 이 밤의 명월)이 하기명랑(何其明朗: 어찌 그리 밝음)하며 차야성광(此夜星光: 이 밤의 별빛)이 하기무운(何其無雲: 어찌 그리 한 점 구름도 없음)가. 차시피창지답여(此是彼蒼之答歟: 이는 저 푸른 하늘의 대답이 아니겠는가?)아. 피창(彼蒼: 저 창천)은 무언(無言)하고 중추명월(仲秋明月)이 광여백주(光如白晝: 밝기가 백주 대낮 같음)로다. 회집군중(會集群衆: 모인 여러 무리들)은 야심자산(夜深自散: 밤이 깊어 저절로 흩어짐)하고, 군문지아(軍門之兒: 군대 간 아이)가 적래귀성(適來歸省: 때마침 집에 돌아옴)하여 한담공사(閑談公私: 공사 간에 한가히 얘기를 나눔)에 부지야지장심(不知夜之將深: 밤이 바야흐로 깊어짐을 모름)이로다.

갑오(甲午: 1954년) 중추야(仲秋夜) 월하(月下)
봉우서우유신정사(鳳宇書于有莘精舍)

수필: 자유당의 부정사건을
모사(謀事)하는 자들이 누구인가?

　근일(近日: 요사이) 민의원들의 국정감사로 은행단의 부정대출액 기억원(幾億圓)이 있어서 변부(辯部: 답변부서) 진영의 출두를 보았었다. 그들의 답변은 은행법으로 보아서 우리들이 그 대출이 부정한 줄은 안 것이나, 행정부 최고 책임자의 특명으로 대출케 되어서 명령을 복종 안 할 수 없어서 대출된 것이라는 답변을 들었다. 이 책임이 행정부 최고 책임자에게 있다 해서 무슨 조치를 할 수 없게 됐던 것이나, 사후조치라는 것이 무엇인가 하면 민의원들의 세입액(歲入額)에서 1인당 50만 원씩 대출한다는 부정조치가 나왔다. 여기서 야당과 여당 간에 대논전이 있었던 것이다. 그래서 야당들의 맹장들이 결속되어 총공격을 가하니, 민의원 의장인 이기붕 군이 해공(海公: 신익희)의 발언을 취소하라고 청하자, 야당에서는 해공의 정언(正言: 바른 소리)은 취소하고 의장의 망언은 시행하라는 말이냐고 반공(反攻: 반대 공세)이 있었고, 여당에서도 야당의 공격이 있자 모 의원은 금번 대부건은 양심으로 가책을 받는다고 말한 분도 있었다.

　우리 고을 선량 모씨는 여당으로 나와서 이 대출이 국회법에 하라는 것도 없고 하지 말라는 법도 없는데 무슨 잔소리가 많으냐고 아주 선량답지 못한 발언을 했다고 한다. 이 50만 원 대출 조건은 국회에서 결의된 것이 아니요, 최고 책임자의 특명으로 여당 공인 입후보자들에게 선거비로 대출되었던 것이라고 한다. 야당 측에서는 전부가 반대하고 공격하는 조건은 입법기관에서 장래 수입을 담보로 세입액에서 우선 대출을 한다면 다른 기관에서 부정사건이 나더라도 무슨 면목으로 민의원 의원답게 말할 수 있는 것인가? 이 부정대출이 민간인이라면 모르되 민의원으로서는 절대적 양심이 허락되지 않는 일이라고 공격할 것인데 이것을 이 의장이 망언이라고 취소를 청했던 것이다. 아무렇든 여당은 자세하고(고의적, 막무가내로) 각종 부정행위를 해서는 장래가 머지않다고 본다. 물론 돈도 좋으나 사람의 체면도 있어야 하겠고 선량이거든 선량다운 일을 하라는 말이다. 국가의 위급존망지추(危急存亡之秋)가 목전에 있어도 일주막전(一籌莫展: 산가지 하나도 펼 수 없음, 속수무책)하고, 일언불발(一言不發: 한마디도 내놓지 않음)하며, 먹을 것만 먹고 있는 것은 금수(禽獸)보다 낫다는 것이 무엇인가 생각해 보라. 일일(一日)이라도 속히 반성해서 사람으로 환원하라는 말이다. 가석하다느니보다 가증(可憎)한 인물들이다.

나는 당적(黨的)으로는 관계가 없으나, 국민 된 의무로 우리들이 선출한 인물들의 선불선(善不善)을 보고 묵과할 수 없어서 이 붓을 드는 것이요, 더구나 우리 고을 선출의원이 여당이라고 어불성(語不成: 말이 안 됨)한 발언을 하는 것을 보고 유권자 1인으로 마음이 불편해서 이 기록을 해보는 것이다. 민의원으로 나오는 자들이 이 민의원이라는 것이 무슨 모리장(謀利場: 이득을 꾀하는 장소)이나 얻은 것 같은 감상을 가지고 있는 것 같다. 그리고 최고 책임자에게 특명이 나오도록 갖은 부정(不正)사건을 모사(謀事: 일을 꾀함)하는 자들이 누구인가를 우선 민족들은 조사해서 비상수단으로라도 이런 자들은 주권자 옆에서 제거하라는 말이다. 이자들이 간신이요, 이자들이 역적이라는 말이다. 국제정세는 우리나라에 안심을 불허하고 외양으로는 백사(百事)가 다 잘되는 것 같으나, 내용은 태평양 방어선에서 제외되고 미국이 한국을 포기하는 것 같다. 유엔에서도 한국문제가 호조(好調: 좋은 상태)로 나간다고 누가 긍정할 것인가?

그런데 위정자들이 국가의 존망(存亡)보다 각자의 목전이익을 취해서 국민상하가 분리하고 군부와 정부가 화합해야 하는 것인데 군(軍)은 군대로 불평이 있고 정부는 정부대로 각립(各立: 서로 떨어져 갈라섬)해서 소위 여당이라는 자유당은 136인(人)이 1인1당(一人一黨)으로 136당(黨)으로 형성되어서 다만 모리(謀利)행각에만 통일이 되고, 국민기만 행동에만 단결이 되어서 이 나라를 좀먹는 악질 모리정상배(謀利政商輩)의 집합장이 되어 갖은 악질적 신규명령이 다 이곳에서 나오게 되니, 누가 이 당을 신임하며 누가 이 당을 여당으로 하는 행정부를 믿을 것인가? 국사(國事)는 참으로 한심한 일이다. 이것이 북적(北賊 : 북의 도둑, 북한)들에게 유리(有利: 이로움)를 주는 위정자들이요, 또 여당이라고 본다. 공산도배들은 휴전기를 이용해서 착착(着着) 전쟁 재개(再開)에 대비하고 있는데 우리 남한에서는 행정이나 외교를 다 실패하고 유엔군의 원조도 중지되어 미군의 철수를 보게 되고, 중공은 유엔에서 가입을 위요(圍繞: 둘러쌈)하고 갖은 수단을 다하는 이때에 우리의 유엔대표진(代表陣)을 강화할 용의는 없고 도리어 유엔을 원망하고 반(反)유엔행동을 하는 것 같으니, 이것이 위정자 몇 사람들만 이익이나 손해를 보는 일이라면 우리가 관계없으나, 이 사람들의 행동이 이곳 우리나라 전체를 대표해서 그 영향이 곧 오는 곳은 우리 국민에게다.

그러니 우리가 그들의 일거수일투족(一擧手一投足)을 주의하지 않을 수 없다는 것이다. 자유당의 당강(黨綱: 당의 강령), 당책(黨策: 당의 정책), 당헌(黨憲: 당의 기본방침)이야 설마 이 나라를 망치게 하려는 것은 아니리라고 믿는다. 다만 이 당을 이용해서 악질들이 단결해서 나라가 망하고 민족이 멸(滅: 없어짐)하는 행동을 자유로 하되, 주권자가 망연부지(茫然不知: 아득히 알지 못함)하고 자기 일인에게만 온언순사(溫言順辭: 부드러운 말씨와 순한 말)로 간신노릇을 하는 것만 긴(緊: 굳게 얽음)하게 여기어서 국가와 민족을 도외시하는 행동이 연첩(連疊: 잇따라 겹쳐짐)해서 나오되, 백성들은 감노이불감언(敢怒而不敢言: 감히 화를 내나 감히 말하지는 않음)하고 좌이대망(坐而待亡: 앉아서 망하기를 기다림)하며, 좌이대사(坐而待死: 앉아서 죽기를 기다림)하니, 백성이 하죄(何罪: 무슨 죄)인가?

유유창천(維維蒼天: 오직 푸른 하늘이여)이여! 우리 배달족(倍達族)으로 이 악몽(惡夢)을 속히 깨도록 계명종(啓明鍾)을 울리시라. 그러지 않으시려거든 이 망량(魍魎: 도깨비)들은 속히 거두시라. 황천(皇天: 크고 넓은 하늘, 하느님)이 진류사민(盡劉斯民: 이 백성을 다 죽임)하실 것인가? 사필귀정(事必歸正)이라고 머지않아서 동천욱일(東天旭日: 동녘의 아침해)이 불구장승(不久將昇: 머지않아 오를 것)할지나 하도 답답해서 이 붓을 드는 것이요, 누구를 원망하는 것도 아니요, 누구를 증오감이 있어서 그런 것은 아니요, 다만 바라는 바는 큰 희생이 없이 이날이 속히 새기를 바랄 뿐이다.

갑오(甲午) 8월 20일 봉우서우유신초당(鳳宇書于有莘草堂)

나의 지나간 기회(機會)를 추억하며

내가 55세가 되도록 나의 지나간 기회를 실(失: 잃음)한 것을 추억해 본다.

내가 6세 되던 을사년(乙巳年: 1905)에 천강(天江) 안국선(安國善)[91] 선생이 진도(珍島)로 유형(流刑: 먼 곳으로 유배하는 형벌) 생활 중에 진도 동문 외(東門外: 동문 밖)에 거주하며, 학교를 신설하였는데 내 선친 께서 그 학교 교장으로 계시고 천강 선생이 교편을 잡고 있었다. 내 선 친께 권해서 나를 그 학교로 보내라고 하였었다. 내 선친께서 불허(不 許)하시고 나를 무정(茂亭) 정 선생(鄭先生: 정만조鄭萬朝)[92]께 한문을 수학(受學)하게 하였다. 내가 이 기회에 천강 선생에게 수학하였다면 정미년 춘(丁未年春: 1907년 봄)까지 2개년에 물론 소학 과정은 충분히 학습했을 것이다. 그래서 정미년에 중학 입시를 통과할 수 있었을 것

---

91) 안국선(安國善, 1878년 12월 5일 ~ 1926년 7월 8일), 구한말의 작가이자 일제 강점 기 초기 시대 관료이다. 경기도 안성군 고삼면에서 출생했다. 1895년 관비 유학생으로 선발되어 게이오 의숙 보통과를 거쳐 와세다 대학의 전신인 도쿄전문학교 정치과를 1899년 졸업했다. 귀국 후 박영효의 국왕폐위 역모사건에 연루되어 1904년 종신형을 선고받고 진도에 유배되었다가 1907년 3월 방면되었다. 나중에 궁내부대신으로 입각 한 박영효의 천거를 받아 대한제국 재정부서의 요직을 두루 거쳤다. 1908년 그의 대표 작인《금수회의록》을 발표했다. 1911년부터 약 2년간 경상북도 청도군 군수를 역임했 다.

92) 정만조(鄭萬朝, 1858~1936), 구한말의 학자. 헌종, 철종 당시의《국조보감(國朝寶 鑑)》편찬위원이 되었다.《이왕가실록》편찬위원을 맡아《고종실록》,《순종실록》편찬 을 주재하였다.

이요, 신해년(辛亥年: 1910년)쯤은 중학 졸업으로 고등학교 입학이 되면 정사년(丁巳年: 1917년)쯤은 대학 졸업을 하였을 것이요, 그 후도 외국 유학할 자격이 충분하였을 것이다. 갑자년(甲子年: 1924년)쯤은 수개(數個) 대학을 수업하고 귀국했을 것이요, 당연한 학위를 가지고 출세할 수 있었을 것이었다. 그런데 한문을 배운다고 향교(鄕校)로 무정 선생께로 전학한 것이 내 제일차 실기(失機: 기회를 놓침)였고,

정미년(1907년)에 상경해서 바로 소학교에 입학을 권하고 2학년에 가입해 주마고 미개동(美芥洞) 소학교장이신 이중화(李重華)[93] 선생의 권고를 내 선친께서 불청(不聽: 듣지 않음)하시고 가정에서 자습한 것이 제2차의 실기(失機)였고,

그다음 기유년(己酉年 "1909년)에 족인(族人)[94] 정봉의 소개로 정동 소학교 3년에 편입하게 된 것을 황감세(黃敢世) 선생에게 한문수학차로 합동(蛤洞) 남 참판 댁으로 다닌 것이 제3차 실기였고,

경술년(庚戌年: 1910)에 동창인 남주희 군이 배재학당으로 입학하며 동입학(同入學) 될 수 있다는 것을 못간 것이 제4차 실기였고,

우리가 경술년에 영동(永同: 충북)으로 낙향한 것이 제5차 실기였고,

이왕 낙향하였으면 즉시로 보통학교로 입학했다면 2년 편입이나 3년 편입은 물론 용이한 일인데 기익년(其翌年: 그 이듬해)에 연소(年少)

---

93) 이중화(李重華, 1881~?), 호는 동운(東芸), 서울 출신, 흥화학교(興化學校) 영어과 졸업 후, 1904년 이 학교 교사를 지낸 뒤 배재학당에서 교편을 잡았다. 1929년《조선어사전》(뒷날 한글학회의《큰사전》) 편찬집행위원, 1936년 이 사전 전임 집필위원 및 조선어표준말사정위원을 지냈는데, 사전 집필에서 특히 옛 제도어, 음식용어들의 풀이를 맡았다. 1942년 '조선어학회사건'으로 검거되고, 광복 후 국학대학장, 1949년 재단법인 한글학회 대표이사를 지내다가 6·25 때 납북되었다. 저서로《경성기략(京城記略)》,《조선의 궁술(弓術)》등이 있다. 2013년 건국훈장 애족장이 추서되었다.

94) 동성동본이면서 유복친 이외의 겨레붙이.

하다고 시험보지 않고 2년생으로 편입한 것이 또 제6차 실기였고,

이왕 입학한 바에는 내가 습자(習字)가 아주 하우불이(下愚不移: 매우 못함)95)라 내 선친께서 박초남(朴草南) 선생을 필사(筆師: 글씨 선생)로 고빙(雇聘)96)하시는 것을 내가 반대한 것이 우금(于今: 지금까지)것 서도(書道)에 문외한(門外漢)이 된 원인으로 제7차의 실기였고,

내가 수학(數學)의 천재라는 선생들의 칭찬들을 들으며 박창화(朴昌和)97) 선생께 수학을 전공하던 것을 내가 전심전력을 경주 안 한 것이 화호불성(畫虎不成: 범을 그리려다 강아지를 그림)98)이 된 원인으로 이것이 제8차 실기였고,

---

95) 《논어(論語)》〈양화편(陽貨篇)〉 출전. 자왈(子曰: 공자께서 말씀하시길), 유상지여하우불이(唯上知與下愚不移: 오직 가장 총명한 사람과 가장 어리석은 사람만이 바뀌지 않는다).

96) 학식, 기술이 높은 사람을 예의를 갖춰 모셔오는 것.

97) 박창화(朴昌和, 1889 ~ 1962), 논란의 《화랑세기》 필사본을 남긴 재야 사학자. 호는 남당(南堂). 일본 궁내청 소료부(書陵部 = 일명 왕실도서관)에서 1933년부터 12년 동안 조선전고(朝鮮典故) 조사사무 촉탁으로 근무하면서 이곳에서 일제가 한국에서 약탈해 간 수많은 단군 관련 사서와 고대사 관련 사서들을 보고 연구하였다. 나중에 청주사범학교 교장이었던 최기철(崔基哲, 1910년 대전生~2002년) 서울대 명예교수에게도 이를 증언했다. 《화랑세기》도 이곳에서 보고 필사했을 가능성이 있다. 왕실도서관에 들어간 계기는 최기철 박사 증언에 의하면 "(남당이 나라가 어려워지자 학교에서 아이들만 가르칠 수 없다는 생각에) 독립운동이라도 해보려고 중국을 갔는데 국경 넘어서 안동이라는 곳에 갔대요. 그런데 일본관헌한테 붙잡혔대요. 독립운동을 한다면 치고받고 야단났는데 정중히 모시더래요. (일본 관원이 남당에게) '선생님은 소원이 뭡니까', 이러니까 역사 공부라고 그래서 (일본 관헌이) '이젠 그러면 좋은 수가 있습니다. 우리가 역사 공부를 실컷 할 수 있도록 그런 장소로 안내를 할 테니까, 안심 하십시오' 해서 간 곳이 왕실도서관이래요." 《화랑세기》를 부정하는 학계는 남당의 왕실문고 근무 자체를 부정했지만 KBS 역사스페셜에서 일본국립국회도서관에서 남당이 국내성 도서료에 근무한 자료를 확인했다.

98) 서툰 솜씨로 특별한 일을 하려다가 도리어 잘못됨을 비유적으로 이르는 말. 《후한서(後漢書)》의 〈마원전(馬援傳)〉이 출전.

임자년(壬子年: 1912)에 상처(喪妻: 아내의 죽음)한 후에 속현(續絃: 아내를 다시 얻음)을 내가 반대하다가 중부주(仲父主: 둘째아버지)께 하책(下策)99)을 당하고 복종한 것이 내 일생을 통해서 영향이 많았고, 여러 가지로 보아서 이것이 제9차의 실기였고,

갑인년(甲寅年: 1914년)에 소학을 졸업하고 추천생으로 일고(一高: 제일고보)에 입학된 것을 가정이 불허한다고 중지한 것이 내 제10차 실기인데,

당시는 나도 향학열이 부족했던 것은 사실이었다. 그다음 병진년(丙辰年: 1916년)까지 유의유식(遊衣遊食: 놀며 먹고 지냄)하며 한학(漢學)도 않고 신학문도 않고 안고수비증(眼高手卑症: 눈은 높고 능력은 안 됨)으로 더구나 선천부족증(先天不足症: 유전적, 선천적으로 몸이 허약한 상태)에 걸려서 신음(呻吟: 고통으로 앓는 소리)생활을 했으니, 이것이 제11차 실기였고,

공주로 반이(搬移: 세간을 싣고 이사함)한 후에 내간상(內艱喪: 모친상)을 당하고 곧 일본으로 원유(遠遊: 멀리 유람)할 뜻을 가지고 실행 못한 것이 제12차 실기였고,

그다음 선친께서 복성(卜姓: 첩을 얻을 때 동성을 피해 고름)을 하실 때에 적당자 수인(數人: 두서너 사람)을 택해서 했으나, 불청(不聽: 듣지 않음)하시고 현 서모(庶母)를 맞이하시어 가정불화를 초래하는 관계로 내가 아주 방랑생활을 시작한 것이 내 제13차 실기였고,

내가 다시 장발(長髮: 머리를 길게 기름)한 것이 아주 낙후되는 원인이 되어 진보성이 없어진 것이니, 이것이 내 제14차 실기였고,

---

99) 하계(下計: 일을 해결하는 가장 낮은 계책).

이왕 그러하다면 장춘곡(張春谷)의 권고로 황 씨라는 독학자(篤學者: 독실하게 공부하는 사람)이며 필사(筆師)인 분을 추천하는 것을 유예미결(猶豫未決: 망설이며 결정을 안 함)하다가 중지해서 내가 문필(文筆: 글과 글씨) 전공을 못한 것이 나의 제15차 실기였고,

내 선비(先妣: 돌아가신 어머니)의 유훈(遺訓)으로 가정불화할 염려가 있으니, 적당한 내조자(內助者)를 택정(擇定: 선정)해서 가사(家事)에 착심(著心: 마음을 붙임)해라 하신 일이 있어서 내게 최적자를 모씨가 권하는 것을 반대하고 그후 여전히 불화생활을 계속하였으니, 이것이 내 제16차 실기였고,

그다음 나의 정신수련방식을 습득하고도 전공(專攻)하지 못하고 부업적으로 또 참고적으로 해본 것이 내 제17차 실기였고,

내가 36산(算)을 학습하고 박이부정(博而不精: 널리 알지만 정밀하지는 못함)해서 일슬지공(一膝之功: 한결같이 무릎을 꿇고 앉아 착실히 하는 공부)으로 전공 안한 것이 제18차 실기였고,

내가 복약(服藥)으로 건강이 완전 복구되고 또 평인(平人) 이상의 정력을 구비하고도 계단적으로 완전한 성공을 하지 않고 자족(自足)해서 낭비하여 경신년(庚申年: 1920년)에 중병의 원인을 작(作: 지음)한 것이 나의 제19차 실기였고,

또 추수학상(推數學上)으로 기미년(己未年: 1919) 물가앙등(仰騰)과 경신년(1920년) 물가폭락을 예지하고도 일건도 실행 못한 것이 나의 제20차 실기였고,

또 내가 인천을 왕래하며 유명한 술사(術士)들을 친할 만큼 친하고도 내가 그들의 진체(眞諦: 참된 진리)를 못 얻은 것이 나의 무성의(無誠意)에서 나온 것이요, 또 선입감(先入感)에서 이렇게 된 것이다. 내가

일기일능(一技一能)식이라도 학습하였다면 집대성(集大成)의 대술사(大術士)가 되었을 것인데 안고수비증(眼高手卑症)으로 배우지 않았고, 내가 아는 것만이라도 자족하거니 하였던 것이 내 제21차의 실기였고,

내가 비록 실패한 후라도 토지 처리를 급하게 안 했으면 그 익년(翌年: 다음해)인 신유년(辛酉年: 1921) 안이라도 5~6할의 잔존(殘存)이 남고 이것으로 선패자(善敗者: 잘 패한 자)는 불망(不亡: 망하지 않음)이라고 아주 입추지지(立錐之地: 송곳 꽂을 땅)가 없지는 않을 것인데, 최저시(最低時)인 경신년(1920)에 처분한 관계로 아무 여존(餘存: 남음)이 없게 된 것이 내 제22차의 실기였고,

신유년(1921)에 수십만 원의 이익을 보았을 당시에 지족(知足)했다면 5,000~6,000석(石) 수입은 무난해서 생활안정이 될 것인데, 부지족(不知足)으로 축계망리(逐鷄望籬: 닭 쫓던 개 울타리 쳐다봄)가 되었으니, 이것이 내 제23차 실기였고,

신유년(1921)에 내가 제주도로 가서 일본으로 고비원주(高飛遠走: 종적을 감추고 멀리 달아남)하려는 본의를 실행 못하고 시일만 소비하고 왕반(往返: 왕복)해서 의존성이 잠재한 상주행(尙州行)을 수차나 한 것이 내 제24차 실기였고,

그 익년에 행로의 전설을 신(信)하고 부당한 공업을 시(始: 시작)하다가 실패해서 또 서모(徐某)의 권고로 신문총국(總局)을 영업한 것이 내 소질이 없는 것을 해서 실패를 중복하고 필경은 매가매장(賣家賣庄: 집 팔고 땅도 팔다)해서도 부채가 남았으니, 이것이 내 실책인 것이요, 또 당년에도 내가 인천에서 실패 후 잔존(액)을 가지고 다시 재기해서 50여만 원을 회복했던 것을 또 부지족(不知足: 분수를 지켜 만족 못함)하고 백만, 천만대를 몽상(夢想)하다가 적수공권(赤手空拳: 빈털터리)으로 화

증(火症: 울화증)이 발생하여 토혈(吐血: 피를 토함) 수년을 계속해서 아주 폐인이 되었으니, 물심양면(物心兩面)에 다 실패한 것이다. 이것이 내 제25차 실기였고,

임술(壬戌: 1922년), 계해년(癸亥年: 1923)에 가옥을 방매(放賣: 내놓고 팔음)할 때에 일시에 매도했으면 소소 자금을 득(得)해서 다시 재기를 몽상할 수 있었을 것인데 일건(一件: 한 가지), 이건(二件)식 매식(賣食: 팔아먹음)해서 물진무여(物盡無餘: 물건이 소진되어 아무것도 없음)한 것이 내 제26차 실기(失機)였고,

또 계해년(1923)에 기업회사관계 토지 건으로 잘했으면 가족들의 식생활을 해결할 수 있는 것인데 공비(空費: 공연히 소비)해 버리었고, 또 월평조(月坪條: 매월 토지사용료)로도 동일한 수입이 있는 것을 무의(無意)하게 소비한 것이 내 제27차의 실기였고,

그 후 대구로, 인천으로 해서 생각 밖에 30~40만 원의 수익이 있었는데, 부지족(不知足)으로 또 공수(空手: 빈손)가 되었으니 이것은 가정 불화로 착미(着味: 맛을 붙임)가 안 된 관계였고, 또 백만, 천만장자로 출세를 몽상하는 부지족(不知足)에서도 삼순구식(三旬九食: 한 달에 아홉 번 먹음, 극빈생활)하던 가정생활을 생각 안 한 것이 내 제28차 실기(失機)였고,

갑자년(甲子年: 1924)에 남행(南行)해서 내 본의(本意)가 아니나 여성의 편○(片○)를 내가 들었다면 20만 장자(長者: 큰 부자)로 가정생활은 안정될 것이나, 이것은 내 본의가 아니었고 거기서 논 40~50두락(斗落) 작농(作農)을 시켜 주겠다는 것을 반대한 것이 내 본의가 아니요, 또 능주에서 가정생활을 족(足)할 만한 작농을 해주마는 것을 역시 반대했다. 이것이 내 제29차 실기(失機)였고,

을축년(乙丑年: 1925)에 광주로 가서 약업(藥業)을 시작하고 또 인천으로 와서 투기(投機)를 해서 비록 일시는 실패했으나, 다시 내가 복구하여 기만 원(幾萬圓: 몇 만 원)의 수익이 있는 것을 출금까지 해가지고 10여 일을 있다가 곧 귀가 못하고 다시 착수해서 또 실패하고 변금도의 호의로 다시 10여만 원을 회복한 것을 이리저리 공비(空費)가 되고 또 공수(空手)가 되었다가 다시 서울로 가서 자금을 얻어서 수십만 원을 수입했다가 역시 공비(空費)가 많이 되고 또 부지족(不知足)으로 공수(空手)가 되어 다시 원상공부(原象工夫) 시작을 해서 약간의 성과는 했으나, 전공 못한 것이 내 실책이었다. 이 을축년 건이 내 제30차의 실기(失機)였고,

을축동(乙丑冬: 1925년 겨울)부터 병인동(丙寅冬: 1926년 겨울)까지 광주에서 기다(幾多: 수많음)한 호기(好機)를 일(逸: 잃음)하고 공연히 약종상(藥種商) 허가만 가지고 수만 원씩 7~8차의 득실을 보며 객지에서 일건도 성과 못한 것이 내 제31차 실기(失機)였고,

병인동(丙寅冬: 1926년 겨울)에 귀가 후에 정묘춘(丁卯春: 1927년 봄)에 서울행으로 5월까지에 10만 원 이상 수입이 10여 차나 되었으나, 번번이 공수(空手: 빈손)가 되어 호기를 상실한 것이 내 제32차 실기(失機)였고,

귀가한 후에 동산(洞山: 동네 산) 벌채관계로 내가 계룡면에 가서 벌채(伐採: 벌목)한 것이 독자적으로 했다면 소소 자금을 득해서 다시 복구에 희망이 있는 것을 동사인(同事人)을 선택하기를 정밀하게 못해서 실패하고 이것을 완결하지 못하고 또 내가 서울행한 것이 무진년(戊辰年: 1928년) 춘간(春間: 봄 사이)까지 되어서 이귀타인(利歸他人: 이익은 남에게 돌아감)하고 손귀어아(損歸於我: 손해는 내게 돌아오네)한 것이 내

실책이며 또 무진춘간(戊辰春間) 인천에서 호기(好機)를 일(逸: 잃음)하고 금강산에 입(入)하여 아주 개산 전(開山前)이라 정신수련에 절호(絶好)의 기회를 잃고 동반(同伴) 귀가한 것이 내 제33차의 실기(失機)였고,

그 후 목포에 가서 별별 신고(辛苦: 견디기 어려운 고생)를 다 맛보고 근근(僅僅: 겨우) 만여 원(현재가로 환산하면 대략 4억~5억 원 정도)을 입수한 것을 출금해서 일주일이나 있다가 또 무슨 망상으로 전실(全失: 모두 잃어버림)하고 공수로 입도(入島)해서 친구들의 이폐(貽弊: 남에게 폐를 끼침)했으니 이것이 내 제34차의 실기(失機)였고,

그해에 내 주소불명상(住所不明上) 삼수면(三水面) 매립 건의 허가불능 건을 시기를 실(失)하게 되었으니, 또 이것이 내 제35차의 실기(失機)였고,

그해 귀가(歸家)해서 기사년(己巳年: 1929) 춘간(春間)에 김익표 군의 원조로 입산하여 정신수련을 하다가 또 하산(下山)해서 수만 원의 수입을 처리부정(不精)으로 실패하고 김 군의 서울행에 가서 또 7~8만 원(현 시세로 환산하면 30억 원 정도)의 수입으로 반분(半分)만으로도 가정생활은 안정될 것인데 권하다 중지해서 김 군 역시 실패했으니, 이 것이 내 제36차의 실기(失機)였고,

기사추(己巳秋: 1929년 가을)에 약간의 여자(餘資: 쓰고 남은 자금)로 아주 입산 준비를 하고 한일년(限一年: 1년을 제한함) 입정(入靜)할 예산이 확립되어 오대산(五臺山)으로 갈 절차를 다 했다가 우연하게 모태(某台: 모 양반)을 만나서 오대산행을 중지한 것이 내 제37차 실기(失機)였고,

기사년동(己巳年冬: 1929년 겨울)에 중국 왕반(往返: 왕복)을 하고 귀

가해서 다시 입산준비를 하는 것을 모씨의 권고로 갑사에 입산해서 단시일로 하산하게 된 것이 내 38차 실기였다. 갑사 입산도 소득이 없는 것은 아니나, 가정이 근(近: 가까움)하고 왕래가 잦아서 부득이 속히 하산하게 되고, 수련이 한도(限度: 그 이상 넘을 수 없는 정도)에 못 간 것이다. 오대산이나 묘향산(妙香山)이나 금강산으로 아주 1년을 한(限)하고 갔었으면 물론 그 이상의 수익이 되었을 것이다. 이것이 마장(魔障: 악마의 장애물)이었다. 입산 준비만은 비록 자금이 없이라도 1년쯤은 될 수 있었다. 모모 친족의 원조가 확약(確約)된 것이 있었다. 1년 내지 2년, 3년 정도까지는 할 수 있었으니, 이 기회가 나의 가장 큰 기회를 실(失)한 것이었다(제38차 실기失機).

경오년(庚午年: 1930년)에는 만춘(晩春: 늦봄)부터 만추(晩秋: 늦가을)까지 서울, 인천으로 방랑하며 대구까지 가서 있으며 아주 낭인(浪人) 생활을 했으나, 수중에 출입했던 것은 40~50만 원이나 되어도 실수입은 없었고, 그저 식생활을 해갈 정도였다. 경오동(庚午冬: 1930년 겨울) 입산(入山)은 또 갑사로 되어 신미(辛未: 1931년) 조춘(早春: 이른 봄)에 하산하였으나, 별 성적이 없었고, 신미년(1931)은 군산으로, 대구로 출입하며 연역재(演易齋: 정신수련장)를 계룡산상(鷄龍山上)에 건축하려던 것이 무준비(無準備)로 실패하고, 이덕주 건도 수입될 가능성을 보고도 체면상 부득이 방치한 것이 내 제39차의 실기(失機)였다.

이 산사(山舍: 산집) 경영으로 타산(他山)에도 입산 않고 갑사도 가지 않고 해서 양실(兩失: 양쪽을 잃음)이 된 것이다. 이래서 임신년(壬申年: 1932년)까지 자립을 모(謀: 꾀함)하고 의존하지 않으려는 결심으로 별별 짓을 다하나 실패한 것이다. 그다음 차종환 군을 인천서 상봉하고 한상록, 조철희 군도 상봉하였다. 그 익년(翌年: 다음해) 춘(春)에 수면

매립 실지조사를 하러 가서 내가 너무 교제의 도(道)가 부족해서 관의 처분만 바란 것이 조사가 내게 불리하게 된 원인이다. 수면매립이라 해도 공사가 거의 다 되어 있는 것이다. 70~80정보라면 상당한 곳인데 조사원이 무조건하고 잘해 주기만 바라던 것이 내가 제40차의 실기(失機)였다.

그다음 상경해서 토지개량부에서 당진수면매립지를 저수지로 두겠으니, 반대급부로 타처(他處)를 택하라고 권고하고 토지개량부에서 기본조사가 되어 있는 곳을 경원자중(競願者中: 경쟁자중) 가장 유력자 5인에게 임의로 일처(一處)씩 선택하라고 하는 것을 내가 수속비용이 없어서 300여 정보(町步: 1정보는 약 3,000평)되는 절호(絶好)한 곳을 내게 지명된 것을 착수도 못한 것이 내 제41차 실기였고,

의주(義州) 국광(國鑛) 6구(六區)의 허채권(許採權: 채굴허가권)을 얻어 가지고도 내가 전주(錢主)를 주선 못하고 장기 보류하다가 실권(失權)했다. 이 국광은 실권 말고 가지고만 있던 사람도 일구(一區) 수백만 원씩 입수한 것이다. 도시(都是) 내가 주선력이 부족한 것이요, 상층 교제에는 소소의 경험이 있었으나 중층 경제력자들과는 아주 교제술이 부족했던 것이요, 또 경제층과 악수(握手)코자 하지 않았다. 이것이 내 42차의 실기(失機)였다.

그리고 그다음 내 본의는 아니었으나 모(某) 도중(島中) 소녀와의 결연(結緣)관계는 내가 그 도중에 가서 15일이나 있으며 무슨 조건이라도 해서 탈출하려고만 했다. 왕심직척(枉尋直尺: 여덟 자를 구부려 한 자를 바르게 폄)[100]이 될까 한 내 행동이었으나, 경제적으로는 내가 이곳

---

[100] 《맹자》 〈등문공하(滕文公下)〉 편에 나옴.

에서 탈출함으로 기권한 것이다. 이것도 내 제43차의 실기(失機)였다.

이다음 서울, 인천에서 왕래하며 곤란을 당하다가 우연한 기회로 후(厚)한 자주(資主: 자금주)를 만나서 단시일에 10여만 원이 입수된 것을 내가 결심이 부족해서 또 실패한 것이요, 그리고 그 자주(資主)의 호의를 받지 못한 것이다. 그 자주는 경남 기장(機張) 이상인(李喪人: 상중에 있는 이씨)인 줄만 알지 명자(名字: 이름)는 기억 안 된다. 이것이 내 제44차의 실기(失機)였고,

그다음 내가 입산코자 할 때에 약간의 준비를 가졌었다. 3~4인의 1년분은 준비된 것인데 의외에 황해도 평산 우씨(禹氏)의 청(請)으로 다시 인천으로 와서 투기에 착수해서 근근 5만~6만 원의 수익을 보았으나, 중개점의 폐문으로 허사가 되어 그래도 혹 이것이 해결될까 하고 시일을 보낸 것이 입산도 못하고 경제적으로 실패하고 또 내가 신병(身病: 몸에 생긴 병)도 나고 여러 가지로 실패한 것이다. 그렇다면 내게 소자본이라도 가정생활에는 족한 것을 낭비하고 또 만주로 가서 정효긍(鄭孝肯) 옹(翁)에게 극친(極親)한 소개장을 가지고도 내 마음이 만주국은 일본이라는 생각으로 정씨는 찾아보지도 않고 내내로 방랑생활을 하다가 돌아온 것이 내 제45차 실기(失機)였고,

서울에서 다시 의생(醫生)허가를 얻어 주마는 호의가 있었고 또 자주(資主)도 있었는데 내가 불응하고 귀향(歸鄉)한 것이 제46차의 실기였고,

그해 동(冬: 겨울)에 모태(某台: 당시의 권세 있는 모 양반)의 지방토지 관리를 청하는 것을 내가 체면상 불응했었다. 이 관리인이라면 1년 수입 각종을 합해서 300~400석의 상당수가 되는 것이었다. 일시적으로는 좀 창피하나, 가족생활은 안정될 것이었다. 경제적으로 보아서는 이

것도 내 제47차 실기였다.

그다음 갑술년(甲戌年: 1934년)에 중부주상(仲父主喪: 둘째아버지 별세)을 당하고 모태(某台: 모 양반)가 서울로 와서 있으며 축일(逐日: 날마다) 상종(相從)하도록 하라는 청이 있었다. 주택은 주겠고 생활은 일부 부담한다고 한 것이다. 그러면 내가 의료방면으로도 좀 수입이 있을 것이라 경제적으로는 좀 나을 것인데 내가 불응하고 귀향해서 그해 1년은 아주 사면초가(四面楚歌: 아주 어려운 처지에 빠짐)였다. 이것이 내 제48차 실기(失機)였고,

을해년(乙亥年1935년)에 벌채 건으로 노력하다가 감정문제로 이손불계(利損不計: 이익과 손해를 따지지 않음)하고 착수해서 그래도 손해는 안 볼 정도였는데 내가 부주의로 친족 간에 신용이 타지(墮地: 땅에 떨어짐)하니 이것이 내 제49차 실기(失機)였고,

병자춘(丙子春: 1936년 봄)에 부득이 내가 또 기미(期米: 미두)에 착수해서 손실복구는 확실성이 있었고 경제토대도 잡을 것을 내 부주의로 일시적 실수가 아주 실패한 것이 내 제50차 실기였고,

그다음 내가 소유했던 하천부지를 처분하지 않아도 무방한 것을 처분해서 소비되고 또 비상금을 낭비해서 수무분전(手無分錢: 수중에 푼돈도 없음)으로 곤란충당(困難充當: 곤란을 채워 메움)하며, 상신(上莘)으로 합산(合産: 재산을 합침)한 것이 일시적 가정불화의 원인이 되었고, 또 가정부업으로 상업하던 것도 가정불화가 다 실패한 것이다. 그러다가 모태(某台: 모 양반)의 토지매매를 계약하고 내가 이것을 아주 지방민들에게 산매(散賣: 소매) 공작을 했다면 상당한 수입이 있을 것인데, 주선력이 없고 또 부정(不正)한 인간들에게 맡기어서 시일이 연장되는 때에 내가 선친 상사(喪事: 장례식)를 당해서 내가 그 계약을 취소했다. 이

것이 수백 두락(斗落: 마지기, 약 200평)의 득실이 있는 것을 실패한 것이다. 그리고 신용도 잃은 것이다. 이것이 내 제51차 실기(失機)였고,

그 익년(翌年) 대구의 자주(資主)가 건재국(乾材局: 한약방)을 신설하자고 청하는 것을 내가 상중(喪中)이라고 불응하고 또 모 여성의 병을 치료하며 그의 청하는 것을 역시 반대하였다. 양심적으로는 당연한 일이나, 경제적으로는 내 제52차의 실기였다.

그 익년(翌年: 이듬해) 무인년(戊寅年: 1938년)은 금광소개 관계로 가장 유력한 자주(資主)를 가지고 모 광주(鑛主: 광업권을 가진 사람)에게도 역시 유력한 조건을 가지고도 소소한 일시적 감정으로 기권하고 보니, 축계망리(逐鷄望籬: 닭 좇던 개 지붕 쳐다봄)격이 있고, 또 군산을 가서 약간의 수입이 있는 것을 또 부지족(不知足)으로 그 당시 곤란으로 보아서는 3만~4만 원이라도 불소(不少: 적지 않음)하다고 볼 것인데, 일시적 오산(誤算)으로 공수(空手)가 되었다. 이것이 내 최후의 경제적 곤란을 당하던 것이요, 이것이 내 제53차의 실기(失機)였다.

그리고 대구로 가서 수삼 개월이나 진력해서 일을 주선해 보았으나, 마음대로 되지 않고 근근 입산자금을 구해서 입산(入山)코자 하던 것을 의외의 마장(魔障)으로 못하고 소비하고 말았다. 나는 무엇보다도 정신수련에 치중해야 하는 것인데, 반년 이상 준비는 충분한 것을 낭비하고 보니 이것이 내 54차의 실기였다.

또 숙부주(叔父主) 상사(喪事)를 당하였다. 그다음 무인년동(戊寅年冬: 1938년 겨울)에 돈암동 토지방매(放賣: 매출)로 별별 사기를 다 당했다. 내가 이 토지를 방매한 것이 내 제55차의 실기(失機)였다.

그 후에 그 지가(地價)가 평당 1,000원 이상이 되었었고 이 토지방매로 인해서 제학공(提學公) 산소 수호(守護)에 고장이 난 것이다. 이것이

내 일생을 통해서 흑점(黑點: 오점이나 흠점)이라고 생각한다. 기묘년(己卯年: 1939년) 춘간(春間)에 비록 잔액일망정, 상신서 토지를 매입해서 작농(作農: 농사를 지음)했으면 10여 두락은 충분한 것인데, 이것을 허욕(虛慾: 헛된 욕심)으로 토지계약을 하다가 잔액을 다 실패하고 재기할 여지가 없이 되었다. 이 당시에 입수된 금액으로 주의해 가며 경제방면에 착수했다면 가정생활은 절대 확보할 수 있는 것을 실패한 것이 내 제56차의 실기(失機)였고,

내가 도일(渡日)해서 각종으로 조사한 방법을 가지고 비장(秘藏)하고 연락, 취차(取差: 차액을 취함)했으면 수입이 상당한 것을 발로(發露)시켜서 내게 수입이 없게 한 것이 내 제57차 실기(失機)였고,

약간의 수입으로 토지를 번번(番番: 갈마들 번) 매수(買收: 물건을 사들임)했다면 기백(幾百: 몇백) 두락(斗落: 마지기) 정도는 충분한 것을 낭비하고, 생활수준을 향상시키지 못한 것이 내 제58차 실기였고,

경진년(庚辰年: 1940년)에 오훈(五勳) 족인(族人)의 복약 시(服藥時)에 나도 다시 복약할 수 있는 것을 낭비로 복약 못한 것이 내 건강상 불충분하게 되고 여러 가지 일에 지장이 많이 생(生)한다. 이것이 내 제59차 실기(失機)였고,

또 오훈 군의 입산 시(入山時)에 나도 불계(不計)하고 입산해야 정신수련을 하는 것이 당연한데, 내가 부주의로 오훈 군의 단독입산을 시킨 것이 내 제60차의 실기(失機)였고,

이것이 신심(信心)이 박약(薄弱)해진 것이요, 교(敎)로도 반(半)이라는 본의(本意)를 잃은 것이다. 이래서 내 정신력이 점점 감(減: 감소함)해지는 것을 자각하겠고, 신체가 점점 약해지는 것도 사실이 증명하게 되었다. 신사년(辛巳年: 1941년)에 대구 가서 치료방식을 좀 진력했다면

장래에 유리한 조건이 많은 것을 내가 노력을 덜한 것이 내 제61차의 실기(失機)였다.

이것은 일개인의 신병(身病)이라기보다 그 세력권이 상당한 지반을 가진 것을 내가 아무리 생각하여도 부주의에서 실수한 것 같다. 이것이 일개인에게 실수가 아니다. 어떤 권(圈)을 중심으로 한 다대수(多大數)에게 실수된 것이라고 생각된다. 그리고 일본 연락도 내가 식생활이 좀 나아지며 중지해 버린 것이다. 그리고 삼상(參商: 인삼 장사)은 상당 유리했으나, 내가 남용(濫用: 함부로 씀)으로 소비한 것이라고 자인하는 외에 타도가 없다. 이 수입을 가지고 가인생산작업(家人生產作業: 집안의 생계수단)에 사용했다면 기백석(幾百石: 수백 석. 1석은 약 쌀 2가마, 160킬로그램)의 토지는 매입할 수 있는 정도였었다. 이것을 남용으로 별 수입이 없게 된 것이 내 제62차의 실기(失機)였다.

임오년(壬午年: 1942년)에 내가 영어(囹圄: 감옥)생활 6개월을 지내고 계미년(癸未年: 1943년)에 다시 정신수양이나 건강회복에 노력하지 않고 여전히 왕래세간(往來世間: 세상을 떠돎)한 것이 내 제63차의 실기였다.

을유년(乙酉年: 1945년) 8.15절(光復節)을 당해서 우리가 발기한 계몽운동이 무엇보다도 온건한 사상이었고, 동지규합(同志糾合)도 이 목표로 나가는 것이 제일 타당하였는데 우리의 본의대로 자근지원(自近至遠: 가까운 데서 먼 데까지)해서 농산어촌(農山漁村)의 중견(中堅: 간부층)들과 악수하고 민족정신을 발양(發揚: 기세를 떨쳐 오름)하며, 일방(一方: 한편)으로 우리의 목적인 산업계발도 해가며 하는 것이 우리 동지회(同志會)의 목적이었는데 물론 관의 간섭도 있었으나, 지하로 하면 얼마든지 할 수 있는 것이었다. 부득이 이를 해체한 것이 내 제64차의 실기

(失機)였고,

한독당(韓獨黨)101)에 입당해서 이왕 당 조직을 한다면 적극적으로 해서 당의 지반이나 내 개인 지반이나를 물론하고 확고하게 해야 옳은 것인데, 형식적으로만 당을 조직해서 지반이 약했었고 또는 도(道)나 각 당부(黨部)와의 연락이 잘 되지 않은 것이 내 실책이요, 무성의에서 나온 것이다. 그래서 당무(黨務)가 확장되지 못하고 당원수가 부족했으며, 정신훈련이 덜 되었던 것이라 타 단체와의 대립도 있었고 자당(自黨) 내의 분열도 보게 된 것이다. 내 실력이 부족한 관계였고 동지규합에 전력을 경주(傾注: 기울여 쏟음) 못한 것도 역시 내 부족이었다. 이러한 기회를 이용해서 얼마든지 발전성을 보일 수 있는 것인데 대한민국이 수립되기까지 별 효과가 있는 성적을 내지 못한 것이 내 제65차의 실기였고,

그다음 내가 서울 태평통(太平通: 현 태평로)에 근거를 두고 동지규합과 청년훈련 등을 해보았으나, 기성인물들이라 여의치 못한 것을 각오(覺悟: 깨달음)하고 본격적으로 나가지 않고 또 중지도 안 한 것이 내 섭

---

101) 한국독립당(韓國獨立黨)은 1930년 1월 25일 상하이에서 결성된 대한민국 임시 정부의 여당이자 대한민국의 보수정당이다. 대한의 독립을 위하여 일본 제국에 대항한 단체로 이동녕 · 안창호 · 이유필 · 김두봉 · 안공근 · 조완구 · 조소앙 등이 중심이 되어 결성되었다. 1930년 출범 초기에는 중국 국민당 정부처럼 이당치국의 체제를 표방하였기 때문에 한국독립당이 곧 임시정부 그 자체였지만 점차적으로 다원주의에 입각하여 임정의 여당 형태로 변하였다. 1945년 광복 후에는 대한민국의 보수정당으로서 활동하였다. 1948년 남북협상과 1949년 김구의 피살을 기점으로 세력이 분열되고 약화되어 당을 이루는 주요 세력이 자유당, 민주국민당, 민주공화당, 신민당 등에 흡수되었다. 1966년에 일어난 한국독립당 내란음모사건으로 인해 이듬해 1967년을 기하여 식물정당 체제를 드러냈고 1970년 2월 3일 해산되었다(한독당 내란음모 사건은 1966년 김두한 의원이 학생들과 한국독립당 당원들을 배후하여 5단계 혁명계획을 수립하고 정부전복을 기도하였다고 한 국가보안법을 이용한 제3공화국의 정치조작사건이다).

세상(涉世上: 처세상) 불가한 일이요, 이런 기회에 방식을 고쳐서 정신계발(精神啓發)과 자가연진(自家鍊眞: 자기 자체의 진실을 단련함)으로 나가면 얼마든지 유효한 것을 알며 인순(因循: 내키지 않아 머뭇거림)한 것이 내 제66차의 실기(失機)였고,

그 익년(翌年) 기축(己丑: 1949년)에 내가 입산(入山)해서 자숙(自肅: 스스로 언행을 조심함)을 못하고 대외에 실신(失信: 신용을 잃음)을 하고 타인들과 화합을 못한 것이 원인이 되어서 강경(江景)사건을 양성(釀成: 조성)한 것이니, 이 기회를 이용해서 정신수련을 전적으로 하고 타인들과 화합을 주로 했다면 우리들의 정신수련에 방해가 없었을 것을 전심전력을 다 못하고 대외적으로도 화합치 못하는 청년들을 감독 못한 것이 나의 제67차의 실기(失機)였고,

곧 상경해서 장교회로 시일을 허송하고 다른 일을 못하다가 만시(晚時: 정시보다 좀 늦음)해서 일을 착수해서 구층보탑(九層寶塔)이 지결정(只缺頂: 단지 꼭대기만 모자람)한 현상으로 6.25 사변을 당했으니, 이것이 내 제68차 실기(失機)였다.

그다음은 내가 피난생활을 하며 소소 복구되는 것을 타인들의 권고로 재향군인회발족에 총노력해서 경제적으로나 정신적으로나 진력한 것이 재향군인회는 발족하고 나는 노이무공(勞而無功: 애쓴 보람이 없음)이 되어 동지들에게 실신(失信)하게 되어 이것이 우금(于今: 지금까지)것 그 상처가 낫지 않은 것이 내 제69차의 실기(失機)요,

그다음에 또 임진년(壬辰年: 1952년) 선거 당시에 타인의 권고로 전후불계(前後不計: 앞뒤를 따지지 않음)하고 나온 것이 적성(赤星)이나 내가 다 실패한 것이다. 실패는 유감이었으나 경재적으로 피손(被損: 손해 봄)이 많고 신용상으로 또 위신상 결점이 되었다. 이것이 내 제70차 실

기(失機)였다.

임진(壬辰: 1952년) 1년에 자숙하고 있었더라도 경제적 손실이나, 정신적 파동은 받지 않았을 것이었다. 경제적으로 자족(自足)은 못하였으나 근근 생계는 보장되는 것을 임진년 망동(妄動: 망령되이 행동함)으로 또 다시 실패하고 말았다. 그리고 계사(癸巳: 1953년) 춘간(春間)에 부산행에서 약간의 물심양면적 복구가 된 것을 도범(度範)한 무계획적으로 일을 착수하다가 아주 진퇴유곡(進退維谷)의 입장이 되어 현상 사면초가(四面楚歌)가 되니, 자숙할 기회를 잃어버린 것이다. 이것이 내 제71차의 실기(失機)라고 생각한다.

금번 실기로 다시 회복하기 아주 곤란한 경계에 있는 것 같다. 정신적으로도 산란해서 수습이 잘 안 되고 또 경제적으로는 해결방책이 보이지 않아서 목전의 파탄(破綻)을 의미하는 것 같다고 생각된다. 과거 55년간을 두고 내가 모사불밀(謀事不密: 모사가 정밀하지 못함)해서 번번이 실패하는 것이요, 계획을 수립하고 그대로 모사를 한 일이 없는 것 같다. 이것이 내 평생의 단점(短點)이요, 장래도 또 이런 일이 있다면 성공하기 곤란하다고 자계(自戒: 스스로 경계하고 삼감)하는 것이다. 물론 70여 차의 실기(失機)에서 혹 자신상으로 보아서는 도리어 득(得)이 있을 실기(失機)도 있을지 알 수 없으나, 대체로 보아서 내가 일을 착수해서 일생을 통해서 순조(順調)로 된 일이 없다고 생각된다. 그러나 이것이 도시 내 운(運)이 부족해서 그런 것이 아니요, 다 내가 설계나 모사(謀事)나 노력이나, 성의가 부족해서 실패한 것이라 71차 실기(失機)가 선천적으로 불가능한 것이 아니요, 후천적으로 내 자신의 부족과 결함(缺陷)으로 해서 생긴 실패라고 자신하는 것이다. 그래서 항상 내 자신을 경계하고 또 내 자신의 반성을 구하는 것이었다. 누구를 원망하며 누구를 의뢰할 것인가? 다만 자신의 정신력이나 물질력의 양성을 해가지고 일의 대(大)나 소(小)를 불계하고 획책한 대로 실행해 보았으면 하는 목적이 있을 뿐이다. 내가 내 실기(失機)를 기록해서 내 스스로의 거울을 삼고자 하는 것이요, 누구에게 '내가 이렇게 경과가 되었소'하고 보고(報告)코자 하는 것은 아니었다. 내가 일생을 지내온 경로(經路)를 회고하건대, 내 자신의 실력 범위에서도 가장 졸렬한 성과를 거두었을 뿐이요, 목적하는 바의 만일(萬一: 만에 하나)도 해당치 않은 것은 도시 내가 실력양성에 치중하지 않고 사업진행에 마음이 급했던 것이 아닌가 한다. 내 비록 55세나 내두(來頭: 장래)도 아주 없다고는 못한다. 그러하면 종말(終末)의 답안이나 아주 불성과(不成果: 이루지 못한 결과)를 내지 말고 이런 실기(失機)가 없이 기회를 놓치지 말고, 1건(一件), 2건(二件)씩이라고 완전한 성공을 해보았으면 하는 바람으로 이 붓을 든 것이다.

갑오(甲午: 1954년) 8월 21일 봉우서우유신초당(鳳宇書于有莘草堂)

*참고: 1920년대 1원은 현재 3만~5만 원 정도. 일제식민시대를 전공한 저자들이 쓴《경성리포트》라는 책을 보면 당시 동양척식 같은 유명한 회사 고급 월급쟁이 60~70원, 대학 전문학교 졸업자 40~50원, 고달픈 일반 월급쟁이 20~30원, 경성 대도시 주민으로 백화점 쇼핑도 하는 등 여유 있게 살려면 최소 40~50원 필요했다고 나옴. 쌀 80kg는 1920년부터 1929년까지 14~21원을 오르락내리락 함, 동경 유학비 월 25원, 1920년대 초 30평 주택이 평균 900

원, 1930년대엔 30평 주택이 6,000원으로 폭등, 미두왕으로 유명했던 반복창이 400원을 1년 만에 40만 원으로 불려 거부가 되었다고 전국이 떠들썩했었음. 그 후 2년 만에 탕진하고 중풍으로 쓰러짐. 당시 미두장(서울, 인천, 강경, 원산, 군산, 목포, 대구, 부산 등) 출입하던 선생님 자금이 얼마나 되는지 가늠할 수 있음.

남 씨의 식가(食價: 음식 값) 독촉을 받고

남 씨의 식가문제는 내가 조건이야 무엇이든지 불계하고 부담한 것이었다, 합계 2만 1,660원이라고 한다. 내가 지금까지 보상한 것이 1만 8,000원이요, 남 씨의 영윤(令胤: 자식) 입학비로 3,000원을 보냈다. 합해서 내가 지불한 것이 2만 1,000원이다. 그런데 이 식가를 내가 무슨 조건으로 부담하였는가 하면 내가 횡성금광 채굴권을 호당(湖堂)이 광주(鑛主)에게서 만든 것을 내가 제2로 호당에게 인수하였는데 이 인수할 당시에 내가 착수하자면 착수금으로 10만 원을 호당에게 지불하기로 하였으나, 이 광산을 이헌규 외 수인(數人: 몇 사람)의 동지가 착수해 보겠다고 해서 내가 이 채굴권을 가지게 된 것이었다. 그런데 이 씨와 그 외 수인이 아주 단념을 하지 않고 있는 데에 호당이 남 씨를 대동하고 와서 남 씨가 현장에서 공사관계로 6만여 원을 부채된 것인데, 이 부채를 받으러 왔으니 미안하나 이 책임을 지도록 해달라고 청하는 관계로, 내가 어찌할 수 없이 부담한 것이다. 그러나 이 광산을 나는 현장을 가서 보지도 않았었다. 그리고 이 씨가 아니면 내가 이 채굴권도 필요가 없는 것이다. 그러나 내가 이런 사정으로 이런 부담을 하고 있는 것은 전연 알지도 못하고, 피일차일(彼日此日: 저날 이날)하며, 수삼 개월을 연장하다가 종말에는 언제 못한다는 말도 없이 만 것이다. 이것이 나는 선공무덕(善功無德: 착한 공이나 덕 없음)으로 부담만 지고 만 것이다.

호당도 그 금광의 채굴권을 양도했으니 당연히 내가 그 금광에 대해서 일체 부담을 잘 하려니 하는 것도 무리가 아니나, 나의 호당을 대한 감(感)은 법적 해석이라고 하느니보다 친우적(親友的) 견지에서 그 곤란을 대신 당한다는 외에는 타의(他意: 다른 뜻)가 무(無)하였다. 내가 호의적으로 해석한 것인데, 하숙주인의 식가독촉은 점점 심하였다. 금일도 왔었다. 물론 채권자적 입장이라 무슨 방식으로든지 자기의 권리를 사용하려는 것도 당연하다고 본다. 그러나 내가 당하기에는 좀 곤란하다. 그리고 남 씨도 내가 자기 식가를 대급(代給: 대신 지급함)하는지 또 한다면 무슨 조건인가를 생각할 여지가 없고, 이 원인이란 이 씨도 자기 관계로 내가 이런 관계가 되어 있는지 알지도 못하고 호당도 보통으로 아는 것이요, 채굴권을 가지고 왜 착수를 안 해서 호당 자신의 수입이 없게 하는가 하는 정도다. 그리고 보면 내가 이 식가를 부담하고 또 하숙주인에게 봉변(逢變)을 당하는 것이 아무 의미 없는 일이요, 또 금의야행(錦衣夜行: 비단옷 입고 밤길 가다)이며, 잘못 만나가지고 내게 돌아오는 것은 아무것도 없다고 본다. 진정한 무의미한 일이다. 그러나 내가 이왕 부담하고 거의 전액을 다 보상한 것을 비록 무의미하다고 중도개로(中途改路)해서 중지할 수도 없는 일이라 무슨 짓을 하든지 일일(一日)이라도 속히 다 보상하고 1건, 1건씩 일을 쥬(?)될 뿐이다. 이것이 내 선후책이요, 다른 방도가 없는 것이라고 생각한다. 이 조건과 교육구 건만 완전히 청산되면 다른 일은 또다시 신규(新規)로 하지는 않을 것이다. 식가(食價)로 금일도 하숙주인에게 독촉을 받고 이 붓을 드는 것이다.

갑오(甲午: 1954년) 8월 21일, 봉우서우유신정사(鳳宇書于有莘精舍)

수필: 남혼여가
(男婚女嫁: 아들은 장가들고 딸은 시집간다)

　가아(家兒: 자신의 아들을 낮추는 말)가 금년이 25세다. 우리 소년시대 같으면 가정생활을 한 지 16년이나 되었을 때가 25세 시대였다. 그런데 현대는 시대의 사조(思潮)도 그렇지 않으려니와, 또 내 사정이나 제 사정도 허(許)하지 않아서 금년도 아직 혼인을 결정 못 한 것이다. 이곳, 저곳서 말하는 곳은 있으나, 아무리 생각하여도 합당처(合當處)가 귀하다. 구시대 말과 같이 덕동세적(德同勢敵: 덕망이나 기세가 적국과 대등함)[102]한 곳이 그리 없다는 말이다. 내편이 비록 부족하나 상대편의 결점을 잘 알고 할 수는 없는 것이요, 또 아주 아무것도 불계(不計: 따지지 않음)하고 혼인을 할 수도 없다는 말이다. 이래서 벌써 오문처(五文處?)의 혼담이 있었으나, 전부 성공을 못하였다. 그렇다고 고어(古語)대로 "바눌(바늘의 사투리)을 허리에 매어서 쓰지 못하는 것이다." 급할수록 충분한 주의를 늘 해서 실수 없이 조사하고, 서로 유사점을 발견한 후래야 비로소 혼담(婚談)이 성립될 것이라고 생각된다. 이래서 충분한 고려를 요하는 중이요, 또는 경제적으로 용허(容許)를 받지 못해서 뇌신(惱神: 정신을 괴롭게함), 뇌심(惱心: 마음으로 괴로워함)이 되는 것이라고 생각된다.

---

102) 무예 경서《삼략(三略)》제2장《중략(中略)》에 나옴.

거기다 또 ○○가 정혼(定婚)되어 사주(四柱) 왕래까지 되었고 택일(擇日)까지 되어서 음(陰) 금년 10월 13일 신시(申時)라고 한다. 부모가 없는 고아를 장양(長養: 오래 기름)하여 혼인까지 하게 되니, 여러 가지 ○○ 자신의 장래를 위해서 걱정되는 것이다. ○○도 금년이 22세다. 신랑 될 사람을 나는 아직 못 보았다. 그러나 신랑, 신부의 면대(面對)에 서로 큰 결점은 없는 것 같다고 하니, 아직은 다행한 일이다. 일자는 점근(漸近: 점점 가까워짐) 준비는 1건도 되지 못하고 그래도 ○○ 자신부터 설마담(?) 부끄럽게는 안 해주려니 할 것이요, 사실도 너무 침체면(浸體面: 체면을 안 차림) 할 수도 없는 일이다. 여기서 내가 걱정이 된다. 더구나 음력 9월 말까지 교육구 부채를 정리하겠다고 부득이 답변해 놓고 일자는 점근하고 백사불성(百事不成: 모든 일을 이루지 못함)이라 무엇으로 교육구 건을 청산하며, 또 ○○ 혼인도 경과할 것인가? 아무리 생각하여도 도리가 없다.

그러나 남혼여가(男婚女嫁: 남자는 혼인하고 여자는 시집감)를 경제문제로 못하는 법은 없다고 한다. 당자(當者: 바로 그 사람)만 적당하면 작수성례(酌水成禮: 물 한 그릇만 떠놓고 혼례를 치름)라도 제 복(福)만 좋으면 잘 산다고 한다. 그러나 내 친생(親生: 자기가 낳은 자식)도 아닌 것이라 더 자격지심(自激之心)이 있기 용이한 것이라 주의, 주의하는 중이다. 나도 ○○나 ○○의 혼인문제나 해결되고 그다음 몸이나 건강하면 설마 천불생무록지인(天不生無祿之人: 하늘은 먹고 살 녹이 없는 사람은 낳지 않음)이라고 무엇을 하든지 지낼 것 같다. 그런데 아직은 혼인준비라고는 1~2할에도 부족하게 준비가 되고 내두에 될 일은 아직 묘연하니 어찌 걱정이 안 될 것인가? ○○건은 시급하니 이 정도라도 준비를 하는 중이나, ○○ 혼수는 아직 꿈도 꾸지 않고 있다. 이것이 부모 된 도리라는 말이다. 내가 회 내(晦內: 그믐 안)에 출장을 해서 음력 9월 말일(末日)까지는 최소한 10만 원은 수입이 되어야 제건(諸件: 여러 일)이 해결될 것인데, 현상으로는 40일간에 3만~4만 원도 난(難)문제일 것 같다.

최후로 부득이하면 부동산을 처분해서라도 일부분 충당해야겠고, 교육구 건은 될 수 있으면 오수(五數?)라도 지불해 볼까 하는 것이다. 운(運)만 아주 없지 않으면 돈 10만 원쯤은 별문제 아니나 금년 1년을 두고 아무 일도 안 되는 때라 걱정이 된다는 말이다. ○○는 이모(姨母)도 있고 외숙(外叔: 외삼촌)도 있으나 그 혼비(婚費: 결혼비용)를 일부라도 부담할 인물은 보이지 않는다. 내가 전담(全擔: 전부 담당)하는 외에 타도(他道)가 무(無: 없음)한 것이다. 여기서 ○○가 그것을 이해하는가 하면 비록 22세나 되었으나 여자라 그런 생각할 혜두(慧寶: 슬기가 우러나오는 구멍)가 아직 없고 다만 아전인수(我田引水)의 사상밖에 보이지 않는 것 같다. 이것도 보통인정(普通人情)이라고 본다. 누구를 원망할 필요도 없고 다 당연한 일이다. 내가 바라는 바는 기한(期限) 전에 아무 일이라도 되어서 교육구 건이나, ○○건이나 지장이 없이 잘 진행되었으면 하는 것밖에는 다른 소원은 없다고 본다. 물론 불구(不久)해서 서모(庶母)일도 있고, 또 명년에는 ○○의 혼사도 있을 것이나, 목전에 개재(介在: 사이에 끼여 있음)한 일이나 해결하기를 주소(晝宵: 밤낮)로 축(祝: 빌음)하는 바이다. 이 정도로 붓을 그치고 일일(一日)이라도 속히 날짜가 지나가기를 바라노라.

갑오(甲午: 1954년) 8월 21일 봉우서우유신초당(鳳宇書于有莘草堂)

수필: 내가 본 3인의 성공담(成功談)

내가 55세가 되도록 경과한 중에서 수건(數件: 몇 건)을 들어서 경험담으로 쓰고자 한다. 내가 본 바에 자기 일생을 무슨 목적을 가지고 일관해서 가는 사람이 그리 많지 않다고 본다. 그리고 우연히 생(生: 태어남)이라가 우연히 거(去: 죽음)하는 부류의 인물이 최대수를 차지하고 있다고 본다. 예를 들어 보고자 한다. 내가 친한 분 중에서 이 예를 들고자 하는 것은 이론보다 실지를 말하고자 하는 것이다. 그 사람의 목적하는 바가 선(善)이건 악(惡)이건을 막론하고 초지관철(初志貫徹)하느냐, 못하느냐 하는 1건(一件: 한 가지)만 가지고 말하고자 한다.

김모(金某)라 하는 사람은 모사환가(某仕宦家: 모 벼슬하던 집안)의 서자(庶子: 첩자식)로 적자(嫡子: 정실자식)들의 천대(賤待)가 자심(滋甚: 더욱 심해짐)하므로 기모(其母: 그 어머니)가 기자(其子: 그 아들)를 축출(逐出: 쫓아냄)하고 성공하기 전에는 귀가(歸家: 집에 돌아옴)하지 말라고 하였다. 김모(金某)는 곧 서울로 왔으나, 별 도리가 없어서 걸식(乞食: 밥을 구걸해 먹음)하고 지냈다. 그러던 중에 모 재상가에 가서 걸식하는데 주재(主宰: 주인)가 보고 그 소아(小兒: 어린아이)가 아주 천생(賤生: 천출賤出, 천한 출신)이 아닌 줄 알고 내력(來歷: 겪어 온 자취)을 문(問: 물음)하니, 김동(金童: 김모)은 사실대로 대답하였다. 적기재(適其宰: 만난 그 재상)는 김동의 부친과 잘 아는 사이라 수양(收養: 남의 자식을 맡아 제 자식처럼 기름)해서 친자(親子: 친아들)같이 교훈(敎訓: 가르치고 깨우침)

했었다. 연장(年長: 나이 먹음)함에 입사(入仕: 벼슬 함)하여 시찰(視察)103)이 되었다. 당시에 기생모(其生母: 그 생모)에게 영친(榮親: 부모를 영화롭게 함)코자 귀향하였더니, 그 모친이 대책(大責: 크게 꾸짖음)하기를 '양(量)이 시찰(視察)에 족한가?' 하고 곧 상경하라고 하는지라 부득이 상경해서 다시 내외직을 지내고 자기 고향 군수로 갔을 때에는 자기 모친은 이미 고인이 되었는데도 그 적형(嫡兄: 적실 형)들이 통지도 안 했던 것이다.

김모의 초지(初志)는 극귀(極貴: 매우 귀함), 극부(極富: 매우 부자)라는 것보다 중귀(中貴), 중부(中富)를 원하던 것이다. 이 김모가 외국영사관에 재직할 시에 모국(某國: 어떤 나라)의 계획정책으로 성공하는 것을 보고 귀국하여, 일동일정(一動一靜)을 계획을 수립하여 45년간을 그 계획대로 초지를 관철했다. 백만장자였고 귀(貴)도 중귀(中貴)는 했고 또 그의 30~40년 전부터 임정(林政: 산림정책)을 온전히 조림(造林)을 시(始)하여 계획적으로 하처(何處: 어느 곳)를 가든지 동일한 방식으로 해서 10만 정보에 밀림(密林)을 가지고 토지도 수십 년 전부터 아주 농산(農産)개량과 토지와 소작의 균등작업으로 정부에서도 못하는 것을 김모 일인이 독자적으로 수십 년을 일일(一日)같이 했다.

한국에서 어느 곳이든지 지주가 소작을 착취하는 것을 예로 하는데, 김모는 수십 년 전부터 토지를 11등으로 분(分)하고 5년간 생산을 평균해서 천재시변(天災時變)이 아니고는 생산을 증산하는 자는 소작료를 감(減)해 주고, 소작지를 증(增: 더함)해 주며, 비료나 농구(農具: 농기구)나 종자는 지주가 선택해서 선제공하되, 이익을 보지 않고 증산과

---

103) 視察使. 지방관의 비리를 색출하거나 조정의 명을 받아 특별 임무 수행. 정3품.

토지의 품위(品位) 향상에 전력을 가하고 생산을 감하는 자는 비록 친족(親族)이라도 그 소작지를 삭감하고 이 토지계획이 잘 되는 데는 수천 두락의 토지를 자작농으로 연부상환(年賦償還: 매년 얼마씩 나누어 갚는 것)을 허(許: 허락함)해 준다. 또 소작료 일부를 %을 정하여 저축해서 소작인들의 비상사태를 대비케 하고 또 이것으로 농구, 비료 등 구매에 공(供: 이바지함)하여 원금보상을 도(圖: 도모)하고 동일한 방식으로 소작료의 %를 정하여 저축하고 이것으로 수리(水利)사업, 양수(揚水)사업, 제언(堤堰: 저수지)사업, 토지개량사업, 수면매립, 하천부지점용(河川敷地占用) 등을 경영하며, 동일한 방식으로 소작료의 %를 정해서 저축하고 이것으로 소작농가들의 부업인 양잠(養蠶)에 대한 일체와 양어(養魚)와 약초재배와 제지(製紙)장려와 ○공업장려와 죽세공(竹細工)장려 등을 아주 계획적으로 수십 년을 일일(一日)같이 하고 자기가 거주하는 곳에도 수만 평의 전토(田土)를 아주 토지개량사업으로 양전(良田: 좋은 밭)으로 변작(變作)해서 게다가 원예(園藝) 일체(一切: 모든 것)를 가족이 분담해서 성적표를 발표해서 가족 전체의 출근부가 있고 또 책임사무가 있어서 1개월 1차의 발표와 반년도(半年度) 1차의 결산을 보고, 1년의 총결산이 있고 상벌이 있고 3년에 1차씩, 6년에 1차씩, 9년에 1차씩 합동발표가 있어서 비록 주부나 여식(女息: 딸)이라도, 또 자손이라도 이 발표에는 다 참가하게 된다.

이 성적으로 봉급의 증감(增減)이 자연적으로 계획대로 시행된다. 또 그리고 임업(林業)도 연년(年年: 해마다) 증가하며 이 가정사무실에도 가주(家主: 집안의 주인)가 사장격이요, 다른 사무원들도 아주 분담해서 농업, 임업, 양잠, 토지개량 등 각종의 기술원이 전문적으로 연구하며, 지도를 한다. 가정생활은 아주 검소하고 아주 근로적(勤勞的)이다. 또 도시에서 건물도 상당히 점유하고 있고 여러 곳에 자기의 농사실험장과 자기 별장을 주어서 주민으로 견습하게 한다. 물론 부업적으로 창고업이니, 극장이니, 식산회사니, 어업회사니, 해산물취급회사니 등을 가지고 있고, 또 주권(株券: 주식)도 많이 가지고 있다.

이 김모가 70이 넘어서 서거(逝去: 죽음)하였는데, 자기 생전보다도 자기 사후에 할 일까지 아주 입법해 놓고 갔다. 이 김모가 비록 자기 일개인의 토지와 소작인을 상대로 이 계획을 수립한 것이나, 자기대로는 초지를 성공한 분이라고 보고 타인 같으면 이 규칙생활을 부호(富豪: 재력과 세력이 넉넉한 사람)로 하지 않을 것인데, 죽기 전까지 자기 수립한 그 계획 내에서 일거일동(一擧一動)을 그대로 했다. 내가 이 김모의 일을 수년을 두고 목견(目見: 목격)한 바가 있어서 대강 기록해 보는 것이다. 그리고 학교도 가지고 사회적 자선사업도 하고 또 위선(爲先: 선조를 위함)사업도 한다. 그러나 이 분의 일생은 다만 초입지(初立志)를 일관한다는 정신이 있을 뿐이었다. 그 인간을 추모하는 것이 아니라 그의 일생을 불변하던 계획완수하는 정신을 추모해서 내가 이 붓을 든 것이다. 그리고 자기 적형(嫡兄)들의 자손도, 또 그 친족들도 자기 수하에 두고 절대로 안일(安逸)과 허영을 꿈꾸지 못하게 하고, 근검저축으로 다 성공했다. 아무렇던 모범인물이다. 이 분도 소실(小室: 첩)이 있었고 서자(庶子)도 있었다. 그러나 소호(小毫)의 차별이 없었고 동일한 취급을 하되 다만 자기가 수립한 계획대로 적자건, 서자건 각자가 실적을 낸 성적발표부 그대로 여기에 의하여 급여라든지 대우가 자연적으로 결정되는 것이었다. 심사방식도 아주 계획에 있어서 자기가 자기 일을 심사해도 공정할 수밖에 없게 되었다. 구식 인물로는 두뇌가 명석한 분이요, 또 그 인내력이나 지구력이 강한 분이다. 다른 백만장자들 같으면 아무래도 향락생활을 안 할 수 없는데, 이 분은 자봉(自奉: 스스로 자기 몸을 보양함)은 아주 검소하였다. 내가 이 분의 계획수립을 다 보았다. 그래서 이 분의 초지일관(初志一貫)을 경모(敬慕: 존경하고 사모함)해서 이 붓을 든 것이다.

그 가족들도 가정(家長)의 처리에 불만이 없지 않으나, 원망은 못한다. 다만 그 이행하기 곤란한 가법(家法)을 수립한 것을 원망할지언정 개인적으로 가장의 처리를 원망하지 않는 것이다. 가장은 다만 기계적으로 동할 뿐이요, 또 감독할 책임이 있을 뿐이요, 가장 자신이 성적표에 점수를 주는 것이 아니라 각자가 자기의 소행을 회고하면 그다음에 자기에게 올 발표가 어느 조항으로, 어느 자리까지 갈 것을 예측하게 되는 고로, 소호도 용서받을 일도 없고 은휘(隱諱: 꺼리어 감추거나 숨김)할 수 없게 되는 것이다. 가족 전체와 사무원 전체가 그 채점을 같이 하는 고로, 서로 서로 개과(改過: 잘못을 뉘우치고 고침)하기를 권할지언정 채점에 사정(私情: 개인의 사사로운 정)이 개입 못하게 된다. 그 계획이 정밀하게 되었다는 것을 알았으나, 이것은 아주 형정지학(刑政之學: 형사학)에서 나온 것이요, 도의적으로 정신훈련 방식이 좀 부족했던 것 같다고 나는 평해 보았다.

임업계획도 이 농지계획 같지는 않으나, 역시 각기 소재의 산의 적당한 장양(長養)하기 용이하고 후일 가치가 있을 임목(林木: 숲나무)으로 조림시키고 약 40년간 계획을 수립해서 연차(年次) 벌채를 하게 하고, 또 아주 궁협(窮峽: 깊고 험한 산골)에는 제지(製紙)원료를 많이 재배한다. 그래서 또 약초재배를 장려한다. 해서 임업계획도 종묘장(種苗場: 식물의 씨앗, 모종, 묘목을 심어 기르는 곳)을 자기가 경영해서 적당한 종묘를 배부하는 것이다. 일방 해변에 거주하는 관계로 염전(鹽田)도 하고, 어업도 한다. 이것이 다 자기계획 수립이 있는 것이다. 그러나 우리나라 부호들이 흔히 하는 대금업(貸金業: 돈놀이)은 하지 않는다. 소작인들은 김모의 토지를 경작해서 정한 소작료가 된 후에 토지개량이나 비료와 자기의 노동력으로 증산해서 배액(倍額: 두 배의 값) 이상을 증산해도 정한 소작료 외에는 소호도 가함이 없고 상금과 경작지를 증급(增給: 품삯을 올려 줌)한다. 그래서 근로를 더하게 한다. 나농(懶農: 게으른 농가)들은 불구(不久: 머지않음)해서 소작을 변경하므로 그 토지 소작인들 거의 다 근농자(勤農者: 부지런하게 농사짓는 사람)가 된 것이라고 한다.

김모는 내 인친(姻親: 사돈)이 되는 사람이다. 그 성명은 내놓지 않고 이 정도로 기록해서 그의 초지일관을 말하는 것이다. 이 분은 그래도 계획을 수립하고 초지를 달성한 분이요, 또 그 계획이 합법적이라는 것이다. 이 계획은 개인이 아니라 구일(舊日: 옛날) 같으면 행정부에서도 그대로 한다면 효과가 있을 것이라고 본다. 세입(歲入), 세출(歲出)과 예산이 아주 정해져서 %로 있고 또 예외로는 비상저축도 역시 %가 있어서 이것도 연년 증가하는 것이었다. 그가 노경(老境)에 만여 석(萬餘石)의 소작료와 5,000여 두락의 연부(年賦)수입이 있고 1,000여 호(千餘戶: 1,000여 가구)의 가옥과 수십만 주의 주권(株券)과 10여만 정보의 조림(造林)이 있었다. 그러나 자기 자봉(自奉)은 농촌의 소작인으로 10석 수입이 있는 소가족보다 낫지 않다. 그가 말하는 바는 내가 소시(少時)에 이 계획을 수립해서 성공하는데 자미(滋味)를 가지고 있는 것이요, 여기서 수입된 것과 저축된 것은 당연히 이 나라, 이 백성이 쓸 것이라고 말하였다. 내가 무슨 연고로 초지(初志)에 위반하는 호화생활을 할 것이냐고 여전히 검소하였다. 또 근로정신을 그대로 가졌다. 이

것이 그리 용이한 일이 아니었다. 다만 이 분이 자기 소작들을 상대로 하지 말고 사회적으로 공개하였다면 얼마나 (더) 효과적이었을까 한다. 다음 시간이 있으면 이 분의 수립했던 계획 전모(全貌)를 기록하고자 한다.

이다음은 단순한 입지(立志)로 초지일관한 모옹(某翁: 어떤 노인)의 경험담을 기록해 보자. 모옹은 극빈가에 출생해서 6세 시에 내간(內艱: 어머니의 죽음)을 당하고, 그 부친과 같이 걸인(乞人: 거지)생활을 하다가 흉년을 당해서 그의 부친이 행려(行旅) 사망으로 노변(路邊: 길가)에 매장된 후에 옹의 연령이 겨우 10세였다. 걸식(乞食: 구걸해 먹음)을 중지하고 고인(雇人: 고용인)생활로 충복(充腹: 배를 채움)을 겨우 하였다. 그 당시부터 호언장담(豪言壯談: 호기롭고 자신 있게 말함)하기를 나는 장래에 만석군(萬石君, 만석꾼)이 되리라고 상언(常言: 늘 하는 말)이 그랬다. 동료들이 별명을 만석군이라고 칭호하면 아주 만석군연(然: 그러함)하게 대답하였다. 고인(雇人)생활하는 부락에서 읍시장까지 거리가 수십 리가 된다. 그런데 왕래 시에 대소변을 하면 꼭 좋은 전답에다 하고 장래 내 소유에다가 소변한다고 하여 한 토지에는 두 번 대소변하는 법이 없었다. 동행들이 시장에 갔다 오면 노상에서 조롱한다.

"저 토지도 상답(上畓: 상등의 논)이니, 자네 저 땅에는 대소변 안 하려는가?" 하면

"왜 하지 안 해?"

하며 반드시 소변이라도 한다. 그러는 중 10년을 고인생활을 하고 있었다. 그래서 친구들이 고인생활을 그만두라고 권했었다. 그러나 옹

은 반대하고 10년을 더 고인생활을 더했다. 그리고도 또 자립을 하지 않고 7~8년간이나 고인생활을 더하고 그다음에 비로소 자립을 시작했다. 27~28년간 고임(雇賃: 고용인 임금)은 전부를 지주층에 방매(放賣: 내놓고 팖)하고 있었던 것이었다. 자립이 시작되자 약간의 토지를 매입해서 경작으로 식량 정도를 하고 방매하였던 것은 전부 수집해서 이것으로 고리대금업을 하고, 일변 상업으로 한 것이 10년이 못 되어서 자기가 왕래하며 대소변을 보던 토지는 다 자기 소유가 되고 또 10년 만에 이 대금(貸金: 돈을 꾸어줌)방식을 불변하여 토지만으로도 4만~5만 석군이요, 금전으로도 영남에서 유한(有閑) 거부(巨富)였다. 이 사람은 초지(初志)가 아주 만석군이었다.

왜 근 30년을 고인생활을 했는가 하면 10년 정도의 고임(雇賃)으로는 자립이 겨우 되는 관계로 고임 10년간 복리로 가장 유력한 농가에다 주었던 것이요, 또 20년에 근(近)한 고임도 역시 여전한 방식으로 방매해서 자립할 때에는 자기 자본의 1%도 못 되는 것을 가지고 시작을 하고, 또 이 자금 전부를 가지고 무천매귀(貿賤賣貴: 싼값에 사서 비싸게 팖)하며 고리대금(高利貸金)을 여전히 해도 자기는 아주 자봉(自奉)이 검소해서 고인생활 때나 별 차이가 없었고, 자기가 걸식 시(乞食時)에 가졌던 심리를 변하지 않았다. 옹이 90이나 되어서 이 세상을 버렸다. 자손이 만당(滿堂: 집안 가득함)하고 복(福)이 구비(具備: 모두 갖춤)하다 한다. 그러나 옹의 말년 부호생활은 초년의 굳은 결심과 입지(立志)의 결정체라고 본다. 타인 같으면 고인생활 중에도 고임을 소비하는 것이 예(例)요, 또 소비 않는 사람이라도 자기 자립할 만하면 그 자금을 가지고 근근 생활을 하더라도 고인생활을 계속 하지 않는 것이 상례이다. 남의 소작답이나 얻고, 초가삼간이나 사고 급한 농량(農糧: 농사짓는 동안 먹을 식량)만 되면 고인생활은 누구든지 안 하는 것은 보통이라 겨우 생활을 하는 관계로 여유가 생기지 않아서 연년 수지(收支)가 맞지 않고 빈궁생활을 계속하는 것이 현 농촌 노동생활의 상례라고 보는데, 옹은 충분한 자금을 획득하기 위해서 인내하며, 30년이라는 긴 세월을 하루같이 인내하며, 혹 기백석군(幾百石君)이나 기천석군(幾千石君)의 초지가 아니라 만석거부(萬石巨富)가 되고자 입지했던 것이라 만석군이 될 만한 기초가 잡히기 전에는 천신만고(千辛萬苦)를 다 달게 여기고, 목적일관(目的一貫)으로 매진한 것이다.

이 옹의 입지라는 것이 아주 단순한 만석군이라는 부호(富豪)에 그 쳤으나, 초지일관하여 성공함에는 틀림없다. 그래서 내가 이 옹의 사실을 기록해 보는 것이다. 내가 이 옹을 알고 이 옹에게서 직접 경험담도 듣고 또는 내가 그 옹의 생활을 시작할 시대에도 별명이 만석군이라는 사람이 신(新)살림을 한다는 말을 처음 듣고 그 후의 그 사람의 해나가는 것을 주의해서 본 결과가 그 사람의 경험을 기록해 보는 것이다. 이 옹이 무천매귀(貿賤賣貴)하는 것도 여러 번 보았다. 물가지천(物價至賤: 물가가 아주 떨어짐)하면 매치(買置: 사둠)한다. (그러면) 반드시 반상(反上: 반대로 오름)하는 것이다. 기미년(己未年: 1919년)에 토지매매관계로 옹과 접촉이 많이 되어서 옹의 소행을 잘 안다. 옹의 초지일관으로 성공했다는 것을 내가 말하고자 함이요, 그 옹의 인물을 평하고자 함이 아니다. 옹의 성(姓)은 이(李)라고 하며, 대구에서 유명한 부자다. 자기 초지를 일관하는 도중에 그의 행사(行事: 일을 행함)가 선(善)이건 악(惡)이건을 구별한 것이 아니라 다만 그의 (초지)일관정신으로 성공했다는 것이다.

그다음 또 1건의 경험담을 쓰기로 하자. 홍(洪)이라는 친우(親友)다. 여러 방면으로 보아서 사회적으로 자격의 인정을 못 받는 사람이다. 학식도 부족하고 또 인격도 부족하고, 또 체력도 아주 약해서 노동할 자격도 없고 신언서판(身言書判)이 다 부족하나, 다만 사족(士族)의 후손이요, 양심은 있는 친구다. 이 사람이 모읍(某邑)에 와서 약국 봉사(奉事)로 있었으나, 별 능력이 없어서 겨우 구복지계(口腹之計: 생계)에 그치었다. 그러는 중에 모 상점으로 전업했으나 호구(糊口: 입에 풀칠)가 겨우 되는 직업이었다. 그러던 것이 이 상점이 패망하여 그나마 실직하여 아주 낙망하는 것을 내가 목도(目睹: 목격)한 것이었다. 나 역시 실패 후라 어찌 할 수가 없었고 다만 마음으로는 동정을 금치 못하였다. 그 후에 전문(傳聞: 전해 들음)하는 바에 의하면 자기 고향으로 가서 가족들과 있다가 생활을 유지할 도리가 없어서 파산하고 야간도주하였다고 한다. 무슨 죄를 진 것이 아니라 남이 부끄러운 관계였다.

그 후 5~6년 뒤에 내가 군산을 갔다가 도중에서 보니, 아주 남루한 의복에 생선롱(生鮮籠: 생선을 담은 대그릇)을 어깨에 메고 지나는 것이 홍군(洪君) 같다. 그래서 내가 반가워서 대호(大呼: 큰소리로 부름)하니 불문(不聞: 듣지 못함)한 것같이 질행(疾行: 빨리 감)한다. 내가 부르는 소리를 불문했나 하고 내가 속보(速步: 빠른 걸음)로 추급(追及: 뒤쫓아 따라붙음)하나, 사실은 듣지 못한 것은 아니요, 홍군이 나를 선견(先見: 먼저 봄)하고 자기 행색이 남루해서 피하고자 하던 것이다. 그런데 내가 부르니, 더구나 질행(疾行)하는 것을 내가 본디 속보라 할 수 없이 만난 것이다. 둘이 서로 경과를 이야기하고 홍군의 현상을 물으니, 홍군이 말하기를 현상은 호구는 족족(足足: 여유가 있음)하나, 아직 친구들 만나기는 미안해서 피신하려 했다고 한다. 그래서 내가 군의 주택까지 가

자고 청했다. 사실은 둘이 가는 중에 생선은 다 팔고 또 일모(日暮: 날은 저물음)하였다. 홍군이 그러자고 하면서도 난색이 있었다. 그래서 말하기를 군가(君家: 홍군의 집)에 가자는데 왜 난색이 있는가 하고 물은 즉, 홍군이 답하기를 "우리 가족들이 집취(集聚: 모임)해서 결심한 바 있었다. 그런데 군(君: 봉우 선생님)에게 미안해서 그런 것이다"라고 한다. 무슨 연고(緣故: 사유)인가 하고 물으니, 웃고 대답을 않는다.

그러는 중에 군가(君家: 홍군의 집)에 당도(當到: 어떤 곳에 다다름)하였다. 말이 집이지 근일(近日) 판옥(板屋: 판잣집)만도 못하게 풍우(風雨: 비바람)만 피할 정도였다. 내가 말하기를 집은 알았으니 다시 찾으마 하고, 작별코자 한 즉 홍군이 일야동숙(一夜同宿: 하룻밤 같이 잠)하며 경과사(經過事: 지난일)나 서로 말하자고 붙들어서 석반(夕飯: 저녁밥)을 같이 하게 되었다. 석반(夕飯)을 대해서 홍군이 말한다. 사실은 이 식사 관계로 형의 오는 것을 미안(未安)이 생각했다고 한다. 하고(何故: 무슨 까닭)인가 하고 문(問: 물음)하니, 홍군이 사실대로 말하리라고 말을 시작한다. 고향에서 파산하고 야간도주(夜間逃走: 밤새도망)한 후로 홍군만 독신으로 군산에 와서 노동생활을 하나, 본디 체약(體弱: 몸이 약함)해서 호구(糊口: 입에 풀칠)가 못 되는 고로 생선장사와 야채상을 하니, 그 수입이 초유(稍裕: 조금 넉넉함)하나 전 가족을 생활할 수는 없어서 아우들은 아직 외가에 두고 부모와 자기 부인과 아우 1인(一人)만 와서 5인의 가족이 되었다고 하며, 5인이 결의하기를 1인(一人)이라도 일을 하지 않으면 호구하기 곤란하고 또 생활을 절약하지 않으면 장래 희망이 없으니, 가족 개로제(皆勞制: 모두 일하는 제도)와 음식, 의복의 절약을 하되 10년간 육식(肉食)을 폐하고 채식으로 하고 10년간을 백미식(白米食: 쌀밥 먹음)을 말고 싸래기104)로 밥을 지어 먹는 것이 죽(粥)보다도 경제가 된다고 결정하고 의복은 최악의(最惡衣: 가장 나쁜 상태의 옷)로 다 된 후에 1건(一件)씩 신제(新製: 새로 만듦)하고 수입은 각자의 3분의 1을 저축하자고 한 것이다. 이 석반이 싸래기밥이요, 또 채소뿐이라 미안해서 집으로 가자고 못했으나

"(봉우)형이 빈천지교(貧賤之交: 가난하고 천할 때 가깝게 사귄 사이)를 불구하고 이렇게 찾는데 관계없을 것 같아서 우리의 결의한 것을 불변하고 이대로 석반(夕飯)을 제공하는 것일세"

한다. 내가 말하기를

"이런 결심으로 나간다면 10년을 인내하고 성공하기 바라네"

라고 말하였다. 일야동숙(一夜同宿)하며 가족들의 경과담도 듣고 내 소회(所懷)도 말했던 것이다. 그런지 3년 만에 군산을 갔다가 노상에서 또 (홍군을) 만났다. 당시는 구루마에 생선을 실리고 자기도 생선그릇을 목편(木片: 나뭇조각)으로 어깨에 메고 가는 것을 보고 "주소가 여전한가" 하니, "그렇다" 한다. 야간에 심방(尋訪)하겠다 하고 기야(其夜: 그 밤)에 심방하니 주소는 불변하였다. 그러나 가옥은 현 판옥(板屋)으로 방이 5개나 되고 가족 전체가 다 집합한 것 같다. 형제가 5인이요, 홍군이 4인의 자녀가 있다. 학교 통학들도 하고 선번(先番)에 같이 있던 계씨(季氏: 남동생)는 일본인에게 신용을 얻어서 1,000여 석 받는 토지의 농감(農監: 지주를 대신한 농사감독)으로 가고 자기도 여전한 생활을 하는데 당시는 자금이 좀 있으니, 수입도 부지중 나아져서 우리가 10년만 결심대로 한다면 약간의 기초는 되겠다고 한다. 당시 가족 6인의 고정되어 3할 저축한 통장과 또 융통자본인 6인 각자의 통장을 보여

---

104) 알이 덜 여물어서 물기가 많고 말랑한 벼를 찧은 쌀.

준다. 물경(勿驚: 놀라지 말라)하라! 생활난으로 야간도주하던 가족으로 홍군의 저축통장만 5만여 원이요, 융통자본통장이 7~8만 원이 된다. 다른 가족도 다 상당액을 가지고 있다. 도리어 농감으로 나갔다는 홍군의 계씨통장은 10년 결의라고 홍군에게 신탁(信託)한 것인데, 두 통장을 합해서 3만 원 정도였다. 홍군의 말이 현상으로는 생활은 자족할 것 같으나 일년 반을 경과해야 만(滿) 10년이 되는고로, 그때에 다시 가족회의를 하고 결정하겠다고 하며 가족들이 자미를 붙여서 열심히 일을 하며 악의악식(惡衣惡食)에 조금도 권태성(倦怠性: 게으름이나 싫증 등의 성향)이 보이지 않는다고 한다. 홍군의 부인의 통장도 저축이 2만여 원이요, 융통자금이 2만여 원이다. 그 부친도 저축 2만 원이요, 융통이 1만 5,000원이었다. 홍군 모친의 저축이 만여 원이요, 융통이 만 원이었다. 그 계군(季君: 홍군의 동생)도 저축이 만여 원이요, 융통이 만여 원이었다.

당시에 토지가격이 1두락 상답(上畓: 상등 수준의 논)이면 100원 할 때다. 그런데 꾸준히 10년을 채우기 위해서 가족이 단결되어 이만한 성공을 하는 것을 보고 나는 감사하게 생각하였다. 그리고 그들의 경험담이 얼마든지 있다. 상업묘결(商業妙訣)도 있었다. 홍군이 패가(敗家: 파산) 당시에는 그의 양심만 동정하였으나 그 후 군산에서 만난 후로는 군의 인내력과 또 가족의 단결을 시키는 화합력과 입지(立志)를 불변하는 그 견고한 의지, 어느 방면으로 보든지 패가한 사람들에게는 아주 모범인물이라고 본다. 내가 빈궁동지(貧窮同志: 가난한 동지)들에게 홍군의 사실을 여러 번 말했으나, 1인도 효칙(效則: 본받아 법으로 삼음)하는 사람을 못 보겠고 자기들 입지나 인내력과 지구력과 단결력은 생각하지 않고 그 사람의 운이 좋아서 그런 것이지 사람마다 그렇게 용이하게 되는 것이 아니라고 흔히 말하는 것을 보았다. 그 사람들의 부족한 점은 공상(空想)을 실현(實現)으로 옮기지 못하는 데 있는 것이라고 본다.

내가 이상 3인의 경험을 쓴 것은 1인(一人)은 명석한 두뇌와 지식수준이 좀 높은 사람으로 정밀한 계획을 그대로 실현한 것이요, 1인은 당초부터 빈궁(貧窮: 가난해서 생활이 어려움)에 원한을 품고 단순한 부자가 되겠다고 입지(立志)하고 수단을 불택(不擇: 가리지 않음)하고 부자 되는 일이라면 다해 본 것이요, 1인은 별 인격이나 자격이나 지식도 없으나 파산하고 야간도주 당시 충동된 바가 있어서 가족적으로 부지중 단결이 되어 10년이라는 세월을 짧다고 결심하고 그들의 파산의 치욕을 세(洗: 씻음)하려던 것이다. 이상 3인의 일관초지(一貫初志)라는 경험을 기록하는 것은 인격의 상하(上下)나 자질의 청탁(淸濁)이 있는 고로 예를 들기 위해서 3인만 들어 본 것이다. 그 외에도 입지전중(立志傳中) 인물로는 얼마든지 있으나, 후일 다시 기록하기로 하고 붓을 그치노라.

갑오(甲午: 1954년) 8월 22일 봉우서우유신초당(鳳宇書于有莘草堂)

수필: 한낱 포의한사(布衣寒士)의 불평강개(不平慷慨)

　순(舜)은 호문(好問: 묻기를 좋아함)하시며, 호찰이언(好察邇言: 천근한 말도 잘 살피길 좋아함)하시대, 은오이양선(隱惡而揚善: 나쁜 점은 덮어 주시고 좋은 점은 드러내 주심)이러시다라고 기덕(其德: 그 덕)을 찬양하였다.105) 순(舜)은 박채중의(博採衆議: 널리 여러 사람의 의견을 들어 채택함)하시면서도 타인의 단처(短處: 모자라는 점)나 결점은 말하지 않으셨다고 하는 것을 《서전(書傳)》에서 보았다. 그러나 우리들은 그런 아량이 없고 또 포용성을 가져야 할 지위도 없고, 한낱 포의한사(布衣寒士: 벼슬이 없는 가난한 선비)라 위언위행(危言危行: 위태로운 말과 행동)을 거칠 것 없는 사람이라 재상자(在上者: 위에 있는 사람)들이나 또는 사회질서를 불안하게 하는 사람들의 비행(非行)을 말하지 않을 수 없다고 본다. 나도 물론 위정자가 보통만 되는 시대라면 강호(江湖)의 일한객(一閑客: 한가한 손님)으로 세로득실(世路得失: 세상살이의 이해득실)을 말할 필요가 없다. 그러나 현 사회의 위정자들은 좀 변태성을 가진 사람들만 집단된 것이 아닌가 하고 의심할 정도의 인물들이라 우리 민생문제상 커다란 불안감을 가지고 있는 관계로 그 특수대우를 받는 인간들과 또 위정자로 자처하는 인간들의 비행을 주시 안 할 수 없다고 생각해서 또 내가 그자들의 소행의 왜곡이 있음을 보고는 은오양선(隱惡揚善: 나

---

105) 《중용(中庸)》 6장에 나옴.

쁜 점은 덮어 주고 좋은 점은 추켜세움)하시는 대순(大舜)의 덕행(德行)을 본받을 수가 없어서 그대로 필주(筆誅: 남의 죄악, 잘못을 글로 써서 책망함)를 내리는 것이다.

예를 수건(數件: 여러 건) 들기로 하자. 그 사람들도 자기들이 범행하는 비행을 가리기 위해서 무슨 방패든지 들고 나오는 것은 사실이다. 그러나 그들의 귀착점을 보면 판연(判然: 확실히 드러남)히 알게 되는 것이다. 역사상으로 보면 전쟁이라는 것을 성인도 하고, 영웅도 하고, 걸주(桀紂) 같은 폭군들도 하고, 그 외에도 각양각종(各樣各種)의 이유와 명목으로 되나, 전쟁은 폭군이나 영웅이나 성현들이나 다 승리를 목표하고 하는 것은 동일하고, 다만 전쟁의 귀착점이 선(善)이냐 악이냐의 구분으로 역사가 정평을 내릴 뿐이요, 백성들은 아무 전쟁이나 다 동일한 민생고를 받는 것도 사실이다. 폭군이 하는 전쟁에도 승리가 있고, 영웅이나 성현이 하는 전쟁에도 패전이 있다. 그러나 그 전쟁의 목적이 정(正)이냐 부정(不正)이냐에 있을 뿐이다. 백성들이야 초상지풍(草上之風: 풀 위의 바람)106)이라 종풍이미(從風而靡: 바람을 따라 쓰러짐)할 뿐이나, 동일한 민생고를 받을 바에야 명정언순(名正言順: 명분이 바르고 말이 사리에 맞음)한 전쟁에 참(參: 참가함)하는 것이 가치가 있다는 말이다. 역사적으로 보면 승리자도 유취만년(遺臭萬年: 영원히 나쁜 냄새를 남김)하는 수가 있고 패망한 자도 유방백세(流芳百世: 오랫동안 향기를 흘림)하는 수가 있지 않은가? 내가 이 책을 쓰기 시작하며 공적, 사적으로 또 내가 시간의 여가가 있는 때에 한해서 일의 거세(巨細: 거대

---

106)《논어(論語)》〈안연(顏淵)〉편에 나옴. ……君子之德風, 小人之德草. 草上之風, 必偃 (군자의 덕성은 바람과 같고, 소인의 덕성은 풀과 같기에 풀 위에 바람이 불면 풀은 반드시 눕는 법이다).

함과 세소함)를 불문(不問)하고 이문목격(耳聞目擊: 귀로 듣고 눈으로 봄)
의 일을 그대로 쓰며, 현행 정부의 위정(爲政)하는 방식의 왜곡을 주로
많이 쓴 것이다. 그 외에도 계몽(啓蒙)사업을 목표로 쓰는 일도 있으나,
대체로는 불평강개(不平慷慨: 의롭지 못한 것을 보고 의기가 복받쳐 원통하
고 슬픔을 참지 못함)가 제1위를 차지하고 있다. 이번에도 또 예를 들자
는 것이 남의 선(善)을 말하는 것이 아니라 그들의 비행을 말하고자 하
니, 이것이 나로서는 위언위행(危言危行)이라는 말이다. 본문제에 들어
가서 두어 가지 쓰기로 하자.

국가에서 시정(施政: 정치를 시행함)방침이 국산 애용하는 것과 장려
하는 것은 당연한 일이다. 그런 고로 국산애용이라는 호방패(好防牌)를
가지고 내논 무기가 부정(不正)하다는 말이다. 서울, 시골을 물론하고
현상으로 애용되는 미제품(美製品)을 전부 사용금지는 하지 못하고 다
만 양권련(洋捲煙: 양담배, 미국산 담배)에 한해서 선차(先次) 서울서만
압수한 것이 물경(勿驚) 3만 5,000포(包)다. 이것을 압수한 관리가 경찰
과 전매국원들이다. 이 숫자가 그자들의 수중에서 나오지 않은 것이
얼마나 되는지 알 수 없으니, 양권련 소매(小賣)하던 행상들의 총 손해
액은 3만 5,000포의 배(倍)인지, 3배인지 알 수 없을 것이다. 내가 말하
고자 하는 것은 국민들이 미제품을 애용하지 않을 만큼 정신적으로 계
몽하는 국가방침은 없고 다만 소소 자금으로 호구(糊口)를 하는 양권
련상(商)들에게서 총 생명선을 졸지에 압수해서 국산애용정신이 계몽
되는 것인가 하면 그렇지도 않고 양권련상들의 원성(怨聲)만 높을 뿐
이요, 여전히 양권련 애용가들은 그대로 애용하게 되는 것이다. 그렇다
면 압수의 효과가 없는 것이라고 본다. 양권련 애용자들부터 이것을
사용하지 않고 국산을 애용하도록 계몽사업을 하고 또 양품상들부터

동일 상업이면 국산품상을 하도록 자진성(自進性: 스스로 나서는 성품)을 내게 완전히 계몽하는 것이 정치인으로 당연한 일이 아닌가 한다. 직접 소비자에게는 하등의 주의도 없이 상인들만 압박적으로 압수를 한다는 것이 행정자의 최선이 아니라는 것을 말하고자 하고, 더구나 이 압수품 처리가 어떻게 되었는가 하면 이 압수품을 자유당에서 일선 장병 위문용으로 정부와 교섭해서 무임(無賃: 임금이 없음) 불하(拂下: 국가나 공공단체의 재산을 민간에 팔아넘기는 일)를 했다. 어찌 생각하면 이상하다고 생각된다.

이 목적이 국산애용에 있다면 더구나 국지원기(國之元氣: 나라의 으뜸 기운)인 일선 청장년 장병들에게 당연히 국산품으로 위문할 일이지, 하필 양권련으로 할 필요가 어디 있는가 하는 불안감이 없지 않았다. 그 다음 민의원들이 일선장병 위문행이 있어서 혹 이 장병들에게 자유당에서 일선위문품으로 양연(洋煙: 양담배)이 다량이었는데, 도착되었는가 탐문(探問)했으나 전연 사실이 없다고 한다. 그래서 일선 시찰에서 다 물어보니 전연 사실무근이라고 한다. 그렇다면 내가 말하는 국산애용정신을 앙양(昂揚: 드높이고 북돋움)시키기 위해서 이 양연을 위문품으로 사용하지 않았다면 그래도 정신만은 좋은 일인데, 현상을 보면 무임불하를 많은 것을 시장에다 암취인(暗取引: 비밀리에 끌어당김)으로 거의 다 도로 나온다 하니, 이 행동이 자유당에서 정당하다고 자인하는 것인가? 또 무슨 이유가 있는가? 또는 사실무근한 일인가 알고 싶다. 이 사실이 모 신문지상에 발표됨으로 자유당에서 일언반사(一言半辭)가 없고 자유당계 신문지상에다 이것은 사실무근이요, 중상모략(中傷謀略)이라고 했다. 그러나 모 신문사에서는 증거를 들어서 공격했고 자유당계 신문사에서는 그저 사실무근이라고만 했지 확실한 증거를 못 들었다. 백성들로 보기에는 세(勢) 좋은 여당인 자유당 행사(行事)라 모 신문이 보도하는 것이 사실일 것이라고 믿는 외에 타도가 없다고 생각된다.

그렇다면 국산애용의 방패하에 나온 양연(洋煙: 미국산 담배) 압수의 귀착점이 어느 곳으로 갔는가? 현명하신 백성들은 판단을 내리시라. 자유당 간부들도 이런 사실을 묵과(默過)말고 전 책임을 지고 자숙(自肅)하라. 이 일은 비록 경제적으로 소소(小小)한 일이다. 채전(菜田: 남새밭)에 방분(放糞: 똥을 눔)한 견(犬: 개)과 동일해서 다른 일도 다 그렇거니 하고 백성들이 신임을 안 하리라는 말이다. 국의 일시(一匙: 한 수저)로 전정(全鼎: 전체 솥)의 미(味: 맛)를 다 알고 표(豹: 표범)의 일반문(一斑紋: 무늬 한 점)으로 전 표문(全豹紋: 전체 표범무늬)을 상지(想知: 생각해 앎)할 수 있는 것이다. 행정부의 행사나 여당의 행사로 일건(一件: 한 가지)의 미미한 일이나, 신용을 실(失: 잃음)하는 데는 족족(足足)한 것이다.

이와 동일한 사실이 비료(肥料)에도 있다. 연초(煙草)는 양연(洋煙)이 아니라도 국산으로도 흡연할 수 있는 것이나, 비료는 국산이 없고 할 수 없이 외국산으로 사용하는 것을 특수계급에서 매치(買置: 사 둠)한 것을 자유무역으로 또 외국에서 비료가 들어오니, 특수층의 상업이 되지 않아서 이것을 방지하는 관계로 비료대가(代價: 대금)가 7~8배의 앙등(昂騰: 등귀騰貴, 뛰어오름)을 보고 있다. 자유무역으로 환원한다면 농촌에서 저가 매입할 수 있는 것을 행정부에서 특수층의 이익을 주기위해서 백성 전체의 손해를 불고(不顧: 돌아보지 않음)하고 비료의 자유무역을 방지함으로 그 이익이 어느 곳으로 가는 것인가 하면 이것도 자유당 간부들의 수익이라고 한다. 이것은 위정자들의 안중에는 백성이 있는 것이 아니요, 자기들의 여당인 136당인 자유당이 있을 뿐이라고 본다. 그리고 자유당 간부 진영들도 자당의 이익이라는 것만 생각하지 전 국민의 이손(利損: 이익과 손해)을 불계(不計)한다는 확증이라고 본다. 이와 유사한 사실이 또 있다.

근일(近日) 인견사가(人絹絲價: 재생섬유 인조견사 값)가 폭상(暴上: 갑자기 오름)되어서 내용을 알아보니, 현재 다량의 인견사가 부산세관까지 와 있으나 이것이 상륙하는 날이면 인견사를 소지한 분들의 이익에 관계가 있을까 해서 이 물건을 밀수입이니 무허가니 하며 상륙을 불허하므로 인견사는 폭상하고 소비자인 백성들은 그만한 세관을 보고 이 이익도 여당인 자유당 간부들이 차지한다고 한다. 이런 행동이 적우적(積又積: 쌓이고 또 쌓이면)하면 필경은 무엇이 자기들에게 올 것을 자기들도 모르지는 않을 것이다. 국내에서 생산 않는 것은 자유무역이라도 다량 수입해서 생산이 많으면 소비자인 백성의 손실이 적어질 것도 당연한 일이다. 이것을 기개인(幾個人: 몇 개인)의 이익을 도모하기 위해서 전 민족의 이손(利損)을 전연 불계(不計: 따지지 않음)하는 도배(徒輩)들은 그 심사(心思)가 어떠해서 그런지 알 도리가 없다고 본다. 이래서 물가는 점점 상세(上勢: 상승세)를 보이고 경제는 점점 불안해지고 화폐 가치는 점점 저락(低落)되고 백성들은 점점 파탄에 직면하고 국가적 문제는 국제에서 그리 호전이 못 되는 이때에도 특권계급들은 여전히 호화생활로 향락을 꿈꾸고 있고, 개성(改省: 반성)하는 영자(影子: 그림자)가 보이지 않으니, 천도(天道)가 무심(無心)하신 것인가? 아직 백성들이 죄가 더 있어서 그런 것인가? 그렇지 않으면 시기가 아직 덜 되어서 그런 것인가? 분변(分辨: 분별)을 못하겠다. 아무렇든 우리 민족의 복(福)이 부족한 연고(緣故: 사유)라고 판정하는 외에 타도가 없다.

금번에도 중공이 유엔가입에 실패되었으나 그래도 작년보다는 가입을 찬성하는 나라가 늘어난 것은 사실이다. 중공이 유엔가입에 실패함으로써 그다음 나올 행사가 무엇이며 중공의 태도가 표명됨으로써 우리 민족과 국가의 안위(安危: 안전과 위태함)도 재차일거(在此一擧: 이 일에 달려 있음)라고 본다. 내 상술(上述: 위에 얘기함)한 바와 같이 행정부나 여당이나가 다 국민전체를 상대적으로 일하는 것이 아니라, 각자 일인(一人)의 이익을 주로 해서 일을 하는 관계로 행정이나 입법이나 국방이나 외교가 다 본격적으로 나오지 않고 거의가 다 고식적으로 조불모석(朝不謀夕: 아침에 저녁을 꾀하지 못함)하고 부유(蜉蝣: 하루살이)의 생활을 하고 있으니, 참으로 한심을 불금(不禁)하는 바이요, 전 세계에서 우리나라같이 부패된 비류(比類: 비슷한 종류)의 나라가 있나 하고 조사해 보아도 찾을 수가 없다고 본다. 이것이 우리의 운(運)이 부족한 것이 아닌가 한다. 최고 간부의 행정자(行政者)들과 자유당의 간부진영의 양심분자들이 있다면 일일(一日)이라도 속히 개과천선(改過遷善)하고 사람노릇을 함으로써 우리민족 전체의 복리(福利: 행복과 이익)가 될 것이며, 이 인물들이 꿈을 깨지 못함으로써 현상 도탄을 면치 못할 것이다.

여기서 두 가지 방도밖에 없다. 좌이대사(坐而待死: 앉아서 죽음을 기다림)하느냐 그렇지 않으면 혁명이냐 두 가지뿐이나 혁명이라는 것은 조건이 구비해야 하는 것이다. 지도인물이 있어야 하고 투사들이 생명을 내놓고 단결해야 하고, 또 그다음 대중의 동일 희망이 올 시기를 해야 하는 것이요, 또 지도인물이라기보다 영도인물의 절대복종하는 신념이 있어야 비로소 혁명체가 구성되고 이것이 성취되어서 시기가 도달하면 폭발하는 것이다. 그러나 현상은 민족 전체가 각자 도(圖: 꾀함)

하려는 미국식 민주주의와 경제만능주의가 아주 전염병이 되어서 민족 상호간에도 서로 무슨 수단과 방법으로든지 자기의 생활과 수준이나 향상시킬까 하는 노력이 최고조로 발전해서 절대적으로 누구고 희생적으로 혁명운동을 할 인물이 없고 민주주의 원칙이라 만민평등을 주장하는 이때에 누가 누구의 명령을 복종할 리도 없고, 또 의분심(義奮心)이 있는 인사들이라도 지인지면부지심(知人知面不知心: 사람을 알고 얼굴을 알아도 마음을 모름)이라고 서로 알지를 못해서 발로(發露)를 못하고 말하자면 벙어리 냉가슴 앓듯 할 뿐이요, 서로 말이 불통하니 단결이 될 리 없고, 단결이 되지 않으니 발로할 리도 없다. 그러니 무슨 방식을 취하느냐 하면 여전히 각자가 각자대로의 노력을 해서 가급인족(家給人足: 집안마다 생활이 풍족함)하게 되고 생활이나 지식의 수준이 향상되면 부지불식중 자연적으로 우리 민족에게 복리가 올 것이라는 온건파(穩健派: 사리에 맞고 건실한 무리)의 좌이대사(坐而待死)하며 암중자활(暗中自活: 어둠 속에서 스스로 살아남)하고 운이 오기를 기다리는 자가 제일 다수인 것 같다. 아무리 보아도 한심(寒心)을 불금(不禁)한다. 내가 수필을 쓰다가 언지장(言之長)함을 불각(不覺)하였도다. 이것으로 붓을 그치고 후일을 기다린다.

갑오(甲午: 1954년) 8월 28일 봉우서우유신초당(鳳宇書于有莘草堂)

수필: 나의 현재 아홉 가지 불건강상(不健康狀)

신체의 피곤상(疲困狀)이 너무나 도를 지나는 것 같다. 내가 쇠로(衰老: 노쇠)해서 그렇다면 좀 억울하고 병적(病的)이라면 무슨 병이냐 집증(執症: 병의 중세를 살펴 알아냄)이 잘 안 된다. 물론 건강상이 못 되니, 병적인 것은 사실이나 신체가 인내를 하지 못할 정도의 피로(疲勞)라고 보는 것이 당연하고 무슨 큰 병명(病名)을 붙일 만한 것은 아닌가 한다. 인생고해(人生苦海)에 하시(何時)인들 환락(歡樂: 기쁜 낙)이 많이 있을까만은 내 근년 주위환경이 기불평(氣不平), 심불평(心不平)해서 신체가 따라서 불평한 것이라고 집증(執證)하는 것이 당연하다고 생각한다. 심기(心氣)가 구불평(俱不平: 함께 평안하지 않음)하니 어찌 신체인들 평(平)할 것인가? 더구나 기거음식(起居飮食: 일어나 거주하고 마시며 먹음)이 조절이 안 되어서 근일 말하는 영양가치가 없는 것만 충복(充腹: 배 채움)하는 관계도 약간 있는 것 같다. 그러나 심기만 화평하다면 반소사음수(飯蔬食飮水: 나물 먹고 물마시고)하고, 곡굉이침지(曲肱而枕之: 팔을 베고 누었으니)라도 낙역재기중의(樂亦在其中矣: 즐거움이 또한 그 안에 있고)이라면107) 영양가치의 음식물이 건강을 좌우 못할 것도 자연일이나 안빈낙도(安貧樂道)를 못하고 있는 중이라 외래의 원인도

---

107) 《논어(論語)》 〈술이편(述而篇)〉 출전. 이어지는 구절은 ……불의이부차귀(不義而富且貴: 의롭지 않게 부귀를 누림은), 어아여부운(於我如浮雲: 나에게는 뜬구름과 같다)이다.

충분히 공세(攻勢)를 취할 수 있을 것이라고 생각된다.

　나는 본디 인내력이 부족한 사람이라 무슨 일이 들지 당해서 순조(順調)로 나가고 또 영양가치가 있는 것은 흡취(吸取)하면 곧 신체가 좀 건강이 복구되어 현상 노경(老境)이라도 체중도 증가하고 정신도 좀 나은 것 같고, 기거동작(起居動作)이 다 보통으로 복상(復常: 정상으로 돌아옴)되고 무슨 일이든지 감내할 수 있으나, 정반대로 작추(昨秋: 지난 가을)에서 현금(現今: 현재)같이 백사(百事)가 불성(不成)하는 때는 심불평(心不平), 기불평(氣不平)하면 신역불평(身亦不平: 몸 또한 평안치 않음)해서 백병(百病)이 구발(俱發: 모두 발생함)하는 것이 예(例)가 되는데 본디 노경(老境)이라 아주 장년시(壯年時)보다는 신체가 더 지탱(支撑)을 못하겠다. 조금만 노력을 하면 그 영향이 10여 일 내지 1개월씩 나가니, 신진대사가 잘 못 되는 관계다. 장년시대 같으면 일시적으로 피로할 정도가 이 지경이 되는 것이 가리지 못할 노쇠상(老衰相)이라는 말이다. 그래도 마음만은 청장년 시대와 변함이 없어서 무슨 일이든지 감내(堪耐: 어려움을 참고 견딤)할 것 같이 무리를 하는 관계로 점점 몸이 더 쇠약해지는 것이다.

　내가 선번(先番: 먼저 번)에 의마(意馬: 마음의 뜻, 생각이 달리는 말처럼 날뜀을 상징함)의 두(頭: 머리)를 참(斬: 벰)해야겠다고 하고도 그래도 계연(繫緣: 이어진 인연)이 남고 설마 내 근력이 그것쯤이야 하는 자부심이 있어서 또 범(犯)한 것이다. 금번만은 고범(故犯: 일부러 지은 죄)은 아니요, 또 범행이 얼마쯤 생각한 관계로 곧 개오(改悟: 잘못을 깨닫고 뉘우침)해서 심범(深犯)에는 가지 않았다. 이것이 절욕(節慾)하고자 하는 도정(道程)이라고 자사(自思: 스스로 생각함)한다. 이다음에는 아주 단념(斷念)해야 이 몸의 쇠약을 부(扶: 떠받침)할 것 같다. 그리고 내가 위기

(圍碁: 바둑)도 수일씩 계속하는 벽(癖: 버릇)이 있는데 이것이 다 건강 방해의 조건이 되고 독서도 6~7일씩 불휴(不休: 쉬지 않음)하는 것이 내 현상 피로를 증가시키는 것 같다. 내가 지금은 노쇠층이요 장년(壯年)이 아니라는 것을 자인해야 이런 실수가 없겠다. 현상은 나는 노쇠한 몸이요 또 건강치 못한 만성 병약자라고 확인(도장)을 찍어야 하겠다.

신체를 검사해 보자. 제1 백발(白髮)이요, 제2 안혼(眼昏: 눈이 흐림)이요, 제3 치락(齒落: 이가 빠짐)이요, 제4 정쇠(精衰: 정력이 쇠함)요, 제5 역감(力減: 근력이 줄어듦)이요, 제6 위약(胃弱: 위장 약화)이요, 제7 폐허(肺虛: 폐가 약해짐)요, 제8 각연(脚軟: 다리가 약해짐)이요, 제9 심약(心弱: 심장 약화)이다. 이 정도의 노쇠상을 갖고 있으면서도 그래도 장년층과 비견(比肩: 어깨를 견줌)코자 하는 것은 망상(妄想)이라고 자각(自覺)해야 한다. 어느 때에 망상하기를 백발이야 하관(何關: 무슨 상관)이며 안혼(眼昏)은 정력관계가 아니라 내가 장년시대에 고문받은 소치(所致: 까닭)인 것이요, 제3 낙치(落齒)는 내가 소시(少時)에 충치로 본디 불강(不强: 강하지 않음)한 것이요, 제4 정력은 내 동년배에게는 절대로 지지 않겠고, 제5 역감(力減)은 복약한 지가 오래라 그런 것이니 다시 복약하면 회복될 것이라고 망신(妄信: 망령되이 믿음)하고, 제6 위약(胃弱)은 현상도 내 소화가 보통 청소년 정도는 된다고 자신하고, 제7 폐허(肺虛)는 호흡을 조식(調息)않는 관계니 기(幾: 몇)개월간만 수련하면 복구될 것이라고 망신(妄信)을 하고, 제8 각연(脚軟)은 현상도 보통 청소년에게는 지지 않는 것이니 근력만 복구되면 별문제 없다고 생각한다. 현상도 행보(行步)가 속보(速步)면 1일(一日) 근 300리(120km)는 갈 수 있으니 이 정도면 내 청년시대만 못할지언정 그리 연(軟)하다고는 안 본다고 망신(妄信)한다. 제9 심약(心弱)은 심약이 아니라 구경사(久經事: 오래된 일)한 관계로 조심(操心)이 있어서 임사근신(臨事謹愼: 일함에 삼가고 조심함)하는 것으로 자인(自認)한다. 이것이 다 아전인수(我田引水)하는 망평(妄評)임에 불외(불외: 지나지 않음)하다.

내 현상이 이 9종의 불건강상(不健康狀)을 가지고 있는 것만은 틀림없다고 본다. 이것이 노쇠도 노쇠려니와 내가 근신을 못해서 더 속히 병적으로 이러한 것 같다. 물론 아주 복구할 도리가 없다는 것은 아니나 생로병사가 순환하는 것이라 기분(幾分: 얼마만큼) 복구는 될지언정 아주 장년시대의 복구야 용이할 리가 없다고 본다. 이것도 아주 전문적으로 정신수련을 하며 비록 노쇠하였으나 장기(長期)로 훈련을 하면 선가(仙家)의 환골탈태(換骨奪胎)가 안 되는 것은 아니나, 보속적(普俗的: 보통의 세속적)으로는 절대 불가능한 일이다. 황국(黃菊)이 수호(雖好: 비록 좋음)나 난면상설(難免霜雪: 서리와 눈을 피하기 어려움)이라고 노경(老境) 건강이 비록 안 되는 것은 아니나, 청장년시대의 비(比)가 아니라는 것을 잘 각오해야 하는 것이다. 수련이 된 몸이라야 송백(松柏)의 독야청청(獨也靑靑: 홀로 푸르름)을 맛볼 것이라고 생각한다. 내가 현상 노경상(老境狀)을 자탄(自歎: 스스로 탄식함)하며 이 붓을 든 것이다.

갑오(甲午: 1954년) 8월 29일 봉우서우유신초당(鳳宇書于有莘草堂)

중추(仲秋: 음력 8월)를 보내며

이 중추야말로 1년 중 가장 좋은 시절이다. 하삼월(夏三月: 여름 석 달) 염위(炎威: 복중伏中의 심한 더위)를 다 보내고 그래도 7월은 노염(老炎: 늦더위)이 있으나 8월은 불한불열(不寒不熱: 춥지도 덥지도 않음)하고 옥로금풍(玉露金風: 서늘한 이슬과 바람)에 정신이 쇄락(灑落)하고 야도 황운(野稻黃雲: 들판의 벼가 누렇게 익음)은 가가풍족(家家豐足)하여 명월(明月)이 하시무(何時無: 어느 때고 없으리)이리요만은 중추월이 월광(月光)을 대표하는 것이다. 춘경하운추수동장(春耕夏耘秋收冬藏: 봄에는 밭 갈고 여름엔 김매고 가을엔 거둬들이고, 겨울엔 감춘다)이라고 이 중추야말로 수확기라 산에 가도, 들에 가도 다 성숙(成熟)한 것만 보고, 저만 부지런하면 취지무궁(取之無窮: 취할 게 끝이 없음)한 산과(山果)가 얼마든지 있다. 이것이 산촌의 중추 맛이라는 것이다. 만물의 성숙기이다. 사람도 이것을 본받아서 소장(少壯) 시대에 근로(勤勞)를 하고 노경(老境: 노인시기)의 수확이 있어야 하는 것이다. 이 중추를 고인들은 말하기를 천고마비(天高馬肥)라고 하였다. 하필 천고마비에 국한하리요? 사람이나 동물이나가 다 이 중추를 당하면 삼하(三夏: 여름 석 달 동안)의 괴로움을 잊어버리고 야위었던 몸이 다 기름지게 되는 것이다.

농촌에서는 삼춘(三春: 봄의 석 달)보다도 중추(仲秋)를 제일 호시절로 아는 것이다. 더구나 우리나라는 4년간이나 역사에도 보지 못하던 참혹한 전쟁으로 파괴, 살상을 붓으로 기록 못할 만큼 어마어마하게 당해서 4년간에는 중추가절(仲秋佳節)이라고 마음 놓고 지내지 못하다가 작년에 휴전한 후에 금년 중추를 첫 맞이하였고, 또 작년이 풍년이요 금년도 흉년은 아니다. 위정자들이야 무어라 하든지 민(民)은 이식위천(以食爲天: 먹는 걸로 하늘을 삼음)이라고 굶지 않고 이 중추를 당하고, 또 일선에서도 비록 일시적 휴전일망정 전운(戰雲)이 중지되고 출정(出征: 싸움터에 나감) 군인의 부형(父兄) 등은 위험신호를 지내고 일시적이나마 안전신호를 받고 있는 이때라 국가경제야 파탄이 되었든지 말았든지, 정치야 혼란이 되었든지 말았든지 농촌에서는 식량문제가 해결된 것 같으니, 안심들 하고 환천희지(歡天喜地: 하늘과 땅에 기뻐함)하는 양(樣: 모양)을 보니 반가운 마음 누구보다도 앞선다.

그러나 이 수확기를 지나고 보면 점점 다가오는 것은 동장군(冬將軍: 혹독한 겨울추위의 비유)의 습격이 목전에 있는 것이다. 이 중추를 지내고 구추(九秋: 음력 9월)를 맞이하면 곧 동장군의 습격신호가 들리기 시작해서 백성들은 월동(越冬: 겨울을 남) 대책에 분주골몰(奔走汨沒: 분주히 한 일에만 정신을 쏟음)해서 방어선 시설에 안비막개(眼鼻莫開: 눈코 뜰새 없음)일 것이다. 그러니 중추 30일을 어찌 지냈는지 알지 못하고 금일이 중추 회일(晦日: 그믐날)이다. 1년 중 가장 좋은 시절을 무의미하게 보내고 동장군의 습격 방어선인 구추(九秋)를 하루를 격(隔: 떼어놓음)하고 있는 내 정서야말로 신산(辛酸: 맛이 맵고 심)하기 짝이 없도다. 나는 농촌에서 기거(起居)하나 농사를 하지 않는 사람이라 만백성이 다 수확에 분망하되, 나는 여전히 한가하고 또 만백성이 수확으로 환천희지 하되 나는 여전히 아무 감각이 없다. 말하자면 나는 추(秋)도 춘(春)이요, 춘(春)도 추(秋)라는 말이다. 사시(四時)가 일반이다. 그러나 춘(春)의 시종(蒔種: 모종을 냄)이 없어서 추(秋)의 수확은 없으나 하염동한(夏炎冬寒: 여름더위, 겨울추위)의 습격은 만백성과 동일하게 당하고 또 비록 춘경추수(春耕秋收: 봄에 밭 갈고 가을에 추수함)는 못할망정 호구(糊口)를 않고는 지낼 수가 없는 것은 사실이라 나라고 칠정(七情)108)이 없을 리가 없으나 나에게는 희락(喜樂: 기쁨과 즐거움) 이정(二情)은 잊어버린 지 오래라 다만 오정(五情)만 남은 것 같다. 그나마 1년 중 최호(最好: 가장 좋은) 시절이라는 중추를 보내게 되니 내일이 구추(九秋)다.

고인(古人)들은 구추도 중양절(重陽節)이 있어서 구추하일불중양(九秋何日不重陽: 음력 구월 어느 날 중양절 아닌 날이 있으랴?)109)이냐고 구추를 찬미(讚美)했으나 나는 아무 준비가 없는 사람이라 석양(夕陽)이 수호(雖好: 비록 좋음)나 근황혼(近黃昏: 황혼에 가까움)이라고 구추(九秋)가 수호(雖好)나 근엄동(近嚴冬: 엄동에 가까움)이라고 그저 동장군을 공구(恐懼: 몹시 두려움)해서 이 중추 보내기가 대단히 섭섭하다는 말이다. 월동준비가 있는 사람들 같으면 구추가 와여도 황화절(黃花節: 중양절을 달리 부르는 말)이 있고, 삼동(三冬: 겨울 석 달)이 와여도 상설회(賞雪會: 눈을 감상하는 모임)가 있어서 좋은 마음으로 사시절을 맞이할 것이나, 나는 다만 춘하추(春夏秋)까지는 호구(糊口)나 걱정이지만 동삼삭(冬三朔: 겨울 석달)이 되면 한위(寒威: 추위의 위세)의 습래(襲來: 엄습)를 방어할 준비가 아주 없는 사람이라 구추 황화(黃花)나 삼동 백설(白雪)을 구경하며 상줄 만한 자격을 상실한 인간이라는 말이다. 더구나 작

---

108) 사람의 일곱 가지 감정. 기쁨(喜), 노여움(怒), 슬픔(哀), 즐거움(樂), 사랑(愛), 미움(惡), 욕심(慾)을 이른다.

109) 조선시대 선조 때의 시인, 학자 고옥(古玉) 정작(鄭碏: 1533~1603)의 시(詩) 중양(重陽)의 마지막 구절.

년 동절(冬節: 겨울철)부터 현금(現今)까지 사면초가(四面楚歌)로 백사불성(百事不成)하고 있는 중이라 대경관상(對景觀賞: 경치를 대하여 보고 감상함)할 정신이 없고, 무심중에 춘하추동이 마음대로 순환할 뿐이라는 말이다.

　이 중추를 맞이하며 이 중추를 보내기까지 30일간에 내가 가장 이상신초당(上莘草堂)에서 일자를 많이 소비하였고 또 이 신야한담(莘野閑談)에도 붓을 많이 든 것이다. 구추(九秋)는 아마 내가 객지에 가서 있을 듯하고, 이 객지라는 것도 무슨 정처(定處)가 있어서 가는 것이 아니라 부득이 안 가지 못해서 나가는 것이라 무슨 상국(賞菊: 국화를 감상함)할 정신이 있을 리 없고 또 내 일신상으로도 여러 의미로 보아서 성공 못하면 아주 실패에 돌아가는 것이라 좌우기로(左右岐路)에서 9월 여행을 앞두고 이 중추를 보내는 글을 쓰게 되니, 내 마음이야 아무리 생각해도 감개무량(感慨無量)하도다.

갑오(甲午: 1954년) 중추(仲秋) 회일(晦日: 그믐날)

봉우서우유신초당(鳳宇書于有莘草堂)

연정원우(研精院友)로 수련 중 소견(所見)인 경험의 일단(一端)을 무순무서(無順無序: 순서 없음) 하게 녹(錄)함

거두절미(去頭截尾: 머리와 꼬리를 자름, 요약함)하고 원상(原象)수련 7~8급(級) 정도에서 11~12급 정도에 가는 도중 소견과 그 경험을 기록하고자 한다. 제1차 을축년(乙丑年: 1925년) 봄 2월부터 여름 4월까지다. 소성(邵城: 인천)에서 20여 명이 수련을 시작해서 이용련(李容連) 군이 초계(初堦)에 참(參: 도달)하였다고 하나 그의 소경력(所經歷: 지나온 바)을 보면 10급(級)에서 11급 정도였나 판정되고, 그 외 2~3인이 8~9급이 된 것 같고 그 외 2인이 7~8급 정도요, 그 외 수십여 인은 말하자면 무급(無級)이었다. 나는 하사월(夏四月)에 비로소 수련진에 후참(後參: 뒤에 참석)한 것이라 겨우 13일간을 수련하였을 뿐이다. 그러나 소견이 각이(各異: 각기 가름)하다. 이용련 군은 만복웅심(滿腹雄心: 뱃속 가득 품은 웅대한 마음)이 도시(都是: 모두) 금광왕(金鑛王)으로 일세(一世)를 진동코자 하는 사람이라 소견이 지어차(止於此: 이에 멈춤)할 것이요, 그 외 수인(數人: 몇 사람)은 소원이 기미(期米: 미두, 주식으로 돈 버는 것)의 성공을 바라는 정도라 역시 소견이 지어기미(止於期米: 돈 버는 것에 멈춤)할 것도 자연일이요, 그 외 2인은 소원이 영구(靈龜: 점치는 것)라 점(占)에 대한 소견이 많았던 것이다. 다만 1인이 선입견이 없이 있었고 좀 세사(世事)를 불평(不平)하게 생각하던 사람이다. 좀 단순하였다. 그래서 이 사람을 중심하고 내가 기록해 볼까 한다.

6~7급에 가서 현상(顯狀: 원상이 나타남)이 되는 때인데 천시음청(天時陰晴: 오늘, 내일의 흐리고 맑음)은 여합부절(如合符節: 딱 들어맞음)이요, 그다음 인지거래(人之去來: 사람의 오고감)를 소연자지(昭然自知: 훤히 절로 앎)하고, 장소가 인천이라 기미(期米: 미두) 시세를 일측(日測: 하루예측)은 여신(如神: 귀신같이 맞춤)하고, 가택(家宅: 살고 있는 집)의 과거운(運)의 길흉(吉凶)과 내두지길흉(來頭之吉凶: 미래의 길흉)을 소연자지(昭然自知: 환히 절로 앎)하고 선망부모여조부모안면(先亡父母與祖父母顏面: 먼저 돌아가신 부모와 조부모님의 얼굴)을 여생전상접(如生前相接: 생전처럼 서로 만나봄)하고, 우지내객(又知來客: 또 손님이 찾아올 줄 앎)이 소지하물(所持何物: 어떤 물건을 지닌 지)인지 일견능해(一見能解: 한 번 보고 능히 알아냄)한다. 그리고 묘상(墓上: 산소 위)에서 수련을 하면 그 묘주(墓主: 무덤의 주인)인 백골(白骨)의 안면(顏面)을 알아낸다. 이런 정도였다. 항시 그렇지는 못하였으나, 수련 시 소조(所照: 비춘 바)는 여상(如上: 위와 같음)하였다.

이것이 을축(乙丑: 1925년) 당시 제1회 순수(純粹) 수련(修鍊)이라고 본 것이요, 나는 비록 13일간이라고 하나 그전에 호흡법으로 정좌시(靜坐時) 소득이 있는 관계로 조속(早速)히 진보되었던 것이다. 경(經)으로 대황조(大皇祖) 등극까지의 과거와 위(緯)로 동서위인(東西偉人)들과 득도자(得道者)들의 고행을 참관하게 되고, 또 대현계(大玄界)에서 연구 발명하는 신기계와 세계지도의 신채색(新彩色)을 보게 되어 이것이 진(眞)인가 가(假)인가 하는 것은 예외로 하고, 또 내가 본 것이 유루(遺漏: 빠짐)가 없이 본 것인가 어느 한 부분만 보았나 하는 것도 아주 예외로 하자. 다만 과거는 말할 필요가 없고 미래의 일부라 하더

라도 신미년(1931)에 만주(滿洲)의 신생(新生)을 예고하여,

金羊小春天에

溥儀三登極하나

滿月十五數에

幻滅水泡影이라고 하였고

支那運雙十將은

火德星來下界라

天孫去無消息하니

黃龍起揚子江이라

雙五頭雙十尾에

四百州統一家라

신미년 10월에

부의(溥儀)가 셋째로 등극하나

15년 만에

환영은 사라지고 물거품 그림자 되었네

중국의 운 10월 10일 장수(장개석)는

화덕성(火德星)으로 아랫세상에 내려왔네

천손(天孫)은 가고 소식 없으니

황룡(무진년)이 양자강에서 일어나네

5월 5일 기병하여 10월 10일에

400주를 통일했네

무진년(1928년) 5월 5일에 장개석(蔣介石)의 기병(起兵)으로 10월 10일에 중국 통일을 예고하고,

陰險北海龍은
得罪降人間이라
不改前生性하고
任意害生靈이라
孶孶爲惡事하나
掌權七十年이라
三人金水運에
鳳凰東來儀하면
苉分朔北地하고
洗盡二七色하리라

음험한 북해의 용은
죄를 얻어 세상에 내려왔네
전생의 성격 고치지 않고
임의로 생령(生靈)을 해치네
이렇게 꾸준히 나쁜 일을 해서
70년 정권을 장악하네
세 사람 금수운(金水運)에
봉황이 동방으로 오면

북녘땅(만주)을 고분(苽分)110)하고

27색을 쓸어 없애네

이것은 아마 스탈린을 의미한 것 같은데, 70세에 사거(死去: 사망)한 것까지는 부합하였으나 삼인금수운(三人金水運)이 무엇인가 암시(暗示)요, 또한

李花開落五百年에

四九劫運亦難免을

時當靑鷄下樹節하야

天上天兵이 自然救리라

間於齊楚運奈何오

平分江山恨未洗로다

有君有國皆虛名이니라

兩賊相鬪害生靈을

雙傀相戰白虎野하니

尸山血海人盡瘁로다

錦繡江山三千里에

金殿樓坮盡丙丁을

冷金浮金弓乙知니라

小頭無足皆自取리라

皇天好生本是德이라

---

110) 고(苽): 고(菰)와 같은 자로서 수초(水草)의 일종을 뜻하며, 외로울 고(孤)로 쓰이기도 함.

黑蛇六月偶然休를

東方猿猴와 北方熊이

殺盡禮義君子國하고

青羊和風吹芳草하면

各歸各國各自安하리

小小起伏을 何須說고

青龍青蛇라 運始平을

오얏꽃 폈다 진 오백년에

36년 나쁜 운을 또 면치 못함을

을유년을 당하여

하늘에서 내려온 군대가 자연히 구하리라

제나라와 초나라 사이에 낀 운명을 어찌하리오

강산을 똑같이 나누니 한을 씻을 도리 없네

임금과 나라 있어도 모두 헛된 이름일세

두 적이 서로 싸우며 사람들을 해침을

두 괴뢰가 서로 경인년(1950)에 싸우니

시체는 산 같고 피는 바다 같아 사람들 모두 파리하도다

금수강산 삼천리에

금전누대(도시) 모두 불타 버림을

냉금부금궁을(冷金浮金弓乙: 일정시대 비결 글귀)은 아느니라

소두무족(小頭無足: 비결에 나옴)을 다 알아서 하라

하느님은 살리는 것을 좋아함이 본래의 덕이라

계사년(1953) 음력 6월에 우연히 멈춤을

동쪽 원숭이(일본)와 북쪽 곰(소련)이

예의군자국을 죽여 없애고

을미년(1955)에 평화스런 바람이 방초에 불면

각자 각 나라로 돌아가 각자 편안하리

자잘한 기복을 어찌 다 말할꼬

갑진을사년(1964, 65)이라 운이 비로소 평탄해짐을

이라고 우리나라 운로(運路)를 예고하였다. 내두(來頭)는 알 수 없으나, 경과는 부합된 것 같다. 그 외에도 각종 신무기의 출현을 예고해서 원자탄, 원자포, 전차대, B-29 등을 말하였고, 그 밖에 7건 신무기는 아직 출현되지 않았다. 이것이 내가 을축(1925년) 4월에 13일간 소견(所見: 본 바)의 일부다.

그다음도 경오년(庚午年: 1930년)에 갑사 간성장(艮成莊)에서 설초(雪樵: 김용기), 송사(松士: 오치옥)와 내 계부주(季父主: 막내 작은아버님)께서 3개월을 수련해 보시었다. 설초는 초계가 약하였고, 송사는 준(準) 초계였고, 내 계부주께서는 8급 정도였다. 당시는 송사가 설초보다 우수하였다. 그 후에 신미년(辛未年: 1931년)에도 다시 수련하였으나 별 성과를 못 보았다. 그 후 수삼차에 설초는 2계 약(弱)이 되고, 송사는 부진(不進: 나아가지 못함)하였고, 신진(新進)으로는 권오훈(權五勳)이 초계 약(弱)이 되었었고, 구영직(具永直) 군이 8급이었고, 주형식(朱亨植) 군이 10급 정도 강(強)이었고, 이명식(李明植) 군이 11급 약(弱)이었고, 소성(小星)이 11급 약이었고, 이용환이 10급 약이었다. 이것을 불휴(不休)의 노력을 못 한 것이 과실(過失: 허물)이다. 송사(松士)로도 단순하게 수련이 된다면 향간(鄕間: 시골)에서 함구(緘口)하고 간간(間間)

이 소견만 말하게 되면 이인(異人: 재주가 신통하고 비범한 사람) 대우를 받을 것이요, 설초 쯤은 다시 수련만 된다면 입지전중일인(立志傳中一人)은 완전할 것이다. 이것이 연정(研精)하는 절차가 아니라 경험들의 일부를 표현한 것이다. 설초, 송사, 오훈, 형식의 험적(驗蹟: 경험과 자취)은 다음 쓰기로 하고 붓을 그친다.

갑오(甲午: 1954년) 8월 회일(晦日: 그믐날)
봉우서우유신초당(鳳宇書于有莘草堂)

추기(追記)

연정중(研精中) 소견이 각인각양(各人各樣: 사람마다 다른 양상)이나 대동소이(大同小異)하고 출입현로(出入玄路: 현로를 출입함)에 능견삼생자(能見三生者: 능히 과거, 현재, 미래의 삶을 봄)도 유지(有之: 있음)하고 근견기경자(僅見其境者: 겨우 그 경지를 봄)도 유지(有之)하나, 삼생(三生)이 좀 난 사람은 곧 보이고 좀 부족한 사람은 그 근지(近地: 가까운 곳)만 보이다가 2계 말(末), 3계 초(初)에 가서야 확실히 보이는 것이 예(例)인 듯싶다. 송사도 전생(前生)이 어디라는 정도지 확실히 증거를 못 들고 설초도 전생이 그리 좋은 편이 아니라는 정도지 어디서 무엇을 하다 왔다는 것을 여실(如實)하게 못 말한다. 이것이 다 예(例)다. 그리고 송사는 일용사물(日用事物)이 잘 보이고 설초는 산천영신(山川靈神: 산과 내의 영험한 귀신)이나 과거, 현재의 현로(玄路) 출입이 나은 것 같다. 오훈(五勳)이도 대상(大象)이 낫게 보였다. 구영직 군은 부분적 공업에 현상이 잘 되었다. 주형식 군은 사적(私的) 일용사물에 현상이 되었고, 이용환(李勇桓)이나 소성(小星: 할머님)이나는 현상을 주로 하지 않고 호흡을 주로 하였다.

호흡으로 수련하면 별 재미는 없으나 초계 이상에서 2계까지만 가면 원상으로 현상되는 것보다 우수하다는 것이다. 변화비승(變化飛昇: 변화하여 날아오름)은 말할 필요 없고 연정의 방식이나 법대로 하는 것이 당연하다고 본다. 출입현로를 수련시만 할 것이 아니라, 하시(何時: 어느 때)든지 임의로 할 만큼 되자면 호흡이 1분 이상 조식(調息)이 되어야 충분한 것이다. 뇌부(雷部: 하늘에서 벼락을 주관하는 부서, 혹은 뇌신雷神), 자부(紫府: 자미원紫微垣, 하늘의 신선들이 거주하는 곳), 악독진령(嶽瀆眞靈: 산과 강의 신령), 상천하지(上天下地: 하늘과 땅)의 유임무임(有任無任: 임무가 있거나 없음)한 정선산선(正仙散仙: 정식 신선과 흩어진 신선)의 왕래출입 노정(路程)을 잘 알 수 있는 것이다. 여기서 관심(觀心), 관물(觀物)을 마음대로 해야 비로소 연정원(硏精院) 정사(正士)가 될 수 있는 것이다.

금부비록(金府祕錄)에서 명패(名牌)를 보면 현 우리민족에서는 현삼석(玄三錫), 조(趙), 유(柳), 선우(鮮于), 김현국(金顯局) 등의 5인의 명패가 광채가 날 뿐이요, 박(朴)의 패(牌)는 비록 금(金)이나 마광(磨光: 갈아서 낸 빛)이 안 되고, 이용련(李容連)은 준패(準牌)요 정패(正牌)가 아니요, 현 정패를 가진 사람이 10인 내외다. 이 비록으로 보아서는 삼육성중(三六聖衆)이 하시(何時)에 제회(際會: 좋은 때를 만남)할 것인가 의심된다. 현상으로 보면 좌도방(左道房)이니, 우도방(右道房)이니 하며 수백 명의 대정법계(大靜法界)가 있는 것 같이 말들 하나, 내 보기에는 아직도 정사(正士)의 명찰(名札)은 기인(幾人: 몇 사람)이 못 된다. 내 근지(近地: 가까운 곳)에서도 억천만년무일인(億千萬年無一人: 억천만년에 한 사람도 없음)터니, 우주금시유차인(宇宙今時有此人: 우주의 이때에 이 사람이 있음)이라고 자부하는 사람도 있고, 수만(數萬) 대도통(大道統)을 자기가 가졌다는 사람도 있고 인천개벽운(人天開闢運)에 자기가 그 성인(聖人)이라고 자칭(自稱)하는 사람도 있고 태을선인(太乙仙人)이 육신하강(肉身下降: 육신으로 내려옴)했다는 물건도 있고, 장래에 올 용화교주(龍華敎主)가 자기라고 하는 인간도 있는데, 이 종류가 수십여 인이다. 그러나 금부(비록)의 명패에는 이런 종류의 인간들은 한 사람도 명자(名字)가 보이지 않는다. 장래는 아지(알지) 못하겠으나 현상으로는 다 제외될 인간들이다.

반드시 대법계(大法堦)를 간 사람이라야 무슨 일을 하는 것은 아니나, 삼육성중(三六聖衆)이 범태(凡胎: 보통사람)로 임세(臨世: 세상에 나옴)하였다니 혹 대법계를 간 것이 아닌가 생각된다는 말이요, 법계(法階)를 참례(參禮)한 사람이 장래에는 역시 그 수(數)가 될 것은 자연일이라고 본다. 현상도 하법계(下法階)는 상당수가 되는 것은 사실이나, 중단(中段) 이상이 기인(幾人)이 못 된다는 말이요, 고단자(高段者)가 타국(他國)에 비해서 아주 소수(小數)라는 말이다. 이 정도로 추기를 쓰노라.

갑오(甲午: 1954년) 9월 초일일(初一日)
봉우서우유신초당(鳳宇書于有莘草堂)

[이 글은 민족정신수련과 정신계의 실상에 관한 봉우 선생님의 귀

중한 증언이 담겨 있다. 선생님이 아니시면 남길 수 없는 정신수련의 계제 묘사, 수련제자들의 실태와 정황 묘사, 정신수련을 통한 정신계의 출입노정과 다양한 정신계 소속 존재들의 묘사와 《금부비록》이라는 정신계 기록에 담긴 정신수련계 인물들의 공개! 등등 수많은 정신수련계의 비밀들이 이 글에서 속속 밝혀지고 드러난다.

특히 을축년(1925년) 4월에 13일간 원상수련을 통해 보신 바를 예언시(豫言詩)의 형식으로 공개하셨는데, 이는 봉우 선생님의 개인 천문기록과 함께 한국지성사(韓國知性史)에 전무후무(前無後無)한 기록으로 남을 것이다. 일본 만주국의 시작(1931년)과 멸망(1945년), 장개석의 중국통일(1928년), 스탈린의 죽음(1953년), 6.25 사변 발발(1950)과 휴전(1953년) 등을 모두 1925년 4월 중에 예언하여 적중시키신 것이 너무도 초현실적이라 많이 놀랍다. 원자탄, 전차대, B-29 등 신무기의 출현도 1925년에 이미 예언하셨다. 예언의 규모가 너무 장대해서 보는 이들은 좀 비현실적으로 어리둥절해짐을 느끼게 된다.

선생님은 이 비밀스런, 아주 현실적이지 않은 내용들을 가득 담고 있는 이 글을 아주 담담히 태연자약하게 쓰셨다. 많은 정보와 증언을 한 자리에 쏟아 내시며 후학들에게 내어 놓으셨다. 일기라는 형식 속에 담긴 이 글은 이미 《백두산족에게 고함》 167페이지에 〈연정원 수련기〉란 제목으로, 《봉우일기 1권》 439페이지에 〈을축년 정신수련 중 투시한 우리나라의 운로(運路)〉란 제목으로 흩어져 실렸으나, 이번에 원문 그대로 전체를 다시 역주하여 실었다. -역주자]

구추(九秋: 음력 9월)를 맞이하며

극구광음(隙駒光陰)[111]은 어느덧 갑오년(1954년)의 삼분지이(三分之二)인 9월을 맞이하게 되었도다. 세인(世人)들은 육대구월해운개(六大九月海雲開)라고 이 구월 오기를 고대하는 것 같다. 나는 이 비록(祕錄: 《격암유록(格庵遺錄)》? 《정감록(鄭鑑錄)》?)이 어디에 해당한가 알지 못하겠다. 금년이 육대(六大)라니 어디서부터 수(數)를 논 건지 알 수 없고, 또 하필 해운개(海雲開)라 하였으니 어느 바다의 구름이 열린다는 말인가 알 도리가 없는데, 그래도 세인들은 무엇을 뜻하는 것인지 갑오 9월이면 해운개라니 천하태평(天下泰平)이 되고 또 성인(聖人)이 해도운하중(海島雲霞中: 바다 섬의 구름과 노을 속)에서 해운(海雲)이 열리고 나와서 조화무궁(造化無窮)한 해시(海市)를 가지고, 성중(聖衆: 성자의 무리)이 나와서 남북을 통일하고 북벽만리(北闢萬里: 북으로 만리를 열음)를 한다고 한다. 그대로 용이하게 되었으면 백성들에게는 그런 다행한 일이 없다. 나도 이런 다행한 일을 반대하는 사람은 아니다. 그러나 역사적으로 이런 예가 있는가, 없는가를 심사해 보고 또 초역사적이고 비인간적이요, 무슨 조화로만 된 일이 있느냐 하고 반문(反問)하고 싶다.

현 세계에서 원자탄이니, 수소탄이니 하며 그 위력이 일본 광도(廣

---

111) 백구과극(白駒過隙). 흰 망아지가 문틈으로 지나가는 순간을 언뜻 본다는 뜻으로 세월의 빠름과 덧없는 인생을 비유한 말, 《장자(莊子)》〈지북유(知北遊)〉와 《사기(史記)》〈유후세가(留候世家)〉에 나옴.

島: 히로시마)에서 사용하던 위력보다 2,400배 이상이나 된다 하나, 이 것은 조화무궁한 것이 아니라 이화학(理化學)공업의 점진적 계단을 다 밟아서 될 것이요, 과학적으로 증명이 다 되는 것이다. 사람의 연구력으로 나가면 될 수 있는 것이다. 내가 항상 말하는 것은 이 연구력을 정신수련으로 증강시켜서 과학적 이론과 합부(合符)해서 우리도 최신 발명을 할 수 있다는 것을 주장하는 것이요, 무슨 휘지비지(諱之秘之: 꺼리고 숨기고)하는 조화추(造化椎: 조화를 부리는 망치)를 가지고 과학을 무시하며 세계를 정복한다는 것은 아니다. 아무렇든 타민족보다 정신수양력으로 속진(速進: 빨리 나아감)할 수 있다는 것이요, 과학적 계단을 밟지 않고 비행해서 절로 된다는 것은 아닌데 현세에 육대구월해운개를 말하는 사람들은 이것이 아니요, 오로지 자하도(紫霞島)의 주인이 육대구월(六大九月)을 당해서 해운(海雲)이 열리고 조화(造化: 초능력으로 신통하게 된 일) 부리기를 시작하면 만사여의(萬事如意)하다는 말인 것 같다. 민족의 다대수가 이것을 바라는 것 같으니 역사가 증명 못할 일이라도 되어서 천하태평하였으면 누가 싫다 하리요? 그러나 인문(人文: 인류의 문화)이 개벽된 이래로 이런 예가 없었다. 그래서 나는 의심할 여지조차 없이 자하도는 불신하는 것이며 다만 음력 갑오년 9월 중에 유엔에서나 우리 한국문제가 재상정되어서 무슨 방식으로든지 우리나라에 유리한 통일안이 나온다면 이것도 육대구월해운개라고 안할 수 없는 것이다.

유엔에서 미소(美蘇)가 전쟁은 회피하려고 하는 것은 사실이라 무슨 서로 의외의 양보로 타협안이 나올지는 알 수 없는 일이다. 나는 이것을 바라는 바이요, 유혈참극(流血慘劇: 피 흐르는 비참한 사건)으로 전쟁이 또 나기를 바라는 사람은 아니다. 그러나 남한에서 충분한 실력이 있고 무력으로 남북이 통일될 수 있다든지 또는 한국을 무리하게 침범하는 것을 충분한 실력으로 무력통일할 수 있으면서도 양보하기를 바라는 것은 절대로 아니다. 다만 막상막하(莫上莫下)한 병력으로, 무력으로 북진(北進)하면 성공은 미지수(未知數)에 있고 동족상잔(同族相殘)으로 남북의 인구만 감축시키는 행사라면 말라는 말이요, 요행(僥倖)으로 승리를 한 대도 희생이 많을 것이다. 그러니 전병책(全兵策: 군사를 온전히 하는 정책)으로 충분한 무력준비는 해놓고 북한에서 정보를 듣더라도 실력으로는 절대 상대 안 되리라고 자신하게끔 정병(精兵: 정예군)을 양성하고, 국제무대에서 외교로 북한을 설복(說服)할 수 있다는 것이다. 전쟁을 해서 북한서 꼭 질 줄 안다면 전쟁을 하지 않고라도 정치적 해결책이 될 수 있으나, 전쟁을 하면 막상막하라 미지숙승(未知孰勝: 누가 이길지 모름)인 관계로 또는 북한 생각으로는 자신이 있는 관계로 정치적 해결책이 안 되는 것이라고 확언하노라. 그렇다면 유엔군이 전력(全力: 온힘)을 경주해서 전쟁한다면 그도 모르나, 유엔군은 색책(塞責: 책임을 벗기 위해 겉만 적당히 꾸밈) 정도로 38선에서 더 나오지나 않게 할 목적이 외표(外表: 겉에 드러난 표정)에 나온 관계로 북한에서도 자신하고 방어진으로 유격전을 가했던 것이요, 정치회담에서 강력 주장을 한 것이라고 생각된다. 만약 유엔에서 강력한 구군(救軍: 구원군)으로 39선을 충분히 점령하고 또 진군(進軍)의 태세를 보이며 휴전이 되었다면 북한은 정치회담에서 굴복할 것은 명약관화(明若觀火)한 일이다. 그런데 유엔군이 부득이 서부전선에서 총퇴각을 하고 동부와 중동부에서 국군이 소강(小康)을 보(保: 보존)하고 있으나, 일보 전진할 수 없는 곳이었다. 유엔군이 마지못해서 하는 전쟁인 줄을 잘 아는 북한이 정치적으로 굴복할 리 없는 것도 자연적이라고 본다.

그리고 남한 행정부는 어떠한가 하면 상하교정리(上下交征利: 상하가 서로 이익을 다툼)하고 국사(國事)는 치지도외(置之度外: 내버려두고 문제 삼지 않음)하는 지도자들이 많은 것을 기화(奇貨: 뜻밖의 이익을 얻을 수 있는 기회)로 북한이 강력하게 제 주장을 정치회담에서 한 것이라고 본다. 그러니 유엔에서 아주 강력 조처가 없다면 이다음에 한국문제를 주장하더라도 별 시원한 일이 나오지 않을 것이다. 그러니 육대구월해운 개를 유엔에서나 최강력 동의(動議)가 있기 바랄 뿐이요, 별 기대가 없다고 생각된다. 아무렇든 9월은 유사지추(有事之秋: 일이 있는 가을)요, 또 기대를 많이 하는 달인데 맞이하게 되니 이달 30일을 다 보내기 전에는 그래도 희망을 가지고 있게 되겠다. 위정자들은 무슨 방법으로 이 난국을 해결코자 하는가? 해결할 양책이 없거든 시위소찬(尸位素餐: 직책을 다하지 못하고 밥만 축내는 껍데기)으로 있지 말고 추현양능(推賢讓能)할 지어다. 위정자를 잘못 만난 우리 민족들은 위정자에게는 기대가 없고 다만 육대구월에 해운이 개하였으면 하는 것 같다. 아무리 생각해도 한심을 불금(不禁)하겠다. 9월 맞이는 이 정도로 붓을 그치노라.

갑오(甲午: 1954년) 9월 초일일(初一日)
봉우서우유신초당(鳳宇書于有莘草堂)

추기(追記)

대아적(大我的)으로는 9월에 기대도 있고 의심도 있고 혹 유엔에서 무슨 강력안이나 나올까 하고 바라는 것이나, 내 자신으로는 환언하면

소아적(小我的)으로는 이 9월 회일(晦日: 그믐날)까지가 내 위신(威信)
이 타지(墮地)하고 신용이 몰락하느냐, 그렇지 않으면 사중구생(死中求
生: 죽음 속에서 삶을 찾음)이 될 것인가 하는 두 문제에서 방황하게 된
다. 말썽 많은 교육구 부채건으로 내일(來日: 明日) 적수공권(赤手空拳)
으로 방향이 없이 여행을 하게 되니, 참 한심한 일이로다. 계획을 수립
하고도 그 일이 성공되느냐, 실패되느냐가 별 문제인데 이것은 그런
것이 아니요, 아무 조건이 없이 혹시나 무슨 일이 될까 하고 집에 있을
수가 없어서 서울로 나가 볼까 하고 나갈 예정이나 어찌 무슨 일이 되
기를 바랄 수 있으리요? 만약 아주 실패하고는 귀가할 도리가 없고 또
귀가 안 할 수도 없는 진퇴유곡의 입장이 되겠다. 게다가 말일(末日)
13일이 ○○혼일(婚日: 혼인날)인데 아무 준비 없이 있으니, 역시 위인
소시(爲人所視: 남보기)에 창피막심(猖披莫甚: 창피함이 몹시 심함)한 일이
다. 부채정리 건도 대창피를 당하겠고 ○○혼인건도 역시 난(難)문제
다. 나는 이 9월을 맞이하며 1일(一日), 2일(二日)이 도수장(屠獸場: 도살
장)에 가는 소걸음 같다고 생각한다. 한심하다.

9월 초일일(初一日) 봉우추기(鳳宇追記)

신체과로(過勞)해서 출행(出行)을 못하고

만부득이(萬不得已)한 사정으로 정처 없이 출행(出行: 출타)을 하지 않으면 안 될 사정이라 금일을 단정하고 출행일로 정했는데 의외에 지절통(肢節痛: 사지, 팔다리 마디 통증), 요통(腰痛: 허리통증)에 두통, 신통(身痛: 몸살)을 겸해서 조기(朝起: 아침에 일어남)해 보니 어찌할 수 없어서 금일 출행을 금지하였다. 신체가 조금이라도 복구되는 것을 보고 출행하려는 것이다. 금번 병의 원인은 무엇보다 정신과로(精神過勞)에서 나온 것 같다. 두통으로 안광(眼眶: 눈자위)이 자통(刺痛: 찌르는 듯한 아픔)해서 아무 정신이 없으니, 출행한들 무슨 소득이 있을 것인가? 그리고 신체가 여행을 감내(堪耐: 참고 견딤) 못하겠다. 또는 방향을 서울이냐, 호남이냐, 영남(嶺南)이냐의 3기로(岐路)에서 결정이 안 된다. 호남으로 가서 만약 실패하는 때는 시일만 소비하고 타처(他處)의 볼 일도 못 볼 것이요, 서울로 가서는 상대가 여러 사람이라 아무렇든지 극력 주선해 보다가 수인사대천명(修人事待天命)이라고 성불성(成不成)은 운(運)에 맡기고 최대의 노력을 해볼까 하는 예정이었고, 영남은 방조(傍助: 옆에서 도와줌) 정도지 무슨 실력이 있는 것이 아니요 또 내가 활동할 만한 토대가 없는 곳이다. 여기서 내 심두(心頭)의 기로가 생겨서 작야(昨夜: 어젯밤) 불면증으로 욕을 본 것이 병의 원인이 된 것 같다.

말하자면 식불감(食不甘: 근심, 걱정으로 먹어도 맛이 없음), 침불안(寢不安: 잠을 편히 못잠)하고 전신(全身)이 무처불통(無處不痛: 아프지 않은 곳이 없음)이다. 그렇다고 나가지 않을 수도 없는 사정이다. 참으로 기가 막힌 신세다. 누가 이런 입장을 고의로 주었다면 붙잡고 시비라도 해볼 일이다. 그러나 금번 일만은 누구에게 원우(怨尤: 원무怨諮, 원망이나 허물)할 수 없는 일이다. 서로 호의로 하자는 일이 생각하지 않은 사고발생으로 실패가 된 것이요, 인력의 부족이 아니었다는 것이다. 그러나 일차 실패한 후에 선후책을 강구하지 못한 것이 내 책임이라는 말이다. 당연히 즉석에서 선후책을 생각해야 할 일인데 그래도 무슨 일이 되겠지 하고 무한량으로 고대(苦待)한 것이 내 실책이라는 것이요, 이 일에 실패했거든 다른 일이라도 착수해서 성불성을 막문(莫問: 묻지 않음)하고 남자는 동물(動物)이라고 동(動)해야 하는 것인데, 금번 이후로 아주 사회(死灰: 죽은 재, 불 꺼진 재)가 되어서 만사무심(萬事無心)했던 것이 내가 항상 신통(身痛)이 있는 관계였으나, 부주의한 것은 사실이다.

금일도 박두(迫頭: 가까이 닥쳐옴)한 기한을 앞두고 적수공권(赤手空拳: 빈손)으로 포풍착영(捕風捉影: 바람을 잡고 그림자를 붙든다, 허황한 행동)하려 출행하려는 내 심정이 산란하지 않을 수 없어서 좀 심하게 뇌심(惱心: 괴로워하는 마음)하는 원인으로 병이 난 것 같다. 금일은 할 수 없으니, 정양(靜養)을 하겠고 명일(明日)이고, 재명일(再明日: 모레)쯤을 아무 일이 있다 하더라도 출발하지 않으면 안 될 내 사정이라 금번 일만 해결되면 다음은 만사불관(萬事不關: 모든 일에 상관없음)하고 내가 목적한 일이나 추진할 생각이다. 이것이 실패가 경험된 것이다. 지금 같아서는 해결될 방식이 전무(全無)해서 노심초사(勞心焦思: 마음을 쓰며 애를 태움)하지 않을 수가 없다. 후일을 자계(自戒: 스스로 경계하고 삼감)하며 이 붓을 드는 것이다.

갑오(甲午: 1954년) 9월 초이일(初二日)

봉우서우유신초당(鳳宇書于有莘草堂)

수필: 임사소홀(臨事疎忽)의 과오(過誤)를 범치 말자

고장이 생(生)한 기계를 수선을 하지 않으면 그 기계가 돌지 않는 것은 불문가지(不問可知)의 일이다. 그런데 사람은 이 원리를 벗어나서 고장이 났어도 그 고장을 고칠 생각은 하지 않고 말하기 좋은 인내하고 일한다고 한다. 그러면 그 일이 되느냐 하면 백폐(百弊: 백 가지 폐단)가 구흥(俱興: 함께 일어남)하여 일은 일대로 안 되고 몸은 몸대로 피곤하다는 말이다. 나도 역시 고장난 몸이다. 그럼에도 불구하고 동(動)하지 않으면 안 되게 되었다. 그러니 그 동하는 능률이 오르지 못하는 것도 당연한 일이다. 여기서 말하고자 하는 바는 사람은 평시 소양으로 그 고장을 수선해 가며 일을 감내해 가야 하는 것이라고 주장하고 싶다. 평시에 몸의 고장이 심하지 않아서 수궐수보(隨闕隨補: 부족한 곳을 보충함)해 두면 비록 항상 노력을 하여도 그리 피로를 느끼지 않는 것이다. 그런데 내가 근년(近年: 몇 해 사이) 지낸 현상을 보면 을유년(乙酉年: 1945년)부터 10년간을 몸은 쇠약해지는데 마음은 몸에 따르지 않고 여전히 장년시대와 같이 무리를 계속하였고 조금도 그 몸의 고장을 수선(修繕: 손보아 고침)하지 않았었다. 환언하자면 유진(油盡: 기름 다함)한 기계와 동일하다는 말이다.

내가 근일 건전지가 다 된 라디오를 그래도 혹이나 하고 방송을 들을까 하고 기계를 틀어 놓으면 아무리 귀를 기울여도 무슨 소리인지 알아들을 수가 없을 만큼 무슨 음향만 있을 뿐이다. 이 라디오는 새 건전지가 들어가기 전에는 폐물이다. 기계가 폐물이 아니라 건전지가 없어서 기계의 능력을 발휘 못하는 것이다. 그러니 건전지가 새로 오기 전까지는 폐물대우를 받는 것이 당연하다고 본다. 나도 이 라디오와 아주 동일한 몸이 되었다. 도리어 그 라디오보다도 더 못한 신세다. 라디오는 건전지만 오면 여전히 신품으로 등장할 것이나, 그 반대로 나는 무엇더러 오든지 본 몸의 능력도 감축해진 것이라는 말이다. 환언하면 낡은 라디오에 건전지까지 없는 신세라는 말이다. 내 현상이 경제적으로 회복 되더라도 내 신체의 쇠약을 방지할 수 없고 약을 복용해도 일시적은 효과가 있을 것이나, 장구(長久)할 리가 없다는 것이다. 그러니 기계에 기름만 없는 것이 아니라 녹까지 난 기계라는 말이다.

이런 기계를 가진 주인공이 고장난 기계인 줄 아지(알지) 못하고 그 기계를 사용해야 할 일거리를 많이 만든 것이다. 계약을 이행 못하고 책임을 완수 못할 것이다. 여기서 비록 기계를 수선하고 기름을 다시 넣고 해서 다시 이 기계를 돌리게 될 때가 있더라도 그 전에 이 기계는 폐물대우를 받는 외에는 타도가 없는 것이다. 인간적으로는 신용이 타락하고 위신이 타지(墮地: 땅에 떨어짐)할 것이다. 아무리 전력을 다해서 이 실수를 복구시킨다 해도 지난 결점을 닦을 수 없는 것이라는 말이다. 더구나 이 실패를 복구시킬 도리가 묘연(杳然)한 데는 이 몸이 일층 더 피로(疲勞) 안 할 수 없고 백번 피로하더라도 복구할 희망이 있다면 그래도 노이유공(勞而有功: 노력해서 보람이 있음)한 일이나, 미지수의 노력이니 만약 노이무공(勞而無功: 애쓴 보람이 없음)이 되었다가는 아주 나는 매장을 당하는 외에는 타도가 없는 것이다. 이런 생각, 저런 생각 하는 것이 내 정신과로상(狀)이 된 것이라는 말이다.

백방으로 주선해서라도 금번 일을 해결해야 할 것이요, 그다음은 그

해결된 일의 해결이 있어야 할 일이다. 완전 해결한 후에는 나는 다시 이런 복잡다단한 일에는 단념하고 내가 목적하고 나가는 일 외에는 아주 눈도 떠보지 않겠다는 말이다. 내 이번 고배(苦杯)야말로 일생을 통해서 몇 번 받아보지 못한 일이라는 말이다. 타시(他時: 다른 때)에는 비록 실패를 했어도 내가 자진해서 일을 하다가 한 일이었으나, 금번만은 내 자의(自意)는 조금도 개재함이 없이 타인의 호의를 막지 못해서 그저 호의로 받은 것이 이번 실패의 원인이 된 것이라는 말이다. 말하자면 과실(過失)로 실패한 것이지, 자신이 잘못해서 실패한 것이 아니라는 말이다. 여기서 운명론이 다시 대두(擡頭)하는 것이다. 내가 운명이 불호(不好)해서 이런 불행을 당한다고 평하는 외에 타도가 없다. 이 다음은 임사소홀(臨事疎忽)의 과오(過誤)를 범치 말자고 맹세하고 이 붓을 그치노라.

갑오(甲午: 1954년) 9월 초삼일(初三日)
봉우서우유신초당(鳳宇書于有莘草堂)

남행(南行)에 일자(日字)를 허비(虛費)하다

내가 금월말(今月末)까지 기한(期限)을 한 부채가 있어서 7월, 8월 양월(兩月)에 별별 주선을 다 해보았으나, 실패로 돌아가고 9월을 맞이해서 무슨 방도를 취하든지 극력 주선을 해보겠다고 결심하고 남행이냐 북행이냐에 선후를 결정코자 상당히 노력했던 것이다. 일은 서울에 있다. 그러나 서울을 선행(先行: 먼저 감)하였다가 실패하면 남행할 용기가 나오지 않는 것이다. 그래서 남행을 해서 문로석(問路石: 길을 묻는 돌)을 던져 보고 일자(日字)를 소비하지 않고 곧 서울로 즉행(卽行: 곧 감)하리라고 결심했던 것인데 의외에 남행을 했다가 일자를 허송(虛送)하고 북행(北行)을 즉행(卽行)하지 못해서 부득이 귀가(歸家)해서 재정행리(再整行李: 다시금 짐을 정리함)하고 서울행을 할 작정이다. 남행이건 북행이건 다 공중누각(空中樓閣)이다. 누가 오라는 데가 있어서 가는 것도 아니요, 또는 꼭 될 일이 있어서 가는 것도 아니다. 다만 할 수 없어서 혹 무슨 일이 될까 하고 가는 미미한 희망을 가지고 남행이건 북행이건을 정하든 참으로 허무한 일이다.

물론 내 자신의 실력이 있어야 타인이 신용하게 되는 것이다. 그런데 내가 실력이 없는 사람으로 타인이 나를 신용 않는 것이 당연한 일이요, 소호도 괴이한 일이 아니다. 비록 종형제간(從兄弟間: 사촌형제 사이)이라도 경제적으로 빈부의 차가 있고 또 실력의 차도 자연 있는 것이다. 그래서 타시(他時: 다른 때) 같으면 내가 절대로 형제, 숙질간(叔姪

間: 아저씨와 조카 사이)에 경제적으로 개구(開口: 입을 벌림)하지 않을 결심이었는데, 금번은 만부득이 왕심직척(枉尋直尺: 여덟 자를 구부려 한 자를 폄,《맹자》출전)의 개구를 하였다가 내 예정대로 실패되었다. 사실만은 확정적이다. 내가 무슨 실력으로 신규부채가 있다면 보상할 도리가 있을까 하고 상대방에서 의심하는 것도 사실이다. 무리한 일이 아니다. 그러나 실패하고 돌아오는 내 심정만은 어쩐지 우울(憂鬱)함을 금치 못하겠다. 서울에 가도 역시 일반이 아닌 누가 나를 보고 경제적으로 신용할 것인가? 신용하지 못할 곳을 무엇으로 인증(認證)하고 대부(貸付: 돈을 빌려줌)를 할 것인가? 그러니 남행에 실패한 것이 역시 북방에서 실패할 조(兆: 조짐)가 아닌가 한다. 그래서 진퇴유곡(進退維谷)이다. 희망성이 부족하다.

수인사대천명(修人事待天命)으로 내가 할 일을 하지 않고 동서 사방에 유리한 곳을 탐문하고, 취해 온 길이 혹 성공도 하고 혹 실패도 하는 것이다. 어찌 길흉화복을 예측하고 피흉추길(避凶趨吉: 흉함을 피하고 길함을 쫓음)하기만 일삼으리요? 그런 관계로 되려니 하고 믿어지는 곳은 실패할지라도 가보는 것이요, 아주 자신이 나오지 않는 곳은 비록 성공이 있을지라도 갈 마음이 나지 않는 것이다. 금번에 내가 남행에서 얻은 바는 칠년지병(七年之病)에 구삼년지예(求三年之艾: 3년 묵은 쑥을 구함)라고 충분한 시간이 있을 때는 만반의 준비를 하고 점진적으로 무슨 일을 했다면 현상과 같은 곤란(困難)은 없을 것인데 설마하고 완완(緩緩: 느슨히)히 하다가 기한은 박두하고 보니, 비로소 급한 줄만 알고 정신없이 왕래하는 중에 일자는 점점 경과하고 그 일은 한 건도 성립이 안 된다. 금번 남행에서 무단(無端: 끝없음)한 일자를 허비(虛費: 헛되이 써버림)하고 또 귀가해서 일자를 허송(虛送: 헛되이 보냄)하니 앞으로 몇 년밖에 없는 것을 서울행을 하지 않을 수 없고, 역시 가야 성패이둔(成敗利鈍: 성패와 날카로움과 무딤)을 부지하는 일이라 도시(都是: 전부) 운명에 붙이고 되어 가는 대로 일이나 해볼 작정(作定)이다.

마음만은 금번 남행에도 그 익일(翌日: 이튿날) 곧 반정(返程: 돌아올 여정)할 예정이 무단히 일주일이나 허비하였으니, 서울행에서는 무슨 지장이 있을지 역시 난사(難事)다. 만사도시명(萬事都是命: 모든 일이 전부 운명임)인데, 부생(浮生: 헛된 인생)이 공자망(空自忙: 공연히 절로 바쁨)이다. 인생이 가소(可笑)로운 일이다. 내가 이 붓을 들며 자졸(自拙: 스스로 졸렬함)함을 괴탄(怪歎: 괴상히 여겨 탄식함)할 뿐이다.

갑오(甲午: 1954년) 9월 20일 봉우서우유신초당(鳳宇書于有莘草堂)

추기(追記)

사실인즉 지금이라도 불계(不計)하고 자립하는 것이 당연하고 또 기간만 그리 박두하지 않다면 할 일도 있는데 하지 못하고 있으니, 모사불밀(謀事不密: 일을 꾀함이 치밀하지 못함)이 나의 부족이다. – 봉우기(鳳宇記)

개헌안이 상정(上程)을 지연(遲延)한다

　자유당에서 추진하는 개헌안이 공고 기일이 10월 7일에 완료되었는데 추진방법이 주밀(周密: 주도면밀)하지 못했던 관계인지 당내에서 단결이 아직 완성 못한 관계인지는 알 수 없으나, 동안(同案: 같은 안건) 상정이 일자가 지연되는 것은 사실이다. 측문(側聞: 옆에서 얻어 들음)한 바에 의하면 자유당에서 배은희112) 공인문제113)를 위요(圍繞: 둘러쌈)하고 원내 의원인 자유당 일부 70여 명이 연판장(連判狀)을 내고 이기붕에게 반항이 난 것 같다고 한다. 합하면 강하고, 분열되면 약해지는 것이다. 자유당도 136명의 민의원을 가지고 만사가 다 여의(如意)하리

---

112) 배은희(1888년 1월 15일 ~ 1966년 2월 5일), 대한민국의 전 정치인, 종교인(개신교). 권오훈의 사망으로 치러진 1952년 제2대 국회의원 선거 재보궐 선거에서 대한국민당 후보로 경상북도 달성군 선거구에 출마하여 당선되었다. 이후 자유당에 입당하였고 중앙위원·최고의원·의원부 간사장을 지냈다. 1954년 낙선 후 1955년에 탈당하였다.

113) 당시 자유당은 개헌문제를 놓고 미묘한 기류가 흘렀는데 개헌반대 여론을 업고 일부 의원 간에 분파 현상이 나타났다. 이때 진안보궐선거에서 이기붕 라인의 후보를 내려 하자 라이벌이었던 배은희를 공천해야 한다고 주장하던 75명이 연판장을 내고 중앙당에 도전하는 사태가 발생했다. 이승만과 이기붕이 사태를 수습하고 배은희는 원래 자기 지역구에서 출마하여 낙선하였다. 아무튼 당시 이승만이 공을 들이던 개헌안을 놓고 당내 불화가 불거진 것이다. 이 개헌안은 헌정 사상 두 번째였는데 국민투표제 채택, 국무총리제 폐지, 참의원의 2부제화와 고위 공무원의 인준권 부여, 그리고 무엇보다 "현 대통령에 한해 중임 제한을 폐지함"을 골자로 하고 있었는데 재적의원 203명 중 가(可) 135표로 부결되었다. 그러나 긴급국무회의에서 사사오입으로 135표 가결 개헌안 통과가 추인됐고, 국회에서 부결을 번복하고 개헌안 통과를 선포했다. 이로써 민심은 크게 이반되었고 장차 4.19 혁명의 씨가 배태되었다.

라고 자신만만(自信滿滿)해서 협천자이령제후(挾天子以令諸侯: 천자를 끼고서 제후에게 명령함)할 생각으로 개헌안이라는 문로석(門路石)을 대한민국에다 던져 보는 것인데, 의외에도 자유당 내에서 반부(半部: 절반)에 대한 불만을 가진 민의원들이 연판장으로 저항하고 외양으로는 배파(裵派)와 이파(李派)의 분쟁이라고 하나, 사실은 그렇지도 않은 것 같다.

물론 배은희나 이갑성이나의 상대로 이기붕파의 분쟁이 아니라고 본다. 자유당에서 민의원 136인이 2파로만 분립했다면 2인의 의사일치가 되면 도로 합할 수도 있는 것이다. 그러나 배파나 이파의 단순한 분립(分立)만이 아니요, 직계(直系), 방계(傍系)의 관계가 있고 중앙파, 지방파의 구별이 있고 또 사이비파가 있고 또 연자파(連子派)와 양자파(養子派)가 있어서 136인의 136당(黨)이나 그중 동일점이 합해서 자유당 간판을 유지하는 것이다. 그런데 금번에 자유당에서 분금(分金: 묻을 위치를 똑바로 정함)문제에 불평을 가지고 직계와 타종(他種) 제계(諸係: 여러 갈래) 간에 대립이 생한 것은 명약관화한 사실이다. 자유당 분금문제에 5와 10과 15의 갑을병 3종별(種別: 유별類別)이 있었다고 한다. 물론 갑종(甲種)이야 만족할지나 을종(乙種)이나 병종(丙種)이야 지족(知足)하고 함구(緘口)할 리가 없다. 이것이 불평불만으로 4장관 파면 요청도 산출되고 자유당 15부의 부장, 차장급의 총퇴진요구도 산출되고 중앙집권제 반대도 산출된 것이다. 또 김두한 같은 의원은 자유당의 자유가 아니라 자기 마음대로 자유행동을 한다. 이것이 동덕상취(同德相聚: 같은 덕은 서로 모임)가 아니라 동리상합(同利相合: 같은 이익이면 서로 합함)인 관계로 이(利)가 합하지 않아서 분리코자 하는 것이다.

만약 을병종에게도 동일한 15비례가 평분(平分: 평균적으로 분배함)되었다면 배(裵)의 공인이야 되었던지, 안 되었던지 불관(不關)할 것이다. 분열될 리가 없는 것이다. 동일 분배라면 갑종인 직계파가 또 불평불만을 가질 것이다. 그러면 이 자유당의 단합이라는 것은 부패물(腐敗物: 썩은 물질)에 모인 창승(蒼蠅: 파리)과 동일하여 견리이추(見利而趨: 이익을 보며 쫓음)하고 이박즉타거(利薄卽他去: 이익이 박하면 다른 곳으로 감)할 것이다. 그래서 이 불평불만(不平不滿)을 또 무슨 좋은 방법으로 달래서 전두(前頭: 내두, 미래)에 이권(利權)이 있다는 조건으로 완전 설득한 후에 을병종(乙丙種)이 달콤하게 여겨서 합치가 되기까지 개헌안을 상정만 할 심산이 아닌가 한다. 물론 이 개헌안이 상정될 때에는 내용이야 갑종의원들에게 비밀수수(秘密授受: 비밀로 주고받음)가 있은 후에 외양으로 동일하게 을병종에게 15비례 분금(分金)이 입수되어야 상정할 것은 명약관화(明若觀火)한 사실이다. 무슨 이기붕, 이갑성, 배은희를 위해서 대하는 것도 아니요, 또 무슨 자유당의 당이념으로 대립된 것도 아니요, 다만 이중(吏中: 벼슬아치 속)의 금전수입이 갑을병종의 차(差)가 있는 관계다. 외양으로 분금(分金)이 동일해서 개헌안이 통과하더라도 또 갑을병종의 차가 있는 줄만 알면 또 분쟁이 있을 것은 사실이다. 136인의 의원이 이 개헌안이 대한민국의 복리가 되고, 안 되는 것까지 생각할 여가가 없는 것이다. 그래서 내가 생각하는 것은 이 개헌안 상정에 일자(日字)는 자유당 의원들의 ○중입금(○中入金)이 거의 동일해야 비로소 상정될 것이라고 보고 그다음은 이 당 의원들에게 주는 금전의 출처가 어느 곳인가 생각해야 한다는 것이다. 상하교정리(上下交征利: 위아래가 서로 이익만 다툼)하니 국가가 어찌 될 것인가? 책재어원수(責在於元帥: 책임은 최고 지도자에게 있다)라고 할 외에 타도(他道)가 무(無)하다.

갑오(甲午: 1954년) 9월 22일

봉우서우유신초당(鳳宇書于有莘草堂)

5-51

수필: 우연한 실수로 곤란에 빠지다

- 군색(窘塞)한 요즘 내 사정

사면초가(四面楚歌)라고 근일 내 사정이 백사불성(百事不成)이라 될 듯한 일도 당면해 보면 허사(虛事: 헛일)가 된다. 그래서 남행(南行)에서 여지없이 실패하고 귀가한 후에 예정은 바로 서울로 갈까 하였으나, 엄두가 나지 않아서 출발이 지연에 지연이 계속된다. 그러나 내가 말한 기한은 앞으로 5~6일밖에 남지 않았고, 서울을 간대도 누가 돈을 저금하였다 줄 리는 없는 일이다. 이런 관계로 내가 무조건하고 서울행이 연기되는 것이다. 목적하고 가는 곳이 일자가 있다면 무엇이라도 주선해 볼까 한 것이나, 아주 일자가 촉박하니 채금(債金: 돈을 빌림)하는 외에는 타도가 무(無)한데 천리 타향에서 나를 누가 신용하고 대금할 리가 없지 않은가? 다만 바라는 바는 혹 운이나 좋아서 말하는 곳이 거절하지 않고 해줄까 하는 미미한 희망을 가진 것이라 물론 실패하려니 하고 가는 길이라 출발이 운명을 결정하는 것이다. 불평과 불안을 느끼고 갈 준비를 못하는 것이다.

희망이 극히 희박한 곳을 가게 되니, 역시 부득이한 사정이나 마음이 내키지 않아서 차일피일(此日彼日: 이날저날)하고 못 가던 것인데, 이 사정을 알지 못하는 가족들은 왜 서울길을 떠나지 않는가 하고, 수차의 질문을 한다. 내가 아무런 이유를 설명하지 않고 다만 신체 불건강하다고 운위(云謂)할 뿐이다. 목전의 부채 청산이 급한 사정이요, ○○혼인도 역시 급한 사정이나 두 가지에 한 가지도 마음대로 되지 않고 군색(窘塞: 막힘)에 군색을 당하며, ○○혼수(婚需: 혼인에 드는 물품)도 부채에 부채를 지며 일부 준비가 되었고 내 부채 청산 건은 아주 일호반점(一毫半點: 한 가닥 털, 반점) 준비될 희망조차 없으니, 기한이 되면 무슨 면목으로 상대할 것인가? 그렇지 않으면 법적 문제가 발생할 것인데 해결책이 아직은 묘연하다. 사실은 기한을 충족한 후에 바로 서울로 가서 주선했다면 준비되지 않았을 리도 없는 것인데 내가 제일은 신체가 불건강했고, 제2조건은 혹 다른 곳에 무엇이 될까 하고 유예미결(猶豫未決: 망설여 일을 결행하지 않음)한 것이 실책이 된 것이다. 금번에도 서울행을 출발하다가 남행으로 변경하였고 귀로(歸路: 돌아오는 길)에 또 서울 간다는 것이 귀가하였고, 또 즉시로 상경(上京)한다는 것이 공주행을 하고 또 대구행을 하고 또 귀가하게 되니 금번만은 노○가 태심(太甚: 너무 심함)해서 진정으로 직행을 못하겠다.

수일 조리(調理: 건강회복을 위해 몸을 다스림)하고는 백난(百難: 온갖 고난)을 제하고 서울로 가서 운명판단을 받는 외에 타도가 무하다고 본다. 금일 또 일건사(一件事)가 첩출(疊出: 거듭 나옴)한다. 부강(夫江) 박성배 조(條)는 무단히 참례가 되어 책임문제화하는 것이다. 내가 인정상 부득이 소개한 것이 종말(에) 책임을 지게 되는 것이다. 임사소홀(臨事疎忽)한 관계다. 이런 일은 내가 일시 인정(人情)이 무엇 하더라도 아주 거절했으면 무관할 것인데 마음이 유약(幼弱)해서 이런 책임을 지게 되는 것이다. 2~3일 조리 후에는 이 시원치 않은 운명판정을 받으러 서울로 가야 할 내 신세다. 가탄가괴(可歎可愧: 탄식하고 부끄러울 지경)한 일이다. 이 수건(數件: 몇 건)만 해결하면 이다음에는 단정코 다시는 이런 일에 착수를 하지 않기로 맹세하는 것이다. 우연한 실수로 1년간이나 백사불성하고 종말에는 불명예한 소리까지 듣고 곤란에 빠져 갱기(更起: 다시 일어남)할 용력(勇力: 씩씩한 힘)이 없게 되니 후회한들 무엇하리요?

갑오(甲午: 1954년) 9월 26일 봉우서우유신초당(鳳宇書于有莘草堂)

한미(韓美) 경제 문제가 원만(圓滿)치 못하다

한국 국화(國貨) 대 미국화 교환문제로 양국의 긴장(緊張)의 거리가 접근되지 않는 것 같다. 그 경과를 보면 미국 측에서는 현행 불(弗: 달러) 시세가 500원 이상이니, 252원 대 1불로 교환하자고 하고 한국에서는 종전대로 180원 대 1불로 하자는 주장이다. 물론 이해관계가 있는 일이라 서로 주장이 있을 것이다. 그러나 이 불(弗: 달러) 대 원(圓)이라는 것이 수십 년 전에는 1 대 2라는 시세(時勢)였고, 제2차 세계대전 직전에는 일화(日貨) 100엔 대 미화 23~24불로 승강(昇降: 오르고 내림)하였다. 그러다가 을유(乙酉: 1945년) 광복절 후에 미화 1불 대 한화 60원으로 되었던 것이 점점 인플레로 6.25 사변 전까지 미화 1불 대 한화 3,000원 정도로 왕래하였다. 그 후 6.25 사변으로 미군이 주둔하며 한국에서 국화를 차용(借用)하게 된 것이 1일 평균 10억 원 정도였다고 한다. 이것이 우리나라에 인플레의 원인이 된 것이다. 그래서 화폐 남발(濫發)이 전시(戰時)경제에 부득이한 사정이었으나, 우리가 보기에는 누구를 원망한다느니 보다 정부 자체가 부패되었다고 생각한다.

왜 그러한가 하면 화폐 남발이라 할지라도 미국에서 보상하지 않는 것이 아니니 그 보상되는 달러화로 한국의 일용필수품을 극히 검소한 물품을 택하고 또는 정부 자체가 무역을 통제해서 사치품의 입국을 금지하고 생산공장과 수력발전과 산업증산에 전력을 다하였다면 6.25 사변 후라도 부득이한 물품 외에는 자국생산으로 보충하도록 하였다.

외화가 우리나라에서 소화가 안 되면 외화가 입국될 리가 만무한 일이다. 그런데 정부에서 일용필수품이나 전시용품이나를 전부 외화에 의존하고 국산생산에는 장려를 안 하고 생산공장은 거의 수지불합(收支不合: 수입, 지출이 안 맞음)과 전력부족으로 운휴(運休: 운행중지)의 운명이 되고, 민생의 생활은 자상달하(自上達下: 위에서 아래까지)로 전시 기분이 없고 사치에 사치로 일로매진(一路邁進)하여 국가의 흥망이나 일가(一家)의 성쇠(盛衰)를 불문하고 일용필수품이 외화가 아니고는 행세를 못하게 되어 국산생산은 아주 미미부진(微微不振: 미미해서 떨치지 못함)하게 되었다. 그리고 농촌경제도 아주 패망의 일로로 가는 중인데, 국가에서 당연히 전시경제에 필요한 시설을 한 가지도 하지 않고 무엇이든지 외국에 의존하고 있다.

외국물자 도입으로 정부요인 측과 또 정상모리배들은 국가패망을 불계하고 다 수백억, 수십억이라는 거금을 가지게 되어 국산장려의 길은 이 자들의 방해로 안 되고 생산공장도 이 자들의 외화도입으로 수지가 맞지 않아서 폐지하게 되었다. 전력시설도 역시 이 자들이 방해하는 것과 동일한 것이다. 그래도 이 자들은 정부와 결탁(結託)해서 별별 망국 사업을 다하게 된다. 유엔에서 건설에 필요한 원호품이 입국되면 이 물품은 기개인(幾個人: 몇 사람)의 모리배 손에 들어가고, 몽리자(蒙利者: 이익을 얻는 자)는 정부요인들과 결탁된 모리배 외에 거의 없다 해도 과언이 아니다. 전쟁하는 나라가 무기 전체를 외국생산이 아니면 어찌하지 못하되, 위정자들은 안심하고 자기들이나 달러화로 미국이나 일본에다 저금해 놓고 아무 일이 있든지 안심이라고 자신만만(自信滿滿)들 하다. 이것이 미국에서 물자원호를 중지코자 하는 원인이 된 것이요, 민간에서 달러시세를 폭등시키는 관계로 미국에서 한화

250원 대 미화 1불을 주장하는 것도 무리가 아니요, 일본에서 생산하는 것을 사서 쓰라는 것도 무리가 아니다.

내가 말하고자 하는 바는 미국의 주장이 당연하다는 것이 아니라 한국정부 자체가 미국으로 (하여금) 이런 주장이 나오도록 처사를 하는 관계로 미국에서도 한국정부요인들을 상대로 이런 주장을 하는 것이라고 생각된다. 우리나라라고 미국에서 증오해서 일본은 일본의 생산으로 자족하고 또 여유를 타국에 통상교환하게 하고, 우리 한국은 생산을 말고 외국물자로만 사서 지내라고 할 리가 없다고 생각된다. 인필자모(人必自侮: 사람은 반드시 스스로를 업신여김) 연후인모지(然後人侮之: 그런 뒤에야 남이 모욕을 줌)114)라는 말이다. 정부에서 근본문제는 다 잘못하고 지엽문제에 와서 미국에게 원화지불을 중지하느니, 한국 주장을 강경히 주장하느니 하며 미국의 감정을 상하는 것이 한국외교의 실패라고 생각된다. 우리가 생각하는 바는 250 대 1의 (환율)일지라도 감수하고 차후라도 국산장려에 전력하고, 외화사치품을 일체 금지하며 생산공장을 국가나 민족이 합하여 장족진보(長足進步: 큰 걸음으로 나아감)할 정책을 수립하고 이에 순응치 않는 요인들은 다 축방(逐放: 쫓아냄)하면 멀지 않아서 기건(幾件: 몇 건)의 부득이한 외화(外貨) 외에는 다 국산으로 생산하고 광물(鑛物)이나 해산물도 외화 획득에 중요 역할을 하게 될 것인데, 현상으로는 국내 중요광산은 전부가 정부요인 계통의 독점으로 국가의 이익이 아니요, 개인들의 이권화(利權化)하고 마는 것이다. 나라야 망하든지 흥하든지 자기 개인들의 이권만 주장하는 것이 망국 인종들이다. 이런 것을 정부에서 다 국가적으로 수입한

---

114)《맹자(孟子)》〈이루상편(離婁上篇)〉에 나옴.

다면 불구해서 한국의 원화시세가 점점 앙등할 것도 사실이 아닌가? 위정자들이 국가와 민족을 위해서 일을 하지 않고 각자를 위해서 일하는 관계로, 미국서도 맹농아(盲聾啞: 보지 못하고, 듣지 못하고, 말하지 못함)의 중병자가 아닌 관계로 현 정부요인들을 불신하고 강경한 자국주장을 하는 것이다.

이런 일을 당해서 소위 요인(要人)을 자처하는 자들이 정신을 차리고 애국애족의 일념으로 일을 하라는 말이다. 불연(不然: 그렇지 않음)하면 그 몇 사람의 악당으로 말미암아서 전 민족의 피해를 받는 것이라는 말이다. 작야(昨夜: 어젯밤)도 라디오로 한미회담의 경과는 자세히 말하지 않고 회담이 있었다는 정도의 보고가 있을 뿐이다. 성공이고 불성공이고를 말하지 않는다. 육감적으로 불리했다는 것만은 사실인 것 같다. 벌써 석유중지 문제가 있고, 7억 불 원조중지 운운(云云)이 있다. 이것이 다 한국 대 미국의 외교적 실패인 것이다. 위정자들이 요인의 인물선택을 어찌하는 것인지 알 수가 없다고 본다. 그저 일분부(一分付) 시행(施行)이나 잘하는 자들이나 집단(集團: 모임)해 놓은 것이 아닌가 한다. 소위 국무위원들이라는 인물들이 아무리 호평을 한 대야 군(郡)에서 주사급(主事級)들이 아닌가 한다. 그만도 못한 자들도 얼마든지 있다. 국무총리라는 사람은 지방 어느 면 서무서기(庶務書記) 자격도 못 되는 인물이라고 나는 평하고 싶다. 변 총리(변영태)는 외국어를 통하니 대통령 통역 정도면 충분한 인물이지 다른 직업은 부당하다고 본다. 그리고 한미회담의 책임을 지고 있는 백두진115)이는 총리 재

---

115) 백두진(白斗鎭, 1908년 10월 31일 ~ 1993년 9월 5일), 대한제국 황해도 신천 출생. 제1공화국 시절 임시외자관리청장 직책을 지낸 대한민국 정치가 겸 경제 관료이다. 재무장관으로서 재임하면서 임시토지수득세법을 통과시켰고 화폐개혁을 단행했다.

직 시 별별 흑점(黑點: 비리)이 있음에도 불구하고 또 도적질이나 잘하라고 경제계 중진으로 채용하는 위정자들의 심산이 백두진과 동일한 사람들이라는 말이다.

한미회담이 한국경제에 막대한 영향을 초래하는 것인데, 근본문제가 한국의 실책이라 아주 각오하고 양보하고, 원만히 해결하는 것이 당연하고 이 해결 후에 국내에 긴급정책으로 외환 남용을 금지하고 국산생산으로 부족을 보충하도록 하면 1년 이내에 원불(圓弗: 한화 원과 미화 불, 달러) 교불률(交拂率: 교환지불률)의 비례가 아주 판이하게 될 것이라는 것을 각오하고 행정부에서 영단(英斷)을 내리라는 것이다. 그러나 내가 이런 말을 하는 것은 현 정부요인들에게는 우이독경(牛耳讀經: 쇠 귀에 경 읽기)이라고 본다. 그러나 현상을 보고 묵과할 수 없어서 일언(一言)을 하는 것이다. 한미회담의 장래를 우려하며 이 붓을 그치노라.

갑오(甲午: 1954년) 9월 27일 봉우서우유신초당(鳳宇書于有莘草堂)

추기(追記)

라디오를 들으니 우리의 손으로 전차(戰車)가 완전히 제작되었다고

국무총리 재직 시절엔 '중석불 사건(重石弗事件)'을 일으킨 책임자로 비판을 받았으며, '부정대부 사건(不正貸付事件)'으로 3대 국회에서 공직추방결의를 당하였다. 1961년 4월 24일에 실시된 제5대 민의원 보궐선거에서 경기도 이천 지역구에 출마하여 당선되었으나 5·16 군사정변으로 국회의원직을 상실하였으며, 부정축재 혐의로 체포되었다가 무혐의로 석방되었다. 뒤에 공화당에 입당하여 1967년 민주공화당 총재 상담역을 맡았으며 그 후 7대 국회의원에 당선되었고, 8대 국회의원에도 연임되었다.

공비(工費)는 70만 원 정도인데 이와 유사품을 미국에서 구입하자면 2만 8,000불 정도라고 하니, 하루라도 속히 우리 국산 생산을 정부에서 특별장려를 하기 바라고 이 붓을 그치노라. - 봉우추기(鳳宇追記)

대두(大豆: 콩) 수확을 하고

내가 경작하고 있는 밭이 790평이다. 예년(例年: 전부터 지내온 평상시의 해)에 대두 농사를 지어 보면 평균 십두(十斗: 열 말) 이내다. 그런데 임자(荏子: 들깨), 수수 등을 잡입(雜入: 섞어 심음)하고 밀착(密著?)을 한다. 내가 연년(年年)이 그 부당성을 말하나, 농부들이 나더러 농사에는 알지 못하니 막설(莫說: 말을 그만둠)하라고 하고 가족들도 농부들의 말을 신용하지 내 말을 불신한다. 이것이 예년의 예였다. 금년 대두 경작 초에는 내가 고집하였다. 조종(早種: 일찍 심음)하고 소종(疎種: 트이게 심음)하고, 잡것 불입(不入: 심지 않음)하라고 주장하여 그대로 해본 것이다. 농부들이나 가족들이 다 소출이 감(減: 줄음)하리라고 장담하던 것이다. 운자(耘籽: 김매고 북을 돋움)는 예년이나 동일하였다. 하간(夏間: 여름 동안)에는 평년과 소호(小毫)도 다름이 없었다. 급기야 추수기(秋收期)에 들어가서 보니, 소종(疎種)하고 조종(早種)한 것이 성실(成實: 열매를 맺음)이 낫게 되고 잡곡을 불입한 것이 양기(陽氣: 햇볕)를 더 받게 된다. 그래서 완전히 성숙하는 관계로 총 수확이 소두(小斗: 닷되들이 말)로 20여 두가 되었다. 이 밭에는 상목(桑木: 뽕나무)이 많아서 그늘이 많고, 또 수기(水氣)가 많고, 일부는 답(畓: 논)이다. 그래서 실면적 600평 내외일 것이다.

금년 대두가(大斗價)가 백미(白米: 흰쌀)와 동일하니 현상으로 보아서 8,000~9,000? 수입이요, 평당 10여 원이다. 대두 수확으로는 예년보다

배(倍) 이상을 했으나, 다른 농작물 수입에 비해서 아주 소액이다. 내가 주장(했던) 다른 농작물이라면 이 밭에서 소불하(少不下: 적어도) 5만~6만 원의 수입을 대두 대신에 볼 수 있었을 것이다. 근일 실례로 보아서 연초(煙草: 담배) 경작도 평당 100원 내외요, 고초(苦草: 고추) 경작도 평당 100원 이상이요, 대총(大葱: 대파) 경작은 (평당) 수백 원이 된다. 그래서 내가 연년(年年) 이런 주장을 하면 가인(家人: 가족)들과 농부들이 불신하던 것이 작년부터 상신이 연초 경작지가 되어 평당 50~60원 이상 100원 정도의 수입을 보고 금년은 연초 경작이 아주 증가했다. 그래서 내년쯤은 연초 경작이 더 증가하리라고 본다. 그보다도 내가 말하는 것은 대총을 경작하며 성적만 양호하다면 연초(보다) 배액(倍額: 두 배의 값)의 수입이 될 것이라고 본다. 그리고 대총 경작은 연초 경작보다 용이하고 책임 수량이 없는 것이다. 명년은 내가 이 밭에다 대총 경작을 해볼까 한다. 부득이 하면 연초라도 경작할 것이다.

대맥(大麥: 보리)도 이 밭에서 비료를 마음대로 할 시대에는 5~6석(石) 수입이 있었는데 근년에는 약 반(半) 수입한다. 이것도 내가 주장하는 대로 소종(疎種)하고 입토(入土)와 답평(踏平: 평평하게 밟음)을 실시하면 이 밭에서 동일한 비료를 사용하더라도 8~9석 수입은 자신이 있는 것이다. 가인(家人)들이 내가 농부가 아니라고 신용 않는 관계로 나 역시 불관(不關: 관여 안 함)하고 나는 나대로 불사가인생산작업(不事家人生産作業: 집안 살림에 관여치 않음)116) 하고 지내는 관계로 농사 수확이 얼마가 되든지 알고자 하지도 않던 것이다. 금년은 내가 무사(無事: 아무런 일이 없음)해서 집에 있는 관계로 이것을 목도(目睹: 목격)하

---

116)《사기(史記)》〈고조본기(高祖本紀)〉에 나옴.

고 있어서 말하지 않을 수 없어서 수어(數語: 몇 마디) 한 것이나, 대맥 파종 시에도 내가 주장하는 대로 해볼까 한다.

내가 지금까지 불관하던 농사를 착미(着味: 맛을 붙임)하고자 해서 그런 것이 아니라, 묵과할 수 없어서 그러는 것이다. 나의 전경작(田耕作: 밭농사)이 도합 천여 평인데 이것만 개량 경작을 해도 농부들 논 10두락(斗落) 수입은 되리라고 자신한다. 무슨 짓을 하든지 기아(飢餓: 굶주림)를 면하는 것이 당연한 일이다. 대두 수확을 해보고 소견차(消遣次: 소일차) 이 붓을 드는 것이다.

갑오(甲午: 1954년) 9월 27일 봉우서우유신초당(鳳宇書于有莘草堂)

호도(胡桃: 호두) 종묘(種苗: 씨나 싹을 심음)를 하고자 한다

10여 년 전 일정시대에 면에서 호도 묘목을 10여 본(本) 주는 것을 심을 곳이 있으나, 마음이 없어서 1본만 대지(垈地: 집터인 땅) 안에 심었다. 심은 지 4~5년 만에 호도가 열어지기 시작했다. 그래서 7~8년부터는 연수입이 불소(不少: 적지 않음)하였다. 동리(洞里)에서 나뿐만 아니라 타인들도 그 묘목을 다 심은 사람은 없었다. 보통 2~3본이나 심었고 수년 후에 보면 1~2주(株: 그루)의 평균이 못 되었을 것이다. 금년이 (호두묘목을 심은 지) 10여 년이다. 호도수입이 (생긴 지) 10여 년이 되었다. 별 식목기술이 필요하지 않고 비료나 좀 주면 충분하다. 나뿐만 아니라 타인들도 상당한 수입을 했다. 우리 집에 있는 호두나무가 지면을 약 10평 차지하고 있다. 평당 1두(斗)의 수입이요, 대가(代價)라면 평당 400원 정도다. 그리고 공한지를 이용할 수 있는 것이다. 수년 전부터 종묘(種苗)를 해볼까 하다가 분주해서 못하였다. 명년은 제백사(除百事: 백 일을 젖힘)하고 종묘할 작정이다. 묘목이야 누가 심든지 묘목만 되어서 동리 사람들이 심으면 기천 주(幾千株: 몇 천 그루) 심어 놓아두면 10년 후면 총수입이 만 두(萬斗: 만 말)는 될 것이니, 누가 수입해도 좋은 일이다. 평당 1두(斗) 수입이라면 상당한 것이다. 연차계획으로 기백주(幾百株: 몇 백 그루)씩 종묘할 것을 목표로 결정하고 이 붓을 드는 것이다. 고인들도 십년지계(十年之計)는 막여종수(莫如種樹: 나무 심는 일만한 게 없다)라고 한 것이 이런 의미인 것 같다.

갑오(甲午: 1954년) 9월 27일

鳳宇書于有莘草堂(봉우는 유신초당에서 씀)

추기(追記)

호두 일두(一斗: 한 말)가 약 400개 강(强)인데 출아(出芽: 싹이 틈)해서 종묘(種苗)가 되자면 손실분도 있고 해서 약 100개로 산정하면 충분하다. 1년에 대일두(大一斗)씩만 종묘용으로 하면 성적만 불량하지 않다면 200주는 될 것 같다. 연차계획으로 추진된다면 10년 내외에 수천 주는 될 것 같고, 이 정도만 되면 이것이 이 지방 명산(名産: 유명 생산품)으로 출세할 수도 있는 것이다. 우리 상신이나 하신(下莘)은 월화시(月華柿: 달빛감)117)의 명산지인데 근년은 시목(柿木: 감나무) 재배를 하지 않아서 고목(枯木: 죽은 나무)이 되는 관계로 연생산이 아주 감축되었다. 시목은 접목(接木)을 하지 않으면 곤란하고 또 비료를 하지 않으면 연년(年年: 해마다) 생산이 곤란하다. 그러나 재배한다면 호도보다 수입이 나은 것이다. 내가 말하는 것은 호두나무에는 식목시술이 그리 필요하지 않아서 민간식본(民間植本: 일반사람들이 심는 나무)으로는 적당한 것이라고 생각하고 호도목이 성(盛: 번성함)한 곳이 다 산중이라 우리가 사는 동리(상신)도 적지(適地: 적당한 곳)인 것 같다. 시목과 호도

---

117) 겉껍질이 붉으면서 검게 얼룩진 감. 옻나무에 접을 붙여 만든 것으로 '흑시黑柿'라고
도 한다.

목을 겸용하는 것이 우리 동리에서는 가장 좋은 일이라고 나는 주장하는 것이다. 이 동리에서 과목(果木: 과실나무)으로는 대조목(大棗木: 대추나무)은 아주 부적(不適)한 양(樣: 모양)이요, 율목(栗木: 밤나무)은 수(壽: 오래 삶)를 못하고 포도는 잘 될 것 같고, 다른 것은 경험이 없다. 그다음은 제재용목(製材用木)을 재배하는 것이 상당한 수입이 되는 것이다. 내가 장년시대에도 이 생각이 없는 것은 아니나, 실행력이 없어서 착수를 못한 것이다. 현상은 약간의 산판(山坂: 나무를 베어내는 일판)도 있고 공한지(空閑地: 집터나 농토로 안 쓰고 놀리는 땅)도 있다. 그래서 시험적으로 명년부터는 1건, 1건씩 착수해 볼까 한다. 이것을 내가 시작해서 내 자손을 위하는 것이 아니다. 효과야 누가 보든지 무방하다는 내 주장이다. 사람이 심어서 사람이 먹게 되면 만족한 것이다.

공주교육감 3선(三選) 문제

공주교육감 추천(推薦)을 제1차에 채수강 군이 되었는데, 문교부에서 재선통지가 와서 공주 교육위원회 의장이 법제처로 질문한 바 있었다. 그래서 법제처에서 공주교육구에서 제1차 추천방식이 합법적이라고 답통지가 왔었다. 그러나 문교부에서는 자기네 주장을 관철하기 위해서 제2차 추천인 선거를 행하도록 통지가 왔었다. 그래서 우리가 다 추천할 인물을 선거한 결과가 여전히 채수강 군이 당선되었었다. 그러나 문교부에서는 1년에 근(近)한 시일이 경과하도록 발령이 안 되고 있었다. 그러더니 다시 채수강 선거서류가 반송이 되고, 제3차 다시 추천하라는 통지가 왔다고 한다. 여기서 문교부에 왜곡이 있다고 주장한다.

지방의회에서 한 일을 합법적이면 인정해야 옳은 것이다. 무조건하고 자기들의 주장만 가지고 이유 없이 각하(却下: 물리침)한다면 교육위원들의 위신이 없는 것이다. 채 씨의 자격여하를 불문하고 교육위원들의 행사를 부인하는데 위원들로도 각오가 있어야 한다. 내가 직접 그 통지내용을 보지 못했다. 문교부에서 각하 이유가 있다면 이것도 고려할 필요도 있다. 공주 교육구 교육감 문제를 위요(圍繞: 둘러쌈)하고 삼각 분쟁이 있는 것 같다. 제1 곽상남 씨 파면이 조건이 불합(不合)한 것이요, 그다음 재선도 불합법이요, 문교국과 공주교육구 상대의 알력(軋轢: 삐걱거림)이라고 본다.

내가 보기에는 채수강 군도 어느 모인지 좀 부족점이 보인다. 교육감 자격이라느니보다 사회적으로 교제가 부족하다고 본다. 그래서 외양으로라도 원만한 태도를 취하지 못하고 남이 알게 적대행위를 하는 것이 채 군의 실책이라고 본다. 그래서 교장진에서 반대가 심한 것 같다. 교제상 결점이 있는 관계다. 그렇고 당선 후 교육위원들을 상대하는 것이 좀 부족했다고 본다. 그렇다면 이다음 교육위원으로 취할 방도(方道)가 무엇인가 각하이유가 충분하다면 다시 말할 필요가 없고 만약 조건이 없이 각하했다면 위원들 입장을 선명히 할 필요가 있다고 생각한다. 그리고 우리가 고집해서 또 교육감 발령이 지연된다면 이것도 우리에게 책임이 있는 것이다. 그러면 인선(人選)문제가 극히 곤란하다. 10월 25일 회합에서 무슨 합치점이 발견될까 의문이다. 나는 나대로 인선에 치중하리라.

출마예정자가 중동교장 홍 씨와 전 교육감 곽 씨와 의랑교장 정 씨와 천동교장 이 씨와 신영현 학무과장과 정진 서무과장과 채 씨의 재출마가 있는 것 같다. 일설에는 교육위원들은 기권(棄權)하자는 편도 있는 것 같다. 이것은 문교부에서 각하이유가 충분하다면 그럴 필요가 없으나, 무조건이라면 고려할 필요도 있는 것이다. 이 선거에 중상모략(中傷謀略)이 많을 것은 사실이나 각자가 자기주장으로 할 일이요, 강권(强權) 발동이 있다면 절대 반대하겠다. 충남 문교사회국에서 고집하는 것 같은데 합결적(合結的: 단합적)이라면 우리도 긍정할 외에 타도가무(無)하고, 무리(無理: 이치에 맞지 않음)하다면 맹종(盲從: 덮어놓고 따름)은 못하겠다는 말이다. 각자도 각자려니와 공주교육위원의 위신도 있어야 하는 것이다. 공정한 태도로 처사(處事)하겠다는 자서(自誓: 스스로 맹세함)이다.

갑오(甲午: 1954년) 9월 27일 봉우서(鳳宇書)

수필: 섭세풍상(涉世風霜)

그간에 공주군 내 각 초등학교 시찰이 있었고 또 공주교육감 3선(三選)이 경과하였다. 그러나 내가 한 번도 붓을 들지 못한 것은 내 개인이 사사(私事)로 가위 안비막개(眼鼻莫開: 눈코 뜰 새 없음)할 만큼 분주하였다. 그것은 양력 10월 말일(末日)까지 기한(期限)한 교육구 부채문제가 중대성을 가지고 있었고 또는 이질녀(姨姪女: 자매간의 딸) ○○○의 혼일(婚日)이 박두했으나, 수무분전(手無分錢: 수중에 푼돈조차 없음)해서 아무 준비가 안 되는 두 가지 관계로 가위(可謂: 가히 이르자면) 침식(寢食: 자고 먹음)이 불안하였다. 대외, 대내적으로 내 체면문제였다. 그래서 이 일이나 저 일이나 당해서 도무지 심불재언(心不在焉: 마음이 있지 않음)118)이라 그간에 정읍도 여행해 보았고, 서울도 여행해 보았다. 그중에 대한전시문화사 책건(冊件)도 개입해서 별별 득담(得談: 비방을 당함)을 다하고 있다가 마산 박달오 군의 최후통지로 나도 할 수 없이 대궁장군(對宮將軍)119)을 불러 보았다. 사실은 사세(事勢) 부득이 해서 마음에 없는 일을 한 것이었다. 이것이 다 섭세풍상(涉世風霜: 세상에서 자주 겪는 인생의 고난과 역경)이었다. 그리고 남 씨 하숙대도 청산이 못

---

118) 《대학(大學)》 제7장에 나옴. [원문해석] 心在不焉(마음이 있지 않음)이면 시이불견視而不見(보아도 보이지 않음)하며, 청이불문聽而不聞(들어도 들리지 않음)하며, 식이부지기미食而不知其味(먹어도 그 맛을 모름)니라.

119) 장기를 둘 때 궁(宮)과 궁을 직접 맞서 놓게 되었을 때 부르는 장군. 이 장군을 받지 못하면 비기게 됨.

된 채 있다. 가위 사면초가였다. 대구 자식에게도 그간에 다녀왔었다. 이것이 다 궁여지책(窮餘之策)이다. 정신을 수습하지 못하고 왕래분주(往來奔走)하다가 서울 친우에게서 서신이 와서 ○○혼일을 격일(隔日: 하루 떼어놓음)하고 상경해서 동족방뇨(凍足放尿: 언 발에 오줌 눔)격의 대창피는 면할 정도가 되었고, 교육구 건도 어느 정도 해결 가능성을 보이고 있다. 그리고 호당동지가 책가(冊價)에 대한 해결방책을 최선의 노력을 하겠다고 통지가 왔다. 말하자면 난마(亂麻: 얽힌 삼실) 같은 일을 어느 단서가 생겨서 선후책이 나올 듯하다. 그러다 ○○혼일을 당해서 무사히 경과하고 별 창피는 당하지 않았고, 혼채(婚債: 결혼빚)는 청산 가능성을 보이고 있고 교육구 건만은 아직 완전 해결을 보지 못했으나, 기분(幾分: 약간)의 희망을 갖게 되었다. 이런 관계로 20일간이나 일차도 집필을 못하고 금일 비로소 수필 일단(一端: 한 끝)으로 그간 분주한 경과를 적어 보는 것이다. 음력 10월은 좌우간 분주무가(奔走無暇: 분주해서 여가가 없음)한 달이다. 이 달은 이 정도로 집필을 중지해야겠다. 앞으로 서울 사람의 제약 건이 있어서 10월 그믐을 기한하고는 아무 일도 못하겠다.

갑오(甲午: 1954년) 10월 17일 봉우서(鳳宇書)

공주교육감 3선(三選) 경위(經緯: 과정)를 말하고자 한다

양력 11월 초에 공주교육감 3선안(三選案)이 교육위원회에 의안으로 상정되었다. 사전에 위원들이 타협이 있었다. 충청남도 문교사회국장 지시대로 3선을 시행하자는 일파와 채수강 전 당선자를 위원 일동이 단결해서 3선시키자는 일파와 교육구 사무를 위해서 다른 적임자를 선출하자는 일파와 3선에 출마한 모모 씨의 맹(猛)운동에 합력(合力)하는 일파가 있었고, 나는 어느 파에도 가담하지 않고 이 의안을 철회하고 도(道)문교사회국의 본의를 타진한 후에 다시 이 의안을 상정할 것을 주장하였었다. 그 이유는 작년 제1차 교육감추천 당선을 보고한 후에 도(道)에서 교육감 추천방식이 위법되었다고 재선통고가 왔었다. 그래서 당시 의장이던 박유진 씨가 교육감선거 전말을 그대로 법제처에 질의한 바 있었고 그 답통지가 우리의 위원회에서 취한 방식이 지방자치를 가장 잘 해석하였다고 아주 합법적이라고 (통지가) 왔었고, 또 이 사유를 관보에 게재하고 이를 법제처에서 문교부로 공주교육위원회에서 거행한 선거방식이 '가장 합법적이었다'라는 조회까지 있은 다음 도 당국에서 또 재선통지가 왔었다.

그 내용은 귀(貴) 교육위원회에서 행한 선거방식은 지방자치법 해설로는 합법적이었으나, 문교부 지시와 통일하기 위해서 그 방식대로 재선해달라는 조건이었다. 그래서 우리 위원회에서는 그 통지에 응해서 재선을 하였고 소호(小毫)도 위법함이 없었다. 그럼에도 불구하고 7~8삭(朔: 달)을 경과한 금일에 와서 그 일건 서류를 충분치 않은 이유로 각하하고, 재선 통지를 하는 것은 그 본의를 알 수 없는 일이다. 우리들의 생각에는 당국에서 지방자치법을 무시하는 행사라고 본다. 만약 2차 피추천인이 악질적 친일행동이 있었다면 문교부 인사행정을 의심하는 바는 이러한 확증이 있는 사람이라면 초등학교장으로 임명한 것은 하고(何故: 무슨 까닭)인가 한다. 우리는 교육감 자격이 있는 자(者) 중에 선택해서 투표한 것이요, 무슨 권력이나 압력에 아부해서 한 일은 아니다. 우리가 금일 도(道)의 지시대로 타인을 선출한다면 전(前) 당선자는 확실한 친일파 낙인을 찍어 주는 것이요, 또 그 사람을 당선시킨다면 문교당국과 의견이 대립되는 것이라고 생각되어 혹 타인이 당선되더라도 문교당국의 의사에 불합하다면 또 무슨 이유로든지 거부할 것이다. 그렇다면 지방자치법의 신성화(神聖化)를 모독하는 것이 아닌가 한다. 이런 관계로 우리 위원회에서 도(道)나 문교부의 의견을 확실히 안 후가 아니면 이 의안(議案)을 상정(上程)시킬 수 없다는 것이다.

우리가 이런 처사를 하는 것은 어떤 인간을 위해서가 아니라 지방자치법 수호의 정신에 파문을 던지고자 하는 것이라고 주장하였었다. 그래서 위원들이 갑론을박(甲論乙駁: 갑이 논하고 을이 반박함)하다가 마침 우리 일파(一派) 1인이 차석(次席)이 되었고, 또 우리 일파에서는 모모 씨들의 특청(特請)이 있었던 관계인지 행동이 통일되지 않아서 채 씨 재추진 일파가 3회전(回戰)에 일점(一點)을 더 얻어서 3선(三選)되었다. 대체로 보아서는 채 씨나 모모 씨가 다 퇴진(退陣)하는 것이 당연한 일인데 불구하고 고집하는 것은 도의상(道義上)으로는 득점이 없다고 생각된다. 그리고 문교당국에서도 실책(失策)이라고 생각해서 수자(數字: 몇 자) 난초(亂草: 어지럽게 쓴 초고)하는 것이다.

갑오(甲午: 1954년) 10월 18일 추기(追記) 봉우(鳳宇)

설초(雪樵)를 환송(歡送)하고

운리합월영허(雲離合月盈虛: 구름이 흩어졌다 모이고, 달이 차고 비워짐)는 이지상야(理之常也: 이치의 합당함이요)라. 인지봉별(人之逢別: 사람의 만남과 헤어짐)이 역류시의(亦類是矣: 또한 모두 이러함)로다.

평수상봉(萍水相逢: 부평초와 물이 서로 만남)이 회소리다(會少離多: 모임은 적고 헤어짐은 많음)가 자연지리야(自然之理也: 자연의 이치라)요, 봉장상환(逢場相歡: 만난 자리는 서로 기쁨)하고 이경상창(離境相悵: 헤어지는 곳은 서로 슬픔)도 인지상정야(人之常情也: 사람의 늘 지닌 정이라네)라.

연이금당설초환송지시(然而今當雪樵歡送之時: 그러나 지금 설초를 환송하는 때를 당해서는) 유소심어상정자(有所甚於常情者: 보통의 인정보다 더 심한 것)이 존언(存焉: 있음)하니, 하야(何也: 무엇인가?)오.

설초(雪樵)는 인부조지피난행각(因父祖之避亂行却: 아버지와 할아버지의 피난행각으로 인하여)하야 조리태향(早離胎鄕: 이르게 고향을 떠남)하고 남천호서(南遷湖西: 남쪽으로 충청도로 옮김)하니, 신산생애(辛酸生涯: 고생 많은 생애)를 불언가지(不言可知: 말 안 해도 알 수 있음)라. 조불모석(朝不謀夕: 아침에 저녁을 헤아릴 수 없음, 당장을 걱정해야 함)하니 해가(奚暇: 어느 겨를)에 입상서학교(入庠序學校: 학교에 들어감)하여 학도덕문장호(學道德文章乎: 도덕과 문장을 배우겠는가)아.

조출경모이귀자(朝出耕暮而歸者: 아침에 나가 저물 때까지 밭 갈다 돌아오는 것)이 구의(久矣: 오래됨이라)라. 전전이이거우상신(轉轉而移居于上莘: 구르고 굴러 상신리로 거주를 옮김)하여 자농생애근근호구(資農生涯僅僅糊口: 농사를 밑천으로 사는 형편이라 겨우겨우 입에 풀칠함)하며, 간득삼동지가(間得三冬之暇: 간혹 겨울 석 달의 휴가를 얻음)하여 등하상봉자원원의(燈下相逢者源源矣: 등잔불 아래 공부를 끊임없이 함)러니,

군(君)이 유의어주경야독(有意於晝耕夜讀: 낮에 밭 갈고 밤에 독서함에 뜻을 둠)하고 독자휴권이청여동거(獨自携眷而請余同居: 혼자서 식구를 데리고 오더니 내게 같이 살게 해달라 청함)하여 인이동정(因而同鼎: 그로 인하여 한솥밥을 먹음)하고 입지어학문자(立志於學問者: 배우고 익히는 것에 뜻을 둠)이 십유여년(十有餘年: 10여 년)이라.

설초열진자서제집(雪樵閱盡子書諸集: 설초가 거의 모든 분야의 책들을 다 봄)하고 정연문의(精硏文義: 정밀히 글의 뜻을 연구함)하여 엄연일유관무치(儼然一儒冠無恥: 엄연한 일 선비임에 부끄러움이 없음)러라. 이후 수여이겸섭음양제가서(以後隨余而兼攝陰陽諸家書: 이후로 나를 따라 음양제가서들을 아울러 섭렵함)하고 시혹연정어산사석굴(時或硏精於山寺石窟: 때때로 혹은 산사나 석굴에서 정신수련함)하여 파유소득(頗有所得: 자못 얻은 바는 있음)이나, 구체이미(具體而微: 형체는 갖추었으나 미미함)라서 항립지어면벽기년의(恒立志於面壁幾年矣: 늘 몇 년을 면벽수련할 뜻을 세움)라.

연이소원자(然而所願者: 그러나 소원하는 사람)는 백사구비(百事俱備: 모든 것을 다 갖춤)하되, 지결동남풍(只缺東南風: 단지 동남풍이 모자람)이라. 지지난수고(遲遲難遂故: 더디고 더뎌서 도를 성취하기 어려운 까닭)로 근년(近年)에 확립정견(確立定見: 확고히 자신의 정견을 세움)하고 준비가옥처수해탈지자자(準備家獄妻囚解脫之資者: 집감옥과 아내의 죄수

인 현실에서 벗어나고자 자금을 준비함)이 이구이불구결의이속의(已久而不久決意離俗矣: 이미 오래되었으나, 속세를 떠날 결심은 오래되지 않음)러니, 사불가역도(事不可逆睹: 일이란 돌이켜 볼 수가 없음)라.

의외설초지현배무병이서(意外雪樵之賢配無病而逝: 의외에 설초의 어진 아내가 병도 없이 돌아감)하니 치자○○(穉子○○: 어린 아들 ○○)를 무처가탁(無處可托: 부탁할 곳이 없음)이라. 설초지심지(雪樵之心志: 설초의 마음)가 수왈견고이난면산란자역당연지사야(雖曰堅固而難免散亂者亦當然之事也: 비록 굳고 단단하나 산란해짐을 면키 어려운 것이 당연한 일)라. 욕탁치자차부휴이거(欲托穉子次扶攜而去: 어린 아들을 맡기려 데리고 감)하니, 여심지창결(余心之悵結: 내 마음의 슬프게 맺힌 것)은 불필론야(不必論也: 말할 필요도 없음)요, 설초(雪樵)도 난면산란정신의(難免散亂精神矣: 정신이 산란해짐을 면키 어려움)리라.

여장행왈당탁양애(余壯行曰當托兩哀: 내가 큰 뜻을 품고 먼 길을 떠나는 설초에게 말하기를 마땅히 두 슬픔을 줌)커든 물변초지시소망야(勿變初志是所望也: 처음 품은 뜻을 변치 말기를 이것을 소망함)라 하니, 설초(雪樵)도 유유(惟惟: 그리 생각한다)하고 보보상원(步步相遠: 걸음, 걸음 서로 멀어짐)하니 평장이합(萍場離合: 부평초처럼 기약 없이 헤어지고 만남)은 인지상정(人之常情: 사람들의 보편적 감정)이나, 군여여지상별(君與余之相別: 그대와 나의 서로 헤어짐)은 신수리이신불가리(身雖離而神不可離: 몸은 비록 헤어지나 정신은 헤어질 수 없음)하리니, 거자지정(去者之情: 가는 사람의 심정)이나 유자지심(留者之心: 남은 사람의 마음)이나 소무이야(少無異也: 조금도 다를 바 없음)리라. 구구지회(區區之懷: 구구한 소회)는 불필기(不必記: 굳이 기록하지 않음)하노라.

1954년 10월 27일 잡거우대전목동후왕17(雜居于大田牧洞厚往17:
대전 목동 후왕 17에 여러 사람이 섞여 삶)
갑오(甲午: 1954년) 10월 28일 봉우서우유신초당(鳳宇書于有莘草堂)

[이 글은 《봉우일기 1권》 447~448페이지에 실린 〈설초를 환송하
고〉의 본문입니다. 1권에 실린 글은 이 글의 추기(追記)인데, 1998
년 《봉우일기 1권》 편집 당시에 본문(한문본)이 누락되고 추기(한
글본)만 실린 것을 이번에 본문을 새로 역주하여 처음으로 공개하
게 되었습니다. -역주자]

개헌안 부결을 보고

11월 27일 오전까지 여야당(與野黨)의 논전(論戰)을 계속하였고 오후도 그칠 줄을 모르다가 일모(日暮: 날이 저묾) 후에 무기명 투표로 표결이 시작되어 개표한 결과가 민의원 의원의 재적수가 203명이니, 헌법규정상 재적의원 3분의 2 이상이라야 가결되는 법이다. 그러면 정족수(定足數)가 136인이었다. 그런데 개표한 결과가 부표(否票)가 60인이요, 기권이 7인이요, 가표(可票)가 136인이었다. 그래서 사회하던 민의원 부의장 최순주 군이 부결되었다고 의사봉을 세 번이나 치고 선포하자 야당계에서는 총퇴석 하고 여당계에서는 실망한 기색으로 이곳저곳에서 어느 놈이 반동하였느냐고 수군수군하였다. 좀 있다 폐회를 선포하자 다 퇴장하였다. 사실은 세상 풍설(風說)과 소신(所信)할 만한 곳에 전하는 바에 의하면 별별 기문(奇聞: 이상한 소문)이 다 많았었다.

야당계 모 거물급을 이용해서 포섭공작에 100만 원씩 또 수백만 원씩의 수표가 거래되었다고 전하고 또 대통령께서 야당계 모모 의원을 초청해서 개헌안이 통과되도록 권고하시었다는 신문보도도 있었다. 대체로 보아서 이 개헌안이 비법적(非法的)이라는 것은 야당계 민의원 뿐만 아니라 대중심리가 거의 그러했던 것이었다. 그래서 이 부결이 선포되자 군중들은 다 당연한 일이라고 하였다. 이것이 사필귀정(事必歸正: 일은 반드시 바르게 돌아감)이라고 자유당에서는 137인의 의원을 가지고 또 야당계 의원 포섭에 수억 원을 소비해 가며, 그 외에도 별별 압력을 다 가해 온 것이 부결이 되었으니, 민심(民心)이 즉 천심(天心)이라고 보겠다.

전설에 의하면 야당의원이 포섭공작에 가담한 분이 10인 이상이었다고 하니, 여당계 의원으로 부표(否票)나 기권한 의원이 10여 인 되는 것은 가리지 못할 일이다. 그러고 보면 여당계에서도 양심인물이 아주 없다고는 못할 것이다. 당일 우리 군 출신 모 의원의 실언도 기억되는 바가 있다.

이것은 양심이 부족한 것이 아니라 아직 어느 것이 양심인지 또 어느 것이 불량심(不良心)인지에 심판력이 부족해서 자기가 하는 말이 가장 양심적이거니 하고 말하는 것이다. 고의적으로 불량심적 발언인 줄 알며 하는 것이 아니라고 나는 인정하는 것이다. 그리고 네가 걱정되는 바는 자유당에서 압력하 비법행위를 간간이 행하는 것은 세인이 공지하는 바라 또 무슨 탈선행위가 있을 것인가? 이것이 염려되는 것이요, 현상으로 부결된 것이 민의(民意)라는 것을 재인식하는 것이다.

갑오(甲午: 1954년) 11월 초길일(初吉日: 초하룻날) 봉우서(鳳宇書)

개헌안 통과를 선포하다

개헌안이 부결된 후 즉시 자유당 최고간부들이 이 대통령께 회견하고 모 중대결의를 한 것 같다는 정보가 있었다. 그 익일(翌日: 이튿날) 갈(葛) 공보처장120)은 개헌안이 부결이 아니라 가결이라고 담화를 발표하고, 이 대통령도 역시 동일 담화가 있었고 최순주 군은 작일(昨日: 어제) 착오로 가결된 것을 부결이라고 선포하였다고 담화를 발표하고 자기의 과실이 아니라 감표(監票: 투개표 감독)위원들이 말하는 대로 선포하였다고 말하고 시민들이 가결된 것을 왜 부결이라고 선포했냐고 하는 질문을 받고서야 확실히 부결이 아니라는 것을 알았다는 담화가 발표되었다. 그래서 모모 박사를 초빙해서 다시 계산해서 틀림없이 135인이 통과할 수 있는 정족수라고 주장하였다.

그 익일 민의원에서 여야당의 대논전이 있었고, 최순주 군이 재작일(再昨日: 엇그제날) 부결선포를 취소하고 가결을 선포한다고 의사봉을

---

120) 갈홍기(葛弘基, 1906년 4월 14일 ~ 1989년 8월 25일), 일제 강점기, 대한민국의 감리교 목사 겸 정치인, 외교관. 일제 때 학병 지원 독려를 위한 지방 순회강연을 벌이며 황도기독교의 수립과 전쟁 지원을 역설한 악질 친일파다. 이런 친일행각 때문에 많은 비판을 받았음에도 이승만에 의해 고위 관료로 발탁되어 주일대표부 참사관과 한일회담 대표를 시작으로 외무부 차관을 지냈으며 특히 1953년부터 3년간 공보처장으로 활동하며 이승만 대통령의 이념적 대변인이라는 평을 들었다. 사사오입 개헌 때도 사실상 이승만의 종신 대통령직을 보장하는 내용의 개헌을 안보를 핑계 삼아 옹호하여 비난을 받았다. 공보처장 시절인 1955년 저술한 《대통령 이승만 박사 약전》에서 이승만을 예수나 석가모니와 같은 성인에 비유하며 찬양한 바도 있다.

치자, 야당계 모 의원이 등단하여 그 불법을 지적하고 부의장이 자격 없는 불법을 선포한다고 단상에서 인하(引下: 끌어내림)하라고 하고 여당계에서 10여 인이 등단해서 난투극이 벌어졌다. 야당에서 법 이론을 가지고 공공(公公)하게 반박하고 총퇴장하였다. 그래서 대법원 김병로 (金炳魯)121) 씨 담화로 부결이 당연하다고 하고 대한민국의 법(조)계 중진이라는 유진오 군도 여러 증거를 들어서 부결의 당연성을 말했다. 다만 공보처장 갈모가 가결이라고 담화를 발표할 뿐이었다. 이런 것을 대통령은 곧 서명하고 정부에서 개헌통과 공고(公告)를 했다.

이것은 국가의 기초인 헌법을 불법하게 또 이론이 닿지 않는 이유로 공공하게 압력으로 가결시킨다면 국내는 그 압력에 감노이불감언(敢怒而不敢言: 화는 나지만 말로 드러내지는 않음)할지 알 수 없으나, 국제무대에서 우리 대한민국 현 정부를 무엇으로 알 것인가? 그리고 우리가 국제적으로 신용이 실추되면 장래에 재건과 복구와 평화를 무엇으로 할 예정인가? 한심한 것은 목전의 기갈(飢渴: 굶주림과 목마름)을 못 이겨서 짐주지갈(鴆酒止渴: 독주로 갈증을 그침)하고 누포구기(漏脯救飢: 썩은 고기로 주린 배를 채움)하는 것과 무엇이 다를 것인가? 짐주지갈(鴆酒止

---

121) 김병로(金炳魯, 1887년 12월 15일 ~ 1964년 1월 13일), 대한민국의 독립운동가·통일운동가·법조인·정치가이며 시인. 일제 강점기 신간회 활동에 참여하였고, 독립 운동가들을 무료로 변호하는 인권변호사로 활약하며 이인, 허헌과 함께 3대 민족 인권 변호사로서 명망을 날렸다. 광복 후 1945년 9월 한국민주당 창당에 참여하였으나 한국민주당의 정책 관련 노선에 반발하여 1946년 10월에 탈당하고, 이후 좌우합작위원회와 남북 연석회의에 참여하였다. 후에 분단의 현실을 느껴 노선을 선회하여 대한민국 정부 수립에 참여, 1948년 반민족행위특별조사위원회 특별재판부 재판부장과, 초대(初代) 대법원장을 지냈다. 대법원장 시절 사법부의 독립을 지키고 국가보안법 폐지를 주장하는 등 이승만 정권의 노선에 반발하여 대립하였고, 대법원장 퇴임 후 이승만, 박정희 정부의 야당 인사로 활동하였다. 대한민국 정부로부터 1962년 문화훈장, 1963년 건국훈장 독립장을 수여받았다.

渴)이나 누포구기(漏脯救飢)는 그 해독이 당사자 1인에게 그치나, 이 자유당 의원들의 불법적 행동은 우리 대한민국의 자멸을 초래할 뿐이다. 이것을 찬성하고 이것을 예찬하는 자들이 우리 대한민국을 좀먹는 악질이며, 난신적자(亂臣賊子: 나라를 어지럽히는 신하와 부모 뜻을 거역하는 자식)들이라는 말이다. 목전에 올 우리 대한민국의 국제적 지위가 우리 백성으로 어찌 걱정되지 않으리요? 전인지술(前人之述: 옛사람의 기록해 놓음)이 비(備: 갖춰져 있음)한 고로 가결이니, 부결이니의 이론은 기록 안 하기로 하고, 203인에서 가표(可票: 찬성표)가 3분의 2가 못 된다는 것은 누구나 다 잘 아는 것이라 이유를 설명할 필요가 없다고 본다.

자유당에서도 모모 의원은 반대하는 것이 세인이 다 알 정도니 그 인물들을 제(除)한 외(外)는 자기들이 말하는 천하의 공당(公黨)이 아니라, 천하의 역당(逆黨)이라는 것은 면하지 못할 일이다. 역(逆)이건 순(順)이건 보다도 이런 불법행위로 우리가 직접 받을 장래의 국제적 대우가 향상의 정반대가 될 것은 자연한 일이니, 황천(皇天: 하늘, 하느님)도 어찌 그다지도 무심하신가? 일일(一日: 하루)이라도 속히 공정한 심판으로 우리 민생(民生)을 구하시라. 야당계에서 호헌(護憲) 동지회를 조직하여 60인이 단속(團束: 단결)된 모양이니, 없는 것보다는 나을 지나 권력으로 압력하에 어찌할 것인가? 장래를 보자. 대체로는 아주 총퇴진하는 것이 당연하다고 생각된다. 나도 대한민국 국민으로서 이 불법적인, 단순한 일개 행위가 아니라 헌법개정에 대하여 묵과(默過: 가만히 지나침)할 수 없어서 이 붓을 드는 것이다.

갑오(甲午: 1954년) 11월 초이일(初二日) 봉우서(鳳宇書)

세계 육상 신기록 32종 금년도 발표를 보고

종목	기록	보지자(保持者)	일자	장소
100야드	9초 5	호간(호주) 5월 5일	시드니	
1리(哩: 마일)	3분 59초 4 바니스타(영국)	5월 6일	옥스퍼드	
1리(哩: 마일)	3분 58초	란다(호주)	6월 21일	쓰루구
1,500미 (米: 미터)	3분 41초 8	란다(호주)	6월 21일	쓰루구
3 리(哩: 마일)	13분 32초 2	쿠린(영국) 6월 10일	런던	
3리(哩)	동상(同上)	자라웨이(영국)	6월 10일	런던
5,000미(米)	13분 57초 2	자도백 척크 5월 30일	파리	
6리(哩: 마일)	27분 59초 2	자도백 척크	6월 1일	브랏셜
1,000미(米)	28분 54초 2	자도백 척크	6월 1일	브랏셜
3,200미 (계주繼走)	7분 26초 8	소련 육군팀	7월 25일	기이후
15킬로미터 경보(競步)	1시간 5분 59초 6	도레자루 척크	4월 5일	보레시후
10리(哩) 경보	1시간 10분 45초 8	도레자루 척크	4월 5일	보레시후
20리(哩) 경보	2시간 33분 9초 4	도레자루 척크	4월 15일	보레시후

《미공인(未公認) 신기록》

100미(米)	10초 2	훗더라(서독)	10월 31일	문자미상 (文字未詳)
880야드	1분 48초 6	니르센(덴마크)	9월 30일	코펜하겐
1,000미	2분 19초 5	보어전(노르웨이)	9월 8일	가루레
3리(哩: 마일)	13분 27초 4	구쓰(소련)	8월 29일	배룬
3리(哩)	13분 27초	동인(同人)	10월 13일	배룬
3리(哩)	13분 26초 4	동인(同人)	10월 23일	푸래구
5,000미	13분 56초 6	동인(同人)	9월 29일	배룬
5,000미	13분 52초 2	동인(同人)	10월 26일	푸래구
5,000미	13분 31초 6	차다웨어(영국)	10월 13일	런던
1,500미	3분 42초 8	산티(미국)	6월 4일	큰푸톤
440야드(계주)	40초 3	텍사스 대(미국)	4월 14일	만사스
3,500야드(계주)	7분 27초 3	휘담 대(미국)	5월 21일	로스앤젤스
3,200야드(계주)	7분 27초 3	휘담 대(미국)	동일	동지(同地)
6,000미(계주)	15분 21초 2	항가리육군팀	7월 14일	부다페스트
3,000미 (장애물경기)	8분 41초 4	카루귀낸 (芬: 핀란드)	10월 13일	런던
투함마	63미터 34	구리소노소후(소련)	8월 29일	배룬
투포환(投砲丸)	18미터 54	오부라이엔(미국)	6월 11일	로스앤젤스

이상 기록을 참고로 기록해 보는 것이다.

갑오(甲午: 1954년) 11월 초십일(初十日) 봉우서(鳳宇書)

추기(追記)

　이상 기록이 금년 중 세계 운동계를 통한 최우수한 신기록이다. 장족 진보(長足進步)하는 운동사로 보아 금년 신기록이라면 곧 세계 신기록으로 보는 것이 당연하다. 물론 연년(年年) 신기록을 내는 것으로 보아서 내두(來頭: 장래)의 신기록이 어떤 경인적(驚人的: 사람을 놀래는)으로 돌파될지 알 수 없으나, 아직까지로 보아서 연년(年年) 나오는 신기록의 차(差)가 약간에 불과한 것을 볼진대 세계인류의 역량의 차라는 것이 그리 대차(大差)가 없다는 것을 증명하는 것이다. 이것으로 추산해 보아도 10년 후에나 올 신기록도 어느 정도이지, 별 초인간적은 아니리라고 생각된다. 이것이 운동사(運動史)의 점진율(漸進率)일 것이다. 그러나 어느 정도의 신기록이 나면 이 기록을 수십 년간을 보지(保持: 보유)하고 있는 수도 있고, 또는 어떤 특별기록은 세기적(世紀的: 오랫동안)으로 도저히 추급(追及: 따라붙음) 못하는 수도 있다. 이것이 인류로서 보통일이다.

　그러나 내가 말하고자 하는 것은 이 점진율을 말하고자 하는 것이 아니요, 우리 고래(古來)부터 전래하는 체술(體術)을 습득함으로써 현 세계에서 운위(云謂: 말함)하는 운동계의 점진율을 어느 사람이라도 다 무려(無慮: 수가 매우 많음)히 돌파하고 초신기(超新紀: 신기원을 뛰어넘음)를 낼 수 있다는 것을 말하고자 이 기록을 참고로 기록한 것이다. 우리의 고대 전래식(傳來式) 보건법(保健法: 건강법)을 그대로 국민보건에 보급시킨다면 전 국민 체력향상은 물론이요, 건전한 체질에 건전한 지식이 생한다고 두뇌도 명석해질 것은 틀림없는 일이다. 고래식(古來式) 체술방식은 수차 논급(論及)하였거니와 상세는 시간관계와 경제관계로 보급시키지 못하는 것은 유감이다. 그러나 현금(現今: 현재)이라도 전공코자 하는 분에게는 절대로 비전(祕傳)이로라고 휘지비지(諱之秘之: 꺼리고 숨김)하지 않고 노골적이며, 책임적으로 전할 의무를 이행할 것이다. 시간관계로 이 정도의 추기를 쓰고 이다음 상세(詳細)를 다하리라.

갑오(甲午: 1954년) 11월 15일 봉우추기(鳳宇追記)

공주 교육구 위원을 사(辭: 물러남)하고

3년 전에 지방자치제 관계로 내가 공주 교육구위원으로 추천을 받았었다. 그러나 3년간을 유명무실하게 경과하고 지낸 것이 내 책임완수를 못한 것이요, 또 1인(一人)의 의사(意思)로 진행하는 것도 아니다. 그러던 중에 작년 맥(麥: 보리) 매상(買上: 사들임)문제를 위요(圍繞: 둘러쌈)하고 별별 기괴상(奇怪狀)이 많았고, 위원들도 교육감 선거문제로 암류(暗流: 겉으로 나타나지 않는 물의 흐름)가 있었다. 그래서 나는 그 어느 세력에 합류되지 않는 것이 내 일신상으로 불리한 점이었다. 그래서 전술(前述)한 일도 있거니와 교육구 부채관계로 내 자신의 입장이 극히 곤란한 적이 많았고, 그때마다 그 자리를 사양코자 하였으나 부채관계로 어찌하지를 못하다가 금번에 내 소유인 산판(山坂: 멧갓, 나무를 찍어내는 일판)을 제공하고 부채를 청산함을 기회로 위원을 인책사임(引責辭任: 책임을 지고 물러남)하였다. 그간에 별별 기괴망칙한 일은 다 말할 필요 없고 비록 내가 인책사임하였으나, 그 와중에서 나온 것만 상쾌하게 생각된다. 지금부터 무사한인(無事閑人: 일 없고 한가한 사람)의 몸이 되어 무엇보다 자위(自慰: 스스로 위로함)된다.

우리나라 현상은 사람이 5인 이상 집회하면 벌써 당파가 생기고, 당파가 생기면 서로 중상모략을 일삼는 것이 공주교육위원 간에도 그 바람이 부는 것 같다. 위원 간에 수인(數人)의 허영욕(虛榮慾)을 가진 인간이 파당적으로 또 무슨 일이든지 자기중심주의로 하는 관계로 빙공

영사(憑公營私: 공적인 일을 빙자하여 사적인 일을 꾀함)하는 행위가 나도 비위에 맞지 않아서 반대한 것이 그 당파에게 미움을 받은 것이라고 생각된다. 그리고 내가 이유여하를 불구하고 부채문제가 내 자신상으로 불미(不美)한 일이다. 오랫동안 노심(勞心: 마음으로 애씀)하던 것인데 해결이 되어 안심되며 반포 지방의원 여러분에게는 미안한 일이다. 불초(不肖)를 보내 주신 것을 일도 하지 못하고 또 인책사임하게 되어 안면(顔面: 체면)이 없으나, 일신상으로는 이 난(亂) 와중에서 벗어난 것만 다행으로 생각한다.

갑오(甲午: 1954년) 동지일(冬至日) 봉우서(鳳宇書)

하동인의 도미(渡美)한다는 통지를 받고

하 군이 미국유학 선발시험에 입격되고 선자(先者: 먼젓번) 출발 직전에 정부명령으로 임시 중지인지 보류인지를 당하고 있었다. 금번에 좀 소식이 적조(積阻: 오랫동안 소식이 막힘)하다가 서신이 오기에 보니 발령일자가 태속(太速: 매우 빠름)해서 고별도 못하고 미국으로 유학 도중이라고 이 서신이 나에게 올 때는 동인이는 태평양 중에서 항해 중일 것이라고 하였다. 기간이 너무나 단시일이 되어서 무엇을 수득(修得)할는지 알 수 없다고 하였다. 10주간이라고 한다. 너무나 시간이 단축되어 왕래에 고로(苦勞: 노고)만 당할 것 같다. 그러나 하 군이 무슨 방식으로든지 유효하게 이 시간을 잘 이용해서 소득이 있기를 바라는 바이다. 할 말은 많으나 선자(先者)에 대강 기록하였기에 이 정도로 중지한다.

갑오(甲午: 1954년) 11월 26일 봉우서(鳳宇書)

수필: 독감 와병 중 소식과
용호결(龍虎訣) 정서(精書)

근일 천기(天氣)가 졸한(猝寒: 갑자기 추움)해서 도처에 감기가 유행된다. 가족들이 다 참례(參例: 걸림)를 하고 아직껏 쾌소(快蘇: 쾌차)가 못된 이때에 또 내가 최종적으로 독감으로 좌와(坐臥: 앉음과 누움) 불편하다. 더구나 가족들이 병중이라 구호할 사람도 없고 그렇다고 자신만 생각해서 복약(服藥)할 수도 없고 조리(調理: 병을 다스림)가 안 된다. 그래서 서울을 가서 볼까 한 것이 차일피일(此日彼日)하다가 10여 일을 허송하고 병은 여전히 낫지 않으니, 세전(歲前: 새해가 되기 전) 예정의 일부는 병중으로 오산이 되고 가족식량과 시정(柴政: 연료사정) 문제가 다 영점(零點)으로 경과할 도리밖에 없으니, 사실상으로 곤란한 것이다. 영조가 또 광주보병학교에 초등군사반에 갈 듯하다고 준비차로 온 것 같은데 가정형편이 어찌 할 수 없어서 도로 대구로 갔다. 역시 사정이 부자간이라도 말하기 안 되었다. 천불생무록지인(天不生無錄之人: 하늘은 먹을 게 없는 사람은 내놓지 않음)이라고는 하나, 마음대로 순환이 안 되면 역시 처궁(處窮: 궁해짐)하는 외에 타도가 없는 것이다.

가정상으로는 서울 ○○이가 생남(生男: 득남)하였다고 통지가 왔다. 불구의 몸으로 다행한 일이요, ○○이가 주사로 발령되어 양주 세무서로 취직하였다고 통지가 왔다. 승직(昇職: 직위가 오름)은 좋은 일이나, 출근처가 지방이라 곤란할 것 같다. 그리고 종질(從姪: 사촌형제의 아들)

○○이가 부신(付信: 소식을 줌)한 것을 보니, 가정문제가 좀 불평(不平: 못마땅함)한 것 같으나, 면부득(免不得: 면할 수 없음) 일이요, 인내(忍耐)하는 외에 타도(他道)가 무(無)하다고 생각된다. 부자(父子)나 모자(母子)간에 할 수 없는 일이다. 서로 이해성이 있어야 하는 것이다. 동휴(冬休: 겨울철 추운 때에 쉬는 일)에 공주를 올 것 같다니 잘 이해시키는 외에 다른 도리가 없다. 가화만사성(家和萬事成)이라는 것이 고훈(古訓: 옛사람의 교훈)인데 이행(履行)하고 실행하는 분이 몇 사람이나 되는가 두루 걱정이다. 근일(近日: 요사이)은 또 불면증이 심하여 동지들을 괴롭게 하는 중이다. 두통이 하도 심해서 붓을 들어 보니 정신이 우왕좌왕(右往左往)해서 아무 두서(頭緒: 일의 차례나 갈피)가 없이 말이 안 된다. (6.25) 사변 후로 소식이 없던 이칠성(李七星) 동지가 편지를 해서 주소와 소식을 들은 것이 반가운 일이다. 10여 일간의 와병 중(臥病中) 경과를 순서 없이 수필로 쓰는 것이다.

갑오(甲午: 1954년) 12월 초사일(初四日) 봉우서(鳳宇書)

추기(追記)

오래 생각해 오던 《용호결(龍虎訣)》 정서(精書)를 김학수 동지가 내방(來訪)한 것을 기회로 (작업하여) 40여 장의 책자가 되어 반가운 일이다. 책자 내용이야 불충분할지라도 동지들이 희망하던 것이라 다행이라고 생각되며 제2, 제3 계속적으로 책자가 나와야 되겠다. 원고 준비는 약간 되어 있고 장차 할 것도 5~6권은 되리라고 본다. 증연부익(增

衍附益: 더하고 늘리고 붙임)하자면 수십 권이라도 충분하나 정수(精髓: 가장 뛰어나고 중요한 것)를 목표로 하는 관계상 책자 권수(卷數)는 그리 많지 않을 것 같다. 이 정도로 추기를 그친다.

봉우추기(鳳宇追記)

수필: 세사(世事)는 음중유양(陰中有陽: 음 가운데 양이 있음)이요, 양중유음(陽中有陰: 양 가운데 음이 있음)이라

경제적으로 너무나 준비가 없어서 혹이나 하고 요행을 바라고 서울을 가게 되었다. 말하자면 아무 정견(定見: 자기주장이 있는 견해)이 없는 행각이었다. 이런 일은 실패되는 것이 당연한 일이다. 이런 행각이 혹이라도 성공을 한다면 이다음에 또 그런 무정견(無定見)한 행동을 하는 것이 장래 실패의 대원인이 되는 고로, 금번의 공행(空行)은 내두(來頭: 미래) 성공의 확실무의(確實無疑)한 기초를 수립하게 하는 호조건이 되는 것이다. 그래서 비록 목전에 곤란은 있을 지언정 소호(小毫: 털끝만치)도 금번 실패를 비관(悲觀)하지 않는다. 예를 들면 김 모를 상봉하였으면 내 근일 실정을 말하고 소호의 융통을 해보았을 것을 상봉 못 해서 공행되었고, 또 운만 좋았으면 모우(某友: 모친구) 소개로 모건(某件: 아무 일)을 도성(圖成: 꾀하여 이룸)하였으면 상당수의 수입이 유(有)하였을 것인데, 불여의(不如意: 뜻대로 안 됨)하여 불운이었고 또 모우에게서 호의해석이라면 경제적으로 기분(幾分: 약간)의 보수가 있을 것인데 모우가 경제적으로 약간의 주선력이 있으면서도 불고(不顧: 돌아보지 않음)하는 것은 너무 무관심한 분이라고 곡해하기 용이할 듯하고, 또 모우의 경영하는 영업에서 내게서 용력(用力)할 힘이 있다면 무관심할 리가 없었는데 의외에 아무 조건이 없어 공행이라는 예를 들은 것이다.

이것이 다 무슨 정규수입이 아니요, 전부가 공중누각이다. 비록 경제적으로 곤란을 받는다고 이 허루(虛樓: 빈 누각)를 공중에다 건축하는 것은 내가 그 본격문제를 해결하지 않고 일시적 욕구로서의 실패일 것이다. 내가 서울을 오기 전부터 성공되려니 하고 한 일이 아니요, 좌이대사(坐而待死: 앉아서 죽음을 기다림)를 할 수 없어서 만부득이(萬不得已)한 일이다. 그래서 조금도 후회는 없다. 다만 경제적으로 실패를 보아 일시적 곤란을 당하니 사실이 낭패라기보다 장래를 위해서는 금번 실패가 내두 성공의 모(母)가 되는 것이다. 그리고 경제적으로는 이만한 실패를 보았으나, 금번 여행의 소득이 무엇인가 하면 이윤직(李允稙) 동지와 신옥(申玉) 군과의 의견합치점을 구하여 완전한 합치점을 발견하였고, 또 태평통에서 모씨와의 의견을 교환하는 데서 이론이 어느 점까지 합치되었다. 이것이 그리 용이한 일이 아니다. 경제적을 떠나서 인간적 결합으로는 완전히 성공점이라고 본다.

그러고 보면 금번 행각이 경제적으로는 완전히 실패였고 인간적으로는 기분(幾分: 어느 정도)의 성공을 의미하는 것이다. 또 청리(青李?)가 신옥 군에게 대한 행동이 감언이설(甘言利說: 달콤하고 이익이 되는 말)이 실패의 원인이 되고 욕(慾: 욕심)을 대(帶: 띠)한 일이 실패가 용이하다는 확증을 또 한 번 보게 한 것이다. 그리고 내가 모씨에게 소호(小毫)라도 기대하였던 것이 냉정히 비판해 보면 아주 단념하라는 것이었다. 그래도 혹이나 하고 기대를 말라는 훈계(訓戒)라고 본다. 그리고 수년 조격(阻隔: 막혀 떨어짐)하였던 이칠성 군도 면대(面對)하게 되어 반가운 일이다. 세사(世事)는 음중유양(陰中有陽: 음 가운데 양이 있음)이요, 양중유음(陽中有陰: 양 가운데 음이 있음)이며, 실패 중에서 성공의 씨를 찾을 수가 있고 성공 중에서 실패의 싹이 움트는 것이라는 것을 잘 알게 되는 것이다. 세사는 단면상(單面狀)이 아니요 백면상(百面狀)이라는 것을 생각하라는 말이다.

갑오(甲午: 1954년) 12월 초팔일(初八日) 봉우서(鳳宇書)

가아(家兒)¹²²⁾의 초등군사반 입교(入校: 입학)를 보고

가아(家兒)가 육군본부 작전교육국 교재창 제재(制材)계장으로 봉직하고 있다가 자진해서 초등군사반에 입교하여 양력 1월 3일이 등교일이라고 수일간을 상신 본가에 와서 휴식하고 광주로 출발하였다. 교재창(教材廠: 교재공장) 제재(制材)계장이라면 사무가 약간 복잡한 것 같다. 게다가 다른 계장들이 신임되어 사무가 숙련되지 못한 관계로 가아가 구군(久軍?)이라 해서 일층 휴가를 더 못 얻는 것 같다. 그래서 휴식 겸 군사훈련 겸 해서 초등군사반 입교를 자청한 모양이다. 그러나 천한(天寒: 추운 날씨)이 예년에 비해 대소한절(大小寒節: 대한, 소한 절기)을 영하 15도선에서 왕래한 극한(極寒)이 와 좀 인내하기 곤란할 것이다. 그러나 군인의 몸이라는 것은 다른 사람보다 인내성이 배가(倍加: 갑절로 늚)되어야 후일 군무에 당연히 책임을 완수할 것이라고 생각한다. 아무리 한천(寒天: 추운 날씨) 훈련이라 해도 후방에서야 무슨 관계있을 것인가? 군인이 아니라도 백련신(百鍊身: 수없이 단련한 몸)이 되어야 무슨 일이든지 감내할 수 있는 것인데 군인은 더욱이 백전(百戰: 수없이 싸움)이 임위(臨危: 위험에 처함)할 몸이라 훈련을 쌓아야 후일 성공을 기대할 것이라고 생각된다.

---

122) 남에게 자기의 자식을 낮춰 부르는 말.

지자(知子: 자식을 앎)는 막여부(莫如父: 애비만한 사람이 없음)[123]라고 가아가 군인으로는 적격이요, 다른 직업에는 그다지 가합(可合)한 곳이 없다고 본다. 근무에 충실히 하고 명령에 복종하며 부하를 애무(愛撫: 사랑으로 어루만짐)하는 것이 가아의 성격이다. 그리고 장의소재(杖義疎財: 의리를 잡고 재물에 소홀함)하여 애전벽(愛錢癖: 돈을 사랑하는 버릇)이 그리 없고, 붕우간(朋友間: 친구 사이)에도 교제가 충분치는 못하나 보통은 되는 것 같다. 이것이 군인으로는 가져야 할 성격이다. 비록 독신 몸이나 임전(臨戰)해서는 용감하게 싸우고 겁어전(怯於戰: 싸움에 겁냄)은 않는 성격이다. 군에 입대한 지 벌써 7년이라는 세월이나 5년 이상을 일선생활을 하고 2차나 전상(戰傷)을 입었으나 아직껏 제대 입속(入續: 수속)을 해본 일이 없다. 이것이 우리 문중의 혈통 그대로라고 본다. 금번에도 모한(冒寒: 추위를 무릅씀) 훈련을 잘 종료하고 다시 제 성격에 맞는 곳으로 전직(轉職)하였으면 하는 바람이 있을 뿐이다. 교재창 제작계라면 수완이 있는 사람이면 부수입이 있을 수 있는 관계로 가아의 성격에는 좀 불합(不合)한 양(樣: 모양)이다. 그래서 타처(他處)로 보직되었으면 하는 바람으로 초등군사반에 입교한 것 같다. 나는 가아관계에는 아주 무관심하고 가아의 자유로 주선해서 왕래하였다. 명년쯤은 가아의 성취나 준비하고 그 후는 또 제 자유에 맡기기로 하자.

갑오(甲午(1954년) 12월 11일 봉우서(鳳宇書)

---

[123] 《한비자(韓非子)》〈십과편(十過篇)〉에서 관중(管仲)이 제환공(齊桓公)에게 한 말.

근일(近日) 내 생애(生涯)

나는 55년간이라는 세월을 경과하도록 내 생애가 정규수입을 가지고 지낸 것은 부모 슬하(膝下)에서 있을 때에 23세까지였고 선친 생존 시부터 패가(敗家)124) 후로는 지어금일(至於今日: 오늘에 이름)까지 무정견(無定見) 생애로 혹 무엇이 수입되면 좀 유족(裕足)한 생애가 되고 별수입이 없을 때는 아주 극빈생애를 계속해 왔다. 내가 경제적으로 계획이 없는 관계요, 또 경제적이나 내 생에 관심이 없는 관계다.

내가 패가한 후에도 이 생애를 최저라도 확입(確立: 확립?)하려 했다면 이런 기회는 얼마든지 있었다. 을축년(乙丑年: 1925년) 광주에서 한약종상(漢藥種商: 당시 일제하에 제도적으로 허용된 한의사 면허) 허가를 얻었을 적에 내가 생활만 치중했다면 최저생애는 확보할 수 있었을 것이다. 그러나 이 허가를 폐리(廢履: 헌신)같이 내버리고 공주로 왔었다. 그다음 모씨에게서 상당 자금이 융통되어 수차(數次: 몇 차례)에 수입상을 해서 거금을 획득했으나, 생활에 무관심한 탓으로 갱진일보(更進一步: 한 걸음 더 나감)하다가 오유(烏有: 아무것도 없게 됨)로 화(化)하였고, 다시 고향에 와서 청년사업을 할 때에도 안심하고 산업에 종사하였으면 역시 생애는 비록 최저라도 안정되었을 것이다. 그러나 또 국외로 왕래하며 청년운동한다고 가정은 아주 파락호(破落戶: 건달)가 되었다.

---

124) 재산을 모두 써 버려 집안을 망침.

그러다가 서울 윤씨가에서 가정상담역으로 있는 중에 중산(층) 수입이 있었고, 겸해서 모씨의 가정고문(顧問)을 했다. 그동안은 아주 유족하게 지냈다. 그러나 저축을 못했던 관계로 그 후에 다시 가정은 냉락(冷落: 적막하고 쓸쓸함)하였다.

당시에 김 모가 자금을 융통(融通)해 주고 생활을 개선하라는 것을 그 자금을 환송(還送: 반송)해 버렸다. 그다음 가족은 농업이라도 해보라고 수천 석 받는 대리인을 보라는 것을 또 거절하였다. 이와 동시에 처가에서 가정생활 확보 정도의 소유를 제공한다는 조건으로 반이(搬移: 이사함)하라는 것을 역시 거절하고 몇 년간은 아주 파락호 생애를 계속하였다. 그러는 중에도 간간이 최저생애를 확보할 만한 것은 여러 차례였으나, 일차도 저축은 못했다. 여전히 냉락(冷落)한 가정이었다. 당시 입산수양(入山修養) 시기였다. 그다음 중부주(仲父主) 상사(喪事: 초상)를 지내고 벌목 건으로 손해를 보고 그중에도 선패자(善敗者: 잘 싸워 진 사람)는 불망(不亡: 망하지 않음)이라고 정신만 차리면 갱기(更起: 재기)할 기회가 있었다. 그러나 나는 아주 기권(棄權)하고 말았다. 내가 경제적이나 생애 여부를 불관(不關: 관여하지 않음)한 관계였다.

그 후에 선친 상사를 당하고 집상(執喪) 중 생애는 여전히 극곤(極困)하였다. 3년 상을 지내고 내가 제학공(提學公) 산(山)의 직전(直田)을 처분하다가 실패를 당하고 소소 여액(餘額: 남은 액수)으로 일본을 왕래하며 약간의 수입으로 생애가 족족하였다. 그러다가 내가 혈맹의열단 피의(被疑: 혐의를 받음)로 대전경찰서에 구금되어 7삭(朔: 달)만에 귀가해서도 생애는 기분(幾分: 어느 정도) 안정되었다. 그러다가 8.15 광복을 당한 후에 정치운동을 하다가 또 가산을 탕진(蕩盡: 다 써서 없앰)하고 극빈(極貧)을 해왔다. 그 후도 수차의 풍파에 여존(餘存: 여유)이 없었고 다시 좀 회복했다가 6.25 사변으로 공수(空手: 빈손)가 되었다.

　그러나 권도생애(權道生涯: 임기응변식 삶)로 조반석죽(朝飯夕粥: 아침엔 밥, 저녁은 죽)은 하고 지내었는데, 약간 수입이 있을 적에 소호씩(小毫式: 조금씩)이라도 저축만 하면 일시적 수입이 없더라도 최저생애를 보장할 것인데, 있으면 쓰고 없으면 곤란 받는 것이 내 생애인데, 1년 수입총계를 보면 보통 중농(中農)보다는 우수한데 생애는 여전히 극빈을 계속하고 있다. 더구나 현금 구력(舊曆: 음력) 말(末)이 되어 있는 이때에 시량(柴糧: 땔나무와 먹을 양식)이 구절(俱絶: 함께 끊어짐)하고 수무분전(手無分錢: 수중에 돈 한 푼 없음)하니, 과세(過歲: 설을 쇰)할 예산이 아주 없다. 정초에는 더구나 무슨 방식이 있을 수 없는 때다. 방금 무조건하고 경행(京行: 서울행)이라도 해볼까 하는 중이다. 내 생애야말로 가소로운 일이다. 무엇을 하느라고 불사가인생산작업(不事家人生産作業: 집안일들을 돌보지 않음)[125]을 하는 것이냐?

　　　　　　갑오(甲午: 1954년) 12월 18일 봉우서(鳳宇書)

---

[125]《사기(史記)》〈본기(本紀)〉 권8 고조본기(高祖本紀) 출전. 한고조 유방의 성격에 대한 설명에서 나왔다. "(유방은) 어질고 다른 사람을 좋아했으며, 베풀기를 즐겨하며 도량이 넓었다. 늘 큰 뜻을 갖고 있어 집안의 생산 작업을 돌보지 않았다."

수필: 머지않아 따뜻한 봄이 돌아오리라

　근년(近年: 과거 몇 해 사이) 일기(日氣: 날씨)가 이전에 비해서 온난하여 가는 것 같다고 세인들이 말을 하던 중에 금년 초동(初冬: 초겨울) 일기가 아주 온화해서 천기(天氣: 날씨)가 선후천(先后天)이 바뀌어서 상춘(常春: 늘봄)세계가 될 조짐이라고 종교인들이 많이 이런 말을 선전하고 또 어떤 호사가(好事家: 일을 벌려 하기 좋아하는 사람)들은 북빙양(北氷洋: 북극해)이 녹기 시작해서 태평양에 물이 증수(增水)된다고도 전하는 사람들이 있었다. 그래서 종교인들은 이것을 증거 삼아서 자기들 선전에 이용하는 것을 종종 보았다. 그러다가 의외에 졸한(猝寒: 갑자기 닥친 추위)이 내습(來襲: 습격해 옴)하여, 영하 10도 이하를 10여 일이나 지구적(持久的)으로 변하지 않으니 아마 녹아내리던 북빙양이 다시 어는 양(樣)인 것 같다. 너무나 동장군(冬將軍: 혹독한 겨울추위)을 무서워하지 않아서 준비를 소홀히 하다가 도처에서 감기로 욕을 보고 시정(柴政: 땔감문제)으로 곤란을 당하고 맥작(麥作: 보리농사)에도 불소(不少)한 동사(凍死: 얼어 죽음)가 있을 것이다.

　혹 천시(天時) 변화로 예년보다 약간의 차가 있을망정 이것이 당연히 있을 것이요, 별 선전가치가 없는 것이다. 그러나 우맹(愚氓: 우민愚民)이 아닌 지식층에서도 종교인들이 아전인수(我田引水)하는 선전을 맹신하는 일이 아주 없다고 못하겠다. 이것이 다 자기의 선입견과 또 자기 입장을 선화(善化: 착하게 만듦)하기 위한 자기최면에 괘(掛: 걸림)

한 관계라고 생각된다. 아전인수적 선전을 하던 종교인들은 일기(日氣)가 졸한(猝寒)해지니 무어라고 변명할 것인가? 물론 궤변으로 변명할 자료를 준비할 것이다. 이런 일이 과거에 얼마든지 있는 것이라고 생각된다. 이렇건 저렇건 동장군의 위엄으로 우리 같이 시정(柴政) 준비를 못한 사람들은 곤란이 막심하다. 종교인들의 미신적 언동이나 상춘 세계가 되었으면 만사가 태평하겠다.

백발쇠안(白髮衰顔: 흰머리 늙은 얼굴)에 옹금옹로(擁衾擁爐: 이불과 화로를 끌어안음)하고 고서(古書)를 보자니 안력(眼力)이 부족하고, 독와냉방(獨臥冷房: 홀로 냉방에 누움)하자니 인내(忍耐)가 문제요, 활발히 만산백설(滿山白雪: 산 가득 흰눈)에 청송(靑松)을 찾자니 위축된 몸이 허락을 하지 않는다. 하는 수 없이 소견법(消遣法: 문제를 없애버리는 법)을 구한 것이 또 청수록(請睡錄: 잠을 청하는 글)을 들고 수필을 쓰기 시작한 것이다. 천도(天道)가 순환하니 불구(不久)에 양춘(陽春: 따뜻한 봄)의 소식이 돌아올 것을 예기(豫期: 예상)하고 동장군의 위엄에 굴복하지 않고 소요자적(逍遙自適)하며 이 대소한(大小寒)의 동령(冬嶺: 겨울고개)을 보내고 멀리 입춘(立春), 우수(雨水)를 바라보며 이 붓을 그치노라.

갑오(甲午: 1954년) 12월 18일 봉우서(鳳宇書)

수필: 선악을 구분하고 성공과 행복을 추구하라

내가 언제인지 알 수 없으나 불행이나 다행이나가 다 내게 있다고 제목하고 쓴 일이 있다. 사실이 그러한 것이다. 다행한 것도 내게 있고, 불행한 것도 내게 있는 것이다. 그러나 다 목적하는 일이 가능하냐 불가능하냐 말하자면 목적하는 일이 성공할 수 있는 일인가 실패할 일인가를 선택해서 성공 가능성을 가진 것이라면 자기의 최대역량을 발휘해서 나가면 부지불각 중 성공점에 도달할 수 있는 것이다. 이것이 행운도 내게 있는 것이라는 것이다. 그러나 내 전 역량과 전 노력을 평가해 보아도 50~60%에 불과한데, 100%에 목적을 하고 나가면 비록 종결점이 50~60%에는 갔으나 항상 부족감이 있어 실패로 불행을 양성(釀成: 조성造成)하는 것이니, 동일한 노력을 하고도 성공을 못하는 것이요, 자기의 역량 이내를 목적하고 노력해 나간다면 별 노력이 없이 성공의 행운을 얻을 것이다. 이런 자들의 성공을 행복자(幸福者)라고 하는 것이다.

그러나 자기의 최고 역량과 목적하는 일과의 약간의 차이가 있으나, 비상력을 내고 또 사위(四圍) 환경의 순조(順調)를 받으며 비록 백절불굴(百折不屈: 백 번 꺾여도 굽히지 않음)의 투지로 기차(幾次: 몇 차례) 실패에 낙망하지 않고 초지관철(初志貫徹)하는 것도 역시 행운자(幸運者)일 것이다. 그러나 동시에 동일한 노력을 하고도 사위환경이 아주 역경이라 진전이 못 되어 노력이 공로(空勞: 헛노력)로 되는 것은 이것이 불행자(不幸者)일 것이다. 그러나 이상은 성공을 바라보며 행불행을 말하는 것이요, 아주 정반대로 목적하는 일이 사회상으로 보아서 평등선에 낙하하는 사업이라면 자기로서는 성공이요, 행복일지 알 수 없으나 공안(公眼)으로 볼 때는 이런 인간의 성공이 가장 불행한 일이라고 보며, 이런 인간들의 실패가 도리어 각자의 행(幸)일는지도 알 수 없는 일이다. 이것이 행 중 불행이요, 불행 중 다행이 아닌가 한다. 비록 사람마다 자기의 목적하는 바가 상이할지나 공정한 안목으로 볼 때는 선(善)이냐, 악(惡)이냐의 구분 외에는 타도(他道)가 무(無)하다. 그러니 환언하자면 선을 목적하고 나가는 사람의 성공은 완전한 행복자일 것이요, 그 성공에 도달 못한 사람도 행복자의 일인이었을 것이다.

아주 실패한 사람도 그 공로의 역사는 남을 것이니 불행 중에도 행(幸)인 사람이라고 본다. 그 정반대로 악을 목적하고 나가는 사람은 비록 성공한대야 불행 중의 행자(幸者)요, 그 성공이라는 것이 완전한 인류의 불행일 것임이라 정평하자면 불행 중 불행이라고 하는 외에 타도가 무하고, 그 목적을 노력했으니 완전한 성공을 못한 사람은 불행 중의 행자였고, 실패한 사람은 정평하자면 불행 중의 행자라고 할 외에 타도가 무하다. 자기의 실패나 사실은 이것이 행이라는 말이다. 그 중간에서 선도 악도 혼동한 목적이었다면 성공과 실패가 행과 불행을 혼동할 것인 고로 심사해 보아야 정평이 내릴 것이라고 본다. 성공과 실패를 초월해서 목적하는 일이 선이냐 악이냐를 구분해야 한다는 말이다. 그러나 세인들은 이것을 불분(不分)하고 아무것이건 성공자를 행운자라고 하고 실패자를 불행자라고 한다. 그래서 내가 말하고자 하는 것은 이것을 선결문제로 목적을 정하라는 것이요, 또 행불행도 이것을 주로 평한다는 것이다.

갑오(甲午: 1954년) 12월 18일 봉우서(鳳宇書)

조명희(趙明熙) 동지를 억(憶)하며

조명희 동지는 상친(相親: 서로 친밀히 지냄)한 지 벌써 20여 년이 된 분이다. 그간 풍풍우우(風風雨雨)는 다 그만두고 6.25 사변 뒤로 생사 존몰(生死存沒)을 부지(不知)했었다. 그러다가 석산(石山: 한상록) 동지 에게서 비로소 그의 생존함을 들었고, 그 후에 낙도옹(洛圖翁: 장이석) 에게서 그의 근일 포부를 들었다. 여전히 모모 종교를 배경으로 무슨 경영을 하는 모양이다. 포풍착영(捕風捉影: 바람을 잡고 그림자를 붙든다) 하는 행동이요, 구체적 계획을 수립하고 무슨 일을 하는 것 같지는 않 다. 동지가 칠순(七旬: 일흔 살)에 근(近)하다. 아직도 강자(强者)라고 할 수 있다. 협객풍(俠客風)에 강한 분이요, 지모(智謀: 지략) 방면에는 좀 결점이 있는 분이며 근지(近智: 가까운 지혜)에는 장(長: 뛰어남)하나 원 려성(遠慮性: 멀리 내다보는 능력)은 부족하다. 석산과 친밀한 사이나 (관 심) 방면은 180도의 차가 있다. 석산은 무재무능(無才無能)하나 우직 (愚直)해서 변함이 없는 분이요, 조 동지는 지속(智束: 지혜 묶음)이 백 출(百出)하고 소모(小謀: 작은 꾀)에는 장(長)한 분이다. 다만 협객자류 (俠客者流)로는 석산과 동류요, 섭세풍정(涉世風情: 처세 방법)에는 춘풍 수류(春風垂柳: 봄바람에 수양버들)의 성격을 가지고 무슨 일이든지 적당 히 할 생각이지 책임과 의무의 이행(履行: 실행)을 석산처럼은 못하리 라고 본다. 협의(俠義) 행사에는 석산보다 일보를 전진할 것이요, 여인 교제(與人交際: 사람과 교제함)의 신의(信義) 방면에는 석산의 뒤에 있을 것이라고 본다.

우리들과 혈맹의열단 관계로 영어(囹圄: 감옥)생활을 같이할 때에도 석산은 아주 각오하고 최후의 희생이 되어도 좋다는 생각으로 책임을 자기가 지고 우직하게 항거하는데, 조 동지는 무의미하게 이 자들에게 고생할 필요 없다고 변론으로 법망(法網)을 벗어 보겠다는 행동을 백출해서 도리어 석산보다 욕을 더 보고 효력이 없이 6개월 만에 출감되었다. 이런 점이 석산보다 부족한 것이라고 본다. 그 후에도 여전히 불변하고 민족운동을 했으나, 반사반공적(半私半公的)으로 확실한 구분이 없이 해왔다. 금번에 내가 영동여행 중에 나를 방문했다가 공행(空行: 허탕침)한 것 같다. 나로서도 상봉할 기회를 실(失: 잃음)한 것이 무한히 섭섭하다. 상봉하였으면 우리 동지규합의 일조가 되도록 연락을 해야 할 일인데 오랫동안 격조(隔阻: 멀리 떨어져 있어 서로 통하지 못함)해서 서로 걷는 방향을 잘 알지 못하겠으니 큰 손실이라고 본다. 결점도 있고 장점도 있어서 동지 중에 불가결할 인물이요, 어느 모로 잘 운용되면 석산보다 유효할 곳도 많은 동지다. 석산은 불변한다는 조건이 장점이나 무재무능(無才無能: 재능이 없음)한 관계로 가수이불가진(可守而不可進: 지키기는 하나 나아감은 불가함)이나 조 동지는 비록 소지(小智)라 할지언정 지속(智束)으로 자처하는 관계로 모사(謀事)에 일방지임(一方之任: 한 방면의 책임)을 가질 수 있는 관계로 동지규합상 필요성이 많은 분이라 허실상반(虛實相半: 허와 실이 서로 절반임)한 선전으로 연락선전 책임을 가질 수 있다고 본다. 여기서 상봉 못한 것을 길이 유감으로 생각하는 것이다. 그런 조건으로 조명희 옹을 억(憶)하며 이 붓을 그치노라.

갑오(甲午: 1954년) 12월 19일 봉우서(鳳宇書)

김기옥(金基玉) 소령이 미8군사령관 맥스웰 테일러 장군을 저격미수(狙擊未遂)함

　극동군 총사령관(?)인 데 장군126)과 한국참모총장 정일권 대장 간에 대구 육군본부에서 모종 회담을 하는 중에 김기옥 소령이 창문을 파괴하고 침입하여 단포(短砲: 권총)로 장군을 사격하려다가 한국장교들에게 발견되어 중지되었다고 한다.127) 그런데 거리가 4칸 이내였다고 하고 김기옥 소령 담(談: 이야기)에는 본래 살의(殺意)는 없었다고 진술하

---

126) 맥스웰 데번포트 테일러(Maxwell Davenport Taylor, 1901년 8월 26일 ~ 1987년 4월 19일)는 미국의 장성이다. 1944년 6월 노르망디 상륙작전 때 제101공수사단을 지휘했다. 종전 후에는 미육군사관학교장을 지냈으며 한국전 참전 후 2년간 미8군 사령관을 지냈다. 미8군 사령관으로 재임 중 휴전 추진으로 이승만 대통령과 대립 관계였다(당시 극동군 사령관은 존 홀 대장이었는데 착각하신 듯하다).

127) 공병감실 정보과에 근무하고 있던 김기옥 소령이 회담장에 난입하여 테일러 장군 머리에 권총을 들이댔는데 단상에서 보고를 하고 있던 강문봉 장군이 뒤에서 덮쳐서 제압하였다. 김기옥 소령은 회담장에 있던 장군들과도 안면이 있는 부하였으므로 갑자기 창문을 넘어 회담장에 들어오는 걸 보고 무슨 급한 보고이기에 저러는가 의아해하던 차에 벌어진 일이었다. 김 소령은 연행되어 나갔고 테일러 장군은 조사가 끝나기 전까진 외부 누설 금지를 지시하고 회담을 이어나갔다. 조사 결과 '미국 주도하에 우리 국민이 반대하는 휴전이 되었는데, 다시 남침을 당하지 않으려면 미국의 군사원조가 긴요하다. 그러나 휴전 후 1년이 지난 지금까지도 미국으로부터의 원조는 지지부진이고 무기와 장비의 보충도 충분히 이루어지지 못하고 있다. 미국 측에 이를 촉구하고 미8군 사령관인 테일러 장군의 확답을 받아내야겠다는 생각에 그와 같은 일을 벌였다'는 진술을 하였다. 보고를 받은 이승만은 청년장교 중에 그런 기백을 가진 사람이 있었냐며 오히려 칭찬을 하였다. 이 사건은 일체 보도가 안 되었고 사형을 당할 수도 있었던 김기옥은 정신병 진단을 받고 부산 제5육군병원에 갇혀서 2년을 지내다 풀려났다.

였다고 전한다. 나는 이 사건의 전 책임이 김기옥 소령 1인에게 있는 것이 아니요, 국방상 손원일 씨와 정일권 대장에게 있다고 본다. 김 소령의 진술도 물론 이유가 있을 것이나, 이것은 김 소령 개인으로 자기 의사로 거조(擧措: 행동거지)를 하지 않았으리라고 믿는다. 이것은 확실히 모종의 명령으로 김 소령이 행사하였으리라고 생각하는 것이 타당하다고 본다. 그러나 이런 행동은 가장 우매한 자의 취할 바라고 본다. 불평이 미 극동군 사령관에게 있을 리가 없는 것이다.

만약 미 극동군 사령관이 개인의사로 불평한 행동을 취하였다면 이것은 데 장군 자신이 그 본국인 미국에 불충한 것이요, 또 본국의 명령으로 불평한 행동이 있었다면 우리 한국에서 외교에 실패한 것이 여실히 증명하는 것이니, 어느 모로 보든지 극동총사령관을 한국장교가 적대할 필요성이 없는 것이요, 또 국가에서 외교나 정책으로 실패하여 상대국에서 불평이 오는 것을 우리가 그 원인을 살피지 않고 직접 그 사람들을 상대해서 위협한다는 것이 무슨 소획(所獲: 얻을 바)이 있을 것인가 생각할 필요가 있다고 본다. 제일로 국위(國威: 국가의 위신)가 타지(墮地: 땅에 떨어짐)할 것이요, 제2 국군의 신용이 상실될 것이요, 제3은 외교상으로 미안(未安)을 초래할 것이요, 제4 미국민들이 통신을 보고 감정이 불호(不好: 좋지 않음)할 것이요, 제5는 이후 회담에 지장이 있을 것이라고 본다. 이런 행동을 불계(不計: 계산 안 함)하고 교사(敎唆: 남을 꾀거나 부추기어 나쁜 짓을 하게 함)하는 것은 국가의 위신을 타지(墮地)시키는 역류(逆類)들의 소위(所爲: 하는 짓)라고 본다.

그리고 그 소행장소가 육본이요, 참모장이 임석(臨席: 자리에 임함)한 자리요, 그 이상 미 극동사령관과 회담하는 자리에 어찌해서 참석예정 외의 장교가 입석(入席: 자리에 들어옴)할 수 있게 호위를 부주의하였는가 하는 것이 이것이 정일권 대장이 책임을 지지 않을 수 없는 것이요, 이런 불상사(不祥事)를 육본에서 나도록 환언하면 김 소령 1인의 의사가 아니라 다수 장교들의 불평이 있도록 일이 된 것은 그 이유가 극동군사령관에게 있지 않고 한국 국방상의 부주의에서라고 보는 외에 타도가 없다고 생각하는 관계로 국방상이 이 전 책임을 지지 않으면 안 된다는 것이다. 그다음은 외교장관이 이 사건의 총책임자라고 확언해 두노라. 외상이 국여국(國與國: 나라 대 나라)의 외교를 잘 하였으면 현지 사령관이 우리 국군 장병들의 불평한 일을 하였을 리가 없다고 보는 것이 당연하다. 이 사건은 총책임은 책재원수(責在元首: 책임은 원수에게 있음)라는 것이 제일 해답이라고 보고, 이런 우매한 연극을 차후에는 다시 말기를 바라는 바이다.

누가 보든지 김기옥 소령 1인의 개인행동이라고는 신빙할 사람이 없다고 생각하리라. 이런 행동을 코치하는 자들은 위국(爲國), 애국자가 아니요 이적행위(利敵行爲)를 하는 적구배(赤狗輩: 붉은 개무리들, 공산당들)의 전초자(前哨者)들인 역류(逆流)라고 정평하는 것이다. 고서(古書)에 부재기위(不在其位: 그 자리에 있지 않으면)하얀 불모기정(不謀其政: 그 정사를 꾀하지 말라)이라고 하나, 국민 누구나 다 말할 수 있는 것이라 나도 비록 신야일민(莘野逸民: 신야의 소일하는 백성)이나 이 붓을 든 것이다.

갑오(甲午: 1954년) 제일(除日: 섣달그믐) 봉우서(鳳宇書)

5-72
갑오(甲午: 1954) 제석(除夕: 음력 섣달그믐날 밤)을
당해서 경과를 추억해 본다

내가 55세인 갑오년 원단(元旦: 설날 아침)을 당해서 금년 1년의 바라는 바가 공적으로나 사적으로나 불소(不少: 적지 않음)하였었다. 그러나 무엇을 하였는지 알 수 없으니 금년 1년이야말로 참말로 무의미한 세월을 경과하고 아무 성공이나 희망함이 없이 제석을 당한 내 정서야말로 난사(亂絲: 어지러운 실)와 같다. 어찌된 셈인지 자춘지동(自春至冬: 봄에서 겨울까지) 360일을 하루도 한가한 틈은 없었고 또 이렇다는 표(標)나는 일은 한 가지도 성사(成事)한 일이 없이 글자 그대로 무사분주(無事奔走: 일 없이 바쁨)하게 1년을 지냈다. 물론 성사도 못했으나 또 이렇다는 실패도 없는 것만은 자축(自祝)할 일이다. 약간의 실패가 없는 것은 아니나 내 일신상에 큰 파문은 아닐 것이다. 경제적으로 신용상 좀 실패였고 정신상으로는 파문이 없는 일이었다.

작년에 공주 교육구 부채조건으로 금년 1년을 두고 말썽거리가 되었으나, 내 양심상으로는 별 흑점(黑點)이 없는 일이요 다만 경제적으로 융통이 못 되었다는 점뿐이었으니 교육위원 간에 중상모략이 내 일신에 별 큰 영향이 없다는 것이요, 그 관련성으로 문화사 책자관계도 사실이 소화(消化: 삭임) 못 된 것이지 내가 일호(一毫: 한 터럭) 반점(半點) 범행이 없었으니, 양심에는 소호도 괴축(愧縮: 부끄러워 위축됨)될 바가 없었다. 또 횡성 금광 건으로 수삼만 원의 실패를 하였으나 내 경제수

완이 부족할지언정 무슨 고의적 모략으로 타인을 곤란케 한 것이 아니었고 내가 금년에 도(道)교육위원이나 군(郡)교육위원을 사임한 것은 내 본의였으니, 소호도 불안할 것이 없고 또 교육구 문제로 산판(山坂)을 제공하였으나 당연한 일이라 후회할 바가 아니요, 금년 1년의 경제적 결산은 구채(舊債: 묵은 빚) 정리상 산판 1건이 제공되었다는 외에 ○○혼채(婚債: 혼사빚)가 소소 남았을 정도로 1년 중 무이상(無異狀)한 것이 다행한 일이다. 공암 주소를 상신으로 합가(合家)해서 임시 교통은 불편하나 무사분가(無事分家)하느니 보다 합가한 편이 유리하고 또 ○○혼인도 외관상 큰 실례는 없었으니 다행한 일이요, ○○혼사(婚事)가 지지부진(遲遲不進: 느려지고 진전이 안 됨)하는 것은 역시 독자(獨子)인 만큼 선택관계가 지속(遲速)을 좌우하는 것이요, 다른 관계가 아니라고 생각된다.

그리고 금번에 민의원 출마설이 있었으나 현 정치문제에서 임시휴양을 목표하고 있는 중이라 단연 출마를 중지하였으니 내 본의대로 된 것이라 하등의 성패가 무관이요, 금년 중 최대손실은 동지 중 준원로격인 최일중 선생이 서거한 것이 제1위요, 그다음은 동지 장년층에서 민의원 출마에서 여러분이 낙선한 것이 불소(不少)한 손실이나 그래도 차기를 기대하고 있으니 아주 낙망은 아니요, 또 모모 동지들의 입선이 적이 위로되고 금년에 종교가(宗敎家) 동지 1인(一人)이 영어(囹圄: 감옥)의 몸이 되고 또 1인이 폐병으로 중태에 함(陷: 빠짐)한 것이 불소(不少)한 손실이라고 본다. 그리고 수년간 절신(絶信: 소식이 끊김)되었던 동지 수인들을 다시 결합된 것이 다행 중 대행(大幸: 큰 다행)이라고 본다. 가아(家兒)는 육본에 보직되었다가 초등군사반에 입교하여 광주로 간 것은 불가피한 사정일 것이다. 부평(浮萍) 생애라 호구(糊口: 입에 풀칠을 함)나 하고 신병(身病)이나 없이 경과한 것이 내 금년의 다행한 일이라고 추억할 뿐이다.

갑오(甲午: 1954년) 제석(除夕: 섣달그믐날 밤, 제야除夜)

봉우서(鳳宇書)

추기(追記)

내 금년 1년의 사생애(私生涯)를 단순히 추억해 본 것으로 사회상이나 정치상은 일호반점도 언급한 것이 아니요, 내 일신(一身: 자기 한 몸)에 관련된 일에 한해서 두어 자(字)를 기록해 보는 것이다. 내 동지 중에도 금년에 최승천 군이 고향인 강원도로 가고 한의석 동지가 여전히 잠종(潛踪: 자취를 숨김) 생애를 계속하고 청년 동지인 하동인 군이 미국으로 유학하고 윤창수 동지가 매약(買藥: 약을 삼)으로 시은(市隱: 저자에 몸을 숨김) 생애를 하고 한상록 동지는 변함없이 일한(一寒: 하나같이 빈한함)이 여차(如此: 이와 같음)하고. 정성모 동지는 생사를 부지(不知: 모름)하고 송철헌 동지와 송재일 동지는 수십 년 만에 다시 신식(信息: 소식)이 상통(相通)하고 낙도(장이석) 동지는 여전히 대몽(大夢) 중에 있고, 현종이 득배거웅(得配擧雄: 아내를 얻음)하였고 신옥 군이 약업(藥業)으로 호구하고 이헌규 동지는 변함없으나, 금년만은 다소 곤경(困境)인 것 같고 박하성 동지는 역시 소소 곤란한 것 같고 김학수 군은 여전히 옹산(甕算: 독장수셈)[128] 생애 중이요, 기초가 서지 못하였다. 원종은 신기루 생애에 대장성세(大張聲勢: 크게 명성과 세력을 떨침)하나

기실(其實)은 별무가관(別無可觀: 별로 볼 것이 없음)인 것 같다. 금년 동지동태(動態)인 것 같고 그 외 수인(數人: 두서너 명)의 득지자(得志者: 뜻을 얻은 이)가 있으나, 별무가관(別無可觀:별로 볼만한 것이 없음)이라고 본다. 이 외에도 다수이나 다 중지한다.

봉우서(鳳宇書)

---

128) 실현 가능성이 없는 허황된 계산을 하거나 헛수고로 애만 씀을 이르는 말. 옛적에 옹기장수가 길에서 독을 쓰고 자다가 꿈에 큰 부자가 되어서 좋아 뛰는 바람에 꿈을 깨고 보니 독이 깨졌더라는 이야기에서 유래함.

갑오(甲午) 제석(除夕)날 수세(守歲)[129]하며 내 소감

　음력 12월 회일(晦日: 그믐날)을 제석(除夕)이라고 하니 이 제석은 과거 수천 년 전이나 미래 무진수(無盡數: 끝없는 햇수)의 세말(歲末: 세밑)에 반드시 있을 것이니, 무엇이 그리 유달리 갑오 제석날 수세하며 내 소감이라고 제목을 쓰고 붓을 들 것이 있는가? 해마다 동일한 제석에 거의 동일한 소감이 아닌가 할는지도 알 수 없는 일이다. 1년 360일이 다 가고 장차 신년을 맞이할 기회를 가진 날일 뿐이요, 이날이라고 별다를 것은 한 가지도 없으며 이날을 앞선 정월(正月) 일일(一日)이나, 이날을 뒷선 12월 29일이라고 천시(天時), 인사(人事)가 조금도 상이(相異)할 리가 없이 다 동일한 날이나 사람이 이날을 정해서 제석이라고 하였기 때문에 이날이 이 해의 최종을 고하는 날이 된 연고로 인생 백년에 1년, 1년씩 경과한다는 관절이 된 연고로 사람마다 이해를 지키며의 소감이 다를 것이요, 더구나 말 많은 갑오년을 보내며 추억되는 일도 많고 희망하였던 일도 많았음으로 이 제석을 보내는 소감이 다른 해에 비할 정도가 아니라는 말이다.

　과거 갑오년(1894년)은 내가 출생하기 전이라 잘 알 수 없으나 선인(先人)들에게 들었고 또 기록한 바를 참고하건대 이조 오백 년에 더 갑오년이 이조 패망기에 들어가는 원인이 된 동학난(東學亂)의 발생으로

---

129) 음력 섣달 그믐날 밤에 등촉(燈燭: 등불과 촛불)을 켜고 밤을 새우는 풍속.

일청(日淸)전쟁이 우리 국토 내에서 발생해서 이것이 장래에 일본이 일아(日俄: 일본, 러시아) 전쟁의 장본(張本: 일의 발단이 되는 근원)이 되고, 또 이것이 장래에 경술년(庚戌年: 1910년) 합병(合倂)으로 변해진 최대관절이 도무지 지난 갑오년에 있었다. 이것이 지난 갑오가 우리 국가에 패망의 원인이 되는 해였다. 아주 국가적으로 불길한 해였다. 그러니 일본은 우리나라의 패망을 호기로 일약(一躍: 한 번에 뛰어오름) 5대 강국에 참례해서 세계제패를 꿈꾸던 것이니, 일본으로는 흥륭(興隆: 흥하여 매우 융성함)의 원인이 되는 갑오년이라고 하였으리라고 본다. 가위 동년이몽(同年異夢: 같은 해 다른 꿈)이었다.

그러니 (과거 갑오년으로부터) 60년이 된 금일은 세계의 최대전(最大轉: 가장 큰 전환)을 보게 되어 현금 세계는 미소(美蘇) 양탁류(兩濁流: 두 탁한 흐름)의 혼전(混戰: 뒤섞인 싸움)으로 영일(寧日: 편안한 날)이 없을 정도였다. 그리해서 이 양국의 음모가 2차 세계대전 종식기에 있어서 포츠담 회담이니, 얄타협정이니 하며 국경 아닌 38선을 양국이 정해서 우리 한국을 양단(兩斷)해 놓고 남(南)은 남(南)대로 미국을 추종해서 남한정부가 되고, 북(北)은 북대로 소련에 굴복해서 북한정부가 되어 미소 양국의 주구(走狗: 사냥개) 노릇을 하느라고 오천 년 역사와 삼천리 강산, 삼천만 동일민족으로 맘에 없는 적대행위로 나와서 6.25 사변이라는 우주최대의 전화(戰禍: 전쟁으로 인한 피해)를 우리가 입게 된 것은 누구를 원망하며 누구를 고맙게 생각할 것 없이 우리의 자력(自力)이 부족한 관계나 주원인은 우리 강토에서 미소가 직접 전쟁을 하고 전쟁의 참화(慘禍: 피해)는 우리 국민이 홀로 본 것이라고 확평(確評)을 하는 외에 타도가 무(無)하다.

그렇다면 이 전쟁의 총책임을 미소가 지는 외에 누가 질 나라가 없다. 남한이나 북한의 군대는 민족이나 국가를 위하는 군대가 아니라 미소 양군(兩軍)의 의용군(義勇軍)으로 무수한 희생이 되고 만 것이다. 그러던 것이 미소가 다 염전증(厭戰症: 전쟁을 싫어하는 증세)이 생겨서 작년 휴전 후에 무혈통일 조건으로 남북총선거설이 유엔에서 나고 이 선거를 감독할 국가문제로 유엔에서 토의하는 중이요, 세계에서 미소 양국의 행동만 주장하는 중인데, 대체로 평화를 주장하는 것은 적아(敵我: 적군과 아군)의 구별이 없이 다 세계평화를 운위(云謂)하는 중에 아국(我國: 우리나라) 문제도 자연적으로 세계조류에 합류할 것이라고 보면 현 갑오는 우리 한국의 단순한 길조가 아니라 세계평화의 발상지가 우리나라라고 생각하는 것이다.

이 미소 양 조류가 합류하느냐, 방수진(防守陣: 막아 지키는 진영)을 포치(布置: 배치)할 것인가 하는 의심을 가지고 희망하는 바는 세계만방에서 우리의 강토에서 휴전이 되고 또 오천 년 문화사를 다시 갱신시켜서 세계문명의 종자를 시종(蒔種: 종자를 심음)해 놓고 금년을 보내게 되는 것이다. 내가 생각하기는 이 갑오년이 호운(好運)이 제래(齊來: 가지런히 옴)하여 세계평화의 발상지가 되었으면 하는 동감(同感)은 내뿐이 아니라 국민이 일정(一定: 고정되어 변동이 없음)하다. 그저 이 갑오년을 유의(有意)하게 보내고 우리 국토의 통일로 세계평화의 대파문(大波紋: 큰 물결)을 던질 암시를 받은 갑오년이라 소감을 기록하며 앞으로 이 암시가 완성될 때가 불구(不久: 머지않음)할 것을 빌고 이 다사다망(多事多忙: 일이 많아 몹시 바쁨)하던 갑오년을 보내며 이 붓을 그치노라.

갑오(甲午: 1954년) 제석(除夕: 섣달그믐날 밤) 봉우서(鳳宇書)

추기(追記)

  우리나라 갑오년 경과야말로 춘말(春末: 봄끝)에 민의원 선거가 아주 특별 민주주의로 세계에 수범(垂範: 본보가가 됨)이 될 만큼 성적이 양호하였고, 개헌안 표결 정족수도 세계에 비류(比類: 비슷한 종류)가 없는 수학적으로 통과되고 노 박사님의 방미(訪美) 행각에 소득이 많았고, 변영태 국무총리가 유엔에서 성과를 얻고 귀국해서 민주 우방들의 준법정신을 칭찬받을 정도의 행정부를 가진 우리 한국이 갑오년에 소득이 상당하고 위대하신 박사님의 종신 대통령 같은 것도 민주주의적으로 보아서 총민의(總民意)의 집결이니, 당연한 일일 것이다. 이것이 다 민의(民意)가 아니라면 별문제일 것이나 민의임에 틀림없는 한 무엇을 못할 것인가?

  인중승천(人衆勝天: 사람이 많으면 하늘을 이김)이라는데 갑오년 과거는 다수의 만능한 시대라 비록 소소(小小) 불합리, 불합법한 일이 있다 하더라도 누가 감히 말할 수 있을 것인가? 이 풍풍우우(風風雨雨: 비바람)의 갑오년, 다시 또 이런 해를 만날까 공포심도 없지 않은 것이건마는 그래도 보내자니 섭섭해서 추기까지 쓰는 것이다. 바라건대 장차 맞이할 신년지말(新年之末: 새해의 끝)에는 이런 일이 없으시라! 아주 청산하시고 맑은 기분으로 민족과 국가를 위하시라. 또 개과(改過: 잘못을 뉘우침)를 못하시면 천(天)과 신(神)의 심판이 곧 있으시리라고 확언을 남기노라. 을미년(乙未年: 1955년)을 바라보고 맞이하고자 기다리며 추기를 그치노라.

봉우서(鳳宇書)

1955년(乙未)

을미원조(乙未元朝: 1955년 새해아침)를 맞이하며

　갑오년(甲午年: 1954)은 우리 한국 만백성들의 바라고 바라던 희망을 한 가지도 성취시키지 못하고 무성무취(無聲無臭: 소리도 냄새도 없음)하게 어디로인지 돌아가고 우리나라뿐만 아니라 전 세계에 시청(視聽)을 집중하는 단 두 가지의 길인 평화가 아니면 전쟁 이외에는 타도가 무하다고 거의 확정적인 대망의 을미년의 원조를 맞이하게 된 우리민족으로는 어느 모로 보든지 감개무량(感慨無量)한 일이다. 계사(癸巳: 1953년) 휴전 후에 불안감을 얼마나 느꼈으나 시일이 경과할수록 민주 우방들의 태도는 염전증으로 화하고, 우리 국가 행정부에서는 자상달하(自上達下)로 모리(謀利)에 타념(他念)이 무(無)하여 국가와 민족의 공영공존(共榮共存) 같은 것은 염두에 두지 않는 것이 여실히 표현된다. 이것이 작일(昨日: 어제), 금일의 일이 아니요 을유(乙酉: 1945년) 8.15 광복절 이후로 소호도 불변하고 여전한 행동이 무엇보다도 증거가 되는 것이다.

　백성들도 위정자들의 너무 무관심한 행사에 반감이 나서 정부와 민간의 이탈행위가 점점 노골화하게 되니, 유엔에서 우리나라 실정을 조사하고는 6.25 사변 후 참전제국도 염전증 나는 것이 절대 무리가 아니라고 본다. 그래서 미국에서도 점점 우리나라에서 손을 가깝게 안 하려는 심산이 여실히 노정(露呈)되고 있다. 그래도 위정자들은 정신을 차리지 않고 여전 불변하는 사리사욕(私利私慾)에 분망하여 국가와 민족의 위급존망(危急存亡: 존망이 위급함)을 도외시(度外視)하고 각자 일신의 허영(虛榮)에 매두몰신(埋頭沒身: 머리를 박고 몸을 파묻음)하고 있는 것을 볼 때에 백성 된 사람으로 통곡하지 않을 수 없는 일이다. 부족한 인간이어든 자가(自家) 부족을 심사해 보고 근신(勤愼)하고 망동(妄動)을 하지 않는 것이 당연한데 이에 반해서 영웅이 별 수 있나? 일하면 다 동일하다는 오해를 가지고 추현양능(推賢讓能)의 미덕을 생각할 여지조차 없다고 보는 것이 정확하다.

자국민이 보아도 여차(如此)한 것을 외국인이 보면 명약관화한 일 아닌가? 장래성이 부족한 인물들을 원조할 마음이 적어지는 것도 당연하다고 본다. 이 기회에 적국에서는 세계여론을 종합해서 별별 선전을 다 가미하여 자가자찬(自家自讚)을 해오니 사세(事勢)가 망적(亡敵: 망한 적)에게는 유리한 일이요, 우리나라로는 각종이 불리한 일이다. 박사님의 도미행각도 어느 모로 보든지 실패였고 변영태 장관의 유엔 참석도 완전실패라고 보아야 당연한 일이다. 그렇다면 각종으로 심판이 자국의 불리뿐이라고 생각이 난다. 그뿐 아니라 법무부에서도 자가(自家) 가정성패가 별문제를 초래하여 대중의 심리를 포옹할 줄 모르는 소이로 외관에만 불미지사(不美之事: 불미스런 일)가 포현되고 이것이 전지우전(傳之又傳: 전하고 또 전함)해서 유엔 전체가 다 알게 되어 한국은 국제무대에서 아주 실신(失信: 신용을 잃음)하게 된 것이다.

그러나 유엔에서 한국만 위하는 일이 아니요, 민주 대 공산이라는 중대관절인 관계로 유엔에서도 이 해결을 아주 국제적으로 할지언정 한국 일개국의 이손(利損: 이익과 손해)으로 자기네의 선입감을 좌우하지 않고 조건이야 무슨 조건이든지 평화해결책만 전력하는 것 같다. 그러니 을미년에 순조로 일이 된다면 우리나라에 평화가 올 것이요, 혹 불순(不順)하게 된다면 다시 전쟁이라도 발발(勃發)할 염려가 있으나 전쟁이 나면 양손(兩損: 양쪽 손해)이라는 것을 적(敵)도 잘 알고 있는 관계로 적들도 될 수 있으면 전쟁을 피하고 평화공세를 취하고자 하는 것이 아주 노골화하는 것 같다. 그러면 이 평화공세를 대비할 만한 남한으로서의 정책이 있는가 하면 아주 백지인 것 같다. 을미년에 2대 난관 중에서 평화공세가 온다는 것을 확언하고 다만 여기 대비할 정책이 없다는 점을 비관하는 것이나 위정자들의 전비(前非: 과거의 허물)를 통개(痛改: 통렬히 뉘우침)하고 통일정책을 확립해서 평화공세를 일격하(一擊下: 한 번의 공격아래)에 완전히 퇴치하고 우리 정책대로 완성된다면 누가 찬성 안 할 사람이 있으리요?

그 말년이 우리 백성의 일엽편주(一葉片舟)로 만경창파(萬頃蒼波: 한없이 넓고 푸른 바다의 물결)를 건너가는 격이라 아주 불안심(不安心)이 되나, 신(神)이 묵우(默祐: 말없이 도움)하시면 의외의 순풍(順風)으로 무사하게 피안(彼岸: 저 언덕)에 갈지 알 수 없는 것이다. 을미 원조(元朝)에 바라는 바는 위정자들의 개과천선(改過遷善: 허물을 뉘우치고 착한 사람이 됨)으로 우리의 일엽주(一葉舟: 이파리같이 작은 배)가 무사착안(無事着岸: 일 없이 언덕에 닿음)되기를 심축(心祝)하고 이 붓을 그치노라.

을미(乙未: 1955년) 원조(元朝: 설날 아침) 봉우서(鳳宇書)

내 사생활의 세목(細目)을 적어 보자

사람의 생활이라는 것은 천층만층(千層萬層)이다. 부호(富豪)생활은 말할 것도 없고 우리들 같은 빈궁자(貧窮者)들의 생활도 가지가지다. 그래서 내 사생활의 세목을 금년은 어찌해야겠는가 하고 적어 보기로 하자. 가권지인(家眷之人: 가족)의 소요되는 생활비가 1개월에 평균 얼마나 되며, 수입은 얼마나 될 것인가 하고 추상해 보자.

대체로 식량이 월평균 10두(斗: 말)의 정곡(精穀)이면 되고 부식비가 1일(一日) 1인당 20원130)이면 월 합계 1,800원이요, 시초대(柴草代: 땔 감 비용)가 사서(四序: 사계절)를 평균해서 1일 50원이면 월 합계 1,500원이요, 의료(衣料)가 월평균 1인당 500원이면 월 합계 1,500원이요, 통신비가 월평균 300원이요, 교통비는 내가 장재도상(長在途上: 오래도록 길 위에 있음)이라 월평균 5,000원 이상이요, 제사비가 전부 년 11회니 월평균 1회에 2,000원 정도요, 의약비가 월평균 1,000원은 된다. 그리고 대객비(待客費: 손님 대접비)가 월평균 5,000원이요, 세금이 월 1,000원 평균이다. 그리고 잡비가 월평균 1,000원 이상이다. 그러면 이

---

130) 전쟁의 후폭풍으로 인한 인플레이션을 잡기 위해 1953년에 100원圓=1환圜 화폐개혁을 실시했다. 환(圜)은 1962년까지 사용되었다. 본래 圜의 음은 '원'이었으나 화폐로 쓰일 때는 다른 '원'의 의미와 구별하기 위해 환이라고 읽었다. 1953년 화폐 단위가 원에서 환 단위로 바뀐 후에도 당분간 계속 원이라고 쓰인 것도 아직 이 한자를 공식적으로는 원이라고 불렀기 때문이나 나중에 점점 환으로 굳어졌다. 당시 선생님께서도 기존 쓰던 원 단위를 관행적으로 계속 쓰신 듯하다. 참고로 당시 장관 월급이 6만 환, 국장급 공무원이 3만 5,000환이었다.

상을 전부 금전으로 환산하면 총액이 월평균 2만 6,100원 이상이요, 이외에 비상사태가 있다면 예외일 것이다. 일년 총액이 31만 3,100원 이상을 계상(計上)해서 적자가 나지 않는 생애다. 이상이 내 1년 평균 지출이다.

이것을 농가에서 작농(作農)하는 곡가(穀價)로 환산하여 정곡 백미를 소일두(小一斗) 600원으로 하고 50표(俵: 가마니) 이상이다. 면내(面內) 대농가 지출에 해당하고 우리 동리에서는 누구보다도 내가 최고지출을 하는 것은 사실이다. 물론 내 생활을 개선할 필요가 있다고 생각하는 것은 과대지출을 간소화하라는 것이다. 가권(家眷: 가족)이 얼마 되지 않으니 지출의 불필요한 것은 삭제 내지 감축하라는 것이다. 내가 내 자신만은 검소하게 지내나, 가정생활은 그리 검소한 편이 못 된다. 이것이 내 생애에 제1약점이다. 반드시 개량해야 하겠다. 그리고 내 수입을 계산코자 하나, 정기적이 아니하니 확실치는 못하나 추상적으로 일년 총액을 기록해 보자.

농업에서 소득이 대맥(大麥: 보리)이 3석(三石)이요, 소맥(小麥)이 10두(斗)요, 대두(大豆: 콩)가 1석이요, 채류(菜類: 나물류)가 1년액 1만 원 이상이요, 시(柿: 감)가 연평균 1만 5,000원 이상이요, 호도(胡桃)가 10두(斗) 이상이요, 잠농(蠶農: 누에농사)에서 1만 원 이상이요, 고초산류(苦草蒜類: 고추와 마늘 종류)가 1만 원 정도다. 그리고 백미(白米)가 15두(斗) 평균이다. 그다음 가아(家兒)의 배급이 연평균 정곡 60두(斗)다. 이상이 수입의 대부분이요, 금전으로 환산하면 15만 원 정도다. 그다음 부수입이 실인(室人: 아내)의 재봉료가 인부임(人夫賃: 인부 품삯)으로 환산해서 1년액 1만 5,000원 이상이요, 소성(小星)의 방적(紡績: 실 뽑는 일) 임금이 백미 평균 2석(石)은 되니, 2만 4,000원 정도요, 또 가정에서 상비약 분배대금이 약 1만 원은 된다. 그리고 내가 근년(近年: 요즘 몇 해 사이) 평균 무정기(無定期) 수입이 10만 원 내외다. 그리고 축산의 수입이 약간 있다. 그래서 1년 총액 30만 원 내외다. 임진(壬辰: 1952년), 계사(癸巳: 1953년), 갑오(甲午: 1954년) 3년 평균 수지계산이다. 여기서 예상외의 손실로 적자가 나고, 또 비상지출로 부채가 되고한 것이 현상 부채가 20만 원 정도가 있고 그 반대면에 채권(債權)도 10만 원 가량은 있다. 이것은 과거를 말하는 것이다.

금년은 내가 지출을 좀 간소히 해서 무슨 방식으로든지 20만 원 이내로 계산할 결심이요, 수입은 좀 더 계상해 볼까 한다. 그래서 금년에 구채(舊債: 묵은 빚)를 청산할 결심이다. 그러나 가아(家兒) 혼인준비는 예년평균수지 예외로 해야 한다. 수입방식의 개선은 무엇인가 하면 금년은 양계(養鷄)를 해서 무슨 방식으로든지 200수(首: 마리)를 목표로 경영할 일이요, 그다음은 방적(紡績)을 타인의 노임을 하지 않고 자직(自織: 자신이 짬)으로 수입을 계상할 예정이요, 농업에서 대두를 작업하지 않고 진임(眞荏: 참깨)을 경작할 예정이요, 고추를 배(培) 이상 경작해서 수입을 볼 예정이며, 나도 다각적으로 수입을 향상시켜서 월평균 2만 원을 목표로 나갈 예정이다. 그래서 부채를 청산하고 생활을 간소화해서 적자가 나지 않게 할 결심이다. 이것이 내 금년의 사생활 세목일 것이다. 이론으로 방임(放任)하지 않고 실천으로 성공하리라.

을미(乙未: 1955년) 정월 초칠일(初七日) 봉우서(鳳宇書)

5-76

영경(英京: 영국수도, 런던)의 순간 암흑세계화한
보(報: 소식)를 풍문(風聞: 바람결에 들음)하고

　일자(日字)는 잘 기억이 안 된다. 그러나 권위 있는 모 신문에 보도된 바를 보건대, 영경(英京: 런던)에서 순간 암흑세계가 되었었다고[131] 전

131) 〈조선일보〉 1955년 1월 18일 기사:
　대낮에 돌연 암흑세계 - 10분간 공
　포에 싸였었던 런던
　'지구의 파멸'이라도 온 듯 16일 하
　오 런던은 갑자기 캄캄한 암흑으로
　변해서 수만 시민들로 하여금 공포
　와 전율 속에 사로잡히게 하였었다
　한다. 외신이 전하는 바에 의하면
　16일 하오 런던에는 갑자기 암흑이
　내습해서 약 10분간 천지를 분간하
　지 못했는데 이 암흑은 10분 후에
　내습한 때와 같은 속도로 사라져버
　렸다 한다. 그래서 날짐승들은 밤이
　온 줄 알고 보금자리로 들어가고
　거리의 여인들은 비명을 울리고 어
　떤 사람은 길가에 엎드려 기도하고
　또 시내 크로이든 지역의 어떤 사
　람은 '세계의 종말이 마침내 오고야
　말았다'고 소리쳤다 한다.

이에 대해서 영국 공군성의 기상대 당국자는 '극히 두꺼운 구름의 층 아래에 런던의 연기가 뭉쳐져서 이러한 현상이 일어난 것 같다'고 말하면서 생전 처음 보는 일이라고 놀라고 있다 한다(같은 내용의 기사가 영국 〈데일리 미러〉 1월 17일자에 있다. 연구소 홈페이지 사진 자료 참조).
'Meteorological Magazine 1955' 자료에 의하면 총 12분간 완전한 어둠상태로 있

한 바를 듣고 내 생각에 그날이 만우절(萬愚節)이 아닌 이상 아주 허위(虛僞: 꾸며낸 거짓)를 보도할 리가 없는 것이다. 그렇다면 이것이 무슨 연고인가 생각해 보자. 천시(天時)의 변화로 된 일인가? 그렇지 않으면 인공(人工)으로 그리 된 일인가? 의심이 없지 않다. 영경(英京)은 농무(濃霧: 짙은 안개)로 유명한 곳이라 사서(四序: 사시)를 불계(不計: 따지지 않음)하고 아주 청천(晴天: 갠 하늘)을 보기 어렵다고 전한다. 그렇다면 이 암흑세계가 일종의 극도의 농무가 아닌가도 생각되고 한편으로는 영경의 수백만 인종이 농무와 흑암(黑暗: 몹시 어두움)을 분변치 못할 리가 없다고 상식적으로 판단이 되는 것이다. 그러면 내 생각에는 이것이 천시(天時)의 변화가 아니라는 것이다. 확실히 증명하기는 곤란하나 십상팔구(十常八九)는 틀림없는 사람의 행위라고 보는 것이 당연하다.

그러면 어느 사람의 행위일까 하는 점은 나는 2설(說)을 주장하고자 한다. 1설은 영국인으로 이 암흑세계 연구를 하는 사람이 어느 정도 성공을 해서 영경(英京)에서 1차 시험을 한 것이 아니면 연구 중에 시험관이 폭발해서 암흑세계가 된 것이요, 또 1설은 외국인의 발명자가 연구에 성공하고 미국이나 소련보다 기분(幾分: 어느 정도) 출입이 안전한 세계 대도시인 영경(英京)에다 1차 시험한 것이라고 나는 생각한다.

내가 선자(先者: 먼젓번)에도 누누(累累)이 말하였거니와 신병기 중에 흑막탄(黑幕彈: 검은 장막 폭탄)이 나오리라고 한 일이 있었다. 내가 본

었고 조도는 30룩스 미만으로 추정했다. 이 자료에선 암흑현상을 기상학적으로 분석한 뒤 결론을 내리길 'It is difficult to assess the likelihood of a recurrence of the phenomena described here'라고 하였는데 당시 안개와 스모그로 수시로 고통받던 상황임에도 저렇게 결론을 냈다면 저 암흑현상은 비상식적인 일이었음을 기상전문가들도 인정하는 것은 아닐까. 〈데일리 미러〉 기사에선 '점심시간의 런던'이란 제목 아래 당시 상황을 크게 사진으로 보여 주고 있다. 어두컴컴한 거리와 점심시간이란 제목이 극적으로 대비되는 장면이다.

바 흑막탄은 원근(遠近), 지속(遲速: 더딤과 빠름)을 자유자재로 하는 성능을 가진 것인데, 그 위력이 원자탄으로는 절대 불급(不及: 못미침)할 정도나 다만 원자탄은 무죄한 생명이 희생되는 것이 흑점(黑點)이나, 이 흑막탄은 생명에 무관하고 상대를 굴복시킬 수 있는 가장 성스러운 무기라고 보며 이 무기를 가지고 있는 한은 상대국의 무슨 병기도 무서울 것이 없다고 생각된다. 그래서 그 무기의 원소(元素)나 설계도와 서(書)를 내가 정신수련 당시에 충분히 납득될 만큼 본 일이 있고, 또 다른 나라 사람들도 이것을 연구 중에 있으나, 좀 약하다는 것을 보았다.

그 연구를 하는 사람과 지역은 순백인종이 아니요, 유색인종과 일만리족(日曼利族: 게르만족)의 합체(合體)가 아닌가 하며, 지역은 서반아(西班牙: 에스파냐) 어느 산중에 지소(池沼: 못과 늪)가 있고, 그 지소 주변에 별장이 있고, 지소 중에 장치한 전기로 연구실이 승강(昇降)되고, 이 연구실에서 지하공작실과도 통할 수 있는 준비가 되었고, 연구인들은 일만리족(日曼利族)이 수인(數人: 몇 사람)이요, 그 외에는 유색인들인데 합(合) 12인 정도로 비밀단(秘密團: 비밀단체)이라고 내가 확실히 보았다. 그들이 연구한 중에 흑막탄 유사품이 있으나, 내가 본 흑막탄의 성능에 불급하고 그들이 6~7종의 신병기와 그 외에 10여 종의 신기계(新機械)를 발견한 것을 내가 정신상으로 확실무의(確實無疑)하게 본 일이 있는데, 영경에서 발생된 암흑세계라는 것이 내 육감(六感)으로는 이 인간들의 발명시험이라고 확언하고 싶다.

원자탄이나 수소탄이나 파괴와 살인을 목표로 하는 것이나, 이 흑막탄은 다른 데는 무소용이요, 세계 장래평화를 위해서 한번쯤 사용함으로써 강극(强極: 극히 강함)에 달한 자들을 굴복시킬 수 있는 가장 성무기(聖武器: 성스러운 무기)라고 생각된다. 이 무기가 영자(影子: 그림자)를 비춰 준 것만으로 나는 조물주(造物主)에게 감사의 뜻을 표하는 것이다. 이것이 세계 장래에 평화가 올 조짐이요, 길나라비라고 보는 것이 큰 오해는 아닐 것이다. 세인들이야 무어라고 영경(英京: 런던) 암흑세계된 것을 평하든지 나는 재언(再言)을 불요(不要)하고 평화의 신아(新芽: 새싹)라고 확인하는 바이다.

그런데 이 사회에서는 아전인수적 행위가 하도 많아서 모모 종교가들과 모모 도인(道人) 측에서는 우주인 회견이나 이 암흑세계가 다 자기네의 선생들의 소위(所爲: 하는 일)라고 역선전한다. 일은 한 곳에 있고, 이 일을 했다는 인간은 수십인 식 되니, 어목혼주(魚目混珠: 물고기 눈을 진주로 혼동함)라고 보며 이 무리들은 주출망량(晝出魍魎: 대낮에 나온 도깨비)이 아니고 무엇일 것인가? 현 사회의 일류 지식과 학식을 가진 인사들도 자기최면에 걸려서 자하도(紫霞島)니, 좌도방(左道房)이니, 우도방(右道房)이니 또는 선천(先天). 후천(後天)의 중간인 중앙천(中央天)이니 하며, 혹중(惑衆: 대중을 미혹케 함)하는 배류(輩流: 무리들)에게 혼동되는 분이 얼마든지 많다.

이것이 현 사회의 자우상(自愚狀: 스스로 어리석은 모양)이라고 보는 것이며, 이 자우(自愚)라는 것이 별 연고가 아니라 다 내라는 것을 선입감에 두고 무엇, 무엇이라는 도인이나 종교에 내가 중진이요, 또는 제일 친밀한 관계로 내 자격이 여하(如何: 어떠함)든지 간에 그 인물이 등장하면 내 자신의 발신(發身: 형편이 좋아짐)할 것은 무의(無疑: 의심 없음)한 일이라고 맹신하는 관계로 자우(自愚)가 되어도 불고(不顧: 돌아보지 않음)하는 것이라고 나는 확평(確評: 확실히 평함)하고 싶다. 만약 선입감이 없었다고 하고 그 인물들이 제3자로 공정한 평론을 하라면 누구보다도 정확한 평을 내릴 인물들이라고 확언하며 이 인물들의 선입감 체증(滯症)이 1일(一日)이라도 속히 소화(消化)되기를 바라마지 않는 것이다.

　　　　을미(乙未: 1955년) 정월(正月) 초팔일(初八日) 봉우서(鳳宇書)

[이 글은 《백두산족에게 고함》(1989년 출간) 162페이지에 〈흑막탄 실험〉이란 제목으로 먼저 소개되었습니다. 원문이 누락된 곳도 있고, 글의 중요성을 생각하여 1955년 원고 그대로 다시 역주하였습니다. 봉우 선생님의 위대한 글 가운데 하나라고 생각합니다. -역주자]

신훈(申塤) 씨 방문 후에

  우연히 수년간을 조격(阻隔: 오랫동안 서로 소식이 막힘, 격조隔阻)하여 너무나 소활(疎闊: 서먹서먹함)하게 되어서 을미(乙未: 1955년) 세초(歲初: 설)를 이용해서 방문한 것이었다. 마침 두계행(豆溪行)으로 이득규 동지 댁에서 한담(閑談)으로 시간을 보내고, 오후에서야 신훈(이 이득규 동지 댁에) 귀택(歸宅: 집에 돌아옴)을 통해서 구조(久阻: 소식이 오랫동안 막힘)의 회(懷: 품음)를 서로 서(叙: 말하다, 이야기하다)하였다. 그런데 그의 건강은 의외에도 아주 복구되어 70에 근(近: 가까움)한 노옹(老翁)이 경쾌미(輕快味: 경쾌한 맛)가 50노인 정도이고 생활 정도(程度)가 비록 극곤(極困: 극히 곤란함)하여도 무슨 철광(鐵鑛)관계로 소소(小小) 수입이 있어서 근근(僅僅: 겨우) 유지하는 것 같다. 아무튼지 의뢰하지 않고 자립하는 것이 다행한 일이다. 이씨 댁에서 야심(夜深)토록 의견교환이 있었고 여기서도 진여해건(眞如海件)에 언급해서 동정(同情)을 불금(不禁: 금치 못함)하는 언설(言說)과 우주인(宇宙人) 회견기(會見記)의 의혹에 언급해 보고, 무무(無無)에 대한 견해도 있었고 이〇용 옹(翁)이 근일은 다수 제자와 향적산(香積山)에서 수도한다는 전언도 듣고, 이〇〇 동지에게 정인관의 삼제(三弟: 셋째아우)가 영관(領官)으로 있어서 유족(遺族) 생애는 해결이 되는 정도와 주형식 동지의 환원(還元: 죽음)하기 전에 예언한 바를 전하였다. 이것이 다 참고가 되는 것이다.
  신 선생은 70노옹(老翁)이나, 그래도 내두(來頭: 장래)에 수십 년쯤은 자신을 가진 투지만만(鬪志滿滿)한 것이 감사하다. 그리고 그 명민(明敏)한 성질에 호사(好事)하는 벽(癖)이 소호도 멸(滅: 없어짐)하지 않은 것은 동지 중에서 누구에게도 지지 않겠다. 하시(何時)든지 일(一)지방의 좌주(座主: 자리주인)로 연락하면 실수(失手)는 안 할 정도라고 나는 평(評)하고 싶다. 연정원(研精院) 동지 중에 원로(元老)로는 약하고 고참(高參) 대우쯤은 당연하다고 생각한다. 내가 상봉시(相逢時)면 하시든지 권고해 보는 것은 비록 노쇠할 지라도 무슨 일을 남에게 미루지 말고 내 역량껏 나가 보시라고 한다. 신 동지는 역시 자임(自任: 자기가 적임이라 여김)하고 나가고자 하는 동지다. 역량이 좀 부족하나, 은일(隱逸)코자 하는 인사가 아니요, 용력을 다하여 싸우고자 하는 것은 신 동지의 장점이요, 다만 자기의 약점을 선찰(善察: 잘 살펴봄)하지 못하고 상대방을 경적(輕敵: 가벼이 적으로 삼음)하는 것이 그의 결점이라고 보는 관계로 그의 고사력(考思力)을 양성하시라고 풍자를 해본 일도 있었다.

호변(好辯: 말하기를 좋아함), 호사(好事: 일을 벌려서 하기를 좋아함)하며, 경쾌미를 가진 동지라 평하자면 계군학립(鷄群鶴立: 닭들 속에 학이 우뚝 섬)격이요, 그 학이 천년노송하(千年老松下)에 독자배회(獨自徘徊: 홀로 배회함)하는 단정학(丹頂鶴)은 아직 못 되나, 학은 틀림없는 학이라고 평하노라. 옹의 건강을 축(祝)하며 그 학성(鶴性: 학의 성격)이 한양(閑養: 한가로이 길러짐)되기를 빌고 이 붓을 그치노라. 그래서 무궁화 동산에 봄놀이 할 때에 빠짐없이 모이시기 바라노라.

을미(乙未: 1955년) 정월 초팔일(初八日) 봉우기(鳳宇記)

추기(追記)

    우리가 농산어촌(農山漁村)에서 중견 청장년이나 산일(散逸: 재야의 은사)인 동지를 규합하자고 을유년(1945년)에 발기한 일이 있었다. 신 동지도 이 규합동지 중 1인이었는데 인품이 불가이득(不可易得: 쉽게 얻기 불가함)이라고 해서 내가 평을 가한 것인데 후방에서 누가 코치를 하고 전선에서 싸우시라면 청장년에게 지지 않을 투지와 전진력이 있으나, 자진해서는 유예미결(猶豫未決: 미루다 해결 못함)해서 나가지 못할 결점이 있다고 보았다. 10년을 두고 보니 사실이 그러하다. 모사(謀事), 호사(好事)하고 호변(好辯)하나 찰인력(察人力: 사람을 살피는 힘)이 좀 부족하고 계획적 모사가 좀 부족하다는 말이다. 그래 이런 인물은 도내(道內) 인물 중의 1인이요 일군중(一郡中) 인물로는 좀 지낸다고 본다. 이것이 내가 호평을 가한 것이라 정평(正評)이라고는 않는다.

봉우추기(鳳宇追記)

헌기약론(軒岐略論)

헌기(軒岐) 132)의 술(術, 전통의술)을 논(論)하고자 하면 제일 요건(要件)이 무엇인가 하면 인체의 구조가 어떻게 되었는가 하는 것을 알아야 하고, 그다음은 구조된 각 부분을 분해해서 논리(論理: 이치에 맞게 논함)해야 되고, 그다음은 다 각 부분을 합체(合體)해서 총론(總論)으로 들어가야 하는 것인데, 인체의 구성도 천체(天體)나 지체(地體)나 동일한 배합체가 되어 있는 것이다. 인체의 각 부분을 천체나 지체에 비교해서 설명하는 것이 요건이라고 나는 생각한다. 이 원리론에 충분한 해석이 된다면 이 상리(常理: 당연한 도리)를 벗어난 것이 병(病)이 되는 것이라는 것도 잘 알 것이요, 이 원리를 잘 알면 그 고장난 것을 원상복구 시킬 수도 있는 것이다. 그러나 그 고장이 원체(原體)의 성능(性能)을 변하게 중대하다면 이것은 원상복구를 못하고 현상유지를 할 것이요, 이 현상유지도 어려울 때에는 당연히 오는 그 체(體)의 종지부를 고하는 외에 타도(他道)가 무(無)한 것이다.

그런데 세인이 헌기지술(軒岐之術: 의술)을 학(學)하는 사람들이 원리론에 치중하지 않고 병리학이나, 해부학이나, 임상진단학이나, 치료학

---

132) 동아시아 고대문명의 선지자들인 삼황오제(三皇五帝) 중 오제의 한사람인 황제(黃帝)와 역시 전설적인 상고시대의 의사인 기백(岐伯)을 뜻하며 전통의학을 상징한다. 황제가 기백 등과 의약(醫藥)을 토론하여 《황제내경(黃帝內經)》이란 저서를 만들었다고 전해 온다.

이나를 주로 하는 중대한 차오(差誤: 틀리거나 잘못됨)를 가지고 있는 것은 가리지 못할 사실이라고 본다. 내가 말하고자 하는 바는 인체구성 원리를 무엇보다도 소명(昭明)하게 해석할 수 있다면 병리학은 별 큰 난관 없이 상식적으로 판단될 것이요, 해부학이나 임상진단학이나 치료학이 다 이 인체구성 원리에 추지(推知: 미루어 생각해 앎)할 수 있다고 생각된다. 그러나 각부(各部)의 해설을 주로 하지 말고 원리론을 충분하게 알도록 연구하는 것이 당연하다고 생각하는 바이다. 병리학을 배우지 말라는 것이 아니라 인체의 구성원리를 충분하게 알고 있다면 이 원리에 반(反)한 것이 병(病)이 되는 것이라고 알아지는 것이다. 각 부분학(學)이 이러하다는 것이다.

한의학(漢醫學)으로 보아도 《황제소문(黃帝素問)》133), 《장부총론(臟腑總論)》134), 《맥경(脈經)》135), 《상한론(傷寒論)》136), 《운기론(運氣論)》137), 《풍한서습론(風寒暑濕論)》 등이 있으나, 의업(醫業)을 하는 분

---

133) 중국 최고(最古)의 의서(醫書)인 《황제내경(黃帝內經)》의 하나로서 황제와 그의 신하 기백(岐伯)의 문답형식으로 이루어져 있음.

134) 명대(明代)에 편찬된 《의학입문(醫學入門)》에 나오는 인체의 오장육부 내장기관에 대한 논설.

135) 맥학(脈學)에 관한 책. 서진(西晉)의 왕숙화(王叔和)가 서기 3세기에 지은 책으로 최초의 맥학 전문서이다.

136) 중국 후한(後漢)시기 장중경(張仲景: 150~219)의 의서(醫書). 《금궤요략(金櫃要略)》과 함께 한방(漢方)의 쌍벽을 이루며 한의학의 중요한 원천이다. 한의학을 '상한론의학'이라고 일컬을 정도이며, 그 연구서목도 500종을 넘는다고 한다. 중국의학에서 약물요법의 대성자라고 지목되는 장중경의 저술이라 전하며, 급성열성전염병과 각종 병증(病症)에 대해 경험적으로 알려진 약재의 처방법을 실용적으로 담고 있다.

137) 오운육기(五運六氣)의 운기학(運氣學)에 기초한 병리론(病理論)을 체계화하여 조선 숙종~영조 때 유의(儒醫)인 윤동리(尹東里)가 편찬했다고 전해지는 의서(醫書). 《초창결(草窓訣)》이라고도 한다. 운기학은 음양오행설의 생극제화(生剋制化: 상생, 상극, 멈춤, 움직임) 논리를 바탕으로 천지만물을 운(運)과 기(氣), 주(主)와 객(客)으로

들이 《장부총론》이나 《맥경》이나 《상한론》이나,《운기론》이나 《풍한서
습론》을 정통(精通)한 분이 전국을 통해서 몇 분이 못 되고 각인각기
(各人各技: 각자가 각자의 기술을 지님)로 일기일능(一技一能: 한 가지 기술
과 한 가지 재능)으로 개업한 분이 다대수라고 본다. 비록 일기일능일망
정 전공한 분이 역시 극귀(極貴)하다고 본다. 현상 의과대학 한의과 교
수진부터 책을 가지고 가르칠 정도요, 전문지식을 가지고 자신만만하
게 학생에게 질의대응할 교수진은 거의 없다고 해도 과언이 아니다.
그러면 교자(教者: 가르치는 자), 학자(學者: 배우는 자)가 다 그 도(道)를
실(失: 잃음)하고 다만 교자(教者)로도 이것이 계왕개래(繼往開來)138)의
책임으로가 아니라 생활상 보수(報酬: 근로의 대가로 받는 돈, 물품)관계
로 이 자리에 있는 분이 대부분이요, 또 학자도 학력의 충분, 불충분을
논할 것이 아니라 이 학벌이 있어야 장차 취직할 자격이 있다는 조건
으로 입학한 분이 다대수가 아닌가 한다. 쇠퇴하는 한의학을 갱생시킬
책임을 가지고 전공해서 서양의학의 수준을 돌파할 의무와 책임을 이
행하는 학생이 얼마나 되나가 최의문(最疑問)이다.

구분하여 사람의 생리와 병을 오운과 육기의 작용으로 설명하는 학문이다. 즉 오운
(五運)인 목(木), 화(火), 토(土), 그(金), 수(水)는 인체의 다섯 장기인 간장(肝臟), 심
장(心臟), 폐장(肺臟), 신장(腎臟), 비장(脾臟)에 대응시키고, 육기(六氣)인 풍(風), 화
(火), 서(暑: 더움), 습(濕), 조(燥: 마름), 한(寒)은 인체의 여섯 기관인 대장(大腸),
소장(小腸), 위(胃), 쓸개(담膽), 방광(膀胱), 삼초(三焦)에 대응시켜 오운과 육기가
천지만물을 조화시키듯이 인체는 오장과 육부를 통해 생기(生氣)를 화육(化育)한다
고 보는 것이다.

138) 계왕성개래학(繼往聖開來學)의 준말. 출전은《중용장구서(中庸章句序)》주자(朱子)
의 글이다. 여기서 주자는 "우리 선생님(공자님) 같은 분은 비록 그 지위는 얻지 못하
셨지만 지나간 성인을 계승하여, 다가오는 후학의 길을 열어 주신 것은 그 공이 요순
(堯舜)보다 더 뛰어난 것이다(若吾夫子 則雖不得其位 而所以繼往聖開來學 其功反有
賢於堯舜者)라고 하였다.

내가 말하고자 하는 바는 동서의학이 다 발전될 여지가 충분히 있고 연구하면 새로 발명할 것이 얼마든지 있는 것이다. 동서의 의서(醫書)야 얼마든지 있으나, 의학의 원리는 동양에 전래하는 것이 장점이 있고 부분의 설명에는 서양 교수방식이 장점이 있다고 보는 관계로 내가 이 헌기지술(軒岐之術)의 약론(略論)을 기록하는 데는 동서합치(東西合致)해야 한다는 신조로 내가 서양의학을 상식적으로 본 정도요, 전공이 아니라 논리(論理: 이치를 논)할 도리가 없고 동양의학만은 전공은 하지 않았으나 상식 이상이라고 자인(自認)하는 관계로 이 붓을 들어 보는 것이다. 본론은 이다음에 쓰기로 하고 약론(略論)을 시작해 보자.

인체란 일점(一點) 정혈(精血)로 배태(胚胎)가 되어서 음양오행(陰陽五行)의 변화로 혈육(血肉: 피와 살), 근골(筋骨: 근육과 뼈대), 피모(皮毛: 피부와 털)와 지고(脂膏: 기름), 수막(髓膜: 골수막), 정(精), 기(氣), 신(神)의 구별이 있으나, 대체로 나누면 혈육, 근골, 피모에 지나지 않고 정수(精髓: 뼛속의 골수), 담(膽: 쓸개), 고지(膏脂: 기름)는 혈(血)의 청탁(淸濁)으로 구별이 된 것이요, 이 청탁은 인신(人身)의 온도로 변화가 생겨서 혈의 작용이 지고막(脂膏膜: 기름막)으로도 되고, 수뇌(髓腦: 골수와 뇌), 담(膽), 혈(血)로 되어 변해지는 것이다. 인신(人身)의 한열(寒熱: 차고 열 남)이 적중(適中: 가운데 도달함)하면 일신(一身: 자기 한 몸)이 무병(無病)하고 이 한(寒)이나 열(熱)이 어느 곳으로 과(過: 지나침)해지면 곧 병이 되는 것이다. 열이 과하면 정신이 혼탁(混濁)해지고 혈(血) 조(燥: 마름)해서 혈의 운행이 속해져서 병이 되고, 그 반대로 한(寒)이 과하면 정신이 위축되어서 응결된 혈구(血球)가 습(濕: 축축함)으로 화(化)하여 운행이 지(遲: 늦어짐)할 것이라 역시 병이 되는 것이다. 한(寒)과 열(熱)이 중화(中和)해서는 절대로 병이 되는 법이 없는 것이다. 그러고 보면 열이 과한 자는 양(凉: 서늘함)하게 해야 병이 안 되고 원상복구(原狀復舊)를 할 수 있으며, 한(寒)이 과한 자는 온(溫)하게 해야 병이 안 되고 원상복구가 돼야 건강을 보(保: 지킴)할 것이다. 이것이 최요결(最要訣)이며 혈(血)은 열(熱)하면 탁(濁: 흐림)해지고, 한(寒)하면 응(凝: 엉김)해져서 다 운행에 고장이 되는 고로, 일신(一身)이 무병(無病)하자면 혈(血)이 청(淸)한 외에 타도(他道)가 무(無)하다.

그다음은 음식물을 위(胃)에서 소화해서 영양가치 있는 것을 많이 취하고 신체의 운동을 적당히 하면 부지불식지간에 신체는 건강해질 것이나 이런 몸의 소유로도 지출량이 많으면 그 건강도 일시 문제라 그런 고로 건강체의 소유자라도 무리한 지출이 없이 적당한 소비만 하면 정혈(精血)이 적축(積蓄)되어 강한 방어선을 치게 되어 병이 감히 침공할 여지가 없어서 장수와 건강을 할 것이요, 이와 반대라면 쇠약과 요(夭: 요절?)로 병의 완전한 승리가 될 것이다. 그러니 병을 보고 병리를 정사(靜思: 고요히 생각함)해 보고 1건(一件)씩, 1건씩 원상복구의 길로 돌아가면 그 병이 치료되는 것이다. 그 치료방식이 제일 우선되는 것이 병증(病症)이 발견되기 전에 신체를 건강하게 하는 것이요, 제2는 건강이 좀 이상이 있을 때에 그 부족을 보충하며 정양(靜養)하는 것이요, 제3은 병이 발견되거든 즉시로 그 병을 퇴치해서 병의 세력이 커지지 못하게 하는 것이요, 제4는 병이 중태(重態)로 되었을 때는 할 수 없이 대증투약(對症投藥: 증상을 보아 약을 씀)해서 급한 증(症)을 구해 놓고 그다음 원상복구로 가는 것이다. 주로 치법(治法)은 청혈(淸血: 피를 맑게 함)시키고 소화가 잘되게 하고 한열(寒熱)을 조정해야 하는 것이요, 청혈제는 청담(淸膽)도 되는 것이라 겸해서 백병(百病)을 인도(引導: 끌어 이끎)시키는 백충(百虫: 모든 기생충)을 제거해야 하는 것이다.

이것이 치병(治病) 주요법(主要法)이다.

그리고 대중투약(對症投藥)은 임시적으로는 할지언정 주치법(主治法)을 대중(對症)으로만 해서는 안 되는 것이다. 세상에서는 대체(大體)가 대중투약이 되는 고로 일시적 치료는 될지언정 완치가 못 되는 것이다. 인체가 상청하탁(上淸下濁)이 본성(本性)이라 상부의 청(淸)한 곳을 정혈(精血)로 맑히고, 하부의 탁한 곳을 온기(溫氣)로 조(燥: 말림)하게 하면 일신이 항상 건강체로 되어 생명을 길게 병 없이 유지할 수 있는 것이다. 이것이 치병(治病)의 대요(大要)요, 풍한서습(風寒暑濕) 등 증(症: 증세)으로 병이 발생한 때는 그 수병(受病: 병을 얻음)의 원인을 연구해서 현 증세보다 수상(受傷: 상처를 입음)된 근원을 주(主)로 하고, 현 증세를 차(次: 버금)로 하며, 장차 전경(傳經: 경락을 통해 전해짐)될 곳을 보좌(補佐)로 다스리면 별로 실수 없이 치료되는 것이다. 대체로 병리(病理)보다 인체구성 원리를 보고 그다음에 병리를 알아서 치료방식은 병원(病源: 병의 근원)보다 인체 상시(常時: 항시)와 이상이 생한 원인부터 치료하고 그다음 병리에 해당한 곳을 근본적으로 치료하라는 것이요, 현 발생 증세가 위급할 때는 부득이 현 증상을 그대로 선치(先治: 먼저 치료)하는 것도 권도(權道: 임기응변의 방편)이나, 정례(正例: 정상적인 예)로 알아서는 안 되는 것이다.

치병(治病)의 요(要)가 6~7할은 정신이 좌우하고 3~4할은 약품으로 치료할 수 있는 것이요, 침구(針灸: 침과 뜸)도 약품치료와 동일한 효과를 보나, 어느 부분에 한(限)한 것이요, 침구가 백병(百病)에 모두 효과가 있다는 것은 아니다. 정신적으로 치병할 수 있다는 것은 상세한 것은 후일로 미루고 약품치료법도 아무리 병리학에 숙련된 분이라도 약품이 정제(精製: 정성을 들여 잘 만듦)된 것이 아니면 처방으로만 병을 치료 못하는 것이다. 그런데 우리 한약계의 약품채집에 대하여 현상으로는 아주 부주의가 심하고 현상유지도 극곤(極困: 극히 곤란)한 중이라 사계(斯界: 한약계)에서 갱신할 필요가 있다고 본다. 각종 약품을 채취방식과 저장방식을 법대로 한 약품이 얼마나 되는 것인가 의심이 있고 또는 제약방식도 처방에 의할 정도요, 법제를 제대로 하는 것이 귀하다. 그러니 의학과 약학이 병진(竝進: 함께 나감)하지 못하는 것이 동양의학계의 대결점이라고 생각된다.

사계에서 일국(一國) 전체를 통일해서 약품채집이나 제약의 정밀을 주로 하고 권위 있는 검사원이 판정을 한 후에 사용하도록 해야 정당한 의학기술자라도 안심하고 약을 사용하며 병을 치료할 수 있는 것이다. 현상으로는 비록 권위 있는 의학자라도 약품이 명칭만 같지, 효력의 차이가 천층만층(千層萬層)이니 안심하고 약을 사용할 수 없고, 또 의학자라고 반드시 이 약품감정을 잘 할 도리가 없는 것이요, 또 한약 건재국이라는 데도 채집방식이 가장 정밀하다고는 못하겠다. 산지에서 약품을 가져오면 매집(買集: 사서 모아 놓음)할 정도요, 그 채집방식의 합법, 불합법을 운위(云謂: 일러 말함)하는 것을 보지 못하였다. 이것이 한약계에 부진의 원인이 되는 것이요, 따라서 동양의학이 퇴보하는 원인이 되는 것이다. 반드시 이것을 전국적으로 정제품과 감찰품(鑑札品: 관청에서 감독, 허가한 증표를 받은 제품) 외에는 매매를 못하게 하고, 그다음 현 건재상(乾材商: 한약재상)들이나 약종상(藥種商: 약재상)들에게 약품감정법을 용이하게 알도록 교습(敎習: 가르쳐 익히게 함)시켜서 누구나 정제품이나 합격품이 아니면 사용하지 않게 되었으면 사계(斯界: 한의약계) 갱생이 그리 난사(難事: 어려운 일)가 아니라고 본다.

또 우리나라에서 의약계를 통해서 유명한 법이 간간이 있는데, 이것을 일개인의 비장(祕藏: 비밀로 숨김)으로 하지 말고 사계의 갱생을 위해서 제공해서 서양의약계와 대립하고 세계진출을 하면 동양의약도 상당한 세계적 부문을 가질 것이라고 본다. 내가 아는 바에도 나병(癩病: 한센병), 폐병, 간질(癎疾), 성병(性病) 같은 서양의료계에서 불치병으로 보는 것을 우리나라에서는 산간벽지(山間僻地: 산속의 구석진 곳)에서 무명(無名)한 사람들이 별 문제없이 완치시키는 일이 종종 있다. 이 완치방식이 합법적이라면 세계진출로 우리 국가적으로 유리한 일이요, 또 강장제(强壯劑) 같은 것도 세계 어느 나라 것보다 우리나라에서 모모 가전래품(家傳來品: 집안에 전해 오는 약품)은 아주 특수한 효력을 내는 것은 사실이다. 이것도 좀 더 연구해서 정제품으로 세계진출을 하면 국가적으로 막대한 이익이라고 본다. 사계에서도 개인주의를 속히 버리고 통일정신으로 합동연구를 해서 최정품(最精品: 최고 정제품)을 발견해서 국외진출로 세계의 한의약계를 정복하고 동양의약계의 개선탑(凱旋塔: 싸움에서 이기고 돌아온 탑)을 세우라는 것이다. 고의(古醫: 옛날 의사)나 고인의 약품들은 현 세계과학문명을 자랑하는 의약보다 10배, 100배의 효능이 있는 일이 간간이 있는 것은 사실이 증명하는 것이다. 현시(現時)라고 아주 이런 인물과 약품이 없으라는 법도 없는 것이요, 다만 각자의 비전(祕傳)이니, 가전(家傳)이니 하며, 발족을 시키지 않는 것이 사계를 위해서 대불행한 일이나, 사계에 이런 것을 발표시킬만한 기구가 없는 것이 역시 불행한 일이라고 생각한다.

경제가 허락한다면 동양의약연구소를 발족했으면 하는 것이다. 내가 보기에도 의학도 건건이 다 그렇다는 것은 아니나, 어느 부문은 현 세계의학계에 파문을 던질 것이 많고 또 약학(藥學)이라는 것도 서양약품보다 아주 우수품이 많이 있는 것을 잘 알고 있다. 이것이 다만 통일

되지 못하고 합법적으로 체계를 세우지 못했을 뿐이다. 그리고 일보(一步: 한 걸음) 나가서 정제하고 연구를 더 가했으면 우리 현재 약품으로도 국외진출에 충분하다는 것을 재언(再言: 다시 말함)코자 하는 것이다. 내가 끝으로 말하고자 하는 것은 동양의약은 병이 오기 전에 먼저 복용해 두면 일생 건강체를 가질 수 있다는 우수성을 가지고 있고, 불행히 병이 발생하거든 의약이 없는 곳에서는 통속적으로 치료하라고 고시(古時: 고대)국가에서는 국문으로 저술한 책자를 국민에게 보급하시었는데 현 보건부에서는 무엇을 하는 것인지 알 수 없다고 본다. 아직 초창기인 만큼 설비가 부족해서 국가적으로 보급은 못할지언정 전문적으로 연구도 못 시키는 것은 보건책임자들이 아주 무책임한 것이라고 보는 외에 타도가 무하다. 헌기지술(軒岐之術)을 논하다가 현 정계에까지 말한 것은 탈선이나, 말이 여기까지 안 갈 수가 없어서 이런 것이다. 이다음 시간이 있으면 실지의 예를 들어서 의학(醫學)이나 약학(藥學)이 무엇, 무엇이 실례(實例)가 아닌가 하는 책자를 다시 쓰기로 해보겠기에 헌기지술의 약론(略論)은 이 정도로 그치노라.

을미(乙未: 1955년) 정월(正月) 초십일(初十日) 봉우서(鳳宇書)

[이 글은 헌기지술(軒岐之術) 즉 동양의 전통의약(醫藥)을 간략히 논한 글로서 1989년에 나온 《백두산족에게 고함》에 〈전통의학론〉이란 제목으로 소개되었다. 한국과 중국, 일본 등 동아시아의 전통 한의약학의 근원을 새롭게 재정의하고 현실의 제반 문제점들을 적시한 후, 앞으로의 진로와 미래상까지 제시하고 있다. 선생님의 지

혜안(智慧眼)과 통찰력이 번득이는 글로서 원문을 1989년의 역주
문과 상세히 대조하며 다시금 새로이 역주하였다. -역주자]

과(過: 잘못)를 회(悔: 뉘우침)

범행(犯行)이라는 것이 고의로 범한 것과 과실(過失)로 범한 것의 2 종(種)이 있는 것은 가리지 못할 일이다. 그러나 과(過)를 범한 원인이 야 무엇이든지 피해자의 손실은 일반일 것이요, 또 범행자로도 비록 고의나 과실의 분별은 있으나, 책임감의 경중(輕重)이 있어서는 안 된 다고 나는 생각한다. 그 전(全: 온전한) 책임을 당연히 분담할 일이요, 제 3자가 공정한 안목으로 그 범행을 비판해서 과실이든지 고의라든지 해서 그 범행의 경중을 평할 것이라고 보고, 이것이 또는 법적 문제화 될때에 비로소 범행자로도 자기의 범행을 경(輕: 가벼움)하게 하기 위 해서 비로소 자기변명을 하는 것이다. 그러니 자기의 고의든지 과실이 든지를 불문하고 자기의 소행으로 타인이 해(害)를 입을 때는 도의적 (道義的)으로는 자기가 그 책임을 전적으로 지는 것이 양심상으로 당연 하다고 본다.

금번에 내가 서울서 어느 병자를 진찰하고 처방(處方)해 준 일이 있 었다. 병(病)만은 중증(重症)이요, 위증(危症: 위험한 증세)이었다. 또 처 방도 약이 중량(重量: 무게)이 상당히 많았던 것인데 세전(歲前: 새해가 되기 전)에 가서 보니 병이 아주 악화되어 가서 안심시키고 그 병의 본 격문제에는 아직 착수를 하지 않고 귀가(歸家)하였었는데, 금번 상경해 보니 그 병자가 사거(死去: 사망)했다. 그 중간 경과는 말할 것 없고 내 가 이 처방을 하지 않았으면 다른 유능한 의사가 착수해서 그 생명에 무관했을 것을 내가 처방한 연고로 이 병자가 불행한 것이라는 전책임을 내가 지는 외에 타도가 없다. 내가 변명하고자 하지도 않고 또 변명이 필요치도 않다. 자기의 과실(過失) 때문이라고 그 영혼에게 심고(心告)하는 외에 타도가 없다. 비록 그 원인은 없지 않으나, 공동으로 질 필요가 없고 내가 단독으로 그 책임의 도의상(道義上) 문제를 전담(全擔: 전부를 담당)해야 옳은 것이다. 귀중한 시간을 내가 점령해서 그 병자의 회생(回生: 다시 살아남)될 길을 막은 것의 책임과 또는 내가 낸 처방이 그 병자를 괴롭게 했다는 것이다. 또 그 병자의 사망은 비록 내 처방이 원인된 것이 아니나, 내 처방으로 최종까지 복용케 했다는 점을 내가 책임지지 않으면 안 된다. 내가 진찰한 후에 사망하기까지의 책임을 진다는 말이다.

그러나 내가 진찰을 오진(誤診: 진찰을 잘못함)해서 내 처방이 그 사망의 원인이 되었다고는 내 자신이 생각하지 않는다. 다만 조제(調劑: 여러 가지를 섞어 약을 만듦)한 약품이 처방과 부합되지 않았다는 관계로 내가 업자가 아니요, 직접 관계자가 아니라 방계(傍系)로 있는 관계로 약품에 부주의를 내가 감독 못한 것이 이 범행(犯行)의 원인이 된 것이나, 아무렇든지 피해자에게는 내가 전 책임을 지는 것이 옳고 피해자의 영혼에게도 내가 이 정도의 과오를 분명히 사과하는 것이다. 그리고 나도 이다음 또 이런 병자가 있다면 백번 주의해서 다시 과오가 없게 하는 것이 그 영혼에게 범과(犯過: 잘못을 저지름)의 용서를 받을 수 있는 것이라고 생각된다. 과(過)를 회(悔: 뉘우침)하고 다시 과(過)가 없게 실행하는 것이 고인(古人)들이 경계(警戒)하신 것이다. 금번 소조(所遭: 치욕이나 고난을 당함)로 불이과(不二過: 두 번 잘못을 안 함)를 맹세(盟誓)하노라.

을미(乙未: 1955년) 정월(正月: 1월) 19일 봉우서(鳳宇書)

추기(追記)

이 처방에 반하(半夏)139)가 3돈(錢) - 약 12그램 - 이요, 월석(月石)140) 이 3돈인 데 반하는 처방에 간제(干製: 생강법제)를 해야 하는 것이요, 월석은 약용이라야 하는 것인데 제약 시에 반하를 생반하로 사용하고 월석을 공업용품으로 사용한 것이 실수의 원인이 된 것이라고 본다. 그러나 이것은 변명에 불과하고 이런 중병이거든 착수를 말든지, 그렇지 않은 것은 제약에 특별 주의를 해야 할 것이다. 이것이 내 부주의로 연유(緣由: 사유)가 되어 처방 시에 설마 잘하려니 하고 별 주의시키지 않은 것이 약성(藥性)에 부족한 사람이 이런 과오를 범했으니, 누구를 원망하리요? 후회막급(後悔莫及: 뉘우쳐도 소용없음)이로다. 일생을 통해서 금번이 초과오(初過誤: 처음 잘못)다. 비록 다른 방면에 과오는 있었으나, 약(藥)관계로는 인명에 희생까지라면 이보다 더 큰 과오가 어디 있는가? 차후 특별주의를 요한다.

---

139) 천남성과의 여러해살이풀로 끼무릇이라고도 부른다. 기침과 가래를 없애 주고, 구토를 멎게 하며, 명치 아래 부위의 답답한 증상을 제거하고, 급성위염, 두통, 어지러움 등에 효과가 있다. 생반하는 독성이 강하므로 가공해서 약재로 사용한다.

140) 붕사(硼砂)의 다른 이름. 붕사 광물을 정제하여 얻는데, 크기가 일정치 않은 주상 또는 입상의 단사정계(單斜晶系)의 백색 투명의 결정체이다. 물에 잘 녹는다. 산제나 환제로 하여 사용한다. 기침을 그치게 하고 해열 거담 해독 방부 등의 작용을 한다.

내 생조(生朝: 생일)를 당해서

내가 이 세상에 나온 지가 어언간 56년이다. 그 긴 세월을 아무 한 일 없이 허송(虛送)하고 다만 남은 것은 백설(白雪)이 만산(滿山)하고 - 머리는 온통 백발이 됨 - 녹파(綠波: 초록 물결)가 만면(滿面)하였을 뿐이다. - 주름이 얼굴에 가득함 - 재가(在家)하여 사상육하(事上育下: 위를 받들고 아래를 기름)의 도(道)를 실(失)하고 출세하여 충군애국(忠君愛國)을 못하고 다만 무성무후(無聲無嗅: 소리도 없고 냄새도 안 남)하게 야옹촌수(野翁村叟: 시골마을 늙은이)가 되었으니, 지나간 일이 이러하니 앞일이라고 별다를 것이 있는가? 내가 현상(現狀: 현재의 상태) 건강으로는 최상수(最上壽: 최상의 장수)는 바랄 수 없고 인간칠십고래희(人間七十古來稀: 사람이 70세 살기는 예부터 드물다)라고 하고, 70을 산다면 여년(餘年: 죽을 때까지 남은 여생)이 10여 년이요, 내 선친 형제분같이 80을 산다 하여도 20여 년이 남았을 뿐이요, 90이나 백세(百歲)는 바라기 어려운 일이다. 그러니 지나간 일을 미루어서 오는 일을 알 수가 있다. 내가 지난 10년이나 20년이 그리 멀지 않았고 또 별 일도 한 일이 없었다. 환언하면 내 역량이 부족한 것이 사실이다. 그러니 내두(來頭: 장래)가 얼마 될지 알 수 없으나 그 동안에 별 일을 하지 못할 것도 추지(推知)할 수 있다. 그렇다면 내 일생이 너무나 허무(虛無)하다.

고인(古人)들의 일생을 보면 장년시대에 근고(勤苦: 마음과 힘을 다해 애씀)를 모아서 노년에 성공한 분이 가장 숫자가 많고 혹 청소년 시대에 조달(早達: 젊은 나이에 출세함)로 장년시대 성공한 분도 있으나, 이것은 소수였다. 내가 벌써 60이 다된 사람이니 내두의 희망이 무엇인가? 혹은 그래도 무엇을 목적하고 있는가? 아주 허송세월을 하는 것인가 하고 자가비판을 해볼 일이다. 그저 나라는 인간은 소년시대부터 노년에 이르기까지 소양이 부족하여 의지만은 공중누각을 건조할 수 있으나, 실력은 고인의 성공한 자들에게 백불급(百不及: 백도 못 미침), 만불급(萬不及: 만도 못 미침)이 되는 것을 잘 알고 있는 관계로 내 토대가 아주 약해진 것이라고 자인하는 것이다. 기초가 견고하지 못하고 무엇을 건축할 수 없는 것도 사실이다. 고인들의 성공은 그 시일의 준비는 물론 장시간을 요했으나, 실상 일에 착수한 시간은 거의 단시일에 시종(始終)한 것이 가리지 못할 사실이다. 이것으로 자위(自慰)하는 것이다.

내가 비록 불급고인(不及古人: 고인에 미치지 못함)이나 내두(來頭) 건조(建造: 성공을 만듦)는 최단시일에 남이 장시간 건조한 성공보다 지지 않을 성공을 해보겠다는 목적을 가지고 가장 실패성 없는 일을 택해서 내두 성공을 계획해 볼 생각이다. 내 일생을 통해서 비록 기초공사를 못했으나 그래도 설계는 아주 안 한 것은 아니다. 내가 목적하고 있는 일을 내가 생전에 일부라도 실현했으면 하는 바람이 있는 것이다. 명년(明年: 來年) 금일(今日: 오늘)에는 소호(小毫: 작은 터럭)라도 기초공사에 착수가 되어 내두의 기념될 일이 되었으면 하며 금일까지의 허송세월함을 뉘우치고 을미년 내 생조에 이 붓을 드는 것이다.

을미(乙未: 1955년) 정월 20일 봉우기(鳳宇記)

추기(追記)

　금년도 작년과 같이 동중(洞中: 동네) 청장년층이 회합(會合)해서 탁주 일배씩 분음(分飮: 나눠 마심)하고 종일 환락(歡樂: 기쁘게 즐김)하였다. 작년은 가아(家兒: 아들)가 귀성(歸省: 집에 돌아옴)했었다. 금년은 가아가 광주보병학교 초등군사반 재학 중이라 오지 못하고 동중 청년들만 종일종야(終日終夜: 밤낮으로)토록 위안을 주었다. 그리고 내 서모(庶母: 아버지의 첩) 85세 생조가 동일이다. 현상 강건(康健: 건강)하시나, 소령(邵齡: 많은 나이. 고령)에 석양(夕陽: 지는 해)이 재산(在山: 산에 걸림)하니 춘한노건(春寒老健: 봄 추위에 노인의 건강)을 믿을 수 없는 것이다. 내가 금년은 작년에 비하여 경제적으로 부족하나 그래도 일일일식(一日一食)은 별 큰 문제없으니, 다행한 일이요, 내 근년 조로상(早老狀: 일찍 늙는 모습)이 심하나 내 신체에 평일에 비해서 조로(早老)라고 할지언정 타인에 비하면 보통은 된다고 할 것이다. 명년 금일에는 내가 바라는 바는 가간사(家間事: 집안일)로는 가아성취나 시키고 가정경제나 좀 유족(裕足)해지고 또 목적하는 일이나 취서지망(就緒之望: 실마리가 이뤄지는 바람)이 있었으면 하는 바람이 있을 뿐이다.

봉우추기(鳳宇追記)

수필: 내 이념, 상춘세계(常春世界: 늘봄세상),
내 평생의 목적

고인(古人)들 같으면 60이라는 연령이면 공성신퇴(功成身退: 공을 이루면 몸은 물러남)하고, 사무한신(事無閒身: 일 없는 한가한 몸)이 되어 운림처사객(雲林處士客: 숨어사는 땅의 선비)이 되어 여년(餘年: 여생)을 보내는 것이 상사(常事: 보통일)로 하는 것인데 나는 아직도 공(功)을 성(成)한다느니 보다도 공을 성할 만한 사업조차 착수를 못하고 백수풍진(白首風塵: 흰머리에 어려운 세상살이)에 구복지계(口腹之計: 먹고 살 방법, 생계)에 얽매여서 거진마적(車塵馬跡: 세속현실)을 사서한열(四序寒熱: 사계절의 추위와 더위)과 주야(晝夜)를 불계(不計: 따지지 않음)하고 분주불가(奔走不暇: 분주하여 쉴 틈이 없음)하는 몸이 되었으니 고인들의 행사에 비해서 부끄러움이 많도다.

그래도 나도 마음만은 고시대(古時代) 누구보다도 지지 않을 기대를 가지고 내두(來頭: 미래)를 꿈꾸고 있는 것은 사실이다. 이것은 시종(蒔種: 모종을 냄)이 없는 공상(空想)이 아닌가도 자사(自思)해 볼 일이 있으나, 아무리 내 생각을 반복해 보아도 내가 이념(理念)하고 있는 일이 내 마음속에서 청결하게 소말(消抹: 사라져 없어짐)되지 않고 여전히 맹아(萌芽: 새싹)하고 있는 것은 이것이 꿈이건 사실이건 나로서는 일생같이 온 둘도 없는 친구인 연고이다. 내가 이 이상(理想)을 실현시키지 못하는 것은 내 실력의 부족이요, 그 이념이 소호(小毫)라도 불비점(不

備點)이 있어서가 아니라는 것을 자신(自信)하기 때문에 내가 실력양성 못하는 것을 후회할 지언정 내가 60년 긴 세월을 두고 이념하던 것을 고칠 수는 없는 일이다. 타인이야 무어라고 하든지 나는 이 이념으로 살고 이 이념으로 죽을 따름이라고 굳고 굳은 자서(自誓: 스스로 맹세함)를 하는 것이다.

　이념하는 것이 무엇인가? 다시 말할 필요조차 없는 이 치란(治亂: 평화와 혼란), 이 순환무단(循環無端: 끝없이 돌고 돎)한 이 세계를 아주 상춘세계(常春世界: 늘 봄처럼 따뜻한 세계)로 태평건곤(太平乾坤: 크게 평화로운 세상)을 만들어 보자는 것이요, 동가홍상(同價紅裳)이라고 우리 동양이 먼저 이 실적(實跡: 실제 자취)을 모범시켜서 세계일가(世界一家)를 주의(主意)로 전우주(全宇宙)가 다 평화했으면 하는 것이요, 이 평화를 지속하는 시일이 고대와 같이 일치일난(一治一亂)으로 시종(始終)하지 말고 상춘세계로 장구평화(長久平和)하라는 것이다. 그러나 이 시종(蒔種)을 우리 배달족(倍達族)이 했으면 하는 이념이다. 비록 치란(治亂)의 소파문(小波紋)은 있을지언정 일치일란(一治一亂)의 대파문(大波紋)은 있지 말라는 말이다.

　그러나 강자(强者)의 평화를 구하는 것은 애걸이요, 실현할 수 없는 일이다. 그러므로 우리는 세계를 군림할 수 있는 정신문화(精神文化)로 물질문명에 합부(合符: 합치)시켜서 타족(他族: 다른 민족), 타국(他國)에서 추급(推及: 미루어 생각이 미침)하지 못할 정도의 대발명을 해놓고 비로소 이 발명품을 전쟁이나 정복에 악용하지 않고 세계평화의 호소에 사용하라고 나는 백번, 천번 부탁하는 것이다. 이것이 가능한 것인가, 불가능한 것인가를 의심할 사람도 있으나 나는 이것만은 절대 확실성을 가진 것이요, 내가 비록 불초(不肖)하나 이 기본준비는 할 수 있다는 것을 자신하는 관계로 내가 이념하고 있는 것을 변하지 않고 꾸준히 나가는 것이다.

아주삼분(亞洲三分: 아시아가 셋으로 나뉨)의 대세(大勢)와 군소(群小) 세력의 합부(合符: 합치)로 동양평화를 장시간 유지하고, 남북미(南北 美: 남북아메리카)의 자립(自立)으로 동서(東西) 평형(平衡)을 보고 구주 (歐洲: 유럽)의 세분연방(細分聯邦: EU, The European Union)141)으로 역 시 동서(東西)에 개재(介在: 사이에 끼어 있음)하며 평화를 유지하고, 아 프리카나 호주(濠州)는 세계인구 증산율(增産率)로 안분(按分: 일정한 비 율에 따라 고르게 나눔)하면 세계일가(世界一家)로 평화를 유지할 것이라 고 본다. 이 이념에 대해서 세목(細目)은 얼마든지 있으나, 대강 이 정 도로 붓을 그친다.

내 이념이 내 일신에 대해서는 아무 이해득실(利害得失)이 없는 것 같으나, 대아(大我)가 성공될 때는 소아(小我)쯤이야 자연 부수(附隨: 붙 어 따라옴) 문제가 아닌가 하는 관계로 내가 60년간을 불사가인생산작 업(不事家人生産作業: 가족을 위해 돈을 벌지 않음)하는 것이다. 이렇다고 내가 내 자신을 과대평가하는 것이 아니라 이런 이념을 가지고 변함없 이 성불성(成不成)을 문제시(問題視)하지 않고 죽기까지 나가는 것이 내 평생의 목적일 뿐이요, 다른 일이 아무리 좋은 일이 있다 해도 나로 서는 변해가지고 중도개로(中途改路: 중도에서 길을 바꿈)할 수는 없다는

---

141) 《봉우일기 4권》 659페이지의 세계정세 예언에는 "약소합일세력"으로 유럽을 표현하
    셨다. 합일이란 표현은 유니온(Union), 즉 연방합일체가 된 유럽을 지칭하신 것이다.
    글을 쓰신 1952년 당시에 유럽은 합일된 연방이 아니었다. EU의 발족은 1993년이
    다. 무려 40년 전에 이미 유럽의 장래를 알고 계셨던 것이다. 1955년의 이 글에서는
    "세분연방"이란 표현으로 40년 이후의 유럽을 지칭하셨다. '잘게 나뉜 유럽연방'이란
    의미다.

것이다. 작지불이(作之不已: 짓는 것을 끊이지 않음)를 맹세하는 것이다.

을미(乙未: 1955년) 정월 22일 봉우서(鳳宇書)

금년 예산 추상(推想: 앞으로 올 일을 미루어 생각함)

내 사생활 금년 예산을 추상해 보기로 하자. 내가 생각했던 바에는 금년도에는 1개월에 시량비(柴糧費: 땔감과 식량비) 6,000원이요, 기타가 3,000~4,000원 정도로 보통 1만 원 범위로 추상(推想)된 것이었는데 의외에도 정월(正月)이 20일밖에 안 되었는데 벌써 세초(歲初: 한 해의 첫머리) 예상했던 것이 초과하고 또 서울 왕래 여비가 7,000~8,000원이 되고 또 생조(生朝: 생일) 용하(用下: 윗사람이 아랫사람에게 그 비용을 내어주는 돈)가 1만 3,000원 정도나 되어 지출이 2만 5,000원이 초과했는데 또 회전(晦前: 그믐 전)에 서울 왕복이 소불하(少不下) 7,000~8,000원이다. 총계하면 3만 3,000원 범위가 되니, 금년도 본 예상보다 2만 3,000원이나 초과했다. 이것이 정월 적자라고 해야 정평(正評)이다. 이것은 내가 절약을 못한 관계다. 그렇다고 내가 방탕(放蕩)한 일을 한 것은 아니나 예산을 무시하고 지출한 것은 사실이다.

그런데 내두에 어떠한 일이 개재(介在)하였는가하면 예산 전에 가정 건강회복에 관해서 복약비가 상당할 것이요, 제학공 산소 개봉축(改封築: 봉분을 고쳐 쌓음)이거나 면례(緬禮: 무덤을 옮기고 다시 장사지냄)를 해야 할 불가피의 사정이니, 경제적으로 최소한 5만~6만 원 이상이 소요(所要)되는 것이요 그다음은 영조 혼인비가 절약한대도 20만 원 이상이 아니면 행사할 도리가 없는 것이다. 이것이 체면상 부득이한 일이다. 그다음 가족 의복이 전폐(全弊: 전부 낡음)되어 비록 일부 보충이라도 안 할 도리가 없는 것이다. 이것도 예산 외에 절약한대야 10만 원 이상일 것이다. 그리고 영조 보직(補職) 문제도 약간의 비용이 요구되는 것이다. 그리고 거주 가옥의 수리를 하지 않으면 위험성이 있고 또 여유만 있다면 소유권도 점유해야 하겠다. 이상이 예년(例年) 외의 지출이다. 그런데 내 현상으로는 도저(到底: 밑에 도달함) 불가능한 일이요, 그렇다고 할 일을 안 할 수 없고 금년은 최소한 50만 원의 수입이나 기채(起債: 빚냄)를 하지 않으면 이 추가예산을 통과할 수 없는 일이다. 그러면 무엇으로 금년예산을 수행(遂行)할 수 있는가 하면 초비상수입을 보지 않으면 할 수 없는 일이니, 금년이 가장 수난기(受難期)라고 생각된다. 내 독자적으로 생각하고 있는 것은 동지간(同志間)에서 어떤 자주(資主: 자본주)를 구해서 무슨 사업을 경영할 것을 목표로 나가는 것이 상호 이윤도 있고, 예년 외의 수입도 있을 것이다.

현상으로 어느 동지가 약국을 동사(同事)로 해보자고 하나, 이것은 정기수입 이외에는 별 것이 없고 한약국으로 1년 총수입이 내게 배당될 것이 50만 원 이상이 될 도리가 없는 것이다. 성적이 좋아야 20~30만 원밖에 안 되는 것이요 이 이상 수입은 비상수입으로 보아야 당연한 일이다. 동지 간에서 광업을 권고하나, 이것은 미지수인 관계로 예산에는 상정(上程)할 수 없는 것이다. 그리고 내 가정에서 수입을 증가할 것이 무엇인가 하면 약간의 농작물의 생산을 증가시키는 외에는 별무타도(別無他道: 별 다른 방도가 없음)요, 양계(養鷄: 닭을 침) 정도로는 일부분에 충당할 밖에 타도가 없다. 그렇다면 전 책임이 내 일신(一身)에 있고 타인에게는 없다고 본다. 그야말로 재수(財數)가 좋아서 예상 외의 수입이 있다면 별문제로 하고 내 예년 수입으로는 금년 예산에 적자가 날 외에 할 도리가 없다. 기채(起債: 빚냄)도 내 신용관계가 있어서 성공시키기가 대곤란이다. 일이 급하다고 바늘을 허리(에) 매(어) 싸는 법이 없다. 그러니 이런 대곤란이 있을수록 특별히 침착성을 가지고 아주 완전무결한 책(策)을 수립하고 소호도 부동성이 없는 사업을 택해야 실패성이 적은 것이라고 나는 생각한다. 그러니 내가 경험이 있는 방직업(紡織業)을 구해서 부업으로 착수하든지 그렇지 않으면 내가 경험이 있는 한약업을 해서 세인에게 보급될 약품을 계획적으로 발포(發布)하든지 또 그렇지 않으면 확실무의(確實無疑)한 부업을 택해서 가족적이나 동지적으로 경영해서 금년의 예산에 적자가 없이 진행하게 하는 것이 가장 내게 득책(得策: 훌륭한 계책을 얻음)이라고 생각된다.

성불성(成不成)이 미지수의 사업에는 절대로 여하한 호조건이 있더라도 참례하지 말 일이다. 그리고 금년 내 추가 예산 수행에 대해서도 비상결심을 가지고 절약일로(節約一路)로 매진해야 연말보고에 대적자가 나오지 않을 것이라고 생각된다. 내 사생활이 금년에 이 대곤란을 봉착하고 있는 관계로 내가 이상(理想)하고 있는 연정원(硏精院) 발족 문제도 역시 수난기에 봉착한 것이다. 이런 수난기 중에서 비상력을 내면 도리어 의외의 성공으로 무난하게 피안(彼岸: 저 언덕)으로 도달할 수 있는 것이다. 이것으로서 금년 추가예산 추상(推想)을 해보는 것이요, 이것이 무난히 통과되기를 바라고 이 붓을 그치노라.

을미(乙未: 1955년) 정월(正月) 23일
봉우서우유신정사(鳳宇書于有莘精舍)

일시적 과오(過誤)를 청산하자

인수무과(人誰無過: 사람이 누가 허물이 없음)리요? 개지위선(改之爲善: 허물을 고쳐 착하게 함)이라고 고성(古聖)께서는 개과(改過: 잘못을 뉘우치고 고침)의 문을 열어 주었다. 그러하시다고 일부러 과(過)를 범한 후에 개과로 이 범한 것을 청산코자 한다면 이는 오산(誤算)이라고 생각된다. 평시 언충신(言忠信: 말이 참되고 믿음직함), 행독경(行篤敬: 행동은 도탑고 공손함)142)으로 과(過)를 범치 말 것을 역행(力行)해야 하는 것이 당연한 일이다. 인(人)이라는 것이 신(神)이나, 성(聖)이 아닌 이상 백사(百事: 모든 일)가 다 성훈(聖訓: 성인의 가르침)에 맞지 못할지나, 될 수 있는 한은 성훈을 본받아 과오가 없는 당연히 인생으로의 행할 도리를 행한다면 비록 성현군자나 영웅호걸은 못 되나, 이 세상에서 이 사람을 보통사람으로 자기 책임을 완수한 사람이라고 할 것이다. 그러나 사람으로 당연히 완수해야 할 책임과 의무를 이행하는 중에 자기도 알지 못할 사이에 정궤(正軌: 바른 궤도)를 벗어나서 과오를 범한 것이 타인이 정평하자면 이 범행은 고범(故犯: 고의로 범행)이 아니라 과실범행(過失犯行)이라고 인정할 수 있는 것이다.

이런 때에 비로소 성현군자들이 그런 사람들이 범한 과오로 혹 태기(怠氣: 게으른 기운)가 생(生)해서 전진에 방해될까 염려해서 단연 개과

---

142) 《논어》 〈위령공〉 편에 나옴.

(改過)의 문을 열어 준 것이다. 그렇다고 동일한 범행이라도 범행자가 고의로 한 일이거나, 혹은 고범(故犯)과 과실범(過失犯)의 한계가 분명치 않은 경위(經緯: 일의 진행과정)라도 성현군자들도 이런 범행자들이라고 개과(改過)하지 말라고 하지는 않으실 것이다. 그러니 범행한 원인이야 과실이건 고의건 혹은 그 중간이건을 물론하고 일조(一朝: 하루아침) 정상적 행동에서 탈선되었을 때는 뇌성(雷聲: 천둥소리)에 놀랜 귀와 전광(電光: 번갯불)에 놀란 눈과 같이 그 범행을 자각하고 곧 정상(正常)에 복구하고자 하는 것이 개과천선(改過遷善: 잘못을 고치고 착하게 삶)의 도(道)로 우리가 걸어가는 것이라고 생각하는 것이다. 그런데 원인이야 무엇이든지 과(過)를 범하고도 개(改)치 못하고, 또 타과(他過: 남의 과오)는 범하고 역시 개(改)치 못한다면 그 과의 원인이야 어느 부문에 속하든지 과가 중첩(重疊)하면 세인이 늘 정평하자면 악적(惡積: 악이 쌓임)이라고 할 외(外)에 타도(他道)가 무(無)하다고 본다.

지금으로부터 본론에 들어간다. 내가 56년간 경험으로 보아서 타인들은 지과필개(知過必改: 잘못을 알면 반드시 고침)하는데 나는 지과(知過)는 하나, 필개(必改)를 못한다. 과를 범하면 반드시 범한 줄을 알고, 이 범한 것을 개(改)코자도 한다. 그러나 실행력이 박약(薄弱: 엷고 약함)한 것이 내 결점이다. 선자(先者: 먼저)도 내가 무슨 범과(犯過: 잘못을 범함)를 하고 곧 개과하겠다고 자맹(自盟: 스스로 맹세함)을 하고 또 범하고 또 범했다. 일오(一誤: 한 번 그르침), 재오(再誤: 다시 그르침)를 보통 한다. 이것이 개과를 못하는 관계다. 과를 범하면 개(改)해야 당연한 것인데, 지과불개(知過不改: 잘못을 알고도 고치지 않음)하고 또 금번에 범과(犯過)를 했다. 이 범과는 말하자면 부지중 고범이 된 것이다. 물드는 줄 알지 못하고 심입기경(深入其境: 깊이 그 경지에 들어섬)했다.

아주 몸이 수중(水中: 물속)에 들어갔다. 경제적으로 피손(被損: 손해를 입음)은 말할 것도 없고, 임사불근신(臨事不謹愼: 일함에 삼가지 못함)한 것이 제일 범과라고 보겠다. 금번 범과가 내 금년 일하는데 거울도 되고 또 그 영향도 적지 않다고 생각한다. 이다음에는 또 이런 범과 없기를 자서(自誓: 스스로 맹세)하고 지과(知過)커든 필개(必改)하라고 고성(古聖)의 훈수(訓手)를 본받아서 비록 육십지년(六十之年: 60세)이라도 조문도(朝聞道: 아침에 도를 들음)면 석사(夕死: 저녁에 죽음)라도 가의(可矣: 좋음)143)라 하니 지금이라도 늦지 않다고 죽기 전에 내가 이행할 의무와 책임의 일부라도 완수하자면 이런 범과가 없이 혹 범했더라도 지체 없이 고치라고 자맹을 굳게 하는 것이다.

을미(乙未: 1955년) 2월 초이일(初二日) 봉우병중(鳳宇病中)

---

143) 《논어》〈이인편(里仁篇)〉 출전.

삼일절 기념 행렬을 보고

기미년(己未年: 1919) 3월 1일 이후로 을유(乙酉: 1945년) 3월 1일까지는 이날을 우리 동지들이 감히 지상선(地上線)에서 기념하지 못하고 지하운동을 계속해서 생사선(生死線)을 초월한 감이 있었다. 그러던 것이 을유 8.15 광복절을 지낸 우리 한국은 기미 이후 27년간 국내, 국외에 유명무명의 선열들의 혈성(血誠: 피 같은 정성)도 보람이 없이 미소(美蘇) 양대 조류의 혼전장(混戰場)이 하필 우리 삼천리 강토에서 전개되어 필경은 국토는 양분되고 민족사상의 통일도 결(缺: 모자람)하여 민족들은 그나마 군정하(軍政下)에서라도 일기지욕(一己之慾: 자기 한 몸의 욕심)을 충(充)하기에 매두몰신(埋頭沒身: 머리를 박고 몸을 쑤셔 넣음)하고 국토통일에 여념이 없어서 3개년이라는 긴 세월을 하루같이 명리(明利)쟁탈을 하며 남북이 미소(美蘇)의 사족(使簇: 미국, 소련이 쏘게 한 화살촉)으로 동족상잔을 일삼다가 무자년(戊子年: 1948)에 와서 겨우 남은 남대로, 북은 북대로 분열된 국가를 구성하고도 유위부족(猶爲不足: 오히려 부족함)해서 정권쟁탈에 안비막개(眼鼻莫開: 눈코 뜰 사이가 없음)로 모략중상(謀略中傷)을 최고 정략(政略)으로 알고 정권을 잡는 데는 수단을 불택하고 별 기괴망칙(奇怪罔測: 기괴하기 이루 말할 수 없음)한 일이 다 많았었다. 그러다 당연히 있을 인접한 동족이라도 약육강식코자 하는 야심이 폭발되어 김일성 도당(徒黨)이 6.25의 야욕(野慾)의 남침(南侵)으로 우주사상(宇宙史上)에 가장 오점(汚點)을 남기고도 4년 만에 겨우 휴전이 성립될 정도로 완전한 평화를 못 본 채 벌써 2년을 경과한 을미(1955년) 3월 1일을 당해서 형식으로라도 성대한 3.1 기념행사를 하게 되니, 우리로는 감개무량한 일이로다.

위정자는 3.1 운동의 본정신(本精神)을 본받는다면 어찌 민족상잔(民族相殘: 민족이 서로 죽임)을 일삼는 일이 있으며, 남북통일이 문제가 되리요, 남이나 북이나 위정자들은 33인의 선열영혼(先烈靈魂)에게 천추(千秋: 오랜 세월)에 난세(難洗: 씻기 어려운)의 죄(罪)를 짓고도 천연스러운 태세로 감히 무엇이 어떠니, 어떠니 하고 담화를 발표하니, 선열들의 영혼들이 현상을 보시면 가장(假裝)행렬하는 3.1 기념을 무엇이라 생각하실 것인가? 1일(一日)이라도 속히 남북요인들이 33인의 유지(遺志: 남기신 뜻)를 본받아서 통일의 성업(聖業)이 이루어져서 진정한 통일로 이 강토에서 3.1 기념행사를 할 것을 바라고 이 붓을 그치노라.

을미(乙未: 1955년) 3.1절(음력 2월 7일) 봉우서(鳳宇書)

몽사추기(夢事追記) - 남가일몽(南柯一夢)[144]이다

　을미(乙未: 1955년) 2월 초일일(初一日) 대전 설초댁(雪樵宅)에서 내가 병여신고(病餘身苦: 병을 앓고 난 뒤 몸이 고단함)해서 야심(夜深: 밤이 깊은) 후 정신없이 취침했다. 몽중(夢中)에 내가 일처(一處)를 가다가 우연히 방향을 서남(西南)으로 변해 가는 중에 세천(細川: 가는 시내)을 건너고 있는데 아주 사천(沙川: 바닥이 모래로 이루어진 내)이다. 청계수(淸溪水)가 잔잔히 흐르고 있다. 내가 전로(前路: 앞길)를 보지 않고 한눈을 팔고 가다가 부지(不知)에 수심(水深)한 둠벙(웅덩이의 충청도 방언)에 슬부(膝部: 무릎부위) 정도를 빠지고 주의(周衣: 두루마기)도 유습(濡濕: 젖어 축축함)되었다. 그러나 다행히 물이 극청(極淸: 극도로 맑음)해서 운동혜(運動鞋: 운동화)가 청결해졌고 의류만 건(乾: 마름)하면 별이상이 없을 정도라. 과히 낭패를 않고 내 부주의한 것만 자소(自笑)하고 의류만 말렸다. 그다음은 기억이 잘 안 되나, 내 기분만은 그리 불쾌하지 않았었다. 무슨 예조(豫兆: 미리 조짐)인지 알 수 없다.

　그다음은 내가 명월하(明月下)에 만춘화절(晩春花節: 늦봄 꽃이 핀 계절)인 듯한 감(感)이 있는데, 동편(東便)에서 서편으로 산길을 걸어오면 긴 등인 것 같다. 수림(樹林: 나무숲) 중에서 장끼(수꿩)가 좀 큰 것이 길

---

144) 중국 당(唐)나라의 소설 《남가기(南柯記)》에서 유래한 말로서 낮잠의 꿈에 괴안국 왕의 사위가 되어 남가군을 20년 동안 다스리면서 부귀영화를 누리다가 꿈을 깨었다는 내용. 인생무상을 뜻함.

앞을 서서 왕래하는 고로 여러 사람이 가다가 내가 그 장끼를 생포해서 우리 집으로 (생시生時의 집은 아님, 가족은 다 있고) 가지고 와서 방에다 주었더니, 방에서 잘 왕래하며 내게 아주 순(馴: 길들임)한 것 같이 따르는 것을 보았다. 이것도 무슨 조짐인지 알 수 없고 그 장끼는 색이 다른 장끼 같지 않고 자색(紫色: 자줏빛)이 아주 찬란하고 그림에서 보는 봉황(鳳凰)이 아닌가 의심할 정도였다. 그다음 정원을 나와서 거닐다가 아주 엄청나게 큰 산군(山君: 호랑이)이 우리 집 정원 서남부에 와서 누워서 뒹굴며 놀다가 나를 보고 요미(搖尾: 꼬리를 흔듦)하며 반가워하는 것을 내가 여러 사람 중에서 머리를 쓰다듬어 주니, 대호(大虎)가 아주 좋아라고 기지개를 씨며 노는 것을 보고 잠이 깨었다. 이상 몽조(夢兆: 꿈자리)가 무엇인지 두고 볼까 해서 기록해 보는 것이다. 일자가 경과해도 조금도 환상이 소멸되지 않는 고로 기록하는 것이다.

기일후(幾日後: 며칠 뒤)에 또 꿈을 꾼 일이 있다. 몽중(夢中)이다. 내가 어느 곳을 가서 보니 별유천지(別有天地: 별세계)다. 그곳에 있는 분들은 거의 다 도복(道服: 도사가 입는 옷)을 입고 있으며 또 그곳에는 신위(神位: 죽은 사람의 영혼이 의지할 자리)가 많은 것 같다. 그 신위(神位)의 명칭은 기억되지 않는다. 다만 그 신위(神位)들이 성장(盛裝: 화려하게 차려 입음)하고 있고, 거기 있는 사람들도 다 평복으로 있지 않고 성장(盛裝)을 했으며, 무슨 주문(呪文)을 송(誦: 외움)하고 또 무슨 부(符: 부적)도 (불)사른다. 서책(書冊)도 상당히 많은데 내가 그 신위(神位)들과 상대해서 이론을 해가며, 그 사람들과도 문답을 했다. 그러나 나는 단신(單身: 홀몸)이요, 그곳은 대상(大象)이었다. 내 마음만은 그리 복종할 만한 점을 발견하지 못해서 일변(一邊: 어느 한편) 조소(嘲笑: 비웃음)하는 태세를 취해서 그 신위(神位)들과 그 도인(道人)들이 불만(不滿)해하는 것을 내가 짐짓 이론을 해서 추궁을 했다. 그 신위(神位)들도 내가 힐문(詰問: 트집을 잡아가지고 물음)하는 것을 대답하기가 불편해하며 그 경계가 황기(黃氣)와 홍기(紅氣)가 가득한데 신위(神位)들 중에서 나더러 본위(本位: 본디의 자리)에서 오래 공위(空位)로 있는데 왜 가서 보지 않는가? 하고 반문(反問)을 한다. 내가 미소하며 신위(神位)들이나 자기 자리나 잘 지키지 남 말 할 필요가 없다고 하고, 내가 어느 곳이 본위(本位)인지 아느냐고 하니 신위(神位)는 본위가 상계(上界: 천상계天上界) 아닌가 하고 대답한다. 나는 상계(上界)가 본위(本位)라고 하느냐? 내 현신(現身: 현세에 처한 몸)이 본위니라 하며 또 조소(嘲笑: 비웃음)했다. 다른 신위(神位)들이나 도인(道人)들이 내가 너무 이론(理論)하는 것을 기(忌: 꺼림)하는 것 같다. 그리고 그들의 서책에서 천서(天書)가 있었다. 내가《대학(大學)》과《역학(易學)》만 보아도 동일하니라고 하며 우주문자(宇宙文字)는 다 의사를 전하는 것이니 다 동일하다고 말하였다. 내가 일성장호(一聲長呼: 한 소리 길게 부름)하고 천문(天門)을 열고 동북(東北)으로 향해서 무한히 보고 보니, 계룡산정(鷄龍山頂: 계룡산 꼭대기)에 월색(月色)이 고요하다. 호을로 상봉(上峯)에서 호흡하다가 개안(開眼: 눈을 뜸)하니 신야정사(莘野精舍)의 남가일몽(南柯一夢)이었다. 하도 명백해서 기록해 보는 것이다.

그다음 2월 초십일(初十日) 야몽(夜夢)이다. 어느 도시로 가는데 중앙은 상당히 복잡하다. 장시간을 걸어오는 중에 공중에는 항공편대가 수백 기가 북으로, 북으로 날고 있으며 군대들도 상당히 왕래한다. 어느 변지(邊地: 변방지역)로 와서 좀 한적한 곳이다. 그래도 서울 돈암동 정도는 지낸다. 어느 궁장(宮牆: 궁성) 같은 곳을 지내서 얼마를 오다가 가옥상태가 삼각형으로 된 곳에 대문이 있어서 내가 열고 들어가니,

일위(一位: 한 분) 소년부인이 있다. 환접(歡接: 기쁘게 대접함)을 하나, 누구인지 기억이 안 되어 생각을 하는 중에 내가 손을 내어서 그 부인과 악수를 청하니, 곧 응하며 하는 말이 노인이 소부(少婦: 젊은 부녀)에게 희롱(戲弄)하는가 하거늘 내가 곧 대답하기를, 부당한 말씀이요, 그럴 리 없다 하니 그 부인 말이 내 오빠가 김복진(金復鎭)이라고 한다. 그러면 김 군 형제는 내가 아우처럼 소년시대에 지냈으니, 역시 누이와 동일하다고 하며 내가 신재주의(新裁周衣: 새로 지은 두루마기)를 신착(新着: 새로 입어 봄)하는데, 자색(紫色) 고귀품으로 주의(周衣)가 태장(太長: 너무 길다)하고 하령(下領: 아래 옷깃)을 재봉(裁縫: 바느질)하지 않았다. 그 주의(周衣)를 그 부인에게 몸에 맞도록 재봉해달라고 그 주의(周衣)가 너무 치해서 마음은 불편했으나, 그 부인이 개봉(改縫: 다시 꿰맨)한 것을 입고 좀 나와서 다른 방으로 가서 보니, 의중모(義仲母: 둘째 아버지의 재혼 아내) 조씨가 어느 노부(老婦: 늙은 부인)와 한담(閑談)하는 고로, 인사했더니 조씨가 손으로 사랑(舍廊)을 지향(指向: 가리킴)하는 고로, 가서 보니 적적무인(寂寂無人: 고요하니 아무도 없음)이었다.

광대한 가사(家舍: 집들)를 전부 시찰하고 있는 중에 중부(仲父: 둘째 아버지)께서 나오시어 인사의 예(禮)를 행하고 있는 중에 정동방(正東方)에 산(山)이 저(低: 낮음)한 곳에 대묘(大墓)가 있는데 일당(一堂: 한 자리)의 묘(墓)라고 하시며 그 아래에 거의 같은 묘(墓)가 있는데 중부주(仲父主) 산소라고 하시며, 현 북군(北軍: 북한군)이 남침하니 불구(不久: 머지않음)해서 인명의 피해가 많을 것이여, 이곳에서 미처 피난할 시간도 없다고 염려하시는 것 같다. 그래서 저는 안심하시라고 '금일이라도 월경(越境)해서 무사지대(無事地帶)로 가겠습니다' 하고 있으니, 서울은 하시(何時)든지 또 급화(急禍)가 있기 용이한 곳이니 너무 안심하고 있지 말고 호중(湖中: 충청도)으로 가서 있으라고 하신다. 그러다가 중부주 영혼이 사라지고 일당묘(一堂墓)나 그다음에 있는 중부주 묘소도 다 전화(戰禍: 전쟁으로 인한 병화)를 입은 것 같다. 나는 속보(速步)로 남하(南下)해서 영(嶺: 산봉우리)을 넘으니, 그 도시는 폭발하는 소리가 토지를 진동한다. 경각(驚覺: 놀래서 깸)하니 역시 남가일몽(南柯一夢)이었다. 금일(今日) 하도 무미(無味)해서 기몽(記夢: 꿈을 기록함)을 해보는 것이다.

을미(乙未: 1955년) 2월 11일 봉우서(鳳宇書)

[이 글은 《봉우일기1권》 475페이지에 일부만 실려 있기에 이번에 전문을 새로 역주하여 기재하였습니다. -역주자]

가아(家兒: 아들)의 내신(來信: 온 편지)을 보고

가아(家兒)가 광주보병학교 초등군사반에 현 수업과 군사훈련 중이다. 금번에 서신을 보니 시험성적이 우수하였다고 하며, 그간 정읍에 있는 제 당숙(堂叔: 아버지의 사촌형제, 종숙從叔)에게 다녀왔는데, 현직을 전환해서 도로 법원으로 보직을 받고자 한다는 소식과 ○○네게도 다 무사하다는 것을 전해 듣고 ○○가 병으로 취학(就學)을 못했다고 한다. 불행한 일이다. 그리고 가아(家兒)의 보직요망지(補職要望地)는 대구지구나 서울 육본이었으나 대전지구로 내정되고, 교제비 준비가 적어도 이수(二數)는 되어야 한다고 3월 20일까지 주선(周旋: 두루 돌림)해 달라는 청(請)이었다. 보직이라면 되어 가는 대로 하는 것이 당연한 일인데 현 관기(官紀: 관청의 기강)가 당자(當者: 바로 그 사람)의 성적 여하를 불구하고 교제(交際) 없는 자에 한해서는 입장이 곤란한 직장으로 취직이 되는 관계로 부득이 교제 안 할 수도 없고, 하기도 창피한 일이다. 현상으로 적수공권(赤手空拳: 빈손, 맨주먹)에 15일간을 앞두고 이수(二數)라면 역시 곤란한 일이다. 좌우간 자식의 청(請)이라 진력해 보기로 하자. 그리고 혼인문제는 내게 일임(一任: 모조리 맡김)하는 것이다. 당연한 일이다. 자식의 서신을 받고 일변(一邊) 반가우며, 일변은 금전준비로 걱정도 된다. 이것이 다 인간사회상(人間社會狀)이라는 것이다. 금번에 대전으로 와서 야간대학이라도 입학해서 견서(肩書)나 확보하고 상식이나 충분히 되었으면 바라는 바이다. 금년은 자식의 혼사는 전력을 다하여 결정할 예정이다. 이것도 선불선(善不善: 잘 되고 안 됨)은 운명(運命)인지라 수인사대천명(修人事待天命)일 뿐이다. 내가 아주 노쇠하기 전까지는 자식의 군인생활을 계속하는 외에 타도가 무(無)하다고 생각한다. 가아(家兒)의 서신을 보고 촉발(觸發: 접촉하여 폭발함)된 감정을 그대로 두어 자(字) 횡설수설(橫說竪說) 해보는 것이다.

을미(乙未: 1955년) 2월 11일 봉우서(鳳宇書)

예정(豫定)과 실행(實行)

예정이라는 것은 실행력을 고사(考查: 생각하고 조사함)해서 과(過)한 차(差)가 없는 정도로 예정선을 그어 보는 것이다. 그런데 천시(天時)나 인사(人事)가 마음과 같이 변하지 않을 수가 없어서 누구든지 자기가 예정했던 일을 그대로 실행하기는 어려운 일이다. 나도 작년 세말(歲末: 세밑)부터 금년 조춘(早春: 이른 봄)에 할 일을 예정했던 것이 실행과 합치 못한 일이 벌써 기건(幾件: 몇 건)이나 된다. 원정(元正: 설날)을 기(期: 약속함)해서 내 소전(小傳)의 일부인 기종(幾種)의 저서(著書: 책을 지음)를 해볼까 한 것이 1건도 성공 못하고, 또 호도(胡桃) 종묘(種苗: 싹을 심음)를 해보겠다는 것이 대단치 않은 일을 여의(如意: 뜻대로 함)하게 못했다. 그리고 무슨 방식으로든지 최저생활은 확보해야겠다고 말만 해놓고 현상으로는 확보는커녕 아주 묘연한 중에 있다. 그리고 춘간(春間)에 서울 가서 아무 일이라도 주선해 보겠다고 예정한 것이 의외에 서울행이 임시로 중지되고 생각하지 않은 병으로 일자(日字)를 보내고 있다.

그러하니 마음대로 되는 것은 근소한 부분이요, 마음대로 안 되는 것이 대부분이다. 이것은 자기실력 고사를 잘못한 관계였다. 이것이 인간상사(人間常事: 인간세상에서 늘상 있는 일)였다. 그러나 예정과 실행이 부합(符合)될 만한 예정을 수립한다면 이것이 계획생활이라고 본다. 인간사회라는 것은 치밀한 계획하에 생활을 그대로 해야 비로소 인간다운 생활을 하는 것이다. 아직 내 생애는 계획대로 실행을 못하는 중이다. 그래서 예정과 실행이라는 제목으로 두어 줄 써보는 것이다.

을미(乙未: 1955년) 2월 11일 봉우서(鳳宇書)

수필: 조로(早老)와 양신양정(養神養精)

금년 원정(元正: 설날)부터 심신(心神)이 산란(散亂)해서 신체도 부지중 많이 쇠약한 것을 알게 되었다. 이것이 노쇠기의 한 고개를 넘어가는 것임에 틀림없는 일이다. 그럼에도 불구하고 무사분주(無事奔走: 일 없이 바쁨)해서 재가무일(在家無日: 집에 있는 날이 하루도 없음)로 장재도상(長在途上: 오래 길 위에 있음)하니, 신체가 지탱(支撑)할 수가 없다. 그러면 식보(食補: 음식으로 보충함)나 약보(藥補: 약물로 보충함)라도 종종 해가며 일을 보면 그 피로를 회복할지 알 수 없으나, 비하정사(鼻下政事: 겨우 먹고 사는 일)가 급하니 보(補)할 여가가 없는 것이다. 이 피로가 축적이 되어 정월(正月) 염후(念後: 어느 한 달의 스무날이 지난 후)에 신병(身病)이 급발(急發: 급히 생김)해서 상당한 쇠약상을 노정(露呈: 드러냄)하고 이 영향이 지우금일(至于今日: 오늘까지 이르름)하도록 조금도 가실 줄을 아지(알지) 못한다. 현상이 소화가 불량하고, 지절(支節: 팔다리 관절 등)이 불리(不利: 안 좋음)하고, 피로를 인내할 도리가 없고, 정력(精力)이 아주 감축해지고, 침중(沈重: 가라앉고 무거움)한 등의 조로상(早老狀: 일찍 늙는 현상)을 정(呈: 드러내 보임)하게 되었다.

이 현상이 장기지속 된다면 불과 몇 년에 종지부를 고할 것 같다. 그러나 내가 자신하고 있는 것은 어느 기회만 있으면 복약(服藥)으로 완전히 나의 조로상을 방지하려니 하는 것이다. 이것은 내가 경험한 바가 있어서 자신을 가지고 자위(自慰)하는 것이나, 이것도 정도 문제다.

기회는 속히 오지 않고 쇠약은 날로 심한 데서 염려가 그치지 않는 것이다. 물론 식보(食補)는 못하겠다. 약보(藥補)만은 혹 가능성이 있는 것이나 이것도 시일을 요하는 것이다. 그러나 내가 운영산(雲英散) 정도라면 하시(何時)든지 복용하겠는데, 마음만은 정지환(定志丸)이나 용호단(龍虎丹)이나 적어도 반룡단(班龍丹) 정도요, 최악의 경우라도 구성단(九聖丹) 3~4제(劑)쯤은 하는 관계로 보충을 못하고 있는 것이라고 생각한다. 실상은 실현성이 박약한 것이다. 그렇다면 운영산이라도 불계(不計)하고 복용하는 것이 당연한 일이 아닌가 한다. 운영산도 장기복용하면 조로상은 방지될 것이라고 자신한다.

그리고 모정(耗精: 정력소모)되는 행사(行事)는 될 수 있는 대로 피해야 하겠는데, 근년 내 경험으로 보아서 도리어 이런 행동이 더 도수(度數)를 자주 하는 것 같다. 요즘은 내가 바둑 관계로 정신과 신체가 모두 피로를 느끼는 일이 간간히 있다. 이것을 주의해야 하고 또 망상과 허구를 청신(淸新: 깨끗이 새롭게 함)해야 하고 무리한 생리적 손실을 말아야 하는 것이다. 내가 그것을 알고 범한다. 이것이 지과필개(知過必改: 잘못을 알면 반드시 고침)가 아니라 고범(故犯: 고의적 범행)이라는 말이다. 그래서 자숙자계(自肅自戒)하라는 것이요, 이런 여러 가지 원인이 내 조로상을 초래하는 것이다.

고인(古人)의 말씀에 완보당거(緩步當車: 느린 걸음이 수레보다 나음)요, 독침당약(獨寢當藥: 홀로 잠이 약보다 낫다)이라고 하고 내가 수련 중 현상(顯狀: 나타난 현상)에서 막탐녹용천량(莫貪鹿茸千兩: 녹용 천 냥을 먹을 생각 말고)하고 상석기정일점(常惜其精一点: 늘 그 정 한 점을 아끼라)하라는 계어(戒語)도 본 일이 있었다. 정(精)이라는 것은 하필 색(色)으로만 소모하는 것이 아니라 사려망상(思慮妄想)과 칠정(七情)이 모두 모정(耗精)의 원인이 되는 것이다. 될 수 있는 대로 양신양정(養神養精)을 해서 조로상을 방지하라는 말이다.

근일(近日) 몸의 피로가 과해서 진출성(進出性)을 갖지 못하는 관계로 내가 이 수필을 써보는 것이요, 또 내 조로(早老)는 내 부주의(不注意)에서 온 것이요, 다른 외인(外因: 외부원인)이 있는 것이 아니라는 것을 자인(自認)하고 될 수 있는 대로 이런 과오(過誤)가 없이 이 몸의 건강을 비록 청장년 시만은 못하더라도 내 연령 동배(同輩: 비슷한 사람들)의 건강상태에 손색이 없을 정도만이라도 회복해 볼까 한다. 이것을 기록하는 것은 내가 보고 다시 범하지 말자는 결심이다.

을미(乙未: 1955년) 2월 19일 봉우서(鳳宇書)

[《봉우일기1권》 476페이지에 〈조로(早老)와 양신양정(養神養精)〉이란 제목으로 이 글의 일부가 게재되어 있습니다. 당시 출판 분량 사정으로 누락된 앞부분과 뒷부분까지 이번에 보완 역주하였습니다. -역주자]

유도(柔道)와 고대(古代)부터 전래하는 체술(體術)의 비교성(比較性: 성격비교)

대한유도연맹에서 간행한 《신유도(新柔道)》라는 책자를 보다가 내 소감이 약간 있어서 수자(數字: 몇 자)를 기록해 보는 것이다. 그 서론 (緒論: 序論)에 있어서 우리나라 고려 충혜왕(忠惠王) 시대부터 시작한 것이 이조 임진란 때에 정법(正法) 25법으로 된 것이 일본으로 가서 완성된 것이라고 한 점에 나는 의심이 있다. 그 이유로는 우리나라가 삼국시대에 삼국이 다 흥무(興武: 무예가 흥성함)한 것은 사실이요, 당시 수당(隋唐)의 대병(大兵: 대군)이 고구려에 수차(數次: 몇 번)나 임경(臨境: 국경에 도달함)하고도 번번이 실패한 것은 물론 참모진영의 우수(優秀)도 있으려니와 병사들의 무술도 없어서는 안 될 것은 말할 필요조차 없는 일이다. 그렇다면 우리나라 무예가 중국보다 지지 않은 것을 잘 알 일이라고 본다. 삼국이 통일된 후부터 국책상(國策上)으로 무술을 존중하게 여기지 않고 점점 문약(文弱)해진 것은 사실이라고 본다. 그러나 유도연맹에서 좀 더 우리나라의 고대체술(古代體術)이 무엇이었던가를 추구할 필요가 있다고 생각된다.

비록 사학상(史學上)으로는 표현되지 않으나, 산간벽지(山間僻地: 산속의 후미진 곳)에서 간간(間間)이 나오는 야담(野談)은 이곳저곳에 다 있는 것이다. 한 지방을 완전히 장악하고 있는 토호(土豪: 지방호족)인 강무자(强武者: 무예가 센 사람)들이 통행하는 묘소년(妙少年: 묘령의 소년)의 일행(一行)에게 폭행하다가 의외에 실패를 했다는 일이 많았다. 이것이 고대 체력증진과 아울러 체술(體術)을 병행한 인사들의 소행(所行)이라고 전해진다. 그런데 이조(李朝)에서부터는 지방인사가 보통 수평선에서 소호(小毫: 아주 조금)라도 우수한 인재가 있다면 이 인재를 기용한다기 보다 먼저 모해(謀害: 모략을 써서 남을 해침)하는 관계로 이 체력증진법이나 체술이 보급되지 않고, 어느 국한된 인간에게 대대로 자손들에게만 형식을 알게 할 정도요, 완전무결(完全無缺: 완전하여 빠진 게 없음)한 비법(秘法)은 구전심수(口傳心授: 말로 전하고 마음으로 줌)를 받는 외에는 아주 없다고 본다.

이조에서도 단종(端宗) 당시에 김절재(金節齋: 김종서 장군) 부자(父子)나 세조(世祖)대왕이나 홍윤성(洪允成)이나 다 초인간적 체력과 체술이 있던 것이요, 임진란 당시 김덕령(金德齡), 정기룡(鄭起龍), 곽재우(郭再祐), 권충장공(權忠莊公: 권율), 이충무공(李忠武公: 이순신) 같으신 분들이 다 지모장략(智謀將略: 장수로서의 지략)과 무예가 출중(出衆: 무리 중 뛰어남)하시었고, 그후 인조시대에도 임경업 장군과 박엽(朴燁) 같으신 분들이 다 일세명장(一世名將: 한 시대의 이름난 장군)이었고, 무술(武術)이 절륜(絶倫)하였다. 그렇다면 우리나라의 전래하는 체술이 없으면 무엇으로 이런 분들이 체술을 습득할 수 있겠는가? 연구할 필요가 있다고 본다. 임진란 당시에도 이여송(李如松)은 명국(明國: 명나라) 명장(名將)이었는데, 이 사람이 우리나라에 와서 전심전력을 다하지 않는 관계로 어느 노인이 이여송을 유인해서 자기 집 서당(書堂)에서 소아(小兒)와 시합을 시킨 결과가 이 소아가 공수(空手: 빈손)로 이여송을 쾌승(快勝: 통쾌한 승리)한 일이 있다. 그래서 (그후) 이여송이 감히 타심(他心: 다른 마음, 조선왕이 되려는 흑심黑心)을 내지 못하고 귀국한 것이라고 한다. 그렇다면 이 소아(小兒: 어린 아이)도 체술을 습득한 사람이 아니면 안 될 것이라고 생각된다.

그리고 내가 목도(目睹: 목격)한 바는 일본에서 동경(東京) 지구(芝區) 공원에서 무도장(武道場) 강무자련(强武者連: 무술실력이 센 사람들)이 모두 유단자(有段者)로 수십 명이 동행하다가, 조선인 청년 1인과 시비(是非: 말다툼)가 나서 비록 야간일지라도 전등이 여주(如畫: 대낮같음)한 곳에서 수십 명의 유단자가 땅에서 일어날 새가 없었다. 당시 최고 단자가 5단이요, 3단 이상이 8인이나 되었다. 호입양군(虎入羊群: 호랑이가 양떼 속으로 들어감)과 동일하였다. 이 청년도 물론 어느 계통으로든지 고래체술(古來體術)을 습득한 사람이라고 나는 인정하고 싶다.

또 목도한 바는 대판(大阪: 오사카)서 기면(箕面)공원을 갔다가 일본인 무사(武士)들이 한인(韓人) 부인(婦人)을 조롱하는 것이 발단되어 시비가 나서 80~90명의 일본청년 무사(당일 공원에서 유도와 검도시합이 있었음)들이 일중년선인(一中年鮮人: 한 중년의 조선인)에게 아주 저항 못할 참패를 당하고 도주하는 것을 보았다. 그 중년 조선인은 경상도 사람에 틀림없었다. 역시 무예수득자(武藝修得者: 무예를 수련하여 얻은 사람)라고 보겠다. 이런 예가 얼마든지 있다. 내가 목도한 것만으로도 수십 건이 더 된다. 그들의 체술은 거의 동일한 기본이 있다. 현대 유도(柔道)보다는 습득하기 용이하고 효과적인 것 같다. 내가 말하고자 하는 바는 우리나라 체술을 근본적으로 연구해서 국민보건에 보급시키라는 것이요, 현상으로 비록 체계가 서지 못했으나, 이 고래체술 기본만은 여러 사람에게 구하고, 조사하고 연구함으로써 완성될 수 있다고 보며 이 체술을 하시는 인사들이 유도(柔道), 권투(拳鬪), 공수도(空手道), 레슬링 선수와 상대한다면 동일 연한(年限: 정해진 햇수) 수득(修得:

습득)이면 아주 용이하게 상대를 패배시키는 것을 많이 보았다.

고래(古來)체술은 주로 정신수련을 더하고 신체의 각 관절의 구분훈련을 한 다음 비로소 기술습득으로 들어가서 기본기술은 유도와 유사(類似)하나, 다만 기초연습을 다른 체술보다 치중하는 것이다. 그리고 고대체술에는 급소타(急所打)를 병행하는 관계로 방어가 유도보다 더 곤란하다는 말이요, 기본훈련에서 신체사용 민속(敏速: 민첩함, 재빠름)을 구전심수(口傳心授)로 하는데 이 민속법(敏速法)만 수득해도 보통 무술자에게 대항할 수 있다고 본다. 이 법이 삼국시대부터 전래하는 비법의 일종인데, 현상으로 그 종류가 기본준비에서 씨름, 공치기, 줄넘기, 중방울받기, 제기차기, 수박(手搏), 박치기, 팔매, 걸치기, 제발붙이기, 탁견(托肩), 무릎치기, 도약(跳躍: 뛰어 오름), 난간치기, 지압법(指押法), 악법(握法: 쥐는 법), 권법(拳法), 배법(排法: 물리칠 법), 인법(引法: 끌어당기는 법), 추법(推法: 미는 법), 소법(掃法: 쓸어버리는 법), 팔굽치기, 축법(蹴法: 차는 법), 격지타법(隔紙打法), 수배(手背: 손등)치기, 족배(足背: 발등)치기, 손치기, 요굴곡법(腰屈曲法), 어깨치기, 둔고법(臀固法: 볼기를 딱딱하게 만드는 법) 이상 무순무서(無順無序: 순서가 없음)하나 대략 30법인데 준비도 이 법을 완전습득한 후래야 비로소 무술습득증(證)을 받는 것이다.

유도에서도 고래체술과 유사한 것이 많으나, 우리가 보기에는 우리 고대체술보다 저급(低級)이라고 평하겠다. 유도 기본 중에서 우리가 본 바에 의하면 고래식 습득자이면 문제없이 상대자를 반격할 수 있는 곳이 여러 곳이요, 유도의 기본기가 우리 고래식으로면 사용 불가능한 곳도 여러 곳이라고 본다. 말하자면 불비(不備: 갖추지 못함)하다고 본다. 유도의 급소가 많으나, 고래식에는 그 급소가 유도에서 표현된 곳보다 아주 많다고 본다. 고인들이 말하는 '점혈법(點穴法)'이다. 유도는 고래무술의 초급수련 정도로 보아야 당연하다. 유도연맹 여러분들이 하루라도 속히 우리나라에 전래하는 고대식 체술을 연구해서 일반 국민보건에 제공하라는 소원이다. 현 유도장에서는 장시일 두고 훈련하는 데서 무급이 유급(有級)이 되고, 그 급이 승급(昇級)해서 얼마를 경과한 후에 비로소 초단(初段)이 되어, 숙습(熟習: 익숙하게 익힘)이 난당(難當: 당해내기 어려움)이라고 구년(久年: 오랜 세월)된 사람이 유단자로서 사범(師範: 스승이 될 만한 모범)이 된다. 이것이 훈련법으로는 그럴듯하나, 고래식에는 아주 기본준비체술을 완전히 습득하지 않으면 다른 기예를 가르치지 않는 관계로 아주 충분한 준비체술을 가지고 비로소 기본기의 1건, 1건씩 배우는 관계로 학습 즉시로 아무에게든지 사용할 수 있게 되는 것이다.

유도와 고래체술과는 초급중학과 대학의 차가 있다고 본다. 현세에서 화랑도(花郎道)를 구두(口頭)로는 말하며 화랑도에서 습득하던 체술이 무엇인가 연구해 보는 사람이 없는 것은 유감이라고 생각된다. 그리고 이보다도 무술은 정신과 병행해야 되는 것인데 현 유도의 부족점이라는 것은 정신수련 방식이 아주 결여(缺如: 빠져서 모자람)된 것이다. 우리가 성웅(聖雄)으로 모시는 이충무공(李忠武公)이 임진란에 적국의 거함(巨艦)을 아국(我國: 우리나라)의 약세인 선척(船隻: 배)으로 능히 전필승(戰必勝: 싸우면 반드시 이김), 공필취(攻必取: 공격하면 반드시 얻음)한 것이 한갓 구선(龜船: 거북선)만의 힘이 아니요, 이충무공의 정신수련에서 나왔다는 것을 잊어서는 안 된다. 이 정신이 우리나라의 구전심수(口傳心授)를 받은 연고라고 생각한다. 우리 유도연맹에서 체력 양력(養力: 힘을 기름)에 전 역량을 경주하는 일방, 정신수련을 병행할 방도를 취하라는 말이다.

삼국시대의 화랑도(花郎道)를 지금 말하나 화랑도의 편모(片貌: 한 조각의 모습)도 볼 수 없고, 다 그들의 오계(五戒)[145]라고 전하는

1, 사군이충(事君以忠: 임금을 충성으로 섬김)
2. 사친이효(事親以孝: 어버이를 효도로 섬김)
3. 교우이신(交友以信: 벗을 사귀는 데 믿음을 바탕으로 함)
4. 임전무퇴(臨戰無退: 전쟁에 나가선 후퇴란 없다)
5. 살생유택(殺生有擇: 살생을 함에는 가림이 있다)

이라는 그들의 오계(五戒)는 전(傳)하나, 그들이 무엇을 가지고 수련했다는 것은 부전(不傳: 전하지 않음)한다. 그러면 무엇으로 그들의 전모(全貌)를 더듬어 볼 것인가? 다만 편린(片鱗: 한 조각의 비늘), 잔편(殘片: 남은 조각)이라도 산야촌부(山野村夫: 시골남자)들의 구구상전(口口相傳: 입에서 입으로 서로 전함)하는 야담 속에서 1건, 1건씩 걷어서 고사(考査)하는 외에 타도가 무(無)하고 또는 정신수련으로 회광반조(回光返照: 빛을 돌려서 다시 돌아봄)해서 고대(古代)를 추상(推想)하는 데서 비로소 그들의 전모가 비쳐 나오는 것이다. 현 대한유도연맹에서 원로격들은 8~9단이 여러 분이다. 실력이 명인(名人)이나 준명인이 될 만한가 자사(自思)해 볼 필요가 있다고 본다. 잔중실산권(殘中失散卷: 남아 있는 잃어버린 책 속)에서 간간 고인들의 진의를 엿볼 수 있고, 편언척자(片言隻字: 한두 마디의 짧은 말과 글)에서 고인(古人)의 진체(眞諦: 진리)를 맛볼

145) 원광법사(圓光法師)의 '세속오계(世俗五戒)'라 불림.

수 있는 것이다. 여러분들이 일본시대에 학습한 유도라고 그저 일본전
통의 무사도(武士道)만 배우지 말고 우리 고대를 회상하고 그들의 정신
을 살려서 우리나라 무예로 활용해 주기를 바라는 바이다. 내가 불초
(不肖)하나 고래식 체술의 몇 건을 아는 관계로 동호자와 고대체술 구
고자(究考者: 깊이 연구하는 자)들에게 제공하고자 유도(柔道) 대(對) 고
체술(古體術)의 비교를 먼저 써보는 것이다.

을미(乙未: 1955년) 2월 20일 봉우서(鳳宇書)

[이글은 1989년 간행된《천부경의 비밀과 백두산족 문화》367페이
지에 〈체술요강(體術要綱)〉이란 제목으로 부연(敷衍), 서술되어 있
습니다. -역주자]

수필: 근일(近日) 심경(心境)이 하도 산란(散亂)해서 구방심(求放心: 잃어버린 마음을 찾음)함

볼일이 있어서 서울을 갈 예정이었는데 의외로 일이 여의치 못해서 발정(發程: 출발)이 일주일 이상을 지연되었다. 그 이유는 경제적 문제라고 하겠다. 운모(雲母)[146] 운반을 우차(牛車: 소수레)로 대전까지 하자니, 운임이 태고(太高: 매우 높음)해서 자동차편으로 한 것이 원인이 된 것이다. 금번에는 별 중요 소간사(所幹事: 해야 할 일)가 아니라 큰 낭패될 일은 없으나, 타시(他時: 다른 때)에 이런 일이 있다면 시일 문제로 낭패될 염려가 많다. 모사불밀(謀事不密: 일을 꾀함이 정밀하지 못함)이라는 것이 이런 일에 해당한 것이다. 내가 정월에 서울을 갈 예정이었는데 역시 내가 고의로 안 간 것이요, 2월 초에 갈 예정이었는데 내가 청양 가느라고 중지하였고, 금번에는 불계(不計)하고 가야겠는데 차일피일(此日彼日: 이날저날)하고 또 10여 일을 경과하고 보니 다른 일은 큰 관계가 없으나, 가아(家兒) 영조의 보직문제에 대한 경제문제와 또 대전관사 임대차하는 관계의 경제문제가 개재해서 그 일에 일자(日字)관

---

146) 판상의 쪼개짐을 가지는 특정한 규산염 광물들에 대한 총칭이다. 육각 판상의 결정형을 가진다. 돌비늘이라고 한다. 동양의학에서 운모는 중요한 약으로 쓰인다. 법제하여 복용하는데《동의보감》에는 "운모(雲母)의 성질은 평(平)하고 맛은 달며(甘) 독이 없다. 오장을 편안하게 하고 눈을 밝게 하며 중초를 보하고 이질을 멎게 한다"고 씌어 있다. 이 밖에도 열과 독을 제거하고, 폐(肺)를 보하며, 기(氣)를 아래로 내려주는 등 심기(心氣)를 안정시키는 작용을 한다. 현대 한의학에선《동의보감》의 암 치료 처방을 근거로 운모의 항암 임상 연구도 하고 있다.

계를 지연하는 것이 다 내 책임이 되고 마는 것이다. 그러나 할 도리가 없는 일이다.

여하튼 일양일중(一兩日中: 하루나 이틀 중)에 서울행을 출발해야 하겠는데, 서울 가서 할일은 무엇인가 하고 자사(自思)해 보면 역시 공중 누각이다. 한 가지 일도 자신만만한 일은 없다. 다만 혹 무슨 일이 될까 하고 주선(周旋)과 희망을 가지고 가보는 것이라 자신성(自信性)이 없어서 일하는 데 열성이 나지 않는 것이다. 근년에는 내 생활이 한 가지도 계획수립한 대로 시행하는 일이 없고 그저 공중(空中)이라고 밀하기보다 허공(虛空) 모색을 하는 것이라 실상은 한심한 일이다. 그렇다고 곧 이런 행사가 없을 만큼 무슨 계획을 수립할 수 있는가 하면 역시 묘연한 일이다. 이러다 보면 백년이 허무하다는 것이다.

이것은 가치(價値)한 생애다. 일이야 적으나 큰 것을 불계하고 마음먹은 대로 계획을 수립해서 그대로 이행해서 성공하는 것이 인생의 쾌미(快味: 상쾌한 맛)라고 본다. 이런 쾌미가 없이 몽중생애(夢中生涯: 꿈 속의 삶)를 계속하고 있는 한은 청장년이나 노쇠한 시대나 일반으로 이 생의 무미건조(無味乾燥)함을 금(禁)치 못하겠다. 아무 하옴이 없는 하루하루를 경과하는 데서 인생은 백년이 허무한 것이다. 비록 시일의 장단은 있을지라도 목적하는 일이 순조(順調)로 가는 것같이 그 몸을 위로해 주는 것이 없다고 본다. 내가 이 수필을 쓰는 것도 근일의 심경이 하도 산란해서 구방심(求放心)147) 하느라고 이 붓을 든 것이다.

---

147) 잃어버린 마음을 찾음, 출전《맹자(孟子)》〈고자장구(告子章句)〉상편. [원문해석] 인(仁)은 사람의 마음이요, 의(義)는 사람이 걸어가야 할 길이다. 그 길을 버리고 따라가지 않고, 그 마음을 잃고 찾을 줄을 모르니 슬프다. 사람들은 닭이나 개를 잃게 되면 그것들을 찾을 줄을 알면서 마음을 잃어버리면 찾을 줄을 모른다. 학문의 길은 다른 데 있는 것이 아니라 잃어버린 마음을 찾는 데 있다.

을미(乙未: 1955년) 2월 22일 봉우서(鳳宇書)

추기(追記)

《채근담(菜根譚)》[148]에 이런 글귀가 있다. "심체(心體)가 광명(光明)
하면 암실(暗室)의 중(中)에 청천(靑天)이 유(有)하고 염두(念頭: 마음)가
암매(暗昧: 어둡고 어리석음)하면 백일(白日: 태양)의 하(下)에 여귀(厲鬼:
제사 받지 못하는 귀신)가 유(有)하니라"[149]고 하였다. 말하자면 유심(唯
心)이라는 말이다. 심(心)이 천당(天堂)도 작(作)할 수도 있고, 심(心)이
지구도 작(作)할 수 있다는 것이다. 그러나 마음만 가지고 만사(萬事)가
해결된다고 생각하면 좀 곤란한 때가 많다. 마음과 현실 되는 행(行)이
동일 보조로 나가야 비로소 그 마음이 천당도 작(作)할 수 있고, 또는
지구도 작(作)할 수 있는 것이다. 주위 사정이 허락지 않을 때에는 이
마음도 할 수 없이 동(動)하는 것이다. 맹자(孟子) 말씀과 같이 "지일즉
동기(志一則動氣: 뜻이 온전하면 기를 움직임)하고 기일즉동지(氣一則動
志: 기가 온전하면 뜻을 움직임)"[150]라는 것이 사실이라고 생각된다. 다만
처궁(處窮: 빈궁에 처함)하는 도리가 광명정대(光明正大)하게 힘쓰라는

---

148) 중국 명나라 말기에 홍자성(洪自誠)이 지은 어록집. 유교를 중심으로 불교·도교를
    가미하여 처세법을 가르친 경구적(警句的)인 단문 약 350조로 되어 있다. 전집(前集)
    에서는 사관(仕官)·보신(保身)의 도(道)를 설명하고, 후집(後集)에서는 벼슬을 물러
    난 후의 산림 한거의 즐거움을 설명하였다.
149) 채근담 전집(前集) ─ 제65장. 마음이 밝으면 어두운 방안에도 푸른 하늘이 있고, 어
    두우면 밝은 대낮에도 악귀가 나타난다.
150) 《맹자》〈공손축장구〉 상편 출전

것이다. 환언하면 "천리노상심관초유심(天理路上甚寬稍遊心: 하늘의 이치가 통하는 곳은 매우 관대해서 마음을 노닐 수 있음), 흉중편각광대굉랑(胸中便覺廣大宏朗: 가슴속은 광대하고 큰 광명을 깨달음). 인욕노상심착재기적(人欲路上甚窄纔寄跡: 인욕의 길 위는 아주 좁아서 겨우 자취를 남김), 안전구시형극니도(眼前俱是荊棘泥塗: 눈앞에 모두가 가시밭길과 진흙밭이네)"151)라는 고어(古語: 옛말)를 본받으면 비록 빈궁(貧窮)할지라도 마음만이라도 대아(大我)를 잊지 말고 나가라는 말이다.

봉우추기(鳳宇追記)

---

151) 《채근담》 전집(前集) - 제73장

근일(近日)의 피로상(疲勞狀)

정신과로(精神過勞)에서 빈혈도 되고 두통도 되고, 소화불량도 되고, 지절요통(肢節腰痛: 사지관절 및 허리통증)이 다 나서 아무리 인내하려고 힘을 있는 대로 써 보아야 인내할 도리가 없다. 그리고 신체가 허약해지는 관계로 무슨 일이든지 손에 잘 잡히지를 않고 용진력(勇進力)이 부족해지는 것은 가리지 못할 일이다. 이 원인이 다만 정신과로에서 나온 것뿐만 아니라 신체를 휴양(休養: 쉬면서 신체를 보양함)하지 않고 무리한 계속적인 여행으로 겸해서 피곤이 쌓여서 병이 된 것 같다. 몸이 하도 불평해서 경행(京行: 서울행)을 먼젓번에도 중지했는데 금번에도 일자를 무조건하고 8~9일이나 지연해도 어쩐지 출발할 기분이 나오지 않는다. 서울 가야 할 일은 비록 공중누각일망정 기대만은 작지 않는 것인데, 본디 몸이 불평하니 할 수 없는 일이다. 영조 건도 특급을 요하는 것이요, 가옥 건도 역시 급한 일이다. 그러나 신외무물(身外無物: 몸밖에는 아무것도 없음)이라고 내 몸이 제일이라고 해서 차일피일(此日彼日)하고 몸을 조리하는 중이나, 아무래도 시원치 못하다. 몸은 점점 약해진다. 속히 복약(服藥: 약을 먹음)으로 몸을 회복해야겠다. 정신을 한양(閑養: 한가로이 몸과 마음을 정양함)하는 것이 내 본의(本意)라고 본다.

을미(乙未: 1955년) 2월 21일 봉우서(鳳宇書)

[노간주152) 열매 생즙(生汁)이 토혈(吐血)을 지(止)하는 데 유효(有效)하다. – 일기 원문 상단에 봉우 선생님께서 메모해 놓으신 것이다. –역주자]

---

152) 노간주나무는 측백나무과의 상록 침엽 교목이다. 열매는 약재로 쓰인다.

서울왕복

　우연한 신병(身病: 몸에 생긴 병)으로 월여(月餘: 한 달 남짓, 달포)를 신음(呻吟)하느라고 소간사(所幹事: 해야 할 일)가 산적(山積)해서 안비막개(眼鼻莫開: 눈코 뜰 사이가 없음)였다. 그런 관계로 월전(月前: 달포 전)에 상약(相約: 서로 약속함)했던 일이 있어서 비록 일자는 경과했으나, 가서 볼까 하고 무려(無慮: 아무 생각 없음)한 걸음으로 서울을 가보았다. 목적하고 간 일은 상대방에서 며칠이나 고대하다가 내가 못가는 사유를 말하지 않은 관계로 수일 전(數日前)에 고향으로 가고 아무도 없었고, 호당 동지나 무슨 일이 되었나 하고 심방(尋訪)한 즉, 역시 소소 희망은 있을지언정 아직 확실성이 있어 보이지 않고 성 동지에게 가서 본 즉, 그 친산(親山: 부모산소) 입석(立石)차로 대덕군 여행 중이요, 아무도 없다. 그래서 내가 가서 상세사(詳細事: 자세한 일)를 탐문하고자 하던 일은 다 허사(虛事)로 돌아가고, 박 동지 심방은 중지하고 신군에게 운모(雲母)를 전하고, 수당숙(隨堂叔)과 자금사(紫金砂) 제법(製法)이나 후기(後期: 뒤에 기약함)하라고 언약하고 볼일은 다 보았다. 그래서 김선태 동지를 심방했다가 공행(空行: 헛걸음)하고 대법원장의 의견으로 유의 사건뿐 아니라 전부 지연된다고 말하는 것은 이영전 씨였다. 이 일도 차일피일해서 걱정이다.

　또 이용순 씨를 방문하니 세계종교통일 추진회를 조직했던 모씨를 상봉했는데 중간에는 지상천국건설사무소라고 간판을 붙였다가 관에서 말썽이 되어서 다시 재창조인도(人道)연구소라고 하고 발족한다고 하고 이용순 씨는 황정(黃精), 구기자(枸杞子), 복분자(覆盆子), 두충(杜沖), 파고지(破古紙), 속단(續斷), 육종용(肉從容)으로 약주(藥酒)를 제조해서 복용하는데 효력이 특유하다고 선전을 한다. 그리고 만삼(蔓蔘)을 제주(製酒: 술을 만듦)해서 그 부인이 복용하니 역효(亦效: 역시 효과)가 있다고 한다. 또 그 자리에서 이덕재 옹이 일선에서 공중에 이상한 물건이 비행한다고 전언(傳言)을 한다. 풍설(風說: 풍문)인지 진언(眞言)인지 알지 못하겠다. 그리고 미군의 대부대가 진주(進駐: 파견되어 주둔함)된다는 확언도 들었고, 또는 〈동아일보〉가 정간(停刊)되었다고 한다. 그 이유는 활자오식(活字誤植: 활자를 잘못 심음)이라고 한다. 그다음은 김덕규 군을 상봉해서 좀 생리(生利: 이익을 냄)에 급해하는 행동을 보았다. 수차 나를 신군허(申君許: 신 군과 함께)에 심방하고 불편한 언사(言辭)가 많았다고 한다. 아직 정신이 정리 안 된 관계다. (이상) 왕래이일(往來二日)의 소견이다.

을미(乙未: 1955년) 3월 1일 봉우서(鳳宇書)

추기(追記)

황영모 군이 서로 상봉한 지가 벌써 수삼십 년이다. 그리고 그가 외간상(外艱喪: 아버지의 상사喪事)을 당했으나, 아직 문상도 못했다. 그런데 금번에 이병일 편에 황 군이 서울대학 공과대학장으로 취임되었다는 말을 듣고 서울 가서 알아본 결과 사실 근간(近間: 요사이) 임명됐다

한다. 그 주소를 안 것만은 반가운 일이다. 사촌 처남이라도 상호 친절
하던 처지였다. 이다음 서울 가서 반드시 심방할 일이다.

이 대통령 81엽진(曄辰: 81세 빛나는 생신)

　고어(古語)에 인간칠십(人間七十)이 고래희(古來稀: 옛부터 드물다)라 하는데 더욱이 81세에 엽진(曄辰)을 맞이하는 이 대통령이야 어찌 인민(人民)으로 경축하지 않을 수 있을 것인가? 그가 소년시대부터 우국지사(憂國之士)로 나와서 청년시대에는 옥중고(獄中苦)를 당하고, 장년(壯年)시대에는 기미(己未) 삼일운동이 시작되며 곧 임시정부 대통령으로 취임한 후, 기다(幾多: 여러 많은)한 풍상(風霜: 바람과 서리)을 다 겪고 상해에서 견디지 못하여 미국으로 망명한 후 풍풍우우(風風雨雨)를 무릅쓰고 조국독립운동에 헌신한 것은 누구나 다 긍정할 일이다. 그래서 조국이 을유 8.15 광복 후에 우남(雩南)이나 백범(白凡)이나 다 같이 귀국하였다. 그러나 제1세 임정(臨政)대통령이었던 우남은 세인이 공지(共知)하는 바이나, 백범만은 지자지(知者知: 아는 사람은 앎)하고, 부지자부지(不知者不知: 모르는 사람은 모름)하여 임정투쟁사를 세인이 주지(周知: 두루 앎) 못하였고 백범의 성격이 엄정(嚴正)한 데 비하여, 우남은 유화(柔和: 부드럽게 화목함)하다. 그리고 무자(戊子: 1948년) 건국 시에 백범은 단선(單選: 단독선거)을 반대하고 남북협상을 주장한 데 비하여, 우남은 한위(韓委: 유엔한국위원회UNCOK)에 추파를 보낸 것은 사실이다.

　당시에 임정일파는 백범이나 우사(尤史: 김규식)나 소앙(素昻: 조소앙)이 다 민족자결과 의타(依他: 남에게 의존함)반대로 남북협상에 자주독립을 주장하던 것이다. 그래 당시 200민의원들이 백범에게 대통령 추진설이 있었으나, 백범은 남북분열로 (남한) 단독총선이 된 데 나를 참정(參政)하라는 것은 나를 욕하는 것이라고 반대하였다. 여기에 반하여 우남은 정부조직법안에 대통령권리가 부족하다고 "나는 농촌으로 나가서 퇴로(退老: 늙은이로 물러남)하겠다. 이런 무력한 대통령이 어데 있는가?" 해서 당시 법률전문위원들이 법안을 이 박사의 의사대로 개편한 것이다. 물론 대통령은 우남 외에는 할 사람이 없다고 자신한 것이다. 과연 200명 민의원의 180의원의 득점으로 당선된 우남은 일언반사 사양하는 맛이 없이 즉석 취임하고부터 단연 독재행동을 시작하기 시작했다. 국무총리 추천 당시부터 거물(巨物)은 불용(不用: 쓰지 않음)한다는 이유부터 민의원들이 민족반역안을 행사하려는 것을 중지시킨 것이라든지 친일파를 그대로 기용하고 인재등용에는 절대반대하고 명령복종 잘하는 인물만 등용시켜서 행정, 사법, 국방이나 외교부문이 다 말할 수 없는 지경에 가도록 되고, 정부는 정상모리배(政商謀利輩)들의 난무장(亂舞場)이 되고 말았다. 엄연히 일방에서 민족정기를 잡고 있는 백범일파가 안중자극(眼中刺戟: 눈 속에 창으로 찌름)이 되어 기축년(己丑年: 1949)에 백범암살을 도(圖: 꾀함)한 것이라든지 경인년에는 신성모 국방장관의 실책으로 6.25 사변이 발발되고 이 사변 중에도 방어선을 치지 못하고 남하(南下) 남하로 최후로는 도일(渡日: 일본으로 건너감)이나 도미(渡美)할 준비를 하고 있던 정부요인이었다.

그다음 1.4 후퇴 당시 신성모의 제2국민병사건(국민방위군 사건)이며, 그다음에 6월 정치파동이며, 그다음 족청타도사건이며, 국보반출사건 등과 외교실패 등의 별별 기괴망측한 사실이 다 많았고, 또 대통령 제2기 출마당시 강제 투표해서 정부(正副)통령에 당선된 사건 등이 다 우남의 업적이라고 할 것이요, 또 그 부하들의 은덕(恩德)일 것이다. 우남이 아무 죄과(罪過)가 있었더라도 제2기 대통령 선거 당시에 추현양능(推賢讓能)하겠다고 성명서를 발포(發布: 법령 등을 세상에 널리 펴서 알림)하고 은퇴하였으면 영세불망(永世不忘: 영원히 잊지 않음)의 영주(英主: 훌륭한 임금)라고 할 것인데, 금번 개헌안도 135로 통과시키는 영단(英斷)이라든지 제2기도 직선을 발췌개헌안으로 단(斷: 끊음)한 것 등이 만년(萬年)이 가도 변하지 못할 유후(遺嗅: 나쁜 냄새를 남김)라고 하지 않을 수 없다. 우남 일인에 대한 부족이 아니요, 민족을 전 세계에서 이 정도라고 볼 정도로 수준을 저하시킨 것이다. 우남의 책임이다. 우남 개인적으로는 81세에 오히려 건강하고 일국의 대통령으로 부귀겸전(富貴兼全: 부와 귀함을 다 갖춤)하나, 신후(身後: 죽은 후)에 남을 역사야 누가 가려줄 것인가? 우남은 안전에 영화(榮華)를 취하기 위해서는 수단과 방법을 불택(不擇: 가리지 않음)하는 영웅일지 알 수 없으나, 자기 사후에는 무엇이 올 것인가? 생각해 보라. 81세도 축(祝)할 일이나 이 다음 또 대통령이라는 보위(寶位)에서 1인의 사욕(私慾)만 채우는 일만 그치지 않고 있다면 이것이 다른 사람이면 노망증(老妄症: 노인망령증)이라고 할 일이나, 우남은 본성을 그대로 발휘하는 것이라고밖에 할 수 없으니 그 수(壽: 오래 삶)가 더 갈수록 우리 민족에게는 불행이다. 개인적으로는 우남의 81엽진을 축하하며 우리 민족을 대표해서는 또 이런 축하가 없기를 바라고 이 붓을 그치노라.

을미(乙未: 1955년) 3월 3일 봉우기(鳳宇記)

추기(追記)

   우남옹(雩南翁)의 금년 유년(流年: 일생의 운세를 년별로 설명한 점괘)이
종년(終年: 종세終歲, 마지막 해)이다. 만약 불부(不符: 맞지 않음)했다가는
큰일이다.

봉우추기(鳳宇追記)

수필: 묵은 빚이 산더미 같다

내 금춘(今春: 올봄) 소경력(所經歷: 지나온 바)이 백사불여의(百事不如
意: 모든 일이 뜻대로 되지 않음)하여 퇴수(退守)하는 외에 타도가 없다.
그런 중에 우연한 기회로 대전에서 상당한 금액을 손실하고 이것이 인
과(因果)가 되어서 여러 부채를 청산 못하고 적채(積債)가 여산(如山)한
데, 또 영조가 청구하는 것이 있어서 이것을 응한 것이 설상가상(雪上
加霜)한 격이다. 현상으로 4~5처에 급채(急債: 급히 갚아야 할 빚)를 어
찌할 도리가 없는 중이다. 그러나 내가 예상하고 있는 일이 된다면 해
결될 가능성도 없는 것은 아니다. 이런 일이 되는 것을 운이 좋다하고,
안 되는 것을 불운(不運)이라고 할 것이다. 그러나 운(運)의 호불호(好
不好)를 떠나서 이 일이 성립될 가능성이 있는가 없는가 하면 정평(正
評)한다면 내가 바라고 있는 일은 두 가지가 다 부동성(浮動性: 기초가
정해지지 않아 확정성이 없는 성질)이 있는 일이요, 확실성은 다 없다고
본다. 불가피한 사정이 있는 것이 아니요, 상대방에서는 해도 무방하고
하지 않아도 역시 무방한 일이다. 그러니 이런 것을 혹이나 될까 하고
있는 내 자신이 부족한 것이다.

여기서 내가 후회되는 것은 좀 검소하게 하였으면 또 불가피한 일이
아니어든 중지하였으면 이런 때에 심적 곤란은 받지 않았을 것을 내가
예정했던 것보다 기분에 따라서 배(倍), 3배를 초과하는 때가 간간이
있어서 이런 불긴(不緊: 긴요치 않은)한 소비로 다음날 사용할 여액(餘

額: 남은 돈)이 없어져서 적자가 나게 되는 것이다. 그러나 내 일신상 형편이 아주 정규(正規), 정상적인 수지를 할 수가 없는 관계로 그때그때의 사정과 또는 기분으로 지출의 정도가 정해지는 관계로 지기불가이 불능개(知其不可而不能改: 그 불가함을 알고 있으나 고치지를 못함)하는 것이다. 구채(舊債: 묵은 빚)는 그만두고라도 현상 급한 것만 4~5처(處)에 3만~4만 원이다. 내게 현금잔고는 영점(零點)이다. 무엇으로 정리할 것인가? 궁(窮)한 때는 신용(信用)이 자본(資本)인데 실신(失信: 신용을 잃음)하면 다음 거래가 막히는 것이다. 내게 수입예정으로는 대전서 5,000원이 있고, 본리(本里: 상신리)에서 3,000원 정도가 있고 산처(散處)에서 기천 원(幾千圓)이 있으나, 대전조(大田條)는 내 육감(六感)에 벌써 소비된 것 같고, 다른 것은 일자가 속하지 않을 것이요, 내가 줄 것은 다 급한 것이다. 양돈가(養豚價: 돼지 기르는 값)도 반부(半部)는 광주여행에 소비되고, 반부가 부채정리에 충당될 것이요, 부족액은 출처가 없다. 다만 부동성인 무엇을 그래도 혹 되었으면 하고 바라고 있는 것이다.

물극즉변(物極則變: 사물이 극에 달하면 변함)이라고 내 근일 정세가 그 극(極)에 달했기 때문에 혹 변하여 달(達)이 있는가 하는 것이다. 그렇다고 되지도 않을 일을 모사(謀事)할 수는 없고 또 그렇다고 비양심적인 모사는 할 수 없고 다만 되어 가는 대로 양심상에 부끄러움이 없을 일이 되기를 바라고 자고(自苦: 스스로 고통스러움)할 밖에 타도가 없다. 일방으로는 상경해서 무슨 일이든지 주선해 보는 것이 여하한가 하는 분도 있으나 역시 공중누각인 관계로 용기가 나지 않는다. 여기서 다만 신천옹(信天翁: 알바트로스. 날개를 펼치면 가장 큰 조류로 날개 길이가 3~4m이며 활공을 통해 장시간 비행한다)이 되고 싶다. 설마 하늘이 해결

책을 내리실 것이지 하고 신(信)하는 것이 제일 안심되는 것이다. 또
다른 도리가 없는 고로 이럴 밖에는 별고(別故: 별다른 도리)가 없다. 이
런 일, 저런 일로 내 근일 정신이 산란해서 망중취한(忙中取閑: 바쁜 가
운데 한가함을 얻음)하느라고 위기(圍碁: 바둑 두는 일)로 독자소견(獨自
消遣: 홀로 소일消日)하다가, 금일 기국(某局: 바둑판)을 타인이 차거(借
去: 빌려감)한지라 내가 이것을 수필로 사실대로 기록해 보는 것이요,
하회(下回: 다음 차례)에 어찌 해결될 것인가는 다만 되어 가는 대로 맡
기어 두고 이 붓을 그치노라.

을미(乙未: 1955년) 3월 초파일(初八日) 봉우서(鳳宇書)

추기(追記)

구채(舊債)라면 이원(伊院) 삼박조(三朴條)와 청양 이씨조(李氏條)와
부강(夫江) 박씨조(朴氏條)와 서모조(庶母條)가 있고, 또 돈암동 위토조
(位土條)가 있고, 내두(來頭)에 불가피한 사정은 가아혼사(家兒婚事)와
제학공 산소면봉조(山所緬奉條: 산소면례 건)와 서모신후사(庶母身後事)
가 있고, 현상으로는 4만 원 정도면 급한 부채는 청산될 것이다. 서울
용가(茸價: 녹용값)가 만여 원 있으나, 이것은 또 다른 약종(藥種: 약재
료)과 상쇄(相殺)할 예정이고. 또 금년 생활비도 예산이 없으나 이것은
장래 일이요, 목전에 대급(大急)한 것만을 가지고 말하는 것이다. 내게
도 내두에 경제를 도울 것은 약종이 좀 있고, 또 농작물이 대소맥(大小
麥: 보리와 밀)도 비록 미지수이나 좀 있고 가아의 군인가족배급도 3월

이후가 있는 것이다. 이런 것, 저런 것으로 생활을 하기로 하고 예산이 적자라 생각다 못해서 추기를 쓰는 것이다.

을미(乙未) 3월 초파일(初八日) 봉우추기(鳳宇追記)

수필: 자기 생전에 탈선함 없이 선한 목표를 향해 불휴의 노력을 다하면 일생을 죄 없이 갈 수는 있는 것

인생이 백년간에 요요총총(擾擾恩恩: 어지럽고 바쁨)한 중에서 풍풍우우(風風雨雨: 비바람)를 다 겪으며 사후(死後)에 남는 것이 무엇인가 생각할 필요가 있지 않은가?

인류사가 있은 후로 성현군자(聖賢君子), 영웅호걸(英雄豪傑), 문장명필(文章名筆), 재자가인(才子佳人: 재주 있는 젊은 남자와 여자 미인)과 오륜삼강(五倫三綱)에 방명(芳名: 꽃다운 이름)을 전하는 인물도 동서고금(東西古今)을 통해서 그 수를 헤일 수 없을 만큼 많고, 또 그 반면에 유후만년(遺嗅萬年: 더러운 냄새를 만년이나 풍김)하는 인물도 역시 다대수가 되는 것은 사실이 증명하는 것이라 누가 부정하지 못할 것이나, 그 중간에서 무성무취(無聲無臭: 소리도 냄새도 없음)하게 여초목동부(與草木同腐: 초목과 함께 같이 썩음)한 인간이 전부다. 그중에서 혹 일향(一鄕), 일려(一閭: 마을문)에서 기십(幾十: 수십), 기백년(幾百年: 수백 년)을 선악간(善惡間)에 알려지는 인물도 있으나, 이런 종류의 유방(遺芳: 후세에 빛나는 명예를 남김)이나 유후(遺嗅: 더러운 이름을 남김)는 태양의 광(光)과 석화(石火: 돌이 맞부딪힐 때 나는 불)의 광(光)의 비교가 되어 역시 여초목동부(與草木同腐)와 일반일 것이다.

전 인류에서 사후(死後)에 이름이 그 나라 사기(史記)나 또는 민간 야사(野史)나 또는 세계사에 영구히 전하는 인물은 어느 나라고 10만 인에 1인이나, 100만 인에 1인이 될 듯 말 듯한 것은 《사기(史記)》가 명증(明證: 명백히 증명함)하는 것이요, 여일월병일월(與日月併日月: 해와 달과 아우르며)하며 여천지장구(與天地長久: 천지와 더불어 영원함)한 이름을 전하는 인물은 동서고금에 우주사(宇宙史)가 있은 후에 기인(幾人: 몇 사람)이 못 되지 않는가? 고요히 앉아서 생각하면 사람이라는 것이 무엇이 그리 요요총총(擾擾恖恖)할 필요가 있어서 항상 풍풍우우(風風雨雨)를 무릅쓰고 순간의 간극(間隙: 틈)도 없이 우수사려중(憂愁思慮中: 근심과 걱정 생각 속)에서 일생을 보내는 것인가? 아무리 생각해 보아도 서글픈 웃음만 나는 것을 금치 못하겠도다. 자기 자신을 공정하게 평가해 보아서 소불하(少不下: 적어도) 10만 인 이상이 될 만한 답안이 나와도 역시 별 신기한 것이 없는데 어찌 그 10만 인 이상 되기를 바라리요? 여초목동부하는 부류에 속한 것이 틀림없다면 고인의 말씀과 같이 앙불괴천(仰不愧天: 우러러 하늘에 부끄럽지 않음)하고 부불작인(俯不作人: 구부려보아도 사람에 부끄럽지 않음)한 양심이나 닦고, 제2세 국민 양성의 길이나 열어 주는 것이 당연하고 그렇다고 자포자기(自暴自棄)할 것은 아니라고 생각된다.

될 수 있으면 각자가 자기 생전에 최고기록을 돌파해 보겠다는 굳은 결심을 가지고 안광(眼光: 눈빛)이 낙지(落地: 땅에 떨어짐)하기 전까지 최선의 노력을 다할 것이라고 나는 항상 주장하는 것이다. 비록 목적을 관통 못하더라도 죄(罪)될 것은 없다고 본다. 그러니 항상 충분한 여유 있는 시간을 가지고 고사(考查)를 해가며 무슨 일이든지 탈선함이 없이 불휴의 노력을 하면 대성공까지는 장담하기 어려우나, 일생을 죄 없이 갈 수는 있는 것이라고 확언(確言)을 한다. 환언(換言)하면 "인

수무과(人誰無過: 사람이 누가 죄가 없으리)요, 개지위선(改之爲善: 잘못을 고쳐 착함을 이룸)이라" 하신 고어(古語)도 있으니, 일생을 통해서 아주 일언일동(一言一動: 한 마디, 한 행동)이 과오가 없다는 것이 아니라 최후의 답안이 과오가 타인보다 적은 인간이라고 평(評)을 들을 것이라는 말이다. 불휴의 노력을 해야 한다며 여유가 있는 시간에 충분히 고사해서 착수하라는 것인가 할지 모르나, 요요총총(擾擾怱怱)한 중에 고사력이 부족해서는 선(善)인지 악(惡)인지 구별 못하고 일에 착수하기 용이한 것이라 그런 고로 일을 당하거든 요요총총해 하지 말고 백망중(百忙中: 백가지 바쁜 중)이라도 항상 한적한 마음으로 정신을 수습해서 충분한 고사를 하면 백 가지 선악불분(善惡不分: 선악이 나뉘지 않음)의 일을 분망(奔忙)하게 하는 것보다 한 가지 일이라도 충분히 고사해서 선(善)하고 성공할 일을 하는 것이 백문중(百聞中: 여러 번 듣는 중)에 일 건씩이라도 완전한 성공을 하라는 말이다.

초목동부(草木同腐: 초목과 같이 썩음)는 할지언정 그래도 마음만은 마음뿐만 아니라 하는 일까지는 우주사에 누구라 하는 이름 있는 사람들의 하던 일을 해보는 것이 일생을 보내는 자미(滋味)요, 취미라는 말이다. 이것이 입지불고즉기학(立志不高則其學: 입지가 높지 않으면 그 배움)이 개상인지사(皆常人之事: 모두가 보통사람의 일)라는 고성(古聖)의 말씀을 생각하라고 자경(自警)하는 것이다. 그렇다고 자기실력을 아주 생각하지 않고 망자존대(妄自尊大: 함부로 잘난 체함)로 허영심만 가지고 실력이 없는 공염불(空念佛)인 목표만 정해서는 안 될 것이요, 자기 실력이 감내(堪耐: 어려움을 참고 견딤)할 만한 일을 택해서 목적을 하고 일생을 나가면 생전에 성공이 가능하다고 보는 것이 당연한 일이다. 나도 백발이 성성(星星)한 노경(老境)이나, 소년시대에 입지(立志)한 것을 소호(小毫)도 변함없이 나오는 중이요, 다만 내 추진력이 미미부진(微微不振)해서 시작한 지점에서 금일까지 온 지점이 거리가 그리 많지 못한 것이 최대결점이라고 자사(自思)하며 그래도 아주 탈선하지 않은 것만 자행(自幸: 스스로 다행)으로 생각하고 내 안광(眼光)이 낙지(落地)하기까지 얼마나 진보될 것인가 기대를 하고 이 붓을 그치노라.

을미(乙未: 1955년) 3월 초구일(初九日) 봉우서우유신정사양병중
(鳳宇書于有莘精舍養病中: 봉우는 유신정사에서
병을 치유하며 이 글을 쓰다.)

[이 글은 1989년 발간된 《백두산족에게 고함》 50페이지에 〈뜻을 세움이 높지 않으면〉이란 제목으로 실렸던 것을 다시 원문을 직역(直譯)하고 각주(脚註)하여 봉우 선생님의 본뜻을 살필 수 있도록 하였습니다. 이 글을 삼십 몇 년 전 처음 대하였을 때 역주자는 너무 어려운 듯하여 될 수 있는 한 쉽게 의역하여 한 사람의 독자라도 더 읽히게 해야 한다는 강박관념이 있었습니다. 30여 년 후 지금 원문과 대조해 보니 의역된 문장은 원문의 정서와 깊이를 많이 결여하였으나 그래도 글의 큰 의미를 확실히 이해하는 명확한 맛이 장점이고, 다시 직역한 글은 이해가 좀 느리게 전달되어도 진짜 선생님의 육필의 맛, 냄새 등이 확연히 다가오고, 바야흐로 독특한 봉우문체(鳳宇文體)와 문향(文香)을 진하게 느낄 수 있다고 하겠습니다. -역주자]

사여심위(事與心違: 일과 마음이 어긋남)의
실지면(實地面)

미지수(未知數)의 일은 말할 필요조차 없고 내 실력 범위에서 가능한 일을 내 마음으로 예정한 것이 그 시기가 돌아와서 사실이 어떻게 되었는가 하면 내가 하면 가능한 일인데, 무심코 방치한 것이 아니요, 이일, 저 일 두통이 나서 오불관언(吾不關焉: 나는 관여 안 함)하고 불위(不爲: 하지 않음)한 것이다. 이것은 내가 불위(不爲)한 것이요, 불능(不能: 하지 못함)한 것이 아니다. 작년도에 내가 가정부업으로 양계(養鷄: 닭을 기름)나 해보겠다고 한 것이 그 후에 발전시킬 여력이 얼마든지 있었는데, 가인(家人: 집안사람)들에게 임치(任置: 남에게 돈이나 물건을 맡겨 둠)하고 소호(小毫: 아주 조금)도 발전시키지 않은 것이 제1건의 사여심위(事與心違)며,

겸해서 내가 불위(不爲)한 것이요, 그다음 내가 작년도에 호도종묘(胡桃種苗)를 해보겠다고 했는데, 이것은 내가 할 생각으로 착수(着手)하면 종자도 있고, 토지도 있고 또 식목할 산판(山坂)도 있고 또 그 종묘의 방식도 아는 것인데 내가 무사분주(無事奔走: 일 없이 바쁨)해서 방임(放任)하고 춘기(春期)가 되도록 시작하지 않은 것은 내가 불위(不爲)한 것이요, 불능위(不能爲)한 것이 아니라 제2건의 사여심위(事與心違)요,

양돈(養豚)이 농가부업으로는 양돈의 이익보다 비료가 나와서 불가

결의 부업인 고로 수두(數頭: 몇 마리) 사양(飼養: 사육)코자 한 것이 현
상에는 일수양돈(一首養豚: 한 마리 돼지 키움)도 처분해 버리고, 갱사(更
飼: 다시 기름)를 못하고 있으니 이것은 사료 준비를 하지 않은 연고라
이것도 불능위(不能爲)가 아니라 불위(不爲)한 것이니, 역시 제3건의
사여심위(事與心違)요,

또 동한기(冬閒期: 겨울 한가한 기간)와도 정휴극(正休隙: 정월 휴가)을
타서 수종(數種: 몇 종)의 저서를 착수해 보겠다고 결심했던 것이 겨우
《연정요결(研精要訣)》초집(初集)만 난초(亂草)하고 그 외는 1권도 탈고
(脫稿) 못한 것은 여가가 없어서 그런 것이 아니라 내가 착수하지 않은
관계이니, 역시 불능위가 아니라 불위한 것이라 이것이 제4건의 사여
심위(事與心違)요,

또 내가 최근에 신체가 과히 쇠약해져서 복약해 보겠다고 운영산(雲
英散)과 장근환(壯筋丸)을 준비해 놓고 차일피일(此日彼日)하며 지금껏
복용을 시작 안 한 것은 비록 정지환(定志丸)이 될까 하고 조속한 시기
를 고대하느라고 동가홍상(同價紅裳)격으로 한 일이나 지금껏 정지환
은 되지 않았으니, 역시 내가 불복용한 것이요 불능복용한 것이 아니
다. 이로서 내 신체쇠약은 여전하니 역시 제5건의 사여심위(事與心違)
한 일이요,

그다음 자작전(自作田)을 춘궁기(春窮期)에는 진임자(眞荏子: 참들깨)
나 대총(大葱: 대파)이나 연초(煙草)를 전부 환작(換作: 바꿔 기름)해 볼
까 한 것이 근일 내가 백사무심(百事無心)한 중에 시종기(蒔種期)가 되
어 가족들의 마음대로 시종해서 여전히 구일(舊日: 옛날) 시종하던 것
들로 했으니, 이것도 내가 불위(不爲)한 것이요 불능위한 것이 아닌 사
여심위의 제6건이요,

그다음은 내가 언제든지 수련할 수 있는 용호승강법(龍虎昇降法)을 매일 조석(朝夕: 아침저녁)으로 몇 시간씩만 계속하면 정신적이나 신체적으로 다 유리한 일인데 아주 방념(放念: 마음을 놓음, 안심)을 하고 기공(起工: 공부를 시작함)을 하지 않은 것은 작금(昨今: 어제와 오늘) 양년(兩年: 두 해)의 내 실책에 커다란 결점이다. 이것도 내가 위즉가위(爲則可爲: 하면 할 수 있음)어늘 불위(不爲: 하지 않음)한 것은 내가 무심한 것이다. 그러니 이것도 내가 불위요 불능위(不能爲: 할 수 없음)가 아닌 제7건의 사여심위(事與心爲)한 일이요,

작년부터 독서를 매일 몇 시간씩 하기로 자결(自決: 스스로 결정함)한 것이 이것도 칠영팔락(七零八落)[153]해서 독서하는 일이 얼마 되지 않아서 작년 1년 총독서 시간이 1일 평균 1시간이 못 되니, 이것도 내가 불위한 것이요 불능위가 아닌 제8건의 사여심위(事與心違)한 일이라 사여심위가 어찌 8건, 7건에 그칠 것인가? 다만 내가 가위이불위(可爲而不爲: 할 수 있으매 하지 않음)한 사소한 일에서 작년 1년의 경과를 대강 말해 보는 것이다.

내가 경제적으로나 정신적으로나 작금양년(昨今兩年)이 곤란(困難)도 하고 산란(散亂)도 하다. 이것을 말하면 역경(逆境)이라고 하는 것인데 사람은 역경이 큰 성공을 시킨다고 하는데 이 역경을 극복해 가며, 백절불굴(百折不屈)의 의지로 나가야만 목적달성을 할 수 있는 것이니, 이다음에는 역경이 내 마도석(磨刀石: 칼 가는 돌)이거니 하고 용기를 백배, 천배 내어서 가위이불위(可爲而不爲)하는 미온적(微溫的) 행동을 하지 말고 수불능지사(雖不能之事: 비록 할 수 없는 일)라도 백인(百忍),

---

153) 나무나 풀이 산산이 이울어 떨어짐과 같이 세력이 떨어지고 연락이 끊기어 형편없이 됨을 말한다.

천인(千忍) 해가며, 능위지즉(能爲之則: 능히 할 수 있은 즉) 성공자가 비별인(非別人: 다른 사람이 아님)일 것이다. 내가 사여심위(事與心違: 일과 마음이 어긋남)라는 제목을 쓰다가 내두(來頭: 장래) 작업에 용기 낼 것을 자서(自誓: 스스로 맹세함)하고 이 붓을 그치노라.

을미(乙未: 1955년) 3월 초구일(初九日) 봉우서(鳳宇書)

이조(李朝) 500년을 회고(回顧)해 보자

고려 500년을 계승해서 이조(李朝) 500년이 등장하였다. 고려는 왕건(王建)태조의 문무겸전(文武兼全)한 창업주로 그 나라 500년을 비록 거란(契丹)과 원구(元寇: 원나라 도적떼)의 침입이 있었으나, 별 큰 손실이 없었고 무강(武强: 무술의 강력함)이 자수(自守: 스스로 지킴)에 족했고, 문치(文治)가 겨우 전할 정도였으나, 민간에서는 삼국예술이 유전(遺傳)하는 바가 있어서 숭조(崇祖: 조상을 숭상함)이념이나 민간무예나, 정신수양 방면은 아주 없지 않았다. 종교는 불교를 주로 하고 국교(國教: 나라의 원래 가르침)가 차위(次位: 다음 자리)가 되었다가, 유교(儒教)가 점흥(漸興: 점차 흥성)함으로써 국교는 아주 소멸하고 불교도 세력이 좀 멸(滅: 없어짐)해졌다. 이때에 이조가 개국하고 상무정신(尚武精神)인 민족정신을 상문(尚文: 문예를 숭상함)으로 변화시키고, 가병제(家兵制)를 파(破)하고 불교를 배반하고 유교를 종교로 하는 관계로 국교는 아주 종적(蹤迹)이 없어지고 국풍상검(國風尚儉: 국가의 풍속은 외려 검소해짐)해서 전래예술은 흔적조차 없어지고 유교가 진흥되어 아주 사대(事大)사상으로 경(傾: 기움)하고 말았다.

그러나 개국(開國)하며 즉시로 태조(太祖), 태종(太宗)의 세력항쟁으로 일말(一抹: 조금) 흑운(黑雲)이 들었고, 성웅(聖雄)이신 세종(世宗)이 자주권을 주장하시어 한글을 창작하시고 다시 고래(古來) 예술문화를 많이 연구하시었으나, 곧이어 단종사변(端宗事變)으로 세조(世祖)의 웅도(雄圖: 웅대한 계획)가 마음대로 안 되어 사류일파(士類一派)와 정부 측의 배치(背馳: 서로 어긋남)가 점심(漸甚: 점점 심함)해진 관계로 각자가 도생(圖生: 살기를 도모함)에 정신이 팔리고, 연구고전(研究古典)에 정신이 없었다. 성종(成宗)시대까지는 문치(文治: 학문과 법령으로 세상을 다스림)로 별 난관이 없었고, 연산군 폐립(廢立: 임금을 폐하고 새로 왕을 세움)에 중종(中宗)으로는 부족감이 있고, 사화(士禍)가 영일(寧日: 편안한 날)이 없을 정도요, 인종(仁宗), 명종(明宗)시대는 인물이 병출(倂出: 나투어 나옴)했으나, 그래도 사론(士論)이 불일(不一: 일치를 못 봄)했던 것이요, 선조(宣祖)시대에는 국가의 위급존망(危急存亡)인 동서분당(東西分黨)으로 임진왜란을 당해서 8년 장기(長期)의 상흔(傷痕)이 미유(未愈: 낫지 않음)한 중에 인조반정(仁祖反正)이 광해(光海)보다 나을 것이 없고, 정묘노란(丁卯虜亂) 154), 병자호란(丙子胡亂: 1636년)이 국치(國恥)가 되고 그 후부터는 자진(自振: 스스로 떨침)할 여력이 없이 지내다가 이조 말년에 동학당란(東學黨亂)으로 일본과 중국이 개입하여 망국(亡國)의 원인이 된 것이다.

왕실(王室)로는 태조(太祖), 태종(太宗), 세종(世宗), 문종(文宗), 단종(端宗), 세조(世祖), 성종(成宗)의 200년간 문치(文治)가 있었고, 중종(中宗), 명종(明宗), 인조(仁祖), 경종(景宗), 익헌철종(翼憲哲宗)의 약주(弱主: 약한 왕)가 있었고, 선조, 영조, 정종의 평주(平主)가 있을 정도요, 숙종(肅宗)은 선암후치(先暗後治: 처음에 어두웠으나, 나중에 제대로 다스림)했으나, 왕실로는 별 호평 못할 군주요, 고종(高宗)은 가여위선(可與爲

---

154) 조선 인조 5년(1627년)에 후금(後金)의 아민(阿敏)이 인조반정의 부당성을 내세우고 침입하여 일어난 난리. 인조가 강화로 피란하였다가 강화조약을 맺고 두 나라는 형제의 나라가 되었다.

善: 선을 행할 수 있음)이며 가여위악(可與爲惡: 악할 수도 있음)인 중주(中主)는 되신 분이시다.

상공명재(相公名宰: 명재상)로는 개국 시에 삼봉(三峯: 정도전), 춘정(春亭: 변계량), 호정(浩亭: 하륜), 방촌(厖村: 황희)과 다음에 절재(節齋: 김종서), 동고(東皐: 이준경), 백사(白沙: 이항복), 한음(漢陰: 이덕형), 오리(梧里: 이원익)에 그치고 유신(儒臣: 유학에 조예가 깊은 신하)으로는 양촌(陽村: 권근), 김종직(金宗直), 모재(慕齋: 김안국), 정암(靜庵: 조광조), 퇴계(退溪: 이황), 율곡(栗谷: 이이), 우계(牛溪: 성혼), 사계(沙溪: 김장생), 동춘당(同春堂: 송준길), 우암(尤庵: 송시열), 미수(眉叟: 허목) 제공(諸公: 여러분)과 유일(遺逸: 방외의 선비)로는 화담(花潭: 서경덕), 북창(北窓: 정렴 鄭磏), 남명(南冥: 조식), 구봉(龜峯: 송익필), 고청(孤靑: 서기), 토정(土亭: 이지함), 겸암(謙庵: 유운룡) 등 제공(諸公)이 있을 뿐이요, 명무(名武: 유명한 무인)로는 남이(南怡) 장군, 이순신 장군, 권율(權慄) 도원수, 임경업(林慶業) 장군, 박엽(朴燁), 김덕령, 곽재우, 정충신 등 제공(諸公)이요,

충의(忠義)로는 단종시대 생사육신(生死六身)과 제현(諸賢)들, 선조(宣祖) 임진(壬辰)왜란에 송동래(宋東萊: 동래부사로 순절한 송상헌), 이대원(李大源: 1566~1587)[155], 조중봉(趙重峯: 조헌, 금산전투에서 의병장으로 순절) 제공(諸公)과 인조시대 병자호란에 삼학사(三學士: 윤집, 오달제, 홍익한 등으로 청나라와 화의를 반대하다 심양으로 끌려가 처형당함), 고종시대 을사조약의 민조(閔趙: 민영환, 조병세) 양충정(兩忠正: 두 충정공)

---

155) 1583년 무과에 급제, 1586년 선전관으로 있다 녹도만호가 됨. 1587년 남해안에 왜구가 침입하자 부하를 거느리고 추격하여 20여 척의 배를 대파하는 전과를 올림. 다시 왜구가 흥양에 침입하자, 군사 100여 명을 이끌고 출병하여 손죽도 해상에서 적과 전투 끝에 붙잡혀 항복을 거부하다 살해당함. 사후에 병조참판에 추증됨.

외 제공(諸公)이요,

문장명필(文章名筆)은 그 수를 알지 못할 만큼 여러분이요, 경제가(經濟家: 경세가)로는 성호(星湖: 이익), 반계(磻溪: 유형원), 다산(茶山: 정약용) 등 제공이 유명하다. 그러나 대체로 문약하고 예술이 아주 소멸되고 경제적으로 더 말할 수 없을 만큼 빈핍(貧乏: 가난해 아무것도 없음)했었다. 이것이 이조 500년의 대강령(大綱領: 기본 줄기만을 따낸 줄거리)이요, 불교에도 거석(巨釋: 큰스님)이 배출됐었고 압장(押庄: 전장田莊토지를 압류押留당함) 중에서도 그래도 정신은 불실(不失: 잃지 않음)하고 있었다.

그런데 이조 500년 대표작은 세종조(世宗朝)의 한글창작과 이순신 장군의 구선(龜船: 거북선)으로서, 세계사의 한 줄을 확실히 차지할 것이요, 구봉(龜峯: 송익필宋翼弼) 선생의 도학(道學)은 우리 500년을 대표할 만하고 그 외에도 은군자(隱君子)가 얼마든지 있으나, 다 들 수 없는 일이다. 현금에 와서 500년 전사(前事)를 상세히 알 수 없는 것도 사실이요, 또 전하는 것이 오전(誤傳: 사실과 다르게 전함) 말라는 것도 아니다. 이것이 세간(世間: 세상)의 상사(常事)라고 알면 족하다. 도리어 감개무량하도다.

을미(乙未: 1955년) 3월 초구일(初九日) 봉우서(鳳宇書)

수필: 산속 한적한 정사에서 우리나라와 세계의 정세를 논함

근자(近者: 요즈음)는 산중무력일(山中無曆日: 산속의 책력이 없는 날)이라 산외소식(山外消息: 산 밖의 소식)을 알 수 없는데 종종 내객(來客: 찾아온 손님)들의 말하는 바를 들으면 미국이 대소(對蘇: 대소련) 정책이 의외로 강해져서 북구(北歐: 북유럽)나 동아(東亞: 동아시아)에서 불구(不久: 머지않은)한 내두(來頭: 장래)에 또 전운(戰雲: 전쟁의 형세)이 있을 것 같다고 전한다. 내객들도 물론 신문지상의 외사(外事)통신이나, 라디오방송 등으로 전해 오는 소식인 듯하다. 우리가 가장 신빙(信憑: 믿어 증거로 남김)할 것이 이 지상보도인 것은 사실이나 이 권위 있는 신문사 기자들도 아무리 학식과 지식과 경험이 풍부하고 명철한 두뇌를 가졌다 하더라도 인간은 인간이요, 신(神)이 아닌 이상에는 각자의 선입감이 있고, 또 아전인수(我田引水)하는 일도 아주 없다고는 못할 것이다. 현 세계 어느 나라를 물론하고 평화를 염두에 두지 않는 나라가 있으며, 또 자국의 복리(福利)를 도모치 않겠는가?

현 세계는 이대조류(二大潮流)라고 말하나 우리가 보기에는 삼대조류(三大潮流)로 완전히 분립된 것 같다. 공산진영과 민주진영과 또 소위 중립진영일 것이다. 공산진영은 자기네의 주의, 주장으로 세계를 정복할 야심을 가지고 수단을 불택(不擇: 가리지 않음)하고 있는 반면에 민주진영은 각자의 향락지역을 분실하지 않기 위해서 적화(赤化: 공산화) 방어에 여념이 없는 것인데, 제일 적화(赤化)를 염려하는 나라는 미국이요, 직접 이해득실이 있는 연고다. 그다음은 중소국가라 자력이 다 부족한 나라다. 미국의 종합에 응할 정도요, 강국 중 영국은 노회간활(老獪奸滑: 늙고 교활하며 간사함)한 악질(惡質)이라 외양으로 미국과 악수하고 또 공산진영에 추파(秋波)를 송(送: 보냄)하며, 세계 상업시장을 독점하려는 야욕이 내포되어 있는 관계로 민주진영의 단결이 이 악질 노회(老獪) 영국 때문에 약화해지는 것인데 이 영국의 행동을 본받고자 하는 동일 악질들이 여러 나라가 된다. 이 종류의 나라가 다 민주진영 속에 내포되어 있고 이 중에 일본도 영국과 근사한 나라다.

그다음 중립국가라고 운위하는 나라 중에 인도는 그래도 그의 중립성이 민주진영의 대단결이 될 때는 세계 2대 조류의 결승점이 나게 되니, 불가피한 전쟁이 발발하는 것이라 중립으로 평화를 유지한다는 것이나, 용공용민(容共容民: 민주와 공산을 포용함)의 행동을 하며 영국의 교시(教示)도 받는 것 같다. 그다음 중립이라는 나라는 서반아(西班牙: 스페인)는 실리주의요, 그다음 나라는 외공(畏共: 공산주의를 두려워 함) 관계일 것이다. 이런 불순성을 가진 중립진영들을 공산진영에서 별별 감언이설(甘言利說: 달콤하고 유리한 말)을 다해 가며 분열시키고 민주진영 속에서 영국 등 여러 나라에게는 유리한 조건을 제공하며, 자국의 실리(實利)를 도모하는 것이다. 이것을 미국도 아는 바이나 외교는 공산진영에서 분열책에 성공했으나, 미국의 단독실력으로 공산진영을 제압하려는 것이 현저하다. 중립국가들도 용공용민책을 쓰다가는 오래지 않아서 적화(赤禍: 공산주의에 의한 화)를 입을 것이요, 영국도 그 노회간활(老獪奸猾)한 행동을 하나 자승자박(自繩自縛)일 것이다. 세계가 어찌 일개 국가의 마음대로 될 수 있으랴만은, 우리가 기원하는 바는 중립민주가 완전히 단결해서 공산진영에 대항한다면 단시일에 공산진영의 해체를 볼 수 있고 그다음 세계평화로 대단결해야 하는 것이다.

현상으로는 미국도 약소국가들만 인솔하고는 소련과 상대하는 것이 자국의 불리(不利)라 즉결행동을 하지 않을 것 같다. 그러나 일방으로는 공산진영이 물중지대(物重地大: 생산되는 물건이 많고 땅이 큼)하고 인구도 막대한 관계로 일자가 갈수록 공산진영의 준비가 견고해지고 민주진영의 분열로 약화해질 염려가 농후하니 속히 결전(決戰)에 들어가는 것이 도리어 득책(得策)일 것이라고 나는 생각된다. 다만 바라는 바는 인도와 중국이 손을 잡고 중국이 소련에서 이탈하여 민족공산인 삼민주의(三民主義)로 환원하여 대아세아연맹으로 발족했으면 미소(美蘇)가 공히 관망할 외에 타도가 무(無)할 것이다. 이것이 내가 염원하는 중인조(中印朝: 중국, 인도, 조선)연맹일 것이나, 현 우리나라는 미혼진(迷魂陣)에 빠져서 국가존망을 염두에 두지 않고 있으니, 하시(何時)에 각성(覺醒)할 것인가? 국민으로는 걱정이다. 우리나라가 현상 아무 준비 없이 전쟁만 또 난다면 다만 가치 없는 민족의 희생뿐일 것이라 전쟁 나기를 바라지 않는 것이다. 현상 미군이 38선에 집결된다는 것은 내 생각에는 대만전(臺灣戰)과 아울러 중공이나 소련의 급격전이 나오지 않을까 해서 강력한 방어진으로 부전(不戰) 상승책(相乘策)의 병법(兵法)이 아닌가 한다.

아무리 건상(乾象: 천문)을 보아도 별 이상이 없고, 다만 북에서 남으로, 서(西)에서 동(東)으로의 백기(白氣)가 수차례 있었으나, 이것은 남북한에서 불가피한 방어(防禦) 진지(陣地) 강화(强化)의 현상 그대로인 것이다. 건상(乾象)으로는 작년 춘간(春間)에 보인 그것이 금년에 실현될 것이 아닌가 한다. 국체(國體)에 약간의 변동이 있으나, 민족에게는 절대적 호운(好運)이 있을 것 아닌가 하고 있으며, 또는 금년 말까지는 모종의 확실한 소식이 있을 것도 수학상으로는 기대되고 있다. 각 종교가(宗敎家)에서는 금년을 계기로 무슨 대변동을 의미하고 있는지 허무맹랑(虛無孟浪)한 전설(傳說)을 다 한다. 그러나 신학자(新學者) 측에서도 이런 말은 신빙하고 나에게 묻는 사람들이 간간이 있는 것은 애석한 일이다. 내가 말하는 것도 금년이 소소(小小) 관절이 있는 것인데 부합되는 것인가, 되지 않는 것인가는 금년 말에 가야 알 일이다. 이다음 금년 72국(局)이나 포국(布局)해서 득실을 다시 평해 보기로 하고, 또는 건상변화가 있으면 잘 보나, 못 보나 본 대로 평하기로 해두고 금년 신춘(新春)에 바라는 바를 내객(來客: 찾아온 손님)들에게 대답해 두고, 산중한적(山中閒寂)한 정사(精舍)에서 사위청산(四圍靑山)만 바라보고 간간(間間)이 할 일 없으면 이런 수필이나 기록하며 치외일민(治外逸民: 법 밖에 사는 선비)으로 자처하는 내 마음 가소(可笑)롭도다.

을미(乙未: 1955년) 3월 초십일(初十日) 봉우서(鳳宇書)

이 책을 막음하는 말씀

원천이 잔잔(潺潺: 물 흐르는 소리)하나 세류(細流: 가는 시냇물)로 숨어 들어 밤이나 낮이나 그칠 줄을 모르고 흐르고 흘러서 이 흐르는 물이 산곡계간(山谷溪澗: 산골짜기로 흐르는 물)도 되고 이 물, 저 물이 합해서 대야장강(大野長江: 큰 들판의 긴 강)도 되었다. 또 그칠 줄을 몰라 가고 간 것이 대해(大海)가 되었다. 평평평막여해(平平平莫如海: 평평하기로는 바다만한 것이 없고)요, 불평평역여해(不平平亦如海: 불평한 것 역시 바다만한 것이 없도다)요, 용물무량숙여해(容物無量孰如海: 만물을 포용함 누가 바다와 같겠는가?), 불택세류학여해(不澤細流學如海: 가느다란 시냇물 택하지 말고 바다 같음 배우라)라고 내가 내 호설(號說: 호를 지은 이야기)을 지은 일이 있었다. 사실은 원천(源泉: 물이 흘러나오는 근원) 일적수(一滴水: 한 방울 물)를 보고 누가 대해(大海)의 웅위(雄威: 영웅의 위엄)가 거기 있는 줄 알 것인가? 청탁거세(淸濁巨細)를 불분(不分: 나누지 않음)하고, 불휴(不休)하고 나가면 대천(大川)도 되고 장강(長江)도 되고 대해(大海)도 된다. 남이야 무어라고 하든지 불휴하고 나가라는 것이 여해(如海)라고 한 것이다.

이 책자를 작년, 즉 갑오춘간(甲午春間: 1954년 봄)에 시작한 것이 축수록(逐睡錄: 잠 쫓는 기록)이건, 청수록(請睡錄: 잠을 청하는 기록)이건, 신야한담(莘野閑談: 상신의 한담)이건, 횡설(橫說: 조리가 없는 말)이건, 수설(竪說: 비루한 말)이건, 공적이건 사적이건, 성설(成說: 의미가 있는 말)

이건 불성설(不成說: 말이 되지 않는 말)이건을 막론하고 만(滿) 1년 만인 을미(乙未: 1955년) 춘삼월(春三月)에 이 책자는 만년필로 정복해서 완전히 잉크칠이 되었다. 이것이 내가 난초(亂草)를 시작한 지 12권째다. 전에 기록한 9권은 분실하였으나, 내가 이 책자를 써서 꼭 누구에게 전하고자 하는 것도 아니라 분실했건 보존했건도 나는 관계하지 않고 다만 한 책자를 시작함으로 불휴하고 시간 있는 대로 또는 여가 있는 대로 붓을 잡은 것이 일백 삼십일(131) 장(張)에 팔천여 행(八千餘行)이나 되는 장편(長編)이 완성되었다.

물론 이 책자 중에는 공적(公的)도 있고, 사적(私的)도 있고 청수(請睡)하기 위해서 한담(閑談)도 있고, 내 가정사에 사소한 일도 있으나, 그 외에 사회상에 반영되는 일을 보고 내가 대체로 소아(小我)를 버리고 대아를 생각하라는 주장으로 권선징악(勸善懲惡: 착함을 권하고 악을 징계함)에 목표를 두고 비록 부귀인(富貴人)이라도 소아(小我)에 기울어지는 인물은 여지없이 독평(毒評)을 가하고 아주 산야촌부(山野村夫: 산골에 사는 남자)로 무명(無名)한 은자(隱者)들이라도 대아(大我)로 생을 바치는 이에게는 내가 극구찬양(極口讚揚)하며, 또 우리가 염원하는 대동(大同)정책이나 장춘세계(長春世界)의 이상(理想)을 언제나 실현시켜 보자는 일념(一念)이 있을 뿐이요, 전 세계에 전쟁과 고통이 없는 태평건곤(太平乾坤)을 우리의 민족이 선봉(先鋒)이 되어서 이 깃발을 들고 인류의 역사를 갱신시켜 보자는 세계일가주의(世界一家主義)를 주창(主唱)하는 배태(胚胎)를 이 책자에다 토(吐)해 본 것이다. 이것이 제12권이라는 말이다. 우주평화를 요란(擾亂)시키는 인류의 공적(共敵: 공통된 적)인 공산(共産)은 1일(一日)이라도 속히 해체시키고 전 인류의 만년(萬年) 공존공영(共存共榮)을 책(策)할 수 있고 우승열패(優勝劣敗:

우수하면 승리하고 열등하면 패배함)로 약육강식하여 전쟁이 불식(不息: 쉬지 않음)하던 인류사를 만년 평화사(平和史)로 갱장(更粧: 다시 단장함)하자는데 전 우주인(全宇宙人)들은 다 같이 환영하리라고 나는 믿는다.

이 책자를 막음함에 임해서 자근지원(自近至遠: 가까운 데에서 멀리까지 도달함)이라고 먼저 배달족(倍達族)이여! 다음 황색(黃色)인종들이여! 백색(白色)인종들이여! 흑색(黑色)인종들이여! 각성(覺醒)하고 인류사 갱신(更新)에 역군(役軍)으로 나오라! 나는 백발옹(白髮翁)이나 죽기까지 변함없이 이 장춘세계에 만년 평화사(平和史)를 이룩할 인물과 역군양성에 헌신(獻身)하리라. 나는 내 일신의 영예(榮譽)도 없고 고난(苦難)도 없다. 다만 내가 염원하는 것이 성공의 길로 걷기를 시작함으로써 나는 만족할 뿐이다. 백산족(白山族)들이여! 전 세계 인류들이여!

을미(乙未: 1955년) 춘삼월(春三月)

여해소기(如海笑記: 여해는 웃으며 쓰다)

추기(追記)1

갑오신선정권(甲午新選政權: 1954년 새로 뽑은 정권)은 을미년(乙未年: 1955)까지면 변동이 생(生)하고 그다음 신선정권이 무술년(戊戌年: 1958)까지 집정(執政: 정권을 잡음)되리라는 예고요 바람이나 적부(的否: 그러함과 그렇지 않음)를 누가 알까?

여해소기(如海笑記)

추기2

　우남(雩南: 이승만)은 85세 정명(定命: 날 때부터 정해진 운명)인데, 아직은 건강이 장년(壯年: 서른에서 마흔 안팎) 같으니 알 수 없는 일이나, 춘한노건(春寒老健: 봄추위와 노인 건강)이라고 천(天)의 풍우(風雨)를 불측(不測: 예측 못함)하고 인(人)의 화복(禍福)이 조석(朝夕)의 변함을 어찌 알리요, 물극필변(物極必變)하는 것이 천리(天理)의 대자연이다. 누가 기경납설고고목(幾經臘雪枯枯木: 몇 번이나 섣달 눈을 맞은 마른 나뭇가지에)이 일착동풍개개화(一着東風個個花: 한 번 동풍이 부니 가지마다 꽃이 피네)가 될 줄 알리요? 누가 현상이 극(極)에 안 갔다고 하리요? 악덕(惡德)이 가기를 바라나 천명(天命)이라 누가 마음대로 하리요?

여해소기(如海笑記)

이상소망불합(以上所望不合: 이상 바라던 바는 맞지 않음)

1958년(戊戌)

천지(天地)와 우주(宇宙)의 탄생과 홍익인간

태극조판(太極肇判: 태극이 처음 쪼개어 갈라지니)

건곤정위(乾坤定位: 하늘과 땅이 그 자리를 정하네.)

인어기간(人於其間: 사람이 그 사이에 있어)

속칭삼재(俗稱三才: 세상에서 삼재라 하네.)

오행시분(五行始分: 오행이 비로소 나뉘고)

팔괘형성(八卦形成: 팔괘가 형성되네.)

환우혼암(寰宇昏暗: 세계는 어두워도)

간도광명(艮道光明: 간방(艮方:동북방) 한국의 도는 광명하네.)

천지수용충만오양(天池水湧充滿五洋: 백두산 천지물이 넘쳐서 오대양을 가득 채우고)

백두산맥연장육주(白頭山脈延長六洲: 백두산맥이 육대주로 연장되네.)

황조이념(皇祖理念: 대황조 한배검의 이념은)

홍익인간(弘益人間: 널리 세상을 이롭게 함이라.)

성진신철(聖眞神哲: 성인, 진인, 신인, 철인들이)

계계승승(繼繼承承: 이어가고 이어가도다.)

무내(無奈: 어쩔 수 없음)

삼천년약육강식지액운(三千年弱肉强食之厄運: 3,000년간 약육강식의 액을 당할 운수로)

육대주황왕제패지난립(六大洲皇王帝覇之亂立: 온 세상이 황제와 패왕들로 난립했네.)

말세장지금수인류난분(末世將至禽獸人類難分: 말세가 되어 사람과 짐승을 분간하기 어려우나)

신광원조도덕평화제갈(晨光遠照道德平和齊碣: 새벽빛이 멀리 비춰 도덕, 평화가 모두 우뚝 서네)

차시장춘세계배태지증거(此是長春世界胚胎之證擧: 이것이 늘봄 평화세상이 배태될 증거요)

서기광명천지개화지조짐(庶幾光明天地開花之兆朕: 광명천지가 거의 꽃 피울 조짐이라.)

성시성종간도중명(成始成終艮道重明: 우주의 처음과 끝을 이루고, 동북방이 다시 밝아지니)

무아무물대운대동(無我無物大運大同: 나도 없고 만물도 없으며, 대운이며 대동이라.)

불설용화세계(佛說龍華世界 : 부처는 용화세계라 하였고)

성훈태평건곤(聖訓太平乾坤 : 성인은 태평건곤이라 하셨네.)

백산중흥지묵시이구(白山重興之默示已久 : 백두산족의 중흥을 묵시해 옴
은 이미 오래되었고)

신령당운이강세역다(神靈當運而降世亦多 : 신령이 운을 맞아 세상에 내려
옴 또한 많네.)

삼육성중여래명명(三六聖衆如來明明 : 36명의 성스러운 무리들이 여실히
옴은 환히 밝혀졌고)

이강태신후질상이(已降胎身厚質相異 : 이미 내린 보통 사람의 몸은 두터운
바탕이 서로 다르네)

절차탁마(切磋琢磨 : 옥석을 갈고 쪼개는 정성의 과정)

함양성정(涵養性情 : 성질과 심정을 닦고 기름.)

무중생유유중생무천도순환지리(無中生有有中生無天道循環之理 : 무에
서 유가 나오고, 유에서 무가 나옴은 천도순환의 이치요)

치구즉난난구즉치인류소장지법(治久則亂亂久則治則人類消長之法 : 잘
다스려져 평화가 오래되면 세상이 어지러워지고, 어지러움이 오래되면 다시
잘 다스려진다. 이것이 인류의 소멸과 생장의 법도이라.)

연이(然而 : 그러나)

황조이념홍익완수(皇祖理念弘益完遂: 대황조 이념이신 홍익인간을 완수
하고)
부자교훈대동실천(夫子敎訓大同實踐: 공자님 가르침이신 대동사상을 실
천하면)

세계일가(世界一家: 세계가 한집안이요)
만년태평(萬年太平: 늘 평안할 것이라.)

춘하추동항중화이불변(春夏秋冬恒中和而不變: 춘하추동 항시 중용을 잃
지 않고 화합하여 변하지 않고)
황백흑갈호희락이무경(黃白黑葛互喜樂而無競: 황색, 백색, 흑색, 갈색 등
의 인류가 서로 기쁘게 즐기면서 겨룸이 없네.)

[이 글은 1958년도의 글로 추정되나 정확한 연대는 쓰여 있지 않습
니다. 하지만 봉우 선생님의 평소 지니신 사상이 농축되어 시어(詩
語)의 형태로 잘 표현되어 있는 명문(名文)이라 하겠습니다. -역주
자]

모든 행위의 원천은 효도(孝道)에 있습니다

　백행(百行: 모든 행위)이 개원어효(皆源於孝: 모든 근원이 효도에 있음)라. 고(故)로 구충신어효자지문(求忠臣於孝子之門: 충신은 효자의 가문에서 구함)하나니, 능추차이장장유유즉불실기도의(能推此而長長幼幼則不失其道矣: 능히 이것을 어른이나 어린이나 추진한 즉, 그 도리를 잃지 않으리라)리니, 차고성인치천하지대경대법야(此古聖人治天下之大經大法也: 이것이 옛 성인이 천하를 다스리는 큰 축이자 큰 법이라)라.

　고(故)로 맹자왈(孟子曰: 맹자 가로되) 노오노(老吾老: 내 어버이를 받드는 마음을 미루어)하여 이급인지노(以及人之老: 남의 어버이에게까지 미침)하고, 유오유(幼吾幼: 나의 집 어린애를 아끼고 기르는 마음을 미루어)하여 이급인지유(以及人之幼: 남의 집 어린애에게까지 미침)면 천하가운어장(天下可運於掌: 천하를 손바닥에서 움직임)이리니156), 기유불경기친(豈有不敬其親: 어찌 그 부모를 공경하지 않음)하고 이경타인자호(以敬他人者乎: 남을 공경한다 할 것인가?)아 하시니, 겸공대상(謙恭待上: 자신을 낮추고 남을 높이는 자세로 윗사람을 대함)하고 자애급하(慈愛及下: 도타운 사랑이 아랫사람까지 미침)하면 역근어도의(亦近於道矣: 또한 도리에 가깝다고 하겠다)리라.

　관부계세윤상(觀夫季世倫常: 무릇 말세의 인륜을 보건대)이 재상자장

---

156) 《맹자(孟子)》 〈양혜왕(梁惠王)〉 장구상(章句上)에 보임.

솔인류이혼입어금수지역자무타(在上者將率人類而渾入於禽獸之域者無他: 사회 지도자가 장차 사람들을 짐승의 수준으로 혼탁하게 끌어들임에 다름없다)라. 도취어구미지물질문명(陶醉於歐美之物質文明: 유럽과 미국의 물질문명에 도취됨)하여 욕도안전지번화고야(欲圖眼前之繁華故也: 눈앞의 화려함만 도모하려한 까닭이다)라.

연이용산신야(然而龍山莘野: 그러나 계룡산 신야)는 수왈산간벽지(雖曰山間僻地: 비록 산속의 후미진 곳이라 함)나, 자고(自古: 옛부터)로 명신거유접종이거(名紳巨儒接踪而居: 이름난 선비나 유학자들과 접촉하며 살아옴)하여 거택지습여성성(居宅之習與成性: 살아온 습성)이 의약추로(擬若鄒魯: 헤아려보니 공자와 맹자 같음)라.

○용(○涌: 물이 샘솟음)이 상금부절(尙今不絶: 아직도 여전히 끊이지 않고 흐름)하고 부재어산외풍진(不在於山外風塵: 산 밖의 티끌에 있지 않음)하여 상기장장유유지행의(想起長長幼幼之行矣: 어른은 어른답고, 어린애는 어린애다운 행동을 생각해 봄)러니, 적제전후년풍(適際戰後年豐: 때마침 전쟁뒤 해마다 풍년이라)하고 우겸양춘왕(又兼陽春往: 또한 따뜻한 봄이 감)하여 절촌중장보(節村中章甫: 예절의 마을 속 유학을 공부하는 선비)가 순의양로지연(循意養老之宴: 뜻을 좇아 노인을 위한 잔치를 엶)하니 무불청종(無不聽從: 이 소식을 듣고 따르지 않음이 없음)하여, 졸성대회(卒成大會: 졸지에 큰 모임이 됨)라.

의여성재(擬歟盛哉: 헤아려 보니 풍성하구나)라. 윤상타지지미금수지역(倫常墮地之味禽獸之域: 인륜이 땅에 떨어져 짐승의 지경을 맛봄)하여 관차장장지연여(觀此長長之筵歟: 이 노인은 노인답게 하는 연회를 보건대)하니, 차연(此筵: 이 자리가)이 수소(雖少: 비록 적음)나, 족간왕도지맹아이탁갑(足看王道之萌芽已坼甲: 유교사회의 이상인 인덕(仁德)으로 다스리는 왕도정치의 새싹, 이미 껍질을 터뜨리고 나온 새싹을 보기에 충분함) 이로다.

미축상첨현(尾祝上僉賢: 끝으로 위에 계시는 여러 어진 이들에게 비옵나니)은 수성장조(壽星長照: 인간의 장수長壽를 맡은 수성壽星: 남극성南極星, 노인성老人星이 길이 비추사)하고, 당하후진(堂下後進: 아래 후진들)은 영재배출(英才輩出: 영재들을 길러 사회에 나오게 함)하여, 운룡풍호(雲龍風虎: 구름용과 바람호랑이)로 사역(使役: 부려서 일을 시킴)하소서.

[이 글 역시 1950년대의 글로 추정됩니다. 제목이나 작성 날짜가 없이 1950년대 원고들과 함께 발견되었습니다. -역주자]

머리말씀

이 책자가 갑인년(甲寅年: 1914년) 하간(夏間: 여름 동안)에 매입(買入)하여 당시에 최면술 학습차 그 교수서(敎授書: 가르치는 책) 전편(全篇)을 초(抄: 베낌)한 것으로 시작해서 그 후 수십 년을 두고 수문록(隨聞錄: 남에게 들은 것을 좇아 기록한 것)으로 병을 치료하는 약방문(藥方文)도 있고, 정신을 수련하는 선도비방(仙道祕方)도 있고, 또 둔신법(遁身法: 몸을 숨기는 법)의 일부도 있어서 가위(可謂: 그야말로) 잡동산이(雜同散異)다. 그러나 내가 60이 다 되어서도 한좌무료(開坐無聊: 한가히 앉아 심심함)할 때에 간혹 이 책자를 피열(披閱: 열어 읽음)해 보면 역시 타책자(他册子: 다른 책)를 보는 것과 동일한 소견법(消遣法: 시간을 보내는 방법)임에는 틀림없다. 이것이 백공(白空: 허공)에다 무엇을 기록해서 무엇, 무엇이라는 아루색임(아로새김: 또렷하게 잘 파서 새김)이 되고, 그 아로새김이 정(精: 정밀함)치 못하므로 폐물(廢物: 못쓰게 된 물건)이 되는 것이나, 또한 정(精)한 아로새김도 시간적 문제이지 필경에는 역시 폐물로 화(化)하기는 일반이다. 이 테(두리)를 벗어나서 이 우주(宇宙)와 존폐(存廢)를 같이 호흡하는 것은 오작(오직) 성현(聖賢)으로 영생(永生)하는 것 외에는 한 가지도 없다.

이 책자도 역시 단시일 내에 폐물화될 충분한 성능(性能)을 가진 한 종류에 속하는 것인데, 의외에 45년이라는 인생 반 이상(半以上)의 장수(長壽)를 함으로 내 마음이 좀 이상해서 이 붓을 들어 보는 것이다.

앞으로 또 얼마나 더 호흡을 같이할 것인가가 의문이다.

무술(戊戌: 1958년) 5월 26일 초경(初更: 밤 7~9시) 봉우서(鳳宇書)

이 책자를 우연히 보다가 〈머리말씀〉이라는 제목을 보고 또 감정이 다르다. 이 책자, 이 제목을 내가 유의(留意: 의미를 둠)하고 본 것이 꼭 41년(전)인 무진년(戊辰: 1928년) - 무술년(1958년)을 착각하신 듯 - 춘삼월(春三月) 17일 내가 기사회생(起死回生: 죽을 뻔하다가 다시 살아남)해서 병중(病中)에 있을 때다. 이 책자가 75년 전인 갑인년(甲寅年: 1914년)에 시작한 것이 그동안 별별 풍상(風霜: 바람과 서리)을 다 겪고도 매서(埋書: 묻힌 책)틈에 없어지지 않고 남아 있다. 우리 시골집에 있던 6~7만(권) 고책(古冊: 고서)은 잔권산질(殘卷散帙: 남아 있는 책)로 전번에 1,000여 권 회수(回收)되고 거처(去處: 간 곳)를 알지 못한다. 세사(世事)가 참 허무(虛無)한 것이다. 이 책도 또 기년(幾年: 몇 년)이나 보존될지 우스운 일이다. 만사등운한시각(萬事等雲閒始覺: 모든 일이 뜬구름 같음을 한가하니 비로소 깨달아지고), 백년여수노방지(百年如水老方知: 백년의 세월도 흐르는 물과 같음을 늙어서야 바야흐로 알겠네)라고나 할까?

기거(起居: 일상생활)를 마음대로 못하는 병중에 또 수○(數○: 몇○)를 가록해 본다.

무진(戊辰: 1988년) - 기사년(己巳年: 1989년)을 혼돈하신 듯 - 춘삼월(春三月) 17일 병석(病席)에서 봉우난초(鳳宇亂草: 봉우는 어지러이 씀)

용산(龍山) 연정원 신축 상량문초(上樑文抄)

산재사방(散在四方: 사방에 흩어져 있기를)

구왈여성(具曰予聖: 저마다 모두 내가 성인이라 하네.) [157]

계왕개래(繼往開來: 옛 성인의 뜻을 계승하고, 앞으로 올 후학들에게 길을 열어 줌은)

당연지리(當然之理: 당연한 이치라.)

구전신경(舊田新耕: 묵은 밭을 새로이 갈고)

규합동지(糾合同志: 동지들을 규합하네.)

치지불문(置之不問: 그대로 두고 묻지 않으니)

속지고각(束之高閣: 묶어 놓고 높은 곳에 버려두네.)

임진무인(臨津無人: 나루터에 도달하니 사람은 없고)

창파하도(滄波何渡: 푸른 물결 어찌 건너랴?)

유대후인(留待後人: 머물러 뒷사람을 기다리니)

---

157) 《시경(詩經)》〈소아(小雅)〉에 나오는 글. 구왈여성(具曰予聖) 수지오지자웅(誰知烏之
雌雄: 누가 까마귀의 암수를 알랴?)

기죄우심(其罪尤甚: 그 죄는 더욱 심해지네.)

선택신야(選擇莘野: 상신을 선택해서)
신건두옥(新建斗屋: 아주 작고 초라한 집을 지으려 하네.)

부득이(不得已: 마지못해 하는 수 없이)

여수삼지기공모(與數三知己共謀: 서넛 친구들과 같이 의논하여)
개후생연정지소(開後生硏精之所: 뒷사람들이 정신수련 할 장소를 열었네.)

복원상량지후(伏願上樑之後: 엎드려 원하옵건대 대들보가 올려진 뒤에)

동서남북지영재운집여천류이불식(東西南北之英才雲集如川流而不息: 동서남북의 영특한 인재들이 구름처럼 모여 시냇물처럼 쉬지 않고 흐르기를!)
성진영철지수련병진사산악이장립(聖眞靈哲之修鍊倂進似山嶽而長立: 성인, 진인 같은 신령스럽고 밝은 이들이 함께 수련하며 나아가기를 산악처럼 길게 서기를!)

광휘어장춘세계지역사(光輝於長春世界之歷史: 장춘세계의 역사에 빛나기를!)
헌신어홍익인간지대업(獻身於弘益人間之大業: 홍익인간의 대업에 몸과 마음을 다 바치기를 바라옵나이다!)

[이 글도 앞의 글처럼 1958년도에 쓰여진 것으로 추정되는데, 1959년에 쓰여진 〈용산 연정원〉 신축(新築)일기를 볼 때 상량식(上梁式)에 필요한 제문(祭文)을 준비하는 과정에서 쓰여진 상량문의 초고(草稿: 초벌 원고)가 아닌가 싶다. 앞의 글처럼 선생님의 호쾌(豪快)한 호연지기(浩然之氣)와 빛나는 정신세계로 충만한 글이다. 원문 사진과 함께 올린다. 지금으로부터 육십 몇 년 전의 그 어려웠던 삶의 현장 속에서도 후학들을 한 사람이라도 더 정신개벽의 길로 이끌려 고군분투하시던 선생님의 모습이 《봉우일기 2권》 연정원 신축일기에 생생하게 나와 있다. 이참에 다시 한 번 일독을 권한다. -역주자]

수필: 장춘세계, 평화세계를 만드는 길

　시간의 고금(古今)과 지역의 동서(東西)와 인종의 황백흑(黃白黑)을 구별할 것 없이 최고 생활을 하는 사람의 노력이나 최저 극빈생활을 하는 사람의 노력의 차가 얼마나 되는가 하면 지극히 근소한 차에 불과해서 그들의 노력은 대체로 보아서 일반이다. 다만 각자의 선택의 상이점으로 그 노력대가가 상이(相異)해진다는 것에 불과하다. 우리나라의 예를 들면 전 인구의 다대수가 농민인데 그들 농업 현황을 보건대 평야부나 산간부의 차이는 있으나, 대농(大農)에서 극빈농에 이르기까지 그들의 1년간 노동력은 최대한 발휘하지 않으면 안 된다. 그러나 동일한 노력으로 그 수확에 있어서는 막대한 차가 있다. 물론 경작하는 면적에도 차가 있을 것이다. 이것은 예외로 하고 동일 면적에서도 천차만별의 상이점이 있다. 그래서 그들의 생활은 역시 그 수확 여하로 좌우된다. 그러나 그들의 노력은 거의 일반이다.

　이것은 우리들이 일상생활에 보고 듣는 바이다. 그래도 각자의 선택을 최선으로 향상시키지 못하고 여전히 자기 종래의 선택방법을 고수하는 실정이라, 여기서 좀 눈을 뜬 사람들은 자기의 노력 대가를 유리하게 전개시키기 위해서 선택을 게을리하지 않는다. 이것이 현 우리나라 농가 실정이요, 공업이나 상업이나 기타 직업이 그렇지 않은 것이 없다. 이러해서 그들의 선택이 우수한 나라가 그들의 생활 수준 역시 우수해지고, 저열한 나라가 생활 수준 역시 저열해지는 것이다. 물론 그 노력을 유효적절하게 사용할 곳을 선택하는 것이 각자의 임의라고는 하나, 국가에서 그들이 임의로 선택할 수 있게 시설(을 제공함)이 제일 선결문제이다.

그것은 그렇다 하고 현상대로라도 국민 각자가 그 선택을 최우수한 것으로 한다면 부지중 생활 수준이 나아지고, 저열한 직업은 자연 도태되어 시설이 자연 향상될 것이다. 그러므로 국부민강(國富民强: 나라는 부유해지고 백성은 강해짐)이 될 것이다. 환언하면 동일한 노력으로 그 대가(代價)의 수준을 높이자는 것이다. 사농공상의 구분을 할 것 없이 무슨 직장에서고 모두 노력의 대가의 수준이 높아진다면 이것이 그 나라가 점점 부유해지는 실정이라고 아니할 수 없는 것이다. 이 정도로 되자면 국민 각자의 각성을 환기시킬 지도자와 국가의 시정(施政) 정책의 일대 변혁이 있어야 될 것이다. 거국일치(擧國一致: 온 국민이 하나로 단합함)의 운동 내지 전 세계의 운동이 필요하다. 이로써 국대국(國對國: 나라와 나라), 족대족(族對族: 민족과 민족)의 투쟁이 종식되고 각자 안업(安業: 편안하게 업무에 종사함)해서 평화로운 세계를 조성하게 되면 이것이 장춘세계(長春世界)요, 태평건곤(太平乾坤)이 될 것이다.

동일한 노력으로 그들의 선택이 왜곡되어 약육강식하지 않으면 생존할 도리가 없어서 전쟁은 이 세계에서 하루도 종식될 날이 없고, 시시비비(是是非非)는 항상 떠나지 않으며, 나라와 민족 사이에는 강점이 아니고는 생존할 도리가 없는 현 세계 실정이다. 더구나 자본, 공산의 양대 암벽(癌壁: 암과 같은 장벽)이 인류의 노력을 저열한 대가로 착취해 가며, 인류의 생명을 위협하는 현상이다. 하루라도 속히 우리들의 노력의 대가를 정당하게 받을 수 있게 하고, 인류 각자가 가장 우수한 직장

을 자유로 선택할 만한 완전 시설이 이 세계에 마련되었으면 하는 염원이다. (작성 연대 미상)

1964년(甲辰)

수필: 사(死)를 택하는 자살행위가 많다

사람이 보통 누구나 다 가장 싫어하는 것이 죽는다는 것이다. 그 죽음으로 위협, 공갈(恐喝)하면 이것을 인내하지 못하여 하지 않을 말도 하고 하지 않을 일도 한다. 이 죽음이라는 것이 관련되면 세인은 살고자 해서 마음에 없는 일을 얼마든지 하건만 그 삶의 가치가 얼마만한가 하면 역시 별 것이 아니다. 죽음이 최악이 아니라면 이런 최악도 아닌 죽음 문제로 각양각색(各樣各色)의 범죄를 하게 된다. 그렇다면 그 생(生)이라는 것이 얼마나 신성(神聖)하며, 고귀(高貴)한가를 세인들이 잘 이해해야 할 것인데 현실로 보아서는 그 생이 사(死)보다 낫지 않다고 해서 사(死)를 택하는 자살행위가 얼마나 많은가? 이것은 이 사회에서 최하등 인물에만 국한된 것이 아니라 오히려 현실로(는) 지식층들이 자살행위를 범하는 자가 더 많다.

사는 것이 죽음보다 더 괴롭다는 이유로 자살행위를 하는 것이요, 죽음이 신성해서가 아니라 현실고(現實苦)에서 해탈코자 하는 심산인 것 같다. 죽은 후를 만약 살아서와 동일시한다면 결코 자살행위를 하지 않으리라. 죽은 후에야 어떻게 되든지 유생론(維生論: 오직 삶만 인정함)으로, 살아서 견디기가 죽기보다 어려워서 그 고통을 면하고자 자살하는 것이다. 이것이 유생론인 현 과학의 크나큰 오점(汚點: 얼룩)이라고 본다. 각 종교에서는 거의 살아서 범한 죄과(罪過)를 종교를 믿음으로써 사후에 용서를 받아 해탈할 수 있다고 한다. 그러나 유생론자들이 현실로 살아서의 고생이 죽는 고통보다 더하다고 자살행위를 한다면 종교는 그 사람들에게는 소용이 없는 것이다. 그렇게 되어 이런 사람이 많아지면 종교에서 구원해 준다는 것이 허사(虛事)가 될 것이 아닌가? 종교는 일대 혁명을 하지 않으면 유지를 못할 것이다. 살아서 고생을 살아서 구해 주어야 하겠다는 단안을 내리지 않으면 안 될 것이며, 살아서 죄를 범하면 그 죄의 대가는 살아서 받는다는 이론이 나와야 할 것이라고 생각된다. 이것이 유물론(唯物論)의 종교관(宗教觀)이라고 생각된다.

나는 종교인도 아니요, 또 유생론(唯生論)도 아니다. 악(惡)이 죄가 되어 벌을 받고 선(善)이 공(功)이 되어 상을 받건 안 받건을 막론하고 양지양능(良知良能: 타고난 지능)이 남을 해롭게 하여 내가 이로움을 얻는 것보다는, 나도 해롭지 않고 남도 해롭게 하지 않아도 나에게도 이롭고 남도 이로운 일을 택해서 한다면, 살아서 자기 마음에 거리낌이 없고 죽어서도 역시 양심상 가책을 받지 않을 것이니, 누구에게 구원을 청할 필요도 없으며 누구에게도 미안할 것도 없다. 살아서 화락(和樂)하고 죽음에도 번뇌하지 않고 정신 고통 없이 갈 것이요, 후세인도 그를 단평(短評: 단점을 비평함)할 리도 없다. 이것이 살아서 극락이요, 죽어서 천국(天國)일 것이다. 그러니 현대인들은 살아서 고생이 죽음보다 어렵다고 자살하는 것은 그 살아서의 고생을 그대로 간직하고, 죽어서도 면치 못할 것이며 세인들의 평도 그리 호평을 할 리 없다. 이것이 살아서 지옥고(地獄苦)요, 죽어서도 지옥고를 면치 못하는 것이다. 누가 구해 줄 수도 없고 또 누구의 구함도 기다리지 않고 영주지옥(永住地獄: 영원히 지옥에 머묾)할 것이다.

현세에서는 유생론을 가지고 있는 악질적 이론자가 가장 많아서 죽음이라는 것을 아주 무시해 버리니, 사후(死後)도 무시하지 않을 리 없다. 구원도 필요 없고 해탈도 필요 없고, 다만 살아서 선(善)이니, 악(惡)이니도 관계없이 수단을 불택(不擇: 가리지 않음)하고 유생주의(唯生主義)로 경제적, 명리적(名利的)으로 호화(豪華)한 것만 향유(享有: 누려서 가짐)코자 별별 수단을 다 써서 부귀를 누리려 한다. 이것이 전술(前述: 앞서 서술함)한 자살행위의 일종이다. 호화(豪華)를 목표로 양심의 자살행위를 하는 것이나, 고행(苦行)을 피하기 위해서 육신의 자살행위를 한 것이나 소호(小毫)도 다를 것이 없이 모두 동일한 지옥행이다. 일편(一便: 한편)은 살아서는 호화했다 하나, 양심상으로 가책을 받아서 살아서도 지옥고를 받을 것이요, 죽어서는 생전(生前)의 양심지옥에서 영어(囹圄: 감옥) 생활을 하던 몸이라 필연적으로 사후(死後) 지옥행을 면치 못할 것이다. 그리고 후인의 필주(筆誅: 글로 죄악을 고발함)와 구벌(口罰: 입으로 죄를 벌함)을 면치 못할 것은 당연하다. 현세(現世) 유물론의 첨단이 종교의 구원도 원하지 않고, 사후의 천당도 원하지 않고 유생론으로 살아서 호화만 바라서 이종(二種: 두 종류)의 자살행위자가 전 세계에 충만하다는 것은 너무나 소연(昭然: 밝음)한 사실임을 어찌하리요?

여기서 유물, 유심의 이원각립론(二元各立論)을 버리고 이원합일(二元合一)로 이것을 구해 낼 인물이 구세주가 될 것이라고 나는 확언하고 싶다. 각 종교도 대혁신을 해서 이 자살행위자를 사후에 천당으로 구원하려고 하지 말고 살아서 극락을 알 수 있게 전 인류의 평화를 전 인류가 다 같이 향수(享受: 받아 누림)하게 해야, 각 종교도 과거의 오점이 세척될 것이요, 전 인류도 소원이 성취되어 유생(維生: 오로지 삶), 유사(維死: 오로지 죽음)의 이론이 없이 자살행위를 하는 인물은 식안탐구

(拭眼探求: 눈을 닦고 찾아봄)하여도 볼 수 없을 것이다. 여기서 종교이념이 통일되고 육주일가(六州一家: 세계일가)로 인종의 차별은 자연적으로 없어질 것이다. 실천궁행(實踐躬行: 실천하고 몸소 행함)으로 수범(垂範: 본보기가 됨)을 할 수 있게 하며, 자근지원(自近至遠: 가까운 데서 먼 데까지)으로 전 인류가 평화롭게 살게 될 때, 이것이 대황조(大皇祖) 홍익인간(弘益人間)의 이념이 실현되는 것이 아닌가 한다. 우리들의 필생(畢生: 한평생)의 책임이며, 의무라고 자각하고 이 붓을 그친다.

갑진(甲辰: 1964년) 정월(正月: 음력 1월) 23일 봉우서(鳳宇書)

[이 글은 이미 《봉우일기 2권》에 실려 있으나, 요즘 우리나라 자살률이 너무도 심각하게 상승하고 있으므로, 다시금 음미할 필요가 있는 듯하여 수록하였습니다. 60년 전에도 대한민국엔 자살을 택하는 사람들이 많았던 듯싶습니다. -역주자]

1966년(丙午)

〈중앙일보〉 독자투고를 보다가

모 대학 교무처장인 김○○이라는 사람의 "단군상보다 도서관"이라는 제목을 보다가 감동한 바 있었다.[158] 김 군의 발언이 김 군 1인의 의사로 나온 것이 아니요, 소위 우리나라 근대 사학가(史學家)로 자처하는 분들이 외국사(外國史)에는 전공했으나, 본국사에는 소양이 없는 자들로 감연히 우리나라 사학 편집에 착수하는 철면피적 악질 학자들에게서 사학을 교수받은 얼 없는 자들의 통병(通病)이라고 본다. 내가 사학자라고 자처할 만하다면 타인이야 무엇이라 하든지 자기로서는 자신이 있을만한 연구와 실천이 필요하다. 그러나 우리나라 사학가로서는 몇 사람을 제외하고는 단군사(檀君史)의 기인(起因)이 어디서 되었는지, 또 어디서 인멸(湮滅: 소멸)되어 전전(轉傳: 여럿을 거쳐 전달됨)히 그 명목만 전해지는지 그 원인과 이유를 깊이 연구해 보고 또 고적(古蹟)을 탐색해 본 자들이 몇 사람이나 있는가? 자신 있는 사가(史家)이거든 말해 보라. 그 중간에 인멸되기 전 유적이 무엇인지나 연구해 보았는가? 김○○이라는 사람도 그 연기(年期)의 노소는 알 수 없으나, 자기의 주장이라고 하는 것은 혹은 어느 모로 보아서는 일리가 있다고 찬성할 악(惡)소년들도 없지 않을 것이다.

---

158) 당시 대부분의 언론은 기독교의 격렬한 반대 영향으로 단군상 건립에 부정적인 기사가 주류였고, 〈중앙일보〉도 일반 기사 외에 이러한 독자투고를 통해서도 부정적 여론을 표출하였다.

그러나 박정희 대통령이 생각밖에 국민정신 앙양(昻揚: 북돋음)을 목표로 단군상(檀君像)을 남산에 건립하라는 지시가 있었다고 한다. 그 상이 진상(眞像)이고 아니고를 불문하고 국민으로서는 국조(國祖)를 추모하는 이념에서 당연히 찬사를 보내는 것이 옳은 일인데 방방곡곡에 침투되어 있는 야소교나 불교에 대하여 언급하지 못하고 국조상 건립을 반대하되, 더구나 신화적 인물이라고 말했으니, 김 군이 민족 얼이 없는 사대의존성(事大依存性)의 잔재라는 것을 여실히 증명하는 바요, 그 발언의 죄는 김 군 1인에 있지 않고 국조를 신화적 존재로 집필한 무지몰각(無知沒覺)한 사학가로 자처하는 비국민인 악질학자들이 그 책임을 져야 한다고 본다. 이 자들은 사학을 왜인(倭人)에게서 배우고 민족사 연구에 별 실적이 없는 자들로 해방 후 여전히 친일부왜(親日附倭)하는 근성이 남아서 국조를 신화적 인물로 말하는 자들이다.

환언하면 오인자제(誤人子弟: 남을 자신의 아들로 오인함)한 그 죄, 용서받지 못할 것이다. 이 투고를 게재한 〈중앙일보〉 편집부장부터 그 진의가 어디 있는지 의심이 난다. 김 군의 의사에 동조하는 것인가? 그렇지 않으면 독자들에게 김 군에 대한 찬의를 구하고자 함인가? 알 수 없는 일이다. 〈중앙일보〉도 국조(國祖) 봉안(奉安)에는 성의가 부족하다고 나는 말하고 싶다.

김 군이여! 도서관이 필요하지 않다는 것은 아니다. 필요하거든 그 이유를 현 정부나 국민에게 호소하여라. 하필 국조상 건립을 반대해서 도서관 건립을 해야 당연하다고 보는가? 정부예산에서 국조상 건립보다 소중하지 않은 부문도 얼마든지 있다. 어찌 이런 곳에는 일언반사(一言半辭)도 못하는 위인이 감히 반응이 없을 국조상 건립을 반대하느냐? 김 군은 우리 국민이 아니요, 배달(倍達)민족이 아닌 외래족인가?

그 경솔무엄(輕率無嚴)함을 말하고 싶다.

　박정희 대통령이 백 가지 부족한 일이 있다 하더라도 국조상 건립을 지시한 것만은 우리 민족성을 상실하지 않았다는 증명이다. 내가 자연인 박정희를 찬성해서가 아니라, 금번의 국조상 건립설에는 하나에서 열까지 나는 찬성하는 사람이다. 민족의 얼이 있는 자이거든 참회하라.

　　　　　　　병오(丙午: 1966년) 정월 24일 봉우서(鳳宇書)

수필: 묵은 우주사(宇宙史)를
장춘(長春)세계 건설의 역사로

세사(世事: 세상일)를 자기가 직접 지낸 경험으로도 살펴볼 것이요, 이문목격(耳聞目擊: 귀로 듣고 눈으로 봄)에서도 자기의 비판이 나올 것이요, 또 고금(古今: 옛날과 지금) 역사나 경전(經典)으로도 알 수 있다. 이것이 동서고금의 통례(通例: 상례)요 여기서 벗어나는 일이 별로 없다. 약간의 상이(相異: 서로 다름)가 있다 해도 대동소이(大同小異)한 것이다. 자고급금(自古及今: 옛부터 지금까지)토록 정치를 하는 사람들로 만기만능(萬機萬能: 온갖 일에 능통함)하라는 법이 어디 있는가?

다 위정자(爲政者: 정치인)가 성군현주(聖君賢主: 성현 같은 군주)라면 좌우지인(左右之人: 좌우의 사람)을 택해서 국리민복(國利民福: 국가의 이익과 국민의 행복)이 될 일을 전 역량을 다해서 그의 치적(治績: 잘 다스린 공적)이 역사에 유방천추(遺芳千秋: 후세에 빛나는 명예를 영원히 남김)할 것이요, 그와 반대로 위정자가 용군암주(庸君暗主: 어리석고 어두운 군주)라면 친소인원충현(親小人遠忠賢: 소인을 가까이 하고, 충신과 어진 이를 멀리함)하여 그의 사적이 유취만년(遺臭萬年: 추악한 이름을 오래 남김)할 것이다. 이것은 고금이 일반이다.

비록 성군현주(聖君賢主)라 할지라도, 만민을 직접 상대를 못하고 사람의 장막 속에서 일거수일투족(一擧手一投足)을 마음대로는 못할 것이나, 그 당사자가 직접 대하지 못하는 만백성의 통양(痛癢: 아프고 가려움)을 잘 투시하는 관계로 좌우지인(左右之人)의 진언(進言)이 자기의 의사와 배치된다면 진현퇴사(進賢退邪: 성현에게 나아가고 간신을 물리침)의 용단력(勇斷力)이 있어서 비록 사람의 장막 속이라도 발정시인(發政施仁: 정치를 함에 인덕을 베품)하여 성군현주가 되는 것이요, 그 반대인 경위(經緯: 일의 과정)에는 좌우지인의 진언(進言)의 정부(正否: 옳고 그름)를 자기가 비판할 능력이 부족해 소위 보필(輔弼: 윗사람의 일을 돕는 사람)로 자처하는 무리의 말을 언청계용(言聽計用: 남을 깊이 믿어 그가 하자는 대로 함)해서 민정(民情)을 살피지 못하고 행정하는 관계로 부지 중 용군암주(庸君暗主: 어리석은 군주)의 악명을 쓰고 유취만년(遺臭萬年)하는 것이다. 이것이 산 역사요, 산 경전(經典)이다.

고금동서(古今東西)의 역사가 이 원리에서 배치(背馳: 반대되어 어긋남)되는 일은 없다. 그러니 대소사(大小事: 크고 작은 일)나 공사사(公私事: 공적, 사적인 일)나 거의 동궤일철(同軌一轍: 같은 궤도, 하나의 바퀴 자국)이다. 한승상(漢丞相: 한나라의 승상) 제갈량(諸葛亮)은 출사표(出師表: 출병하며 임금에게 올린 글)를 올릴 때 말미(末尾: 끝)에 사불가역도(事不可逆睹: 일은 돌이켜볼 수 없다)라고 했으나, 세사(世事)의 무슨 일이든 그 시작에서 중간까지만 오면 그 일의 성패이둔(成敗利鈍: 성패와 날카로움과 무딤)이 소여지장(昭如指掌: 손가락으로 손바닥을 가리키는 것처럼 분명함)이다. 이것은 별 이상할 것도 없고 당연한 일이다. 하늘은 일한 자를 품값을 주지, 일 안 한 자에게 품값을 주는 법이 없다. 그리고 아주 공정한 정가(定價)도 약속하신다. 그래서 세사는 무슨 일이든지 그 원인에 그 결과가 있지 원인 없는 일은 한 가지도 없다.

그렇다면 자기나 또는 타인이라 해도 그 사람의 걸어온 경과, 업적이 그 사람의 장래를 말하는 것이다. 그런 관계로 사가역도(事可逆睹: 일은 거슬러 볼 수가 있음)라는 말을 할 수 있다. 춘파종(春播種: 봄에 씨를 뿌림), 추수확(秋收穫: 가을에 벼를 거둬들임)하는 것이 원리라면 인간도 자기 자신의 소행으로 그 대가가 무엇이 올 것을 알지 못한다면 이것은 하우불이(下愚不移: 매우 어리석고 못남)가 아닐 수 없다. 일국가사(一國家事: 한 국가의 일)나 일민족사(一民族事: 한 민족의 일)나 일개인사(一個人事)나 다 동궤일철(同軌一轍)이다. 다만 시간의 차이가 좀 있고, 대가(代價)의 후박(厚薄: 두껍고 얇음)이 있을지언정, 절대로 공수표는 없는 법이다. 가족 중 개인의 소행이 합하여 그 일가의 성쇠를 초래하고 그 일가, 일가의 소행의 업적이 합하여 그 일동(一洞: 한 동리)의 성쇠를 말할 수 있고 여기 미루어서 일도(一都: 한 도읍), 일도(一道), 일국(一國)의 휴수왕상(休囚旺相: 쇠망과 번성함)159)이 다 여기서 온다.

백성들의 소행이 복 받을 만 못하면 자연히 재상(在上: 위에 있는) 인물이 용군암주(庸君暗主)가 와서 난정(亂政: 어지러운 정치)으로 그 국가를 쇠하게 하고, 그 백성들의 소행이 복 받을 만하다면 재상자(在上者)가 성군현주(聖君賢主)가 와서 국리민복(國利民福)이 될 정치를 하는 법이다. 이것이 천운(天運)이라고 하나, 실지로는 인위(人爲: 사람의 힘으로 이루어지는 일)임에 틀림없는 일이다. 그러하니 우리가 현상으로 받고 있는 것이 국가의 성운(盛運: 잘되어 가는 운수)이냐, 쇠운(衰運: 기우는 운수)이냐를 알아야 하고 만약 쇠운이라면 이 쇠운을 물리치기 위하여 국민 전체가 전 역량을 다해서 성운(盛運)을 이바지하는 행위를 한다면 하늘이 그 대가를 멀지 않아 우리의 몸이나, 우리 자손들에게 주시는 것이다. 이것이 산 역사요, 산 교훈이다. 민족 전체에서 복 받을

159) 명리학에서 계절에 따른 오행 기운의 강약을 설명하는 이론을 말하기도 한다.

일을 하는 사람이 많을 때에는 그 나라가 자연 성해지고, 그 반대로 민족 전체에서 죄 받을 일을 하는 사람이 많으면 그 나라가 자연 쇠해지는 것이다. 이것이 인위(人爲)요, 천심(天心)이다.

현 우리나라의 행정이 복 받을 만한 선정(善政: 백성을 잘 다스리는 정치)이 못 나오는 것을 보면 우리의 초중년대나 또 우리의 선배들이 이 나라에서 복 받을 만한 일을 못했던 관계로 현 정치인의 머리에서 선정이 나오지 못하는 것이 분명하다. 그러니 우리들부터 경성(警省: 경계하고 반성함)해서 하늘의 대가로 주신 곤란을 감수하며, 후진들의 장래를 위하여 우리들부터 사람과 사람, 민족과 민족 간의 선행(善行)으로 인심(人心), 천심(天心)을 합치시켜서 온 우주에 긴 평화가 오기를 바라는 바이다. 그리하여 묵은 우주사(宇宙史)를 다시 개편해서 장춘세계(長春世界) 건설사(建設史)로 바꾸자는 내 소회(所懷)다.

사불가역도(事不可逆睹)라 해서 현대인들은 목전사(目前事: 눈앞의 일)에만 신중하고 후일에 올 대가는 생각 않는 관계로 득세(得勢: 세력을 얻음)만 하면 무소불위(無所不爲: 안 하는 게 없음)하다가 부지불각중(不知不覺中: 알지도 깨닫지도 못하는 가운데)에 역사의 죄인이 되고, 유후만년(遺嗅萬年: 영원히 더러운 냄새를 풍김)하게 되어도 자과(自過: 자신의 잘못)는 부지(不知)하고 타인만 기만(欺瞞: 속여 넘김)하는 것이 아니라 자신부터 기만해서 장래를 자승자박(自繩自縛: 스스로 자신을 얽매고 구속함)하는 행위를 감행하되, 소무기탄(少無忌憚: 조금도 거리낌이 없음)하니 어찌 불쌍하지 않으리요? 내가 수필을 쓰다가 언지장(言之長: 말이 길어짐)함을 불각(不覺: 깨닫지 못함)하도다.

병오(丙午: 1966년) 만춘(晚春: 늦봄) 3월 초십일일(初十一日)

봉우서(鳳宇書)

수필: 내가 장래에 기대하는 것이 무엇인가?

　내가 내두(來頭: 장래)에 기대하는 것이 무엇인가 가림 없이 기록해 보자. 내 힘에 가능성 없이 희망만 걸고 호언장담(豪言壯談: 호기롭게 장담하는 말)을 한다면 이것은 공염불(空念佛)이 되는 것이라 말할 필요가 없고, 내 힘으로 어느 정도 할 수 있는 일을 목표로 기원하고 나가 보는 것이다. 그 기원(企願: 꾀하고 바람)에도 물론 공사의 구분이 있다. 그러나 선공후사(先公後私)로 내가 평시에 입원(立願: 소원을 세움)한 것을 검토해 보자.

　제일건(第一件)이 내가 자소지로(自少至老: 젊어서 늙을 때까지)토록 한 번도 잊지 않고 있는 대동책(大同策) 시행(施行)인데, 이것이 대황조(大皇祖)님의 이념이신 홍익인간(弘益人間)이요, 태평건곤(太平乾坤)이요, 장춘세계(長春世界: 늘봄 평화세상)다. 누가 염원하지 않으리요만은 이것은 비록 공적(公的)이라 하나 어느 한 나라, 어느 한 민족에 국한한 문제가 아니라 우주사(宇宙史)가 조시(肇始: 무엇이 비롯됨)됨으로부터 지금까지의 소강책(少康策)을 대동책으로 우주일가(宇宙一家)가 되어 운천하(運天下: 천하를 돌림)를 운일신(運一身: 한 몸을 돌림)하는 것과 동일하게 용이한 운용을 할 수 있는 대운(大運)이라. 천인합덕(天人合德)이 되어 이 대운(大運)이 달성될 것을 바라는 바이니, 어찌 내 개인의 염원으로 지속(遲速: 더딤과 빠름)이 좌우될 것인가. 다만 현 세계의 현실로 보아서 그 교체가 될 조짐이 농후하다는 것과, 동가홍상(同價紅裳: 같은 값이면 다홍치마)이라고 이 대운에 맞는 행동을 한 사람이라도 더하게 해서 교체를 하루라도 속하게 해보자는 공적인 염원이다. 이것은 전 인류의 공통된 대이념이다.

여기서는 이 정도로 그치고, 제2건인 공적인 기원은 자근지원(自近至遠: 가까운 데서 먼 데까지)이라고 우리 배달족(倍達族)의 선각(先覺)으로 백산운화(白山運化)를 일일(一日: 하루)이라도 속성(速成: 빨리 이룸)해서 아주(亞洲: 아시아) 동북(東北) 수만리 광대한 구(舊) 조선(朝鮮)의 고토(古土)를 찾아 대동운(大同運)의 선구가 되기를 염원한 것은 내 자소지로(自少至老)로 잠시도 내 정신에서 떠나 보지를 못한 염원이다. 그다음의 우리나라 남북통일 같은 것은 별문제 삼아 보지 않았다. 백산회운(白山回運)이 발아(發芽: 싹이 틈)하는 날, 남북통일은 질풍뇌화(疾風雷火: 빠른 바람과 천둥, 번개)적으로 될 것이다.

그다음 백산운화(白山運化)가 완전히 회운(回運: 운이 돌아옴)되기 전에 그 운에 이바지하기 위해서 국한된 남한에서라도 숭조이념(崇祖理念: 조상을 존숭하는 이념)으로 민족정신 앙양(昂揚)의 계몽을 위한 행동은 무엇이든지 가리지 않고 해보겠다는 기원(企願: 바람)이 있다. 그리하여 윤상(倫常: 인륜의 마땅한 도리)을 살리기 위하여 정신문명 고취(鼓吹)에 노력하며, 청년의 의지(意志)를 단결하기 위해서 고대(古代) 체육의 재건(再建)을 선전하는 것은 다 백산운화에 이바지하고자 하는 방편임에 불과하다. 이것이 내 공적(公的)인 목표이다.

그다음 내 사적(私的)인 이념은 수신제가(修身齊家: 몸과 마음을 닦아 수양하고 집안을 다스리는 것)라는 목표로 올바른 정신을 가진 가족으로 근검(勤儉: 부지런하고 검소함) 생활에 안분(安分: 편안한 마음으로 제 분수를 지킴)할 줄 아는 정도면 족하다. 의식주는 최저만 확보하여도 족한 것이다. 내 일신(一身)에는 별 큰 기대가 없으니 안광낙지(眼光落地: 눈빛 땅에 떨어짐, 죽음)하기 전까지 건강이나 했으면 하는 염치없는 내 기원이다. 내 자신은 조상께도 잘 못했고, 국가에도 이렇다 할 공헌이 없고, 친족 간에도 나로서 도움이 된 일이 없고, 붕우 간(朋友間: 친구 사이)에도 도움을 받았을지언정 내가 도와주지 못했고, 내외간에도 화합하지를 못했다. 내 일신의 건강도 소호도 괘념함이 없이 방종(放縱: 아무 거리낌없이 마음대로 행동함)했다. 근신(謹愼: 삼가고 조심함)치 못해서 영어(囹圄: 감옥) 생활도 여러 차례 했고, 경제적으로도 내가 남에게 피해를 준 것이 여러 번이 있었고, 또 원만성이 부족해서 증오감으로 편증(偏憎: 한쪽만을 지나치게 미워함)하는 악벽(惡癖: 나쁜 버릇)이 있고, 사회상에서 교제도(交際道: 교제하는 도리)에 사상육하(事上育下: 위를 받들고 아래를 키워 줌)를 못하고 안공일세(眼空一世: 온 세상이 눈에 들어옴)해서 오만무례(傲慢無禮)한 행동을 자인(自認)하면서도 이를 감행하고, 승벽(勝癖: 好勝之癖: 이기기 좋아하는 버릇)이 심해서 억강부약(抑强扶弱: 강자를 누르고 약자를 부추김)이라는 곡해(曲解: 사실과 어긋나게 이해함)에 남의 일에 간섭을 잘 했고, 양력탁덕(量力度德: 힘과 덕을 헤아림)을 못하고 호사벽(好事癖: 일 벌이기 좋아하는 버릇)이 많은 것이 결점이다.

내 일생을 통해서 제일 결점이라면 주색잡기(酒色雜技)에서 주(酒)나 잡기(雜技)에는 무불관언(無不關焉: 아무 상관이 없음)이나, 색계(色界)에서는 누구한테 못지않게 실수가 많았다. 비록 건강 체구라 범하기 용이하다고 자서(自恕: 스스로 용서함)할지 모르나, 조심하지 않은 것은 변명할 도리가 없다. 그리고 자명지벽(自明之癖: 스스로 자만하는 버릇)이 있는 것이 부족한 최대 원인이 된다. 현세의 일류 대선배에게도 상대해서 최대의 경의(敬意)를 심적으로 해본 일이 없다. 국내, 중국, 일본 각지에서 수백 인의 대학자요, 선배들을 상봉해 보았으나, 접촉하고 얼마 안 가서 그 인물들의 어느 부족점을 취모멱자(吹毛覓疵: 털을 불어 흠집을 찾음)해서 아직 완성된 대선배가 아니라고 심열성복(心悅誠服: 마음에 기뻐 정성으로 따름)을 하지 않기 때문에 그 사람들에게 집대성(集大成)을 못했다. 이것이 내 일생을 통해서 제일 결점이다. 내 일생 중 심복했다면 조건부로 몇 분이 있었을 뿐이다. 말하자면 내 일생이 심호사사난성(心浩事事難成: 마음이 넓어 일마다 이루기 어려움)이요, 인내력이 아주 부족해서 유시무종(有始無終: 시작은 있으나, 끝은 없음)한 일이 많다.

그래도 변태성이 많아서 일시적으로는 인인지불능인지사(忍人之不能忍之事: 사람으로 능히 참을 수 없는 일을 참음)하며, 행인지불능행지사(行人之不能行之事: 사람으로 능히 행할 수 없는 일을 행함)한다. 이것이 장기적으로라면 족하나 내 일생을 통해서 여러 차례가 아니다. 앞으로도 무슨 일이든지 이 결심을 고치지 말고 표(標) 있는 일을 가기 전에 몇 가지 하고 가야겠다. 이것이 내두의 내 기원(企願: 바람)이다. 이외에 소소한 일은 말할 필요가 없으리라.

병오(丙午: 1966년) 3월 초칠일(初七日) 봉우서(鳳宇書)

[이 글에서 밝힌 선생님의 소원은 홍익인간, 태평건곤, 장춘세계, 백산대운입니다. -역주자]

수필: 태평성대 건설의 정초(定礎: 머릿돌)

근대 자본주의 풍조가 빚어 낸 현상을 보건대 부자(父子), 형제, 붕우 (朋友: 벗), 부부(夫婦)에 이르기까지 경제만능으로 대소사(大小事)를 물론하고 교환조건하에 성립된다. 오륜(五倫)에서 군신(君臣)이라는 것은 간 곳이 없고, 남은 것이 사륜(四倫)인데 이 사륜도 유명무실(有名無實: 이름만 그럴 듯하고 실속은 없음)이요, 금륜(金倫: 돈을 최상의 윤리덕목으로 침)으로 변하고 만 것이 아닌가 한다. 이것은 저급 금수(禽獸)와 소호도 다른 것이 없다. 금수 중에도 좋은 종류는 인간들이 행하지 못하는 일을 많이 한다. 그러니 인간들의 행사는 금수로도 저급들이 하는 유색 (唯色: 오직 드러냄), 유식(唯食: 오로지 먹는 것)의 생존경쟁을 현대 동서양 각국의 자본주의 국가들이 자행하고 있어도 이것을 시정할 만한 지도이념이 나오지 못하고 있고, 혹 그런 의사만이라도 가지고 있는 부류들은 자본주의 현실에 밀려서 거두(擧頭: 머리를 듦)를 못하는 현상이다. 이것을 시정하는 데는 소불하(少不下: 적어도) 국가 위정자들이 정당한 이념을 가지고 시행하면 종풍이미(從風而靡: 바람 따라 쓰러짐)해서 사반공배(事半功倍: 일은 반하고 공은 배가 됨)가 될 것인데, 우리가 보기에는 아직 이런 국가도 보이지 않고 이런 인물들이 보이지 않는다.

국가나 개인의 지도력이 아니라면 종교로도 할 수 있는 것인데 현대 종교인들도 역시 그 궤도에서 같이 회전하고 있어서 백이 모인 교회나, 천이 모인 교회나, 만이 모인 교회나 다 각자 위지대장(謂之大將: 대장이라 이름)으로 자본주의 생존경쟁 중에서 이 종교도 한 경쟁방식으로 들고 나온다. 비록 간판만은 다르나, 천문만호(千門萬戶: 수많은 문)의 교파가 거의 동일하다고 보아야 할 것이다. 이것이 계세말기(季世末期: 말세말기)의 현상이 아니라고 누가 할 것인가? 국가는 국가대로요, 민족은 민족대로요, 개인은 개인대로 유리시경(維利是競: 오로지 이 끗을 위해 다툼)하는 현상은 목불인견(目不忍見: 눈뜨고 볼 수 없음)이다. 이것은 자본주의 조류를 말하는 것뿐이요, 공산주의라는 것은 물론 자기들로서는 또 다른 주의, 주장이 있을 것이나, 우리들이 그들의 소행을 보건대 자기들의 권내(圈內)를 위해서는 잔인무도(殘忍無道)한 행위를 감행하고 동물적 야성을 그대로 행해서 집권자들의 권리집중을 위하여 인류를 착취하는 모든 기관을 만들어서 그 국가만은 견실하게 하고, 개인의 자유를 불인(不認: 인정 안 함)하는 것이 국민을 취급하기를 가축취급과 동일하게 한다. 완전히 동물 그대로다. 그러니 비록 국가적으로는 다소 유리할지 모르나, 이 인류로서는 배제되어야 할 주의이다.

그러니 자본주의나 공산주의나 다 같이 종말을 고할 날이 불원(不遠)하리라고 나는 생각하는 것이다. 이 세계에서 이 두 가지 암(癌)을 제거해야만 태평성세를 건설할 수 있을 것이다. 자본주의의 장점과 공산주의의 장점을 다 버리라는 것이 아니라, 그 장점만은 그대로 살리고 인류를 금수로 취급하는 악점(惡點)의 원인이 무엇인가 검토해서 그것만 버리고 장점을 합해서 그것에다 정신도덕의 지도이념을 전 인류에게 보급시켜서 각자가 실행할 수 있게 지도하는 것이 태평성대(太平聖代) 건설의 정초(定礎)가 될 것이라고 나는 생각한다. 여기서 약육강식하는 전쟁이 휴식되고 경평(經平: 경제가 바로잡힘), 권평(權平: 저울, 권력도 바로잡힘)해져서 남의 것을 욕심내지 않고, 서로 서로 근검절약(勤儉節約)으로 자립한다면 지상천국(地上天國)이 별 것이 아니라고 본다. 이것을 실현시키는 데는 여러 가지 과정을 지내야 되는 것이요, 이 과정의 이념을 확립함으로써 이 우주의 신기원(新紀元)이 될 것이라고 나는 자신한다. 물론 기성된 자본국가 진영이나 공산국가 진영이나, 또 비공비자(非共非資: 자본주의도 공산주의도 아님)요, 시공시자(是共是資: 공산주의요, 자본주의임)인 소위 중립국가들도 삼(三세)력을 형성해서 하루아침에 몰락되지 않으려고 기를 쓰고 버틸 것도 확실하나, 이 삼세력을 타도하자면 그만한 불가항력(不可抗力)의 위력(威力)이 있어야 된다. 그것도 미리 알고 있다. 이 불가항력의 조물(造物: 조물주)이 이 우주를 평화로 변조(變造)하시자면 전지전능(全知全能: 무엇이나 다 알고, 할 수 있는 능력)한 능력을 누구에게서든지 빌리시어 말세(末世)를 구하실 것이다.

일견(一見)해서는 백일몽같이 생각할 것이나 이것은 이미 신(神)의 계시가 있은 지 오래된 사실이다. 멀지 않아서 세인공시하(世人共視下: 세인이 모두 보는 아래)에 경천동지(驚天動地: 하늘과 땅을 놀래게 함)하는 불가항력의 대기적(大奇蹟)이 나올 것이다. 이것이 말세를 구하는 경세목탁(警世木鐸)일 것이다. 우연히 쓰다 보니 묵시(默示: 은연중에 뜻을 나타내 보임)의 일부가 노출됨을 알겠노라.

병오(丙午: 1966년) 하사월(夏四月) 24일 봉우서(鳳宇書)

수필: 우리나라 민의원의 공통된 죄과(罪過)

　금년이 병오년(丙午年: 1966년)이다. 세상에서는 별별 말이 다 유전
(流傳: 세상에 널리 퍼짐)된다. 세소위(世所謂: 세상에 이른바) 감록파(監錄
派: 정감록파)라는 인사들은 오미(午未)에 낙당당(樂堂堂)이라고 무슨
국가나 민족의 반가운 일이 있으리라고 믿고 있는 인사들이 많다. 이
것은 추리파(推理派)들의 바람이요, 무슨 근거가 있어서 하는 말이 아
니다. 현실로 보아서는 작년 을사(乙巳: 1965년) 구한국(舊韓國) 고종황
제 시(時), 을사의 한일보호조약인 5조약 체결이 국치(國恥) 60주년 기
념으로 또 한일조약160)이 체결되어 60년 전 5조약에 못지않은 국치를
당하고 있고, 일방으로는 월남파병문제로 청년들의 불안감이 해소되
지 않고 있다. 경제적으로는 백물가(百物價: 모든 물가)가 개고(皆高: 모
두 오름)해서 생활수지(收支: 수입과 지출)가 맞지 않아서 경제적 파탄이
불원(不遠: 멀지않음)하다는 장망(長望: 장기 전망)을 가지고 인용되고 있
다. 관기(官紀: 관리의 기강)는 극도로 부패되어 있어서 이 현상으로 가
면 불구해서 그 극(極)이 나올 조짐이 분명하다.

　그리고 현재 기성 정치인들의 동태는 여야를 막론하고 1인(一人)도

---

160) 한일기본조약(韓日基本條約), 공식 명칭 '대한민국과 일본국 간의 기본관계에 관한
　　조약'은 국교 정상화와 전후 보상문제의 해결을 위해 한국 정부와 일본 정부 사이에
　　1965년 6월 22일에 체결된 조약이다. 현재도 한일기본조약에 대한 한일 정부 간의
　　(혹은 사법부 간의) 해석의 차이가 존재하여 한일 양국에서 논란이 되고 있다.

양심적인 인물이라고 자타가 공인할 만한 인물이 없다. 그러나 현 여야 정치인들은 내년의 선거준비에 급급하여 매두몰신(埋頭沒身: 머리를 파묻고 헤어나지 못함)하고 있다. 이 선거준비를 위한 일이라면 불고체면(不顧體面: 체면을 돌아보지 않음)들이다. 무엇으로 오미락당당(午未樂堂堂)이 나올지 나는 알 수 없다. 여야 공히 선거를 위해서는 부정(不正)도 무관(無關)이요, 부패도 자감(自甘)한다. 이것이 현 우리나라 실정이다. 야당에서도 단일 입후보설로 아전인수를 한다. 등장인물들이 아무리 보아도 가관이다. 허심탄회(虛心坦懷: 마음에 아무 거리낌이 없고 솔직함)하고 가장 유망한 사람을 선출한다면 무엇이 불가하리요마는 각자가 야심들만 내포하고 합작이니, 통일이니, 외면 형식만 취한다. 이런 행동은 위여(爲與: 여당을 위함)요, 비위야(非爲野: 야당을 위함이 아님)이다. 나로서는 야가 되건 여가 되건 오불관언(吾不關焉: 나는 관여하지 않음)이다. 다만 우리나라 일이 잘 되지 않아서 걱정이라는 말이다.

여당의 어떤 분이 어느 석상에서 연설을 하는데 맹자가 공자의 제자니, 공자가 맹자의 제자니 하며 어느 곳에서 서로 다투는 사람들이 있었다. 물론 맹자가 공자의 제자이지만 그 자리에 모인 사람들이 가부 판단을 못하고 투표 결정한 바에 맹자가 공자의 제자라는 표가 2장이요, 공자가 맹자의 제자라는 표가 8장이라 표결에서 공자가 맹자의 제자라고 결정되었다고 이것이 민주주의라고 말하더라고 누가 전한다. 이 사람이 무엇을 의미하고 한 소리인지 알 수 없다. 현 민주주의의 왜곡을 말하는 것인가? 아니면 표결에서는 다수가 승리한다는 것을 의미한 것인가? 만약 그 사람 말대로 다수표를 가진 당에서 공자가 맹자의 제자라고 표결을 했다면 그 원내에서는 만능할지 모르나, 그 표결에 참석한 분들을 인간으로 취급할 것인가 아닌가는 각자가 판단할 일이다. 자화자찬(自畵自讚)이 아닌가 했다. 이것이 우리나라 의회(議會)의 실정을 여실히 표현시킨 것이다.

　여기서 내가 청년시대에 당시 유림(儒林: 유교계)대회가 있었다. 그 당시 도지사라는 사람이 축사를 하는 중에 준법정신의 예를 들어 순임금을 비방한다. 동양 구도덕으로는 순(舜)을 성인이라고 하나, 현대문명으로 보면 순은 법을 모르는 인간이라고 선언하고 예를 드는데, 고수(瞽瞍: 순의 아버지)가 살인을 하면 순이 그 아비를 등에 업고 북해(北海)가로 도망을 간다 했으니, 국법도 모르는 사람을 대성(大聖)이라 했다고 구도덕의 불비점(不備點: 갖춰지지 못한 점)을 책(責: 꾸짖음)했다. 좌상(座上: 좌중)에서 만장(滿場: 가득 모인 회의장)의 박수를 받았다. 그런데 좌상에 있던 당시 대제학(大提學)이라는 인물이 등단해서 해명을 한다. 도지사는 그 하나는 알고 둘은 알지 못하는 관계로 대순(大舜) 같으신 성자를 비방하게 됐다. 이것은 오로지 도지사가 정치학에는 소질이 있으나, 동양도덕관이나 한문에는 초보라 아직 연구를 못해서 대중 석상에서 이런 실언을 했다고 전제하고, 대순은 대성(大聖)이시며 준법정신이 지상최고이시다. 현대 과학문명자로서 감히 추급(追及: 쫓아가 미침)하지 못할 것이다. 현 대일본제국이 강대하나, 지역적으로 보아서 중국의 10분의 1도 못 된다. 그러나 천황은 신(神)이요, 인(人)이 아니라고 해서 법의 대상에서 제외되었다. 물론 살인하더라도 법으로 판결할 도리가 없다. 그러나 순은 대중국의 천자(天子)이시다. 생사여탈(生死與奪: 생사를 주고 빼앗음)을 임의로 할 수 있는 자리에 앉아서 그 아버지인 고수가 살인을 했다고 해서 별 문제시 할 것이 없이 묵살(默殺)할 것이어늘, 순은 천자의 자리를 버리시고 그 어버이를 업고 북해가로 도망한다 하셨으니, 왕자(王者: 임금)의 길을 버리시고 국법에 준해서 살인자사(殺人者死: 살인자는 죽음)라 대효(大孝)이신 순이 차마 그 어버이를 죄 하지 못하고 북해가로 도망하신 것이 누구보다도 준법하신 것이라고 변명하였다. 유생들은 박수 안 한 사람이 없었다.

사람에 따라 견해가 다르다고 하나, 왜곡과 정(正)은 정반대로 있는 것이지 양시(兩是: 둘 다 옳음), 양비(兩非)가 있을 리 없다. 그러나 우리나라 민의원들의 말하는 것을 보면 대순이 불효라 해도 자당(自黨)의 발언이면 찬성하고, 공자가 맹자의 제자라고 해도 역시 자당의 발언이면 심사할 여지도 없이 찬성한다. 이것이 우리나라 민의원의 공통된 죄과(罪過)다. 내년의 선거를 보게 되어 또 이런 민의원들이 나지 않을 것을 누가 보장할 수 있겠는가? 한심한 일이다. 우리나라 유권자들의 자기 권리를 바로 쓰지 못하는 것을 개탄하며 이 수필을 마치는 것이다. [당시 도지사는 김천성(金川聖)이요, 대제학은 박모씨였다.]

병오(丙午: 1966년) 6월 초칠일(初七日) 봉우서(鳳宇書)

정신수양법(精神修養法)에 대한 내 사견(私見)

　　동서양 각국에서 고대부터 정신수양법이 있어 왔고 타국에서는 각
자의 문헌이 명기(明記: 분명히 기록함)되어 있으니 재론(再論)할 필요가
없으며, 그 방식의 차이도 말하지 않기로 한다. 물론 동서양 각국에서
이 정신수양법이 시행된 연대도 각자의 차가 있고 또한 그 효능도 천
차만별(千差萬別)이나, 내가 말하고자 하는 것은 우리나라에서 행해 오
고 5,000년 유구한 세월을 두고 우리 조선(祖先: 조상)들이 계계승승(繼
繼承承)해서 성쇠(盛衰)를 거듭하며 전해 오던 법이요, 이 법이 우리 조
선(祖先)으로부터 중국으로 전해지고 곤륜산을 넘어서 소아시아지역
으로 가고, 천산(天山)을 넘어서 인도(印度)로 들어간 것은 사실이다.
중국으로 가서 유교(儒教)가 되고, 인도로 가서 불교가 되고 소아시아
로 가서 회교(回教)가 되고, 또 예수교가 되었다. 이것은 예를 든 것에
불과하고 우리와 고래(古來) 왕래가 빈번하던 고대 중국에서는 정신수
양법이 우리나라에서 들어가서 아주 전성(全盛)을 했던 것이다.

　　그러나 우리 본토는 도리어 신라 삼국통일 이후에는 불교사상으로
고유한 우리 수양법을 망각하게 되어, 이때부터 우리 민족은 약화되고
말았다. 여기서 사대(事大)사상이 전성해서 우리의 정신문화는 흔적도
찾지 못하게 되었다. 그러나 우국우족(憂國憂族: 나라와 민족을 걱정함)
하는 선현(先賢)들이 당시 국가 시책이야 무엇이라 하는지 따지지 않
고 정신수양법을 이심전심(以心傳心)으로 계승하여 쇠퇴일로(衰退一

路)로 1,000여 년을 경과했음에도 불구하고, 그래도 그 심법(心法)이 전해 온 것만도 우리 민족의 행(幸: 다행)이라고 보아야 옳다. 이것은 오로지 삼국통일 이후 국책으로 억압해서 발전을 못하게 하는 와중에서도 전현(前賢)들이 희생적 정신으로 이 법을 전해 주신 까닭이다.

즉 고려 500년의 국교(國敎)인 불교 전성시대(全盛時代)를 지내고 이조 500년의 유교 전성시대를 지내고도 타인은 그 이름조차 알지 못하는 곳에서 수십 년씩 적공(積功: 공을 쌓음)을 해서 당시 국가에서는 아무 소용도 없는 법을 습득해 가며, 후인에게 전해 주신 그 공헌들이야말로 가장 위대하다고 본다. 조선조 말엽에 와서는 불교도 망하고 유교(儒敎)도 아주 땅에 떨어지고 말았다. 그러니 겨우 명맥만 전해 오던 이 정신수양법도 연명(延命)할 여지가 없는데, 더구나 국치(國恥: 1910년 한일합방)를 당하고서는 일제의 압정하(壓政下)에 감히 수양조차 못하던 것이 사실이었다. 그러나 그 강압 속에서도 각파의 수양사(修養士)들이 명맥을 보존하고 있었다.

예를 들면 삼남(三南: 충청, 전라, 경상도)에서는 지리산파(智異山派)와 대소(大小) 태백산파(太白山派)와 족비산파(足飛山派)와 계룡산파(鷄龍山派)와 변산파(邊山派)가 있었고, 경기에서는 송악산(松嶽山)과 삼각산(三角山)에 약간의 산일(散逸)이 있었고, 강원도에서는 금강산파(金剛山派)와 설악산파(雪嶽山派)와 오대산파(五臺山派)의 소수(少數)가 있었으며, 황해도의 구월산파(九月山派)와 평안도 묘향산파(妙香山派)가 상당수가 있었고, 함경도에서는 백두산파(白頭山派)가 좌우(左右) 양파(兩派)로 나뉘어 있었다.

우리가 소년시대에 이미 각파 세력이 정립(鼎立: 세 세력이 세 솥발로 벌여 섬)했던 것 같다. 내가 40~50 될 때까지는 기성 잔존파들이 생존

한 분들이 거의 백(百)을 헤아렸는데, 을유광복(乙酉光復: 1945.8.15) 이후 남북이 분단되고 만주, 몽골과 중국에 왕래하던 분들의 소식이 묘연(杳然)하고 6.25 사변이 경과한 후로 잔성기점(殘星幾點: 남은 별 몇 점)이 명멸(明滅)할 뿐, 그 후 계승해서 수련하는 인사들의 흔적이 보이지 않는다. 물론 관(官)에서 취체(取締: 단속)가 심한 관계도 있으나, 청년세대들이 정신수양 방면에는 현실적 가치를 부여하고 있지 않기 때문인 것 같다. 물론 과학교육을 받은 사람으로 학부를 나오고 대학원에서 수학한 후에 다시 연구할 시간의 여유가 있어야 자신이 전공하는 과목이나, 혹 정신철학 과목이라도 택해 볼 것인데 우리나라 실정으로 보아서 학부나 대학원을 나오기가 무섭게 취직을 구하게 되고, 그 직장을 구하지 못한 인사는 실직군(失職群)으로 낙오감이 있어 보인다. 이런 상황에 무엇을 전공할 수 있겠는가? 이것이 우리나라의 현실이다. 대체로 경제력이 부족해서 여유적적(餘裕滴滴)하게 이것이고 저것이고 연구할 수 없는 관계이다.

이 정신수양법도 이파(二派)로, 삼파(三派)로 분열되어 있으니 말복합위일리(末復合爲一理: 끝에는 다시 한 이치로 합한다)로 성공하는 것은 일반이나, 그 수양법의 종류와 효능의 차이가 있다. 그러나 정신을 통일해서 비상력을 낼 수 있다는 점만은 거의 동일하다. 대체로 구분해서 피동법(被動法)과 자동법(自動法)의 2종류가 있고, 그 밖에 피동반(被動半)자동반(自動半)으로 수양하는 법이 있다. 그래서 3종류라 한다. 그 3종류의 효능은 동일하지 않다.

피동법의 수양(修養)이라는 것은 둔갑법(遁甲法)의 총칭(總稱)으로서 그중 저열한 17둔(十七遁)이니, 이보(耳報)니, 오귀법(五鬼法)이니 하는 등등까지 모두 피동법에 속하고 축지(縮地)니, 차력(借力)이니도

계급의 차는 있으나 여기에 속한다. 자동법이라는 것은 자기 정신을 수련해서 비상력을 얻는 법이다. 유가전현(儒家前賢)들의 일조활연관통(一朝豁然貫通)이라는 것이나, 불가(佛家)의 선법(禪法)이나 선가(仙家)의 수단법(修丹法)이나 모두 대동소이(大同小異)한 과정이다. 피동반자동반이라는 것은 초정산(招丁算)이니 순적산(旬積算)이니 사시산(四時算)이니, 승문산(乘門算)이니, 기문둔갑법(奇門遁甲法)이니, 신척산(神尺算)이니, 시해법(尸解法)이니 하는 등등과 신검(神劍), 신탄(神彈), 신궁(神弓) 등이 모두 이 법에 속한다.

그러나 내가 말하고자 하는 것은 다만 정신수양법 중 자동법에 국한하고 그 자동법 중에서도 불가선법(佛家禪法)이나 유가(儒家)의 회광반조법(回光返照法)이 아니라, 순수한 호흡법으로 정신을 일치시키고 기혈(氣血)을 조화시키며, 신체를 건강하게 함으로써 수명을 연장시킬 수 있는 자연적 효능을 가져오는 것이다. 이에 따른 기억력의 증진은 물론 사고력이 초비상적이 된다. 이것을 문언화하자면 '신통변화(神通變化)한 경천동지(驚天動地)적 대현상'이라고 할 것이다. 그러나 이 정신수련을 습득해 본 사람으로는 누구나 이 정도는 될 수 있다고 자신하는 것이다. 비록 연습의 계단이 있어서 각 개인의 실력 차는 있을 수 있으나, 믿을 수 없고 행할 수 없는 난사(難事: 어려운 일)가 아니라, 가장 용이하고 가장 간편한 법이다. 물론 동일한 정신수양법이라도 각 개인의 경험이 달라서 저술한 바에 약간의 차이는 있으나 대동소이하다는 것이다.

이상으로 정신수양법에 대한 내 사견을 쓰는 것이요, 이것이 정론(正論)이요 타인의 이론은 그르다는 것이 아니다. 다만 내가 선배들에게 직접 듣고 보고, 스스로 실제 수련을 해보고, 또한 내가 내 연하인(年下

人)들을 훈련시켜 보고 난 후의 경험을 쓰는 것이다. 내가 청장년 시대나 50대에서라도 이 수양법에 대해서 발언코자 했으나, 그 당시에는 선배들이 얼마든지 있었고 비록 후배라도 영준(英俊: 영민하고 준수한 영재英材, 준재俊才)이 많았다. 그래서 내가 대무지전(大舞之前: 크게 춤을 추는 앞)이라 소무(小舞: 작은 춤)야 불감참(不敢參: 감히 참석 안 함)했던 것이요, 내 생각에야 감히 이심전심(以心傳心)의 경지를 누구에게 말할 수 있을까 해서 일언불발(一言不發: 한마디도 하지 않음)했던 것이나, 어언 선배들은 서산낙일지감(西山落日之感: 서산에 해지는 느낌)이 있고, 잔성(殘星: 남은 별)이 무기(無幾: 몇 없음)라.

내가 불초(不肖)함을 모르는 것은 아니나 함구불언(緘口不言: 입을 봉하고 말을 안 함)할 수 없어서 죄 됨을 알면서 내가 선배들에게 들은 그대로 난초(亂草)해 보는 것이니, 후일 제군자들은 오늘날의 내 심정을 통찰하시고, 외람(猥濫: 분에 넘침)됨을 용서하시면 족하다. 이 정신수양법이 널리 퍼짐으로 인하여 황백전환기(黃白轉換期)가 일일(一日)이라도 속히 올 것이요, 세계평화의 배태(胚胎: 잉태, 아이 뱀)가 여기서 이루어질 것이라는 것을 예고하며 이 붓을 그친다.

병오(丙午: 1966년) 6월 19일 봉우서(鳳宇書)

[이 글은 1989년 간행된《백두산족에게 고함》125페이지에 이미 실려 있습니다만 글의 의미가 지금도 여전히 후학들에게 중요하다고 생각되어 다시금 역주하였습니다. 이 글에서 봉우 선생님은 1960년대 대한민국의 어느 누구도 한민족 고유의 정신수련법을 유

넘하지 않을 때, 우리의 정신수련법은 자동법, 피동법, 피동반자동반의 3법으로 이루어져 있음을 처음으로 명확하게 선언하십니다. 이 3법에 의한 정신수련법의 분류를 하신 후, 가장 중요한 수련법으로서 자동법, 호흡법을 추천하셨습니다. 또한 지나온 역사 속에서 "타인은 그 이름조차 알지 못하는 곳에서 수십 년씩 적공(積功: 공을 쌓음)을 해서 당시 국가에서는 아무 소용도 없는 법을 습득해 가며, 후인에게 전해 주신 선현(先賢)의 그 공헌들이야말로 가장 위대하다고 본다"고 하시며 무명의 도인님께 감사를 드리시고 있는 것이 눈에 크게 뜨입니다. 이 글은 우리 민족비전(祕傳) 정신수련법의 내용과 분류, 그 정신문화적 의미에 대한 귀중한 증언(證言)이자 역사적 기원과 수련파들의 분포 등에 대한 유일무이(唯一無二)한 기록으로 후세에 남겨졌습니다. -역주자]

수필: 1966년 70여 일간의 경과사

세사(世事)는 무상하다. 내가 우연히 몸살같이 신음하기 시작해서 여름 6월초부터 7월 10여 일을 일병지리(一病支離: 한 병을 계속 앓음)하게 누었다. 정신이 몽롱하고 기력을 차릴 수 없어서 아무 일도 손에 잡히지 않고 면식(眠食: 잠과 식사)이 공히 불안해서 부지중 체력이 아주 감소되어 체중이 거의 오관(五貫: 18.75kg. 1관은 6.25근)이나 감축되었다. 그러나 이렇다는 병명을 잡을 수는 없었고, 그저 불건강 상태를 계속하고 있어서 일차도 완쾌하지는 못했으나, 중추절 옥로금풍(玉露金風: 이슬과 가을 바람)에 정신적으로 소소(少少) 안정을 보아서 독좌무료(獨坐無聊)해서 이 책자를 찾아 수필을 쓰는 것이다.

하간(夏間)부터 우연한 기회에 모 청년의 소개로 부산 매립건 신청을 위해서 모우(某友: 어떤 벗)에게 자금을 조달해서 착수한 것을 계기로 예산이 초과해서 진일보로 또 다른 것을 신청했고, 또 다른 것을 신청하게 되니 요액(要額: 필요 액수)만 30여만 원에 진평분전(陳平分田)161)격으로 성공된 뒤야 불과 1할이 되고, 실패하면 전액이 손(損: 손해)이요, 중간에 신청한 것은 20여만 원을 소비하고 아주 불허가 통지를 받았고, 최종건은 30여만 원의 경비를 소비했으나, 아직 문건이 미

---

161) 원래 출전은 진평분육(陳平分肉)이다. 진평이 고기를 나누어 줬다는 뜻으로, 일을 공평하게 처리하는 것을 비유하는 말. 《사기(史記)》 권56 진승상세가(陳丞相世家)에 나옴.

비했을 뿐 소소 희망을 걸고 나가는 중이요, 또 경제적으로 의외의 신교(新交: 새로 사귐)인 강 선생이 30만 원의 융자를 해주니 백절불굴의 정신으로 나가는 중이다. 다 예정보다는 시일이 장괘(長掛: 오래 걸림)하는 것이요, 성공한다면 역시 총량이 2할은 되지 않을까 한다. 이것이 미미한 희망을 가지고 인고(忍苦), 인내(忍耐)를 하는 중인데 소소 취서지망(就緖之望: 실마리가 이뤄지는 바람)은 보인다. 이 일에 전심전력하는 관계로 다른 일에 별 취미를 갖지 못하고 있다. 그래서 연정원에 있는 동지들에게 부득이 실신(失信: 신용을 잃음)을 하고 있는 중이다. 성공만 되면 장기 수련을 목표로 나갈 예정이다. 정초(定礎: 주춧돌을 놓음) 공사가 5할 정도의 진전을 보고 있는 중이다. 내두(來頭)에 애로 없기를 바라고 노력을 할 예정이다.

그래서 석산건(石山件)은 속지고각(束之高閣: 묵혀 둠)하고 있는 중이요, 약업(藥業)도 아주 부업이 되어서 생활의 곤란을 면할 길이 없다. 설상가상으로 청운동 집이 매도되어 다시 전셋집을 구하니, 15만 원이라 5만 원의 부족으로 노심(勞心)하던 중, 가아(家兒)가 매우(賣牛: 소를 팜) 충당해서 부암동 44의 3번지로 8월 초오일(初五日) 이사를 했다. 신접(新接: 새살림 차린 한 가정)에서 중추절을 당했다. 금년은 내게 액년(厄年: 운수가 모질고 사나운 해)이며 또 내게는 성공의 해이기도 한가보다. 어쩐지 금년에 들어서는 노쇠감이 자주 든다. 좀 건강회복에 용력해야겠다. 백발은 말할 것도 없고 육체의 노쇠가 금년부터 외양에 표현되기 시작한다.

금년에도 의제(誼弟: 의로 맺은 아우) 민계호 군을 서천(西天: 서천극락, 죽음)으로 보내고 운종의 화갑(華甲: 환갑, 61세)을 8월 초팔일에 축하하고, 원제(元弟: 첫째) 대상(大祥: 죽은 지 두 돌만에 지내는 제사)에는 가보지도 못했다. 흥제(興弟: 둘째)를 수년 만에 서울서 상봉했고, 범제(範弟: 셋째)도 금년에 초대면을 했다. 이것이 70여 일간 경과사를 수필로 대강 말하는 것이다. 아직까지는 생활에 큰 애로는 없었는데 내두가 걱정이다. 두통이 또 심해서 쓰기를 중지하노라.

병오년(丙午年: 1966) 중추 기망(旣望: 음력으로 매달 열엿샛날)

봉우서(鳳宇書)

수필: 김두한의 오물투척사건

　　세칭 판본(板本)사건162)이니 한비(韓肥)사건163)이니 하며 신문지상에 떠들썩하게 보도되었다. 하필 판본, 한비에 국한한 문제가 아니요, 현상으로 보아서 제2, 제3으로 기백(幾百: 몇 백), 기천(幾千: 몇 천)을 산(算: 셈)할지 모르는 판본, 한비가 없다고 누가 증명할 것인가? 그러나 이런 일에 관심을 가지고 무엇, 무엇이니 하며 자기네들의 아전인수(我田引水)를 하는 도배(徒輩: 나쁜 짓을 하는 떨거지)도 아주 없다고는 못한다. 이병철164)이나 서(徐)아무나165)를 불문하고 자기네들이 직접 정부

---

162) 1966년 8월에 터졌던 사카모토(판본) 방적(阪本紡織)의 테트론(폴리에스테르 옷감) 밀수 사건. 당시 금액으로 5,000만 원에 달하는 대규모 밀수 사건이었다. 사카모토 방적은 이후 방림으로 사명을 바꾸고 현재까지 이어져오고 있다. 판본은 재벌특혜융자로도 말썽을 빚은 바 있다.

163) 1966년 5월 삼성 계열사인 한국비료공업주식회사가 사카린을 건설자재로 가장하여 대량 밀수입한 사건. 당시 중앙정보부의 비호하에 정권에 비자금을 조달하기 위한 사업이었다는 설이 있다. 삼성은 밀수한 사카린을 팔아서 비자금을 조성하고, 일부를 정권에 상납했다는 것. 실제 이병철 회장의 장남인 이맹희 씨가 1993년 출판한 회고록《묻어둔 이야기》에서 당시 정권의 묵인하에 자신이 직접 진두지휘했다고 주장.

164) 이병철(李秉喆, 1910년 2월 12일~1987년 11월 19일)은 삼성그룹과 CJ그룹, 한솔그룹, 중앙일보를 창업한 대한민국의 기업인이다. 1938년에 삼성상회를 세웠으며 이후 무역업에도 종사하였다. 1951년에는 삼성물산을, 1953년에는 제일제당과 제일모직을 설립했고, 수출을 통해 제조업을 확장하여 삼성중공업, 삼성물산, 삼성석유화학 등 삼성그룹의 기반을 닦았다. 1964년 5월에 TBC를, 다음해 9월 중앙일보를 창설하여 방송과 언론에도 진출하였다. 그러나 중앙일보는 사돈인 홍진기 일가에게 넘겼다. 그 뒤 기업 활동에 전념하여 1969년 삼성전자와 삼성전기를 설립하였다.

165) 서갑호(徐甲虎, 1915년~1976년)는 대한민국의 기업가. 방림방적의 창업자이다. 일

의 재정을 좌우할 수 없다는 것은 세소위(世所謂: 세상에서 이른바) 공지(共知)의 사실이요, 대외관계에는 엄격한 세관이 있고, 상공부에서 발급하는 일체 문헌이 있는 것이라 누구나 독자적으로 감히 일거수일투족을 마음대로 못할 일이다. 그러함에도 불구하고 거대한 밀수사건이 연발(連發: 연이어 발생)하는가 하면 이 발각된 사건을 합수(合捜: 합동수사)한다는 검찰관이나, 그 일련의 관리들이 역시 밀아자(蜜啞子: 꿀 먹은 벙어리)가 되어 오리무중(五里霧中: 오리에 걸친 짙은 안갯속에 있음)으로 유야무야(有耶無耶: 있는지 없는지 흐리멍덩함) 중에서 방황하는 것이 세인 공지의 사실이다.

금번에는 또 이 사건을 반복해서 재무장관, 법무장관의 퇴진을 보게 되었다. 누가 알든지 또 그 외의 1인쯤은 퇴진하지 않으면 안 될 사정이나, 이 사람은 투서기기격(投鼠忌器格)166)으로 잘못 건드리다가 삼검불167)이 나올까 해서 울며 겨자 먹는 것이 아닌가 한다. 국회에서 김두한 의원의 오물(汚物)투척사건168)은 법 이론으로 보면 김 의원의 과오

본에서 사카모토(판본)방직(阪本紡織) 설립. 1962년 도쿄 아자부주반의 주일 한국대사관 부지와 건물을 국가에 기부했다. 1963년 1월 한국산업은행이 관리하던 태창방직주식회사를 인수하여 판본(阪本)방직주식회사를 설립했고, 1967년 회사 이름을 방림방적 주식회사(邦林紡績株式會社)로 바꿨다. 한국 방직업 발달에 큰 영향을 미쳤다.

166) 《한서(漢書)》 〈가의전(賈誼傳)〉에 나오는 고사성어로 쥐를 때려잡고 싶어도 주변의 기물이 깨질까 봐 겁낸다는 뜻이다. 즉 임금 곁에 가까이 있는 신하를 제거하고 싶으나 임금에게 누가 될까 꺼림을 비유하기도 한다.

167) 삼거웃(삼껍질을 다듬을 때 떨어지는 검불)의 다른 말. 점잖은 사람도 내면을 들추면 추저분한 점이 있다는 뜻으로, 외양은 훌륭하나 그 이면을 들추면 지저분하고 더럽지 아니한 것이 없음을 이르는 말(예: 부처 밑을 기울이면 삼거웃이 드러난다). 남의 허물을 들추면 자기의 허물도 반드시 드러나게 됨을 비유적으로 이르기도 한다.

168) 1966년 9월 22일, 국회의원 김두한이 국회의사당에서 사카린 밀수 사건을 비호하는 정부 인사들에게 항의하기 위해 미리 준비한 오물(분뇨)을 정일권 국무총리, 장기영

라 할 것이나, 사실은 불평 많은 남자의 쾌거(快擧)라고 볼 수도 있다. 이 오물사건을 김 군의 과오라고만 김 군을 구속하고 자가(自家)반성을 못하는 위인이야말로 오물세례를 받은 국무위원들보다 가일층 철면피라고 보아야 옳다. 최고위의 국민의 의사를 알지 못하고 정부를 대표한 총리외 제(諸) 장관이 국회에서 십만 선량(選良)에게서 오물세례를 받았다는 것이 분노보다 그 원인을 심구(深究: 깊이 연구)해 볼 생각은 없는가? 영구히 세척할 수 없는 오물을 자두지족(自頭至足: 머리부터 발까지)으로 세례를 받았다는 것을 꿈에도 생각하지 않고 있다는 점 가석(可惜)한 일이다. 그리고 오물세례를 받고도 그 자리가 욕심이 나서 여전히 나오는 그 인물이야말로 철면피의 대표 인물이라고 보겠다.

또 한비사건이 발로된 이면에는 추잡한 이유가 다 그 죄벌을 받아야 옳은 일이다. 근일은 내 정신이 산란해서 벽상관전(壁上觀戰)도 하지 않고 신문보도조차 속지고각(束之高閣: 높은 누각에 묶어 놓음)하고 있는 중이다. 그러나 내 의사는 세상이 다 아는 한비 판본사건으로 무슨 궐기대회니 무엇이니 하는 것은 불찬성한다. 그 대회를 소집하는 그 인물들도 역시 동귀일철(同歸一轍: 하나의 바퀴자국으로 같이 돌아감)의 인물이라 시운(時運)이 그렇거니 하고 자수(自修: 자기수양)나 하는 것이

부총리 겸 경제기획원장관, 김정렴 재무부장관, 민복기 법무부장관 등 국무위원들에게 투척한 사건이다. 당시 김두한은 한국독립당 내란 음모 사건이라는 조작 사건에 휘말렸다가 겨우 무죄 판결을 받았던 상태로 이 사건으로 인해 울분이 쌓여 있었다. 실제로 이날 연설에서 "국회의원이 되자마자 서대문형무소에서 영하 20도의 날씨에 콩밥을 먹었다"는 말로 심정을 피력하였는데 이어 서독의 예를 들어 복지국가 건설 등의 자기의 정치 철학과 부패척결에 관한 장광설을 이어 나갔다. 당시 이상철 부의장이 중간에 시간이 없다고 말릴 정도로 오래 연설을 하다가 "이것이 도적질해 먹는 국민의 모든 재산을 도적질해서 합리화시키는 이 내각을 규탄하는 국민의 '사카린'이올시다. 그러니까 이 내각은 고루 고루 맛을 보여야" 하면서 준비해 온 분뇨통을 들고 "똥이나 처먹어 이 새끼들아!"라며 뿌렸다.

도리어 낫다고 생각하고 이 붓을 그친다.

병오(丙午: 1966년) 추팔월(秋八月) 20일 봉우서(鳳宇書)

수필: 자아를 버리지 말고 영생의 길을 잊지 말라

고대의 전설 중에 맹인(盲人)이 대상(大象: 큰 코끼리)을 만나서 자기
대로 접촉해 보고, 각자 코끼리의 형상을 말하는 것이, 그 체구를 만져
본 사람은 코끼리라는 것은 별 것이 아니라 큰 담벼락 같은 것이라고
말하고, 그 다리를 만져 본 사람은 코끼리라는 것은 별 것이 아니라 아
름드리 기둥 같다고 하고, 그 코를 만져 본 사람은 코끼리라는 것은 별
것이 아니라 큰 구렁이 같다고 하고, 각자가 자기의 주견(主見)이 옳다
고 했다 한다. 눈이 밝은 사람으로 이런 말을 들으면 일소(一笑)에 부칠
것이나, 같은 맹인으로는 어느 말이 옳고 어느 말이 옳지 않은지 알 도
리가 없다. 더구나 보지 않고 듣지도 못하고 여러 사람의 말만 듣고 그
것을 종합해서 그 본형(本形)을 상상할 수 있을 것인가? 이 고어(古語:
옛말)는 가장 저속한 비례를 말한 것이나, 현대에 일류학자연(一流學者
然)하는 사람들이 수천 년 전의 철인(哲人)들의 예시를 듣고 보고 각자
의 해석하는 바가 어찌 맹인논상(盲人論象: 맹인이 코끼리를 논함)보다
다를 것이 있는가?

이것이 동양에서만도 삼교구류(三敎九流: 온갖 학문)의 구별이 있었
고, 그 외 현 세계에서는 수십 종파(宗派)와 천문만호(千門萬戶: 수많은
문호)의 구별이 있다. 각자의 교리는 그 어느 근거를 가지고 한 것이요,
허무맹랑(虛無孟浪)한 것을 말한 것이 아니다. 날이 갈수록 일차이오
(一差二誤: 한 번, 두 번 어긋남)로 본의 아닌 탈선이 되게 하는 것인데,

파속(派屬: 갈래에 속한 것)들은 각자의 본 것이 옳고 자기 외에는 다 아니라고 배타가 심하다. 자기가 자기도 아직 알지 못하고 어찌 남의 옳고 그른 것을 말할 수 있는가? 가소로운 일이다. 유물론(唯物論)으로 과학적 견해에서도 이런 일이 많다. 유심론(唯心論)인 철학적 견지에서는 더 말할 것 없이 천문만호가 각립기견(各立其見: 각기 그 의견을 세움)이다. 중산위만상(中散爲萬象: 가운데에서 만상으로 흩어짐)하여 말부합위일리(末復合爲一理: 끝에는 다시 하나의 이치로 합해짐)라는 것이 유물유심(唯物唯心)을 막론하고 동일한 법이다. 그러니 동서고금의 차가 있을 리가 없다. 좀 통관(統觀: 본 가닥을 꿰뚫어 봄)하고 자기의 사견(私見)을 버리라는 것이다.

빈부귀천(貧富貴賤)의 구별로 전지전능(全知全能)할 수 있는 자기의 허령지각(虛靈知覺)을 흐리게 하지 말라는 것이다. 가장 귀중한 것은 자기라는 것을 알고 그 귀중한 자기를 귀중히 대접할 줄 알아야 한다는 것이다. 천상천하유아독존(天上天下唯我獨尊)인 몸과 정신을 그대로 천상천하유아독존이 될 수 있게 수양(修養)해서 빈부귀천으로 변함없이 안광낙지(眼光落地: 죽음)하기 전까지 계속해야 할 것이요, 한 걸음 더 나아가서 입사출생(入死出生: 죽고 태어남)을 자유자재(自由自在)로 천지인일체(天地人一體)가 되라고 자경(自警)하는 것이다. 이 말을 하고자 하는 것은 누구에게 들으라고 하는 것이 아니라, 우선적으로 자아를 버리지 말고 영생(永生)의 길을 잊지 말라는 것이다. 맹인논상(盲人論象)을 쓰다가 본론으로 들어갔다.

병오(丙午: 1966년) 9월 초삼일(初三日) 봉우서(鳳宇書)

수필: 대황조(大皇祖)님,
우주무쌍(宇宙無雙)의 대성자(大聖者)

소년시절 공허송(空虛送: 공연히 허송함) 신산거익심(辛酸去益甚: 힘들고 고됨이 갈수록 심해짐)이라고 청장시대(靑壯時代: 청장년시대)를 주위 사정이 공허하게 하고, 백수풍진(白首風塵: 흰머리 되도록 겪은 세월)에 무소성(無所成: 이룬 바 없음)하니, 창해속신(滄海粟身: 넓은 바다에 조 알갱이 같은 몸)이 행휴(行休: 가다 멈춤)함을 감(憾: 한탄함)하는도다. 내 비록 홍진중(紅塵中: 번거로운 세상 속) 명리(名利)에는 열중하지 않으나, 운산명월(雲山明月)에 한인(閑人: 한가로운 사람)의 아취(雅趣: 아담한 정취)도 갖지 못하도다. 내 바라는 바는 몸소 충효경렬(忠孝敬烈)은 행하지 못했고 후인의 그 갈 길이라도 무언(無言)의 행(行)으로 수범코자 하나, 그리 용이한 일이 아니도다. 마음을 선정(先正: 먼저 바르게 함)하고 수신제가(修身齊家)를 해야 한다고 하나, 이것도 말만 가지고는 안 되는 것이다.

규구준승(規矩準繩)169)이 있어도 가지고 쓰는 사람대로 우열이 있는 것이요, 다 동일하리라고 믿는 것은 미경사(未經事: 일의 경험이 없음)한 사람의 생각이라고 본다. 그러나 수신(修身)을 하지 않고 제가(齊家)하는 법은 없다. 제가를 한다고 반드시 그 사람이 치국평천하(治國平天

---

169) 목수가 쓰는 그림 쇠, 자, 수준기, 먹줄 등 도구, 즉 일상생활에 꼭 필요한 법도를 지칭함.

下)하라는 것도 아니다. 우주사(宇宙史)가 있은 후 동서고금을 막론하고 성현이 반드시 치세주(治世主)가 된 일이 그리 많지 않고, 혹 성현이 세주(世主)가 된 시대에도 화피초목(化被草木: 그 교화가 초목에까지 미침)에 뢰급만방(賴及萬邦: 그 힘이 세계만방에까지 이름)이라고 하나, 백성은 제력(帝力: 임금의 힘)이 하유어아(何有於我: 어찌 내게 소용 있나)를 부르니, 그리 용이한 것이 아니다.

　동양에서는 요순(堯舜)을 대표 성주(聖主: 성군)로 말하나, 그 당시에도 별별 일이 다 있었다. 그다음에는 더 말할 것이 없다. 그러나 그 당시에는 그 덕화(德化)를 아지(알지) 못하나, 천년 후 역대(歷代)를 경과할수록 점점 그 추억이 새로워지는 것이다. 이다음에 나오는 인물은 세계를 장춘극락(長春極樂)으로 만든다고 한다. 이것이 구대(舊代)의 소강책(小康策)이 아니요, 대동(大同)이라고 한다.170) 우리도 적기시(適其時: 그때를 만남)해서 인문개벽(人文開闢) 시에 주세(住世: 세상에 머묾)하게 되었다. 그리고 우리 대황조님의 홍익인간 이념인 우주무쌍(宇宙無雙: 우주에 둘도 없음)의 대성자(大聖者)의 후손(後孫)인 배달족(倍達族)으로 우리 중에서 이 이념을 실현시킬 인물이 나온다고 한다. 비록 무재무능(無才無能)한 우리들이라도 송무백열(松茂栢悅: 소나무 우거지니 잣나무도 기뻐하며 따르네)의 감(感: 느낌)이야 어찌 없을 것인가? 이것이 우리 족속들의 바라는 바요, 또 우주인(宇宙人)들이 다 우리들 중에서 누가 그런 인물인가 늘 탐색하는 것이다.

---

170) 대동이 나와 남의 구별을 뛰어넘어선 보편적 인류애가 넘치는 사회를 말한다면, 이와 달리 신분 세습과 재산 사유화, 전쟁이 있지만 성군의 통치로 삼강오륜의 질서를 확립한 상태를 소강이라 부름(출처: 율곡 이이의 정치사상에 나타난 大同·小康·少康: 시론적 개념 분석)

그런데 우리 민족들의 현상은 어떠할까 하면 서구문명에 도취되어 후진족으로 자처하고 약소족으로 자감(自甘)한다. 그래서 우리가 상용하는 단기(檀紀: 단군기원)를 불합리하다고 서기(西紀)를 사용하는 자들이 횡행하는 시대라. 어느 때에나 이 주출망량(晝出魍魎: 낮에 나오는 도깨비)들이 잠적할 것인가? 한심한 일이다. 그러나 천도불언이세공성(天道不言而歲功成: 하늘의 도는 말없이도 공을 이룸)하는 것과 같이 금수(禽獸: 짐승)시대도 장춘시대(長春時代)로 변화하는 도정(道程: 길)이 그리 요원(遙遠: 아득히 멀음)하지 않다는 것을 말해 두고 그 신아(新芽: 새싹)는 이미 탄(綻: 터짐)한 지 오래라고 말하고 싶다. 보라! 우리가 70을 바라보고 가는 노물(老物)이나 우리 눈으로 비록 개화결실(開花結實: 꽃피고 열매 맺음)은 다 못 보아도 완전한 발족은 반드시 볼 것이라는 것을 재삼 확언해 두는 것이다.

동천조일(東天朝日: 동녘의 아침해)이 불구(不久: 머지않음)해서 상승하려는 때에 아직도 양삼천말효성재(兩三天末曉星在)[171]라. 신광(晨光: 새벽빛, 서광)의 희미함을 한(恨)할 뿐이로다. 일절(一節: 한 마디)이 심어일절(甚於一節)로 효성(曉星: 샛별)의 현광(弦光: 활시위빛)에 야색(夜色: 야경)이 우심(尤甚: 더욱 심함)할 뿐, 우주 군생(群生: 많은 생물)은 깊은 잠을 아직 깨지 못했도다. 울어라, 울어라! 어서 울어라! 우주의 거종(巨鐘)이여 어서 울어라! 우주의 재광명(再光明)이 온다고 어서 울어라! (작년 원단元旦에 오성취두五星聚斗.)

아지아즉능지피(我知我卽能知彼: 내가 나를 안 즉 능히 그를 앎)

---

171) 직역하면 샛별이 2~3일 뒤에 나타난다는 뜻으로 어떠한 변화 또는 기회가 다가오고 있음을 나타내는 은유적 표현. 여기서는 올 듯 말 듯 아직 오지 않은 상태.

명명이도성(明明而道成: 선천의 밝음을 후천에 밝히니 도가 이루어지네)

지피지아만사지(知彼知我萬事知: 남을 알고 나를 알면 모든 걸 알고)
친친이덕립(親親而德立: 부모님께 효도하니 덕이 세워지네)

차소위최안최적지목표(此所謂最安最適之目標: 이것이 이른바 가장 편안
하고 적합한 목표요)
출비상력전진불휴즉부지불식지간명참천추사승(出非常力前進不休則
不知不識之間名參千秋史乘: 비상한 힘을 내어서 앞으로 나아가고 쉬지 않
은 즉, 알지 못하는 사이에 이름은 영원히 역사에 남으리라.)

여해방언(如海放言: 여해는 거리낌 없이 말을 내놓음)

[이 글은 1960년대 후반 작성으로 추정됩니다. -역주자]

수필: 만세일지장부(萬世一之丈夫)의 출현

우리가 거주하고 있는 이 세계 현상으로 보아서 동서양을 물론하고 전 인류가 거의 동일한 문제로 의문점을 가지고 있는 것은 가리지 못할 사실이다. 의식주 3건은 전 인류의 공통된 문제이니, 이는 제외하고 그 외에 불안감을 갖고 있는 것은 자본주의 국가 대 공산주의 국가와의 자웅(雌雄: 암수) 결정이 하시(何時: 어느 때)에 나며, 우(右)의 승리인가, 좌(左)의 승리인가를 서로 미지수로 있고, 또 이 양자 간의 충돌이 전 세계에 어떤 변화를 가지고 올 것인가가 강자 간(强者間)의 의문점으로 있다. 약소국가에서는 이 양자 간의 충돌을 바라는 것이 아니라, 무슨 좋은 안건으로 전쟁 없는 평화세계가 창조될 것인가가 전 약소국가와 민족들의 공통점이자 현상이다.

전 세계가 좌우, 중간 3파로 갈려 있고, 그 외에도 비좌(非左), 비우(非右), 비중간(非中間)인 순회색파(純灰色派)도 있다. 그러나 그 국가들의 원수(元首)나 지배급 인물들은 이 3파로 나뉘어 있으나, 인류 전체는 그들의 지도자들 의사와는 거의 180도 반대로 전쟁 없는 평화가 제일 공통되어 있다. 그러나 전 인류의 의사를 무시하고 소수 지도인물들의 작난(장난)으로 세계는 하루도 평안한 날이 없다. 어느 나라고 극소수의 수뇌들의 희생이 되어 순진한 양 노릇하는 백성이 불쌍하다. 그 극소수의 인물들은 전 국민을 제물로 놓고, 자기들 마음대로 요리하고, 최저 보수로 의식주를 해결토록 착취하며, 자기들의 호화를 향유하고 있는 것이다.

그 사람들이 일보를 나아가 세계 전 인류의 공통된 목자로 전 인류가 희망하고 있는 이상을 실현시킬 만한 역량이 있는 인물이 나온다면 전 인류가 쌍수(雙手: 두 손)로 환영할 것이요, 이 인물이야말로 우주사에 최대 영광을 차지할 인물이 될 것이어늘 이 좋은 시대에 어느 곳에서 건업(建業: 업적을 세움)할 인물이 나올 것인가 궁금하다.

역학(易學)으로 보면 간도광명(艮道光明: 간방의 도가 밝음)이라고 중명(重明: 거듭 밝음)할 조짐이 많은 것을 예시하시었다. 우주사(宇宙史)가 있은 후의 문명이 간방(艮方: 동북방)에서 시작하였고, 다시 광명이 간방에서 온다고 하시었다. 이것을 중명(重明)이라는 것이다. 백산족(白山族)에게서 세계 인류의 평화를 건설할 인물이 나오리라는 고성(古聖)들의 예시(豫示)이신데, 누가 이 운에 맞는 인물인가? 하루라도 속히 출현하라. 전 세계 인류는 고대(苦待: 몹시 기다림)한 지 오래다.

시호(時乎: 때로다), 시호(時乎), 시호(時乎)로다. 부재래지시호(不再來之時乎: 다시 오지 않을 때로구나)로다. 만세일지장부(萬世一之丈夫: 만년에 한 번 나올 대장부)로서 오만년지시호(五萬年之時乎: 5만 년만의 때로다)로다 한 수운(水雲: 崔濟愚)도 이것을 말한 것임에 불과하다.[172] 수운의 세대보다는 현 세계는 누가 보든지 시호(時乎), 시호, 시호라고 할 바로 그때라고 할 것이다.

사차시이하시호(捨此時而何時乎: 이때를 버리고 어느 때리오) 아! 주저 말고 속래속래(速來速來: 빨리 오라, 빨리 오라) 불실차시장부(不失此時丈夫: 이때를 잃지 않을 장부)로다. 양화운배태(兩火運胚胎: 양쪽 불이

---

172) 최수운이 죽기 전 남원에서 지었다는 〈검결(劍訣)〉 맨 앞의 구절이다.

배태됨을 움직여) 황학성중발아(黃鶴聲中發芽: 누런 학 소리 가운데 싹은
트고)되고, 현무수중자장(玄武水中滋長: 현무, 검은 거북이 물속에서 잘 길
러져서)하여, 창호일성(蒼虎一聲: 푸른 호랑이 한 번 울부짖음에)에 백수
(百獸: 뭇짐승)가 진경(振驚: 떨쳐 놀람)커든 금계일성(金鷄一聲: 금닭이
한 번 우는 소리)에 단풍(丹風)이 내의(來儀: 옴)하여 하원적토운(下元赤
免運: 1987년 정묘년丁卯年의 운)을 문하도리만발(門下桃李滿發: 문아래
복사꽃과 오얏꽃이 가득 핌)한다. 이것이 오만년무극대도삼육성중분명
(五萬年無極大道三六聖衆分明: 5만 년 무극대도의 서른여섯 성스러운 무
리임에 분명함)하다. 북벽만리접빙해(北闢萬里接氷海: 북쪽 만리 얼음바
다에 이르고)요, 서활금인대곤륜(西闊金人對崑崙: 서쪽으로 멀리 금사람
이 곤륜산을 대함)은 한중인일가(韓中印一家: 한국과 중국, 인도가 한집안)
로서 호령천하환황백(號令天下換黃白: 천하를 호령하고 황백을 바꿈)를
여차여차부여차(如此如此復如此: 이와 같이, 이와 같이, 다시 이와 같이)
하여 홍익인간이념을 펼침이 차시요화출세(此是堯華出世: 이것이 요임
금이 세상에 나오심)요, 대순중화(大舜重華: 큰 성인 순임금께서 거듭 출현
하심)니라.

병오(丙午: 1966년) 10월 초이일(初二日)
봉우소기(鳳宇笑記: 봉우는 웃으며 씀)

[이 글은 《백두산족에게 고함》 73페이지에 〈만세 대장부의 출현〉
이란 제목으로 실려 있으며, 수운 최제우의 〈검결(劍訣)〉에 쓰인
예언을 이어 받아 미래한국의 사회상황과 대도인의 출현에 대한

예언을 하신 중요한 글이므로 전문을 다시 역주하여 수록하였습니다. 한민족 정신사에 매우 중요한 자료로 남을 것입니다. -역주자]

수필: 나의 실기(失機)와 앞으로의 진로(進路)

　내가 지난 일 중에서 기억이 새로운 것은 기회를 만나고도 실기(失機: 기회를 놓침)한 몇 가지이다. 제일 먼저 한문(漢文)입학을 무정(茂亭) 선생[173])께 하고, 계속해서 사사(師事: 스승으로 섬김)하지 못한 것과, 제 이(第二)로는 6세에 신설 학교에서 길게 수업하지 못한 것이고, 제삼(第三)은 정동(貞洞) 보통학교에 통학 중지한 것과, 제사(第四)는 영동(永同: 충북) 보통학교에서 박창화(朴昌和)[174] 선생님의 지도를 일시적으

---

173) 조선말엽 고종 때의 학자 정만조(鄭萬朝). 소론(少論) 팔재사(八才士)의 하나로 문장가로 유명했으며 후에 대제학(大提學)이 되었음

174) 박창화(朴昌和, 1889 ~ 1962)는 《화랑세기》 필사본을 남긴 재야 사학자다. 호는 남당(南堂). 충청도 청주 출신으로 1900년 초 관립한성사범학교(지금의 서울대 사범대학)를 졸업하여 일제강점기에 교사로 활동하였다. 봉우 선생님 소학교(小學校: 충북 영동보통학교) 시절 지도하던 선생님. 박창화 선생과 영동에 있는 천마산 삼봉에 등반하여 나눈 대화가 《봉우일기1》에 '연정원의 연혁'이란 제목으로 실려 있다. 1927년에 일본의 역사잡지 《중앙사단(中央史壇)》에 세 차례 역사 관련 논문을 발표하기도 했다. 일본 궁내청 소료부(書陵部 = 일명 왕실도서관)에서 1933년부터 12년 동안 조선전고(朝鮮典故) 조사사무 촉탁으로 근무하면서 이곳에서 일제가 한국에서 약탈해 간 수많은 단군 관련 사서와 고대사 관련 사서들을 보고 연구하였다. 나중에 청주사범학교 교장이었던 최기철(崔基哲, 1910년 대전生~2002년) 서울대 명예교수에게도 이를 증언했다. 《화랑세기》도 이곳에서 보고 필사했을 가능성이 있다. 왕실도서관에 들어간 계기는 최기철 박사 증언에 의하면 "(남당이 나라가 어려워지자 학교에서 아이들만 가르칠 수 없다는 생각에) 독립운동이라도 해보려고 중국을 갔는데 국경 넘어서 안동이라는 곳에 갔대요. 그런데 일본 관헌한테 붙잡혔대요. 독립운동을 한다면 치고받고 야단났는데 정중히 모시더래요. (일본 관원이 남당에게) '선생님은 소원이 뭡니까?' 이러니까 역사 공부라고 그래서 (일본 관헌이) '이젠 그러면 좋은 수가 있습니다. 우리가 역사 공부를 실컷 할 수 있도록 그런 장소로 안내를 할 테니까 안심하십

로 받고 계속 못한 것과, 소학교 졸업 후 우등생으로 당시 서울 고등보통학교에 천거생(薦擧生: 추천생)으로 보내는 것을 기권한 것과, 그다음(第五) 일본에서의 정신수련 중 약간의 얻음이 있었음에도 불구하고 성가(成家: 완성)를 하지 않고 귀국한 것이며, 그 전에 (第六) 필사(筆師) 박초남(朴楚南) 씨를 배격(排擊)하고 자퇴(自退)한 것과, (第七) 공주(公州)로 오기 전까지의 공백기와, (第八) 공주로 와서 우연히 상봉한 산주장(汕住丈: 朴養來)을 근 20년 상종(相從: 서로 따르며 친하게 지냄)하며 그 절세(絶世)의 무예를 눈으로만 보고 학습하지 않은 것이 내 자신보다도 후배들에게 면목이 없는 것이다. 산주장의 동지제위(同志諸位)들에게 미안하게 생각된다. (第九) 그러는 중에 내가 삼교구류지서(三教九流之書: 온갖 학술서들)를 박람(博覽: 널리 읽음)은 했으나, 정진(精進) 못한 것이 내 과오(過誤)요, 수십 년간을 정신수련 행각(行脚)을 하며 열을 내지 못한 것이 대성(大成)하지 못한 주원인이 되었다. (第十) 만몽중국(滿蒙中國: 만주와 몽골, 중국대륙) 등지에서 여러 도장(道場)을 배알(拜謁: 높은 분을 찾아뵘)하고도 기년(幾年: 몇 년)이라는 장기면벽(長期面壁: 오랜 수련)을 못한 것도 지나고 보니 다 내 후회(後悔)이다. (第十一) 약간의 조박지문견(糟粕之聞見: 약간의 보고 들음)으로 안고수비증(眼高手卑症: 눈은 높은데 재주는 없는 증세)이 생겨서 안공일세(眼空一世: 지나친 교만)하고 도로무위(到老無爲: 늙을 때까지 한 일이 없음)한 것이 나의 가장 후회되는 것이다. 비록 경제적으로 조득모실(朝得暮失: 얻은 지 얼마 안 되어 곧 잃어버림)이 수십 차였으나, 소호(小毫: 조금)도 괘념(掛念:

생각에 걸림)되지 않는다. 이런 경제적 문제는 논의할 필요가 없는 것이다.

그리고 (第十二) 후배양성에 전력을 다하지 못하고 겨우 형식만 지도했을 뿐이다. 여기에 진력(盡力: 노력을 다함) 못한 것이 내 책임이다. 내가 지도한 사람 중에서 약간의 효과를 본 사람이라면 정상삼화(頂上三火)까지 발현한 사람이 설초(雪樵: 金璿基) 한 사람이요, 그다음 권오훈(權五勳)은 비록 삼화까지는 못 갔으나, 간간이 현상되는 것이 단(段) 이상자(以上者)와 동등감이 있었고, 그다음이 송사(松士: 吳致玉)이다. 비록 폭이 좁으나 혜안(慧眼)만은 완전 초계(初階)에 도달하였고, 그다음이 구영직(具永稙)인데 구군(具君)은 수련 시간으로 보아서 일천(日淺: 시일이 얼마 안 됨)하나, 그래도 그 발효(發效)는 전생여흔(前生餘痕: 전생에 남은 흔적)인 것 같다. 정온(精蘊: 정밀히 쌓음)한 구상(構想)을 그대로 완성을 한 예가 간혹 있다. 그다음이 주형식(朱亨植)이다. 단시일 수련으로 어느 경지까지 급진(急進)했었다. 이 사람도 전생여흔인데 6.25에 희생되어서 유감스럽다. 그 외에 수삼인의 연사(鍊士)가 있으나 계속성이 없으니 말할 수 없고, 내가 전력으로 지도를 못한 것이 원인이며 연사들도 극력 노력했다면 좀 효과가 그 이상으로 갔을 것이라고 생각한다.

내가 체험한 것으로 정신수련도 있으나, 가장 현실적인 체육수련에 있어서 내가 책임지고 노력했다면 현 세계기록은 거의 갱신할 수 있을 것인데, 그렇게 하지 못한 것은 내 자신의 사정도 있었고, 또 당사자들의 노력이 부족한 원인도 있다고 본다. 내두(來頭: 장래)에 내가 아주 노쇠하기 전에 정신수련과 체육수련의 양건(兩件)을 내 전력을 경주해서 후배 육성에 노력할 생각이다. 그리고 전국적으로 노쇠물(老衰物)이라도 이 방면에 버리지 못할 우리 동지들을 규합해서 독력난여(獨力難與: 혼자 힘으로 따르기 어려움)의 흠(欠: 모자람)이 없게 하고자 한다. 그리고 노(老)동지 중에서 자시지벽(自是之癖: 자기만 옳다고 주장하는 버릇)이 심한 분이 많으나, 융화시켜서 각자의 장기(長技: 능한 재주)를 발휘하도록 하면 완전한 방안이 나올 수 있다고 본다.

정신, 체육(수련)을 두 가지로 하고 수리(數理)와 역학(易學)을 갱련(更鍊: 다시금 수련함)해야 옳다고 본다. 내가 본 수리(數理)라는 것이 윤곽만은 알 수 있으나, 상세가 힘이 든다. 이것이 고인(古人)들의 추리(推理)한 계단의 차(差)가 아닌가 한다. 이것도 순수하게 수십년씩 전공한다면 고인들에게 차는 없으리라고 나는 믿는다. 고인들이 예언한 추수(推數)를 보고 현대의 내가 본 연구자들의 추리나 예언들을 보면 별로 차이가 없다. 다만 문제는 학자로서 순수하게 전공한 분이냐, 아니냐가 문제일 뿐이다. 이다음에 어느 단체에서든지 그렇지 않으면 국가적으로 전공하게 한다면 고인에게 손색(遜色: 서로 견주어 보아 못한 점)이 절대로 없으리라고 확언해 둔다.

병오(丙午: 1966년) 10월 초오일(初五日) 봉우서(鳳宇書)

[이 글은 《백두산족에게 고함》 57쪽에 〈일흔 살에 생각한 내 인생의 잘못〉이란 제목으로 실려 있었는데, 이번에 원고에서 누락된 부분을 전부 실어 다시 역주하였습니다. 매번 느끼는 것이지만 봉우 선생님은 참으로 솔직한 분이십니다. 글을 보면 자신의 내면의 성찰에 도무지 주저하시거나 거리낌이 없으신 것 같습니다. 지나온

행로에 당신이 잘못한 점을 어찌 그리 명확히도 기억해 내시는 것
일까요? 놀라울 뿐입니다. 일기란 자신을 돌아보고 비춰 보는 도구
란 것을 일찌감치 아시고 계신 듯합니다. -역주자]

내 위치

고서(古書)에 보면 지피지기(知彼知己: 남을 알고 나를 앎)면 백전백승(百戰百勝: 백 번 싸워 백 번 이김)이라고 했다. 그러나 지피지기한다고 반드시 승전(勝戰: 싸움에 이김)하라는 법이 없다. 이것이 강자아(姜子牙: 강태공)의 병서의 말과 같이 동력(同力: 같은 힘)커든 탁지(度智: 지혜를 헤아림)요, 동지(同智)커든 탁덕(度德: 덕을 헤아림)이라고, 비록 지피지기한다 해도 그 역량의 차가 있을 때는 가이수이불가이공(可以守而不可而攻: 지킬 수는 있으나 공격은 안 됨)이다. 그 차가 지킬 수도 없을 많은 차라면 선패자(善敗者: 최선을 다해 싸워 진 사람)는 불망(不亡: 망하지 않음)이라고 전쟁이 없는 굴복으로 자보(自保)하는 외에는 타도가 없다. 그러나 백 가지 조건이 다 갖춰지지 않은 줄 알고 있었는데, 내 자신이야 누가 패하고자 싸움을 할까마는 상대방에서 불의(不意)의 공세가 온다면 비록 지혜가 출중한 모사(謀士: 책사)라도 할 수 없는 일이다, 그러니 양력탁지(量力度智: 힘과 지혜를 헤아림)하고도 탁덕(度德)이 종결문제가 되는 것이니, 지피지기만 한다고 백전백승할 수 없는 것이다. 자고(自古: 옛부터)로 국가의 성쇠를 보면 거의 대등한 나라와 민족 간에서 분쟁이 날 때에 비로소 지피지기 못한 곳에서 실패가 더 많은 것은 사실이 증명하는 것이다. 하필 국가와 민족에 한(限)한 문제가 아니라 각 개인 간에도 거의 이 공식이 공통된다.

나라는 것을 아지(알지) 못하고 남을 안다는 것은 이론이나, 사실이나 불합(不合: 맞지 않음)한 일이다. 인여인(人與人: 사람과 사람) 교제에 지피지기를 못해서 모사(謀事)에 실패가 많은 것은 누구나 다 아는 일이라. 그래서 고인의 말씀과 같이 과불급(過不及: 지나침과 못 미침)이 개부중(皆不中: 모두 맞지 않음)이라고 자기를 과소평가하는 것도 맞지 않는 일이요, 그렇다고 과대평가하는 것도 역시 불합한 일이다. 소호도 가림 없이 '나'라는 위치를 알아야 비로소 그 분수에 맞는 일을 하면 큰 실패가 없으리라고 나는 믿는다. 그래서 〈내 위치〉라는 제목으로 '나'라는 인간의 자기비판을 해보자는 것이다. 이 붓을 들고 이 글을 쓰면서도 지기(知己: 자기를 앎)라는 것이 그리 용이하지 않다는 것을 절실히 느껴진다. 내가 67년간 걸어온 현실대로의 위치와 또 내가 독자적으로 염원하고 있는 내 이상(理想)과 내 실력의 범위가 외현(外現)된 것이 어느 정도요, 내포된 것이 어느 정도라는 것을 겸손할 것 없이 사실대로 평해 보자는 것이다. 그 자평(自評)이라는 것이 흔히 과겸(過謙: 지나치게 겸손함)한 편이 많은데, 나는 사실대로와 고인에 비하여 어느 정도가 되는가와 득시(得時: 때를 만남)해서라면 어느 정도라는 것까지 상세히 해보겠다.

제일(第一), 나는 고대 학자님들의 통례(通例)인 육예(六藝)175)에서 아주 문외한이라 유자(儒者)의 자격이 없으나, 내가 역학(易學)을 좀 연구하고 격치지학(格致之學)176)의 조박(糟粕: 재강, 찌꺼기)을 상미(嘗味: 맛을 봄)하고 있어서 육예 중에 수리(數理)에는 전공은 못 했으나, 소소(小小) 얻음이 있고, 성리지학(性理之學)에는 고인들의 문장보다는 종

---

175) 예(禮), 악(樂), 사(射), 어(御), 서(書), 수(數) 등 여섯 분야의 유교 선비로서 갖춰야 할 교양.
176) 격물치지(格物致知)의 학문, 사물의 근본을 탐구하는 공부.

일(終日) 묵좌여우(默坐如愚: 묵묵히 바보처럼 앉아 있음)하시던 안자(顏子)님을 추모해서 문자 득실을 피하고, 원리구고(原理究考)에 노력을 해보는 것이라 의유(衣儒), 서유(書儒)에는 참여치 못하나, 논유(論儒)의 말석(末席)에는 자감(自甘)하고, 경전(經傳: 聖經賢傳: 유교의 성현이 지은 책)보다 자설(子說: 여러 학파의 사상들)을 박람(博覽: 널리 읽음)해서 비록 자성일가(自成一家)는 못 되었으나, 통속적인 학설은 대강 말할 수 있게 되어 언족이식비(言足而識非: 말은 족하나 아는 것은 아님)라는 평을 자감하겠고, 삼교구류지서(三敎九流之書: 모든 종교와 학문의 책들)를 좀 취미를 가져서 비록 충분치는 못하나 어느 모로 보든지 아주 소인(素人: 보통사람)은 아니라고 평을 듣는다.

종교관에는 자신(自信: 자기를 믿음)이면 족하다고 해서 어느 종교 신앙을 피하고 있어서, 그 자신(自信)이라는 것이 약함으로 숭배감이 부족하고, 형정지학(刑政之學: 법률행정학)의 피상(皮相)을 아는 관계로 남의 시시비비(是是非非)를 잘 가리다가 득담(得談: 비방을 당함)을 간간이 한다. 또 협의전(俠義傳)에 호감을 가진 내라 섭세(涉世: 처세)하는 데 내 분수나 지키지 있지 않고, 억강부약(抑强扶弱: 강자를 누르고 약자를 부추김)의 풍(風)이 많아서 타인에게 호사자(好事者)라는 좋지 못한 평을 많이 받고, 또 지족(知足: 분수를 지킴)을 못하는 관계로 투기성이 강하여 실패를 거듭 하면서도 백일몽(白日夢: 대낮의 꿈, 헛된 공상)을 꾸고 있고, 세사(世事)의 암영(暗影: 어두운 그림자) 정도를 예측하는 자신이 있어 언왕언래(言往言來: 말이 오고감) 중에 간간이 호언장담하는 실수를 한다. 그리고 군사학에는 남이야 무엇이라 하든지 내대로는 고(古)나 금(今)이나 육군을 통솔할 자신은 없어도 아무 지방이고 일방지임(一方之任: 한쪽을 맡을 책임)은 자신이 있다.

내가 내대로 수십 년을 두고 여러 곳에 전쟁을, 상대방들의 전략을 선평(先評: 먼저 평함)해 보면 별로 오산(誤算: 잘못 셈함)이 없었다. 이것만은 비록 전문가는 아니나, 여기만은 고나 금이나 득시했다면 성공할 가능성이 많은 자신이 있을 뿐이요, 경제적에는 아주 문외한이요 외교에도 자신이 없고, 다른 부문에는 소호도 쓸모가 없는 인물이다. 그리고 현세에서 위인모사(爲人謀事: 남을 위해 일을 도모함)를 충실히 하지 않는 본성이 있어 위인모충(爲人謀忠: 남을 위해 꾀를 냄)에는 아주 영점(零點)이요, 규합동지하는 데도 포용량이 넓지 못해서 재상(在上)하기는 어렵고 사람 아래에서 사상육하(事上育下: 위를 받들고 아래를 키움)를 못하는 자성(自性: 본래 성질)이라 역시 재하(在下) 노릇도 못한다. 그저 무실권(無實權)한 참여격으로는 족할지 모르나 군사 외에는 실권 있는 일이면 다 자신 없다. 다만 부정부패한 일은 하지 않을 자신이 있고, 또 입기강정풍속(立紀綱正風俗: 기강을 세우고 풍속을 바로잡음)하는 데 좀 엄정하게 하는 자성(自性)이다. 다른 일이면 관후(寬厚)한 편을 좇는 습성이 있다.

고시대 같으면 국가 무사시(無事時: 일 없을 때)에는 별 현저한 수단이 못 나올 것이요, 위언위행(危言危行: 위태로운 말과 행동)하다가 시권자(時權者: 당대의 권력자)에게 미움을 받기 용이하고, 다만 국가 유사시에는 입공입사(立功立事: 공적을 세움)할 수 있는 소질이 좀 있는 자신이 있다. 현세에는 아무래도 기물(棄物: 버린 물건)이지 쓸모가 없다. 과학적으로는 자격이 없고 정신적으로 소호(小毫: 조금)의 실력이 있으나, 아직 표현시킬 시기가 못 되고 민족정신 계몽 같은 것은 내가 실력이 어느 모로 보든지 부족하다. 마음만은 있으나 일을 해보면 수반되어야할 경제가 따르지 못해서 유의미취(有意未就: 뜻은 있으나 이루지 못함)

하는 것이다. 자립경제에도 설계는 충분하나, 실행이 문제다. 현세에 나는 무용(無用)한 처위(處位: 처지)에 있는 것을 자감(自甘)한다.

최상은 내가 바라지 않고, 그다음은 내가 해당하지 않고, 그다음 사무(事務) 부문들은 내가 자신이 없고 그 이상이하(以上以下)가 다 불합격이요, 그러하면 경제계에서는 아주 문외한이요, 산일(散逸: 아웃사이더)로는 족하나, 아무 실리가 없는 것이다. 비상비하전기중(非上非下前其中: 위아래도 아니요 그 가운데 앞)한 위치에 속해 있다. 그 중(中)이라는 것이 중지하(中之下)요, 하지상(下之上) 정도라고 보아야 옳지 않을까 한다. 계단을 밟는 자리가 아닌 유사시의 과도기에 일시적인 인물로는 혹 필요할지 모르나, 그 외에는 용도가 아주 없는 인물이다. 이것이 내 위치인 것 같다. 갈 날이 그리 멀지 않은 이때에 무슨 바람이 있어서 그러는 것이 아니라, 내 위치를 자평(自評: 스스로 평가함)하기 위하여 두어 자 적는다.

병오(丙午: 1966년) 10월 초팔일(初八日) 봉우서(鳳宇書)

[이 글은 1989년 간행된 봉우 선생님의 수필집 《백두산족에게 고함》 28페이지에 〈내가 나를 생각해 보면〉이란 제목으로 실렸다. 글의 원래 제목은 〈내 위치〉였다. -역주자]

수필: 효봉선사(曉峰禪師)의 사리(舍利) 1

일전에 조선불교계의 중진인 대종정(大宗正) 이효봉사(李曉峰師)177)
가 79세를 일기(一期)로 서천(西天: 극락을 뜻하는 불교용어)으로 갔다고
보도되고 기일후(幾日後: 며칠 후) 그 영결식(永訣式)에서는 서울 종로
대로가 교통이 차단되고 회장(會葬: 장례지내는 데 참여함) 인원이 수만
명을 초과했다고 한다. 사(師)가 안광낙지(眼光落地: 죽음)할 때에 주위
의 고승(高僧)들의 송경(誦經: 불경을 욈) 속에 최종적으로 발언할 것이
없다는 일어(一語: 한 마디)를 남기고 자듯이 갔다고 한다. 작일(昨日: 어
제) 신문의 보도가 사(師)의 화장(火葬)후 사리(舍利)178)가 34개가 광
채가 영롱하여 공개하고 대중의 관람(觀覽)을 허(許)한다고 한다. 신문

---

177) 효봉(曉峰 1888~1966, 속명은 이찬형)선사. 대한불교조계종 초대종정. 근대 한국불
교를 대표하는 선지식이다. 일본 와세다 법대를 졸업하는 등 엘리트 코스를 밟았다.
하지만 평양복심법원 법관으로 재직 중 독립군에게 사형선고한 사건을 계기로 방황
을 한다. 엿장수로 3년 간 유랑걸식을 하다가 금강산에 머물던 석두 선사를 만나 출
가한다. 서른여덟의 늦은 출가였지만 수행열정은 대단하여 엉덩이 살이 눌어붙어 진
물이 날 정도로 지독하게 수행, '절구통 수좌'란 별명을 얻었다. 금강산 법기암 주변에
토굴을 만들어 참선에 매진한 지 1년 6개월 만에 깨달음을 얻고 은사 석두 선사를 비
롯 당대 고승들로부터 인가를 받았다. 이후 송광사로 내려가 후학들을 길러 냈다.
1950년 8월, 가야총림 방장으로 재임 시 인민군으로부터 팔만대장경을 지켜 낸 일화
는 유명하다. 혜봉스님이 지은 《종정열전》에선 일제시대 판사였다는 기록을 찾을 수
없다며 이는 누군가 지어낸 허구라는 주장도 있으나 엘리트에서 엿장수로 떠돌다 출
가하여 득도 한 것은 분명함을 밝히고 있다).

178) 사리(舍利)는 불교 용어로서, 원래는 신체 또는 부처나 성자의 유골을 지칭하는 용어
이나, 오랜 수행을 한 스님을 화장한 결과 나오는 구슬을 이르기도 한다.

에서도 언급한 바와 같이 이 사리라는 것을 과학으로 무엇이라고 증명할 것인가? 증명을 못하는 것이 아니라, 아직 과학이 사리를 증명할 정도까지 못 갔다고 해야 옳다고 보도했다.

이 사리라는 것을 불교에서만 있는 것으로 오인(誤認)하는 것 같다. 사리라는 것은 무슨 종교를 막론하고 전심전력(全心全力)으로 한 가지에 집념(執念)을 장시일(長時日)한다면 그 정신의 결정체가 정기신(精氣神)의 결합으로 대소(大小)는 각자의 정신력 여하에 있고, 다소(多少)는 시일(時日)에 관한 것이라고도 하고, 일론(一論)은 시작된 지 얼마 안 되는 것은 소(小)하고, 이것이 오래된 것은 점대(漸大: 점점 커짐)해진다고 한다. 양론(兩論: 두 이야기)이 다 일리(一理)가 있는 것이다. 그러나 그 사리의 다소(多少)와 대소(大小)로 그 본인의 자격고저(資格高低)를 평할 수 없고, 그 사리의 광화(光華: 빛의 세기)로 결정이 잘 되었다를 알 수 있는 것이다. 그다음 일류 고승으로도 사리가 나오지 않은 분이 얼마든지 있고, 사리가 나왔다고 반드시 도승(道僧)이라고는 못한다. 불가(佛家)의 말로 진사리(眞舍利)니, 가사리(假舍利)니 하는 구분도 있다. 그밖에도 문장가, 명필가(名筆家), 시인(詩人) 들 중에도 사리가 있고, 아주 180도 반대로 도적(盜賊)이나 색마(色魔)라는 자들도 음사리(陰舍利)라는 것이 나오는 일이 있다.

유가(儒家)에서도 근년에 김성근(金聲根)[179] 해사장(海史丈)은 생사

---

179) 김성근(金聲根, 1835년 양력 3월 19일 ~ 1919년 양력 11월 27일), 조선 말기의 문신, 서예가, 정치인이자 성리학자이며 대한제국의 정치인, 일제강점기의 관료, 조선 귀족, 친일반민족행위자. 1862년(철종 13년) 문과에 급제후 예문관검열과 홍문관 벼슬과 삼사를 두루 거쳐 도승지, 홍문관제학, 전라도관찰사 등을 지내고, 이조참판, 이조판서를 역임하였다. 1902년 탁지부대신이 되고 1910년 한일합방이 체결되자 자작(子爵)이 되었다. 자는 중원(仲遠), 호는 해사(海史)이다. 서예가로도 유명하며 서재필의 양 외숙부(外叔父)이기도 하다. 두륜산대흥사 현판과 해탈문이 그의 글씨이

리(生舍利)가 3개나 나왔었다. 화장(火葬)에 주의를 하지 않으니 모르
지 타인도 사리 정도 나올 사람이 얼마든지 있다고 나는 생각한다. 근
년 고승에 백학명사(白鶴鳴師: 백학명선사)180) 사리가 105개가 나왔다.
그러나 자타가 공인하는 고승 수월선사(水月禪師)181)는 환원후(還元後:

다. 전남 해남군 용암리에 그의 송덕비가 있다. 그가 전라도 관찰사로 있을 때 구휼한
것을 기려 송덕비를 세운 것이다.　한편,《동사열전》〈해봉성찬전(海峯聲贊傳)〉에는
그와 관련한 기이한 내용이 기록되어 있는데 전주 출생 해봉 성찬이란 스님이 남긴
시 때문이다. 그가 살았던 부안 월명암 근처 굴속에 있는 나한당에서 글귀가 써 있는
돌이 발견되었는데 내용은 "나는 예전에 늘 원암산을 유람했었는데 그림자가 한양에
떨어져 재상의 몸 되었네. 내가 떠난 지 50년이 지나면 호남의 관찰사가 되리니 갑오
년 이전에는 해봉이란 스님이다가 갑오년 이후에는 김성근이 되리라. 갑오년 5월 13
일 성찬(聲贊)이 쓰다(我昔常遊遠岩山 影落漢陽作宰身 我去五十年 湖南觀察使 甲午
以前海峯僧 甲午以後金聲根 甲午五月十三日)." 이 돌이 발견되자 갑신년(고종 21,
1884) 6월 전주 위봉사(威鳳寺) 승통(僧統) 윤(輪) 스님이 당시 그 지역 감사였던 김
성근에게 알렸고 김성근은 절과 나한당 중건을 힘써 도왔다고 한다.

180) 백학명(白鶴鳴, 1867~1929), 조선 후기와 일제강점기의 고승. 내소사·월명암 주지
를 거쳐 내장사 주지를 지냈으며, 불도수련과 교리전도에 힘쓰고 반선반농(半禪半農)
을 권했다. 속성은 백씨(白氏), 법명은 계종(啓宗), 법호는 학명(鶴鳴), 자호는 백농
(白農)이다. 1867년(고종 4) 전남 영광에서 출생. 20세에 부모를 잃은 후 순창 구암
사(龜巖寺)의 고승 설두(雪竇)화상의 설법을 들은 후 출가하였다. 영광 불갑사의 금
화화상 상좌로 불가에 입문하여 벽송사·선암사·송광사에서 수도하고 34세에 구암
사 불교강사직을 맡았다. 1914년 봄 중국과 일본의 사찰을 돌아본 후 귀국하여 변산
내소사와 월명암의 주지를 지내며 참선의 깊이를 다지고, 강론을 하였다. 1923년 내
장산 내장사가 운영부실로 인해 곤란을 겪을 때 내장사 주지로 부임하여 극락보전을
중건하고, 선원을 새로 짓고, 부도전을 옮기는 등 불사를 하였다. 내장사에 있는 동안
젊은 신도들을 모아 불도수련과 교리전도에 힘썼으며, 제자와 불자들에게 참선과 노
동(농사)을 병행할 것을 권하는 반선반농(半禪半農) 사상을 가르치고 스스로 호(號)
를 백농(白農)이라 지었다.

181) 수월 선사(1855~1928), 근세불교의 고승인 수월(水月)의 법명은 음관(音觀). 충남
홍성군 구항면 신곡리 출생. 어려서 부모를 잃고 머슴살이를 하면서 자랐다. 서른이
다 되어 천장암으로 출가하였다. 경허의 내로라하는 3명의 제자가 수월, 혜월, 만공
인데 이 천장암 시절에 다 만났다. 그가 용맹정진 할 때엔 온몸에서 방광을 하였는데
천장암 아래 장요리 마을 사람들은 처음엔 산불이 난 줄 알고 불을 끄러 오다가 나중
엔 으레 오늘도 수월 스님이 공부하시나 보다 하고 말았다는 얘기도 있다. 수월은 북

죽은 후) 혜광(慧光)으로 방광(放光: 혜광을 방사함)은 했으나, 사리는 없었다. 그렇다고 수월선사를 고승이 아니라고는 못할 것이다. 혜월사(慧月師)[182]도 28개의 사리가 나왔으나, 여러모로 보아서 만우(萬愚)[183]보다 못하였다. 그러나 만우 역시 환원 후 방광은 했으나, 사리는 나오지 않았다. 이것이 사리 여부로 고저장단을 평할 수 없는 증거가 아닌가 한다. 불교도가 아닌 타종교나 비종교인으로도 일심으로 한 가지를 목표로 수련한 사람은 화장하면 사리가 나올 가능성이 있다고 나는 생각한다. 정상삼화(頂上三火)가 있는 분으로 현주(玄珠)가 없을 리 없다고 나는 확언해 두는 것이다. 이 사리라는 것은 자기의 결정(結晶)이므로, 자기(自己)의 형상이 그 사리 속에 불멸영주(不滅永住: 없어지지 않고 영원토록 거주함)한다는 것이다. 신문보도와 같이 과학으로는 아직 증명을 못하나 이것은 과학이 증명할 단계까지 못 갔을 따름이요, 사리가 비과학적 산물이 아니라는 것을 재언(再言)해 둔다.

간도에서 활동하였는데 지금도 연길에 그의 흔적이 많이 남아 있다. 경허의 세 달(수월, 혜월, 만공) 중 맏상좌인 그는 오도송도 없고 열반송도 없고 이렇다 할 설법도 남기지 않았다. 그래서 '그림자 없는 성자'라는 칭호도 있다.

182) 혜월 선사(1862~1927), 충청남도 예산 출신. 1871년(고종 8) 덕숭산 정혜사(定慧寺)로 출가하여 안수좌(安首座)의 제자가 되었고, 1884년에 경허(鏡虛)로부터 보조국사(普照國師)의《수심결(修心訣)》을 배우다가 깊은 뜻을 깨달았으며, 1901년 오도하여 경허의 법맥을 이어받았다. 1908년부터 도리사(桃李寺), 파계사(把溪寺) 성전(聖殿), 울산미타암(彌陀庵), 통도사, 천성산 내원사(內院寺) 등에 머무르면서 후학들을 지도하였다. 특히, 무소유(無所有)와 천진(天眞)으로 생애를 일관하여 가는 곳마다 많은 일화를 남겼다.

183) 경허의 도반으로 동학사를 중건한 세 명(금봉, 만화, 만우)의 스님 중 한 명이다. 한말과 일제 초의 격심한 사회 혼란과 불안 속에서 동학사를 계속 재건하여 만우 스님 시기 12칸이 더 늘어나 동학사의 전각은 40칸에 이르게 된다. 1923년 동아일보에「鷄龍山記」'鷄龍山의 出處', '八十된 老和尙'이란 제목으로 기자와 인터뷰한 기사가 있다.

추기(追記)

효봉사의 사리를 전시한다는 보도를 듣고 모여드는 신남신녀(信男信 女: 남녀신도)들은 물론이요, 사회인으로 각계에서 모여드는 사람이 날 로 수천 명이 된다고 한다. 나는 시내 거주하면서도 일차도 가 본 일이 없다. 이것을 구경삼아 본다는 것은 무의미하고 그렇다고 그 사리가 나온 효봉사를 숭배해서라든지 또 불신해서든지의 의미로 가서 보지 않는 것이 아니다. 다만 내가 일부러 이런 곳에 시간을 낼 생각이 나지 않아서 못 가본 것이다. 내게 있는 설초(雪樵)의 차자(次子: 둘째아들)인 춘식 군이 사리 전시를 보고 와서 전하는 말을 들었다. 사리가 30여 개 에 1개는 아주 홍색(紅色)이고, 그 외는 거의 청색인데, 구원형(球圓形) 이 아니라 동락(銅落: 적동赤銅, 소량의 금을 함유하는 구리 합금) 비슷하더 라고 하며, 유해(遺骸: 유골) 중에 거의 동양(同樣: 같은 모양)의 형상이 많이 있어서 선전하는 화상(和尙: 승려) 말을 들으면 유골전체가 거의 사리라고 하더라고 전하며 확대경으로 보면 개개(箇箇)히 효봉사의 초 상(肖像)이 박혀있다고 한다. 이것이 사리의 본연 형태라 별 이상할 것 이 없다.

그러나 현대 과학자들은 무엇이라 말하는지 의심난다. 불가에서 근 년에 환원한 고승으로 사리가 나온 분이 얼마든지 있었다. 순수 정신 집결(精神集結)을 의미하는 것이다. 물론 타 종교에서는 이런 예가 없 어서 알지 못하나, 어느 종교인이고 정신집결의 단일목적으로 순수하 게 장구한 시일을 경과한다면 동서고금과 종교의 구별 없이 다 동일한 효과가 나올 것이라는 것을 확언해 둔다. 이것은 정신집결 중에 고인 들의 수련하는 현상과 성공 후의 현상을 보건대 거의 동일한 궤도를 밟는 것이 법이요, 절대로 무슨 기적(奇蹟)이 아니다. 방광도 동일 원리에 속한다. 삼화수광(三火垂光: 세 가닥 불이 빛을 드리움)하여 원광(圓光)이 되는 법인데, 야소교(耶蘇教)에서도 이 원광을 그대로 표현시키고 있다. 그러니 그 교인들에게 그 원광을 물어 보면 충분히 설명하는 것을 못 들었다. 이것은 후인이 알지 못하는 것이요, 당시의 선지자들이 모른 것이 아니다. 이것을 붓으로 쓰자면 얼마든지 길어질 수 있다. 그러나 총총(悤悤)해서 일단 붓을 중지하고 이 추기를 그친다.

병오(丙午: 1966년) 9월 13일 봉우서(鳳宇書)

[이 글은 1989년 간행된 《백두산족에게 고함》 155페이지에 〈효봉선사와 사리〉란 제목으로 실린 바 있습니다. 1966년에 쓰신 글인데 소재가 '사리(舍利)'로서 봉우 선생님의 해설과 의미부여가 아주 독특하시면서도 각별하고 명징(明澄)합니다. 선생님의 글 아니면 어디서 이런 견해를 얻어들을 수 있겠습니까? 우리 정신계의 귀중한 자료라 생각되어 다시 전문(全文: 2개의 글, 효봉선사와 사리1, 2)을 역주하여 누락됨을 보전(補塡)하였습니다. ─역주자]

수필: 효봉선사의 사리(舍利) 2

　　설왕설래간(說往說來間: 말이 오가는 사이)에 현대과학이 증명하기 어려운 일 중에 한 가지로 금번 이효봉사(李曉峰師) 사리설(舍利說)을 중심으로 이론들이 많은 것 같다. 이 사리라는 것은 수천 년 전부터 있는 말이요, 금번 이효봉사에게서 처음으로 창시된 것이 아니다. 그런데 현대과학자들이 인도(印度)를 통한 지도 벌써 700년이라는 세월이 흘러 갔음에도 불구하고 일차도 사리에 대해서 연구해 본 일이 없고, 금번 효봉사 사리로 횡설수설하는 것은 현대과학도들의 시야가 불광(不廣: 넓지 않음)하다는 것을 증명하는 것이다. 내가 효봉사 사리설을 듣고 선자(先者: 먼젓번) 기록한 바 있어서 갱론(更論)을 피하나, 현대과학 수준이 물질문명에 치중해서 이용후생(利用厚生)하는 일이라면 전심전력하나, 정신문명인 도덕에는 소호도 괘념치 않는 것이 그들의 오점(汚點)이다. 사리도 비록 정신집결(精神集結)의 표상이라 해도 일단 물체로 된 이상, 과학으로 연구하지 못할 이유가 없다. 그런데 이 물체로 된 사리를 보고 과학도들이 대경실색(大驚失色: 크게 놀라 얼굴빛이 하얗게 질림)하는 것은 그만치 과학수준이 부족하다는 것을 발표하는 것임에 불과하다. 비록 정신결정체라고 해도, 혈육근골 속에서 나온 것이라 얼마든지 공식이 나올 것이다. 우리나라 현존 과학도들 중에 이 사리라는 논문을 발표할 사람이 불원(不遠: 멀지않아)해서 나와 세계과학계에 파문을 던져 보라는 것이다.

내가 제일 먼저 사리를 본 것이 해사(海史) 김상공(金相公)의 생사리(生舍利) 3개였고, 그 다음이 백학명사(白鶴鳴師)의 사리 105개요, 그 다음이 혜월사(慧月師)의 사리 28개요, 그 다음이 효봉사(曉峰師)의 사리이다. 전대(前代: 앞 시대)의 사리는 박물관에서 보았으나 그 사람을 보고 그 사리를 본 것은 이상 몇 분이요, 말만 들은 것은 근대 고승(高僧)에서 9인 정도의 사리설(舍利說)을 들었으나, 내가 목도(目睹: 목격)는 못했다. 오대산 적멸궁(寂滅宮)[184] 사리탑에서 방광(放光: 빛을 내쏨)하는 것을 본 일이 2차 있었고, 계룡산 천진보탑(天眞寶塔)[185]에서 방광하는 것을 본 일이 3차다. 그러나 탑 속의 사리가 방광했는지 안했는지는 별문제요, 다만 내가 방광하는 것을 보았다는 것이요, 만우사(萬愚師: 만우선사) 환원시(還元時: 돌아가실 때)에도 잠시 방광한 일이 있었다.

그 다음에 순수 유학자(儒學者)이신 면우(俛宇: 곽종석郭鍾錫)[186] 선

---

184) 부처의 진신 사리를 모신 법당. 적멸보궁은 언덕 모양의 계단(戒壇)을 쌓고 사리를 봉안함으로써 부처가 그곳에서 적멸의 법을 설하고 있음을 상징하던 곳이었다. 사리를 모신 계단을 향해 마당에서 예배하던 것이 편의에 따라 전각을 짓게 되었으며, 그 전각은 법당이 아니라 예배 장소로 건립되었기 때문에 불상을 따로 안치하지 않았다. 한국에는 신라의 승려 자장(慈藏)이 당나라에서 돌아올 때 가져온 부처의 사리와 정골(頂骨)을 나누어 봉안한 5대 적멸보궁이 있다. 양산 통도사(通度寺), 강원도 오대산 중대(中臺)의 월정사(月精寺), 설악산 봉정암(鳳頂庵), 태백산 정암사(淨巖寺), 사자산 법흥사(法興寺) 적멸보궁이 그것이다.

185) 충청남도 공주시 계룡면 계룡산(鷄龍山)에 있는 삼국시대 부처의 사리를 봉안하였다고 전해지는 천연의 바위 불탑. 석가모니 열반 400년 후에 아소카왕이 구마라국(拘摩羅國)에 있는 사리보탑(舍利寶塔)으로부터 수많은 불사리를 발견하고 시방세계(十方世界)에 두루 나누어 봉안하였는데, 그때 비사문천(毘沙門天)으로 하여금 계룡산에 있는 이 천연적인 석굴 속에 봉안하였다고 한다. 그 뒤 600년이 지난 백제의 구이신왕 때에 아도(阿道)가 이를 발견하여 천진보탑이라 이름 하였다는 설화가 전한다.

186) 곽종석(郭鍾錫, 1846년~1919년)은 조선말의 유학자·독립투사이다. 이진상(李震相)의 문인이다. 이황·이진상의 학문을 계승하였고, 1895년 을미사변 때 영국 영사

생의 새벽 정좌시(靜坐時: 고요히 앉아 있을 때) 삼화방광(三火放光: 세 가닥 불이 빛을 내쏨)이 원형(圓形)을 이루어 있는 것을 내가 소년시대에 모시고 자다가 본 일이 있었고, 그 다음에도 2차를 더 보았다. 그 다음 내가 수련차(修練次)로 중국 각지와 국내와 일본에서 선배 여러분을 모시고 있으며, 삼화방광(三火放光)하는 분들을 여러분을 보았고, 대광명(大光明)을 발휘하시는 분도 수삼인(數三人)을 보았다.

이 방광할 수 있는 분은 물론 사리의 결정(結晶)이 시작한 것이다. 비록 정상삼화(頂上三火: 정수리 위 세가닥 불)가 명명(明明: 빛남)할지라도 오만(傲慢)과 자기(自己)라는 집념(執念)이 깊은 분은 사리가 나온 일이 없다. 계제야 무엇이건 순수해야 사리가 나온다는 것이다. 내가 사리설(舍利說)에 대해서 관심을 가지고 있어서 이 붓을 든 것이 아니라 수하(手下: 손아래) 청년들이 의문을 가지고 묻는 관계로 좀 상세하게 말하는 것이다. 아주 계제가 저급(低級: 낮은 급)에 있는 분도 장시일 집념한 분은 사리의 결정이 되었고, 그 광화(光華)가 그 계제를 따라서 계단이 다르다는 것을 알아야 한다. 사리를 고승들이 감별하는 것이 이 관계다. 정확한 예는 아니지만 진주(眞珠)와 거의 같다. 이 정도로 사리설을 조해(粗解: 거칠게 풂)해 보는 것이다.

병오(丙午: 1966년) 9월 25일

봉우서(鳳宇書)

관에 일본침략 규탄을 호소하였고 1905년 을사조약 체결 시에 열국공법(列國公法)에 호소할 것을 상소하였다. 1919년 2월에는 유생들의 연서(連書)로 파리강화회의에 독립호소문을 발송시켜 투옥되어 2년형 언도를 받았으나 병사하였다. 제자들의 의문을 다 꿰뚫어보고 묻기도 전에 미리 대답을 다 해준 일화는 유명하다.

수필: 효봉선사(曉峰禪師)의 사리(舍利) 3

무슨 일이든지 말만 듣고는 알 수가 없다. 그렇다고 자기 눈으로 보 았으면 틀림없겠느냐 하면 그것도 그렇지 않다. 귀로 듣고 눈으로 보 고 한 일이라도 그대로 있을 수가 없다. 그 연유(緣由: 사유)를 물어보 자. 내 귀에 말하는 사람의 신빙성이 얼마나 되는가가 문제요, 그 사람 을 신용한다 해도 그 사람이 그 일에 얼마만한 소양이 있는 사람인가 하는 것이 역시 의문이다. 그러니 내게 말하는 사람이 그 일에 전문가 로 내가 신용할 수 있는 분이라면 별문제나, 그렇지 않다면 내 귀로 들 은 일이라고 무엇이 그리 확실하다고 그것을 주장할 수 없는 일이요, 그다음 내 눈으로 본 일이라는 것도 역시 동일하다.

세상에서 소위 맹완단청격(盲玩丹靑格)[187]으로 내 눈으로 본 것이 얼마나 정확하며 내 눈이 그 일에 얼마만한 전문 감정력이 있는가가 문제가 된다. 그러니 세상일에서 내 귀로 듣고 내 눈으로 보고도 그 일 의 옳고 그른 것을 경솔히 단정할 수 없거든 하물며 내 귀로 직접 듣지 도 못하고, 내 눈으로 직접 보지도 못하고, 도청도설(道聽塗說: 길거리에 떠돌아다니는 뜬소문) 정도로 고담준론(高談峻論: 고상하고 준엄한 논의, 잘 난 체하는 말)을 하는 사람들의 심리를 알 수 없다. 일보(一步: 한 걸음) 더 나가서 내 몸으로 직접 행해 보고 내 몸으로 직접 당해 본 일도 날

---

187) 장님의 단청 구경격, 사물을 보아도 전혀 사리를 분별 못할 만큼 무식함을 의미한다. 맹인이 코끼리 만짐보다 더한 상태의 무식함을 나타낼 때 쓰는 말.

이 지나고 자리가 바뀌면 또 그 실적이 달라지는 것이 내가 본 사실이다. 그래서 내가 좌우명에 행행행이각(行行行裏覺: 가고 가고 가는 속에 깨달음)이요, 거거거중지(去去去中知: 가고 가고 가는 중에 앎)라고 했다. 행해 가면 갈수록 다른 경계(境界)가 나오는 것이 세상사이다. 이것으로 각자 일생을 수(繡)놓는 것이다. 다만 이 가고 가는 길의 노정기(路程記: 여행 경로의 기록)를 대경대법(大經大法: 공명정대한 원리와 법도)으로 말씀하시고 방계곡경(旁谿曲逕: 샛길과 구부러진 길)으로 가지 마라고 하신 가르치심이 동서고금(東西古今)의 성철(聖哲: 성인과 철인)들의 유훈(遺訓: 남긴 훈계)이시다.

이 성훈을 본받아서 걸어가는 사람은 하인(何人: 어떤 사람)을 막론하고 비록 고행(苦行)일망정, 점점 내두(來頭: 장래)가 평탄한 길일 것이요, 고성(古聖)의 훈계하신 범위를 벗어나서 비록 일시적인 광장이나 대로(大路)는 있을지 모르나, 필경에는 궁지(窮地: 어려운 처지)에 빠지는 것이 역사가 증명하는 바다. 또 비록 자기 생전에 성훈(聖訓)에 어긋난 것으로 대로를 걸었다 해도 사후(死後)에 사필(史筆)이 용서 없이 필주(筆誅: 글로써 잘못을 책망함)를 가했다. 이것이 그 사람들이 대경대법에서 어긋난 행사(行事)를 해서 일시적인 요행(僥倖: 뜻밖에 얻는 행복)을 득(得: 얻음)한 관계다. 이 사회라는 것은 역사가 길고 길다. 그러하니 그 사람들의 정평(正評: 바른 비평)은 역사가 바로 하고 있는 관계로 인생백년(人生百年)인 짧은 생전(生前)을 위해서 길고 긴 역사에 필주를 받는다는 것은 가장 부족한 인간들이 하는 행사다. 혈육근골(血肉筋骨: 피와 살, 힘줄과 뼈대)로 된 육체를 위해서 생전에 불택평단(不擇平段: 평이한 수단을 택하지 않음)하고 무소불위(無所不爲: 안 하는 짓이 없음)하다가 사후에 역사적 죄인이 되느니보다는 고성철(古聖哲)의 유훈을 본받아서 무슨 일이든지 대경대법으로 해가다가 이 육신을 버리게 되면 불궤불멸(不潰不滅: 없어지지 않음)하는 정신의 집결(集結)인 법력(法力)이 역사상 영예(榮譽: 영광스런 명예)로운 영생(永生)을 할 것이 아닌가? 영생을 위해서 일을 하라는 것이 아니라 생명이 있는 동안 대경대법으로 일을 하면 그 대가가 자연적으로 영생이 되는 것이다.

예를 들면 전에 효봉사(曉峰師: 효봉 스님) 사리설(舍利說)[188]을 말했으나, 효봉은 자기의 집념(集念: 정신을 모음)을 순수하고 장구하게 변함이 없이 할 따름이었고 무슨 사리를 위해서 공부한 것이 아니나, 자연적으로 전신사리(全身舍利: 온몸이 모두 사리)로 그 육체는 갔어도 영생할 수 있는 것과 거의 다 동일하다는 것이다. 유불선(儒佛仙)이나 기타 종교나 또 비종교인들도 모두 이 성훈에 순종하는 것이 우리 인생으로의 지상(至上: 최상) 목적이라는 것이다. 내가 불교인이 아니나 효봉의 집념이 지구(持久: 오래도록 버티어 감)한 것이 사실로 확증되는 관계로 이 글을 쓴다. 또한 효봉은 사회인으로 생활을 하던 사람이라 순수 종교인과도 상이점(相異點: 서로 다른 점)이 있다는 것을 잘 알아야 한다. 말로만 종교인이라는 사람들은 그 집념(集念), 실행(實行), 지구(持久), 인고(忍苦: 괴로움을 참음)의 역(力)이 의문이기에 내 이 붓을 드는 것이다.

병오(丙午: 1966년) 9월 14일

봉우서(鳳宇書)

---

188) 1966년 9월 13일에 쓰신 수필.

소설(小說)

    내가 청소년시대에 패사(稗史)[189]를 즐겨 보았다. 제일 많이 본 것이 중국 소설이요, 그다음이 일본 소설인데 우리나라 사람으로서 도리어 우리나라 소설을 제일 덜 보았다. 그중에서도 가장 많이 본 것이 협의 (俠義: 정의의 편에 서서 약자를 돕는 자) 소설이었다. 물론 저술자들이 직접 그 장본인이 아니요, 보통 문사(文士)들로 아무리 등장인물들의 표현을 잘한다 하더라도 자기가 직접 그들이 아닌 이상 어찌 본연의 표현을 할 수 있을 것인가? 그래도 자기가 저술하는 책자에 대한 지식을 충분히 이해하고 있던 사람들의 표현 방식은 그래도 그럴듯하지만 그 방면에 아주 소양이 없는 사람이 자기의 억측(臆測: 근거 없는 짐작)으로 저술한 책자는 유안자(有眼者: 안목 있는 사람)가 잘 보면 결점이 더 많이 나온다.

    중국 문사들은 그래도 자기들이 이문목격(耳聞目擊: 보고 들음)한 일이 있어서 협의 소설에 어지간히 그 인물과 무예(武藝)에 대한 표현을 잘했다. 무예계(武藝界)를 추종(追從)하는 사람들이 보아도 그럴듯하게 표현을 했다. 내가 말하는 것은 협의 소설에 국한해서 하는 말이다. 일본 소설도 그 나라 풍속이 무사도(武士道)를 남녀노소가 거의 상식적으

---

189) 패관소설. 민간에 나도는 풍설(風說)과 소문을 수집하던 일을 맡은 말단 관원인 패관 (稗官)이 이야기 형식으로 적어 모은 책. 패관이 남긴 기록들은 후대에 중요한 사료 구실을 하였다.

로 아는 관계로 문사(文士)들도 무예계에 아주 소인(素人: 평범한 사람)
이 아니라 무예의 표현을 그럴듯하게 하였다. 중국 소설의 표현만은
못해도 그래도 무예계 사람들이 보아도 그리 설지 않다. 그런데 우리
나라 소설에서 보는 협의(俠義)들의 무예 표현은 무엇이라고 한 것인
지 표현을 잘 하지 못했다. 더구나 이 소설을 표본으로 한 각본(脚本)인
연예(演藝: 예술 공연)을 보면 아주 저열하다. 그러나 중국 소설에서도
고대나 중고(中古)나 근고(近古: 중고와 근세의 중간 시기)의 저술과 근대
저술의 차이는 실지(實地)를 주로 하지 않고 좀 신기한 감(感)을 갖게
한 것의 차이가 있을 뿐이다.

근거가 있는 반(半) 역사 소설도 거의 다 그러하다. 천군만마(千軍萬
馬中: 수많은 군사와 말들 속)에도 여입무인지경(如入無人之境: 무인지경으
로 들어감과 같음)하던 장수가 적군의 강노(剛弩: 강한 쇠뇌)에, 또 무슨
암기(暗器: 숨은 병기)에 당한다. 대군을 인솔하고 상장(上將: 높은 지위의
장군)이 수십 인씩 호종(護從: 호위하며 따름)하면서 상대방의 편기단장
(偏騎單將: 한 마리 말 탄 장수)에게 풍미(風靡: 바람에 몰려 초목이 쓰러짐)
하듯 패주(敗走)하는 것이나, 수십만 대군으로 기백인(幾百人: 몇 백 명)
의 항거를 받고 패주하는 류(類)가 간간이 보인다. 이것은 사실인 것인
데, 그 이유가 의심스럽다. 소설책에 표현한 대로라면 도저히 그 현실
이 있을 수 없는 일이다. 물론 그 현상을 표현하는 방식이 부족해서가
아닌가 한다. 우리나라 소설에서는 그 표현이 아주 애매(曖昧: 희미하여
분명치 않음)하다. 어물어물했을 뿐이다.

중국의 협의 소설에는 주(主)인물이 협의(俠義)인 관계로 무예의 차
상차하(差上差下: 수준에 상하가 있음)가 있을지언정, 투철한 정신수련자
가 보이지 않고 일본 협의 소설도 동일감이 있고, 우리나라의 저속한

소설은 너무 가공적(架空的: 근거가 없거나, 사실이 아닌, 꾸며낸)이라 실
감이 없고, 좀 근거가 있는 소설은 통속적으로 쓴 감이 있고, 별로 무예
의 학습 정도가 보잘 것이 없다.

《옥루몽(玉樓夢)》[190]은 그래도 무예 운운(云云)을 듣기는 한 사람으
로, 실지를 알지 못한 관계로 홍랑(紅娘)에 대한 표현이 외양(外樣: 겉모
양)으로 보기에는 잘된 것 같으나, 그 실지가 부족 점이 있고, 주인공이
홍랑이지만 양창곡(楊昌曲: 주인공의 하나)의 불구(不具: 갖추지 못함)를
여실(如實: 사실처럼) 표현했다. 이런 범위라면 내가 본 무예의 고단자
들의 신이(神異)한 무예는 한 건도 타(他) 소설에서는 보지 못했다. 그
렇다면 소설에 나온 무사(武士)들의 단수(段數)가 모두 저열했을 리가
없을 것이요, 다만 문사들이 그들을 표현시키지 못했을 뿐이라고 나
는 생각한다.

근년(近年)에 우리나라에서 역사가로 자타가 공인하는 육당(六堂: 최
남선) 같은 이도 임진난 기록에서 장군들의 전쟁 표현을 말할 수 없이
저속적(低俗的)으로 했다. 그것은 육당이 문사로서 자부(自負)하지 당
시 명장(名將)들의 무예가 어느 정도인지를 전연부지(全然不知: 전혀 모
름)하는 소인(素人: 범인)이라 그 표현이 가관(可觀: 비웃을 만함)이 많다.
그러니 고대나 중고(中古)의 소설도 그런 폐단이 있어서 사실은 사실
이요, 문사들의 표현은 자기의 표현 방식을 쓰는 관계로 그 사실과 상
부(相符: 서로 부합)치 않은 것이다. 또 그 인물들이 정신술(精神術)에도
아주 소인들이라 고대 예언이나 비결(祕訣)이라면 무슨 미신으로 여기
고 비과학적이니, 무엇이니 하는 인물들이 있다. 이것은 자기가 부족하

---

190) 19세기 조선의 남영로(南永魯)가 지은 소설.

다는 고백을 하는 데 불과한 일이다. 진정한 집필을 하자면 내가 책의 주인공이 되어서 쓸 만해야 비로소 큰 실수가 없을 것이다.

병오(丙午: 1966년) 10월 13일 봉우서(鳳宇書)

소설(小說) 2

패사(稗史)라는 것은 정사(正史)에 대서특필(大書特筆)로 하지 못할 도막, 도막의 사실을 아주 인멸(湮滅: 없앰)하기 애석(哀惜: 슬프고 아까움)해서 문인(文人)들이 거두어 증연부익(增衍附翼: 늘리고 덧붙임)해서 자미(滋味)있게 볼 수 있도록 한 것이다. 또 비록 실현 못시킬 공상(空想)이었으나, 이것을 이상(理想)으로 한 토대에서 자기 포부를 발표한 분도 있고, 문학적 가치가 있는 대문장을 토로하는 소설도 있고, 혹은 자기들의 무엇을 선전하기 위해서 그 주목적을 근거삼아 배타적으로, 고의적으로 하는 소설도 있고, 또는 위정자나 혹 민간 지도 인물들이 당시 사조(思潮)를 변천(變遷)하기 위해서 대중들이 알기 용이하고 자미를 붙이게 하기 위한 특정 소설도 있고, 또 가장 저급에 속하는 문사들의 생활 방식으로 구수하게 아무 소리나 늘어놓아서 원고지 매수나 많이 하기 위해서 1개월에 종결될 소설을 1년, 2년 늘어놓는다. 이것은 원고료 관계다. 간혹 가다 보면 이런 저속 문인들 중에서 훌륭한 문장이 나올 때도 있다. 이것은 예외이다.

우리가 말하고자 하는 것은 현 정부나 사회에서 우리가 거주하고 있는 곳은 자본주의 국가라 물질문명에 과중(過重: 지나치게 무거움) 의탁을 해서 윤상(倫常: 인륜의 떳떳하고 변하지 않는 도리)이 아주 타지(墮地: 땅에 떨어짐)한 곳이라. 비록 소설이라도 그 내용에 있어서 입기강(立紀綱: 기율과 법도를 세움), 정풍속(正風俗: 풍속을 바로잡음)하는 도의감(道

義感)을 주목적으로 하며, 지엽(枝葉: 가지와 잎)에 있어서 우리 민족 고대의 문화를 다시 살리는 골자로 재래적인 고유 문화로 정신적이나 무예계에나 늘 순수 재래식에 치중하여 소설로도 널리 펴고, 채화(彩畵: 그림)나 극(劇)으로 선전해서 민족의 도움이 된다면 비록 경전만은 못하나 그 공익(功益: 공로와 이익)이 불후(不朽: 썩지 않음)하리라고 믿는다. 비록 왕도(王道)는 아니나 권도(權道: 임기응변으로 취하는 방편)로 이런 곳에라도 착안(着眼)해 보자는 것이다.

그래서 민족의 고유 문화가 갱생(更生)의 길을 얻을 수 있다면 이런 다행한 일이 없다. 그런 관계로 방문(傍門: 곁문)을 열고 대문 안으로 들어가서 문빗장을 열고 후인들의 왕래를 자유로 하게 한다면 방문(傍門)으로 통행한 결(缺: 흠)은 별 것이 아니요, 대문을 열어 준 공(功)은 없어지지 않으리라고 믿는다. 이런 일, 저런 일이 모두 민족의 장래를 위해서 자기 일생을 희생해 가며 몸부림치는 것이다. 이런 사람이 많을수록 이 나라, 이 민족의 장래 운이 속히 올 것이요, 이것이 속히 됨으로써 여러 자손들의 태평(太平: 큰 평화)을 맛볼 수 있다는 것을 재삼 중언부언(重言復言: 거듭, 거듭 말함)하는 것이다. 소설이 별 것이 아니나, 인기세이도지(引其勢而導之: 그 기세를 끌어당겨 이끌어 감)하라는 내 부탁이다.

[이 글도 앞선 글 〈소설(小說)〉의 후속 글로 1966년에 쓰신 것으로 추정됩니다. 이로부터 18년 후 민족선도(仙道) 소설 《단(丹)》이 김정빈 씨에 의해 쓰여지고, 봉우 선생님은 이 소설의 주요 소재 이야기들을 구술로 제공하셨습니다. 이 글의 마지막 문단은 참으로 의

미심장하고 예언적이며 감동을 주는 구절들입니다. -역주자]

수필: 이것이 인생이다

한정이 있는 인생으로 그 한정을 모르고 무궤도하게 살아 나가면 그 산다는 것이 무의미하고 무가치하게 된다. 다 같은 인생으로 무엇이 다르랴마는 그 다르다는 것이 그 한정이 있는 수한(壽限: 타고난 수명)을 가장 유위(有爲)하게 소비시킨 사람이 가장 상등(上等) 인물이요, 가장 무의미하게 소비시킨 사람이 가장 하우(下愚: 아주 어리석은 사람)가 되는 것이다. 최상, 최하의 중간에서도 천차만별이 있다. 이것이 인생이다.

같은 자격으로 최종점에 가서 보면 동일한 사람은 하나도 없다. 동일하다면 왔다가 가는 것 외에는 답안과 식(式)이 천차만별이다. 대분(大分)해서 이류(二流: 두 가지 흐름)요, 좀 더 자세히 나누자면 삼류(三流: 세 흐름)다. 이류라면 선(善)이냐 그렇지 않으면 악(惡)이냐로 이분(二分)할 것이요, 좀 더 나아가서 가여위선(可與爲善: 착할 수 있음)이며, 가여위악(可與爲惡: 악할 수 있음)인 중간도 있어서 삼분(三分)할 수도 있다. 이것이 천차만별(千差萬別) 중에 비이즉삼(非二卽三: 둘 아니면 곧 셋)의 나눔이요, 이 이분(二分) 아니면 삼분(三分)이라는 것도 한정이 있는 인생으로 왔다가 갔다는 무흔무후(無痕無嗅: 흔적도, 냄새도 없음)한 것은 대동(大同)하다.

이것이 무(無)에서 유(有)가 생하고 유(有)에서 일(一)이 나오고, 일(一)에서 이(二)와 삼(三)이 나와 천지만물이 다 동궤일철(同軌一轍: 같은 궤도의 같은 수레바퀴 자국)이 되는 것이다. 이 인생뿐만 아니라 만물이 개동(皆同: 모두 같음)하다. 이왕 왔다가 갈 바에야 무슨 선(善)이니 악(惡)이니, 또 가여위선이며 가여위악이니 하며, 이분이니 삼분이니 할 것 없이 되어가는 대로 가면 될 것 아닌가 하는 부류도 전 인류에서 가장 많지 않을까 한다. 현 세계의 사조인 자본주의나 공산주의나 중간노선이나 다 동일한 물질문명의 혜택을 입고 있는 사람들이라 무엇보다도 유생론(唯生論: 오직 삶만 인정함) 학설이 가장 많은 것 같다.

이 유생론으로 만능하다면 살아서 아무 일을 하든지 무슨 관계가 있으랴 하고 기탄없이 자행자지(自行自止: 스스로 하다가 스스로 그만둠)하는 방종(放縱: 아무 거리낌 없이 마음대로 행동함)한 행위가 많을 것이다. 현 세계 인류 중에서 이런 범행을 않는 사람은 별로 없을 것 같다. 이것은 그 원인이 물질문명과 형이하(形而下) 학문의 어느 곳엔가 부족점이 있다는 것을 증명하는 것이다. 고대문명이라면 동양의 정신문명일 것인데, 정신문명에서는 그 물질보다 정신에 치중해서 오륜(五倫), 삼강(三剛)의 도덕이 이 한정된 인생의 짧고 짧은 수한(壽限)에 국한하지 않고, 우주 대자연의 동태(動態) 그대로 본받아서 우리의 육신은 한정이 있을지라도 정신만은 우주와 동류(同流)해서 영원히 존재한다는 것이다.

정신이 만변(萬變)하는 육체에 있을지라도 그 영원을 잃지 않는 한, 그 육체를 위하여 정신이 불명예를 범하지 않는 것이 정신문명의 장점이다. 현 물질문명으로 보아서는 유생론에 치우쳐서 우주원리를 무시하고 야수(野獸: 들짐승)적 생애를 자감(自甘)한다. 자상달하(自上達下: 위에서 아래까지)로 이 굴레를 벗어나는 사람이 별로 없다. 이것이 인류의 평화를 파괴하는 가장 큰 원인이 된다. 정신문명을 물질문명과 공진(共進: 함께 나아감)한다면 원리로 보아서 그 가치가 얼마 되지 않는 국한된 육체를 위해서 불법을 범하라고 아무리 권하더라도, 응할 리가 없다. 현 세계는 유물론(唯物論)의 극치에 가까워서 유심론(唯心論)은 아주 땅에 떨어져서 정신을 궁구(窮究: 깊이 연구함)하고 있으면 무슨 고대소설이나 듣는 듯한 감이 있으나, 물극필반(物極必反: 사물이 극에 달하면 반드시 다시 원점으로 돌아옴)의 리(理)가 있으니, 불구(不久: 오래 지 않아)해서 이원합일(二元合一)의 대운(大運)이 올 것이다. 비록 소학생이라도 그 이원합일이라는 것을 알고 행할 수 있을 것이니, 대동(大同)을 구하고 소강(少康)을 자감(自甘)하지 않을 것이다. 쓰자면 한이 없으니 이만 필(筆)을 놓는다.

병오(丙午: 1966년) 10월 15일 봉우서(鳳宇書)

[이 글은 《백두산족에게 고함》 33페이지에 〈누구나 한정된 인생을 살면서〉란 제목으로 실렸던 것입니다. 이번에 고치지 않은 옛글 그대로 다시 역주하여 여러분께 제공합니다. —역주자]

1974년(甲寅)

물극필반

(物極必反: 사물이 극에 이르면 반드시 돌아옴)[191]이라

우리가 유년시대부터 노년시대까지 걸어온 발자국을 거울삼아 우리
의 과거, 현재, 미래상(未來相)을 예측해 보면 별로 그 궤도에서 벗어나
지 않는다. 이것은 내 일신상의 생활문제요, 한 걸음 나아가서 내가 거
주하고 있는 동리(洞里: 마을) 사람들을 돌아보고, 그 사람들의 과거, 현
재, 미래상을 추측해 보면 역시 동일 궤도에서 경주(競走)를 하고 있다.
한 사람도 그 공식을 벗어나지 못한다. 이것을 미루어서 한 면에 사는
사람들을 통계학적으로 조사해 보았다. 이상한 일이다. 그 공식은 불변
의 철칙(鐵則)이었다. 여기서 그 공식대로 1군(一郡), 1도(一道)를 중심
으로 60년이라는 세월을 두고 통계해 보니, 우리나라 전체의 통계를
정확하게 알 수 있다. 전부가 그 공식에 순응하고 있고, 혹 의심나는 곳
은 조사 불충분한 점이 있어서인가 한다. 내가 여기에 쓰고자 하는 것
은 우리나라에서 이 공식이 통용되고 타국에서는 안 된다는 것이 아니
다. 다만 말하자니 내 일신에서 시작해 보고 이것을 미루어서 친교간
(親交間: 친한 사이)으로 폭을 넓혀 보고 점차적으로 이것이 우리나라
전체에 이르렀다는 것이다. 여기 한 걸음 나아가서 과거의 역사를 회

---

191) 사물의 전개가 극에 달하면 반드시 반전한다는 뜻으로, 흥망성쇠는 반복하는 것이므
로 어떤 일을 할 때 지나치게 욕심을 부려서는 안 된다는 의미도 담겨 있다. 출전:《당
서(唐書)》

상해 보면 홍망성쇠가 일개인의 홍망성쇠하는 공식과 소호도 다른 것이 없다.

세상 사람들이 가장 어려워하는 것이 내두사(來頭事)를 예지하는 것인데, 내가 생각하는 것은 정반대 의견을 가지고 있다. 무엇인가 하면 미래를 예지하기보다 현재와 과거를 확실히 아는 것이 더 난사(難事: 어려운 일)라고 본다. 과거행적만 잘 안다면 미래에 올 일이야 명약관화(明若觀火: 불 보듯 환함)한 일이다. 조물주(造物主)가 이 공식을 내놓지 않았다면 개인이나 일국가나, 홍망성쇠라는 것이 있을 리 만무(萬無: 만에 하나 없음)하다. 이 불변의 철칙을 알지 못하고 범하는 자는 반드시 망하고 쇠함을 면치 못할 것이요, 그 공식을 알고 즐겨 지킨 자는 홍하고 성(盛)함이 자연 오는 것이다. 이것이 대자연의 법칙이요, 공식이다. 혹 하늘이 무엇이며 조물주가 어디 있나 하고 이 대자연의 법칙을 무시하고, 난행(亂行: 어지러운 행동)을 하는 자도 아주 없다고는 못한다. 이런 자들의 공식과 법칙을 위반하는 행위가 패망을 자초해서 역사에 소재(所載: 실린 바)한 사실로 대자연 공식 운산(運算: 연산)의 일조(一條: 한 가지)가 되는 것이다. 여기서 이 공식을 지키는 자와 행위를 선(善)이라 하고, 그 공식을 위반하는 자와 행위를 악(惡)이라고 대칭한다. 그래서 일개인(一個人)이라도 그 심리나 행위가 선(善)이 많다면 그 답안은 복(福)이 올 것이요, 악(惡)이 많다면 역시 그 답안은 화(禍)가 오는 것이 대자연의 법칙이다.

혹 세인(世人)들은 말하기를 악한 자가 잘 되더라 선(善)한 자도 고생만 하더라고 방언(放言: 함부로 말을 함)하는 사람도 있다. 이런 사실은 근시안(近視眼)적 실언(失言)이다. 시간에 지속(遲速: 느리고 빠름)의 차는 있을망정, 이 공식이 예외 되는 일은 역사적으로 없다. 동서고금

(東西古今)의 구별이 없이 다 동일궤도(同一軌道)이다. 세계의 각 민족에게 약간의 차이점은 있으나, 이것은 대동소이(大同小異)한 것이다. 선결문제는 일개인만으로는 아무 목표가 있더라도 마음대로 안 되는 일이 많다. 제일 먼저 국가가 있는 사람이라야 그 국법에 순응하며, 그 대자연의 법칙을 지킬 수 있다. 나라가 없는 사람은 마음대로 못한다는 것이 우리가 망국민(亡國民)으로 36년간을 뼈저리게 당해 보아서 내가 이 말을 하는 것이다. 그러니 우리도 각자가 단결하여 국가수준을 향상시키고, 좋은 나라, 좋은 민족으로 제2세들을 양성해야겠다. 현 세계의 물질문명이 비록 첨단(尖端)을 걷고 있는 것은 사실이나, 양대 조류(兩大潮流: 공산주의와 민주주의)가 점차 변화일로로 민생의 위험기가 머지않다고, 자타(自他)가 의심하고 있는 것도 사실이요, 우리나라도 남북통일이 하시(何時: 어느 때)에 성립될 것이냐, 그렇지 않으면 파탄(破綻: 찢어 터짐)될 것이냐를 걱정하는 것도 아주 무리(無理)라고는 못한다. 그래서 국민들은 낙관(樂觀)을 불허한다.

그러나 내가 말하고자 하는 것은 그것이 아니다. 북괴(北傀: 북한)가 아무리 남침준비를 하고 있다 하여도 남한에 건재하고 있는 국민이 그 고난을 두 번 당할 만한 죄과(罪過)가 없다는 것이 제일 문제요, 한국도 6.25 당시와 같이 무방비상태는 아니라는 것이 제2문제요, 북괴가 비록 호전(好戰)한다고는 하나, 승산(勝算: 이길 가망성)이 없는 전쟁은 할 리가 없고 사상전(思想戰)으로 지하조직이나 외교전으로 장기전을 하며, 남한국 내 불통(不統: 통합저지)선전 정도가 아닐까 한다. 여기 대비책이 제일 민생안정과 단결로 국력배양이 선결문제요, 특권층 분산은 국민호혜(互惠: 서로 편익을 주고받음)생산이 제2문제요, 의타(依他: 남에게 의존함)심리를 하루라도 속하게 제거하고 빈부의 차가 너무 심한 자본주의 현상을 무엇으로 과감하게 개선하여, 백성은 나라만 알고 합력(合力)해야 잘 살 수 있다는 자신을 갖게 할 중대책(重大策)이 있다. 이것만 개선된다면 북괴가 안중에 있을 턱이 없이 상책(上策)인 선전자(善戰者: 잘 싸우는 자)는 부전이승(不戰而勝: 싸우지 않고 이김)이라는 것이다.

그런데 현상은 국내특권층이란 사람들이 무슨 방식으로 노동력을 착취해서 자기네 사복(私腹: 개인의 이익과 욕심)을 충(充: 채움)할까, 또 국가의 좀이 되더라도 특권층과의 제휴로 무사불성(無事不成: 일이 안 되는 게 없음)이라고 자신만만 하는 도배들과 또 그 특권층들에 아부하며, 나라가 어찌되건 여름 변소의 귀득이(구더기) 같은 인간들이 이 세상을 활보하고 다니고, 인민들은 이들을 무서워하기를 염라대왕같이 한다. 만약에 일호반점(一毫半點)이라도 불평을 토했다가는 활염라(活閻邏: 살아 있는 염라대왕)가 얼마든지 있다. 그래 인민들도 이식위천(以食爲天: 먹고 삶이 하늘임)이라고 불택수단방법(不擇手段方法: 수단방법을 가리지 않음)하고 윤상(倫常: 인륜의 떳떳하고 변하지 않는 도리)이라는 것은 염두에도 둘 새 없이 이모위주(以謀爲主: 음모를 주로 함)하여 자상천답(自相踐踏: 스스로 서로 밟고 밟힘)하여 자취멸망(自取滅亡: 스스로 멸망을 취함)하는 노정을 서로 다투어 가며 먼저 못 가서 걱정들이다. 이것은 흑암(黑暗: 칠흑같이 어두움)하던 침침(浸沈: 스며 젖어서 번져 들어감) 칠야(漆夜: 칠흑 같은 밤)가 장서(將曙: 장차 날이 새려함)하려는 때에 백귀(百鬼: 온갖 귀신) 난동(亂動)하는 현상이요, 군음(群陰: 모인 어둠)이 장진(將盡: 장차 없어짐)하려는 물극필반(物極必反)의 현상이다.

그러니 이 현상이 비록 목전에서는 비참하나, 불구(不久: 머지않아)에 동천조일(東天朝日: 동녘하늘의 아침해)이 상승(上昇: 위로 오름)할 예조

(豫兆: 미리 보인 조짐)라는 것을 알아 미리 암중(暗中: 어둠속) 일루서광
(一縷曙光: 한 가닥 날이 새는 빛)을 함양(涵養)하여 몽중(夢中)에서 허덕
이는 사람들의 경세목탁(警世木鐸: 세상을 깨우치는 목탁)이 되는 것이
선각자(先覺者)들의 책임이라고 나는 생각한다. 날이 다 밝은 뒤에는
누구나 다 광명을 아는 것이다. 그래서 이 물극필반(物極必反)이라는
경지에서 자아를 잃지 말고 혼류(混流: 혼탁한 흐름)에 헤매지 말고 내
두(來頭)의 배태(胚胎: 아이나 생명체를 뱀)를 부패 안 되게 발아(發芽: 싹
트임)시킬 역할을 자임(自任: 스스로 맡음)하라는 것이 불초(不肖)하나마
만일의 희망이다. 이 방식과 수법은 역사가 말하고 있고 선성(先聖: 옛
성인)들이 수천 년을 두고 교훈하신 것이다. 내가 구구하게 무엇이 어
떠하니, 무슨 방식이라야 냉락(冷落)을 면하는지 하는 것은 함구(緘口:
입을 다물음)하겠다. 다만 물질문명의 극(極)이 불구(不久)해서 정신문
명과 교체할 계단에 왔다는 것을 말할 뿐이다. 여기서 붓을 그친다.

갑인(甲寅: 1974년) 12월 초구일(初九日) 봉우기(鳳宇記)

추기(追記) 1

고인(古人)의 말에 동력(同力: 같은 힘)커든 탁지(度智: 지혜를 헤아림)
코, 동지(同智: 같은 지혜)커든 탁덕(度德: 덕을 헤아림)192)이라는 말씀

---

192)《서경(書經)》의 〈주서(周書)〉-태서(泰誓)上 편에 나옴. 원문은 "同力커든 度德하고 同
德커든 度義하라.(힘이 같으면 덕을 헤아리고, 덕이 같으면 의를 헤아려라)"이다. 강
태공이 무왕에게 전해 준 말이다. 봉우 선생님께서 〈4-93〉에서 심서고(心書考) 격세

과 작지자중(作之者衆: 만드는 사람은 많음)하고 용지자소(用之者少: 쓰는 이는 적음)하면, 기용(其用: 그 쓰임)이 충족(充足: 넉넉해서 모자람이 없음)193)하고, 용지자중(用之者衆: 쓰는 이가 많음)하고 작지자소(作之者少: 만드는 이가 적음)하면 기용(其用: 그 쓰임)이 핍(乏: 가난해짐)이라 했고, 여민동락자홍(與民同樂者興: 백성과 함께 즐거운 사람은 흥성함)이라 했다. 이 삼조(三條)가 가장 간이(簡易)하고 가장 어려운 일이다. 행(行)하면 성공하고 못하면 실패한다. 다만 작지불이(作之不已: 꾸준히 노력함)라고 해도 윤상(倫常)을 핵심으로 하고 나아가야 비로소 동천조일(東天朝日)이 군사(群邪: 사악한 무리)를 축출(逐出)하고 조일상승통국쾌(朝日上升通國快: 아침해 떠오르니 온나라 상쾌하다)가 될 것이다.

추기 2

[봉우노졸(鳳宇露拙: 봉우는 옹졸하고 못남을 드러내 보임)]

이상 봉우노졸(鳳宇露拙) 수필(隨筆)은 봉우 일평생을 두고 항상 좌우명(座右銘) 같이 생각하는 것이라 이 책자에도 또 노졸(露拙)을 하는 바다. 이 책자를 후일에 보시는 분은 금일 내 심정을 살피시기 바란다.

(擊勢)장과 비교하여 다시 말씀하신 적이 있다. "이 「격세」 장 원문에 [고지선전자(古之善戰者)는 선취적정이후도지(先揣敵情而後圖之) - 옛부터 잘 싸우는 사람은 반드시 먼저 적의 정세를 헤아린 후에 일을 도모하나니]라는 말에 태공(太公)이 역지덕(力智德: 힘과 지혜와 덕)을 비교하라는 원리가 다 있는 것 같다."

193) 《대학(大學)》 제10장. 생재유대도(生財有大道: 재물을 만듦에 큰 도가 있음), 생지자과(生之者衆: 만드는 사람은 많고), 식지자과(食之者寡: 먹는 사람은 적음), 위지자질(爲之者疾: 일하는 데에 빠르고), 용지자서(用之者舒: 쓰는 데에 느리면), 즉재항족의(則財恒足矣: 재물은 늘 넉넉하리라).

또 물극필반(物極必反)이니라. 잊지 마시라.

[〈추기 2〉는 1974년 이후 따로 작성된 글로 추정됩니다. -역주자]

1975년(乙卯)

5-126

지나온 발자취

이렇다 할 목표도 없이 허튼 걸음으로 걸어온 것이 100년, 3만 6,000일이라는 인생의 수명에서 4분의 3에 해당한 75년을 풍풍우우(風風雨雨: 비바람), 취생몽사(醉生夢死: 취해 살고 꿈꾸듯 죽음, 정신없이 삶) 중에 소비하고 또 을묘년(乙卯年: 1975) 양력(陽曆) 원단(元旦: 새해 첫날)을 맞으며 내 지나온 발자취를 회상해 보니, 옛사람들에게 무엇으로 사과(謝過)해야 옳을지 생각이 나지 않는다.

하늘이 너를 이 세상에 보내신 것이 식생활 문제만 가지고 시종(始終: 처음과 끝)하라신 것이냐? 천겁(千劫: 아주 오랜 세월)을 지내도 다시 맞기 어려운 이 몸, 이 정신을 가지고 주위 환경이 부족했느냐? 현부모(賢父母)를 못 모시었느냐? 사도(師道: 스승의 도리)가 불만(不滿: 만족스럽지 않음)했더냐? 그렇지 않으면 붕우(朋友: 벗)에 익자(益者: 남을 이롭게 돕는 사람)가 없었더냐? 이상 조건에 일점(一點)도 불비(不備: 갖추지 못함)함이 없었다면, 혹 네 몸이 건강치 못했더냐? 그렇지도 않다? 그러고 보면 허송세월(虛送歲月: 세월을 헛되이 보냄)한 죄책(罪責: 잘못을 저지른 책임)이 다 내 한 몸에 있을 뿐이니, 궤변(詭辯: 이치에 맞지 않는 말)으로 자과(自過: 자기 잘못)를 가리고자 할지 모르나, 공정한 자가(自家)비판을 하는 것이 가장 현명하다고 생각한다. 이것이 내 75년 지내온 자취요, 내 회상(回想)이다.

거백옥(蘧伯玉)194)은 오십(五十)에 지사십구년지비(知四十九年之

非: 49년간의 잘못을 앎)라고 했다. 말하자면 개과천선(改過遷善: 잘못을 뉘우치고 착하게 삶)했다는 것인데 나는 76세에 지칠십오년지비(知七十五年之非: 지난 75년의 잘못을 앎)는 했으나, 거백옥과 같이 개과(改過)는 못한 것이다. 왜 그러냐 하면 내 일상생활이 내 마음대로 행동을 허락지 않아서 명일(明日)이 내무진(來無盡: 계속 와서 끝이 없음)하다는 것이다. 그 고해(苦海)에서 허덕이고 있다가 점점 혈육근골(血肉筋骨)로 된 육신이 쇠약해지면 면치 못할 일이다. 아무리 선의(善意: 착한 마음)로 해석을 한다 하여도 한심한 일이다. 고인(古人)들 말과 같이 부생(浮生: 덧없는 인생)이 공자망(空自忙: 괜히 스스로 바쁨)이라면 문제는 다르나, 만물지중(萬物之衆: 만물의 무리)에 유인(維人: 오직 사람)이 최귀(最貴: 가장 귀함)라는 것을 생각했다면 어찌 그 가치 없는 자신을 자책(自責)하며, 미안감이 없으리요? 신년에 바라는 바는 무슨 방법으로든지 내두(來頭: 장래) 연장을 도모해서 75년간에 성취 못한 어느 부분이라도 성공시켜서 하늘이 이 몸을 내주신 은혜의 만일(萬一: 만에 하나)이라도 보답해 볼까 하는 것이 내가 을묘년 연두사(年頭辭)를 쓴 (이유인) 것이다. 다음에 금년의 내 목표를 두어 가지 기록해 본다.

194) 위(衛)나라 대부 거백옥은 이름이 원(瑗)이다. 백옥(伯玉)은 자(字)이다. 50세가 되어 49세까지의 잘못을 고쳤다는, 군자표변(君子豹變)이라는 성어에 부합하는 인물.《논어》〈헌문(憲問)〉편에 거백옥이 보낸 심부름꾼의 겸손한 태도를 통해서 그의 주인인 거백옥이 얼마나 훌륭한 인물인지 칭송하는 장면이 나온다. 공자는《논어》〈위령공〉편에서도 다음과 같이 사어와 거백옥을 칭찬한다. "강직하도다 사어는! 나라에 도가 있으면 화살처럼 곧고 나라에 도가 없어도 화살처럼 곧으니. 군자답도다 거백옥은! 나라에 도가 있으면 벼슬살이를 하고 나라에 도가 없으면 재주를 걷어서 가슴속에 감추어 둘 수 있으니."

1. 연정법요(研精法要: 정신연구법 요지) 완성 건: 저술(著述)과 강연(講演)으로.

2. 연정원 중수 건(重修件: 다시 짓는 건): 수련실(修鍊室: 공부방) 개건 건(改建件: 다시 세우는 건)

3. 연정(研精) 간접지도 건: 각 방면

이상 공적(公的) 목표.

1. 선산(先山: 조상의 무덤이 있는 곳) 입석 건(立石件: 비석, 상석 등을 세우는 일) 오위(五位: 다섯 분): 경제준비 되는 대로.

2. 손아(孫兒: 손자) 수학건(修學件: 공부 가르치는 일)

3. 부채(負債: 빚) 정리 건

4. 저축 연(年) 500만 원 목표

5. 건강 특별주의(注意)건

6. 손아배(孫兒輩: 손자들) 학자(學資: 학비) 확립 건: 교육보험 외 500만 확립 건

7. 인간(印刊: 인쇄 발간) 수종 건(數種件), 수시(隨時).

8. 가아(家兒)생활 확보 건.

9. 환경정리 건.

이상 사적(私的) 목표.

양력 을묘(乙卯: 1975년) 봉우서(鳳宇書)

추기(追記)

　이 붓을 든 지 벌써 9년이 경과하였다. 그래도 9년간에는 목표하였던 12종목에서 7~8건은 반부(半部) 정도는 완수(完遂)되고 4~5종목은 아직도 유의미수(有意未遂: 뜻은 있으나 이루지 못함)다. 안광낙지전(眼光落地前: 죽기 전)에 그 이상의 수확 있기를 심축(心祝)할 뿐이다.

계해(癸亥: 1983년) 음력 2월 21일 서(書).

내 금년 목표와 그 준비

60년 전 을묘년(乙卯年: 1915)에는 내가 진학(進學)을 못하고 한문수업을 하게 되었다. 그 주원인은 선비(先妣: 어머니)께서 병환이 중(重: 위중)하셨고 내가 진학할 용기도 없었다. 내가 기로(岐路: 갈림길)의 노정(路程)에 착오가 된 것이다. 그런 관계로 내 일생에 다난(多難)했었다. 양력 금년이 그로부터 60년이 되는 을묘년이다. 비록 80이 다 되었으나 금년만은 인순성(因循性: 고지식함)을 버리고 우유부단(優柔不斷: 어물어물하며 결정을 못 내림)하다는 단평(短評: 짧은 평가)을 받지 않게 내 일생의 노정에 만일(萬一: 만에 하나)이라도 해당한 어느 부분의 목적달성을 통하여 노력해 볼 예정이다. 이래서 60년의 실패를 만일이라도 성공시켜 볼 예정이다. 어느 목적달성을 위하여 노력해 볼 예정이다. 어느 목적달성을 위하여 준비공작으로 필요한 인재양성을 위한 확립된 계획으로 내두(來頭: 장래) 몇 년까지라도 실행할 수 있는 준비행동을 금년 내에 발족할 것과 그 발족에 필요불가결할 실천사항을 구두로만 또는 염두(念頭)로만 하지 말고 사선언후(事先言後: 일을 먼저, 말은 뒤에)로 착착 실행할 것을 맹세하며 금년만은 공염불이 되지 않기 위하여 이 붓을 든다. 거기 대한 조목은 아래에 기록하겠다.

수양인(修養人)의 체질 개선을 목표로 제일 선결문제인 고로(苦勞: 고되고 힘듦)를 인내할 수 있는 건강체질을 갖자면 체련법(體鍊法)이나 내공법(內功法)도 필요하고 장근골(壯筋骨: 근육과 뼈를 튼튼하게 함), 보기

혈(補氣血: 기운과 피를 보충함)하는 약품이 가장 필요하다. 경제문제가 수반되어서 마음대로는 못하나, 최선을 다하여 1건(一件), 1건씩 준비해서 비록 몇 명분이라도 확실한 효과를 볼 수 있게 할 것을 다짐할 일이요.

이 약품이 완성하면 복약(服藥)시킬 인선(人選: 사람을 뽑음)이 가장 중요하다. 장시일을 무사고(無事故) 인내할 수 있으며, 그다음 목표에 탈선 안 할 인물이라야 한다. 제일 난점(難點)이다. 사람은 3인 정도면 족하다.

수련법 문언화(文言化)를 가장 간편, 명확하게 해서 청년층에서 알기 용이하게 편술(編述: 책을 엮어 지음)해야 한다. 문장만으로 되는 것이 아닌 만큼, 실지 수련을 시켜서 습득할 수 있게 해야 한다. 내가 지우금일(至于今日: 오늘날까지) 사견(私見)을 말한 것은 청년층에서 호감은 가지고 있으나, 실행하는 데 난점(難點: 어려운 점)이 없지 않아서 곧 착수를 못하는 결점이 있다. 그래서 여기에 삽화(揷畫)와 설명이 필요할 것 같다.

내공(內功)수련에 부수적인 체력양성이나 도인법(導引法)도 이상과 동일하다.

을묘년(乙卯年: 1975)에 단 2~3인이라도 양성시켜야 한다. 이상을 습득해서 완전성공하면 1인(一人)의 성공으로도 후계자가 얼마든지 나올 수 있다고 본다. 이상이 내가 을묘년에 내 자신의 염원이요, 이 염원을 실현시키기 위하여 나도 비상력을 내지 않으면 또 공염불(空念佛: 헛수고)될 염려가 있다는 것이기에 이 붓을 들어서 자경(自警)한다(1975년 일기).

추기(追記)

　[상경(上京)해서 제2차의 사상누각(沙上樓閣: 실현되지 못함을 상징)
계획이다.]

　이 붓을 든 것은 당시 모모(某某) 사업준비 중에 기분(幾分: 얼마간)의
희망성을 보고 한 것이 실패하여 공염불(空念佛: 헛된 염불)이 되었다.
만사분이정(萬事分已定: 모든 일이 나뉘어 이미 정해져 있는데), 부생공자
망(浮生空自忙: 덧없는 인생이 공연히 스스로 바쁘도다).

　[이 추기는 본문이 쓰인 1975년 당시가 아니라 그 뒤에 선생님께서
　다시 써넣으신 것 같습니다. -역주자]

1976년(丙辰)

병진(丙辰: 1976년)
양력 원단(元旦: 새해 첫날 아침)을 맞으며

을묘년(乙卯年: 1975년) 양력 원단에 이 책자를 쓰기 시작한 후에 1년을 무사분주(無事奔走: 일 없이 바쁨)해서 속지고각(束之高閣: 묶어서 시렁 또는 다락에 치워 둠, 한 옆으로 치워 놓고 쓰지 않음)하고 다시 찾지 않다가 병진 양력 원단에 무심중 무엇을 찾다가 이 책자를 찾아보고 주인옹(主人翁)의 무심한 행위를 자책(自責)하며 또 병진년 원단의 내 회상(回想)을 쓰기로 한다. 을묘(1975년) 1년은 내 생애 중에 가장 분주불가(奔走不暇: 바빠서 쉴 겨를이 없음)하던 때이다. 정월부터 양력 연말까지 매일같이 내객(來客: 찾아온 손님)이 만당(滿堂: 집에 가득 참)[195]하여 잠시도 휴식할 시간이 없으니, 무슨 기록을 할 수 없었던 것도 사실이다. 그러나 내가 연두사(年頭辭)에서 목표했던 것은 일건이라도 실행해야 옳은 것인데, 1건도 실행 못했다. 내가 주목표로 하는 인재양성(人材養成)은 시작도 못했고, 손아(孫兒) 공부관계는 또 실패했다. 손아 본인에게도 책임이 있으나 총책임은 조부 된 내게 있다고 본다. 최○격(最○格)인 가정생활 을묘년 목표인 연(年) 저축 ○○만이라는 것

---

195) 봉우 선생님은 1960년대 중반에 상경하시어 서울 세검정 부암동에서 '만수한의원'을 개원하셨는데, 1970년대 중반은 찾아오는 환자가 많아서 하루에 100~200명씩 진료를 하시곤 하였다. 이때부터 너무 몸을 과로하시는 게 일상화되신 것 같다. – 역주자

과 손아배(孫兒輩: 손자들) 교육비 ○○만 원이라는 것만 겨우 달성했을 뿐이요, 가아(家兒: 아들)의 자활(自活)목표로 공장을 신설한 것 외에는 다 실패다.

1년이 다 지나도 자수(自修: 자기수련) 한 번 못하고 공과(空過: 헛되이 지나침)했다. 연정원 일부 수리는 했으나, 수련실은 착공 못하고 인재양성용 약재는 소소(小小) 준비하였으나, 완성은 못했다. 내 사적으로는 선산(先山) 입석(立石)을 할 예정이었으나, 그 준비금을 자신이 과로하여 인내(忍耐)할 수 없어서 산삼 복용에 소비하고 다시 준비를 못해서 죄송한 마음 금할 수 없고, 그 외에 내 공비(空費: 낭비)가 예상외로 많았다. 근신(謹愼)할 바도 못했다. 더구나 을묘 1년에 정신적, 육체적 공(共: 함께)히 후퇴했다. 손아(孫兒) 금년 재수문제가 내 ○○○○면에서 최대 관심처요, 그 다음이 병진 ○○○○의 화갑(花甲: 환갑, 61세)이라 체면상 ○○할 수 없고, 금년에도 을묘년 원단(元旦) 목표의 재판으로 해보는 것이요, 별다른 신년(新年: 새해)을 갱정(更定: 다시 정함)하는 것이 아니다.

다만 국가적으로는 남북통일의 전망을 바라고 사적으로는 최소한의 생활 확보를 목표로 준비해야 후환이 없겠다. 금년에도 산삼을 다량 매입한 것은 노쇠구(老衰軀: 노쇠한 신체) 유지상 부득이한 것이다. 수처(數處: 몇 곳)에 낭비(浪費)는 자인(自認)하나 계련(係戀: 몹시 연연戀戀해 함)은 막아야 한다. 비는 바는 병진년에 국태민안(國泰民安: 나라는 태평하고 국민은 평안함)하기를 바랄 뿐이요, 내 사적으로는 현상유지만 되어도 다행이라고 생각한다. 시간만 있으면 연정요지(研精要旨)를 완성시킬 각오(覺悟)가 서 있다. 금년 중으로는 연정실(研精室: 수련실) 개축(改築)이 확고부동한 목표의 하나이다. 두서(頭序: 머리차례)없는 말로 연두사를 대(代)한다.

병진(丙辰: 1976년) 양력 원단(元旦) 오전 3시 35분

어북악산음(於北岳山陰: 북악산 그늘에서) 봉우서(鳳宇書)

추기(追記) 1

금년 병진(丙辰: 1976년)은 내 선친(先親) 취음공(翠陰公) 탄생 120주년 기념이 되는 새해요, 내 소성(小星)인 박순례(朴順禮)의 61주년 화갑(花甲)도 되고, 또 내가 공주로 이거(移居: 이주)한 지 61년이 되는 해다. 또 내 나이 77세인 희수진(喜壽辰)도 또 금년이다. 이것은 다 내 사생활에 속한 일이요, 국가적으로는 남북대립을 여전히 하고 있고, 세계적으로는 이대조류(二大潮流: 공산, 민주진영)의 각축도 여전한 중, 민주진영의 영도자로 자처하는 미국의 태도가 너무 미온적(微溫的)이어서 을묘년(乙卯年: 1975)에 월남을 실(失: 잃음)하고 친중공의 외교로 나오며, 유엔에서도 표수(票數)의 실점(失點)이 점다(漸多: 점점 많아짐)해진다. 이것은 민주진영의 약화를 의미하는 것이다. 그럼에도 불구하고 약소국가들은 자립할 수 없는 현상이라 부득이 그 미온적 영도자와 악수를 하지 않을 수 없는 현상이다.

금(今: 이제) 세계인류는 누구나 다 평화롭고 전쟁이 없는 ○○를 욕구하는 것이다. 그러나 현 세계 실정으로는 이를 불허한다. 좌(左)나 우(右)나의 일(一)에 가담한 나라가 아니면 걸어갈 수가 없게 되고, 그 외에는 반좌반우(半左半右)인 중립파가 있어서 어부지리(漁父之利)를 취

하고자 하는 간사한 나라도 있다. 그러나 종말에는 3조건이 다 멸망으로 걷는 외에는 타도(他道)가 없다. 절대로 영원한 안락(安樂)은 취하지 못할 것이요, 내두는 언제든지 화산(火山)이 터지고 말 것은 명약관화(明若觀火)하니, 이때에 중립이라고 무사할 리 없다. 우리가 바라는 바는 좌(左)도 아니요, 우(右)도 아니요, 중립도 아닌 신홍익인간(新弘益人間) 이념의 좌우, 중간을 완전히 극복하고 인류 영세평화(永世平和)를 ○성(○成)하는 대업(大業)이 우리나라, 우리 민족의 정신력으로 정신과 물질 공히 압력을 가지고 무력(武力)평화를 하지 않고 완전 성치(聖治)적으로 인류의 평화를 할 수 있는 신아(新芽)를 ○하게 하시는 천○(天○)가 멀지 않은 것을 심축(心祝)하며, 이념을 현실화하기까지의 노정을 완전무결하게 지도할 인물이 나오기를 축(祝)하며 그도 이런 조짐(兆朕)의 하나로 우리나라에서 신년(新年: 새해)에는 품질양호하고 적량(積量: 쌓인 량)이 풍족한 유전(油田)이 발견된 것을 발표할 예정이라는 설(說)도 거의 확정된 것 같다.

이것은 경제적으로의 혜택일 것이나, 이보다 천배, 백배의 정신력의 발족이 또 불구해서 우리 민족에게서 나오리라는 것을 내가 확언해 두는 것이다. 양력 병진년을 맞으며 마음의 환희(歡喜)를 금(禁)치 못하고 이 붓을 든다. 내 사적(私的)으로는 붕중백감(弸中百感: 가득 찬 온갖 생각)이 전미(展眉: 찡그렸던 눈썹을 폄. 마음 놓고 안정됨)할 날이 없으나, 이것은 내 사정이요 공적인 일은 아니다. 이것으로 추기하노라.

병진(1976년) 1월 2일 봉우추기(鳳宇追記)

추기 2

금년에 선조 산소에 단갈(短碣: 무덤 앞에 세우는, 작고 머리가 둥근 빗돌)을 수입하고 선비(先妣: 어머니) 산소에도 석물(石物)을 하고, 고실(故室) 황씨 산소에 석물을 하여 평상시 무심했던 것을 만분지일(萬分之一)의 회상(回想)을 한 데 불과하다. 아직도 연안(延安) 김씨(金氏)와 달성(達城) 서씨(徐氏)와 동래(東萊) 정씨(鄭氏) 산소에 내 힘만 있다면 미성(微誠: 작은 정성)을 표할 생각이다. 언선사후(言先事後: 말이 먼저고 일은 나중)가 되어 항상 죄송한 마음 금치 못한다.

병진(1976년) 양력 8월 11일 추기(追記)

1978년(戊午)

수필: 개과천선(改過遷善: 허물을 고치고 착하게 삶)에 더욱 노력과 실천을

기미년(己未年: 1979) 정월(正月) 20일이 내 팔순일(八旬日: 80세 생일)이다. 그런데 인간이 이다지도 허무한 것인가? 80년이라는 긴 세월을 살도록 보아 주신 우주(宇宙)시며, 또 이 우주를 통치하시는 조물주(造物主)시며, 또 우리의 대황조(大皇祖)시며, 우리를 지우금일(至于今日: 오늘까지)까지 배양(培養: 기름)해 주신 이 나라, 이 땅에 우리 조선(祖先)들의 바라시는 염원의 만분의 일도 보답함이 없이 80년이라는 긴 세월을 의가반낭(衣架飯囊)196)으로 허무하게 지내 왔으니, 고인(古人)은 앙불괴천(仰不愧天: 우러러 하늘에 부끄럽지 않음), 부불작인(俯不怍人: 구부려 사람에 부끄럽지 않음)이라 하였는데, 나는 앙이괴천(仰而愧天: 우러러 하늘에 부끄러움)이요, 부이작인(俯而怍人: 구부려 사람에 부끄러움)이라 치신무지(置身無地: 몸 둘 데가 없음)로다. 다만 마음만이라도 개과천선(改過遷善)하였으면 하는 바람이요, 또 실천으로도 만분의 일이라도 범과(犯過: 과오를 범함)를 안 하도록 해야겠다.

알지 못하고 범하는 것은 혹 용서받을 수 있으나, 알고 범하는 것은 반불여부지(反不如不知: 외려 모르는 것만 못함)로다. 고인 말씀에 물위선소이불위(勿謂善小而不爲: 작은 선행이라고 실행하지 않아서는 안 됨)하고

---

196) 衣架飯囊: 옷걸이와 밥주머니라는 뜻으로 아무 소용이 없는 사람을 일컫는 말.

물위악소이위지(勿謂惡小而爲之: 작은 악행이라고 해서는 안 됨)하라는 말씀도 있다.197) 그러니 내 힘닿는 대로 비록 소소한 일이라도 1건, 1건씩 실천해서 전과(前過)를 개(改: 고침)하지는 못하더라도 더 짓지나 않았으면 하는 마음 간절하다. 고인은 오십이지사십구년지비(五十而知四十九年之非: 50세가 되어서야 지난 49세까지의 잘못을 앎: 거백옥蘧伯玉)라 하였다. 그런데 나는 팔십이지칠십구년지비(八十而知七十九年之非)하니 고인에게 할 말이 없다.

내 선친께서 항상 말씀하시기를 너는 심호사사난성(心浩事事難成: 마음이 커서 일마다 이루기 어려움)이라고 하시었다. 환언하면 언선사후(言先事後: 말이 앞서고 일은 나중에)하여 언과기실(言過其實: 말이 그 실상을 넘어섬)이라는 엄훈(嚴訓: 엄한 훈계)이시었는데 선친께서 하세(下世: 돌아가심)하신 지 벌써 43년이 되었어도 아직 언행합일(言行合一)이 못 되고 항상 언과기실(言過其實)하는 범행이 많은 것을 면치 못하니, 죄송하기 말할 수 없다. 또 고성(古聖) 말씀에는 계명이기(鷄鳴而起: 닭이 울면 일어남)하여 자자위선자는 순지도야(鷄鳴而起孶孶爲善者舜之徒也: 새벽 일찍 일어나 부지런히 착한 일에 힘씀은 순임금의 무리임)요, 계명이기(鷄鳴而起)하여 자자위리자(孶孶爲利者: 부지런히 이익을 쫓는 자)는 척지도(拓之徒: 도척의 무리)라198) 하시었는데, 나는 계명이기(鷄鳴而起)하여 마음만은 자자위선육십분(孶孶爲善六十分: 부지런히 60분은 선을 행함)이요, 자자위리사십분(孶孶爲利四十分: 부지런히 40분은 이익을 쫓음)하여 머리가 선(善)을 싫다는 것은 아니나, 그 이(利)라는 것을 아

---

197) 《삼국지(三國志)》〈촉지(蜀誌)〉와 《명심보감(明心寶鑑)》에 나옴. 중국 삼국시대 촉나라의 유비가 아들에게 유언으로 한 말.

198) 《맹자(孟子)》〈진심상편(盡心上篇)〉 출전.

주 잊어버리지도 못한다.

그래서 실천에 있어서 회상해 보면 위선점(爲善點)이 50점이요, 위리점(爲利點)도 50점이다. 겨우 반반 정도다. 이래서는 불괴천(不愧天: 하늘에 부끄럽지 않음), 불괴지(不愧地: 땅에 부끄럽지 않음)가 못된다. 좀 결심을 해서 이 점수에 변화가 있어야 자신의 정평(正評)을 좀 향상할 수 있을 것이다. 내가 신년부터 비록 소소(小小) 행적(行績)이라도 좀 마음 먹고 하여 금년보다 이런 점이 개선되었다는 자신(自信)이 오게 실천해 볼 것을 1979년을 보내며 신년 1980에 행할 ○○○○○ 언약(言約)하는 것이다. 1980년대에는 최소한 위선(爲善), 위리점(爲利點)이 7대3 정도로 향상시킬 각오로 이 붓을 든다.

무오(戊午: 1978년) 11월 25일 봉우(鳳宇)

심우진섭(沈友鎭燮: 벗 심진섭) 군을
영결(永訣: 생사의 이별)하고

심 군과 나는 인척관계로는 사촌남매간이요, 우정(友情)으로는 심 군의 선대인(先大人: 남의 돌아가신 아버지를 존칭하는 말)이신 묵선장(黙仙丈)과 내 선친 취음공(翠陰公)과의 우정은 과걸(?) 간의 친교가 아니시라 도의적(道義的), 지피지기(知彼知己)하시는 교분(交分)이시다. 심 군의 3형제분과 친형제 같이 지내왔다. 그러나 섭세(涉世: 처세) 행각이 서로 달라서 우우풍풍중(雨雨風風中) 수십 년 상조(相阻: 서로 사이가 멀음)했던 중에 내가 서울로 와서 심군 3형제분을 다시 만났다. 심종섭 씨는 옥천에 잉거(仍居: 거듭 거주함)하였고, 심호섭 군은 서울에 와서 있고, 심 군도 서울에 와서 불빈(不貧: 가난하지 않음)하게 지내며, 자손들이 번성(繁盛)하여 여룡여호(如龍如虎: 용과 같고 호랑이 같음)하였다. 누가 보든지 그 후진(後進)들의 준수(俊秀: 준걸처럼 빼어남)함을 칭찬하고 부러워하였다. 나같이 고독한 사람이야 더 말할 것 없었다. 그래서 심 군과 원원상종(源源相從: 계속 만나며 사귐)하는 중에 백문(百聞: 백번 들음)이 불여일견(不如一見: 한 번 봄만 못함)이라는 고인(古人)들 말을 회상할 수 있었다. 이것이 인생관의 하나려니 생각하고 심 군만 만나면 서로 위로하고 인생의 무상함을 일소(一笑)에 부치었다.

그러던 심 군의 중형(仲兄: 자기 둘째형)인 호섭 군이 선서(先逝: 먼저 죽음)하고 심 군이 신병(身病)으로 불건강하여 내가 10여 차 시약(施藥:

약을 써봄)도 해보았으나, 완치를 못하고 있어서 그래도 종종 심방(尋訪)하던 것이었는데 총총히 소식이 적조(積阻: 격조, 소식이 막힘)된 것이 5년이라는 긴 세월이다. 아마 그간 환원(還元: 죽음)해서 자손들이 부음(訃音: 부고)이 없었던 것인가 생각하고 나도 무심하게 심방을 못했다. 실은 내가 그 사람이 천호동에 살거니 하였지 주소불명이었던 관계였다. 그러던 중 내가 외출하였다가 귀경(歸京)하니, 누구의 전화인지 심 군의 사망이라고 연락전화처만 기록되었다. 곧 통화를 해보니 생질녀(甥姪女: 누이의 딸) 재경의 부음전화였던 것 같다. 그 다음날에 영결식장에 심 군의 유애(遺愛: 자식)들을 인사하고, 재선자매를 무○(撫○: 위로)하고 약간의 전언(傳言)을 듣고 내 심사(心思)가 비애함을 금치 못했다. 자손이 8남매나 되고 또 복성(卜姓: 예전에 첩을 얻을 때 같은 성씨를 피해 고르는 일)하여 환거(鰥居: 홀아비로 삶)도 아닌 사람이 아무도 종신(終身: 임종)한 사람이 없이 간 때도 알지 못한다고 한다. 이것이 현 사회 조류일 것이다. 윤상(倫常)이 무엇이냐고 할지 모르나 한심한 일이다. 가는 사람이야 안화낙지(眼花落地: 안광낙지眼光落地, 죽음) 시(時)에 자손들이 있거나 없거나 무슨 상관이 있겠는가? 해탈(解脫)하여 가는 바에야 무슨 계련(係戀: 마음이 끌려 잊지 못함)이 있겠는가? 그러나 이런 일을 보고 늙은 사람으로 한심 안 할 수 없다.

심 군이 살아서 항상 자손들에게 불평해 하던 일을 회상해 보니, 일리가 없던 것은 아니었다고 본다. 무엇보다도 집정자(執政者: 위정자, 통치자)가 윤상(倫常: 인륜의 떳떳한 도리)을 치중하는 정책이 있었으면 하는 바람이었는데, 민의원이라는 자들이 동족(同族)혼인(婚姻: 결혼)의 타당성을 상정(上程), 통과시키는 부류들이(며) 주출망량(晝出魍魎: 대낮에 나온 도깨비)격으로 발동하되 재하자유구무언(在下者有口無言: 아랫

사람은 입이 있어도 말이 없음)격으로 오불관언(吾不關焉: 나는 상관 안 함)
안 할 수 없게 지내니, 어찌 한심치 않으랴? 심 군을 영결식장에서 명
복(冥福: 죽은 뒤 저승에서의 복)을 암축(暗祝: 속으로 빎)하고 있자니, 반
가운 안색으로 무언(無言)의 미소를 띠고 우수(右手: 오른손)를 들어 인
사를 하는 현상을 보고 집에 돌아와서 비애(悲哀: 슬픔과 설움)에 지냈
던 것 같다. 급증(急症: 급한 병증)으로 사로(死路)를 일순간(一瞬間: 눈
깜짝할 사이)이나마 방황하고 그 익일(翌日: 이튿날)에 겨우 회복된 몸으
로 이 붓을 드는 것이다.

무오(戊午: 1978년) 12월 20일 봉우추기(鳳宇追記)

1979년(己未)

기미년(己未年: 1979) 원단(元旦)을 맞으며

풍풍우우(風風雨雨: 비바람) 평탄치 못한 내 일생이 어언간(於焉間: 어느덧) 80이라는 긴 세월을 지내 와서 우산낙조(牛山落照)[199]를 감탄하던 고인과 동감하는 것 같다. 그래도 이 나이에 아직도 건강한 편이라 이문목격(耳聞目擊: 귀로 듣고 눈으로 봄)에 지장이 없고 침식(寢食: 잠자고 먹는 일)도 여전하니, 이것은 조물주의 은덕(恩德)이라고 하겠다.

서울 북악산음(北岳山陰: 북악산 그늘) 두옥(斗屋: 아주 작고 초라한 집)에서 백설(白雪)이 만건곤(滿乾坤: 세상을 가득 채움)하고 일기(日氣)는 청명(晴明: 개어 밝음)한데, 무심코 금년지국(今年之局: 연국)을 산정(算定)해 보다가 의외에 금우득운황○패(金牛得運黃○敗: 금소는 운을 얻고 누런 ○는 패함)라는 구(句: 글귀)가 나왔다. 만풍일뢰천지번(晚風一雷天地飜: 저녁바람에 한 번 천둥이 치자 천지가 뒤엎어짐)이었다. 일소(一笑: 한 번 웃음)에 그치고 묵비(默祕: 비밀로 말하지 않음)하자. 60년 전 기미년에 삼일운동이 시작하여 26년을 경과하여 광복(光復)했다. 금년에 금우실각(金牛失脚: 금우가 발을 헛디딤)하면 26년을 경과하여 백산족(白山族)의 염원인 간도광명(艮道光明)의 대업(大業)이 서광(曙光)을 볼 것이요, 그 중간에 남북통일도 있고, 만주진출도 있고, 황백환국(黃白換局: 황백의 전환)도 있다.

---

199) 《안자춘추(晏子春秋)》에 제(齊)나라(오늘날 중국 산동성 지역) 경공(景公)이 우산(牛山)에 노닐다가 낙조를 보고 눈물을 흘렸다는 고사(故事)가 나온다.

이것들이 다 성공하자면 백절불굴(百折不屈: 백번 꺾여도 굽히지 않음)의 의지로 신인물(新人物), 신이념(新理念)의 확립이 제일 난제(難題)이다. 다만 금년에 현상유지의 벽(壁)을 돌파하고 만난(萬難: 온갖 어려움)이 전두(前頭: 미래)로 나가는 신생 한국이라는 것을 알게 되어 비록 나는 이 내두(來頭: 미래)를 다 못 보더라도 오족(吾族: 우리 민족)에게 올 대운(大運)을 감사하며 이 붓을 그친다.

기미(己未: 1979년) 원단(元旦: 설날 아침) 여해근기(如海謹記)

추기(追記)

금우운(金牛運)의 관절이 많았으나, 공(功)도 많고 죄도 많다. 그러나 그 공은 원수(元首: 국가원수)의 업적이요, 죄는 부실(不實)한 간배(奸輩: 간신배)의 범행이었다. 비록 호평을 하려 해도 원수(元首)로서는 좀 미급(未及: 미치지 못함)한 자질에 심호사난성(心浩事難成: 마음이 커서 일이 성공하기 어려움)한 점과 과대평가로 망자존대(妄自尊大)한 결점이 있었고 추종배들은 간상모리(奸商謀利: 간사한 짓을 하여 부당한 이득을 보려는 장사치)로 일일(一日)의 전견지명(前見之明: 미리 보는 밝음)이 없는 자들이어서 보필(輔弼: 윗사람의 일을 도움)의 임(任: 맡김)에는 만부당(萬不當), 천부당(千不當)한 인물들이었다. 비록 기인(幾人: 몇 사람)의 좀 나은 인물도 있었으나, 일폭십한(一曝十寒: 한 번 따뜻하고 열 번은 추움)에야 어찌하리요? 이것은 우리 민족의 운이 아직 오지 않은 관계다. 그러나 원수(元首)만은 부족하나마 정평(正評)이 급제점(及第點)은 충분하다. 이것으로 불행 중 다행이 아닌가 한다. 건상(乾象: 천문)이나 연국(年局: 추수推數, 수리연구)이 합치하나 두고 보자. 금년은 만풍일뢰(晚風一雷: 저녁바람에 한 번의 우뢰)격이다.

여해추기(如海追記)

팔순이강신(八旬以降辰: 80세 생일)을 맞으며

기미(己未: 1979년) 정월(正月) 20일이 내 팔순일(八旬日: 80세 생일)이다. 가족과 친지들과 이 날을 기념하니, 내 나이 80이 되도록 일무소성(一無所成: 하나도 이뤄 논 것 없음)하고 허로(虛老: 헛되이 늙음)했으니, 제일 부모님과 조상님들에 죄송한 마음 금(禁)할 길이 없고, 또 이 나라, 이 민족에 1건(一件: 한 가지)도 책임을 완수 못하고 의대반낭(衣袋飯囊: 아무 쓸모없는 사람)200)으로 외상(外上) 생활을 했으니, 고인들은 앙불괴천(仰不愧天: 우러러 하늘에 부끄럽지 않음)이요, 부불작인(俯不作人: 구부려 사람에 부끄럽지 않음)이라 했는데, 나는 금일 회상해 보면 앙이괴천(仰而愧天: 우러러 하늘에 부끄러움)이요 부이작인(俯而作人: 구부려 사람에 부끄러움)이다. 무엇으로 지하에서 조선(祖先: 조상)이나 선령(先靈: 선조의 영혼)들을 뵈올까 죄송한 마음 금치 못한다.

다만 내 마음만은 선(善)코자 하나 행(行)이 같지 못하고 나도 사람으로서의 책임을 다하고자 하나 실적이 마음과 같지 못해서 낙후인생(落後人生)이 되었다. 팔순(八旬)날 내 마음만은 불편했다. 그래서 그동안 못하던 위선사(爲先事: 조상을 위하는 일)도 좀 하고 육영사(育英事: 교육사업)도 좀 했으나, 이것은 책임을 면하고자 하는 행위이지 무슨 효심(孝心)이 있어서가 아니다. 비록 80이라도 팔십이지칠십구년지비

---

200) 의가반낭(衣架飯囊): 옷걸이와 밥주머니라는 뜻으로 옷을 입고 밥을 먹을 뿐이지 아무 쓸모없는 사람을 두고 이르는 말.

(八十而知七十九年之非: 80이 되어서야 79년의 잘못을 알다)하고 생전에 일사(一事), 일사씩이라도 선행(善行)을 하다 갔으면 하는 소망뿐이다. 무엇을 더 바라는 바가 있으리요, 나 한 마음, 내 한 몸의 불선(不善)을 개(改: 고침)하고 천선(遷善: 선으로 옮김)하여 미루어서 가족 또는 친지들에 급(及: 미침)하고, 좀 더 나아가서 거족적(擧族的) 호응(呼應)이 있도록 실행하다 갔으면 하는 소망뿐이다.

기미(己未: 1979년) 정월 20일 팔순(八旬)을 기념하며

산소(山所: 묘)에 입석(立石)하고

내 팔순(八旬: 여든 살) 기념으로 증숙인연안김씨(贈淑人延安金氏) 산소 - 高陽郡 元堂面 星沙里 贊政公 산소 청룡(靑龍)에 - 와 증숙부인(贈淑夫人) 달성서씨(達城徐氏) 산소 - 淑夫人慶州金氏 산소 측(옆) - 와 서모(庶母) 동래정씨(東萊鄭氏)산소 - 공주 上莘洞後(동네 뒤) - 에 각각 입석(立石: 비석이나 상석 등의 석물을 세움)하고, 내 일생에 위선(爲先: 조상을 위함)의 부족점을 소호(小毫: 아주 조금)라도 용서받을까 하는 생각이었으니, 어찌 만일(萬一)인들 보과(補過: 허물을 보충함)됨이 있으랴? 그리고 대종교(大倧教) 운영상 대종학교 운영비로 각각 년 100만 원씩 표성(表誠: 성의를 표함)한다. 유도회(儒道會)에도 년 120만 원씩을 표성(表誠)한다. 다 미안해서 하는 일이다. 그리고 부선(扶善: 선행을 도움)사업으로 몇 명의 고궁자(孤窮者: 외롭고 가난한 사람)에게 활로(活路)를 개척하게 해본다. 마음과 같이 성공될 것인가가 의문이다. 되고 안되는 것은 운에 맡기고 수인사대천명(修人事待天命: 사람의 할 바를 다하고 천명을 기다림)일 뿐이다. 내 마음으로는 무슨 일이든지 악(惡)하지 않는 일을 해보았으면 하는 소망이나, 마음대로 될까가 의심난다. 그저 역행불휴(力行不休: 쉬지 않고 힘써 행함)할 뿐이다.

기미(己未: 1979년) 2월 중 여해서(如海書)

신체에 적신호(赤信號)가 온 것 같다

　우연히 신체에 피로가 심해지고 불사식(不思食: 식욕이 없음), 불소화(不消化: 소화가 안 됨)하여 점점 신체가 약해진다. 불면증도 겸한 것 같다. 그 원인은 불문가지(不問可知: 묻지 않고도 앎) 과로(過勞)에서 온 것인데, 내가 지이불행(知而不行: 알면서 행하지 않음)으로 과로를 계속하는 관계로 적축(積蓄: 축적)된 과로가 심신불안(心神不安)을 타고 와서 야간독침(夜間獨寢: 밤에 홀로 잠)하다가 급관격(急關格: 갑자기 체하여 가슴이 막히고 토하지도 못함)으로 변해서 급증(急症: 매우 위급한 병)으로 생사관문(生死關門: 삶과 죽음의 갈림길)에서 방황하다가 겨우 회생했으나, 연 2개월간을 불면(不眠), 불사식(不思食: 식욕이 없음), 불소화(不消化: 소화가 안 됨)로 체중이 수십 근이 감량(減量)되었다. 아주 병객(病客)이 되어 한심한 일이다. 이 원인은 내가 경영하는 사업에 폭풍이 온 것에 심적 불안과 불만이 개재한 것도 사실이요, 내 신체가 약해진 것도 사실이다. 이것이 다 내가 인성(忍性: 참을성)이 부족한 탓이다. 근간(近間: 요사이)에 와서야 겨우 회생의 광선이 빛나는 것 같다. 병중에 관동(關東: 강원도)의 설악산 낙산사, 경포대와 경상도 해인사, 직지사(直指寺), 진주 촉석루, 남해 대교, 용인 민속촌 등을 관람하고 좀 심신이 안정이 된 것 같다. 그래도 아직도 불건강하기는 동일하다. 노병(老病: 노쇠하여 생기는 병)은 할 수 없는 일이다. 건강을 주의해 보는 중이나, 완전복구는 요원(遙遠: 아득히 멈)하다.

기미(己未: 1979년) 8월 중추절(仲秋節: 추석) 여해(如海)

건상(乾象: 천상天象, 천문, 천체의 현상)에 변(變)이 있다!

중추절 후 수일이 경과한 어느 날, 오후 4시경에서 시작하여 5시 반경까지 불소(不消: 사라지지 않음)했다. 상천(上天)은 미미한 운무(雲霧: 구름과 안개)가 있었다. 중간 청천(青天)이 보이는 곳에 서북간(西北間)에, 동남간(東南間)에 백기(白氣)가 충상(沖上: 위를 찌름) - 살이 수십 개 - 하는데, 그 백기(白氣) 상부를 거의 같은 수십 개의 적흑색(赤黑色) 충기(沖氣: 찌르는 기운)가 북악산정(北岳山頂: 북악산 꼭대기)까지 충(沖)하기를 1시간여(餘: 남짓)였다. 그 충상(沖上)하는 백기와 그 상층으로 동일폭(同一幅)의, 동일수(同一數)의 적흑(赤黑) - 담흑미황(淡黑尾黃: 담흑색이나 꼬리는 누런색)색은 아주 심했다. 이것은 살기(殺氣)가 자미원(紫微垣)[201]을 충(沖: 찌름, 침범)하는 것이라 길조(吉兆)가 아니다. 하일(何日)쯤 이 징조가 부합할지 의문이다.

기미(己未: 1979년) 음력 8월 17일 오후 여해(如海)

---

201) 자미원(紫微垣)은 삼원의 하나로서, 천자가 거주하는 궁전이다. 고대 천문학에선 천문의 분포를 통상 삼원(三垣)과 28수(宿), 그리고 300의 성좌(별자리)와 1,460개의 별들로 구성되어 있다고 본다. 그중 삼원은 황제가 기거하는 궁궐인 자미원(紫薇垣)과 신하들이 정사를 논하는 곳인 태미원(太微垣), 그리고 백성들이 사는 천시원(天市垣)이라는 세 영역으로 이루어져 있다고 한다.

[이 글은 1989년 출간된 《천부경의 비밀과 백두산족 문화》 282페이지 〈관천록〉에 수록된 봉우 선생님의 천문관측 기록 중 하나입니다. 약 한 달 후에 벌어진 박정희 대통령 암살사건을 천문관측을 통해 예언하신 것입니다. 글의 제목이 매우 인상적입니다. 마치 아주 안 좋은 일이 벌어질 것을 암시하고 있습니다. 훤한 대낮에 천문을 보시고 미래에 벌어질 일을 아주 구체적으로 기술해 놓으신 것이 참으로 놀랍고도 놀랍습니다. -역주자]

백기(白氣)가 자미원(紫微垣)을 범(犯: 침범)하다

야(夜) 11시경에 백기(白氣) 3도(三道)가 교충(交沖: 교차하며 침범), 일선(一線)은 손사방(巽巳方: 동남방)에서 건해방(乾亥方: 서북방)으로, 일선은 정동방(正東方)에서 북두(北斗: 북두칠성) 염정성(廉貞星)202)을 요(繞: 둘러쌈)하고, 손사방(巽巳方)에서 오는 선(線)과 교차되고, 일선(一線)은 남방(南方)에서 북극(北極: 북극성)으로 직충(直沖: 곧바로 침범)한다. 이것이 역시 흉조(凶兆)다. 알 수 없다. 두고 보겠다.

기미(己未: 1979년) 음력 8월 회일(晦日: 그믐날)

[1979년 10월 26일 박정희 대통령 암살사건을 한 달여 앞두고 봉우 선생님은 두 차례에 걸쳐 천문관측 기록을 일기에 상세히 담아 놓으셨습니다. 그 내용은 "건상에 변이 있다", "백기가 자미원을 범하다" 등 제목에 나타나듯이 국가원수의 신변이 위기에 처했음을 예고하고, 매우 큰 국가적 사변이 임박했다는 것을 암시하고 있습니다. 이 천문학적 예언은 곧 이은 박정희 대통령의 죽음으로 사실

---

202) 북두칠성(北斗七星) 중(中)의 다섯째 별. 문곡성(文曲星)의 아래, 무곡성(武曲星)의 위에 있음. 글자 그대로 청렴과 곧음을 상징하며 인간 세계의 감사원과 같은 업무를 관장한다.

로 증명되었습니다. 예로부터 천문은 다가올 인사(人事: 인간사)의 내용을 미리 드러낸다 하였는데, 봉우 선생님의 일기 속 천문관측 기록은 이를 그대로 보여 주고 있습니다. -역주자]

1980년(庚申)

〈박 대통령의 피격 흉보를 듣고〉[203] 재추기(再追記)

금번 사변(事變: 천재天災나 그 밖의 큰 변고) 후에 과도정권(過渡政權)으로 최규하 씨가 대통령으로 통대(統代: 통일주체국민회의)들이 선출하였다. 이 처사(處事: 일처리)는 당연한 일이다. 별(別) 이상할 것이 없으나 선출 후 인선(人選)문제를 보니, 외양으로는 원만하고 점잖은 것 같고 공정무사(公正無私)한 것도 같다. 그러나 국무총리는 부족하나마 그래도 좀 상세한 듯하나 단위가 아주 저급한 것이 가리지 못할 것이요, 또 부총리라는 사람은 이북 인물로 가족은 외국에 거주시키고 단신으로 한국에 있는 사람이라 출언(出言: 말을 함)을 하면 얼핏 하면 무책임한 말을 일수 잘한다. 아주 무책임, 무정견(無定見: 일정한 의견이 없음)의 대표적 인물인 것 같다. 여전히 행정(行政)의 부정(不正)은 불변한다. 물가고(物價高: 높은 물가)는 화산폭발과 같고 부익부(富益富: 부자는 더 부자가 됨), 빈익빈(貧益貧: 가난한 사람은 더 가난해짐)은 구제(救濟)할 방식이 더 없었다. 이것은 그들(위정자들)이 정치에 좀 부족했던 것이다. 이들은 다 제4~5류에 불과한 것이다.

다음 신(新)선출로 된 인물이 누구인가는 우리 국민들이 복이 있는가, 없는가에 정해질 것이요, 또 우리 국운(國運) 여하(如何: 여부)에 정해진 것이라 무엇이라 말할 수 없으나, 기미년 삼동(三冬: 겨울 석 달)에

---

203) 《봉우일기 2권》 211쪽에 실려 있음. 이 글은 원문에 붙은 재추기 글들임.

수(數)를 산(算: 계산)할 수 없는 강설(降雪: 눈 내림)이며, 동뢰동전(冬雷冬電: 겨울의 천둥과 번개)이 다 길조는 아니요, 더구나 태백(太白: 금성)의 방광(放光: 빛을 내쏨)이 너무 심한 것이 다 우리 민족에 순길조(純吉兆)는 아니라는 것을 잘 증명하는 것이다. 더구나 경신(庚申: 1980년) 원단(元旦: 설날 아침)의 일식(日蝕)이 비록 천지도수(天地度數)에서 행해지는 것이요, 별 이상한 일은 아니라는 신과학자들의 말이나, 천문학상으로는 그 도수(度數)가 어느 날에 되면 그 국가와 민족에게 이러한 조짐이 있다는 것을 명시(明示: 분명히 드러내 보임)한 것이며, 고인들이 일월(日月)운행도수를 부지(不知: 모름)하고 하는 말이 아니라는 것이다. 근대 과학자들이 지기일(知其一: 그 하나만 앎)하고 미지기이(未知其二: 그 둘은 모름)라는 말이다.

내가 근년에 무사분주(無事奔走: 일없이 분주함)해서 1년(一年) 1차(一次)의 집필도 못하고, 하고 싶은 말을 한 건도 못한다. 부생(浮生: 덧없는 인생)이 공자망(空自忙: 공연히 절로 바쁨)이다. 이 붓을 든 것은 기미년(己未年: 1979) 제석(除夕), 경신년(庚申年: 1980) 원단(元旦)을 다 지내고, 3월 초오일(初五日) 심야독좌무면야(深夜獨坐無眠也: 깊은 밤 홀로 앉아 잠을 못 이룸)이라 두어 자 난초(亂草: 어지러이 씀)해 보는 것이다. 또 피곤해서 붓을 그치는 것이다.

경신(庚申: 1980년) 원월(元月: 음력 정월, 1월) 초오일(初五日)
심야(深夜: 깊은 밤) 여해서(如海書)

〈재추기(再追記)〉의 추기(追記)

　　내 나이 금년이 81세다. 내가 건강 유의를 해서 큰 병은 없으나, 그렇다고 아주 강녕(康寧: 건강하고 편안함)한 사람도 아니다. 내 근년에 대인접물(待人接物: 사람을 대하고 사물을 접함)에 과로를 해서 3년 전에 3일간 혼수상태로 생사관문에서 방황을 하고, 근근 회생(回生: 소생蘇生, 다시 살아남)한 후 건강주의를 했으나, 좀 회복 후에 또 과로로 불건강을 초래 중, 겸해 치통으로 발치(拔齒)를 일시에 9개를 하고 그 부작용으로 반년간 식사를 잘 못했다. 식사를 못해서 체중이 20킬로 이상이 감축되었다. 가족들은 노래(老來: 노년)에 체중이 과하면 (당시 96킬로 정도였다.) 불건강한 법인데 내 몸이 75킬로 정도니 도리어 건강에 좋은 일이라고 말들을 한다. 그러나 실지로는 체중이 90킬로 이상인 때에는 등산이나 행보(行步)에 소호도 노쇠감이 없이 행동하고 용력(用力: 힘씀)도 청년들에게 그리 못지않았다. 백미(白米) 일표(一俵: 한 가마니) 정도는 무난히 추상(推上: 위로 들어올림)하였었다. 그러던 것이 체중이 감해진 후에는 백미 한 가마니 90킬로짜리는 겨우 들어 어깨에 추상한다.

　　많이 감했다고 더 든(먹은) 것이 작년 광복절날 또 심야독침중(深夜獨寢中: 깊은 밤 홀로 자던 중) 급병(急病: 갑자기 앓는 병)이 나서 기지사경(幾至死境: 거의 죽을 지경에 이름)으로 대곤난(大困難)을 당했다. 수삼 시간(數三時間) 후에 중태를 들었다(중태에 빠졌다). 그러나 식사를 잘 못한 것이 수월간(數月間: 몇 달간)이었다. 동절(冬節: 겨울)에 와서 좀 건강회복이 되었다. 그래도 현상이 아주 완전회복이 못 된 것이다. 그리고 작년에 경제적으로 좀 불경기였다. 60년 전 경신년(庚申年: 1920)

에 내가 5개월간 와병(臥病)으로 생사관문(生死關門)에서 출입을 10여 차 하다가 5월에 병석에서 회생하고 가산(家産)은 탕진(蕩盡: 써서 없앰) 했다. 내 일생에 일대관문(一大關門)이었다.

그로부터 30년간 빈곤생활을 하며, 입산수련(入山修練)은 수십 차였다. 기분(幾分: 얼마)은 수양이 되었고, 또 일득지견(一得之見: 하나 얻은 견해)이 있어서 빈천불능이(貧賤不能移: 가난함이 너를 변하게 하지 못함), 부귀불능음(富貴不能淫: 부귀가 너를 방탕하게 하지 못함), 위무불능굴(威武不能屈: 위압과 무력도 너를 굴복시키지 못함)204)이라는 내 평생 평구(評句: 평하는 구절)와 같이 백련철(百鍊鐵: 백번 단련한 철)이 되어 섭세도로(涉世到老: 세상을 건너며 늙은이가 됨)했었다. 물론 나도 사람이라 말하자면 범인(凡人)이라. 성현군자도 아니요, 영웅호걸도 아니요, 다만 여범인동(與凡人同: 보통사람과 더불어 같음)한 인간(人間) 권태훈(權泰勳)이었다. 그래서 행사(行事)가 어찌 다 공명정대(公明正大) 할 수만 있겠는가? 별별 행사가 다 있었다. 회고해 보면 잘한 일도 있었고, 그 반대 일도 많이 있었다. 그러나 내가 고의로 범행은 한 일이 없었고 거의 과오(過誤)에서 나온 실수가 많았고, 내대로는 해보려고 힘도 써본 적이 없지는 않았다. 말하자면 공과(功過: 공적과 과실) 반반(半半)은 자타가 공인할 것이다.

내 병점(病點: 나쁜 점)은 행사(行事)에 열(熱)이 부족해서 성공점에 도달 못한다. 환언하면 미온적(微溫的)이라는 말이요, 개과천선(改過遷善)을 잘해야 하는데 지과필개(知過必改: 과오를 알고 반드시 고침) 못하고 인순유예(因循猶豫: 머뭇거리며 일을 결행하지 않음)하는 결점이 많다.

---

204) 《맹자》〈등문공(滕文公)〉 하편에서 맹자는 이 세 가지 세상의 부귀, 빈천, 위무를 극복한 이를 대장부(大丈夫)라 정의하였다.

말하자면 내 한 일의 선불선(善不善)은 잘 안다. 또 지과필개해야 한다는 것도 잘 안다. 그러면서도 미온적이라 개과를 못한다. 또 내가 연정(研精: 정신수련)을 해보아서 하면 되는 것을 잘 알면서도 구구(區區)한 생활에 얽매여서 얼마 남지 않은 광음(光陰: 시간)을 아낄 줄 모르고 1년, 2년 한 것이 벌써 81세다. 내가 정신수련의 정경(正經: 바른 길)과 육체건강의 비법(秘法)은 누구에게도 현존인물로는 일두지(一頭地: 제일 앞자리)를 양(讓: 사양)할 자리가 없다. 이것은 각자가 다 자신이 있으리라. 그러나 실지에 있어서 이 두 가지만은 자신이 만만하다. 내가 생명이 붙어 있는 동안 이 두 가지만은 발족해서 동지(同志)를 구하든지 후진(後進)을 양성하든지 그렇지 못하면 노정기(路程記)를 무슨 방식으로든지 명확하게 할 결심이다.

이런 붓을 들자면 시간이 없는 것은 아니다. 내가 시간을 허송하는 것을 줄이고 결심하면 될 것이다. 부주의해서 유예미결(猶豫未決: 미루고 해결 안 함)하는 버릇으로 실행 않는 것, 내 최대 단점이라고 자인한다. 금년이 60년 전에 내가 내 일생의 최대 고배(苦杯: 쓴 잔)를 마신 해다. 금년만은 조심, 조심해서 지나갈 것을 결심한다. 수필(隨筆)도 다른 제목을 쓰지 않고 전(前) 제목에 재추기(再追記)로 쓴다. [6일 상오(上午) 2시경이라 붓을 그친다.]

경신(庚申: 1980년) 원월(元月: 정월) 초육일(初六日) 여해서(如海書)

1982년(壬戌)

무제(無題)

소년시대에 이런 창가(唱歌)205)를 불러 본 일이 있다. 소년은 이로(易老: 쉬이 늙음)하고 학난성(學難成: 배움은 이루기 어려움)하니, 일촌(一寸: 한 마디)의 광음(光陰: 시간)인들 불가경(不可輕: 가벼이 할 수 없음)이라는 가사였다. 낙구(落句: 마지막 구절)가 (중간은 제외하고) 계전(階前: 섬돌 앞)에 오엽(梧葉: 오동나무 잎)이 이추성(已秋聲: 이미 가을소리, 떨어짐)이라 하였다. 소년시절의 생각은 사람이 얼마나 하우불리(下愚不移: 아주 어리석음)하기로 백사불성(百事不成: 모든 일을 실패함)하고 계전오엽이추성(階前梧葉已秋聲)하랴고 생각한 것이 어제 같은데, 내가 지내고 보니 백사불성하고 벌써 83세다.

계전오엽이추성지탄(階前梧葉已秋聲之歎: 섬돌 앞의 오동나무 잎이 이미 가을 소리를 내며 떨어짐을 읊음)206)은 상이물론(尙已勿論: 외려 이미 논할 바 없음)이오나, 영상노송(嶺上老松: 고개 위의 늙은 소나무)에 백설(白雪)이 만건곤(滿乾坤: 세상에 가득함)하도다. 일생사(一生事)를 회고하니, 백

---

205) 갑오개혁 이후에 생긴 근대 서양음악 형식의 간단한 노래.

206) 여기서 계전오엽이추성은 주자(朱子: 주희朱熹, 중국 송나라의 철학자)의 권학시(勸學詩) 마지막 구절이다. 원문은 소년이로학난성(少年易老學難成: 소년은 늙기 쉽고 학문은 이루기 어려우니), 일촌광음불가경(一寸光陰不可輕: 한 치의 시간도 가벼이 여기지 말라), 미각지당춘초몽(未覺池塘春草夢: 연못가의 봄풀은 아직 꿈에서 깨지 못했는데), 계전오엽이추성(階前梧葉已秋聲: 섬돌 앞의 오동나무잎은 이미 가을 낙엽 소리를 내네)이다.

사무성(百事無成: 모든 일이 성공한 게 없음)하고 여초목동부(與草木同腐: 초목과 함께 썩음)하는 외에 소득이 무엇인가? 창해속신(滄海粟身: 넓고 큰 바다의 좁쌀같이 작은 몸)이 범허주(泛虛舟: 빈 배에 떠 있네)로다.

회고일생경과사(回顧一生經過事) 일생 지난 일 돌아보니
풍풍우우시비중(風風雨雨是非中) 비바람 치는 시비의 와중이었네.
도로웅심유부절(到老雄心猶不絶) 늙은이 되었으나 웅대한 마음은
　　　　　　　　　　　　　　　오히려 끊어지지 않았으니
지남지북신상망(之南之北身常忙) 남으로, 북으로 몸은 늘 바쁘네.

　이라. 내 나이 83세인데 생각만은 아직도 20년, 30년 내두사(來頭事: 앞으로 닥쳐올 일)를 설계도 해보고, 경영도 해보면서 장년, 청년, 소년들을 상대로 이런 일, 저런 일을 그칠 줄 모르고 일을 좋아하니, 범파(泛波: 바다에 뜸이여), 만경창파혜(萬頃蒼波兮: 한없이 넓고 푸른 바다여)여! 허주무양도피안(虛舟無恙到彼岸: 빈 배가 탈 없이 피안에 도달함)은 조물주(造物主)가 보증(保證)하라!

　　　　　　　　　　임술(壬戌: 1982년) 양력 3월 15일 여해(如海)

수필: 후진들이여, 참고하시라!

임인(壬寅: 1962년) 정월(正月: 음력 1월)에 오성(五星: 금.목.수.화.토성의 다섯 별)이 취두(聚斗: 두성(斗星) 분야로 모임)하여, 성진(星辰: 별)학자들이 별별 논의가 다 있었다. 이 일은 내가 지금부터 63년 전에 추수(推數)를 산주옹(汕住翁: 박양래 선생)과 산(算)하다가 이 연도를 산출해놓고 백산운화(白山運化)의 희소식(喜消息: 기쁜 소식)을 상하(相賀: 서로 축하)했으니, 산주옹은 그 후 환원(還元)하고 나 자신만 임인(壬寅: 1962년)을 당하여 학자들의 논쟁이 구구(區區)한 것을 들었고, 이 조짐이 길조(吉兆)인 것을 동지들에게 공개했다. 그러나 동지들 중에도 반신반의(半信半疑)하는 사람들이 많았고 더구나 청마대운(靑馬大運: 2014년)에 백산운화시입길조(白山運化始入吉兆: 백산운화가 비로소 길조에 들어섬)라는 것도 동지 중에서 자기들이 알지 못하니 불신하는 것도 당연한 일이다. 그러나 길운(吉運)은 점점 근(近: 가까워짐)하여 임술년(壬戌年: 1982년) 3월에 오성방광(五星放光)이 지구와 최근(最近)거리에서 육안(肉眼)으로 완전히 볼 수 있게 되고 비록 일직선은 아니나, 궤도거리가 (오성위치) 역시 최근(最近) 하였다.

이것은 천년래초유사(千年來初有事: 천년 사이 처음 있는 일)라고 한다. 금번의 성광(星光: 별빛)은 임인년(壬寅年: 1962년) 오성취두(五星聚斗)의 길조를 뒷받침하는 천상(天象)이 간도중광(艮道重光)하여 장춘세계(長春世界)의 대동홍익운(大同弘益運)을 예고하는 것이다. 말하자면 장야(長夜: 긴 밤)는 장진(將盡: 장차 걷힘)하고 잔성(殘星: 새벽에 보이는 별) 수점(數點: 몇 점)만 명멸(明滅)하며 불구에 계명성(啟明星)이 방광할 조짐을 예고하는 것이니, 선지자(先知者)들은 영가무도(詠歌舞蹈: 노래를 부르고 춤을 춤)하고 기여(其餘: 그 나머지)는 아직도 날 새는 줄 모르고 잠깰 줄 모르도다. 과연 시호시호불재래지시호(時乎時乎不再來之時乎: 때로다, 때로다. 다시 오지 못할 때로구나)로다. 간도광명(艮道光明) 5,000년 만에 중광(重光)의 소식, 내 몸, 내 눈으로 듣고 보게 되니, 참으로 감사함을 조물주에게 드립니다. 이 반가운 예고는 5,000년래(五千年來) 사람으로는 현 우리 족속 외에는 없을 것입니다. 반가워하십시오. 동천조일(東天朝日)이 만방을 비출 날이 불구(不久: 오래지 않음)합니다. 여해(如海) 비록 노쇠했으나, 망언은 하지 않습니다. 후일에 내가 쓴 이 기록을 보시면 우리 백산족(白山族: 백두산족)이 대운이 올 것을 예지했다는 것을 아실 것입니다.

1. 하원갑(下元甲: 1984년~2044년까지의 60년간)에 남북통일
2. 만주(滿洲) 진출
3. 바이칼 호수 이동(以東) 점거(占據)와 몽고(蒙古: 몽골) 진출로
4. 황백전환(黃白轉換) 중인조(中印朝: 중국, 인도, 한국), 조집기축(朝執其軸: 한국이 그 축을 잡음).

각 도가(道家)에서는 오만년무극대도운(五萬年無極大道運)이라고 하나, 산리(算理: 산법의 이치)로는 5,000년 대운이 아닌가 나는 부기(附記: 원문에 부속되어 기록함)한다. 이 글은 내가 간 후에 잘 보시라. 현세 술사(術士)니, 예언자니 자처하는 분들이 무수하다. 그러나 정확한 해석

을 하시는 분은 극소수이다. - (임술 3월 이후에 작성하신 것으로 추정)

[이 글은《천부경의 비밀과 백두산족 문화》284~286쪽에 실려 있는 것을 다시 재역주한 것입니다. -역주자]

만교(晚交: 늙은 뒤에 사귐)인 동지
모옹(某翁: 아무 노인)을 왕방(往訪: 가서 찾아봄)

모 옹은 모 정당 부위원장으로 그 정당의 창당후○임 고문 자리에 있는 분이다. 독립투사요, 모모 거인(巨人)들 수하(手下)에서 많은 경험이 있는 분이다. 겸하여 정신계에서도 수련을 해온 분이라 그 입지가 고상하다고 본다. 우연히 모 친우의 소개로 초대면을 한 것이 약 1년 경과하였다. 그러나 비록 만교(晚交)일망정 허심(虛心: 마음속에 아무 거리낌이 없음)하는 교도(交道: 사귀는 도리)였다. 내게 왕래하는 중에 고인이 된 모 씨의 영윤(令允: 자식)이 자꾸 와서 그 사람과 동행해서 모 옹을 왕문(往問: 방문)하고, 내 근일 심사를 말해 보았다. 역시 동조하는 의사요 근신(謹愼)하는 행동이다. 당연한 일이다. 시국관(時局觀)에도 거의 동일하나, 내두관(來頭觀: 미래관)은 좀 다르고 호운론(好運論)은 동일하다고 보아야 옳다.

그 수하인(手下人: 손아래사람)들의 의사로는 내가 자연인이라면 모모사(某某事)에 당연 발기인이 되고 추대도 해야 옳은데, 간서(看書: 책을 봄)가 생(生)해서 좀 문제라고 하는 의사였다. 당연한 말이다. 그러나 나로서는 금년 행사를 내 힘자라는 대로 해서 내 마음에 부담이 없으면 족할 것이요, 무슨 명예니, 무엇이니를 찾자고 하는 것이 아니라는 것을 쾌답(快答)하고, 내 힘껏 추진해 볼까 한다고 설왕설래(說往說來)하고 작별했다. 이 기록을 난초(亂草)로 해두는 것은 후일에 내 심사

(心思)를 증명하기 위해서다.

　석양은 재를 넘고, 행인의 발걸음은 빠르고 또 빠르다. 계곡 간에 흐르는 물소리는 여름더위도 모르고 시원한 돌 사이로 그칠 줄을 모르도다.

　여해난초(如海亂草: 여해는 어지러이 씀). 임술(壬戌: 1982년) 5월 16일

문충공(文忠公: 양촌陽村 권근權近 1352~1409) 유학(儒學) 사상 발표회에 참석해 보고

우연한 기회에 한대(漢大: 한양대) 도 교수(都敎授: 도광순 교수)가 (나를) 심방(尋訪: 방문)하고 한국인문과학회에서 문충공 유도(儒道)사상을 발표한다고 한다. 그래서 노력 중이라고 하는데 경제적으로 좀 고난을 받아서 유종지미(有終之美: 유종의 미)를 거둘까 모르겠다고 한다. 그래서 내가 힘닿는 대로 제공하고 혹이나 하고 고대(苦待)하는 것은 무사히 발표가 되었으면 하는 것이었다. 그런데 도 교수의 천신만고 끝에 그 날짜로 발행해서 ○○가 중국, 일본, 국내에서 선생들의 열성으로 2일 만에 무사히 종료하고 그 청강인(聽講人)도 다수였다. 사불가역도(事不可逆睹: 일은 거슬러 볼 수 없음)라는 것이다. 그저 낙심 말고 하면 좀 어려운 일이라 해도 해낼 수 있다고 보아서 이 일을 수필로 기록해 둔다.

여해(如海) 7월 24일

수필: 독립기념관 건립추진위원들에게

임술년(壬戌年: 1982년) 국치일(國恥日: 일본에게 나라를 강제로 합병당한 날)을 기하여 정부 자문위원들의 발의로 독립기념관 건립추진위원들이 지명되고 곧 모금운동이 개시되었다. 국민들은 각계각층에서 찬동하는 현상이다. 물론 명사(名士: 유명한 인사들)들이 심사숙고(深思熟考)한 연후(然後) 발의(發議)한 것이라 우리 같은 초야(草野)사람이야 감히 무슨 시시비비(是是非非)의 논쟁이 있겠는가? 그러나 백보를 후퇴하여 독자적으로야 무슨 말을 못하겠는가? 내가 이 발의를 한 분들에게 일문(一問)코자 하는 것은 그 명명(命名)이 무엇을 의미하는 것인가가 제일 조건이요, 또 (제2조건은) 그 건립으로 국민들의 동향은 국가관에 있어서 어느 곳으로 집중시키느냐 하는 것이요,

제3(조건)은 독립기념관이 경술국치 후 3.1운동과 임정(臨政)수립과 독립군 조직투쟁사와 을유(乙酉: 해방) 이후 무자(戊子: 1948년)(대한민국)건국 후에 있는 일체 역사를 국민에게 길이, 길이 알게 하고자 하는 것인가? 또는 우리 민족이 5,000년 역사를 가진 민족으로 수차의 외침도 있었으나, 세계만방의 어느 나라에게도 뒤지지 않는 혁혁(赫赫: 빛남)한 문화민족이라는 것을 영영(永永: 영원히 언제까지나) 대대(代代) 자손들에게 불멸의 정신유입을 목적하는 것인가? 혹은 지난 역사야 무엇이든지 우리가 알고 있는 3.1운동 이후 광복사(光復史)에 치중하는 것인가? (아니면) 위원 여러분들의 혹 근시안적 곡해(曲解)나 아닐까 해서

이 붓을 드는 것이다.

우리 조선(祖先: 조상)들은 세계 어느 민족이나 국가보다 우월한(하시었고), 세계 인류의 몽매(蒙昧: 어리석고 사리에 어두움)한 것은 개화(開化: 문명화)시키시고(시키셨고), (제일 첫 조상이신) 대황조(大皇祖: 큰임금 할배)님의 업적과 이념이 어느 나라, 어느 민족에서도 찾을 수 없는 성자(聖者)이셨다는 것을 이 민족, 이 나라에 주지(周知)시키는 것이 (무엇보다 중요하다.)

우리 민족역사의 정당성을 세계만방에 선포할 시대가 왔음에도 불구하고 현 국내의 일제잔재의 근성들이 아직도 그 정신, 그 육체를 ○○하고 있는 왜정한체(倭精韓體)를 가지고 있는 학자연(學者然)하는 무리[207]가 아주 없다고는 못한다. 여전히 민족말살(抹殺)을 목표로 하는 이적(利敵)행위자들의 종적이 남아 있는 한은 역사의 왜곡(歪曲)이 시정(是正: 바로 잡음)되지 않을 것 같다. 이것이 초야(草野: 시골의 궁벽한 땅) 일노부(一老夫: 한 늙은이)의 기우(杞憂)라고 생각한다. 위원들이시여, 이 절호한 시기에 일거수(一擧手), 일투족(一投足)이 위원 제위(諸位) 만대(萬代)의 영욕(榮辱: 영광과 치욕)을 좌우할 것이니, 심사숙고하시고 후회 없는 처사(處事: 일처리)를 바랄 뿐이다.

임술(壬戌: 1982년) 양력 9월 3일 여해근기(如海謹記)

---

207) 왜놈 정신에 한국인 육신을 가진 식민사관 역사학자들.

5-143
손녀의 약혼식을 마치고

내 나이 83세라 만사를 가독(家督: 집안의 대를 이을 사람)인 ○○에게 일임(一任)하고 속담의 뒷방 늙은이 격이다. 가사(家事)에 오불관언(吾不關焉: 나는 관여 안 함)하고 고인(古人: 제갈공명)의 "초당(草堂: 초가집)에 춘수족(春睡足: 봄잠이 족족함)하니, 창외(窓外: 창밖)에 일지지(日遲遲: 해가 느릿느릿하네)라. 대몽(大夢: 큰 꿈)을 수선각(誰先覺: 누가 먼저 깨는가)고? 평생(平生)을 아자지(我自知: 나 절로 아네)라." 읊조린 시(詩)구절 같이 불사가인생산작업(不事家人生産作業: 식구들을 위해 일하지 않음)하니 어찌 관혼상제(冠婚喪祭)의 예절에 관심이 있겠는가? 무수옹(無愁翁: 시름, 걱정 없는 늙은이)이면서 무위옹(無爲翁: 아무것도 하지 않는 늙은이)이다. 금일도 대종교(大倧敎) 대황조(大皇祖)님의 경배식(敬拜式)날이라 조조(早朝: 이른 아침)에 참배 차 행장을 정리하자니, 가인(家人: 집안사람)들이 금일이 ○○이 약혼식이라고 참례하라고 한다. 그래서 내가 대황조님의 경배식에 참례하고 조퇴를 해서 오후 1시에 남산 동보성 중화요리점의 식장에 참례하였다. 생각해 보니 내가 너무 자손에게 무관심한 것이다. 신랑 될 사람이 ○○○ 씨라는 것 외에는 아무것도 나는 알지 못한다.

　고인(古人)들은 혼사(婚事)라는 것은 양가(兩家)가 덕동세적(德同勢敵: 덕은 같고 세력은 필적함)208)해야 비로소 혼담(婚談)이 되는 것인데, 나는 신랑이 ○○○ 씨라는 것 외에는 전연 부지(不知)다. 자식에게 물어보니 사가(査家: 사돈집)될 사람이 지방촌(地方村)의 중학교장이라는 것 외에는 아무것도 모르고 중매하는 사람이 장손(長孫)인 ○○이 친우(親友)인데, 그 말이 같은 회사원으로 모범사원이라는 말만 묻지 다른 것은 알아보지 못했다고 한다. 백 가지를 부지하고라도 일당백(一當百)인 당자(當者: 바로 그 사람, 신랑)만 합점(合點: 합격점)이면 족하지 그 외에 구구하게 무엇을 조사할 필요가 있겠는가 하고 나도 승낙했다. 식장에는 양가의 가족들과 신랑, 신부의 친지 몇 분이 모여서 무사히 식을 종료했다. 그 자리에서 신랑의 외조(外祖)가 공주에 거주하던 ○○○이라는 것을 처음 알았다. 내가 잘 아는 인사요, 노윤(魯尹)[209]의 덕지(德芝) 별파(別派)들이며, 공주읍 일○관에 거의 매일 와서 위기(圍碁: 바둑) 소견(消遣: 소일)하던 모 기원회원이라는 것을 잘 안다. 그것으로 신랑이 그 외손이라는 것을 시지(始知: 비로소 앎)하였다. 현대에 무슨 관계가 있는가? 그러나 내 염두(念頭)에 있어서 기록해 본 것이요, 끝으로 신랑, 신부의 장래에 백복병진(百福竝進: 온갖 복들이 함께 옴)하고 천상운집(千祥雲集: 천 가지 상서로움이 구름처럼 모임)하기만 바라고 이만 그친다.

임술(壬戌: 1982년) 음력 8월 초삼일(初三日) 여해(如海)

---

208)《육도삼략(六韜三略)》의 태공망이 지었다는《삼략》가운데 중략(中略)에 나옴.

209) 노성윤씨(魯城尹氏), 노성 즉 논산에 오래 살아온 파평윤씨의 후손을 가리킴. 학자집 안으로 알려졌다.

1983년(癸亥)

수필: 뒷사람들이 공부할 수 있는 성인(聖人)들의 지남철(指南鐵)

　고인 말씀이 서불진언(書不盡言: 글은 말을 다할 수 없음)이요, 언불진의(言不盡意: 말은 뜻을 다 드러낼 수 없음)라고 하셨다. 경사자집(經史子集: 전해 오는 모든 글들)이 다 그러하다는 말씀이다. 그런데 고인들도 혹이 말씀의 과오를 범하는 예가 간간이 있다고 본다. 예를 들면 공부자(孔夫子: 공자)께서 어느 말씀을 문자로 적어 놓으시며 비천하지지신(非天下之至神: 천하의 지극히 신령스러움이 아니면)한 사람이 아니면 가히 이 경지를 모른다고 말씀하시었는데, 이 앞 주(註)에는 그래도 군자(君子) 경지에 가신 이들이 해설을 하신 것이니, 후생으로서는 감히 말할 수 없으나 소주(小註: 잔주, 본주 밑에 단 것)에 보면 다 일가견(一家見)이야 있겠지만 각자가 좀 자중(自重)하였으면 하는 생각이 간간이 든다. 그 사람들도 성인(聖人)의 의사를 바로 해석한 것인지 혹은 부달(不達: 도달 못함)한 것인지 알 수 없다. 나는 경학(經學)에는 문외(門外漢漢)이니 감히 개주(開柱: 기둥을 열음, 새롭게 시작함)할 자격이 없다. 그러나 자신의 생각이 그렇지 않은가 해보는 것이다.

　근일(近日) 우리 선배들이 경전해설을 한 것을 보고 구두(口頭)로는 열렬(熱烈)하나 도(道)가 어느 오륜삼강(五倫三綱) 중 한 부분인 양 해설을 하였다. 참 그 사람의 말이 옳은가, 불연(不然: 그렇지 않은가)한가는 후일로 미루고 자기들의 자질이나 수양이 어느 정도인가 알지 못하고 또 자기가 경전해설은 바로 하는지, 못하는지도 상관하지 않고 이 세상에서 이 해설을 내 아니면 누가 하랴는 자부감으로 하였다면 후인이 보기에 좀 오점(汚點)이 되지 않을까 생각한다. 약간의 학식이나 지식이 있다고 평이한 문헌이야 해설할 수 있으나 성경(聖經)에 붓을 대는 것은 좀 주의할 일이다.

공부자께서도 등동고이소로(登東皐而小魯: 동산에 오르니 노나라가 작고)하고, 등태산이소천하(登泰山而小天下: 태산에 오르니 천하가 작아 보이네)라고 하시었다. 공부의 계제(階梯: 계단과 사다리)를 말씀하신 것이다. 성인의 경전을 소양(素養)이 부족한 사람으로 제멋대로 해(解: 풀이)한다는 것은 후인에게 노정기(路程記)를 잘못 주는 결과가 된다고 본다. 현 유사 종교인들의 소행이야 아무렇든지 정당한 우리 대교경전(大敎經傳: 대종교경전)에는 해설에 신중을 기하라고 부탁하고 싶다. 현 해설들은 어떤가? 의심점이 없지 않다. 천지인(天地人), 가장 알기 용이한 것이다. 상천(上天: 위로 하늘), 하지(下地: 아래에 땅), 중인(中人: 가운데 사람)이라는 것이야 누가 모르겠는가? 그러나 자고급금(自古及今: 옛부터 지금까지)토록 성인(聖人)들 외에는 바로 안 사람이 없었다. 그 성인들도 당신들의 말하고자 하신 것을 후인들에게 전하고자 하시면서도 서불진언(書不盡言: 글로는 말을 다 표현할 수 없음)이요, 언불진의(言不盡意: 말로는 뜻을 다 드러낼 수 없음)고 하시었다.

우리 한배금께서는 "자성구자(自性求子: 스스로의 품성에서 씨알을 구하라), 강재이뇌(降在爾腦: 네 머릿골에 내려와 있느니라)"라고 하시고 그 도(道)를 전수받은 요순(堯舜)은 "유정유일(惟精惟一: 오로지 하나에 집중하여)이오사 윤집궐중(允執厥中: 진실로 그 가운데를 잡으라)이라" 하시고 또 "도심(道心)은 유미(維微: 오직 미약함)하고 인심(人心)은 유위(維危:

오직 위태로움)하니, 유정유일(惟精惟一)이오사 윤집궐중(允執厥中)하라." 하시었다. 또 1,500년 후에 그 전통을 받드신 공부자께서는 도(道)는 재명명(在明明: 선천의 밝음을 후천에 밝힘에 있음)하며, 덕(德)은 재신(在新: 새롭게 함에 있음)하며, 민(民)은 재지어지선(在止於至善: 늘 최선을 다함에 있음)이라고 하시고도 혹 후인들이 알지 못할까 하시어서 주역 계사전(繫辭傳)에 역(易)은 무사야(無思耶: 아무 생각이 없음)하며 무위야(無爲也: 무엇을 함도 없음)하야 적연부동(寂然不動: 고요히 움직임이 없음)이라가 감이수통천하지고(感以遂通天下之故: 느껴 따라서 천하의 연고를 통함)라고 하시어서 후세 학자들의 공부할 수 있는 지남철을 주신 것이다.

우리나라에서는 역대 성인들이 계계승승하시어 5,000년의 장구세월을 경과함에도 불구하고 세강속말(世降俗末: 말세가 도래함)하여 자가선성(自家先聖: 우리 전통의 성현)들의 전수심법(傳授心法: 심법을 전해 줌)은 생각지 않고 외래 종교에 맹종하는 것 한심한 일이다. 우리의 간도중광운(艮道重光運)이 목전에 있는지라 말세에서 전환기가 곧 당도하니, 산재(散在)한 영철(靈哲: 신령스런 도인)들이 영석상통(靈釋相通: 영적으로 풀려 서로 통함)할 시기가 불구(不久: 오래지 않음)하리로다. 이 운(運)이 목전에 있는 것을 영감(靈感)으로 확증(確證)을 본지 벌써 60년이 거의 되었으나, 세인들은 별별 소리를 다하고 구회여성(俱回汝聖: 함께 돌아오니 네가 성인)이라고 망자존대(妄自尊大: 망령되이 자신을 크게 떠받침)하는 것 가소(可笑)로운 일이다. 무슨 짓을 하든지 건강 유의하여 대운(大運) 맞이하는 역군들의 기수(旗手)가 되었으면 하는 야망이 있을 뿐이다. 그 외의 영화(榮華)는 오불관언(吾不關焉: 나는 상관 안 함)이다.

계해(癸亥: 1983년) 양력 5월 1일(음 3월 19일) 오후 12시 정각(正刻)
여해망초(如海妄草: 여해는 망령되이 씀)

현진농제(玄眞弄題)

내자중천자미궁(來自中天紫微宮) 중천 자미궁에서 와서
거로북두염정성(去路北斗廉貞星) 가는 길은 북두 염정성이네.

잠적인간구십년(暫滴人間九十年) 잠시 인간세에 내려와 90년
노변불리연천진(爐邊不移鍊天眞) 화로가를 안 떠나고 천진을 연마했네.

정상광화편우주(頂上光華遍宇宙) 정수리 위 광화는 우주에 두루하고
삼십삼천임의행(三十三天任意行) 삼십삼천을 뜻대로 다니네.

삼극변화오불관(三極變化吾不關) 삼극의 변화는 내가 관여하지 않고
황십자기발호령(黃十字旗發號令) 황십자 깃발은 호령을 발하네.

전후현종적(前後現踪跡: 앞뒤 현재의 자취들)이 소소명명(昭昭明明: 밝고 밝음)하다.
어찌 망평(妄評: 함부로 평함)하리요?

수필: 내 오늘 행동을 만분지일이라도 동정(同情)하시기 바람

　이 책자(册子)를 대해 본 것이 거의 반년이라는 광음(光陰: 시간)이 흘러갔다. 그동안 내 일신상(一身上)에 별 큰 이상은 없으나, 간간이 노쇠 현상으로 신체가 불건(不健: 튼튼하지 않음)했었고, 수하(手下)의 부주의로 약간의 경제적 손실도 있었다. 부유층에서 보면 구우일모(九牛一毛: 아홉 마리 소에 박힌 하나의 털)에 불과하나, 나로서는 사상신루(沙上蜃樓: 모래 위의 신기루蜃氣樓)격이라 부생공자망(浮生空自忙: 허망한 인생 괜히 절로 바쁨)이라고 할 외에 타도가 없었다. 그러나 어찌하랴? 고어(古語)에 선패자(善敗者: 잘 지는 자)는 불망(不亡: 망하지 않음)이라고 했다. 후퇴하여 재정군비(再整軍備: 다시 군대를 정비함)하고 잔존수비(殘存守備)에 전력을 다할 외에 타도가 없었다. 아직 만신창이(滿身瘡痍: 온몸이 상처투성이)이다. 수하들을 안심시키고 재출발을 진행하는 중이다. 경제에는 문외한이라 자신이 없으나, 힘닿는 데 까지 해보기로 하고 성패이둔(成敗利鈍: 지고 이기고 날카로움과 무딤)은 사후에 알기로 하고 맹목적으로 돌진해 보는 것이다. 내가 내 일신상의 영화(榮華)를 위하는 것이 아니요, 나라는 위인을 바라보고 있는 사람들을 위하여 희생이 되어 가며, 혹 성공한다면 사회에 조금이라도 도움이 될까 하고 내 우매한 머리를 쓰는 것이다. 후일에 내 오늘 행동을 흉만 보지 말고 만분지일(萬分之一: 만분의 하나)이라도 동정(同情)하시기 바랄 뿐이다.

계해(癸亥: 1983년) 4월 17일 여해서(如海書)

추기(追記) 경과사(經過事)

내가 대종교 총전교(總典教)로 취임한 후로 별별 사(事)가 다 있었다. 내가 생각지 않던 별별 일이 다 생겼다. 홍제동 앞 교당(教堂) 처분으로 홍은동에 이거(移居: 이주)하면 별 손해는 없으려니 하는 것은 대교(大教) 사람들의 다 같은 생각이라 나 역시 동감이 있었다. 그런데 총전교가 되고 나서 내용을 알아보니, 정반대다. 중간에 기상천외(奇想天外)의 사정이 은복(隱伏: 엎드려 숨어 있음)되어 있었다. 그것은 머리를 잘 쓰는 모모 사람들이 교당이전(移轉) 명목하에 비양심적으로 처리하여 알맹이는 다 없어지고 외피만 남은 것이다. 시(市)에 보상할 때면 자연 파탄이 되게 설계를 해놓고 책임을 교묘하게 회피해 놓고 후임자에게 총책임을 지우려는 수법이다. 가소로운 일이다. 적극 노력해서 이 난관을 해결해 내두(來頭)에 그런 일이 다시 안 나도록 해보겠다. 상대방에서는 우리의 실패되기를 암축(暗祝: 속으로 빔)할지 모르나, 대황조(大皇祖)께서는 암암리(暗暗裡)에 두호(斗護: 두둔하여 보호함)해 주실 것이라고 믿는다. 비록 약마복중(弱馬卜重: 약한 말에 너무 무거운 짐을 실음, 재주에 비해 힘에 겨운 일을 맡음을 비유)의 책(責: 꾸짖음)은 면치 못할지나, 성심성의(誠心誠意)껏 안 했다고는 안 하실 것이다.

동일(同日: 같은 날) 여해(如海)

〈추기(追記)〉[210] - 진퇴유곡의 내 심사

　고인들의 전래하는 말을 하는 것이 아니다. 내 친지(親知: 서로 잘 알고 가까이 지내는 사람)중에서 이 난국(難局: 어려운 상황)을 당하면 수기응변(隨機應變: 임기응변)하여 급한 해결책을 색출(索出: 찾아냄)하는 것을 얼마든지 보았다. 그 행위를 보면 별별 수단이 다 있었다. 이런 일을 정당하니, 부정당하니 평할 필요가 없이 난국 해결에 잘 하더라는 것이요, 그 부류 사람들이면 금번 우리가 당한 일들은 식은 죽 먹기보다 용이(容易)했을 것이라고 생각된다. 환언하면 일을 경영하자면 별별 인물이 다 구비되어야 한다는 말이요, 반드시 그래야 한다는 것은 아니다. 그러나 이런 입장에서 보면 타인의 선의를 잘 받아서 내 일이 해결되었으면 그 사람의 선의를 보답하는 것이 정당한데, 반대로 회복 못할 피해를 준다면 이는 언어도단의 행동이다. 아무리 생각해도 해결책이 나오지 않아서 답답한 내 심정 무엇이라 말로 표현할 수 없다. 내 부족한 것만 자괴(自愧: 스스로 부끄러워함)할 뿐이다.

여해(如海) 추서(追書: 추기)

---

210) 이 글은 《봉우일기 2권》 237페이지에 〈진퇴유곡의 내 심사〉란 제목으로 실린 봉우 선생님 수필의 추기임.

수필: 신 씨의 신수(身數)

금년 음력 정초(正初)에 신 씨(辛氏)라는 만교(晚交: 늙은 뒤에 사귄 친구)가 와서 예년과 같이 내 금년 신수(身數: 사람의 운수) 대평(大評)한 것을 괘지(罫紙: 줄이 그어져 있는 종이) 1매(一枚: 한 장)에 약초(略草: 간략히 씀)해서 준다. 이것이 근 10년 동안 동일한 행사(行事)였다. 그런데 이 신 씨가 내 생년월일시(生年月日時)를 전연 부지(不知)하고 내가 초대면시(初對面時: 처음 대면할 때)에 사주(四柱)를 묻기에 아무 사주나 대답했다. 그런데 신 씨는 연연(年年: 해마다)이 정초면 연운(年運)을 보아서 갖다 준다. 그러나 물론 내 사주가 아니니, 신빙(信憑)할 것인가? 속지고각(束之高閣: 묶어서 시렁 또는 다락에 치워 둠, 한 옆으로 치워 놓고 쓰지 않음)해 버리는 것이 나로서는 보통이었다.

근년에 와서 경과를 보면 신 씨가 보아서 기록한 것이 8~9할은 적중해 왔다. 금년만 하더라도 정월, 2월, 3월, 4월이 다 흉하다고 했다. 그렇다. 의외로 사면초가(四面楚歌: 외롭고 곤란한 지경) 애로(隘路: 좁은 길)를 난개(難開: 열기에 어려움)하고 실패, 낙망(落望)할 외에 타도(他道)가 없었다. 신 씨가 본 바에는 선패자불망(善敗者不亡: 잘 망한 자는 안 망함)이라고 바로 패하나 구급선행책(救急善行策)은 있다고 하였다. 현금(現今)까지 경과가 승운조룡격(乘雲釣龍格: 구름을 타고 용을 낚는 격)이라 되는 일이 한 건 안 되었으나, 기지사경(幾至死境: 거의 죽을 지경에 이름)하여 근근 도생(圖生: 살기를 도모함)하기를 4~5차나 하였다. 그러니 흉하기는 한데 전흉(全凶: 완전히 흉함)은 아니라고 본다. 환언하면 험준한 산로(山路)를 답파(踏破: 걸어서 돌파함)하고 우중(雨中), 설중(雪中) 고생, 고생해 가며 명승고적을 탐사하는 감상(感想)이 든다. 백사불성(百事不成: 모든 일이 실패함)인 중에 비록 고생을 많이 하였으나, 일사(一事), 일사(一事)씩 해결되는 중이라 하늘에 감사를 올리는 바이요, 내 재졸(才拙: 재주가 못났음)을 자감(自甘)하는 바이다.

현상도 또 면전(面前: 눈앞) 석벽(石壁: 돌벽)에 진로(進路)가 막히었다. 그러니 내 힘으로 타개하리라고 자신을 갖는다. 신 씨가 보았다는 기록은 흉후길격(凶後吉格: 흉한 뒤 길한 격)이다. 그러나 흉다길소(凶多吉少: 흉한 것은 많고 길함은 적음)였다. 무엇이라 했던지 간에 내 양수벽개흑암문(兩手擘開黑暗門: 양손으로 흑암의 문을 찢어 열고)하고, 두광즉충북극성(頭光即沖北極星: 머리의 빛은 곧 북극성을 찌르리라)하리라. 신 씨의 수법(數法: 신수 놓는 법)은 사괘(四卦?)가 아닌 것 같다. 사주(四柱)도 알지 못하고 어찌 신수를 알 것인가? 아는 것도 가지가지인 것이다.

[봉우기(鳳宇記) - 1983년 4월 중 쓰신 것으로 추정합니다. -역주자]

추기(追記)

꽃이 피었다고 비로소 영화(榮華: 세상에 빛남)를 보는 것이 아니요, 빛이 푸르다고 반드시 절조(節操)가 있는 것은 아니다. 이름이 없는 꽃도 고적(孤寂: 외롭고 쓸쓸함)한 사람 눈에는 명화(名花: 이름난 꽃)보다 대접을 더 받고, 송백(松柏: 소나무와 측백나무)이 아닌 잡목도 풍우 중에 좀 버티면 후조송(後凋松: 늦게 시드는 소나무)211)의 예고(豫告)가 온다면 얼마나 좋을까? 내 욕심만 되었으면 하는 희망, 이것이 아마 노망증(老妄症)이 아닌가 한다. 금년도 아직 많이 남았으니 내두(來頭) 희망이나 좋은 일이 있으면 하고 이만 그친다. (여해난초如海亂草)

이 수필을 시작하며 내객(來客: 손님)이 부절(不絶: 끊이지 않음)해서 다시 쓰고 다시 쓰고 몇 번이고 반복하였다.

---

211) 《논어(論語)》〈자한편(子罕篇)〉에 "세한연후지송백지후조(歲寒然後知松柏之後凋: 날씨가 추워진 후에야 소나무와 측백나무가 늦게 시듦을 안다"는 공자님의 말씀에 나옴.

안동 권씨 서울화수회(花樹會: 친족모임)
회장을 사임하고

5년 전에 안동 권씨 기로회장(耆老會長)으로 취임하고 3년 전에 화수회장으로 취임했었다. 금년이 화수회 회장이 만료되어 사임했다. 무재무능(無才無能: 재능이 없음)하여 일건사(一件事)도 추진 못 시키고 또 자리를 욕되게 했을 뿐이다. 족친(族親) 상하(上下: 위아래) 여러분에게 미안하고 죄송할 뿐이다. 다음 신임회장이 잘해 주었으면 감사하겠다. 이만.

계해(癸亥: 1983년) 6월 29일 여해(如海)

수필: 어떤 일을 추진 중 단념하다

근(近) 반년간(半年間)을 지지부진(遲遲不進: 매우 더뎌 나아가지 못함) 하던 모건(某件)은 금일 오전에야 단념(斷念: 체념) 결정을 보았다. 정신 (精神) 일부의 암운(暗雲)은 제거되었으니, 행막심언(幸莫甚焉: 매우 다행스러움)이다. 간단히 심정을 기록한다.

계해(癸亥: 1983년) 7월 18일 여해서(如海書)

수필: 중원갑자(中元甲子)를 보내는
계해년(癸亥年: 1983년)

중원갑자(中元甲子: 1924~1984년까지의 60년간)212)를 보내는 계해년(癸亥年: 1983년)이다. 어찌 복잡다단(複雜多端)하지 않으리요? 금년은 조춘(早春: 이른 봄)부터 무슨 일을 보든지 다 사면초가(四面楚歌: 외롭고 곤란한 지경)다. 당하는 일마다 난지우난(難之又難: 어렵고 또 어려움)이요, 공중(空中)의 신기루(蜃氣樓)격이라 노심초사(勞心焦思)하다가 근근(僅僅: 겨우) 해결하여 겨우 실패를 면한 것이 벌써 8~9건이다.

바로 말하자면 식불감(食不甘: 먹는 게 달지 않음), 침불안(寢不安: 자는 게 편치 않음)하여 신체건강이 아주 말이 아니다. 거기다 군대에서 손아(孫兒)가 보는 일이 속수무책(束手無策)의 대실패를 당하고 자식도 연관이 되어 부채여산(負債如山: 빚이 산 같음)한 것 같다. 아래 가옥은 근저당(根抵當)213) 득채(得債: 빚을 얻음)한 것이 기일이 경과해 경매통지가 다 왔고, 10여 년 계속하던 생명보험은 거의 해약(解約)해서 채무정리를 하고 있는 중에 내가 관계하는 모모 기관이 거의 다 적자(赤字)운영이라 현상유지가 극(極)곤란한 중이요, 나 큰집 작은 종질(從姪: 사촌

---

212) 전통 민간 음양설(陰陽說)에서, 시대변화의 큰 단위로 잡는 세 묶음의 육십갑자(六十甲子) 가운데 둘째 육십갑자의 60년을 말한다. 한 시대가 왕성하게 지속하는 단계로 본다.

213) 장래에 생길 채권의 담보로서 미리 질권이나 저당권을 설정함.

형제의 아들)이 의외로 급서(急逝: 갑자기 세상을 떠남)하여 문중(門中)일이 지장이 있고 하니, 생사(生死)는 비록 인위(人爲: 사람의 힘으로 이뤄지는 일)가 아니요, 천명(天命)이라 하나, 당한 사람으로는 불행(不幸)한 일이다.

  금년에 중원갑(中元甲) 최종년(最終年)이라 액(厄: 재앙, 불행) 맥이로 이 일, 저 일 다 곤란을 받고 그중에서도 만분지일(萬分之一)이라도 하원갑운(下元甲運)의 배태(胚胎: 새끼를 뱀)가 될 행운(幸運) ······ [원고 유실됨. -역주자]

1986년(丙寅)

병인년(丙寅年: 1986년) 원단(元旦)을 맞으며

내 나이 86년이던 을축년(乙丑年: 1985년)은 제석(除夕: 섣달그믐날
밤)날 대황조(大皇祖)님의 천진(天眞: 영정影幀) 앞에서 고요히 보내고
그 자리에 계조성(鷄鳥聲: 닭소리)을 들으며, 병인년 원단을 맞게 되었
다. 86년간 거의 같은 행사로 별다른 일이 없었다. 벌써 내 나이 87세
가 되었다. 참으로 석화광음(石火光陰: 부싯돌로 반짝하고 생긴 불처럼 짧
은 시간)이다. 정좌회상(靜坐回想: 고요히 앉아 생각을 돌아봄)하니 변함이
없고 여전하다. 변하고 싶어도 변할 것이 없고, 안 변하려 해도 역시 잘
변해지는 것이 인생이 아닌가 한다. 그래서 내가 청년시절에 (지은) 시
구(詩句)가

"사도차생(思到此生: 생각해 보니 이 삶)이 종시몽(終是夢: 끝내 꿈이련
만), 몽중하사가쟁두(夢中何事可爭頭: 꿈속의 어떤 일이 앞을 다툴 만하리
요?)아"

하고 음영(吟詠: 시를 읊음)한 일이 있었다. 그것은 청년시대관(觀)이
요, 90이 안전(眼前: 눈앞)에 당도한 내 현상으로는 그래도 인생이란 그
렇게 무성무취(無聲無臭: 소리도 냄새도 없음)하게 왔다가 가라고 이 우
주에서 생로병사(生老病死)를 겪으며, 자유자재(自由自在)를 허락하신
것이 아니요, 그 시대, 그 민족, 그 국가에서 잘 기르시는 것은 그 시대,
그 민족, 그 국가의 바른 일꾼이 되어 그 사상(史上: 역사상)에 찬란한
책장후인(冊張後人)을 쓰고 또 후인들이 표본(標本)으로 일을 하게 하

라는 담대(膽大?)한 책임이 있는 것이다. 이 우주가 개벽(開闢: 세상이 처음으로 생김) 이후로 이 우주에 외상(外上)으로 먹고 쓰고 살다 간 인류가 얼마나 되는가 하고 생각할 때 내 머리는 무엇이라 형용할 수 없는 공포감이 들었다. 나야말로 과거 86년이라는 긴 세월의 지나온 발자취가 아무리 회상해 봐도 외상살이 인간임에 틀림이 없다. 고인 말씀에

"조문도(朝聞道: 아침에 도를 들으면)면 석사(夕死: 저녁에 죽음)라도 가의(可矣: 좋음)라."

하신 말씀을 생각하며 또 생각한 바가 있었다. 거백옥(蘧伯玉)의 오십이지사십구년지비(五十而知四十九年之非: 50이 되어서야 지난 49년의 잘못을 알게 됨)라는 말을 생각하고 나도 팔십칠이지팔십육년지비(八十七而知八十六年之非: 87세가 되어야 86년의 잘못을 앎)라고 생각했다. 내두가 얼마 남지 않았으나 그런대로 안광낙지(眼光落地: 눈빛 땅에 떨어짐, 죽음)하기 전까지 일심정력(一心精力)을 다해서 이 우주에 진 빚을 만일(萬一: 만에 하나)이라도 보상해 볼까 하고 이 붓을 든 것이다. 이것으로 병인년(丙寅年) 원단을 맞이하는 기념사로 하겠다.

병인(丙寅: 1986년) 원단(元旦: 설날아침) 여해난초(如海亂草)

천도불언이세공성(天道不言而歲功成: 하늘의 도는 말이 없어도 자연의 섭리는 이루어진다)

고인(古人) 시귀(詩句)에 기경납설고고목(幾經臘雪枯枯木: 몇 번이나 한겨울 눈을 맞은 마른 나무)이 일착동풍개개화(一着東風個個花: 한 번 봄바람을 맞으니 가지마다 꽃이 피네)라는 귀절이 있다. 이것은 무엇을 의미하는 것인가? 인간으로 별별 역경을 다 당하고 있더라도 시기만 도달하면 자연 매사순성(每事順成: 모든 일이 순조로이 이루어짐)한다는 해석인 듯하다. 그러나 아무리 좋은 시기가 도달하더라도 상당한 본인의 준비와 노력이 없이 그저 순풍괘범격(順風掛帆格: 순풍에 돛 달 듯)으로 되는 일은 없다고 보는 것이 당연하다. 비록 사서(四序: 사계절)에 봄이 오더라도 종자를 심지 않는 곳에 자연으로 수확이 있을 식물이 날 리가 없다. 대자연으로 청산녹수(青山綠水)의 번식되는 동식물은 예외로 하고 인생살이라는 것은 파종자가 수확하는 것이 정칙(正則)이다. 그러하니 내두에 아무리 길운(吉運)이 도래한다 해도 그 길운을 맞자면 그만한 노력을 해야 비로소 그 길운에 참례할 수 있고, 그 노력 대가의 비례로 보수도 갖는다고 본다. 아무 준비도 없이 그저 길운을 받고자 하는 것은 농사 짓지 않고 추수하고자 하는 것과 소호도 다를 것이 없다고 확언하여도 별 차이가 없다고 생각한다.

그러니 우리 백두산족의 대운(大運)이 불구(不久)해서 도래한다 해도, 이 대운을 맞고자 준비와 노력을 구비한 사람이 제일 먼저 그 운의 소식을 받을 것이요, 준비와 노력이 없는 사람은 제일 후방에 참례할 것은 당연한 일이다. 그러하니 우리 동일한 백산족이라도 우리가 제일 먼저 어느 족속보다도 먼저 준비하고 노력하자는 말이다. 이것이 내가 말하는 대운맞이 운동을 전개하자는 것이다. 천도(天道)나 인도(人道)가 다 동일하다는 것을 고성인(古聖人)들이 전해 주시고, 후세 사람들도 들어서 알고 있을 것이다. 그러나 현세 사회상을 보면 별별 각색(各色)이라 얼른 판단이 나지 않는다. 윤리도덕과는 아무 상관없이 불택선악(不擇善惡: 선악을 가리지 않음)하고 자기 목표만 바라고 전 역량을 집중한다면 일시적으로 성공하는 사람의 숫자가 많다. 그 반면에 몸조심해 가며 윤리도덕의 관심이 좀 있는 사람들은 이 사회에 출세를 잘못하는 것이 현실이다. 이것이 전부라고는 못하겠으나 거의 그렇다는 것이다, 그래서 사회상 통론(通論: 일반적으로 공통된 이론)에서 윤리는 제외시 되고 있는 것이 현상이다. 그러나 천도(天道)나 인도(人道)나는 예외다. 지난해 날이 몹시 찬 해는 그다음 해 여름이 더 덥다. 풍우상설(風雨霜雪)이 다 그 예를 벗어나지 않는다. 인간사회에 있어서는 바로 그 가감승제 운산(運算)이 시기의 지속(遲速: 늦고 빠름) 차이는 있으나, 아주 그 예외는 없다. 일국가나 일개인이나 다 그 원리에서 벗어나지 않는다.

그러니 내가 말하고자 하는 것은 우리가 3,000년 퇴운(退運)의 시기가 만기(滿期)가 되고 길운(吉運)이 시작한다 하여도, 이 길운을 받아들일 만한 준비와 노력을 전 국가, 전 국민이 다해야 비로소 그 대가가 그 노력한 것만큼 받을 것 아닌가? 이왕 오는 길운을 (우리에게만 오는 것이 아니요, 아세아주 전체에 올 운이다.) 국가와 국민 전체가 노력해서 좀 충분한 대가를 받을 수 있게 하는 것이 선지(先知: 앞일을 미리 앎)된 책임이요, 도리이다. 그 운이 온다고만 말하고 아무 준비를 못하고 있으면 국민의 소득은 극소수에 불과할 것이요, 그 책임은 선지자(先知者)로서 대중을 각성(覺醒)시키지 못한 데 있는 것이다. 알고도 오불관언(吾不關焉)이라는 태도를 가지면 알지 못하고 말 못한 사람은 용서를 신에게 받아도, 지이불행(知而不行: 알면서 행하지 않음)한 인물은 신의 책(責: 꾸지람)을 면치 못할 것이다. 그래서 내가 3,000년 대운(大運)이 목전에 왔다는 것을 말하지 않을 수 없는 것이다.

아세아민족들이여! 백두산족들이여! 경성(警醒: 정신차리게 타일러 깨우침)하고 운(運)맞을 준비를 하시오!

병인(丙寅: 1986년)

봉우지죄근기(鳳宇知罪謹記: 봉우는 죄인 줄 알며 삼가 씀)

병인년(丙寅年: 1986년) 송년사(送年辭)

병인년 1년에는 무사분주(無事奔走: 일 없이 분주함)로 한 번도 이 책
자를 대하지 못하고 있다가 우연히 책상에 무엇을 찾다 보니 이 책자
가 나온다. 오늘이 병인년 제석(除夕: 섣달그믐날 밤)이다. 참으로 부생
(浮生)이 공자망(空自忙)이다. 회고하니 을축년(乙丑年: 1985년) 제석에
수자(數字: 몇 자)를 기록했고 신년사(新年辭)를 두어 자(字) 난초(亂草)
하고, 무엇이 그리 분주했던지 나는 알 수 없다. 다만 금년이 왕래(往
來) 분주하며 신체가 불건강해서 집필을 못한 것만은 사실이다. 내가
연정원단학회(硏精院丹學會) 책임자가 되어서 시간이 좀 소비되고 또
대종교 책임자로서 역시 분주무가(奔走無暇: 바빠서 겨를이 없음)하고,
또 종친회(宗親會) 관계, 기로회(耆老會: 노인회) 관계, 양촌사업회 관계,
또 충장공(忠莊公: 권율), 충의공(忠毅公) 광우(廣宇: 사당을 넓힘), 입비
(立碑: 비석을 세움) 관계에도 약간의 시일을 소비했고, 또 금년에 유도
회(儒道會) 책임자에 선임(選任)되어 역시 시간소비가 되고 그 외에도
좀 분망했던 관계로 너무 이 책자와 대면을 무심하게 했다. 이 책자에
게 불친절했다고 용서를 청(請)할 밖에 타도(他道)가 없다.

병인 1년은 무사분주했을 뿐 별 큰 소득은 없고, 국가적으로는 86아
시아게임에 성적이 대양호(大良好)한 것이 우리나라의 국운(國運)이 좀
회운(回運: 운이 돌아옴)되었다는 것과 무역정책이 흑자가 되었다는 건
도 역시 희소식임에는 틀림없다. 비록 내 사적으로는 아무 소득이 없

으나, 금년 제석은 길운(吉運)을 영입(迎入)하는 해였다고 평(評)하는 것이 당연하다. 이것으로 송년사(送年辭)를 대신한다.

병인(丙寅: 1986년) 제석(除夕) 북악산음(北岳山陰)에서

여해근기(如海謹記)

우리나라 인물지(人物誌) 유감(遺憾)

……(앞부분 유실流失)…… 이상(以上)의 대우를 받는다. 이것이 우리 인간 사회의 실정인 데야 어찌하리? 우리나라 인물지라는 것을 보면 이런 일이 간간(間間)이 있다. 그래서 후인들 이목(耳目)을 현란(眩亂: 현혹)시키는 데가 많다. 내가 바라는 바는 인물지(人物志)에 들 만한 인물이어든 전기(傳記)를 자유지노(自幼至老: 어릴 때부터 노인 때까지)토록 소호도 가림 없이 명명백백(明明白白)하게 조사해서 그 사람이 그 자리에까지 갈 수 있는 노정기(路程記)를 빠짐없이 기록해서 후인들이 그 노정기를 보고 따라가면 틀림없이 후세 인물지(人物誌)에 기재(記載)될 수 있게 됐으면 하는 것이다. 현 인물지라는 것은 자초지종(自初至終: 첨부터 끝까지)의 경력(經歷: 겪어 지내 온 일)이 기재된 것이 아니다. 그 인물의 대우를 받을 정도의 위치에서부터 찬양문 정도에 그친다. 내가 말하고자 하는 것은 화엽(花葉: 꽃잎)을 보고 평(評)하는 이보다 근간(根幹: 뿌리와 줄기)을 중심으로 해야 그 인물이 그 자리에서 그렇게 아니할 수 없는 수양(修養)을 가졌다는 증거를 알게 해달라는 소망이다. 총총(悤悤: 급하고 바쁜 모양)해서 할 말 다 못하고 이만 그친다.

여해난초(如海亂草: 여해는 어지러이 씀)

추기(追記)

　근일(近日) 심신(心身)이 구피(俱疲: 함께 지침)하여 집필(執筆: 붓을
듦)할 시간도 없다. 간간(間間)이 잠이 안 와서 청수차(請睡次)로 적는
다.

부록 1

태산에 오르니 천하가 작음을 논함
(登泰山而小天下論)[1]

근봉(謹封) 공주군 반포면 상신리 382번지 권태훈 24세

[이 글은 기존의 소개된 봉우 선생님 유고집에 수록되지 않은 미발
표 자료입니다. 봉우 선생님께서 24세 되던 해(1923년) 작성된 논
문으로서 조선시대 과거 시험에 제출하는 양식으로 쓰여진 것으로
보입니다. 청년 봉우 선생님의 원대하고 심오한 철학을 느껴볼 수
있는 아주 귀한 친필 자료입니다. -역주자]

경전에 이르되, 맛있는 음식이 있어도 먹어 보지 않으면 그 맛을 알
수 없고, 지극한 도가 있어도 배우지 않으면 그 좋음을 모르나니 이로
써 태산이 비록 높으나 한 걸음씩 쌓여 가면 발아래 놓이며, 천하가 비
록 넓으나 한번 휘둘러 보면 눈 안에 다 들어옴을 알 것이라.

經曰雖有嘉肴不食不知其味雖有至道不學則不知其善是知泰山雖高
累積蹠步其高能至足下天下雖廣一騁視線其廣能入眼中

---

1) 《맹자(孟子)》〈진심상편(盡心上篇)〉에 나오는 공자님의 말씀
　"孔子登東山而小魯하시고 登泰山而小天下하시니 故로 觀於海者에 難爲水요 遊於聖人之
門者에 難爲言이라."(공자께서 동산에 오르사 노나라가 작다 하시고, 태산에 오르사 천
하가 작다 하시니, 그러므로 바다를 보아 버린 사람과는 물의 이야기를 할 수 없고, 성인
의 문하에서 논 사람과는 하찮은 이야기 따위는 꺼낼 수가 없다.)

그러므로 성인의 도는 만물에 지극하여 한 물건도 포용하지 않음이 없고 만사를 포용하되 한 가지도 해당되지 않음이 없어 천지와 더불어 그 크고 높고 넓고 호탕함을 같이 하나니, 실로 높고 멀며 행하기 어려워 우러를수록 높고 바라볼수록 멀구나.

故聖人之道極萬物而無一不包包萬事而無一不該與天地同其大高廣浩實高遠難行仰之彌高望之彌遠

만일 배우는 이가 자포자기하여 현실에 안주하지 않고 능히 배움에 뜻을 세운다면 알지 못하고 능력이 없더라도 그것들을 추구하라. 그리하여 알게 되고 능력이 생겨 계속해 나가며 옛것을 익혀 새로운 것을 앎이 끊임없이 계속된다면, 성인의 도가 아무리 크고 높고 멀며 행하기 어렵다 하여도 점차로 변하여 작고 낮고 가까우며 쉬이 행할 수 있게 될 것이라.

若學者不以暴棄自安能立志于學以未知未能求乎知能以已知已能行之不已作之不已溫故知新勉勉蒸蒸則其大其高其遠其難行漸變而爲小爲低爲近爲易行矣

어찌하여 그러한가. 대체로 큰 것은 본래부터 큰 것이 아니라 조그마한 것으로부터 점점 커진 것이며, 높은 것 또한 본시 높은 것이 아니라 낮은 것부터 점차 높아진 것이요, 멀리 있는 것도 본래 멀었던 것이 아니라 가까운 데부터 점점 멀어진 것이고, 행하기 어려움 역시 본래부터 어렵던 것이 아니라 행하기 쉬운 것부터 시작해 점차 어려워진 것이라.

何以然也盖大非本大自小而漸大也高非本高自低而漸高也遠非本遠自近而漸遠也難行非本難行自易行而漸難行也

만약 그 큰 것이 본래부터 큰 것이라 한다면 작은 것 역시 본래부터 작은 것이라 할 것이다. 본래부터 큰 것과 작은 것이 정해져 있다면 어찌 멀고 가까움과 크고 작음의 상관관계가 있을 수 있겠는가? 무릇 높은 곳에 오른 후에야 비로소 그 아래가 낮고 그 위가 높음을 알며, 큰 곳에 거처한 뒤에야 바야흐로 그 안이 작고 그 바깥이 큼을 알게 되는 것이다.

若曰其大本自大云則其小亦本自小矣大自大而小自小有何遠近大小之互相根基乎夫登高而後始知其下爲卑其上又爲高處大而後方知其內爲小其外又爲大

고로 태산이 비록 높다 하나 하늘 아래이고, 큰 바다 또한 깊으나 바다 밑 진흙 위에 흐를 뿐이니, 실로 생각하기 어렵고 말하기 어려운 일은 도와 천지간의 관계이라. 하지만, 티끌 하나가 쌓여 산이 되고 물 한 방울이 모여 바다가 되며, 공기가 응결하여 하늘이 되나니 이로써 보건대, 성인의 도 역시 작은 데서 비롯하여 큰 것을 이루고, 가까운 데서 시작하여 멀리까지 도달하며 낮은 곳을 지나쳐 높은 곳까지 올라감이 틀림없다 할 것이다.

故泰山雖高在乎星漢之下大海雖深流於淤泥之上實是難窮難言之事道與天地也然一塵之積而爲山累滴之合爲海空氣之凝而爲天由是觀之聖人之道亦由小而成大自近而至遠歷低而升高審矣

일과 물건이 작다 하여 혹 쉽게 여기고 소홀히 하지 말고 여기 작은 곳에서부터 작다는 생각을 버리고 온 힘을 쏟으라. 만약 흐르는 물이 빈자리를 채우지 않고서는 더 흐르지 못하며, 군자가 도에 뜻을 둘 때에도 마디마디 빛을 내지 않고서는 통달할 수 없다는 뜻[2]을 실천한다면 곧 그 앉은자리가 높아질수록 아래가 점점 더 작아 보일 것이니, 각기 그 사람의 품격에 따라서 점차 성인의 문 안으로 들어가게 되리라.

勿以事小物小而或易之忽之克念在玆致力於斯若實踐流水之爲物也不盈科不行君子之志於道也不成章不遠之旨則其坐處益高而視下益小各隨其人之品格漸至於造聖之域矣

진실로 공자님께서 태산에 오르사 천하가 작다 하신 경전의 뜻이 지

---

2)《맹자》〈진심상편〉 "流水之爲物也 不盈科이면 不行하나니 君子之志於道也에도 不成章이면 不遠이니라."

나간 성인들의 뜻을 잇고 앞으로 올 후학들의 길을 열어 주는 정맥(正脈)이자 원기(元氣)이며, 영원히 없어지지 않고 길이 보존될 수 있는 것도 바로 여기에 연유함을 알겠노라. 크도다! 공자의 영원한 가르치심이여! 지극하구나! 맹자(아성)의 펼침이여!

固知夫子登泰山而小天下之經旨有以繼往聖開來學正脈元氣閱千古而不泯亘萬世而長存者良由此也大矣哉大聖之經訓至矣哉亞聖之敷演也

근래에 들어와 세상이 타락하여 학문이 복잡해져서 도교, 불교, 양자, 묵자 등이 성인의 도를 훼방함이 심해졌는바, 하물며 학문이 쇠퇴하고 도학이 망해 버린 오늘날에 있어서랴! 다행히도 주관하는 여러 선생들이 불러 깨우치고 구제함에 뜻을 두어 이러한 가시울타리를 베풀고 옥같이 훌륭한 제목을 내걸어서 무너져 가는 성인의 가르침을 하나로 성대히 일으켜 세우며, 우리의 도를 어두운 거리 위에 밝게 드러냈으니, 아아! 참으로 성대하구나! 지극하고 지극하도다.

挽近世降俗末教門多端有甚於老佛楊墨之妨道者矧今文衰道喪之日何幸主司諸先生有意於喚醒拯濟設此荊圍懸此璇題一以使斯文蔚興於頹波之中一以使吾道闡明於昏衢之上猗歟盛哉至矣盡焉

어리석은 이가 삼가 논한다.

愚謹論

부록 2

봉우 선생님 7세 한시집(漢詩集)

이번에 소개하는 봉우 선생님 자료는 봉우 선생님의 시집(詩集)입니다. 제목은 〈사집(私集) 상중(上中)〉으로 되어 있는데, 병오조(丙午條: 1906년 시모음)와 갑인조(甲寅條: 1914년 작품 모음) 두 부분으로 내용이 나뉘어 있습니다. 이 시집은 봉우 선생님의 부친께서 네 살배기 어릴 때부터 한학을 가르친 이래 봉우 선생님이 7세 되던 해, 본격적으로 한

위의 사집(私集)과 권일(卷一)은 부친 취음공 글씨이고 나머지는 봉우 선생님의 글씨 같음

시(漢詩) 교습을 시키신 흔적들을 모아 손수 종이노끈으로 꿰어 만드신 기념책이라 하겠습니다.

1906년에 쓰여진 병오조 시집은 총 41수의 한시가 다양한 형태로 쓰여져 있는데, 대부분 일곱살 훈아(勳兒: 봉우 선생님의 어릴 적 애칭)의 작품이지만 5~6편은 부친께서 어린 아들에게 한시의 시범을 뵈어 주기 위해 지은 부친의 작품으로 추정됩니다.

쓰여진 한시의 형태는 5언, 7언의 고시(古詩), 절구(絶句), 율시(律詩), 고시형(古詩型)의 장단구(長短句) 및 악부체(樂府體) 등이 다양하게 보이며, 부친 취음공(翠陰公)께서 어린 봉우 선생님에게 거의 매일 아침마다 한시 한 편씩을 짓도록 하시며, 때로는 그날의 한시 제목을 정해 주시기도 하고, 때로는 처음 한 구절을 먼저 지어 주시며 나머지를 완성토록 유도하시기도 하며, 어떤 날은 제목과 시 내용을 거의 전부 쓰신 후 마지막 구절만 봉우 선생님이 완성하도록 하시는 등 여러 가지로 한시 학습을 시키셨던 것으로 보입니다.

편집자가 이번에 발굴한 봉우 선생님의 일곱 살 적 한시 작품들을 번역하면서 이미 공개된 봉우 선생님의 1950~1980년대 한시들이 함께 떠올라 실로 감개무량한 바 많았습니다. 사람 나이 일곱에 어찌 이리 시상(詩想)이 조숙한 것인가, 과연 이게 7세 아동의 작품이란 말인가 등등 믿어지지 않는 작품들이 많았기에 이번 공개는 봉우 선생님의 친필 원본 사진을 번역한 작품 하나하나마다 첨부하여 독자분들이 대조하며 읽으실 수 있도록 배려하였습니다.

1914년에 쓰여진 갑인조(甲寅條)의 〈사집(私集) 중(中) - 봉우 선생님 15세 시집〉도 추후에 정리되는 대로 소개하도록 하겠습니다. 우선 봉우 선생님의 7세 시집 41수를 공개합니다.

병오조[丙午條: 1906년 봉우 선생님 7세 한시집(漢詩集)]

(번역·각주: 정재승, 편집: 정진용)

1. 제목 없음

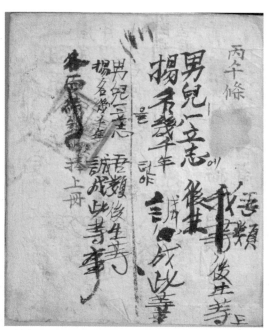

부친 취음공께서 우측 상단에 병오조(丙午條)와 좌측에 각
면결○○봉상책(各面結○○捧上册: 각면을 모아서 ○○
책으로 만들다.)이라 쓰시고 도장을 찍은 것이 보인다.

원문:

남아일입지(男兒一立志)

양명(揚名)을 기천년(幾千年)턴야(터냐)

오류후생등(吾類後生等)도

성성차등사(誠成此等事)

풀이:

남자가 한번 뜻을 세우니

세상에 이름을 드높이기 몇 천년이더냐.

우리들 후생(뒤에 오는 사람)들도

정성으로 이들 일을 이루어 보세.

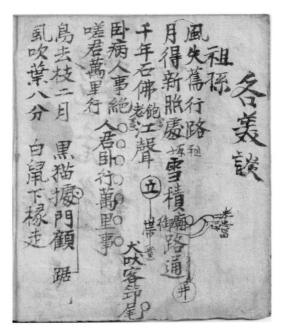

이면은 제목 각미담(各美談)과 조손(祖孫)은 봉우 선생님
글씨인데 시는 지어지지 않은 것으로 보인다. 나머지 글들
은 부친 취음공의 글씨이다.

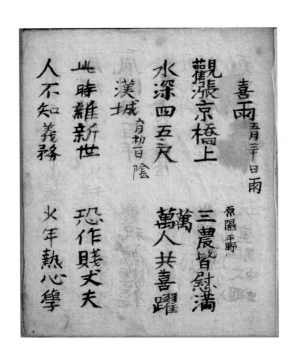

2. 희우(喜雨: 단비)

- 五月 三十日 雨: 음력 5월 30일, 비가 오다.

원문:

관창경교상(觀漲京橋上)

수심사오척(水深四五尺)

삼농개위만(三農皆慰滿)

만인공희약(萬人共喜躍)

풀이:

서울의 다리 위로 물이 불어난 것을 보니

물 깊이가 너댓 척이나 되네.

(반가운 비에) 삼농1)이 모두 가득히 위로를 받으니

모든 사람이 다 기뻐 날뛰네.

3. 한성(漢城)2)

- 六月 初一日 陰: 음력 6월 초하루, 흐림

원문:

차시유신세(此時維新世)

인불지의무(人不知義務)

공작천장부(恐作賤丈夫)

소년열심학(少年熱心學)

풀이:

지금은 새로운 세상이 열리는 때

사람들은 마땅히 행할 올바른 일을 알지 못하네.

천박한 사람이 되기 두려워

소년(봉우 선생님)은 열심히 공부하네.

---

1) 봄갈이, 여름갈이, 추수로 이루어진 세 단계의 농사. 또는 언덕(原), 진펄(隰), 평야(平野)의 농사. 여기서는 후자를 가리킴.

2) 서울의 옛 이름. 1910년까지 사용함.

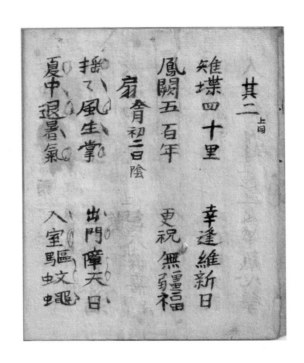

4. 기이(其二: 두 번째 시)

원문:

치첩사십리(雉堞3)四十里)

봉궐오백년(鳳闕五百年)

행봉유신일(幸逢維新日)

갱축무강복(更祝無疆福)

풀이:

서울을 둘러싼 성벽은 사십 리요

---
3) 성 위에 나지막하게 쌓은 담.

임금 계신 궁궐은 오백년이 되었네.
다행히 새로운 세상 만나니
다시금 끝없는 복을 누리시길 빌어보네.

5. 선(扇: 부채)

　- 六月 初二日 陰: 6월 초이틀 흐림

원문:

요요풍생장(搖搖風生掌)

하중퇴서기(夏中退署氣)

출문장천일(出門障天日)

입실구문승(入室驅蚊蠅)

풀이:

흔들면 바람이 일어나는 손바닥

여름의 더운 기운 물리쳐주네.

문밖을 나서면 해를 가려주고

방으로 들면 모기와 파리 쫓아주네.

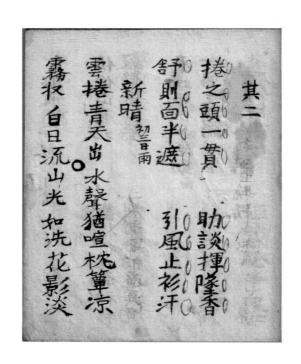

6. 기이(其二: 두 번째 시)

원문:

권지두일관(捲之頭一貫)

서즉면반차(舒則面半遮)

조담휘추향(助談揮墜香)4)

인풍지삼한(引風止衫汗)

풀이:

(부채를) 말면 머리 하나로 접히고

---

4) 퇴폐(頹廢)한, 썩은, 나쁜 냄새

펼치면 얼굴의 반을 가려주네.

(여럿이 이야기할 때) 나쁜 기운을 떨쳐내주고,

바람을 끌어와 옷의 땀을 말려주네.

7. 신청(新晴: 비온 뒤 개인 날의 청신함)

　－ 初三日 雨: 6월 초사흘, 비

원문:

운권청천출(雲捲靑天出)

무수백일류(霧收白日流)

수성유훤침점량(水聲猶喧枕簟凉)

산광여세화영담(山光如洗花影淡)

풀이:

구름 걷혀 푸른 하늘 나오고

안개 사라지니 하얀 햇빛 흐르네.

물소리 떠들썩하니 잠자리 서늘하고

산빛 또한 깨끗히 씻은 듯 꽃 그림자 맑게 비치네.

8. 산수도(山水圖)

- 初四日 陰: 6월 초나흘, 흐림

원문:

의희산유광(依俙山有光)

적정수무성(寂靜水無聲)

단교행인탈신채(斷橋行人奪神彩)

별포귀범핍진경(別浦歸帆逼5)眞境)

호단기복여활동(毫端起伏如活動)

5) 닥칠 또는 가까이할 핍.

일폭생초절속진(一幅生綃6)絶俗塵)

풀이:

어렴풋이 보이는 산

고요히 소리없이 흐르는 물.

끊어진 다리 위의 행인은 (사람의 넋을 뺏을만치) 너무 아름답고

이별의 항구로 돌아오는 돛단배는 사실 그대로에 가깝네.

붓끝의 기복이 살아 움직이니

한폭의 비단그림 세속의 때를 벗겨주네.

　　[이 시는 표현이 너무 세련되고 원숙하여 7세 아동이 썼다기보다
　　마치 당시(唐詩)의 하나를 인용한 듯하다. 글씨가 부친 취음공의 것
　　이라, 혹시 어린 아들(봉우 선생님)에게 표본으로 써주신 것 아닐까
　　(?) 의문이 생(生)한다. -역자 주]

9. 완초월(玩初月: 초승달을 보며)
　 - 初五日 晚晴: 6월 초닷새, 활짝 갬

원문:

생백파황혼(生魄7)破黃昏)

―――

6) 생사 초. 삶아 익히지 않은 명주실.
7) 백(魄)은 달의 어두운 부분으로, 생백(生魄)은 음력으로 매월 열엿샛날, 또는 그날의 달.
　 기망(旣望)이라고도 함. 이 시는 초승달을 노래한 것인데 작자는 왜 생백으로 초승달을

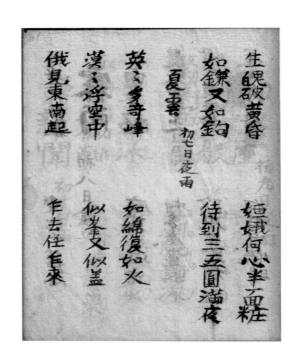

여겸우여구(如鎌又如鉤)

항아하심반면장(姮娥何心半面粧)

대도삼오원만야(待到三五圓滿夜)

풀이:

황혼을 깨뜨리고 나타난 초생달

마치 낫처럼, 혹은 갈고리처럼 생겼구나.

(달속의 선녀仙女) 항아는 무슨 마음으로

반면을 화장하고 보름달 둥글게 차는 밤까지 기다릴까?

———

노래했을까?

10. 하운(夏雲: 여름의 구름)

  - 初七日 夜雨: 6월 7일, 밤에 비옴

원문:

영영다기봉(英英多奇峰)

막막부공중(漠漠浮空中)

여면부여화(如綿復如火)

사봉우사개(似峯又似盖)8)

아견동남기(俄9)見東南起)

사거임사래(乍10)去任乍來)

갱간서북취(更看西北聚)

변화천만태(變化千萬態)

풀이:

뛰어나게 아름다운, 수많은 기이한 산봉우리들

넓고도 멀리 아득히 공중에 떠있네.

솜 같기도, 불 같기도 하며

산봉우리 또는 덮을개처럼 생겼구나.

잠시 동남쪽 (구름) 일어남을 보았더니,

졸지에 사라지고 생겨남을 마음대로 하네.

다시 서북쪽에 모이는 걸 보노라니

---

8) '蓋'의 속자(俗字).

9) 잠시 아

10) 언뜻, 졸지에, 갑자기 사.

그 변화 천만 가지 모습이네.

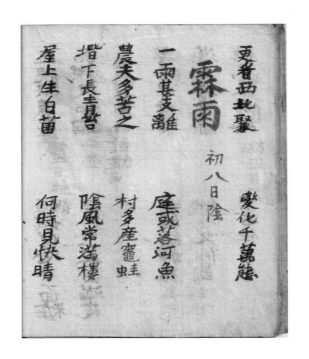

11. 임우(霖雨: 장마)

  - 初八日 陰: 6월 초파일, 흐림

원문:

일우심지리(一雨甚支離)

농부다고지(農夫多苦之)

정혹낙하어(庭或落河魚)

촌다산조와(村多産竈蛙)

계하장청태(堦下長靑苔)

옥상생백균(屋上生白菌)

음풍상만루(陰風常滿樓)

하시견쾌청(何時見快晴)

풀이:

한번 장마비 너무 심해

농부의 고생이 많네.

집마당엔 간혹 물고기를 떨어뜨리고

마을엔 부엌 개구리가 많이 생기네.

섬돌 아래엔 푸른 이끼가 자라고

집 위로 하얀 곰팡이 생겼네,

축축한 바람 늘 마루에 가득하니

어느 때에나 쾌청함을 보려나.

12. 즉경(卽景: 장마 뒤의 경치를 읊음)

　　- 初九日 夜雨: 6월 9일, 밤에 비옴

원문:

자맥우초헐(紫陌雨初歇)

번화만안개(繁華滿眼開)

삼각청수립(三角淸秀立)

오호범람류(五湖汎濫流)

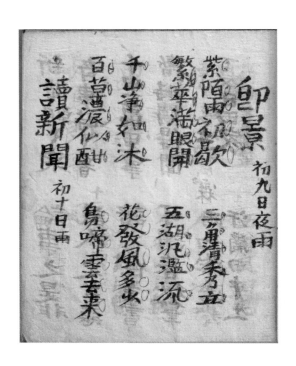

천산정여목(千山淨如沐)

백초농사감(百草濃似酣)

화발풍다소(花發風多少)

조제운거래(鳥啼雲去來)

풀이:

서울의 장맛비 처음 그치니

화려한 꽃들 눈 가득 피네.

삼각산은 맑고 빼어나게 솟아 있고

오호11)는 물이 넘쳐 흐르네.

온 산들 깨끗하기가 방금 머리 감은 듯하고

온갖 초목들 화창하고 무성하구나.

꽃은 피고 바람부는데,

구름 속 지저귀는 새소리.

13. 독신문(讀新聞: 신문을 읽고)

　　- 初十日 雨: 6월 10일, 비옴

원문:

신문조조래(新聞朝朝來)

기사시시간(奇事時時看)

논사지시비(論事之是非)

설인지선악(說人之善惡)

천리만리사(千里萬里事)

잠시간득문(暫時間得聞)

제언임의서(諸言任意書)

가위춘추필(可謂春秋筆)

풀이:

신문이 아침마다 오니

---

11) 원래 중국의 5대 호수를 의미하나 여기서는 서울의 큰 하천들을 비유한 것이 아닌가
　　싶다.

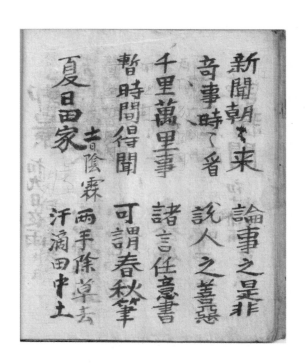

기이한 일들 때때로 보네.

일의 옳고 그름 논하고

사람의 선악을 평하네.

천리 만리의 일들을

잠시 동안 얻어 들으며

여러 사람의 말들을 정당한 의사에 따라 기록하니

가히 '춘추필(역사를 기록하는 붓)'이라.

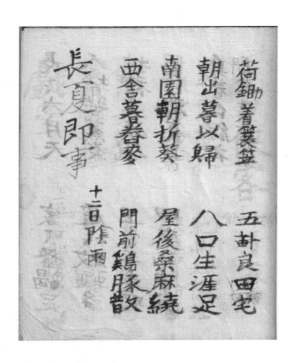

14. 하일전가(夏日田家: 여름날 농가에서)

　- 十一日 陰霖: 6월 11일, 흐리고 장마

원문:

양수제초거(兩手除草去)

한적전중토(汗滴田中土)

하서착사립(荷12)鋤13)着簑笠14))

조출모이귀(朝出暮以歸)

---

12) ① 연(蓮)하 ② 멜 하.

13) 호미 서

14) 도롱이와 삿갓

오무양전택(五畝15)良田宅)

팔구생애족(八口生涯足)

남원조절규(南園朝折葵)

서사모용맥(西舍暮春麥)

옥후상마요(屋後桑麻繞)

문전계돈산(門前鷄豚散)

풀이:

양손을 써가매 풀을 뽑노라니

맺힌 땀방울 밭흙에 떨어지네.

호미 메고 도롱이, 삿갓 쓰고

아침 나와 저녁에 돌아가니

다섯 이랑 좋은 밭 있으면

여덟 식구 생활이 족족하네.

아침엔 남녘 동산 해바라기를 꺾고

저녁엔 서쪽 집에서 보리를 찧네.

집 뒤에 뽕나무와 삼(마)을 심어 두르고

문 앞에 닭, 돼지 놓아 먹이네.

[이시의 제목과 맨위 두 구절은 부친 취음공 글씨이다. 즉 이를 보고 봉우 선생님이 나머지 구절을 완성한 것이다. -역자 주]

---

15) 이랑 무, 이랑 묘(두둑)

15. 장하즉사(長夏卽事: 긴 여름을 보내며)

 － 十二日 陰雨: 6월 12일, 흐리고 비

원문:

장장유월천(長長六月天)

인개고증염(人皆苦蒸炎)

가가조할족(家家蚤蝎16)足)

처처문승다(處處蚊蠅多)

피금좌청풍(披襟坐清風)

---

16) ① 나무 굼벵이 할 ② 전갈 갈

위기소하일(圍棋消夏日)
정당삼경시(正當三庚17)時)
사서이중분(四序已中分)
신착백저의(身着白紵衣)
한좌청포단(閒坐靑蒲團18))

풀이:
긴 긴 6월의 여름 날씨
찌는 듯한 더위에 모두들 힘드네.
집집마다 벼룩과 굼벵이 넘쳐나고
곳곳에 파리, 모기 너무 많으이.
가슴 풀고 앉으니, 맑은 바람 불어와
바둑 두며 여름날 보내네.
삼복더위 바로 마주할 때는
사계절 벌써 반이 지난 것.
하얀 모시옷 입고
푸른 부들자리 위에 한가히 앉았네.

[이 시는 제목만 취음공께서 써주시고, 거기에 따라 봉우 선생님이
시를 지으신 것이다.]

---

17) 삼복(三伏) 더위.
18) 부들로 만든 둥근 자리.

[긴긴 여름날에 삶의 정경들이 너무도 섬세히 묘사되어 있다. 작자는 6월의 염천(炎天)을 마치 원상수련 중인 수도자처럼 담담히 그려내면서 마지막 결구에 하얀 모시옷 입고 푸른 부들자리 위에 한가로이 앉아있는 자신을 보여준다. 곧 하얀색과 푸른색의 원색적인 대조로 뜨거운 여름을 극복하였음을 나타내고 있다. 여러분은 믿어지는가? 어린 봉우 선생님의 이 생생하고도 절제된 생이지지의 현장이… -역자 주]

16. 고협객(古俠客: 옛날의 협객을 노래함)
　- 十三一 霖雨: 6월 13일, 장마

원문:

의기당당인(義氣堂堂人)

위풍늠름자(威風凜凜者)

치마두릉북(馳馬杜陵19)北)

협탄위교서(挾彈渭橋西)

아취한단사(俄醉邯鄲肆)

갱가호희로(更歌胡姬爐20))

일일호협유(日日豪俠遊)

불고가산사(不顧家産事)

풀이:

───────

19) 중국 섬서성 서안(西安), 옛 이름 장안(長安).

20) '화로 로(爐)'와 같은 자.

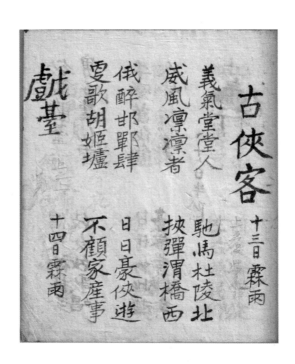

의로운 기운 당당하고

늠름하니 위풍 있는 사람.

장안 북쪽으로 말을 달려

활을 끼고 위수다리[21] 서쪽으로 가는구나.

잠시 한단[22]의 술집에서 취하여

북방의 여인과 화롯가에서 노래하네.

늘 천하를 주유하는 호걸 협객.

집안일은 돌아보지 않누나.

---

21) 위교(渭橋): 장안 북방을 흐르는 위수(渭水)에 놓은 다리. 위수(渭水)는 감숙·섬서 두
    성에 걸쳐 흐르는 강.
22) 하북성 남서부 도시. 전국시대 조(趙)나라 수도.

[이 시(詩)는 봉우 선생님 부친께서 써주신 것으로 이를 본받아 다음 장에 봉우 선생님이 지은 시가 나온다. -역자 주]

17. 희대(戱臺: 연희演戲 무대)

- 十四日 霖雨: 6월 14일, 장마

원문:

욕완희대거(欲翫23)戲臺去)

남녀집여운(男女集如雲)

---

23) '장난할 완(玩)' 또는 '감상할 완'과 같은 자.

창부신기다(倡夫神技多)

기녀묘가창(妓女妙歌唱)

천변만화태(千變萬化態)

인개박장소(人皆拍掌笑)

일일여차유(日日如此遊)

호객비전다(豪客費錢多)

풀이:

연극과 춤 무대 보러

남녀 모두 구름처럼 모였네.

광대들 신기한 묘기도 많고

기녀들은 절묘한 노래를 부르네.

천만가지 색다른 모습들 연출하니

사람들 박수치며 웃고 즐기네.

날마다 이처럼 놀아대니

부자 손님 돈을 많이 쓰는구나.

[전편의 부친 취음공 시(詩) '고협객'과 구성과 내용면에서 비슷하게 지어졌음을 알 수 있다. 두 시를 비교해 음미하면, 소재는 다르지만 의도적으로 표현된 비슷한 정황을 느낄 수 있다. -역자 주]

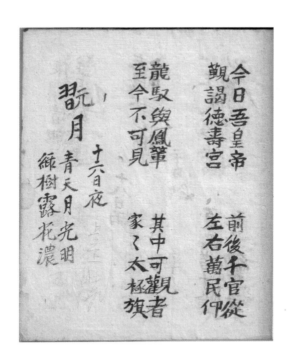

18. 행행(幸行: 임금의 행차)

　－ 十六日 半陰: 6월 16일, 반나절 흐림

원문:

금일오황제(今日吾皇帝)

근알덕수궁(覲謁24)德壽宮)

전후천관종(前後千官從)

좌우만민앙(左右萬民仰)

용어여봉연(龍馭25)與鳳輦28))

─────

24) 만나뵙다.

25) 천자(天子)의 마차.

지금불가견(至今不可見)

기중가관자(其中可觀者)

가가태극기(家家太極旗)

풀이:

오늘 우리 황제님

덕수궁에서 알현하였네.

앞뒤로 천여 명의 신하가 따르고

좌우로 만백성 우러르네.

황제가 타는 마차와 가마는

오늘날 볼 수 없지만

그중에 볼 수 있는 건

집집마다 흔드는 태극기일세.

19. 완월(翫27)月: 달을 완상玩賞하며)

－ 十六日 夜: 6월 16일 밤

원문:

청천월광명(靑天月光明)

녹수로화농(綠樹露花濃)

---

26) 천자가 타는 가마.

27) '장난할 완(玩)'과 같은 자.

의난청흥족(依欄淸興足)

정시호독서(正是好讀書)

풀이:

푸른 하늘에 달은 밝고

푸른 나무는 진한 꽃내음 머금었네.

난간에 의지하니 맑은 흥취 족족하고

이때가 바로 책 읽기 좋은 때일세.

[19. 완월 – 이 시는 부친의 표본시(詩) 같다. -역자 주]

20. 독서락(讀書樂: 책 읽는 즐거움)
　- 十八日 雨: 6월 18일, 비

원문:

일생대사업(一生大事業)

이학위본의(以學僞本矣)

하우석촌음(夏禹惜寸陰)

공자절삼위(孔子絶三韋)

근과다독서(勤課多讀書)

자유만종록(自有萬鍾祿)

하인낭형화(何人囊螢火)

수가수월광(誰家隨月光)

풀이:

일생의 큰 사업

배움으로 근본을 삼는바.

하나라 우임금은 짧은 시간도 낭비하지 않았고

공자는 가죽끈 세 번 끊기도록 책을 읽었네.

열심히 공부함은 곧 책을 많이 보는 것이니

저절로 온갖 복록이 생겨나네.

누가 반딧불을 모아 주머니에 넣고,

어느 집에서 달빛을 쫓아가매 책을 읽는가?

[이 시 또한 제목과 맨위 두 구절은 취음공께서 써주신 것이고, 나
머지는 봉우 선생님이 완성하신 것이다. –역자 주]

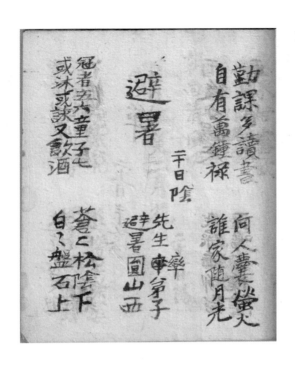

21. 피서(避暑: 더위를 피함)
  - 二十日 陰: 6월 20일, 흐림

원문:

관자오륙동자칠(冠者五六童子七)

혹목혹영우음주(或沐或詠又飮酒)

창창송음하(蒼蒼松陰下)

백백반석상(白白盤石上)

탱석괘정자(撐石掛鼎子)

작반자갱탕(作飯煮羹湯)

오유무한흥(遨遊無限興)

진일각망귀(盡日却忘歸)

풀이:

어른 대여섯, 아이들 일곱이

혹은 머리를 감고, 혹은 술을 마시네.

창창하게 우거진 소나무 그늘 아래

하이얀 반석 위에

버팀돌을 놓고 솥단지를 걸어

밥하고 탕국을 끓이네.

(더위피해) 멀리 놀러오니 너무 즐거워

날이 다하도록 돌아갈 줄 모르네.

22. 청선(聽蟬: 매미소리 들으며)

　　－ 二十一日 半陰: 6월 21일, 반나절 흐림.

원문:

우후다양천(雨後多陽天)

성성자호명(聲聲自呼名)

아조수류영(俄噪28)垂柳影)

갱명고괴음(更鳴古槐陰)

야래감로음(夜來甘露飮)

───
28) 떠들썩할 조

조향청풍흡(朝向淸風吸)

하사철두음(何事徹肚吟)

지응만풍다(知應晚風多)

풀이:

비온 뒤 햇살 많은 하늘에

자기 이름 불러대듯 매미소리 울리네

잠시 버드나무 그림자에 잦아드는 듯

다시 오래된 느티나무 그늘에서 울어대누나.

밤에는 단이슬을 마시고

아침엔 맑은 바람을 들이쉬니

어인 일로 뱃속이 뚫어져라 울어대나

저녁바람 많아짐을 알겠노라.

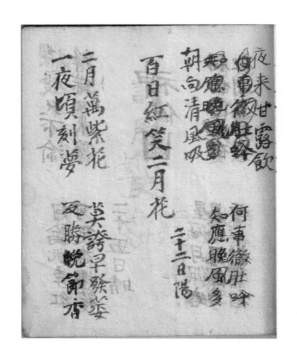

23. 백일홍소이월화(百日紅笑二月花: 백일홍29)이 이월화30)를 보고 웃다.)

   - 二十二日 陽: 6월 22일, 해뜸

원문:

이월만자화(二月萬紫花)

---

29) 부처꽃과에 딸린 갈잎 작은 큰키 나무, 여름부터 가을까지 자줏빛 꽃이 오래 핌. 배롱
나무, 자미화(紫微花)라고도 함.

30) ① 이월에 피는 봄꽃 ② 홍매화

일야경각몽(一夜頃刻夢)

막과조발위(莫誇早發萎)

반승만절향(反勝晚節31)香)

난만구불투(爛熳32)久不渝)

봉접우래접(蜂蝶又來接)

하론도리홍(何論桃李紅)

가소행앵화(可笑杏櫻花)

풀이:

이월에 피는 붉은 봄꽃들

하룻밤 찰나의 꿈과도 같아라.

일찍 피고 시들음을 자랑마라

외려 오래가는 향기가 더 나은것을

활짝 피어 오래도록 변치 않으니

나비와 벌 또한 날아드네.

어찌 복사꽃과 오얏꽃을 논하랴.

가소롭다 살구꽃, 앵도화여.

　[제목과 본시(詩) 거의 다 부친 취음공께서 쓰시고 마지막 두 귀절
　만 봉우 선생님이 지어 써넣음. -역자 주]

31) 늦게까지 지키는 절개.

32) '爛漫'과 같음.

24. 신선도(神仙圖)

　　- 六月二十五日 晴: 6월 25일, 갬

원문:

신선하처재(神仙何處在)

단문불견진(但聞不見眞)

성관월패용(星冠月佩容)

운거학가행(雲車鶴駕行)

혹사근황당(或思近荒唐)

자고승천다(自古昇天多)

원득불로초(願得不老草)

헌친보장생(獻親保長生)

풀이:

신선은 어디에 계신가?

듣기만 했을 뿐 참모습 보지 못했네.

별을 머리에 쓰고 달을 허리에 두른채

구름수레 학가마를 타고 다닌다는데,

황당하게 생각도 되지만

옛부터 신선되어 하늘로 올라가는 일 많았다네.

원컨대 불로초를 얻어

부모님께 드려 부디 오래 사셨으면.

25. 독역대사(讀歷代史: 역사책을 읽고)

  - 二十七日 晴: 6월 27일, 갬

원문:

아견역대서(我見歷代書)

흥망재차중(興亡在此中)

인심조석변(人心朝夕變)

국사고금동(國事古今同)

충신우열사(忠臣又烈士)

역력춘추필(歷歷春秋筆)

산하천추일(山河千秋一)

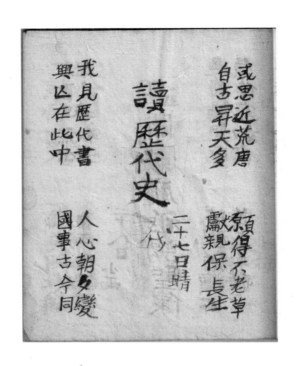

讀歷代史

或思近荒唐
自古昇天多

願得不老草
壽親保長生

二十七日晴

我見歷代書
興亡在此中

人心朝夕變
國事古今同

제왕기번복(帝王幾飜覆)

풀이:

역대의 사서들을 보니

흥망이 이 가운데 있네.

사람의 마음 아침저녁으로 바뀌나

나랏일 옛과 지금 한가지라네.

충신과 열사는

(역사가의) 붓끝에 정의롭게 기록되었고

산하는 오래도록 변함이 없건만

제왕들은 몇 번이나 뒤바뀌었는가.

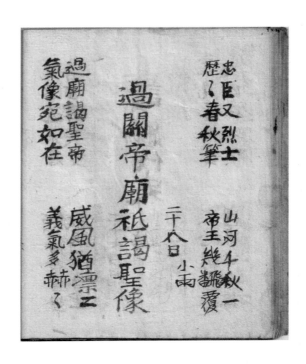

26. 과관제묘지알성상(過關帝廟祗謁聖像: 관제사당을 지나다 성스러운 모
　　습에 참배를 드리다.)

　　- 二十八日 小雨: 6월 28일, 비 조금내림

원문:

과묘알성제(過廟謁聖帝)

기상완여재(氣像宛如在)

위풍유늠름(威風猶凜凜)

의기다혁혁(義氣多赫赫)

문립적토마(門立赤兎馬)

가삽청룡도(架揷靑龍刀)

분향배우배(焚香拜又拜)

존령엄차숙(尊靈嚴且肅)

풀이:

사당앞을 지나다 관우성제께 배알하니

성스러운 임금의 기상 또렷이 느껴지네.

위풍은 늠름하고

의로운 기품 혁혁하기 이를 데 없어라.

문앞에 서있는 적토마와

가로 걸려 있는 80근 청룡도

향 사르며 절하고 또 절하니

존귀하신 관제님의 영혼, 엄숙하게 다가오네.

27. 문뇌성(문뇌성: 우렛소리를 듣고)
　　- 二十九日 雨: 6월 29일 비

원문:

천공하호령(天公下號令)

일성습만인(一聲慴萬人)

자남향북전(自南向北轉)

종천강지동(從天降地動)

탁운기성생(托雲其聲生)

신화막능지(神化莫能知)

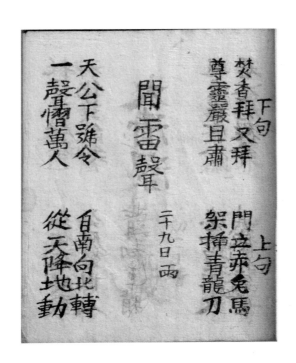

여하무시발(如何無時發)

지응경세인(知應警世人)

풀이:

하늘은 공평하사 호령을 내리시는 바

한 번 울리시니 모든 사람 두려움에 떠네.

남에서 북으로 돌아가며

하늘은 우레를 내리고 땅은 요동치네.

구름에 의탁하여 우렛소리 내시니,

하느님의 조화 누구도 알 수 없어라.

어찌하여 무시로 우레를 때리시는가.

응당 세상사람들 경계함인줄 알괘라.

28. 대청결(大淸潔: 대청소)
  - 七月 初一日 晴: 7월 초하루, 갬

원문:

순사포관령(巡査布官令)

거인응종명(居人應從命)

급여성여화(急如星與火)

기위사상설(其威似霜雪)

가가쇄소제진개(家家灑掃除塵芥)

방방분주기한예(坊坊奔走棄汗穢)

위아신비위피신(爲我身非爲彼身)

연오중인사고고(然吾衆人思苦苦)

풀이:

순사(경찰)가 포고령을 내렸으니

시민들 응당 그 명령 따라야 하네.

급하기는 별과 불같고

그 위엄 서릿발 같아

집집마다 더러운 것을 씻어내고

방방곡곡 쓰레기 버리느라 분주하네.

나 자신을 위함이요 남 위한 일 아니건만

우리네 사람들 힘들다 푸념하네.

　　　[전부 부친 글로 되어 있음. (표본용 시로 지어진 듯 -역자 주]

29. 무정세월약류파(無情歲月若流波: 무정한 세월은 흐르는 물결과 같아

　　라.)

　　- 初二日 晴: 초이틀, 갬

원문:

청춘오방촌석음(靑春吾方寸惜陰)

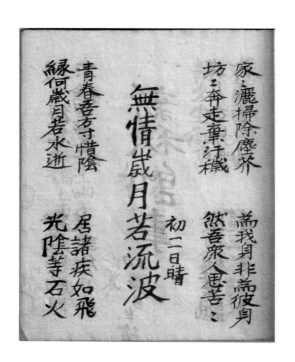

연하세월약수서(緣何歲月若水逝)

거제질여비(居諸疾如飛)

광음등석화(光陰等石火)

침침부총총(駸駸復悤悤)

불사주야행(不捨晝夜行)

학사극구간(壑蛇隙駒33)間)

막과학일다(莫誇學日多)

---

33) 달리는 말을 문틈으로 본다는 뜻으로, 세월이 빨리 지나감을 이르는 말

풀이:

젊은 시절 내 마음은 시간을 아쉬워하니

무얼 좇아 세월은 물 흐르듯 하는가.

그 (세월의) 빠르기 날아갈 듯하니

세월은 부싯돌 번쩍임과 같아라.

질주하는 말처럼 몹시도 빨리

밤낮없이 흘러가네.

뱀구멍으로 말 달리는 걸 보듯 짧은 인생

시간 많다 자만 말고, 하루하루 열심히 공부하세.

[이 시의 맨 위 두 귀절은 부친 취음공이 쓰시고 나머지는 봉우 선
생님 작품이다. -역자 주]

30. 신추즉사(新秋卽事: 새로운 가을 풍경)

 - 初五日 半陰: 7월 초닷새, 반나절 흐림)

원문:

세월여류사(歲月如流駛)

어언당추절(於焉當秋節)

정전오엽표(庭前梧葉飄)

리상포화발(籬上匏花發)

적우금이수(積雨今已收)

조석생미량(朝夕生微凉)

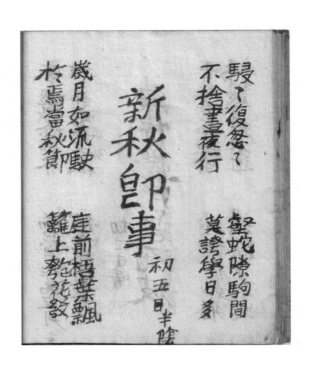

사야백곡등(四野百穀登)

만인개희열(萬人皆喜悅)

풀이:

세월은 물 흐르듯 빠르니

어언 가을이네.

뜰 앞 오동잎 날리고

울타리 위로 박꽃 피었네.

계속 내리던 비 이제 그치니

아침저녁으로 서늘해지고

온 들판에 백가지 곡식 익으니

모든 사람 기뻐하네.

31. 칠석(七夕)
- 七月初六日 小雨: 7월 6일, 비 조금

원문:

금일이강세거우(今日已降洗車雨)

우녀장회작교상(牛女將會鵲橋上)

일년가약일석래(一年佳約一夕來)

양인환정양심지(兩人歡情兩心知)

진사독곤구순속(晉士犢褌34)苟循俗35))

당아희망기득교(唐娥蟢網36)幾得巧)

은근하상문후기(慇懃河上問後期)

명년차일부중래(明年此日復重來)

---

34) 독비곤(犢鼻褌) 즉 쇠코잠방이를 말함. '犢'은 '송아지 독'자이다. 여름에 농부가 일할 때 입는 무릎까지 내려오는 짧은 잠방이(바지). 사마천의 《사기(史記)》〈사마상여(司馬相如) 열전〉에 전한(前漢)시대 사람 사마상여와 탁문군이 눈이 맞아 혼인하려 하자 탁문군의 아버지 탁왕손이 반대하는 대목이 나오는데, 이때 사마상여가 시골로 도망가 술집을 차리고 쇠코잠방이를 걸쳐 입고 머슴들과 허드렛일을 했다. 이 소식을 들은 탁왕손이 부끄러워 두문불출했다는 고사(故事)가 있다.

35) 풍속이나 습속을 따름.

36) 한(漢)나라 성제(成帝)의 황후 조비연(趙飛燕)을 말함. 너무 가냘픈 몸매를 가져서 거미줄로 만든 가벼운 옷을 입었고, 신발도 금가루 먹인 거미가 뽑은 거미줄로 만들어 신었다 함.

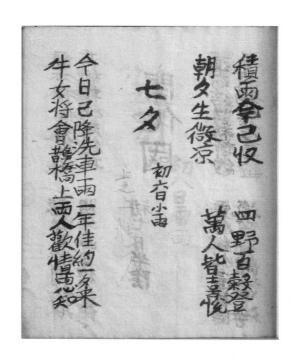

풀이:

오늘 이미 비내려 수레가 씻어졌으니

견우 직녀 오작교 위에서 만날 것이네.

아름다운 만남은 1년 중 단 하루 저녁

두 사람의 반가운 정이야 둘만이 알리라.

진나라 선비 쇠잠방이 걸침은 구차하나 풍속을 따름인데

중국의 미녀 입은 거미줄 옷은 얼마나 정교했던고

은근히 은하수에 뒷날의 기약을 물으니

내년 이날 다시 돌아온다 하네.

[이 시는 역사적 고사(故事)가 많이 깔려 있어 번역에 애를 먹었다.

과연 일곱살 먹은 신동(神童)의 작품이라 하기엔 너무 믿기지 않는

시이다. -역자 주]

32. 개화국(開化國)

   - 七月初七日 半陰: 7월 7일, 반나절 흐림

원문:

통상결린입신약(通商結隣立新約)

자유독립수구의(自由獨立修舊誼)

전선종횡통만국(電線縱橫通萬國)

기적단속섭사해(汽笛斷續涉四海)

풍조일신부강술(風潮一新富強術)

전운백변문명태(戰雲百變文明態)

약육강식경쟁세(弱肉強食競爭世)

교리정화각분려(敎理政化各奮勵)

풀이:

무역 통해 이웃을 맺고 새로운 약조 세우니

자유독립으로 예전의 우의를 고쳤네.

전기줄은 종횡으로 만국에 통하고

(기선의) 기적소리 끊어질 듯 이어지며 세계의 바다 건너가네.

세상 풍조를 일신하는 부강술.

수많은 전쟁이 현대문명의 모습일세.

약육강식으로 경쟁하는 세상

올바른 정치가 되도록 분발하세.

　　[후반 네 구절은 부친의 글씨로 되어 있음. -역자 주]

33. 송별(送別)

　- 初八日 雷雨 : 7월 8일, 우레치고 비

원문:

행로난행로난(行路難行路難)

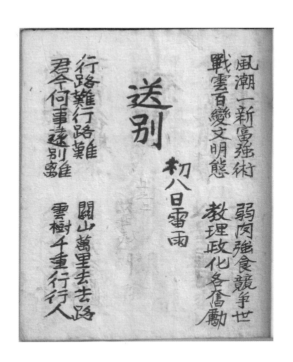

군금하사원별리(君今何事遠別離)

관산만리거거로(關山37)萬里去去路)

운수천중행행인(雲樹38)千重行行人)

진금화여회(進琴和餘懷)

파수문후기(把袖問後期)

분수일편심(分手一片心)

사사장욕단(思思腸欲斷)

---

37) 고향의 산. 고향.

38) 구름이 걸릴 만한 높은 나무, 또는 '벗'을 의미함. 운수지회(雲樹之懷)란 벗을 마음속에 품어두고 그리워하는 생각을 뜻한다.

풀이:

가는 길이 어렵네, 가는 길 어려웨라.

그대 지금 무슨 일로 멀리 이별하는고?

고향 떠나 만리를 가고 가는 길

(구름같이) 높은 나무 숲속을 다니고 또 다녀야만 하네.

거문고 타고 회포를 나눈 뒤

옷소매 부여잡고 훗날 기약을 묻네.

잡은 손은 나뉘었지만 마음은 하나이니

생각하면 생각할수록 창자가 끊어지려 하네.

　　[생각하면 생각할수록 어린나이에 이런 시상을 갖고 시를 썼다는
　　것이 믿어지지 않는다. -역자 주]

34. 원풍(願豐: 풍년을 기원함)
　　- 初十日 陽: 7월 10일, 맑음

원문:

우순풍조백곡등(雨順風調百穀登)

농부처처점풍년(農夫處處占豊年)

팔구생애족(八口生涯足)

일년계활다(一年計活多)

노인격양가(老人擊壤歌)

아동고복성(兒童鼓腹聲)

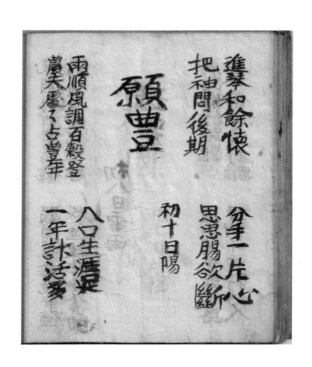

서주남무두태숙(西疇39)南畝豆太熟)

상평하평화서유(上坪40)下坪禾黍油)

풀이:

비바람 순조로워 모든 곡식 잘 익고

농부는 곳곳에서 풍년을 점치네.

여덟 식구 생활이 족족하니

1년 생계 활기가 넘치네.

늙은이는 땅을 두드리며 노래하고

---

39) 두둑 주(밭의 경계)

40) 벌 평, 들 평(평탄한 땅)

어린애는 배를 두들기며 소리치네.

서쪽과 남쪽의 밭에는 콩과 팥 익어가고

위아래 들판엔 벼와 기장 윤기나네.

35. 경전죽파선생귀동호(敬餞竹坡先生歸東湖: 죽파 선생41)께서 동호42)

　　로 돌아가심을 전송하며)

　　 - 十一日 陰: 7월 11일, 흐림

원문:

오사은정심(吾師恩情深)

하인귀동호(何忍歸東湖)

천리일공경(千里一筇輕)

구추양빈박(九秋43)兩鬂44)薄)

차일원상별(此日遠相別)

하시부중래(何時復重來)

호주독도변(呼舟纛45)島邊)

가슬오현하(歌瑟梧峴下)

---

41) 박죽파(朴竹坡) 선생으로 강원도 인제 출신의 선비로서 삼교구류(三敎九流)에 통달했
　　으며, 특히 풍수지리에 뛰어난 산사(山師)였다. 당시 서울 봉우 선생님 댁에 머물러 계
　　셨다 한다. 당대의 도인이며 100세를 더 사시고 서울에서 환원하셨다.

42) 강원도 인제

43) ① 가을 ② 삼추(三秋): 가을 석달을 뜻함. ③ 삼년 또는 긴 세월을 의미함.

44) 빈(鬢)의 속자

45) 기(旗) 도, 또는 독으로 발음.

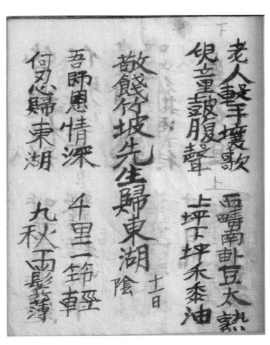

老人輕手壤歌 （西嗪南卧豆太熟

俔立童鼓腹聲 上坪下坪禾黍油

敬餞竹坡先生歸東湖 陰 十日

吾師恩情深 千里二節車

何忍歸東湖 九秋兩鬢薄

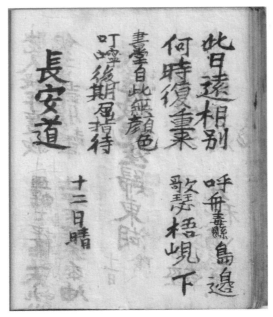

此日遠相別 呼舟毒縣島遮

何時復重棄 歌王 李梧峴下

畫堂自此無顏色

叮嚀後期屋指待

長安道 十三日晴

서당자차무안색(書堂自此無顔色)

정녕후기굴지대(叮嚀後期屈指待)

풀이:

우리 스승님 은혜로운 정이 깊어

동호로 돌아가심 어찌 참으랴.

천리길을 대지팡이 하나로 가벼이 다니시더니

오랜 세월 양쪽 귀밑털 성기어졌네.

오늘 멀리 이별하시니

어느 때에나 다시 돌아오시려나.

독도변에 배를 불러

오현 아래 비파 타고 노래하네.

글 읽는 서당은 이제 선생님 모습 없으려니

정녕 뒷날을 기약하며 손꼽아 기다려야겠네

[제목만 취음공께서 잡아 주시고 시문은 봉우 선생님 작품이다.

-역자 주]

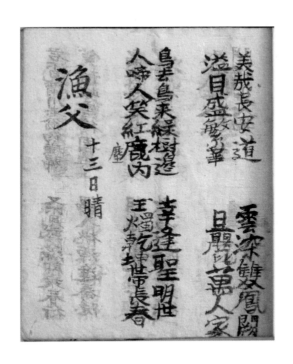

36. 장안도(長安[46])道: 장안의 길)

　- 十二日 晴: 7월 12일, 갬

원문:

미재장안도(美哉長安道)

일목성번화(溢目盛繁華)

운심쌍봉궐(雲深雙鳳闕)

차려만인가(且麗萬人家)

---

46) 중국 섬서성(陝西省) 서안시(西安市)의 옛 이름. 낙양과 함께 역사상 가장 유명한 옛 도
　　시. 전한(前漢)과 당나라의 수도였음. 특히 당나라 때 도시계획이 이루어져 동서 약
　　9km, 남북 약 8km의 정방형 대도시를 건설함. 당현종 때 인구 100만의 국제도시였음.

조거조래녹수변(鳥去鳥來綠樹邊)

인제인소홍진내(人啼人笑紅塵內)

행봉성명세(幸逢聖明世)

옥촉건곤대장춘(玉燭乾坤帶長春)

풀이:

아름답구나! 장안의 길이여.

눈에 넘치도록 번화함이 대단하구나.

구름 깊은곳에 두 궁궐이 있고

수많은 백성들의 집 또한 아름답네.

새들은 푸르른 나무 사이를 오가고

사람들은 도시속에서 울고 웃네.

다행히 성스럽고 밝은 세상을 만났으니

옥촉47)의 세상 늘봄으로 이어지네.

37. 어부(漁父)

　　　－ 十三一 晴: 7월 13일, 갬

원문:

군불견위천노옹조황귀(君不見渭川老翁釣璜歸)

소지기운대주흥(笑指岐雲待周興)

---

47) 사철의 기후가 고르고 날씨가 화창하여 해와 달이 환히 비치는 일.

우불견무릉어랑승춘행(又不見武陵漁郎乘春行)

우입도원봉진은(偶入桃源逢秦隱)

편주망시비(扁舟忘是非)

장간임천심(長竿任淺深)

명월노화공정상(明月蘆花空汀上)

관내일성산수록(款乃一聲山水綠)

취적비취어(取適非取魚)

한정소인지(閒情少人知)

풀이:

그대는 위수의 늙은이가 패옥을 낚아 돌아옴을 보지 못했는가?

웃으며 기산(岐山)48)의 상서로운 구름을 가리키며 주나라의 흥성함을
기다리네.

또한 그대는 무릉의 어부가 봄나들이함을 보지 못했소?

우연히 도원에 들어 진나라의 유민들을 만났구려.

쪽배를 타고 시비를 잊었으니

긴 장대로 얕고 깊은 물 헤아릴 뿐.

밝은 달 갈대꽃이 텅 빈 물가를 채우니

노젓는 한 소리에 산과 물 푸르고나.

유유자적함은 고기잡이가 아니니,

한적한 정서는 아주 적은 사람들만 안다네.

[제목부터 시 전문이 부친 글씨로 되어 있음. -역자 주]

38. 추풍지(秋風至 : 가을바람 불어오니)

　　- 十五日 晴 : 7월 15일, 갬

원문:

추풍지추풍지(秋風至秋風至)

이호위호금부래(爾胡爲乎今復來)

구숙독서야(求叔讀書夜)

장한회향시(張翰懷鄉時)

---

48) 현재의 중국 섬서성 일대.

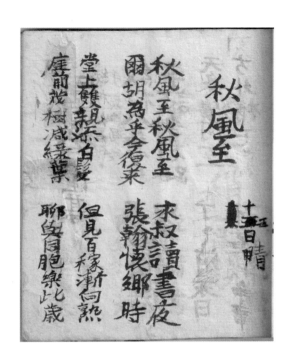

당상쌍친첨백발(堂上雙親添白髮)

정전무수감녹엽(庭前茂樹減綠葉)

단견백가점향숙(但見百稼漸向熟)

료여동포낙차세(聊與同胞樂此歲)

풀이:

가을바람 불어오네, 가을바람 불어오네

너 오랑캐되어 오늘 다시 오는가.

구숙(?)이 책 읽던 밤,

장건49)이 고향을 그리워하던 때,

집안의 부모님 흰머리 더해가고

뜰앞의 무성한 나뭇잎 푸른빛 덜해지네.

다만 백곡이 잘 익어감을 보노라니

애오라지 동포와 더불어 이 해를 즐겨보세.

39. 위기(圍碁50): 바둑)

　　- 十六日 陰: 7월 16일, 흐림

원문:

문평분흑백(紋枰分黑白)

수담쟁국로(手談爭局路)

오궁능도활(五宮能圖活)

사각가점령(四角可占領)

천변홍하지(天邊鴻何至)

방외귤이숙(方外橘已熟)

정정소영일(丁丁51)消永日)

휴도전쟁사(休道戰爭事)

---

49) 장건(張騫: ?~114 BC). 중국 전한(前漢) 무제(武帝)때의 외교관. 북방유목민 흉노족
　　을 견제하기 위해 서역의 대월지(大月氏)와 동맹을 맺으러 가다가 흉노에게 붙잡혀
　　10년간 포로생활 뒤 뜻을 이루지 못하고 13년 만에 귀국함. 인도통로와 동서교통 및
　　문화교류 개척에 크게 공헌함.

50) 위기(圍期) 또는 위기(圍棋)로 씀.

51) 말뚝 박는 소리. 바둑판에 바둑을 잇달아 두는 소리.

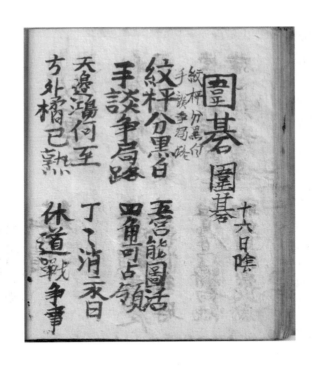

풀이:

무늬 넣은 바둑판은 흑백으로 나뉘고

손으로 얘기하며 바둑싸움 다투네.

오궁은 능히 판을 살리고

사각은 점령할 수 있네.

하늘가 기러기 언제 오려나

저 바깥의 귤이 이미 익었네.

탁탁 바둑 놓으며 온종일 보내니

말없이 전쟁을 치르는 일이라네.

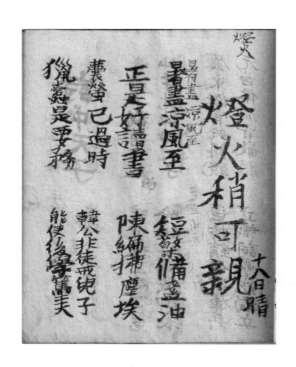

40. 등화초가친(燈火稍可親52): 등불을 점점 가까이 함)

   - 十八日 晴 : 7월 18일, 갬

원문:

서진량풍지(暑盡涼風至)

정시호독서(正是好讀書)

단경비잔유(短檠備盞油)

---

52) 중국 중당(中唐) 시대의 문인 한유(韓愈: 768~824)의 시 〈부독서성남(符讀書城南: 부야(아들이름) 성남에서 책을 읽어라〉에 나오는 유명한 구절. 한유는 이 시에서 자신의 아들에게 가을을 맞아 열심히 공부할 것을 강력히 권하고 있다.

진편불진애(陳編53)拂塵埃)

낭형이과시(囊螢已過時)

엽두시요무(獵蠹是要務)

한공비도계아자(韓公非徒54)戒兒子)

능사후학독공부(能使後學篤工夫)

풀이:

더위 다하고 서늘한 바람 불어오니

바로 이때가 책읽기 좋은 때라네.

짧은 등경걸이엔 등잔기름 넣어두고

묵은 책들 먼지를 털어주네.

반딧불 주머니는 이미 때가 지났으니

좀벌레 잡는 것이 더 요긴한 일이라.

한공이 (시를 지어) 자식들을 훈계했을 뿐 아니라

후학들까지 공부를 돈독히 하게 하였네.

---

53) 고서를 말함. 늘어 놓을 진(陳), 맬 편(編: 실로 철함)

54) ① 무리 도 ② 다만 도. 〈예: 도수(徒手맨손)체조〉③ 걸어다닐 도. 여기서는 2번의 뜻.

41. 시중천자(詩中天子: 시의 황제) 당(唐) 이백(李白)55)

- 十九日 雨: 7월 19일, 비

원문:

청련십재시무적(靑蓮十載詩無敵)

선리건곤호천자(仙李56)乾坤號天子)

해타주옥위보새(咳唾珠玉爲寶璽)

음영금수재어곤(吟咏錦繡裁御袞)

---

55) 이백(李白:701~762). 자(字)는 태백(太白). 호는 청련거사(靑蓮居士). 중국 당나라 중
   엽의 시인으로 천성이 호방하고 술을 좋아하였으며 두보(두보)와 함께 중국 최대의 시
   인으로 시선(시선)이라고 함.
56) ① 노자 ② 당나라 ③ 이씨(조선)을 뜻함.

굴송아관공조근(屈宋57)衙官共朝覲58))

원백속류개경복(元白59)俗流皆敬服)

광저소작무고병(匡杵銷作武庫兵)

입치사루능독립(立幟詞壘60)能獨立)

풀이:

이백이 열살때 이미 시에 무적이었으니

당나라에선 '시천자(詩天子)'라 불렀네.

구슬과 옥을 뱉어내어 임금의 국새를 만들었고

비단실을 읊어 황제의 곤룡포를 지었네.

굴원과 송옥은 관청에서 모두 배알하고

원진과 백거이는 민간에서 모두 받드네.

흰 방패를 녹여 무기고의 병기를 만들고

기치를 세워 시의 보루를 우뚝 세웠네.

[이 시는 병오조 마지막에 실린 시로서 부친 취음공께서 쓰신 것이
다. 제목을 시중천자라 하여 당나라 천재시인 이백을 묘사하였는
데, 이는 천재적인 문재(文才)를 지닌 7세의 아들(봉우 선생님)을
향한 문학적 기원이 담겨져 있는 듯하다. -역자 주]

---

57) 초(楚)나라 시인 굴원(屈原: BC343?~BC278?)과 굴원에게 사사한 궁정시인 송옥(宋
玉: BC290?~BC222?)을 함께 부른 이름.

58) 조현(朝見): 신하가 조정에 나가 임금을 뵘.

59) 당나라 시인 원진(元稹: 779~831)과 함께 신악부(新樂府)를 제창한 시인 백거이(白居
易)를 당시 사람들이 원백(元白)으로 부름.

60) 진 루(작은 성)

부록 3

〈깨달음의 시(詩)〉

1.

정신일치(精神一致)　　　무념무상(無念無想)
백인천용(百忍千勇)　　　도처성공(到處成功)

임술(壬戌: 1922년) 초추(初秋: 초가을)

2.

초성(初醒: 첫 깨달음)

천욕서(天欲曙: 날이 밝아오네)　　　천욕서(天欲曙: 날이 밝아오네)
몽미성(夢未醒: 꿈은 깨지 않네)　　　몽미성(夢未醒: 꿈은 깨지 않네)
심종일성(心鍾一聲: 마음의 종 한 소리에)
잔몽경각(殘夢驚覺: 남은 꿈 놀라 깨네)
풍정파식(風靜波息: 바람은 잦아들고 물결은 멈추며)
운산우유(雲散雨攸: 구름은 흩어지고 비는 그치니)
일륜홍일(一輪紅日: 하나의 수레바퀴 같은 붉은 해가)
보조시방(普照十方: 모든 곳을 두루 비추네)

근화구역(槿花舊域:무궁화꽃 옛 땅, 백두산족의 땅)

봉우제(鳳宇題:봉우는 씀)

[이 글은 1914년에 처음 기록하기 시작하셨다는 책자에 써 있는 메모를 옮긴 것이다. 이 글 옆으로 1922년 초가을이라 적혀 있고, 바로 다음에 초성(初醒)이란 깨달음의 시(詩)가 적혀 있다. 매우 특이한 오도송(悟道頌) 같다. -역주자]

부록 4

연정학인(研精學人)
수지절차(須知節次: 마땅히 알아야 하는 절차)

법분십육(法分十六: 법은 열여섯으로 나눔)하고 계분위구(堦分爲九: 단계는 아홉으로 나눔)하니, 계지구즉비초학자지용이이회처고(堦之九則非初學者之容易理會處故: 아홉 단계는 초학자가 쉽게 이해할 수 없는 곳이므로)로 유대후일(留待後日: 머물러 뒷날을 기다림)하고 선술법분십육(先述法分十六: 먼저 연정법을 열여섯으로 나눠 서술함)하여 편우초학자운이(便于初學者云耳: 초학자에게 편리를 제공함)라.

제일(第一)

정실단좌(靜室端坐: 고요한 방에 단정히 앉음)하여 잠심수련(潛心修鍊: 마음 깊이 몰두하여 수련함)으로 위목적(爲目的: 목적으로 함)하고, 욕사무타념무타상(欲使無他念無他想: 다른 잡념과 생각이 없도록 함)하고, 내번인고(耐煩忍苦: 번뇌를 견뎌내고 고통을 참음)하라.

기간과 시간은 각자의 편의에 따라 조기(早期: 이른 시기)나 취침전이나 매일 1시간 이상씩으로 하되, 총정좌(總靜坐) 시간이 20시간 정도면 족하다.

제이(第二)

서서히 흡기(吸氣: 들이쉬는 기운, 들숨)를 충만어흉폐(充滿於胸肺: 가

숨과 폐에 가득 참)하고 서서히 호기출비(呼氣出鼻: 내쉬는 기운, 날숨을 코로 내보냄)하되, 호지흡지(呼之吸之: 내쉬고 들이쉼)를 자연무체(自然無滯: 자연히 막힘이 없게 함)하라.

보통인의 호흡이 혹장혹단(或長或短: 길거나 짧음)하나, 각자의 평시 호흡대로 하되 다만 정좌하고 흡기(吸氣: 들숨)가 흉폐(胸肺)에 충만하도록 하되, 무리하게 시간을 연장하지 말고 평이(平易)하게 호흡할 일이요, (정좌)시간은 또한 조석(朝夕: 아침저녁)으로 1시간 이상 정좌해서 호흡하면 충분한데, 이 연습이 총연시(總延時: 총연장시간) 30시간이면 족하다.

제삼(第三)

서서히 호흡하되 시간이 균일(均一)하고 소무장단(少無長短: 조금도 길고 짧음이 없음)하라.

이것은 조식법(調息法: 고르게 숨 쉬는 법)을 연습하는 것인데, 역시 각자의 평상시 호흡시간대로 호흡하며 1호흡, 2호흡, 3호흡을 될 수 있는 대로 균일하게 호흡하라는 것이다. 이 법을 연습하자면 마음만으로 균일하기 극히 곤란하니, 시계를 가지고 시간을 균일하게 호흡하며 조금씩 시간을 연장시켜서 보통인의 평균호흡이 3초 내지 4~5초라면 자기의 평시 호흡보다 1~2초 정도를 연장해 보라는 것이다. 그리고 총연습시간 120시간이면 족하다.

매일 조석(朝夕) 2시간씩 합해서 1일 4시간이라면 약 1개월간을 경과해야 한다.

제사(第四)

면면호흡(綿綿呼吸: 가늘고 길게 이어지는 호흡)으로 추지하복(推至下腹: 아랫배까지 밀어 도달함)하되 소무강인지태(少無強忍之態: 조금도 억지로 참는 모양이 없음)하고 시간이 연장되도록 하라.

자기 호흡대로 해서 조식(調息: 고르게 호흡)을 해서 1호흡, 2호흡이 균일해지고 시간이 초장(稍長: 점점 늘어남)해지거든 호흡을 아주 가늘게 해서 흡기(吸氣: 들숨)로 흉폐를 충만하게 하고, 그 여력(餘力: 남는 힘)으로 하복부로 기운을 좀 밀어 보면 부지불식중(不知不識中) 호흡이 연장된다. (이때) 하복부에 내려가는 기운을 절대로 무리하게 참지 말고 평이(平易)하게 호흡을 해도 연습만 그치지 않는다면 일일(一日) 아침, 저녁 2시간씩 총연습시간이 4시간이면 1개월이면 보통 정좌시간 중 호흡이 1호흡당 10초 전후가 될 것이요, 정신은 좀 안정(安靜)될 것이다.

호흡만은 조식(調息)이 된다. 무리하게 하복부에 인력(引力: 힘을 당김)하면 소화불량이 생해서 불편하다. 인내할 수 있는 한(限)에서 연습한다면 학인들의 성불성(誠不誠: 정성의 여부)에 따라 모든 문제의 관건(關鍵: 핵심)이 달려 있으며, 부지중(不知中: 나도 모르는 사이) 정신적으로 유쾌(愉快)해질 수 있을 것이다.

제오(第五)

아랫배에 충만한 기운을 점점 좌측으로 밀면 부지불식간에 사유좌행지형(似有左行之形: 좌측으로 가는 형태가 있는 것 같음)하여 점지무난좌추(漸至無難左推: 점차 어려움 없이 좌측으로 밀려감)하리라.

이것이 '통일규(通一竅: 하나의 구멍을 뚫음)'라는 것인데 호흡하는 공기가 폐(肺)에 충만해서 하복부로 인하(引下: 끌어내림)한 것이다.

좌협하(左脅下: 좌측 옆구리 아래)로 인하시킨 것이 제오법(第五法)인데 좀 장시간을 연습해야 하복부에 충만했던 기운이 좌협 아래로 움직이고 있는 것을 본인이 알 수 있게 되고, 이것이 추기법(推氣法: 기운을 미는 방법) 시작이요, 이 좌추공부(左推工夫)가 성공된다면 비로소 호흡법에 입문(入門)했다 보아야 옳다. 호흡이 부지중 아주 가늘어지고 정신이 아주 쇄락(灑落: 상쾌하고 깨끗함)해진다. 호흡은 여기서 완전조식(完全調息)이 되고 시간도 10초에서 12초의 연장을 볼 수 있다.

하복부로 추기(推氣)된 것이 좌부(左部: 왼쪽 부분)로 추기되기 시작한다면 호흡법의 최악의 관문(關門)을 통과한 셈이다. 좌추기(左推氣: 왼쪽으로 기운을 밀어냄)가 되기까지는 사람에 따라서 시간이 동일하지 않다. 속히 되는 사람은 예외로 하고 보통은 2개월이 걸린다. 이때부터는 정좌시(靜坐時)에 간간(間間)이 현상(現狀: 정신적으로 나타나는 예시, 투시)이 좀 될듯한데, 여기는 절대로 유의(留意: 뜻을 둠)하지 말고 호흡만 전심전력(全心全力: 온 마음과 온 힘)을 다 들여야 하는 것이다.

제육(第六)

충분히 좌추(左推)한 후에 인지좌(引之左: 좌측으로 끌어당김)하여 상지명문(上至命門: 위로 명문에 도달함)하되, 노경(路逕: 길)이 분명하게 하라.

이것은 제오법(第五法)을 완전 습득한 후에 비로소 그 좌추(左推)된 기운을 다시 좌상부(左上部)로 밀어서 명문(命門: 명치)에 이르기까지 추기(推氣)하는 것인데, 부위만 좀 다를 뿐이지 그 호흡법은 제오법과 동일하다. 다만 추기(推氣)하는 형식이 마음으로만 하는 것이 아니라 아주 그 노정(路程)이 자신으로 알게 분명히 되도록 하라는 것이다. 분류한 것은 학인들의 편의를 도모한 것이요, 다같이 추기법의 과정 중의 일부문에 불과한 것이다.

역시 보통인의 경력으로 보아서 1개월간이 소요된다. 이것은 전공하는 인사들의 연습시간이 아니라, 직장을 가진 사람으로 조석(朝夕)을 이용하는 인사를 주로 표준해서 기록한 것이다. 전공자라면 시공(始工: 공부 시작)에서 여기까지 2개월이면 충분하다고 본다. 이것이 호흡법의 제사(第四), 제오(第五), 제육(第六)법이 동일한 것이다.

제칠(第七)

인기자육부위이우추하지제협간우부(引氣自六部位而右推下至臍脇間右部: 제6법에서 끌어올린 기운을 오른쪽 아래로 밀어 배꼽과 갈비뼈 사이 우측에 이르도록 함)하여, 점점노숙(漸漸路熟: 점차 길이 익숙해짐)하여 소무호흡지고(少無呼吸之苦: 조금도 호흡의 고통이 없음)하라.

이것은 하복부에 충만시켰던 호흡을 좌부(左部: 왼쪽 부위)로 추기(推氣)해서 그 기운을 명문(命門)까지 추기인상(推氣引上)하고 또 명문에서 추기인하(引下)해서 우협부(右脅部: 오른쪽 갈비뼈 부위)인 제륜(臍輪: 배꼽)에서 평행선까지 오게 추기(推氣)하라는 것이다. 이 법은 역시 추기법(推氣法)의 일부요, 그 추기법이 익어지므로 조식법(調息法)이 학인들에게 백난(百難: 온갖 고난)을 극복시킬 수 있는 법이라 거의 동일한 것이다. 기간은 역시 1개월 정도면 족하다. 그러나 여기까지 연습이 된다면 추기되는 노정(路程)이 아주 분명하게 되고, (호흡) 시간이 1호흡에 20초 이상이 되어야 하나, 호흡에 소호도 인내하는 고통이 없고 순순(順順)하게 호흡이 되는 것이 상례다. 예외로 속히 되는 인사들은 시작에서 2개월이면 무난하게 이 자리에 오는데, 이것이 보통이 아닌 예외요, 보통인으로는 일법(一法)과 일법의 기간이 1개월로 되어 있다. 역시 전공자는 아니요, 부(전공)과목으로 연습을 표준해서 하는 말이다.

제팔(第八)

자칠법이인기하복부(自七法而引氣下腹部: 제7법에서 끌어온 기운을 복부로 내림)하나니, 호흡은 흡입지제(吸入至臍: 배꼽까지 들이마심)하고 좌인지좌협하(左引至左脇下: 좌측으로 끌어당기되 좌측 갈비뼈 아래로 보냄)하여, 좌추상지명문(左推上至命門: 좌측으로 밀어 올려 명치에 도달함)하고, 우인하(右引下: 우측으로 끌어내림)하여, 지우협하(至右脇下: 우측 갈비뼈 아래에 이름)하고, 인우이갱추하(因右而更推下: 오른쪽에서 다시 아래로 밀어냄)하여, 지우하복(至于下腹: 아랫배에 도달함)하나니라.

이것이 호흡법수련요지(呼吸法修鍊要旨)인데 비록 팔조(八條: 여덟 조목)로 분(分: 나눔)했으나, 자일조(自一條: 일조에서)로 지팔조(至八條: 팔조까지)가 어느 관절에서 반드시 경계가 나눌 수 있는 것이 아니라 연습하기 편리하게 하기 위해서 형식상으로 나누어 놓은 것이라. 초학자를 위해서 부득이한 고충임을 찰(察: 살핌)하신다면 감사하겠습니다.

이 제팔조(第八條: 제8법)는 호흡의 시간을 연장하기 위한 방식으로 제일 먼저 공기를 흡입해서 폐엽(肺葉)을 충만시키고 그 여력을 복부(腹部)로 심(深)호흡을 하고, 이것이 충분히 되거든 유의적(有意的: 의도적)으로 그 충만되는 기운을 좌복부(左腹部)로 보내 보고, 이것이 여의(如意: 뜻대로)할 때에 비로소 그 추기(推氣)의 행선지(行先地)를 명문(命門)으로 인상시키고, 이것이 충분하다 볼 때 우복부(右腹部)로 추기

시켜서 호흡시간이 상당히 연장되게 하고, 그다음 또 그 흡입된 기운을 하복부로 추기시키는 것이 이 수양법의 원리원칙이다. 이상을 오행연기법(五行鍊氣法)이라고 한다.

초학자로 이 자리에 오기도 최소한 5~6삭(朔: 개월)이 되어야 한다. 이것은 직장을 가지신 분들의 부업식으로 연기(鍊氣: 기운을 단련함)하는 방식과 시간을 말함이요, 전공자라면 그 반만 연습하여도 완전히 그 자리에 갈 수 있다. 이 연습법의 향상을 목표로 이 팔법(八法) 외에다 또 팔법을 갱정(更定: 다시 정함)해서 학인들의 편의를 도모하는 것이다. 갱정한 팔법도 역시 일관된 호흡수련법이요, 이상 16조가 합해서 비로소 호흡법 초학자를 위한 것이요, 이상 십육법(十六法)을 완전 습득함으로써 (研精)학인의 자격을 자타(自他)가 공인하게 되는 것이다.

십육법에서 선팔법(先八法)이 실제적인 수련법이요, 후팔법(後八法)은 수련법 습득자들의 진보적 재훈련으로 자기의 실력을 양성(養成)시키는 요결(要訣: 중요한 방법)이다.

팔지일(八之一)

추인법(推引法: 밀고 당기는 법)은 불탈정규(不脫定規: 정해진 법을 벗어나지 않음)하되 호흡추기(呼吸推氣: 호흡의 미는 기운)가 수간간혹좌혹우혹상혹하(雖間間或左或右或上或下: 비록 간간이 혹은 좌측이나 우측으로, 혹은 위나 아래로 향함)하나, 차(此: 이것)는 예야(例也: 상례常例, 보통 있는 일이다)요, 비병야(非病也: 병이 아니다)라.

이것은 이상 팔조(八條)에서 습득한 것을 재훈련하는 것인데 그 추기하는 것이 마음대로 되지 않고 그 방향이 정규를 벗어나서 혹좌혹우하고 혹상혹하하나, 이것은 연습 중 상례요, 병적인 것은 아니다. 다만 학인으로는 일층 성의(誠意)를 더할 뿐이요, 낙망(落望: 희망을 잃음)을 해서는 안 된다. 학인들이 이 자리에 와서 중도개로(中途改路: 중간에서 포기함)하는 사람이 가장 많다. 이것은 정신계에서 학인들의 성불성(誠不誠: 정성여부)을 시험하는 일종이라고 보아야 옳다. 일슬지공(一膝之功: 더욱 노력함)을 가하면 팔지일(八之一) 경계를 벗어날 수 있는 것이다.

연습기간은 전공자면 일주일이면 충분하나, 부업수련으로 하는 학인이라면 이것도 일주일 정도는 경과해야 되는 것이다.

그리고 혹자는 팔지일(八之一) 경계(境界)를 밟지 않고 순조(順調)로 나가는 학인들도 종종 보았으나, 이것은 예외요 이 경계를 밟는 것이 보통인의 상례다. 이 자리에 오자면 호흡시간은 최소한 정좌시(靜坐時) 1호흡시간이 30초는 되어야 한다. 본디 폐(肺)가 큰 학인이라면 35초는 될 것이다. 이 경계에서는 정신일치(精神一致)로 혜광(慧光)이 도전(導前: 앞에서 인도함)할 수 있는 것이다. 그러나 효능을 먼저 말할 필요가 없고 다만 수련하는 방식만 기록하기로 한다.

팔지이(八之二)

추인(推引: 밀고 당김)이 점지기규(漸至其規: 점차 그 규칙에 맞음)하고, 혹상혹하(或上或下)하고 혹좌혹우지방향(或左或右之方向: 좌우방향으로 내달음)이 점식(漸息: 점차 없어짐)하리라.

이것은 정신의 점차적 안정(安靜: 편안하고 고요함)을 말하는 것이라. 수련법은 팔지일(八之一)과 동일하나, 그 급수(級數)가 좀 진보되었을 뿐이다. 기간은 역시 팔지일이나 대동소이(大同小異)할 뿐이다.

팔지삼(八之三)

추인이여법이좌우상하지왕래(推引而如法而左右上下之往來: 밀고 당김이 법대로 상하좌우로 왕래함)가 점점 불현(不現: 나타나지 않음)이라.

학인들이 이 경계에 오는 데는 다만 호흡법에 조식(調息)이 잘 되고 폐기(閉氣: 기운을 닫음, 여기서는 기운을 모음)가 잘 된다는 의미에 불과하다. 선술(先述: 앞서 서술함)한 팔조(八條)는 호흡법의 원리요, 후술(後述: 뒤에 서술함)하는 팔조는 호흡을 배워서 점차적으로 순수해져가는 것이다. 기간은 거의 동일하다.

팔지사(八之四)

추인향위(推引向位: 추인하는 방향과 위치)가 확정되고 흡기(吸氣: 기운을 들이마심)시간이 초장(稍長: 점점 길어짐)이라.

이것은 풍정파식(風定波息: 바람이 멎고 물결이 잦아듦)해서 정신통일(精神統一)이 여의(如意)해진다는 것이다. 기간은 역시 타법과 동일하다. 호흡시간이 점점 길어진다. 정좌 시 1호흡 40초 이상은 될 수 있다. 이 경계에서 오는 현상이 많으나, 이것은 학인들 자신이 체험하기로 하고 다음으로 미룬다.

팔지오(八之五)

추지인지(推之引之: 밀고 당김)를 면면부절(綿綿不絶: 가늘고 길게 끊이지 않음)하고 비간(鼻間: 코 사이)에 호흡이 소무정체(小無停滯: 조금도 멈추거나 걸림이 없음)라.

이 정도에 다다르면 정좌 시에는 거의 무아(無我)가 되어 회광반조(回光返照: 빛을 돌이켜 반대로 비춰 봄, 투시)가 얼마든지 된다. 그러나 이것을 신기하게 여겨서 호흡수련에 소호(小毫)라도 정체(停滯)가 있다면 백번의 적공(積功: 공을 쌓음)도 귀허(歸虛: 허무한 짓으로 돌아감)하는 것이라. 이곳에 도달한 학인들은 가일층(加一層: 한층 더) 전심전력(全心全力)하고 호흡수련을 해야 하는 것이다. 이 경계가 가장 애로(隘路: 좁고 험한 길)가 많은 자리다.

팔지육(八之六)

추인기폭점후(推引氣幅漸厚: 밀고 당기는 기운의 폭이 점차 두터워짐)하고 흡기지시간점장(吸氣之時間漸長: 들숨의 시간이 점차 길어짐)이라.

이상(以上: 팔지오법)과 다 동일한 법인데 추인법은 거의 완성에 근(近: 가까움)하고 호흡시간이 초인간적 경지에 왕래하게 된다.

팔지칠(八之七)

추인방향(推引方向)이 불유구(不踰規: 규칙을 벗어나지 않음)하여 자연으로 합법하되, 소무강추강인지태(少無强推强引之態: 조금도 억지로 밀고 당기는 모양이 없음)라.

여기 와서 호흡법 초계단(初堦段) 합격이 되는 것인데, 그 정도로 그치면 불퇴전(不退轉: 물러서지 않음)하는 것이 아니라 호흡의 시간이 줄어지면 역시 그 단계가 강등(降等)이 되는 법이라 더욱 주의하고 진보되어야 한다. 이 경계에 오면 정좌(靜坐)하고 있을 때나 행주좌와(行住坐臥: 가고 머물고 앉거나 누움)에 하시(何時: 어느 때)를 물론하고 자연적으로 추인법이 행해지고 유의무의(有意無意)에 관계가 없이 강행하지 않아도 수헐이(쉽게) 된다는 것이다. 여기 와서는 기간이 없고 장기적 불휴태세(不休態勢: 쉼이 없는 자세)라야 한다. 정진(精進)하면 정신계의 초등학교 졸업대우를 받을 수 있다.

팔지팔(八之八)

추지인지(推之引之)에 좌우상하(左右上下)를 임의행지(任意行之: 뜻대로 다님)하리라.

이 경계는 정신계(精神界)의 초등과 졸업자로 온고이지신(溫故而知新: 옛것을 익혀 새것을 앎)하는 현상으로 상급(학교)에 아직 진급은 안했으나, 초등과 졸업으로는 우수한 자의 정신수련방식인데 여기까지를 보통인들의 수련도정(道程)으로 기록해 보는 것이요, 그다음은 누구든지 자수(自修: 자기수련)할 수 있고, 각자의 성력여하(誠力如何: 성실한 노력 여부)로 진보의 지속(遲速: 느리고 빠름)이 있다고 본다. 이상은 초등자(初等者)를 위해서 경험한 바를 수조(數條: 몇 조항)만 술(述: 서술)해 보는 것이다.

무진(戊辰: 1928년) 5월 5일 경신일민(耕莘逸民: 상신에서 밭가는 선비)
봉우(鳳宇) 지죄근서우신야(知罪謹書于莘野: 죄인줄 알며
신야에서 삼가 씀)

추기(追記)

이상참간정신수련법제서(以上參看精神修鍊法諸書: 이상 정신수련법 책들을 참고해 봄)하고 구구수련즉불필문진우타(久久修鍊則不必問津于他: 오래오래 수련한즉 구태여 남에게 물어볼 필요가 없음)요, 이자성명(以

自誠明: 스스로의 정성으로 밝힘)으로 조전광후(照前光後: 앞뒤를 밝힘)하면 점진태식(漸進胎息: 점차 태식으로 나아감)하리니, 하환호거성지원(何患乎去聖之遠: 어찌 옛 성인의 가신 지 오래됨을 근심함)이며, 하우호수련지난호(何憂乎修鍊之難乎: 어찌 수련의 어려움을 걱정할 것인가)아. 출비상력(出非常力: 비상한 힘을 냄)하여 성심성의(誠心誠意)로 자강불식 즉부지불식지간(自强不息則不知不識之間)에 엄연법계일중진의(儼然法界一重鎭矣: 엄연히 정신계의 한 중진이 됨)리라. 여외상세(餘外詳細: 그 밖의 상세한 것)는 갱대동호동고자(更待同好同苦者: 다시 동호동고자를 기다림)하여 면고위계(面告爲計: 얼굴을 대하고 방법을 알려 줌)요, 구계법론(九堦法論: 아홉 단계의 정신계 경지를 논함)은 대후일갱기차(待後日更記次: 뒷날을 기다려 다시 차례를 기술할 것)하고 차서중(此書中: 이 책 속)에는 고궐기상(姑闕其詳: 그 상세함은 생략함)하고, 이정신수련법초등해설(以精神修鍊法初等解說)로 공어제군자(供於諸君子: 여러 군자들에게 제공함)하노라.

이 법은 순법(順法)과 역법(逆法) 두 가지로 나누나, 효과는 하나이다. 그러나 순법은 시일이 오래 걸리되 법은 조금 쉽고, 역법은 시일이 단축되나 법이 조금 어려운 고로 재가(在家) 수행자는 그 순법을 지니고, 정처(靜處) 전공자는 역법을 선택하는 것이 좋다. 순역 두 법이 이름은 비록 둘로 나누나 조식(調息), 폐기(閉氣), 태식(胎息), 주천화후(周天火候)는 똑같다. 앞선 사람들의 서술이 갖춰져 있으므로 여기서는 상세한 설명은 생략한다.

다른 책에서는 주로 논증과 비유를 많이 했는데 내가 이 책자를 집필하는 데는 타인의 예를 버리고 내가 직접 경험한 바에 국한하여 북창(北窓)선생의 《용호결(龍虎訣)》을 주로 하고 기록한 것이오니 제군자(諸君子)는 용서하시기 바랍니다. 이 법은 우리나라 국조(國祖)이신 대황조(大皇祖)님의 심법(心法)으로 전해지고 또 전해져서 중국 고대의 《역경(易經)》에서 주로 이 심법이 전해지고 있었다. 그러나 이것을 문언화(文言化)하신 이가 공부자(孔夫子)시다. 공부자께서 《역경》〈계사전(繫辭傳)〉 중에 왈(曰),

"역(易)은 무사야(無思也: 아무 생각이 없음)하며, 무위야(無爲也: 아무 행위도 없음)하여, 적연부동(寂然不動: 고요하니 움직이지 않음)이라가 감이수통천하지고(感以遂通天下之故: 느끼어 천하의 연고를 통함)하나니, 비천하지지신(非天下之至神: 천하의 지극한 정신이 아니면)이면 기숙능여어차재(其孰能與於此哉: 그 누가 능히 이에 같이할 것인가?)리오?"

하신 공부자의 심법(心法)이 이 수련법의 요지(要旨)가 된다. 유가(儒家)에서 왕왕(往往) 이 형이상학을 전공하시는 선현(先賢), 선배들이 공부자의 말씀에서 역유성인지도사(易有聖人之道四: 역경에는 성인의 도가 네 가지 있음)하신 데서 이 '비천하지지신(非天下之至神)'이란 것을 택하여 반조(反照)니, 화광(回光)이니 하며, 《대학(大學)》의 격물치지(格物致知)와 상위표리(相爲表裏: 서로 안팎이 됨)하여 공부를 하신 것이다.

공문(孔門: 공자의 문하)에서도 이 법을 전공하신 분이 안자(顔子)시고 일용사물지학(日用事物之學)을 전공하신 분이 증자(曾子)시다. 그러나 안자께서 불행히 조졸(早卒: 요절)하시어 그 전수심법(傳授心法)이 다시 공부자의 묵시(默示: 은연중에 뜻을 드러내 보임)에서 구하게 되어 상세를 결(缺)한 것은 유감(遺憾)이다.

공부자께서 이를 염려하시어 불언(不言)중에 묵시를 될 수 있으면 후인들이 알기 용이하게 하신 것이다. 환언하면 유가에서도 교종(敎宗)과 심종(心宗)이 있고, 이 정신수련법은 심종에 속한 것이다. 비록 유불선의 분파는 있으나 이 심종에서는 귀착점이 두 곳이 아니요, 한 곳이라는 것을 명시(明示)한 것이다. 중산위만상(中散爲萬象: 중간에 흩어져 만물이 됨)하여 말복합일리(末復合一理: 끝에 다시 하나의 이치로 합함)라는 불변의 철칙을 말한 것이다.

우리는 공부자 이전부터 이 물심양종(物心兩宗)을 우주인류에게 전해 주시고 몸소 시범(示範: 모범을 보임)하신 대황조(大皇祖)님의《천부성경(天符聖經)》의 요지인

"일(一)이 삼(三)이요, 삼(三)이 일(一)이며, 이 모든 근본이 무(無)에서 생(生)하고, 또 태양의 앙명(昻明: 밝음)을 주(主)로 한다"

고 하신 것이 무(無)에서 일(一)이 생(生)하였고, 일(一)과 대등(對等)하고 비등(比等)한 것이 삼(三)이라는 일(一) 이상의 수(數)라는 (뜻으로 하신) 말씀이라고 알고 있다.

삼(三)이 일(一)이라는 것도 우주만유(宇宙萬有: 우주만물)의 근본을 귀착(歸着)이 일(一)이요, 둘이 아니며, 우주만물이 혼암(昏暗: 어두움)에서는 동(動)인지 정(靜)인지, 유(有)인지 무(無)인지를 알 수 없으므로 태양의 앙명을 본(本)으로 한다. (여기서) 비로소 우주의 만유가 있는 줄을 알고 생양수장(生養收藏: 나서 키우고 걷우고 감춤)이 생긴다는 교훈을 우리 조선(祖先: 조상)들은 전통적으로 받아온 지 유구한 세월을 가졌다.

또 공부자님의 교훈을 문언(文言)으로 거듭 받게 된 것은 우리 민족이 어느 민족보다도 우월감이 있다고 본다. 선민(先民: 선철先哲)들이 못하신 것을 우리 후생들이 다시 부활(復活)해서 세계만방(世界萬邦)에 수범(垂範: 본보기가 됨)이 되어 홍익인간(弘益人間) 이념을 실천에 옮기도록 정진하는 것이 우리들의 책임이라고 생각한다.

무진(戊辰: 1928년) 5월 5일 여해(如海) 지죄근서우신야(知罪謹書于莘野: 상신에서 삼가 쓰다) -이상구저(以上舊著: 이상은 옛글)를 부록(附錄)한 것이다.

[이 글은 원래 1966년도에 쓰신 여러 수필들에 '연정학인수지절차(研精學人須知節次)'라는 제목으로 섞여 있었다. 내용은 정신을 연구하는 학인들이 반드시 알아야만 하는 정신수련법을 호흡법으로 규정하고 이 호흡법의 절차를 16단계로 설명하신 것이다. 1966년에 쓰여진 여러 수필들과 함께 200원고지에 쓰인 이 글의 마지막에 무진년(戊辰年) 1928년에 쓴 옛글을 1966년에 다시 덧붙여 기록한다는 언급이 역주자에게는 눈에 크게 띄었다. 봉우 선생님께서 20대에 쓰셨다는 글이었다! 이 글을 보면 정신수련법 중 가장 중요시되는 수련법이 호흡법, 조식법이라는 점을 확연히 깨달을 수 있다. 그 수련법의 상세한 묘사도 어느 누구의 추종을 불허할 정도로 뛰어나다. 이 글은 1960년대 후반 서울에서 한의원을 개업하시면서 학인들에게 배포하시기 시작한 선생님의 첫 인쇄물 수련서인 《봉우수단기(鳳宇修丹記)》 - 이 제목은 1986년 서울연정원 개원시에 회원배포용으로 제작하면서 선생님께서 지으신 것이고 그 전에는 제목 없이 수련법만 인쇄하여 나눠 주셨다. - 에 두 부분으로 나뉘어 다시 실렸다. 호흡법(법분십육)은 맨 앞에 실린 한문 《용호비결(龍虎秘訣)》 뒤에 실렸고, 이 글의 〈후기〉는 '원상법(原象法)' 원문 뒤에 원상법 소개글처럼 실려 있다. 이후 역주자가 1928년 원고를 발굴하여 1986년 당시 《연정회보(研精會報)》에 번역 게재하

였고, 1989년도에 발간된《천부경의 비밀과 백두산족문화》에 '단학의 실제 - 연정십육법'이란 제목으로 호흡법만 소개된 바 있다. 역주자는 이 글이야말로 봉우 선생님의 유고 중 가장 중요한 글이라고 생각한다. 그것은 1928년도 글 제목 '연정학인 수지절차'에 응축되어 있다고 보인다. 사실 선생님께서는 평생을 처음부터 끝까지 폐기일도(閉氣一道), 호흡법 한 가지만을 가르치셨고, 역설하셨다 해도 과언이 아니다. 그야말로 호흡법 전도사셨던 것이다. 이 글을 보면 이 호흡법이 우리의 국조(國祖: 나라할배)이신 대황조 한배검님의 심법(心法)에서 기원(起源)한다고 되어 있다. 더 이상 무슨 말이 필요하랴? 정북창 선생님의《용호비결》이래로 봉우 선생님의 '연정학인 수지절차'만큼 한국정신수련사 내지 한국선도학사(仙道學史)에서 귀중한 가치를 점하는 글은 없다고 해도 과언이 아니다. 이 글을《봉우일기 5권》말미의 부록에 싣는 것은 이러한 중요한 역사적 가치 때문이다. 다만 1928년 원문의 표현이 후대로 가면서 약간의 변화들이 보이는 바, 후세 학인들은 자신의 수련 정황과 세심히 비교해 가며 해석해 주시기 바란다. -역주자]

〈봉우(鳳宇) 권태훈(權泰勳) 연보(年譜)〉

◆ 1900년(庚子): 1세

경자(庚子: 1900년) 음력 정월 20일 서울 재동(齋洞) 출생. 본관(本貫) 안동(安東). 자(字)는 윤명(允明) 또는 성기(聖祈), 아명(兒名)은 인학(寅鶴). 부친은 당시 대한제국의 내부(內部) 판적국장(版籍局長) 취음(翠陰) 권중면(權重冕)으로, 선생은 45세의 나이에 얻은 외아들이었음. 여말선초(麗末鮮初)의 명신(名臣)이자 대학자였던 양촌(陽村) 권근(權近)이 선생의 17대조요, 임진왜란의 구국명장(救國名將) 권율(權慄)이 11대조. 호(號)는 여해(如海), 소취(紹翠), 봉우(鳳宇), 물물자(勿勿子), 연연당(然然堂).

◆ 1903년(癸卯): 4세

한학(漢學) 배우기 시작.

◆ 1904년(甲辰): 5세

고종황제 배알. 황제가 베푼 덕수궁연회에 부모와 함께 참석하여 사배(四拜)를 올리고 [황제폐하만세] 삼창 [이것을 산호(山呼)라 함]. 부친은 대한제국 중추원(中樞院) 칙임의관(勅任議官)으로 재직. 집안 대소가(大小家) 모두 전성시대였음. 일로(日露)전쟁 발발. 모친은 숙부인(淑夫人) 경주김씨(慶州金氏). 절충장군상호(折衝將軍商浩)의 여(女: 딸). 부친, 이후 법부(法部) 검사국장(檢事局長), 한성재판소 판사비서원승(判事秘書院丞), 시종원(侍從院) 시종, 고등재판소 판사, 법원비서관 등을 역임. 신축년(1901)에 평산(平山)군수, 칙임의관(勅任議官), 을사년

(1905) 봄에 진도군수, 정미년(1907) 능주(綾州)군수 역임. 고종황제 때인 을미년(1895) 출사(出仕: 벼슬에 나감)하여 내외직(內外職) 두루 지냄.

◈ 1905년(乙巳): 6세
부친, 봄에 진도(珍島) 군수로 외임(外任: 외직임명). 정배(定配: 귀양감) 중이던 당시 소론팔재사(少論八才士)의 한 사람인 무정(茂亭) 정만조(鄭萬朝) 선생께 한학(漢學) 수학(受學), 사서(四書) 읽음. 일로(日露)전쟁, 일본의 승리로 끝남. 일본과 을사보호조약 체결됨. 당시 농상대신(農商大臣)으로 여기에 서명한 둘째 백부(伯父) 권중현(權重顯)과 그 아우였던 부친은 진도에서 서신으로 대의명분(大義名分)을 논하다 필경은 단의(斷義: 형제의 의를 끊음). 모친에게 민족고유 정신수련법인 조식법(調息法)을 처음으로 배움. 모친은 아들에게 한학 공부를 더 잘하기 위한 방법을 가르쳐 준다며 기억력증진법으로서 소개하였다 함.

◈ 1906년(丙午): 7세
진도에서 보냄.

◈ 1907년(丁未): 8세
사서삼경(四書三經)과 13경(十三經)을 포함하여 수백 권의 경서(經書)를 읽음. 집안 상경(上京). 부친, 능주(綾州)군수로 부임. 정미칠조약(丁未七條約) 이후 고종황제가 강제퇴위 당하자 벼슬 버리고 다시는 관계(官界)에 나서지 않음.

◈ 1908년(戊申): 9세
부친, 토혈증(吐血症)으로 위중한 가운데에서도 선서(善書: 도교경전) 인간(印刊)에 전력을 다함.

◈ 1909년(己酉): 10세

벽진(碧珍) 이씨(李氏) 친영(親迎: 결혼), 성가(成家). 서울 종로 마동(麻洞) 단군교(檀君敎: 현 대종교) 포교당(布敎堂)에서 우연히 도사교(都司敎) 나철(羅喆) 선생을 뵙고 수교(受敎: 가르침을 받음). 이후 일평생의 정신적 뿌리로 삼음.

◈ 1910년(庚戌): 11세

한일합병으로 대한제국 멸망. 부친, 충북 영동(永同)으로 낙향. 처음엔 영동읍 금리(錦里)로 갔다가 다음해 영동읍 남당리(南堂里)로 이사.

◈ 1911년(辛亥): 12세

영동(永同)보통학교 2학년 편입. 교사들로부터 수학의 천재라는 칭찬 받음. 3년간 통학. 영동의 천마산(天磨山) 삼봉(三峯) 정상에서 소학교 동창 이홍구(李洪龜), 안명기(安明基), 지도교사 박창화(朴昌和) 선생과 함께 민족독립과 세계최강국 건설 및 세계평화에 헌신할 것을 맹세. 보통학교생으로서 일본유람단에 끼여 처음으로 외국문물에 접함. 당시 영동보통학교의 학생 연령은 최고 35세에서 최소 12세, 교장은 일인(日人) 판정산일(坂井散一). 한문(漢文), 수학, 조선어, 습자(習字), 수신(修身) 과목을 배움. 특히 한국인 교사인 박창화(朴昌和) 선생께 애국심을 배움.

◈ 1912년(壬子): 13세

백부(伯父: 큰아버지) 하세(下世). 실인(室人: 아내) 조요(早夭: 일찍 죽음). 평해(平海) 황씨(黃氏) 재영(再迎: 재혼). 소년시대의 불행이었음. 민족선도계(民族仙道界)의 거인(巨人)이신 우도방주(右道坊主) 김일송(金一

松) 선생을 충북 영동에서 처음으로 만나뵘. 이때 일송 선생은 병객(病客)으로 부친의 사랑방에 머물고 있었고 봉우 선생은 병간호를 극진히 하였다 함.

◆ 1913년(癸丑): 14세

영남(嶺南) 유림(儒林)의 태두(泰斗)인 면우(俛宇) 곽종석(郭鍾錫) 선생 배알(拜謁). 곽 선생과 부친과는 친교가 있었으므로 가끔 서신왕래가 있었고, 이 해에 직접 부친의 서신을 휴대하고 처음 찾아뵈었다 함.

◆ 1914년(甲寅): 15세

가도(家道: 가세) 아주 패함. 보통학교 졸업. 당시 도변(渡邊) 교장의 추천으로 경성제일고보에 무시험 입학되었으나 부친의 불허로 좌절. 선생 자신은 부친의 반대이유 외에 전문부(專門部: 대학) 입학을 목표로 진학하지 않았으나 부친의 중병(重病)과 이듬해 모친의 중병으로 결국 진학을 포기하게 됨. 이것이 자신의 용단성(勇斷性) 부족으로 일생의 진로를 그르친 것이며, 부모의 간병(看病) 이유로 어찌 유학(遊學)할 수 있겠는가 하는 선입감으로 미래의 낙후(落後)를 자감(自甘)한 것이었다고 회고(1964년 일기 중). 부친의 병환이 한때 위중하였으나 유의(儒醫) 이규신(李圭信) 선생의 처방으로 신효(神效)를 봄. 재차 일본 입국. 대판(大阪) 조일신문(朝日新聞)에 난 광고를 보고, 당시 일본 기합술계(氣合術界)를 풍미하던 태영도(太靈道)의 전중수평(田中水平)과 심리학자로 대일본최면술협회의 대가였던 전궁형(田宮馨), 세계정신○○도(道)의 고옥철석(古屋鐵石)[1] 및 당시 일본 정신계의 태두(泰斗)였던 원

---

1) 그는 '경천동지적(驚天動地的) 교수법' 운운하며 신문에 광고를 내고 사람을 모아 유료로 가르쳤다.

선불(原仙佛: 하라)2), 그 제자 기바라(木原鬼佛)3), 최면술 박사 궁기옹 (宮崎翁) 등 수십여 명과 교유(交遊). 특히 기바라의 금계학원(金鷄學院: 동경 소재)에 머물며 기바라 선생의 특별후원과 배려(제자들 교육 현장을 견학토록 함)를 받았다. 시코쿠[四國]에 있는 송강도장(松江道場)에서 정신도계(道階) 2계(아홉 단계 중 위에서 두 번째)를 받음. 또한 당시 유 도, 검도계의 명인(名人) 스즈키(鈴木)도장에서 검도(6단), 유도(6단)도 배움. 일본에 오기 전 한국에서 이미 [잡기]라는 재래체술(在來體術)을 상당 부분 익혔고, 삼촌께 검도도 배운 상태였음. 검도는 한 번의 대결 로 6단의 예우를 받았음.

◆ 1915년(乙卯): 16세

신병(身病)으로 외부출입하지 않음. 가을부터 이윤직(李允稙) 군과 삼 추삼동(三秋三冬)을 한학(漢學) 전공함.

---

2) 원담산(原担山)이 본명으로, 일본 명치(明治)시대 조동종(曹洞宗)의 걸승(傑僧). 거의 생불(生佛)의 경지에 도달한 인물이었다 함. 신림청조(神林請助)에게 역(易)을 배우고 막부(幕府)의 창평학(昌平學)을 졸업한 후 불문(佛門)에 들어감. 명치 12년(1879년)에 동경제국대학 인도철학과의 최초 강사. 24년 조동종 대학림(大學林)의 총감(摠監). 정 광진인(正光眞人)에게 불결(佛訣)을 전수받고, '병의 원인은 외촉(外觸: 외부의 접촉)이 아니라 내촉(內觸)에 있다', '혹병(惑病)은 뇌에 이르러 결체(結滯)해서 전신에 만연되는 것이다'라고 해서, 목숨을 건 실험에 의해 '정력(定力)'이라 칭하는 일종의 정신력에 의 해 뇌와 척추의 접로(接路)를 영적으로 컨트롤하는 것으로 전신에 만연해 있는 망식(妄識)을 구제하는 치병(治病) 행법(行法)을 확립했다. 원담산은 뇌와 척추의 접로(接路)에 서 청신경(聽神經)이 관여되어 있다고 하여, 그 행법을 이근원통법(耳根圓通法)이라고 도 칭한다. 스스로 죽을 시기를 깨닫고 주변 사람들에게 엽서를 보낸 후, 다들 모인 자리 에서 알린 시각에 정확하게 맞춰 입적(入寂)했다.

3) 일본 명치에서 대정(大正)시대의 정신계 거물. 유년시절부터 병약하여 폐결핵을 앓던 중, 영적(靈的) 치료에 의해 회복된 것에서 광명을 발견하고 그 후 도(道)의 연구에 뜻을 두었다. 하라(원담산)의 문하생이 되어 '이근원통묘지요법(耳根圓通妙智療法)'을 전수 받음. 이로 인해 영술가(靈術家)로 일세(一世)를 풍미하고 명치 39년(1906년)에는 사 국(四國:시코쿠) 도근현(島根縣) 송강(松江)에 '조진도장(照眞道場)'을 엶.

◆ 1916년(丙辰): 17세

동짓달에 충북 영동에서 충남 공주 상신리(上莘里)로 이거(移居). 부친, 피난차 산중에 은둔. 신병(身病)으로 계속 고통받음.

◆ 1917년(丁巳): 18세

선비(先妣: 모친), 47세로 조요(早夭: 일찍 돌아가심). 가도(家道)가 말할 수 없이 피폐해짐. 서계원(徐啓源), 서영원(徐永源), 서기원(徐基源), 유덕영(柳德永) 제익(諸益)과 교제함. 스승 정만조(鄭萬朝) 선생의 추천을 받아 당시 장안 재사(才士)들의 모임인 서울 이문회(以文會)에 출입함. 육당(六堂) 최남선(崔南善), 벽초(碧初) 홍명희(洪命熹), 만해(萬海) 한용운(韓龍雲), 춘원(春園) 이광수(李光洙), 임규(林奎), 권덕규(權惪奎), 홍헌희(洪憲熙) 등과 교유. 부친과 평소 친교가 있던 설봉(雪峯) 지운영(池雲英) 선생과 지석영(池錫永) 선생 만남.

"선비(先妣'죽은 어미 비': 모친)께서 다한(多恨)한 이 세상을 버리시고 중병을 가지시고 돌아가시었다. 불초(不肖)가 연유(年幼)한 관계로 극력(極力) 치료도 못 해본 것이 내 일생 한(恨)이 되는 것이요, 수한(壽限)이 47세라는 요(夭)를 면치 못하신 것이 더구나 한이 된다. 내가 철이 없어서 선비(先妣)의 유훈(遺訓)을 지키지는 못하였으나, 나이가 먹을수록 선비께서 현모(賢母)였고 또 성모(聖母)였었다는 감이 점점 더 두터워 간다. 이전의 선철(先哲)들 누구보다도 귀하신 성모(聖母)를 불초가 모시고도 참으로 불초해서 그 유훈의 만일(萬一)을 행하지 못하고 불초도 백발이 성성한 일개 노옹(老翁)이 되었으니 어찌 감개무량하지 않으리요."(1954년 3월 12일 회고 중)

◈ 1918년(戊午): 19세

전국적 유행감기로 사망률이 상당수에 달함. 연말에 고종황제 승하(昇遐: 세상을 떠남). 공주 상신리(上莘里) 집에서 김일송(金一松) 선생을 다시 뵙고 구월산(九月山: 황해도 소재)으로 동행, 입산하여 스승으로 모시고 약 3개월 간 민족고유의 선도(仙道) 수련, 입문(入門)함. 27일 만에 산차(山借)4) 삼통(三通)함[결사(決事)는 하지 않음]. 좌도(左道), 우도(右道)의 각종 심법(心法)을 전수받음. 계룡산 북사자대(北獅子臺)에서 동지 규합, 처음으로 정신수련 결사(結社) 시작함. 백두산 순례 후 면우(俛宇) 곽종석(郭鍾錫) 선생 찾아뵘. 인천 미두장(米豆場)에서 산주(汕住) 박양래(朴養來: 12세 연상) 처음 만남. 전북 황등에 사는 이인(異人) 신석태 옹 만남. 이외에 박동암(朴東庵), 윤신은(尹莘隱), 서직순(徐稙淳), 서만순(徐萬淳)과 만나 친교. 추수학(推數學)으로 1919년 물가앙등과 1920년 물가폭락을 예지함.

◈ 1919년(己未): 20세

3.1독립운동. 기미독립선언서 배포(경북 평해에서부터 동해안 따라 함경도 원산까지 배 타고 다니며 항구마다 선언서를 뿌림). 3.1운동 이후 만주에 들어가 당시 북로군정서(北路軍政署)의 [상승장군(常勝將軍)] 노은(蘆隱) 김규식(金圭植: ?~ 1929) 선생 만남. 김 장군은 대한제국 시위대 부교(副校)로 있다가 1907년 일제에 의한 군대 강제해산 전에 부대를 이끌고 의병을 일으킨 후 만주에서 무장독립운동에 전념하던 인물로, 전략전술과 실전에 있어 기존의 어떤 무장투쟁가보다도 뛰어난 공적으로 일본군과 백전백승한다 하여 [상승장군]으로 당시 만주독립운동계에

---

4) 무차(武借)의 대표격으로, 상세한 내용은《민족비전 정신수련법》p.163에 수록.

유명하였다 함. 선생은 우연히 김장군의 휘하에 들어가 무장항일투쟁에 처음으로 투신하게 됨. 이후 역시 위대한 독립운동가이신 동천(東川) 신팔균(申八均: 1882~1924)[5] 선생과 만나 나이 차에도 불구하고 막역한 동지요 의기투합한 지기(知己)가 되었으나, 동천(東川) 선생이 먼저 전사(戰死)하였음. 3.1운동 이후 약 4년간 만주 출입하며 독립군 생활.

이후로 국내에 근거를 두고 미미한 지하(독립)운동으로 외면상 신문기자, 생명보험 외판원, 약품채약상, 각종 행상, 투기업자 등의 백면(百面)백작(百作)으로 동지규합에 노력. 아울러 유사종교의 간부진들도 동원해 보고 학교 교원진들도 움직여 봄. 해방 전까지 공섭단(共涉團), 연방사(聯芳社), 동지계(同志契), 상애단(相愛團), 의열단(義烈團) 등 각종 집회로 동지규합에 전력을 다한 결과 동지가 수백 명이 되었으나 해방 후 대부분 군(軍), 관(官)에 투신하고 사상적 전환으로 100여 명 남음. 그나마 6.25사변으로 50여 명 죽음. 추수학(推數學)으로 물가앙등을 예지함. 윤보병(尹普炳), 조기하(趙琪夏), 주회인(朱懷仁), 조석운(趙石雲), 박학래(朴鶴來), 김일창(金一滄) 제익(諸益:여러 친구)과 친교. 정신수련, 동지규합, 군자금 모금 등 활동도 계속함.

---

5) 1882년 한성(漢城) 정동(貞洞) 출생. 1907년 대한제국 육군 정위(正尉). 군대 강제해산 후 1909년 윤세복(尹世復), 김동삼(金東三), 안희제(安熙濟) 등과 대동청년단 조직, 국권회복운동 전개. 1910년 국치(國恥) 후 곧 만주로 건너감. 1918년 겨울, 3·1독립선언의 전주곡이 되는 무오독립선언 39인의 1인으로 서명함. 1919년 서로군정서(西路軍政署) 가담. 이청천(李靑天) 등과 신흥무관학교 교관 취임. 이후 1922년 통의부(通義府) 사령장(司令長)으로 피선, 군사위원장 겸임. 무장독립운동의 선두에 서서 수십 차 일본군과 격전, 대승을 올림. 1924년 7월 2일 홍경현 왕청문(旺淸門) 이도구 밀림 속에서 일군(日軍)과 마적이 섞인 수백 명에게 포위되어 격전 중 장렬히 전사(봉우 선생님도 현장에 있었다 증언함).

◆ 1920년(庚申): 21세

우연한 신병(身病)으로 6개월 와병. 기적적으로 생명 보전함. 이 병이
계기가 되어 도호(道號)를 [봉우(鳳宇)]라 함. 추수학(推數學)으로 물가
폭락을 예지함. 재산 탕진, 방랑생활 시작. 조훈(曺勳), 허일(許一), 김철
진(金哲鎭), 김장렬(金壯烈) 제군(諸君)과 친교함.

"1917년 모친 작고 후 서모(庶母)가 들어오고, 서모의 괴팍한 성
격으로 불화하였다. 내 장지(壯志)는 비거천만리(飛去千萬里: 천만
리를 날아감)하고 방랑생활로 일시적 위안을 하고 다녔다. 이것이
내 중년 초까지의 불행이었다. 그중에서 광달흉해(廣達胸海: 가슴
의 포부를 넓힘)라고 할까, 이문목격(耳聞目擊)한 등에서 약간의 상
식은 얻게 되고, 방랑에서 협의행각(俠義行脚)으로 나가서 경제관
념에 아주 소홀했던 관계로 궁불능자존(窮不能自存: 궁핍하여 살아
가기 힘듦)했으나, 조금도 불굴(不屈)하고 여전히 협의자처(俠義自
處)하고 다녔다. 그러다 부친께서 81세에 하세(下世)하시고, 사회
조류도 협의행각을 허용치 않으며, 더구나 왜정 때 고등 요시찰
이 되어 영어(囹圄)생활도 상당한 횟수였다. 사회적이나 경제적
이나에 진로(進路)가 몇 번 있었으나 모두 내가 기권한 것이었다.
그 후 을유광복이 되어 신생(新生) 애국애족자가 우후죽순같이
나오게 되자 이것도 염증이 나서 아주 기권하고 말았다." (1964년
수필 〈회상기(回想記)〉 중)

◆ 1922년(壬戌): 23세

토혈증(吐血症)으로 욕을 봄. 우연히 신방(神方)을 얻어 쾌유함. 해외로
왕래하며 유랑생활로 가정생활은 형편없이 곤란해짐. 조일운(趙一雲),

이화암(李華庵), 이화당(李華堂), 정수당(丁隨堂). 하신부(河信夫), 김태부(金太夫), 김오운(金烏雲), 김봉규(金鳳奎) 제위(諸位)와 친교.

백두산, 장백산맥 2천여 리와 몽골 고비사막을 거쳐 시베리아 바이칼 호수 등 민족의 시원지(始原地)들을 답사함.

신문 총국(總局) 경영

◆ 1923년(癸亥): 24세

아들 영창(永昌) 조요(早夭). 낭인(浪人)생활 계속. 신병(身病)으로 큰 출입 못함.

◆ 1924년(甲子): 25세

극도의 생활고. 호남 여행. 김봉두(金奉斗), 박호은(朴湖隱: 당시 전남의 유림) 도유사(都有司), 황기문(黃奇門) 제위와 친교. 중국에 들어감. 전생(前生) 찾아감. 전생은 중국 산동성(山東省) 소재 주씨가(周氏家)의 부인(夫人)이었음. 성은 왕씨(王氏)였음. 전생의 가족들을 확인함. 당시 중국 도계(道界)의 살아 있는 최고 신선(神仙) 왕진인(王眞人)을 나부산(羅浮山: 광동성 소재)에서 만남. 중국 도교(道教) 오두미교(五斗米教)의 발상지인 용호산(龍虎山: 강서성 소재)의 장천사(張天師) 도릉(道陵)의 유적 답사.

◆ 1925년(乙丑): 26세

호남 광주에서 객지생활(이듬해까지). 이용련(李容連), 김창숙(金昌淑), 서몽암(徐夢庵), 이옥강(李玉岡), 전백인(全白人), 백락도(白樂道), 문수암(文殊庵), 김현국(金顯國) 등과 교유. 원상(原象) 공부 시작. 초여름 소성(邵城: 인천)에서 20여 명 동지와 함께 정신수련.

13일간의 수련으로 많은 것을 예언, 투시함. 그 내용은 원자탄의 발명, B-29와 전차대의 출현, 장개석의 중국 통일, 스탈린의 등장과 죽음, 을유(乙酉: 1945년) 해방, 6.25 사변 발발, 1953년 휴전 예언이었다.

◆ 1926년(丙寅): 27세

광주에서 실시된 의생(醫生) 시험에 합격하여 약종상(藥種商: 한약업) 시작함. 계속 객지생활. 종래 취미 있던 문학을 아주 전환해서 심리학(心理學: 정신학)으로 전공과목을 정하여, 이 방면으로 동지를 규합하며 함양시키는 데 미력을 경주하였음. 민족운동가들과는 계속 왕래함. 다른 방면의 친구들과는 좀 한산해짐. 이후로 규합한 동지 제위는 차종환(車宗煥), 김설초(金雪樵), 한강현(韓康鉉), 최승천(崔乘千), 김일승(金一承), 주형식(朱亨植), 신훈(申塤), 오송사(吳松士), 한인구(韓仁求), 민계호(閔啓鎬), 이용순(李用淳), 한상록(韓相錄), 조철희(趙哲熙), 임지수(林志洙), 권오훈(權五勳), 박하성(朴河聖), 김학수(金學洙) 등. 불교계 교유 혹은 사사(師事) 인물은 경허사(鏡虛師), 수월(水月), 혜월(慧月), 만공(滿空), 한암(漢庵), 석상(石上), 학명(鶴鳴), 용성(龍城), 용운(龍雲: 만해), 만우(萬愚), 상로(相老), 경운사(鏡雲師) 등. 유교계(儒敎系) 인물로는 만나뵌 중 면우(俛宇) 곽종석(郭鍾錫) 선생이 가장 위대하였으며, 전간재(田艮齋) 선생은 순문학자(純文學者)였지 도학자(道學者)는 아닌 것으로 생각되었다 함.

◆ 1927년(丁卯): 28세

상신리(上莘里) 본가로 귀가. 청년운동 조금 함. 공주 반포면 상신리에 9월 설립된 야학당(夜學堂)의 회장으로 활동함.

◆ 1928년(戊辰): 29세

다시 객지로 왕래 시작. 인천 미두장(米豆場) 출입. 금강산, 묘향산 석굴 수련.

◆ 1929년(己巳): 30세

중국 왕래(3차 중국행. 20대 초부터 40대 초반 해방 전까지 10여 차례 왕래함). 북경지역에서 약 6개월 머물며 당시 외교부장 왕정정(王正廷)6), 오조추, 고유균(顧維鈞)7), 풍옥상(馮玉祥)8), 녹종상(鹿鍾祥)9), 원극문(袁克文)10) 등과 교유. 중국의 전통적 정신수련 결사(結社)인 [천일선(千日禪)] 제도 참관. 겨울에 계룡산 갑사(甲寺)계곡에 입산하였으나, 단기(短期) 하산함.

◆ 1930년(庚午): 31세

청년들에게 정신연구[硏精] 권고하며 지냄. 이후 솔선수범하며 35세까지 매년 몇 달씩 농한기인 겨울에 정신수련을 계속함. 갑사(甲寺) 계

---

6) 왕정정(王正廷, 1882~1961). 절강성 봉화(奉化) 출신. 신해혁명 이후 북경정부의 요직을 지냈으며, 1919년의 파리강화회의. 1923년의 대소(對蘇) 국교 회복을 위한 절충, 1925년의 관세자주권의 획득 등에 활약했으며, 후에 외교부장·주미대사 등을 지냄.

7) 고유균(顧維鈞, 1888~?). 중국의 외교관. 학자. 컬럼비아대학 졸업. 1919년 파리강화회의 대표를 비롯하여 미국 등 여러 나라 대사를 지냈으며, 1957년 국제사법재판소 판사 역임. 그 후 중화민국 국제연맹대표가 되었으며, 웰링턴 쿠(Wellington Koo)라는 이름으로 알려져 있는 세계적 외교관임.

8) 풍옥상(馮玉祥, 1880~1948). 중국의 군벌(軍閥). 정치가. 북양(北洋) 군벌 직예파(直隸派)의 거두였으나 국민당에 입당하여 북벌(北伐)에 참가했음. 뒤에 반(反) 장개석 운동을 벌였으며, 항일전쟁에도 활약. 제2차 세계대전 후에도 내전(內戰) 반대를 주장. 1946년 도미(渡美).

9) 1930년 당시 중국 산서성(山西省) 대표. 국회의원.

10) 원세개(袁世凱)의 둘째아들.

곡 용문폭포와 간성장(艮成莊)에서 제자들과 겨울철 정신수련 결사(結
社). (별 성적 없었음: 김설초 초계 약(弱), 오송사 준초계)

◈ 1931년(辛未): 32세
계룡산 북록(北麓)에 연정원(硏精院) 건물 낙성(落成). 당시에는 [연역
재(演易齋)]라 명명했으나, 재원(財源)의 미비로 실제 운영은 못함.

◈ 1932년(壬申): 33세
인천에서 차종환(車宗煥), 한상록(韓相錄), 조철희(趙哲熙) 군을 만남.

◈ 1935년(乙亥): 36세
산림벌채사업 시작. 청년들 많이 접촉함.

"기사년(1929) 가을에 약간의 여자(餘資)로 아주 입산 준비를 하고
한일년(限一年) 입정(入靜)할 예산이 확립되어 오대산(五臺山)으로
갈 절차를 다했다가 우연하게 모씨(某氏)를 만나서 오대산행을 중
지한 것이 내 제37차 실기(失機)였고, 기사년 동(冬)에 중국왕반
(中國往返)을 하고 귀가해서 다시 입산 준비를 하던 중 모씨의 권
고로 갑사(甲寺)에 입산해서 단시일로 하산하게 된 것이 내 38차
실기(失機)였다. 갑사 입산도 소득이 없는 것은 아니나 가정(家庭)
이 가깝고 왕래가 잦아서 부득이 속히 하산하게 되고, 수련이 한
도(限度)에 못 간 것이다. 오대산이나 묘향산(妙香山)이나 금강산
으로 아주 1년을 한(限)하고 갔었으면 물론 그 이상의 수익(收益)
이 되었을 것이다. 이것이 마장(魔障)이었다. 입산 준비만은 비록
자금이 없이라도 1년쯤은 될 수 있었다. 모모(某某) 친족(親族)의
원조가 확약된 것이 있었다. 1년 내지 2년, 3년 정도까지는 할 수

있었으니 이 기회가 나의 가장 큰 기회를 잃어버린 것이었다. 경오(1930년) 겨울 입산은 또 갑사(甲寺)로 되어 신미(1931년) 조춘(早春)에 하산하였으나 별 성적이 없었고, 이 해에는 군산으로, 대구로 출입하며 계룡산 위에 연역재(演易齋)를 건축하려는 것이 무준비(無準備)로 실패하고, 이렇게 임신년(1932)까지 경제적 자립을 도모하고 의존하지 않으려는 결심으로 별별 짓을 다해 보았으나 실패한 것이다. 이해에 차종환(車宗煥), 한상록(韓相錄), 조철희(趙哲熙) 군을 인천에서 만났다."(1954년 일기 중)

◆ 1936년(丙子): 37세
12월, 부친 하세(下世). 향년(享年) 81세. 극도의 생활난으로 치상범절(治喪凡節: 상례를 치르는 데 따른 당연한 절차)에 못 갖춘 점들이 많았음. 집상(執喪)을 예(禮)대로 못하고 겨우 형식을 지킬 정도였음.

◆ 1939년(乙卯): 40세
수십년래 희유(稀有)한 대한재(大旱災: 가뭄) 발생. 전국적으로 많은 피해. 일본을 왕래하며 근근이 호구(糊口)함(인삼 장사를 함).

◆ 1941년(辛巳): 42세
의열단(義烈團) 사건(1942년 발생이라는 기록도 있음)으로 7개월 간 대전 경찰서에 구금당함. 영어생활 중 애국지사 여운삼(呂運三) 씨 만남. 이후 해방까지 민생고(民生苦)가 극도로 참혹하였음.

◆ 1945년(乙酉): 46세
8.15 해방. 38선으로 국토분단. 일제하 암약하던 동지회(同志會)를 재발족하고 동지 규합에 본격적으로 나섬. 해방 이후 교유(交遊) 인물: 엄

항섭(嚴恒燮), 조경한(趙擎韓), 조완구(趙琬九), 조성환(曺成煥), 조병옥(趙炳玉), 윤치영(尹致映), 조봉암(曺奉岩), 송대용, 홍찬유(洪燦裕), 권중돈(權重敦).[(단군)기원동지회(紀元同志會)] 수십 명 동지 규합. 탑골공원 뒤 사무실 운영.

◆ 1946년(丙戌): 47세
한독당 가입, 입당. 서울 태평통에서 동지 규합, 청년 훈련 등을 함.

◆ 1947년(丁亥): 48세
상신학교 설립을 주도하여 두 칸짜리 목조 건물로 임시 개교. 학교 설립 시 사재를 들여 학교에 필요한 각종 기자재를 기증하였고 지속적으로 학교 재정을 지원. 임시개교 이후 공주 교육청에 분교 인허가 사업을 도맡아 하였으며 이런 노력에 힘입어 1952년에 반포공립국민학교 상신분교로 설립이 허가됨. 1952년 1회 졸업생 배출.

◆ 1948년(戊子): 49세
대한민국 건국. 이승만 정부 출범. 개천절(開天節: 음력 10월 3일), 계룡산 아기봉하(牙旗峯下: 삼불봉 아래) 석굴에서 정신수양차로 동지 7~8인이 함께 모여 [용산 연정원(龍山 硏精院)]이라고 처음 명명함.
5월 10일, 제헌국회의원선거 출마. 공주 갑구에서 무소속으로 입후보하였다가 후보자 5인 중 4위로 낙선함. 3,881표 득표함. 당선자는 1만 표 이상 얻은 김명동 씨였다.

◆ 1949년(己丑): 50세
백범(白凡) 김구(金九) 선생 암살당함. 천고유한(千古遺恨)의 민족적 손실이었음. 당시 김구 선생 영도(領導)의 한국독립당(약칭 [한독당]) 중앙집행위원 겸 계룡산특별당부 위원장을 맡아 정치 일선에서 활동 중이었음.

◆ 1950년(庚寅): 51세

해방 이후 수차 상경(上京), 체류하며 겨우 지반(地盤)을 잡자 6.25 사변 발발. 상신(上莘)으로 단신 피난 후 인민군에게 피체(被逮), 수개월 간 사상교양장(思想敎養場) 신세를 지다 기적적으로 생명을 보전함.

◆ 1951년(辛卯): 52세

이 해 봄에야 비로소 제자 권오훈(權五勳: 당시 국회의원), 한강현(韓康鉉), 주형식(朱亨植) 등 수십 인이 6.25 사변에 희생되었음을 알게 됨. 공주 교육구 교육위원 선임됨.

◆ 1952년(壬辰): 53세

4월에는 지방의회의원 선거 출마(공주), 낙선.
부산에서 〈재향군인회〉 발족시킴.

◆ 1953년(癸巳): 54세

충청남도 교육위원회위원 선거 출마, 당선.

◆ 1954년(甲午): 55세

공주 교육구 교육위원 사임.

◆ 1959년(己亥): 60세

계룡산 구룡사지(九龍寺趾) 구곡(九曲) 위쪽에 연정원 건물 신축, 준공(세 칸 초옥이었음). 성주영(成周榮), 지정현(池正鉉) 등 수련.

"해방 후 한독당(韓獨黨)에 가입하여 비좌비우(非左非右)의 민족 독립노선으로 외세의존세력 타파에 앞장섰으나, 결과는 좌익, 우익 양편에게 탄압만 받았다. 6.25 사변 전에는 빨갱이라고 대한민국 경찰에 붙들려가 몇 개월씩 옥살이하고, 6.25 사변이 터지자 이번에는 인민군에 반동분자로 잡혀 또 옥살이, 구사일생 기적적으로 살아났다. 일제치하에선 요시찰 불령선인(不逞鮮人)으로 왜경들에게 탄압받고 영어생활만 수십 차였다. 일생 하루도 맑은 날이 없었던 느낌이다. 누구를 위해 싸워왔던가 스스로 의심이 난다. 그러나 앞으로도 이 싸움만은 그치지 않을 작정이다."(1960년대 일기 중)

◈ 1951년(辛卯): 52세 ~ 1963년(癸卯): 64세
충남 공주군 반포면 상신리에 칩거. 매우 곤궁한 생활상.

◈ 1964년(甲辰): 65세
상경(上京), 만수한의원(萬壽漢醫院) 개업. 인술(仁術)로 수많은 난치병 환자를 고침.

◈ 1974년(甲寅): 75세
봉우 선생님의 상신초등학교 설립을 기려 마을 사람들이 상신리 입구에 송덕비를 세움. 상신초등학교 학부모들이 처음 건의를 하였고 마을 사람들이 모금운동을 하여 비용을 마련했다. 비문은 당시 상신초등학교 교장이던 이병오 씨가 작성했으며 행사 당일 마을 잔치를 열었다. 충남도교육청 간부를 비롯한 외부인사도 대거 참석한 큰 행사였음.

"봉우 권태훈 선생은 약 오십여 년 전에 충북 영동에서 이곳으로

이주하신 후 한학교육으로 수많은 청소년을 선도하셨고 제반 애로와 난관을 무릅쓰고 벽촌인 이 지방에 상신국민학교를 창설 후 세 교육에 큰 도움을 주셨으며 거액의 사재를 들여 학교에 교기를 비롯하여 많은 시설을 장만해 주시는 등 이 지방과 학교의 발전을 위해서 크게 공헌하셨기로 이 송덕비를 세움. 서기 1974년 3월. 상 하신 동민 일동 세움"(송덕비 비문)

◆ 1978년(戊午): 79세

공주시 공립 반포중학교 설립. 학교 인허가 작업부터 학교부지 기증 및 설립에 이르는 제반 과정에 물심양면의 도움을 주시고 익명으로 국가에 기부하심.

◆ 1980년(庚申): 81세

반포중학교 설립.

◆ 1982년(壬戌): 83세

민족종교 대종교(大倧敎) 제12대 총전교(總典敎) 취임.

◆ 1984년(甲子): 85세

소설 《단(丹)》 출간. 봉우 선생님 구술 내용을 작가 김정빈이 소설로 지음. 40만 부 이상이 나간 당시 초베스트셀러로서, 이후 '단열풍(丹熱風)'이라는 사회현상으로 자리잡음. 단(丹), 단학(丹學), 단전호흡(丹田呼吸) 등의 용어가 널리 일반에 정착되었고, 민족고유의 선도(仙道), 정신사(精神史), 민족 상고사(上古史), 단군역사 및 기원(起源) 문제, 각종 민족정신수련법들에 대한 주의(注意)와 세간의 관심이 폭발적으로 증대된 계기가 됨. 당시 기성 지식층들은 국수주의적, 복고적(復古的), 현실도피적 망상가로서 봉우 선생님을 비판하는 경향을 보였으나, 북한 김일성 공산독재와 박정희, 전두환으로 이어지는 대한민국의 군사독재 치하에서 암울한 민족분단 고착화에 염증을 느끼고 있던 대다수 국민들은 소설에서 보여주는 봉우 선생님의 민족과 국가의 장래에 대한 원대한 비전, 즉 금세기 안의 남북통일 완수와 21세기 초 세계중심국가로의 대약진이라는 가시적(可視的) 예언에 숨통을 틔우고 환호함.

◆ 1986년(丙寅): 87세

민족정신수련단체 [한국단학회 연정원] 서울 광화문에 설립, 총재에 취임. 유교단체인 사단법인 유도회(儒道會) 이사장 취임.

◆ 1989년(己巳): 90세

수필집 《백두산족(白頭山族)에게 고함》 출간(1월). 《천부경(天符經)의 비밀과 백두산족 문화》 출간(11월). 구술(口述) 및 감수(監修).

◆ 1990년(庚午): 91세

백두산 천지(天池)에서 천제(天祭) 봉행(奉行).

◆ 1992년(壬申): 93세

《민족비전 정신수련법》 출간(8월). 구술(口述)과 저술(著述) 및 감수(監修).

◆ 1994년(甲戌): 95세

양력 5월 16일 오전 9시 36분, 충남 공주시 반포면 상신리 자택에서 선화(僊化).

찾아보기

저자

봉우鳳宇 권태훈權泰勳, 1900~1994

단기(檀紀) 4233년(1900년) 서울 재동(齋洞)에서 태어났다. 소설《단(丹)》의 실존 주인공으로, 6세 때부터 정신수련을 시작했으며 19세 되던 해 당대 도계(道界)의 거인(巨人) 김일송(金一松) 선생으로부터 우리 민족의 정신수련법을 전수받았다. 《단(丹)》, 《백두산족에게 고함》, 《천부경의 비밀과 백두산족 문화》, 《민족비전 정신수련법》 등의 책들을 통해 우리 민족 고유의 사상과 뿌리, 정신수련법을 알리고 가르쳐 왔으며, 민족의 뿌리찾기와 후학양성에 힘쓰다가 1994년 95세로 환원(還元)하였다. 선도(仙道)정신수련단체인 〈한국단학회(韓國丹學會) 연정원(研精院)〉 총재, 독립투사 나철(羅喆) 선생이 중광(重光)하신 민족종교 대종교(大倧敎) 총전교, 유교인(儒敎人)들의 단체인 사단법인 〈유도회(儒道會)〉 이사장 등을 역임하였다.

역주자

정재승鄭在乘

단기 4291년(1958년) 대전에서 태어났다. 봉우 선생님 문하에서 한민족 고유의 정신철학 및 심신수련법을 수학했다. 봉우 선생님 생존 시에 저술(著述) 자료와 구술(口述) 자료들을 통해 《백두산족에게 고함》, 《천부경의 비밀과 백두산족 문화》, 《민족비전 정신수련법》 등 3권의 책을 봉우 선생님의 지도하에 엮어 펴냈고, 봉우 선생님께서 돌아가신 뒤에도 유고집 《봉우일기 1, 2, 3, 4, 5권》, 대담·강연집 《선도공부》, 《봉우 선생의 선仙 이야기 1, 2, 3권》, 일화집 《세상속으로 뛰어든 신선》, 논문집 《봉우선인의 정신세계》 등을 펴냈으며, 봉우 선생님의 가르침을 따라 한민족의 기원을 탐사한 《일만년 겨레얼을 찾아서》, 《바이칼, 한민족의 기원을 찾아서》도 엮어 펴냈다. 봉우사상연구소(www.bongwoo.org) 소장